Esther Freudenberg

Himmelstänzer

> **Bibliografische Information der Deutschen Nationalbibliothek**
> Die Deutsche Nationalbibliothek verzeichnet diese Publikation in der Deutschen Nationalbibliografie; detaillierte bibliografische Daten sind im Internet über http://dnb.ddb.de abrufbar.

Freudenberg, Esther
Himmelstänzer

© 2020 by concepcion SEIDEL OHG, Hammerbrücke
08262 Muldenhammer

Bibelzitate aus Luther-Übersetzung 1975 und Schlachter 2000

Covergestaltung: Gerhard Friesen, Lichtzeichen Medien
Shutterstock, 1132567415, Rost9
Foto Personen von Helena Wanitschke

Gesamtherstellung: concepcion SEIDEL OHG,
Satz- und Digitaldruckzentrum, Hammerbrücke,
08262 Muldenhammer

Best.-Nr.: 644.205
ISBN 978-3-86716-205-0

*Für den Himmelstänzer
Joshi*

*„Mit ewiger Liebe habe ich dich geliebt;
darum habe ich dich zu mir gezogen aus lauter Gnade."*
Jeremia 31,3

*

Rosa-golden präsentierte sich der Abendhimmel – passend zu Katharinas Gemütszustand. Obwohl sie sich mit ihrem Fahrrad vor einer roten Ampel befand, hatte sie das Gefühl zu schweben. *Justus hat auf öffentlicher Straße getanzt. Für Jesus. Wegen mir.* Wieder stieg das Kichern in ihr hoch. Wie ein paar ehrliche Sätze doch alles ändern konnten. *Wenn ich mir vorstelle, ich wäre eben einfach weitergefahren, als er aus der Seitenstraße kam. Oder ich hätte ihm das nicht gesagt, dass er genau mein Typ ist.* Vor einer halben Stunde hatte sie sich noch schrecklich allein gefühlt. Jetzt radelte sie zwar in die entgegengesetzte Richtung von Justus, aber von Einsamkeit war keine Spur mehr übrig. *Wie lange habe ich für ihn gebetet?* Sie wusste nicht mehr, wann sie damit angefangen hatte, Justus Rutters innere Entwicklung auf ihr Herz zu nehmen.

Auf der gegenüberliegenden Straßenseite kam ihr ein Pickup entgegen und hupte. Erschrocken fuhr Katharina zusammen. *Was hupt der auch so?*

Der Fahrer steckte grinsend den Kopf aus dem Fenster und rief über die Kreuzung: "Hallo, schöne Tänzerin!"

Das ist der mit dem gestreiften Hemd, der unbedingt auf dem Abiball mit mir tanzen wollte!, fuhr es ihr durch den Kopf. Damals war sie noch ein einsames Mäuschen gewesen, durstig nach Wertschätzung, und die Aufmerksamkeit des gutaussehenden jungen Mannes war verlockend gewesen. An seinem Aussehen hatte sich auch nichts geändert, aber heute Abend war ihr Herz zu voll, als dass seine Beachtung ihr etwas gegeben hätte. Anstandshalber hob sie kurz die Hand.

Die Ampel schaltete auf grün und der Pickup fuhr mit aufheulendem Motor an.

Da braucht aber jemand Beachtung. Aber was kümmerte sie das? Ihre jahrelangen Gebete für Justus waren erhört. Jedes einzelne davon. Das Warten hatte sich definitiv gelohnt.

Sie war sehr froh, dass sie John am letzten Abend ihrer Tournee gesagt hatte, dass es besser wäre, wenn er sie nicht in Osnabrück besuchen käme. Es hatte riesigen Spaß gemacht, mit ihm bei ihrem Theaterstück zu tanzen. Und er war ganz bestimmt ein Typ, der das Herz eines jeden Mädchens höherschlagen ließ. Aber der neue Justus war ihr noch zehnmal lieber. Bei Justus hatte sie nicht das Gefühl, etwas darstellen zu müssen.

Sie bog auf den Weg hinter den Bahnschienen ab. *Hier hat er wiederholt hinter mir hergeklingelt, um den Stalker – Phil – zu vertreiben. Ich kann immer noch nicht glauben, dass er das war. Wo ich die ganze Zeit dachte, er wäre zu träge zum Fahrradfahren, vor allem im Regen. Aber seine Sorge um meine Sicherheit war größer.* Das goldene Rosa in ihr zog ihre Mundwinkel unwillkürlich wieder nach oben. Ihre Mutter war auch um ihre Sicherheit besorgt, aber das war etwas anderes. Justus' Besorgnis gab ihr das Gefühl, wertvoll zu sein. *Ich habe einen Freund! So wie Theresa!* So bald sie zu Hause war, würde sie eine Sprachnachricht nach China machen. Zu schade, dass sie ihrer Freundin das nicht persönlich erzählen und ihre Reaktion mitbekommen konnte. Hatte sie irgendwo ein Foto von Justus? Sie ging in Gedanken ihre Galerie durch. Das meiste darin war von der MiJu, der besagten Jüngerschaftsschule, die sie im Sommer besucht hatte. *Von John habe ich etliche Bilder und sogar ein Video, wie wir zusammen tanzen.* Gulbanu, ein Mädchen aus Kasachstan, die sie ebenfalls während der MiJu kennengelernt hatte und die ihr zu einer guten Freundin geworden war, hatte sie bei den Aufführungen gefilmt. *Aber von Justus habe ich nichts.* Er hatte noch nicht mal ein Bild von sich als Profilbild.

„Ich bin absolut nicht fotogen", hatte er mal gesagt. Was mit Sicherheit nicht stimmte, da war sich Katharina sicher. Wer so aussah wie Justus, konnte gar nicht un-fotogen sein.

Die Wohnung war leer – Antje Jöllenbeck hatte Nachtdienst – und sehr warm, als Katharina nach Hause kam. Den ganzen Nachmittag hatte die Sonne auf die Dachschrägen geschienen. Es war ihr ausnahmsweise recht, ganz allein zu sein. Sie hatte ein sehr gutes Verhältnis zu ihrer Mutter, aber sie wollte ihr süßes Geheimnis noch ein bisschen für sich behalten. Theresa in China war etwas anderes, die war weit genug weg. Außerdem wollte sie den Abend in Ruhe mit Justus schreiben können. Jetzt stand dem ja nichts mehr im Weg. Sie lächelte vor sich hin, während sie die Fenster öffnete, um wenigstens für ein bisschen Luftzug zu sorgen. Dann setzte sie sich mit einem Glas Zitronenwasser, einer Tafel weiße Schokolade aus dem Kühlschrank und ihrem Handy auf das Sofa. Noch wäre Theresa im Tiefschlaf, aber in ein paar Stunden könnte sie sich die Nachricht anhören. Katharina tippte auf senden, dann ging sie auf Justus' Kontakt. Viel an Kommunikation war da nicht, und sie musste fast lachen, als sie ihren letzten Chat nochmal las. Er hatte „24" geschrieben und sie hatte gedacht, er wäre besoffen gewesen, ihr einfach eine dumme Zahl zu schicken. Dabei hatte er sich auf ihre Statusinformation nach dem Auftritt in Hermannstadt bezogen, in der sie „23 neue Himmelstänzer – PtL!" gepostet hatte. Aber das hatte sie nicht gewusst, genauso wenig, wie sie gewusst hatte, dass er da gewesen war.

„24 was?", hatte sie gefragt und sich innerlich über ihn aufgeregt.
„24 Himmelstänzer. Einer kam noch im Zug dazu."
„In was für einem Zug?"
„Im Zug von Hermannstadt nach Budapest", hatte er geschrieben. Immer noch hatte sie nichts gecheckt. Erst, als John ihr am nächsten Tag das Päckchen mit fünf Tafeln Schokolade und einer Dose Pfefferspray von ihm gegeben hatte, hatte es bei ihr Klick gemacht.

Und jetzt sind wir zusammen! „Bin ohne Zwischenfälle gut zu Hause angekommen", schrieb sie ihm, mit einem Zwinker-Emoji dahinter. *Immerhin hat er mich nach Hause bringen wollen.* Aber er hatte seinem Bruder Jens versprochen, mit ihm Frisbee zu spielen und sie deshalb nicht begleiten können. *Bestimmt schreibt er mir, wenn er fertig ist mit Frisbee spielen.*

Vorher hatte sie zu ihrer Überraschung eine Nachricht von Theresa. Sie musste mitten in der Nacht auf ihr Handy geschaut und ihre abgehört haben. Ihre Freundin klang ein bisschen verschlafen, aber ihre Freude war echt: „Das freut mich so mega, Katharina! Ich bin so erleichtert, dass du dich nicht auf Jonas eingelassen hast! Hatte zwischendurch echt Sorge ..." Dann schrieb sie:

„Hast du ein Bild von ihm?"
„Leider nicht." Sie überlegte, wie sie Justus beschreiben könnte. „Er hat braune Haare und braune Augen. Und er sieht sportlich aus."
„Er sieht sportlich *aus*?" Lach-Emoji.
Katharina grinste. *Ja, er sieht sportlich aus, nicht so wie dein Spargel-Theo! Und das kommt davon, dass er tatsächlich Sport macht, neuerdings sogar mit seinem Fahrrad.* „Geh schlafen!", schrieb sie stattdessen.
Theresa ging offline und Katharina tippte auf Justus' Kontakt, um zu sehen, ob er ihre Nachricht schon gelesen hatte. Hatte er. Und die Wärme, die ihr ins Gesicht stieg bei seiner Antwort, hatte nichts mit der Temperatur in der Wohnung zu tun.

*

Den ganzen Weg nach Hause konnte Justus nicht aufhören zu grinsen. *Ich bin genau ihr Typ! Es ist nicht John – ich bin es.*
Er hätte Katharina liebend gerne nach Belm gebracht, aber er hatte Jens versprochen, mit ihm Frisbee zu spielen. *Zu dumm aber auch! Aber woher sollte ich denn wissen, dass sie mir ausgerechnet heute mit so einer Offenbarung kommt!*
Jemand nahm ihm die Vorfahrt. Es juckte ihn nicht. Katharina Jöllenbeck hatte ihn einem John vorgezogen. Er konnte nicht verstehen warum, aber es war vielleicht auch nicht so wichtig. Pfeifend fuhr er zu Hause sein Rad in die Garage.
„Justus? Bist du das?", kam die Stimme seines kleinen Bruders, als er die Haustür aufschloss.
„Yep!" Er grinste immer noch. *Ich bin genau ihr Typ.*
Jens erschien im Flur, die Frisbee in der Hand. Sie gingen in den Garten. „War's lecker?", wollte Jens wissen.
„Was?"
„Kristins Eltern haben dich doch zum Essen eingeladen."
„Ach so, das." Sein Dankeschön-Essen dafür, dass er Kellers bei der Geburtstagsfeier ihrer Tochter ausgeholfen hatte, kam ihm

schon ewig lange her vor. Inzwischen waren weltbewegende Dinge passiert. *Ich bin genau ihr Typ.* „Glaub schon. Nelly kocht mindestens genauso gut", gab Justus zurück.

„Du bist ganz schön oft bei Gerbers."

„Sie sind nett."

„Könnte ich auch mal mitkommen?", wollte Jens wissen.

„Klar. Bestimmt." *Ich bin genau ihr Typ.*

„Du hast ziemlich gute Laune", stellte Jens fest. „Warum?"

„Warum sollte ich keine gute Laune haben?"

„Bist du eigentlich froh, dass Cats wieder da ist?", fragte sein Bruder statt einer Antwort.

„Yep." *Froh – das ist gar kein Ausdruck!*

„Ich habe nach dem Gottesdienst mit ihr geredet."

Justus fing die Frisbee auf und warf sie zurück. „Ach ja?"

„Sie hat mich über Kristin ausgefragt." Jens verpasste die Frisbee. „Findest du sie hübsch?", wollte er wissen.

„Yep."

„Warum?", fragte Jens weiter.

Justus hatte sich in diesen Dingen noch nie seinem kleinen Bruder gegenüber geäußert. „Los, wirf", sagte er statt einer Antwort. Die Frisbee kam zurück, mit der Wiederholung der Frage.

„Sie hat lange Haare." *Und ein schönes Gesicht, tolle Augen und eine tolle Figur.*

„Aber Kristin hat doch gar keine langen Haare", wandte Jens ein. *Er redet von Kristin?* „Stimmt."

„Also findest du sie doch nicht hübsch?"

„Hab mir keine Gedanken drüber gemacht."

Jens ließ nicht locker. „Aber eben hast du doch gesagt, du findest sie hübsch."

Früher hätte Justus seinen kleinen Bruder mit einer groben Bemerkung zum Schweigen gebracht, aber zum einen wollte er ein „Nachfolger Gottes" sein und zum anderen war er noch zu geflasht von dem, was eben passiert war, um sich aufzuregen. „Ich meinte jemand anders."

Jens sah ihn prüfend an, so als überlege er, ob er es bringen konnte, weiter zu bohren. „Wen?", fragte er nach einer kurzen Pause vorsichtig.

„Cats", grinste Justus, drehte sich einmal um sich selbst und warf die Frisbee in einem eleganten Bogen über das Gras.

Wenn Jens erstaunt war über die ehrliche Antwort, zeigte er es nicht. Stattdessen stimmte er ihm zu: „Sie ist wirklich sehr hübsch. Komisch, dass sie keinen Freund hat. Aber vielleicht hat sie auch einen. Von woanders. Sie war doch jetzt so lange weg."

„Hat sie nicht", grinste Justus.

„Woher weißt du das?", wollte Jens wissen. „Hat sie dir das gesagt?"

„Yep." Er warf seinem Bruder ein letztes Mal die Frisbee zu, dann ging er ins Haus, um an Katharina zu schreiben.

Doch sein Handy war nicht in seiner Tasche. Vielleicht war es ihm beim Frisbee spielen rausgefallen? Er lief noch einmal in den Garten und suchte das Gras ab. Aber da lag nichts. *Vielleicht habe ich es bei Gerbers vergessen.* Oder hatte er es bei seinem wilden Freudentanz in der Stadt verloren? *Das wäre richtig dumm!*

Justus rief bei Gerbers an und fragte, ob er zufällig sein Handy bei ihnen hatte liegenlassen, aber Siegbert, der am Telefon war, verneinte.

„Warst du nach uns noch irgendwo?", wollte der ältere Herr wissen.

„Nein, ich bin nach Hause gefahren. Wahrscheinlich ist es mir unterwegs aus der Tasche gefallen."

„Oh, wie ärgerlich. Hoffentlich gibt jemand es beim Fundbüro ab."

„Ich glaube kaum. Es war ein iPhone."

„Es gibt auch noch ehrliche Menschen", versuchte Siegbert ihn aufzumuntern.

Justus bedankte sich und legte auf, um sich erneut auf sein Fahrrad zu setzen. *Wahnsinn, wie viel ich in letzter Zeit Fahrrad fahre.* Jens musste das gleiche gedacht haben: „Du fährst schon wieder mit dem Fahrrad weg?", fragte er verwundert.

„Hab mein Handy verloren", erkläre Justus und wollte sich auf den Sattel schwingen.

„Kann ich mitkommen?"

„Du musst ins Bett."

Jens zog eine Grimasse. Prompt rief Ute Rutter von drinnen: „Jens, Zeit zum Schlafengehen!"

Mit einem Seufzer drehte Jens sich um. „Jetzt bin ich schon in der fünften Klasse und kann immer noch nicht selbst entscheiden, wann ich ins Bett gehe."

Justus warf ihm einen mitleidigen Blick zu. Manchmal hatte er das Gefühl, dass seine Eltern alles, was sie bei ihm an Regeln wegließen, bei seinem kleinen Bruder durchsetzten. Na ja, um neun das Licht auszumachen, würde einem Zehnjährigen ganz bestimmt nicht schaden.

„Ich helfe dir suchen, wenn ich morgen aus der Schule wieder da bin", versprach Jens. „Falls du es bis dahin noch nicht gefunden hast."

„Danke. Ich komme darauf zurück", nickte Justus und verließ das Haus.

Den Blick auf den Boden gerichtet, fuhr er den Weg, den er knapp eine halbe Stunde vorher gekommen war, zurück. Obwohl es ziemlich ausgeschlossen war, dass das Handy ihm einfach so aus der Tasche gefallen war. Das war noch nie passiert. Andererseits, er war auch noch nie so abgegangen. *Noch nicht mal, als ich früher besoffen war ...*

An der Stelle, an der er Katharina getroffen hatte, hielt er an und stellte das Fahrrad ab. Gründlich sah er sich um. Ihm fiel ein, dass er beten könnte, dass Gott ihm helfen möge, dass Gerät zu finden. Bei so vielen Gebetserhörungen, wie er in letzter Zeit zu verzeichnen hatte, wäre es nicht unwahrscheinlich, dass Gott seinen Blick auf genau die richtige Stelle lenken würde. *Ich muss es unbedingt finden. Sonst erreicht Cats mich nicht. Herr, bitte hilf mir, dieses Handy zu finden. Wenn es rausgefallen ist, dann hier irgendwo.*

Damit lag er richtig. Aber das nützte ihm nichts.

Vielleicht kann Jens mir wirklich suchen helfen. Manchmal war sein kleiner Bruder ganz schön findig. Justus würde sein freiwilliges Praktikum bei der Gartenbaufirma erst nächste Woche beginnen, da könnten sie sich nach dem Mittagessen gemeinsam auf den Weg machen.

Das mit dem Handy ließ ihm jedoch keine Ruhe und so fuhr er bereits am nächsten Vormittag zum zweiten Mal ganz langsam den Weg von gestern Abend ab. Wieder ohne Erfolg. *Cats hat mir bestimmt geschrieben und ich kann ihr nicht antworten*, dachte er beunruhigt. *Vielleicht hat auch jemand das Handy gefunden und es beim Fundbüro abgegeben.* Wobei die Wahrscheinlichkeit sehr gering war. Es war das alte iPhone seines Vaters gewesen, das der ihm vermacht hatte. Justus konnte sich kaum vorstellen, dass ein Finder ehrlich genug war, das Gerät freiwillig abzugeben. Das GPS funktionierte zwar nicht mehr, aber trotzdem. Mehr um sich selbst zu beruhigen, auch wirklich alles getan zu haben, fuhr er weiter in die Stadt und fragte nach. Bisher sei nichts abgegeben worden, wurde er informiert. Trotzdem gab Justus die Hoffnung nicht auf. Wer weiß, vielleicht würde sein kleiner Bruder das Ding finden.

Als Jens aus der Schule kam, hatte er jedoch andere Sorgen als das verlorene Handy ...

„Was machst du denn für ein Gesicht?", wunderte sich Justus, als er ihm die Tür öffnete.

Jens gab keine Antwort, stattdessen ließ er eine Packung Kekse, eine Tüte Gummibärchen, Kaugummi, Schokolade und ein Plüschtier auf den Flurboden fallen. Er hob die Sachen auch nicht etwa wieder auf, sondern lief an Justus vorbei schnurstracks in sein Zimmer.

Was ist denn mit dem los? Justus ließ den Kram liegen, wo Jens ihn hatte fallen lassen, und ging in die Küche. Frühstück war zwar erst zwei Stunden her, aber so wie es roch, gab es Lasagne – und Lasagne ging immer.

„War das eben nicht Jens?", wunderte sich seine Mutter, die gerade die Form aus dem Ofen holte.

„Doch."

„Und wo ist er?"

„In seinem Zimmer." Justus zog sich einen Stuhl heraus. Das Wasser lief ihm schon im Mund zusammen.

„Geht es ihm nicht gut?", fragte Ute Rutter besorgt.

„Hat er mir nicht gesagt. Er hat ein paar Sachen in den Flur geschmissen und ist in sein Zimmer gegangen. Können wir essen?" Doch seine Mutter war bereits halb zur Tür heraus. Justus saß am Tisch, den Blick auf die dampfende Lasagne gerichtet. Ob die in der Mensa so was hatten? Er hatte gehört, dass das Essen in der in Haste ziemlich gut sein sollte. Schade, dass Cats noch ein Jahr Schule vor sich hatte. Sonst hätten sie immer schön zusammen in die Mensa gehen können.

Er hörte seine Mutter im Flur. „Jens, warum machst du nicht auf? Wir wollen essen. Es gibt Lasagne."

Justus konnte die Antwort seines Bruders nicht verstehen. Vielleicht hatte er ja keinen Hunger. Das wäre zwar sehr ungewöhnlich, aber an so einem Tag wie heute durchaus von Vorteil. Er bediente sich schon mal und nahm Messer und Gabel in die Hand. Dann hätte er gleich Zeit gespart. Früher hätte er einfach angefangen, aber jetzt schien es ihm irgendwie nicht so nett.

Seine Mutter kam zurück in die Küche. Sie hatte die Kekse, Gummibärchen und das Kuscheltier in den Händen. „Weißt du, was damit ist?", fragte sie.

„Nein. Können wir essen?"

„Kannst du erst bitte gucken, was mit Jens ist? Er lässt mich nicht zu sich." Sie klang wirklich besorgt. „Das hat er noch nie gemacht."

Justus deutete auf die Lasagne auf seinem Teller. „Kann ich erst essen? Außerdem, warum sollte er mich reinlassen? Vielleicht will er einfach seine Ruhe haben."

„Aber er hat mich noch nie ausgesperrt."

„Irgendwann ist immer das erste Mal." Justus konnte nicht glauben, dass sie hier am Tisch saßen und diskutierten, statt zu essen. „Bitte, Justus."

Justus stieß die Luft aus und schob lautstark seinen Stuhl zurück. Auch wenn er sich nicht vorstellen konnte, dass er mehr Erfolg haben würde als seine Mutter. Er ging zum Zimmer seines Bruders. „Jens, aufmachen!", befahl er. Zu seiner Verwunderung drehte sich der Schlüssel im Schloss. „Von wem sind die Sachen?", fragte Justus unverblümt.

Jens machte ein grimmiges Gesicht. „Von Mädchen."

„Was für Mädchen?"

„Mädchen von der Bushaltestelle." Er trat gegen seinen Schulranzen. Und dann gegen sein Nachtschränkchen. Und dann gegen das Bein seines Bettes.

„Was soll das?"

„Nur weil ich einem Mädchen die Busfahrkarte aus dem Gulli geholt habe, kriege ich lauter Zeug!", stieß Jens hervor. Mit verschränkten Armen starrte er grimmig auf den Fußboden. Sein Kopf war rot.

„Was?"

„Auch von den anderen!"

Justus begann, die Geduld zu verlieren. Warum erzählte Jens nicht einfach, was passiert war? „Kannst du mir bitte mal vernünftig sagen, was los ist?"

Jens sah auf. „Freitag fiel einem Mädchen die Busfahrkarte in den Gulli. Statt dass sie einfach den Deckel aufmacht und sie wieder rausholt, fängt sie an zu heulen: ,Was soll ich nur machen? Das gibt so einen Ärger! Und ich kann gar nicht in die Schule fahren. Das gibt noch mehr Ärger! Was mach ich bloß?'", ahmte Jens naturgetreu das Mädchen nach. „Also habe ich den Gullideckel aufgemacht und ihr die Karte wieder rausgeholt. Sie hat sich tausendmal bedankt. Dabei hat sie mich ganz komisch angeguckt. Heute Morgen an der Bushaltestelle hat sie mir ein Kuscheltier gegeben."

Aha. Jens, der edle Ritter. „Aber du hast doch noch einen Haufen anderes Zeug mitgebracht. Woher kommen die ganzen Süßigkeiten?"

Jens' Kopf wurde noch eine Spur röter. „Von anderen Mädchen", knurrte er.

„Was? Was für andere Mädchen?" Justus musste sich beherrschen, ihn nicht zu schütteln.

Jens stieß die Luft aus und warf die Arme in die Höhe. „Keine Ahnung. Irgendwelche Mädchen halt. Sie sind heute Morgen auf mich zugestürzt und haben mir allen möglichen Kram geschenkt. Fasst hätte ich den Bus verpasst."

Allmählich machte sich Justus ein Bild davon, was heute Morgen vor der Schule passiert sein musste. *Weiber! Müssen gleich völlig überreagieren!* Mitleidig sah er auf seinen Bruder hinab.

„Das passiert mir jedenfalls nicht nochmal!", stieß der hervor. „Ich fahre nur noch mit dem Fahrrad. Und ich werde *nie wieder* einem Mädchen helfen!" Jens sah kurz auf. Seine Nasenflügel zitterten leicht.

Er heult gleich!, fuhr es Justus durch den Kopf. *Er ist ernsthaft frustriert.* Er spürte, dass es jetzt auf seine Antwort ankam. Dass sie vielleicht sogar weichenstellend war. *Wenn Jens wirklich aus diesem traumatischen Erlebnis den Schluss ziehen sollte, nie mehr einem Mädchen zu helfen ... Gott, hilf mir, das Richtige zu sagen.* Aber es fiel ihm nichts Profundes ein. „Kann ich verstehen", nickte er schließlich. „Wenn so was dabei herauskommt ... Mädchen können echt unmöglich sein! So überzureagieren!" *Oh Mann, warum weiß ich im entscheidenden Moment nie, was ich sagen soll!*

Doch offensichtlich war es genau das Richtige. Jens atmete tief durch. „Mädchen können echt unmöglich sein!", wiederholte er. „Und so hilflos!"

Unwillkürlich musste Justus daran denken, wie er wiederholt Katharina durch seine Fahrradklingel vor zwielichtigen Gestalten gerettet hatte. Er grinste leicht. „Und deswegen brauchen sie uns manchmal."

„Ist dir das etwa auch schon mal passiert?"

„Dass ein Mädchen meine Hilfe brauchte, ja, dass ich deswegen mit Süßigkeiten überhäuft wurde, nein."

Jens war neugierig geworden. „Hat sie dir was anderes geschenkt?", erkundigte er sich interessiert.

„Genau genommen, habe ich ihr was geschenkt."

„Obwohl du ihr schon geholfen hattest?", wunderte sich Jens.

„Warum das denn? Hast du auch überreagiert?"

Justus hatte bisher nicht großartig mit seinem kleinen Bruder über seine Beziehung zu Katharina gesprochen. Und Jens wusste auch nichts von seiner Rumänienfahrt. Niemand wusste davon. Zumindest niemand aus seinem Umkreis. Ja, warum hatte er Cats eigentlich das Päckchen gebracht? Hatte er auch überreagiert? Nüchtern betrachtet, hatte sie weder die Schokolade noch das Pfefferspray gebraucht. Er hob die Schultern. „Ehrlich gesagt ... ich glaube, ich wollte sie einfach sehen."
Jens riss die Augen auf. „Weiß Cats davon?"
Justus musste lachen. „Es *war* Cats!"
Jetzt war Jens vollständig verwirrt. „Aber, ich dachte, du stehst auf sie!"
„Ja und?"
„Aber du hast ihr geholfen. Und ihr was geschenkt."
„Das eine schließt doch das andere nicht aus! Jens, nur weil diese Mädchen an der Bushaltestelle so blöd reagiert haben, ist es nicht grundsätzlich schlecht, einem Mädchen zu helfen oder ihr etwas zu schenken. Du hast doch Kristin auch schon geholfen."
„Ja, aber sie hat mich auch nicht mit Schokolade überhäuft." Jens seufzte. „Warum muss das Leben so kompliziert sein ..."
„Vielleicht essen wir jetzt erst mal Lasagne?", schlug Justus vor.
„Gute Idee", nickte Jens.
Kurz darauf erschienen die beiden Brüder in der Küche. Ohne eine Erklärung abzugeben, setzte Jens sich an den Tisch und fiel über sein Mittagessen her, als wäre nichts gewesen. Ute Rutter sah Justus mit hochgezogenen Augenbrauen an. Damit sie ihm keine Fragen stellen konnte, füllte er seinen Mund ebenfalls mit Essen. Der Vorteil davon, dass die Lasagne schon eine Weile auf seinem Teller verweilt hatte, war, dass sie nicht mehr ganz so heiß war und sich vorzüglich verschlingen ließ. Zum Glück war seine Mutter schlau genug, ihre Söhne erst essen zu lassen, bevor sie anfing zu bohren. Justus sah zu, dass er die Küche verließ, sobald er seinen zweiten Teller intus hatte.
„Alles wieder gut bei dir, Jensi?", hörte er sie fragen.
„Mh, mh", machte Jens mit vollem Mund zustimmend.
„Konnte Justus dir helfen?"

„Mh, mh."

Justus hatte eigentlich in sein Zimmer gehen wollen, aber als er seinen Namen hörte, blieb er im Flur stehen. Würde Jens seiner Mutter irgendwas erzählen von dem Gespräch? Irgendwie wäre ihm das unangenehm. Wer weiß, wie sie reagieren würde, wenn sie erführe, dass er einfach mal für einen Abend von Kroatien nach Hermannstadt gefahren war, nur um Cats was zu bringen.

„Schön, dass er dir helfen konnte", kam der Kommentar seiner Mutter. Justus hörte die unausgesprochene Frage dahinter.

Jens musste sie auch gehört haben, denn er sagte: „Er hat mit mir geredet."

„Und – was habt ihr so geredet?", erkundigte sich seine Mutter vorsichtig.

„Männergespräche", sagte Jens nur.

Justus musste grinsen. *Gut gemacht, Jens!* Sein Bruder war acht Jahre jünger und bis vor kurzem hatte seine Beziehung zu ihm sich darauf beschränkt, ihn sich vom Leib zu halten. Aber seit er sich mit Gerbers angefreundet hatte und dadurch mit Jesus, hatte sich das auch geändert. Mit Jens Frisbee zu spielen, war keine lästige Pflicht mehr, und ihr kleines Gespräch heute hatte ihm gezeigt, dass sein Bruder offenbar große Stücke auf ihn hielt. Irgendwie rührte ihn das an. *Obwohl ich die meiste Zeit seiner ersten zehn Jahre nicht gerade brüderlich zu ihm war.* Das brachte ihn zu einer weiteren Erkenntnis: *Eigentlich erstaunlich, wie viel Geduld die Leute in meinem Umfeld mit mir hatten. Jens, Herbert, meine Eltern, Cats ... Sie hätten mich auch einfach abschreiben können, so ein egoistisches Stinktier, wie ich war.* Seine Gedanken blieben an Katharina hängen. Jetzt, wo sie zusammen waren, konnten sie endlich Zeit zu zweit verbringen. Vorausgesetzt, er fände sein Handy ...

Jens fuhr tatsächlich noch mal mit ihm den Weg ab. Unterwegs stellte Justus sich vor, wie er sie fragen würde, ob sie zusammen Eis essen wollten. *Sie hat mich John vorgezogen! Das ist schon ziemlich gewaltig!* Er hatte dessen Andacht gehört (Katharina hatte sie in ihrem Status gehabt und er hatte sie sich runtergeladen, so wie alles andere, was sie aus ihrer MiJu-Zeit gepostet

hatte), und er hatte mit eigenen Augen gesehen, wie John mit Katharina getanzt hatte. *Ich hoffe nur, dass ich sie nicht enttäusche.* Dass sie es nicht eines Tages bereuen würde, dass sie John einen Korb gegeben hatte. *Vielleicht sollte ich sie auch nicht fragen, ob sie mit mir Eis essen geht. Cats ist eher zurückhaltend. Nicht, dass ich sie noch abschrecke. Ich sollte sie lieber nicht drängen. Wir haben noch nie geschrieben. Also, so richtig. Vielleicht sollte ich lieber am Freitag persönlich mit ihr sprechen, wenn wir uns in der Jugend treffen.*
So oder so blieb ihm auch gar nichts anderes übrig, als sich in Geduld zu üben. Sein Handy blieb verschwunden, und für ein „vernünftiges" neues Smartphone fehlte ihm im Moment das nötige Kleingeld. Auf die Idee, bei Jöllenbecks auf dem Festnetz anzurufen, kam er einfach nicht.

Am nächsten Tag kam wieder ein sehr frustrierter Jens nach Hause. Er warf ein weiteres Kuscheltier auf den Boden. „Mädchen sind nicht hilflos!", stieß er hervor, als Justus ihm die Tür öffnete.
„Schon wieder ein Teddy?", fragte Justus verwundert.
„Ich wollte ihn nicht mitnehmen. Aber Justine rannte mir hinterher und hat mich gezwungen!"
„Ist das das Mädchen, dem du den Gullideckel aufgemacht hast?"
„Nein. Ihre Freundin."
„Meine Güte, Jens, du lässt dich von einem Mädchen zwingen, ein Kuscheltier mit nach Hause zu nehmen?", fragte Justus spöttisch.
Jens presste die Lippen zusammen und stampfte in sein Zimmer. Den Teddy ließ er im Flur liegen.
Justus folgte ihm. Mit verschränkten Armen stand er in der Tür. „Du bist jetzt in der fünften Klasse. Da wirst du es ja wohl schaffen, dich gegen ein hormongesteuertes Mädchen zu wehren!"
„Werde ich auch!", gab Jens bissig zurück. „Ich fahre jetzt wirklich Fahrrad!"
„Das ist kein Wehren, das ist Flucht."
„Der Bus ist sowieso zu voll."

*

Phil ist wieder da!, durchzuckte es Katharina. Er lehnte, wie früher auch, allein an der Wand der Cafeteria und ließ seinen Blick über den Schulhof gleiten. Niemand schien bemerkt zu haben, dass er das meiste der zweiten Schuljahreshälfte gefehlt hatte, und niemand nahm Notiz davon, dass er jetzt wieder da war. Außer Katharina.

Instinktiv sah sie in die andere Richtung, wie sie es so oft getan hatte in der Vergangenheit, um ihn zu ignorieren. *Ich wette, er muss das Schuljahr wiederholen. Ich sollte zu ihm gehen und ihn begrüßen*, flüsterte es in ihr. Unauffällig sah sie zu dem Kerl an der Wand. Er hatte sein Handy herausgenommen. *Und wenn er sich dann an mich hängt?*

Dann schalte ich Herbert ein. Oder Justus. Phil einfach zu ignorieren, ist auch keine Lösung. Ich könnte ihm wenigstens Hallo sagen. In ihrer Zeit mit Gott am Morgen hatte sie Epheser 2,10 gelesen, dass Gott sie dafür gemacht hatte, die guten Werke, die er bereits für sie vorbereitet hatte, zu tun. Sie hatte an ihr Gespräch mit Justus am Sonntagabend denken müssen. „Ich versuche einfach das zu tun, was Gott für mich vorbereitet hat", hatte er bescheiden gesagt, als sie seinen Einsatz für Gerbers und andere in seiner Umgebung kommentiert hatte. „‚Vorbereitete Werke' nennt Siegbert das", hatte er erklärt.

Bestimmt kommt das von diesem Vers, hatte Katharina am Morgen beim Bibellesen gedacht. Und sie hatte gebetet, dass Gott ihr offene Augen für eben diese „guten Werke, die Gott im voraus bereitet hat" zu geben. Oder, um es in den Worten der MiJu auszudrücken, die Schritte zu tanzen, die ihr himmlischer Regisseur für heute für sie choreografiert hatte.

Ich bin mir ziemlich sicher, dass dazu gehört, jetzt Phil Hallo zu sagen. Katharina schickte ein Stoßgebet los und gab sich einen Ruck. Sie überquerte den Schulhof.

„Hey, Phil."

Der Kerl vor ihr sah von seinem Handy auf. „Hey, Katharina", lächelte er etwas zögernd. Es war unschwer zu erkennen, dass er genauso unsicher war, ihr zu begegnen, wie sie ihm.

Für ihn ist das hier mindestens genauso komisch, fuhr es ihr durch den Kopf. *Schließlich war unsere letzte Begegnung so ganz und gar nicht entspannt ...* „Du bist wieder zu Hause. Cool", sagte sie so locker wie möglich.

Phils Lächeln zog über sein ganzes Gesicht und die Unsicherheit verschwand. Überhaupt lag in seinem Blick etwas, das vorher nicht da gewesen war – so was wie Festigkeit oder Sicherheit. Er nickte. „Ich hätte nie gedacht, dass ich das mal sagen würde, aber ich find's auch cool. Und das hab ich Jesus zu verdanken. Und dir und Herbert. Und noch ein paar anderen Leuten, die Gott in mein Leben gebracht hat, als ich ganz unten war."

Wie bitte? Katharina glaubte, ihren Ohren nicht zu trauen. Fassungslos starrte sie ihn an. War das der gleiche Phil, der sich vor ein paar Monaten an einem Seil von einer Brücke gestürzt hatte, um ihre Aufmerksamkeit zu erregen?

„Wundert dich das?", Phil lachte kurz. „Okay, kann ich verstehen. Dass ich mal ein Himmelstänzer würde, hättest du nicht gedacht, was?"

„Himmelstänzer?", fragte Katharina stirnrunzelnd. Das war ihr Begriff von der MiJu. Wie kam denn Phil darauf?

„Herbert hat mir was von deiner Tournee geschickt."

Ungläubig sah sie ihn an. *Herbert hat Sachen, die ich gepostet habe, an Phil weitergeschickt?*

Phil hob abwehrend die Hände, und Katharina hatte das Gefühl, er hätte auch noch einen Schritt zurück gemacht, hätte er nicht die Hauswand im Rücken gehabt. „Keine Sorge. Alles rein platonisch, klar?"

Ich glaube, er hat wirklich keine Intentionen mehr, was mich betrifft. Katharina nickte.

„Was ich dir in der Sprachnachricht geschickt habe, war ernst gemeint."

„Alles klar." *Voll cool, dass er so offen damit umgeht. Vor einem halben Jahr hätte ich ihn fast mit meinem Timer gehauen, und jetzt reden wir ganz normal miteinander. Unglaublich!*

Phil wies mit dem Kinn Richtung Schulhof und beschrieb einen Bogen. „All diese Leute da draußen – ich wette, den meisten von ihnen geht es so, wie es mir ging. Nur, dass sie es überspielen oder verdrängen. Aber innen drin sind sie genauso leer, wie ich es war. Sie sehnen sich nach Liebe und Annahme und stopfen dieses Loch mit irgendwas. Aber sie sind trotzdem leer. Ich habe mit einem meiner Therapeuten in der Reha darüber gesprochen. Er sagte das Gleiche wie dein Freund Herbert. Er hat mich besucht, weißt du. Er ist extra nach Frankfurt gereist, nur um mich zu besuchen. Ich wollte es erst nicht glauben. Er fragte mich, warum ich ihn denn in sein Zimmer gelassen hätte. Ich verstand erst nicht, was er meinte. ‚Na ja‘, sagte er, ‚du hättest mich doch auch draußen stehen lassen oder wegschicken können.‘ Da sagte ich, es wäre schön, Besuch zu bekommen und so und außerdem wäre es ja wohl ziemlich unhöflich, ihn abzuweisen, wo er doch extra den weiten Weg gekommen wäre und so. Und dann sagte er: ‚Phil, das ist noch gar nichts. Jesus ist vom Himmel auf die Erde gereist! Willst du ihn nicht in dein Leben lassen?‘"

Katharina konnte sich dieses Gespräch lebhaft vorstellen. *Herbert! Er wirkt äußerlich manchmal ein bisschen beschränkt, aber er hat's voll drauf! Und so wie's aussieht, hat Phil genau das gemacht: Jesus in sein Leben gelassen. Das ist so krass!*

„Ich wünschte, all die Leute an dieser Schule würden auch Jesus kennenlernen", fuhr Phil fort. „Aber ich weiß einfach nicht, wie ich anfangen soll."

Der Gedanke war ganz plötzlich da, und im selben Moment wusste Katharina, dass es das war, was Gott von ihr wollte. *Aber mit Phil?*

Und warum nicht?, fragte es leise in ihr.

Wenn ich mir vorstelle, er hängt sich dann doch an mich ...

Er hat doch gerade gesagt, dass er nichts in die Richtung will.

„Wir ... könnten einen Schülergebetskreis gründen", schlug sie zögernd vor, den Gedanken im Hinterkopf, dass Phil wahrscheinlich sowieso Nein sagen würde.

Er runzelte leicht die Stirn. „Einen Schüler*gebetskreis*?"

Katharina erklärte kurz, wie sie auf den Gedanken gekommen war: „Meine Freundin hat so was in China begonnen. Sie waren auch zu zweit, als sie anfingen. Sie haben sich jede erste große

Pause getroffen und für die Leute an ihrer Schule gebetet. Kurz vor den Sommerferien kam dann noch jemand dazu. Jetzt sind sie zu dritt. Aber ihre Schule ist auch viel kleiner."

„Du meinst, wir sollen zusammen beten? Hier auf dem Schulhof?", fragte Phil verwundert.

„Theresa ist zur Schulleitung gegangen und sie dürfen in einem der Klassenräume beten."

Allmählich schien Phil sich etwas unter der Sache vorstellen zu können. „Einen Raum zum Beten – richtig nice. Wenn man betet, passieren Dinge. Das hat mein Therapeut gesagt und Herbert. Und ich habe es auch erlebt."

Katharina, die immer noch nicht glauben konnte, dass sie gerade ausgerechnet mit Phil dieses Gespräch führte, nickte. Dabei musste sie sich immer wieder selbst sagen, dass das hier der gleiche Phil war wie der vor einem Jahr. *Obwohl, eigentlich auch nicht. Gibt es nicht so einen Vers, dass Jesus einen Menschen ganz neu macht?* In ihr begann Begeisterung zu wachsen, so schnell wie die Rizinusstaude bei Jona. *Wenn ich mir vorstelle, genau wie Theresa an meiner Schule mit jemandem beten zu können ...*

„Vielleicht sollten wir wirklich einfach für die Leute an unserer Schule beten", sagte Phil da.

„Sollen wir zur Schulleitung gehen und fragen?" Die Staude breitete bereits ihre Blätter über ihr aus. Sie hatte endlich einen neuen Verbündeten an dieser Schule, auch wenn er Phil hieß, aber das gab ihr solchen Auftrieb, dass sie sich unglaublich mutig fühlte. *Und besser setze ich mein Vorhaben gleich in die Tat um, bevor mich der Mut wieder verlässt.*

Phil grinste etwas schief. „Okay." Sie liefen über den Schulhof zum Sekretariat.

Jesus, schenk, dass das klappt, betete Katharina im Stillen. Gleichzeitig hatte sie das Gefühl, dass gerade etwas Surreales passierte. *Ich gehe mit Phil zur Schulleitung, um zu fragen, ob wir einen Raum bekommen können für einen Gebetskreis. So was kann echt nur Gott machen!* Sie war sicher, dass es kein Problem sein würde, einen Gebetsraum zu bekommen.

Als ihnen dann auch noch der Schulleiter „zufällig" über den Weg lief, sprach sie ihn mutig an: „Guten Morgen, Herr Marstall, wir hätten eine Bitte."

„Guten Morgen. So? Worum geht es denn?"

Bevor Katharina weitersprechen konnte, sagte Phil: „Wir wollten fragen, ob es möglich wäre, einen Gebetsraum zu bekommen für montags in der ersten Pause. Oder wann anders."

Argwöhnisch sah der Schulleiter von einem zum anderen. „Und wozu braucht ihr den Raum?"

„Um zu beten", antwortete Katharina. *Hat Phil doch gerade gesagt.*

„Um zu *beten*, so, so", meinte der Schulleiter. „Und wofür wollt ihr *beten*?"

„Ja, also, für unsere Mitschüler", sagte Phil. „Und Lehrer natürlich auch", fügte er an.

„Was ihr in eurer Freizeit macht, ist eure Angelegenheit. Aber ich werde weder euch noch irgendjemand anderem einen Raum zur Verfügung stellen für irgendwelche zwielichtigen Privatvergnügen!", gab Herr Marstall verärgert zurück. Damit ließ er die beiden stehen und ging weiter.

Mit halboffenem Mund starrte Katharina ihm hinterher. *Er denkt, wir wollen einen Raum haben, um es miteinander zu treiben?* Sie war absolut entsetzt.

Phil sah das Ganze ziemlich gelassen. Er zuckte die Schultern. „Wundert dich das wirklich? Ich meine, warum sollte er uns glauben? Wahrscheinlich schließt er nur von sich selbst auf andere."

War ihre Schule wirklich so verdorben? Katharina stieß die Luft aus. Sie hatte gute Lust, sich vor das Zimmer des Schulleiters auf den Gang zu setzen und direkt dort zu beten.

„Könnten wir machen", grinste Phil. „Wäre ruhiger als hier."

„Quatsch! Das war nicht ernst gemeint", wehrte Katharina ab. *Ich stehe hier mit Phil und rede mit ihm darüber, wo wir uns am besten zum Beten treffen. Wir sprechen ganz normal miteinander, und ich habe nicht mehr das Gefühl, mich vor einem Schleimer schützen zu müssen.*

„Herbert sagt, man sollte nicht immer erst auf eine geeignete Gelegenheit warten, um mit etwas anzufangen. Manchmal müsste man einfach loslegen. Bei ihm wäre das auch so gewesen. Wusstest du, dass er mit vierzehn im Knast war?"

Katharina nickte. Was Phil als Nächstes erzählte, wusste sie allerdings noch nicht: Herbert hatte dort im Gefängnis für und mit den anderen Gefangenen gebetet. Er hatte eines Tages in der Bibel, die er von einem Besucher geschenkt bekommen hatte, gelesen, dass man füreinander beten solle, und hatte beschlossen, einfach damit anzufangen. Anfangs hatten die anderen Insassen komisch geguckt, aber nach und nach war daraus ein Gefängnisgebetskreis entstanden, der einen spürbaren Unterschied an diesem tristen Ort gemacht hatte.

Wenn Herbert mit 14 mit anderen Knackis beten konnte, kann ich mit bald 18 auch mit Phil auf dem Schulhof beten, dachte Katharina. Sie atmete tief durch. „Also gut, dann lass uns einfach anfangen. Aber lass uns lieber hier draußen beten, statt vor Herrn Marstalls Büro."

Ein paar Unterstufenschüler rannten lärmend an ihnen vorbei, und Katharina kamen plötzlich Zweifel, ob der Schulhof wirklich so ein guter Platz war. „Sollen wir vielleicht zu den Mülltonnen gehen? Da ist es nicht ganz so laut."

„Von mir aus", stimmte Phil zu. „Um ehrlich zu sein, hab ich das Beten in der Öffentlichkeit noch nicht so drauf wie Herbert. Da kommt mir ein bisschen Privatsphäre ganz gelegen."

Katharina ging mit Phil zu dem Platz, an dem die großen Müllkontainer standen. *Wenn uns jemand sieht … Sollten wir vielleicht doch lieber direkt auf dem Schulhof beten?*

„Also, wie machen wir das jetzt?", fragte Phil.

Ich glaube, er hat wirklich noch nicht so oft in einer Gruppe gebetet. Wobei wir nicht wirklich eine Gruppe sind. Eher ein Paar. Trotz ihrer Erkenntnis, dass Phil ein neues Leben angefangen hatte, schüttelte sie sich innerlich. Hoffentlich käme niemand auf die Idee, sie hätte etwas mit Phil. Ein Wurm begann, die Wurzel der Wunderstaude anzuknabbern. *Es ist toll, dass er offensichtlich mit Jesus angefangen hat, aber er ist immer noch Phil. Und sollte er aus irgendeinem Grund meine Nummer haben wollen, werde ich sie ihm nicht geben,* schoss es ihr durch den Kopf. Sie schob die Gedanken beiseite. Jetzt ging es erstmal darum, wie sie ihr erstes Gebetstreffen beginnen würden. „Wir sagen Gott einfach, was wir denken und was wir uns für unsere Schule wünschen", beantwortete sie seine Frage. *Und wenn er dann ein Endlos-Gebet macht?* „Also abwechselnd", fügte sie vorsichtshalber schnell an. „Erst du, dann ich, dann wieder du usw."

„Kannst du auch anfangen?"

„Ja, klar." *Aber ich werde die Augen auflassen. Und ich hoffe echt, dass niemand uns hört ... Außer Gott, natürlich.* Normalerweise hatte sie kein Problem damit, laut zu beten, aber hier und jetzt kam sie sich ziemlich seltsam vor. Das lähmte sie. Sie hatte das Gefühl, die Worte hervorpressen zu müssen. *Jesus, bitte hilf mir zu beten!* Noch während sie das Stoßgebet formulierte, musste sie fast grinsen. *Ich kann noch nicht mal ohne Gottes Hilfe beten!* Sie zog ihre Gedanken weg von Phil und der ungewöhnlichen Location und betete als Erstes für Herrn Marstall: „... Hilf ihm zu erkennen, dass du der einzig wahre Gott bist und deine Maßstäbe allein Bestand haben ..."

„Gott, das hier ist ziemlich abgefahren, aber ich find's auch cool", fing Phil an. „Danke, dass ich leben kann und beten kann. Dass Herr Marstall auch an dich glaubt, ist in der Tat ein guter Vorschlag. Dem würde ich mich gerne anschließen. Und ein paar anderen Lehrern würde das auch guttun. Eigentlich allen ..." Hatte Phil am Anfang noch etwas stockend formuliert, wurde er mit jedem Satz entspannter.

Katharina sah Susanna, Jonas und Claas in Richtung Rondell gehen und betete für die drei aus ihrer ehemaligen Kochgang. Sie war überrascht, dass Phil noch ein eigenes Gebet für Susanna dranhängte: „Obwohl sie immer so perfekt gestylt ist, ist sie so hohl innendrin, Gott, so wie ich früher ..."

Ich frage mich, woher er das so genau weiß.

Phil betete noch für ihre Mitschüler im Allgemeinen, und dann war die Gebetszeit auch schon zu Ende. Es war nicht viel gewesen – vielleicht zwei Minuten. Aber es war ein Anfang. Phil grinste. „Ging doch."

Weil Katharina nicht die ganze Pause mit ihm rumstehen wollte, verabschiedete sie sich und ging zur Toilette. Irgendwie musste sie die Zeit bis zum Beginn der nächsten Unterrichtsstunde füllen. Einfach ganz allein über den Schulhof zu schlendern war ihr nach wie vor zu blöd. *Ich wünschte, es gäbe ein Mädchen, mit dem ich in diesem Schuljahr die Pausen verbringen könnte.* Aber so blieb ihr wieder nur der Besuch der Sanitäranlagen.

Auf dem Weg zu Deutsch kamen ihr Jonas, Susanna und Claas entgegen. Susanna hatte sich bei Jonas eingehängt. Claas lief mit den Händen in den Taschen nebenher. Katharina wurde nicht schlau aus den dreien. Vor den Sommerferien hatte sie gedacht, Susanna würde auf Claas stehen. Dabei war Jonas der, der versuchte, sie mit allen Mitteln zu beeindrucken. Und so, wie es aussah, hatte er inzwischen Erfolg, denn das It-Girl schien nun ihm ihre Zuwendung zu schenken. Sein Profilbild zeigte ihn und Susanna ganz eindeutig als Paar. Claas juckte das offenbar nicht. Vielleicht stand er einfach über den Dingen.

Jonas sah kurz in ihre Richtung, aber das war auch die einzige Beachtung, die die drei ihr zollten. Katharina hatte gehofft, dass die Sommerferien das Negative, was davor passiert war, zumindest soweit in den Hintergrund treten lassen würden, dass man sich wenigstens grüßte, aber das schien nicht der Fall zu sein. *Eigentlich müsste Jonas sich gründlich bei mir entschuldigen. Mich besoffen zu machen, war echt nicht gerade die feine Art!*

Katharinas Gedanken wanderten zu Justus. Gestern Abend hatte er sie mit „Hey, schöne Tänzerin" angeschrieben. Sie hatte nicht gewusst, wie sie darauf reagieren sollte. So hatte er sie noch nie genannt. Andererseits waren sie auch noch nie zusammen gewesen. „Wann kann ich dich wiedersehen?", hatte er gefragt.

„Hab einen ziemlich vollen Stundenplan. Aber danach eigentlich immer", war ihre Antwort gewesen. Sie würde sich einfach ihr Lernen drumherum einbauen.

„Freitagabend?"

Versucht er gerade, witzig zu sein? In der Jugend treffen wir uns doch sowieso. Oder wollte er sich mit ihr treffen, statt zur Jugend zu gehen? Das fände sie nicht so gut. Aber er könnte sie

gerne danach nach Hause bringen. Sie hatte überlegt, wie sie die Nachricht so formulieren könnte, dass er sie nicht abweisend fände. „Sehr gerne", hatte sie zurückgeschrieben. „Und zwar um 19.00 Uhr in der Gemeinde. (Smiley) Wenn du mit dem Fahrrad kommst, können wir ja danach zusammen zurückfahren."
Seitdem hatte er sich nicht mehr gemeldet.
Claas verabschiedete sich von Jonas und Susanna und ging zu seinem Unterricht, Katharina folgte den beiden anderen die Treppe hoch zu Deutsch.
Dieser Kurs ist dermaßen unnötig!, dachte sie zum hundertsten Mal. Herr Künzel teilte seine Arbeitsblätter aus und verschanzte sich dann hinter dem Pult hinter seiner Zeitung, Füße auf dem Tisch. *Es ist ein Wunder, dass er sich die Mühe mit den ganzen Kopien macht. Obwohl, vielleicht gibt er die auch einfach der Sekretärin ...* Sie nahm ihre zwei Seiten entgegen und machte sich an die Arbeit. *Eigentlich könnte ich die als Home-Schooling auch mit nach Hause nehmen. Er würde es wahrscheinlich noch nicht mal merken, wenn ich nicht da wäre.*
Dass dieser Lehrer wesentlich mehr wahrnahm, als sie dachte, war ihr nicht bewusst.
Obwohl sie alles hatte allein erarbeiten müssen, war sie die Erste, die abgab. Die letzten zehn Minuten nutzte sie, um ihre Seele baumeln zu lassen und diesen geschichtswürdigen Vormittag nochmal in Gedanken durchzugehen. *Mein erstes Gebetstreffen. Und das ausgerechnet mit Phil. Wenn ich das Justus erzähle, kriegt er den Mund nicht mehr zu ... Hoffentlich habe ich eine Nachricht von ihm, wenn ich zu Hause bin. Und hoffentlich nimmt er mir nicht krumm, dass ich lieber in die Jugend gehen will.*
Zu Hause nahm sie sofort ihr Handy heraus. Aber er hatte immer noch nicht geschrieben. Sollte sie ihn kontaktieren? Dass sie mit Phil zusammen einen Gebetskreis gegründet hatte, wollte sie unbedingt mit ihm teilen. Und mit ihrer Freundin Theresa in China. Herbert würde das sicher auch interessieren. Schließlich war er überhaupt der Ausschlag dafür gewesen. *Wer weiß, wo Phil ohne Herbert jetzt wäre. Wahrscheinlich nicht auf dem Weg mit Jesus. Ja, Herbert sollte ich definitiv schreiben. Aber eigentlich will ich es erst Justus erzählen.*

Vorher werde ich etwas essen, beschloss sie. Sie ging in die Küche und machte sich ein Omelett mit Apfelschnitzen. Dann legte sie ein paar Stücke weiße Schokolade auf die eine Hälfte und klappte die andere darüber. Ganz bewusst hatte sie beim Essen ihr Handy nicht neben sich liegen. *Ich werde mein Omelett mit geschmolzener Schokolade genießen und nicht die ganze Zeit gucken, ob Justus mir schreibt!*
Doch als ihr Handy einen Ton von sich gab, legte sie Messer und Gabel beiseite, stand auf und ging zur Anrichte. *Na endlich!*
Zu ihrer Enttäuschung war es nicht Justus, der ihr eine Nachricht schickte, sondern Herbert. Und zwar eine zweiminütige Sprachnachricht: „Hey Cats, isch wollte nur sagen, dass isch Freitag doch net im Jugendkreis sein werde. Isch hab mal irgendwann Urlaub, dann komme isch nach Osnabrück. Isch verlänger meinen Einsatz hier. Genau genommen bleibe isch sogar. Sie wollen misch nämlisch gerne hier in Frankfurt bei den Skatern behalten. Isch freu misch riesisch, dass sie Verwendung für misch haben …"
Dass er bleiben würde, wusste sie bereits von Malte. Aber es war cool, das Ganze nochmal in original Herbert-Ausdrucksweise zu hören. *Herbert bleibt einfach in Frankfurt bei der Skater-Mission. Voll krass!* Der rundliche Kerl mit seinem absolut unmodischen Erscheinungsbild hatte bei ihnen in der Jugend nie sonderlich viel Beachtung bekommen. Jetzt erfuhr er anscheinend endlich die Wertschätzung, die er verdiente. Katharina schickte sofort eine Sprachnachricht zurück: „Das ist so cool, Herbie! Ich meine, wir werden dich vermissen, aber ich freue mich so für dich!" Jetzt, wo sie mit Justus zusammen war, hatte sie keine Scheu, so etwas zu verschicken.
Da, endlich eine Nachricht von Justus: „Hey Süße."
Süße? Katharina kicherte. So hatte er sie noch nie genannt. Na ja, bisher hatte es dazu auch keinen Grund gegeben. Wobei – in Anbetracht ihrer Liebe zu Schokolade passte die Bezeichnung sogar auch ohne sämtliche Romantik. „Wie war dein Tag?", schrieb sie zurück. Sie überlegte, ob sie ein Herz hinzufügen sollte, entschied sich aber dagegen. Sie würde erst eins schicken, wenn er eins schickte.

„Mit dir wäre er schöner gewesen", kam prompt die Antwort – ohne Herz. Sie war froh, dass sie keins geschickt hatte.

Sein Gartenbaustudium beginnt erst in ein paar Wochen und bei der Gartenfirma hat er auch noch nicht angefangen. Also hätte er mir eigentlich den ganzen Tag sehr lange Nachrichten schreiben können. Dafür, dass er sooo viel freie Zeit hatte, ist ein „Hey Süße" nicht so überaus wortreich. „Was hast du gemacht?", fragte sie.

„An dich gedacht."

Dann war er ja nicht sonderlich produktiv. „Und sonst?"

„Nichts Besonderes. Und du?"

Sie schrieb ihm von der Sache mit dem Gebetskreis und wartete gespannt auf seine Reaktion. *Ich wette, er ist genauso geflasht wie ich. Wer hätte je gedacht, dass ausgerechnet Phil den Ausschlag dazu geben würde ...*

Doch zu ihrer Verwunderung kam lediglich die Frage: „Wo trefft ihr euch?"

„Bei den Mülltonnen." Sie setzte ein passendes Emoji dahinter. „Wir haben unseren Schulleiter gefragt, aber er will uns keinen Raum zur Verfügung stellen." *Vielleicht findet er mich mutig*, huschte es durch ihren Kopf, während sie auf senden tippte. Diesen Gedanken verscheuchte sie jedoch ganz schnell wieder. Sinn dieser Aktion war nicht, Justus zu beeindrucken.

„Kann da jeder kommen?", kam die Frage.

Etwas irritiert sah sie auf das Display. „Jeder, der montags in der ersten Pause auf dem Schulhof des Augustinus-Gymnasiums ist", schrieb sie zurück. Hatte er etwa vor zu erscheinen? Zeit hätte er ja im Moment. „Wolltest du kommen?", schrieb sie.

„Mal sehn", kam die Antwort. Dann ging er offline.

Dieser Chat war nicht das, was sie erhofft hatte. Schade, dass er nicht vorgeschlagen hatte, dass sie sich träfen. Sie tröstete sich damit, dass er sich, wenn auch nur recht wortkarg, doch immerhin mit sehr romantischen Ausdrücken bei ihr gemeldet hatte.

*

Kein Handy zu haben, wurmte Justus fürchterlich. Er fühlte sich fast gänzlich von der Außenwelt abgeschnitten. Das Schlimmste war, dass er Katharina nicht kontaktieren konnte. *Sie muss denken, ich habe mich zurückgezogen!*
Am Donnerstag hielt er es nicht mehr aus. Er kaufte sich das billigste Tastenhandy, das es gab, setzte sich auf sein Fahrrad und radelte zu Greta (die wohnte am nächsten zu ihm), um sich Katharinas Nummer geben zu lassen.
Aber Greta war nicht zu Hause. Frustriert überlegte er, ob er einfach weiter nach Belm fahren und Katharina persönlich aufsuchen sollte. Das hatte er noch nie gemacht. Zumindest nicht allein. Aber sie waren ja auch vorher noch nie zusammen gewesen. Und rein theoretisch sprach nichts dagegen, dass er seine Freundin besuchte. Je mehr er darüber nachdachte, desto mehr wunderte er sich, dass er nicht schon viel eher auf die Idee gekommen war.
Doch als er um kurz nach fünf bei Jöllenbecks klingelte, machte ihm niemand auf. *Das kann ja wohl nicht sein! Jetzt fahre ich extra hier raus und dann ist es völlig für die Katz. Ich kann ihr noch nicht mal einen Zettel schreiben.*
Für den Rückweg brauchte er wesentlich länger, und als er schließlich zu Hause ankam, war seine Stimmung auf dem Nullpunkt. Er war verschwitzt, durstig, hungrig und maximal frustriert.
„Hast du eine Fahrradtour gemacht?", fragte Jens überflüssigerweise.
„Hau ab!", schnauzte Justus ihn an, so wie er es früher oft getan hatte. Früher hatte er auch nichts dabei gefunden, jetzt schon. Vor allem, als er den Gesichtsausdruck seines kleinen Bruders sah. „Tut mir leid, Jens. Hat nichts mit dir zu tun. Muss einfach erstmal runterkommen. War nicht böse gemeint."
„Ich vergebe dir. Das finde ich gut, dass du dich entschuldigt hast."

Na, hoffentlich ist Cats genauso versöhnlich ...
„Können wir vor dem Hauskreis noch Frisbee spielen?"
Justus schloss einen Moment die Augen. „Lass mich erst etwas trinken, okay?"
Jens kam mit in die Küche. Justus kippte ein Glas Apfelschorle runter, dann schaute er in den Schränken nach, ob es noch irgendwo etwas Essbares gab.
„Was suchst du?", fragte Jens.
„Schokolade."
Jens verschwand kurz und kam mit einer Tafel Joghurtschokolade wieder. „Hier. Magst du das?"
Es war zwar keine Weiße mit Nüssen, aber besser als gar keine. „Geht. Weiße ist besser. Hat dir die wieder irgendein Mädchen geschenkt?"
Jens sah zur Seite. „Nein", sagte er nur.
Justus zuckte die Schultern. Es war ihm egal, woher die Schokolade kam. Er aß sie auf, trank noch ein Glas und ging mit Jens nach draußen.
Aber er spielte nicht mit derselben Leichtigkeit wie sonst. *Ich kann sie nicht erreichen. Ich wette, sie glaubt, ich hätte sie fallengelassen!*

*

Die ganze Woche schrieb Katharina mit Justus. So viel war sie noch nie in ihrem Leben am Handy gewesen. Nie hätte sie gedacht, dass in Justus so ein mitteilsamer Mensch steckte. Und so ein romantischer. Es fiel ihr nicht schwer, darauf zu antworten. *Er hat mir zwar noch kein schlagendes rotes Herz geschickt, aber vielleicht schickt ein Kerl so was auch nicht.*

Am Donnerstag kam endlich die Nachricht von Justus, auf die sie schon die ganze Woche gewartet hatte, auch wenn sie nicht davon geträumt hätte, dass er sie gleich zum Essen ausführen würde: „Hast du heute Abend Zeit? Ich kann uns für 19.00 Uhr einen Tisch im Sausalitos reservieren."

Justus will mit mir essen gehen! „Geht klar", schrieb sie zurück. *Wie gut, dass ich mich nicht darauf eingelassen habe, die Jugend zu schwänzen.*

Sie setzte sich an ihre Hausaufgaben und bemühte sich, sich auf Deutsch zu konzentrieren. *Justus und ich werden essen gehen.* Sie versuchte, sich vorzustellen, wie das sein würde, zum ersten Mal etwas ganz allein mit ihm zu unternehmen. *Es wird nicht anders sein, als sonst auch*, sagte sie sich zum wiederholten Male. *Hoffentlich kommt er mit dem Fahrrad. Dann könnte er mich danach nach Hause begleiten.* Sie überlegte, ob sie ihm das vorschlagen sollte. *Nee, da soll er selbst draufkommen. Mein erstes Date ... Was ziehe ich am besten an?*

Sie stand auf und ging zu ihrem Kleiderschrank. *Das hellblaue Baumwollkleid?* Das passte gut zu ihren Augen. *Oder lieber ein T-Shirt und eine Jeans? Oder eine Bluse?* Sie hielt sich ein paar Outfits an und legte sie auf ihre Kommode. *Wenn ich wüsste, was Justus anzieht ...* Er machte sich nicht so viel aus Klamotten. Mit einem weißen Hemd würde er bestimmt nicht erscheinen. Aber sie wollte bei ihrer ersten „richtigen" Verabredung schon irgendwie besonders aussehen. *Bluse und Jeans*, beschloss sie. *Dann bin ich auf jeden Fall nicht overdressed aber auch nicht zu gammelig angezogen.*

Sie räumte die anderen Kleidungsstücke zurück in den Schrank.

Dabei stieß sie versehentlich gegen den Kaktus, der auf ihrer Kommode stand. Mit dem Resultat, dass die trockene Erde darin sich auf ihrem Fußboden verstreute ... Sie holte den Staubsauger. Knisternd rutschte die Erde durch das Metallrohr. Katharina saugte gleich das ganze Zimmer und ging mit dem Gerät durch die anderen Räume. Im Moment würde sich niemand an dem Krach stören, zumindest nicht die Hausordnung. Dann setzte sie sich wieder an Deutsch.

Um kurz nach sechs räumte sie ihre Schulsachen weg und machte sich fertig. Sie schrieb ihrer Mutter einen Zettel, lief die vier Stockwerke ihres Mietshauses hinunter und holte ihr Rad aus dem Schuppen dahinter.

Um fünf vor sieben schloss sie ihr Fahrrad am Fahrradständer vor dem Lokal an. Justus' Rad war nicht zu sehen. Sie warf einen Blick auf den Parkplatz. Das Auto seiner Mutter war ebenfalls nicht da.

Na ja, ich bin ja auch ein paar Minuten zu früh. Hoffentlich kommt er mit dem Fahrrad. Doch als es zwanzig nach sieben war, war Justus weder mit dem Rad noch mit dem Auto gekommen. Aus dem Augenwinkel hatte sie gesehen, dass der Typ mit dem Pickup, der sie am Sonntagabend angehupt hatte, an einem der Tische saß. Sie vermied es, in seine Richtung zu gucken.

Jetzt stand er auf und kam herüber. „Hey Tänzerin", grinste er und zeigte seine schönen Zähne. „Kann ich dich auf was zu trinken einladen?"

Er sieht zwar unverschämt gut aus und ich habe tatsächlich Durst, aber nein danke. „Ich bin verabredet, danke", lehnte sie ab. Um zu signalisieren, dass die Unterhaltung damit für sie zu Ende war, nahm sie ihr Handy heraus und ging nach draußen. Damit ihr kostbares Guthaben so lange wie möglich reichte, schrieb sie nur im Notfall von unterwegs. Sie überlegte gerade, ob das hier als solcher einzustufen war, als sie eine Nachricht bekam: „Bin gleich da. Geh schon mal rein. Tisch 2."

Katharina steckte das Handy weg, drückte die Tür auf und betrat erneut das Lokal. *Tisch zwei. Aha, dort drüben.* Der Kerl, der sie angesprochen hatte, saß da. Er sah in ihre Richtung.

Gleich wird er nicht mehr dort sitzen. Den Tisch hat Justus nämlich reserviert. Ich gehe schon mal hin und vertreibe ihn. Wenn ich mich traue. Sie durchquerte das Lokal, den Kerl im Blick.
„Na, doch was zu trinken?", lächelte er, als sie an seinem Tisch stand.
Er schaute sie mit der gleichen Bewunderung an wie damals auf dem Abi-Ball. Katharina konnte es nicht verhindern, dass ihr das Auftrieb gab. Sie sah sich um. Kam Justus vielleicht gerade?
„Wartest du auf jemanden?"
„Äh, ja. Er hat diesen Tisch für uns reserviert."
„Darf ich vorher noch meine Cola austrinken? Ich gehe, sobald er da ist, okay?"
Er hat echt schöne Zähne. „Ja, ja natürlich." Katharina kam sich dumm vor, einfach nur dazustehen und zog sich einen Stuhl heraus. Der Kerl stand auf. „Wir können auch die Plätze tauschen. Dann hast du besser die Tür im Blick."
Das ist echt aufmerksam von ihm! „Danke", lächelte Katharina.
„Ich bin übrigens Eric. Du kannst mich aber auch anders nennen, wenn du möchtest. Solange ich weiß, dass ich gemeint bin."
Wie wär's mit „Bagger"? „Gräber" würde auch gehen. „Flirt" ebenfalls.
„Was ist da gerade durch dein Gehirn gezischt?", fragte er neckend.
Katharina wurde etwas rot. Sie warf mit einer Hand ihre langen, dichten Haare über die Schulter. „Ich bin Katharina", sagte sie statt einer Antwort.
„Spitzname?"
Cats. Aber das geht dich nichts an. So nennen mich nur die aus der Jugend. „Einfach Katharina", sagte sie. *Und hör auf, mich so anzustarren. Das macht mich nervös.*
„Darf ich dir was zu trinken bestellen, einfach Katharina, bis deine Begleitung kommt?" Er schob ihr die Karte hin und hob sein Glas. „Was ich echt empfehlen kann ist ... Cola."
Katharina merkte, wie sie etwas entspannte. Sie grinste. „Ach ja?"

Der Kerl besah prüfend sein Glas. „Sie ist ... irgendwie ... dunkel, geheimnisvoll", sagte er todernst.

„Dunkel, du hast recht", stimmte Katharina im gleichen Tonfall zu. Sie alberten ein bisschen locker herum. *In nüchternem Zustand scheint er echt witzig zu sein.* Trotzdem. Warum kam Justus nicht? Sie sah auf ihre Uhr. Viertel vor acht. „Entschuldige mich." Sie nahm ihr Handy heraus. „Ich warte jetzt noch fünf Minuten, dann fahre ich", tippte sie drei Cent ihres kostbaren Guthabens an Justus' Nummer. Als sie aufsah, merkte sie, wie ihr Tischnachbar sie mit einem leichten Lächeln musterte. Sein Blick entnervte sie. Sie stand auf. Sie würde draußen auf Justus warten.

Aber Justus kam nicht.

*

Justus konnte es nicht erwarten, dass endlich Jugend war und er mit Katharina sprechen konnte. Ihm kam sogar der Gedanke, sie in Belm abzuholen, damit sie vor der Jugend ungestört reden konnten. *Und wenn sie gar nicht von zu Hause kommt?* Donnerstag hatte er sie ja auch nicht erreicht. *Vielleicht war sie beim Kochen. Sie hat doch diese Kochgruppe. Mit diesem ekelhaften Kerl.*

Er riss die Augen auf. *Vielleicht hat sie mich sogar angeschrieben, ob ich mitkomme. Sie hat mich bestimmt ein paarmal angeschrieben. Und jetzt denkt sie, ich wollte nichts mehr mit ihr zu tun haben oder wäre unzuverlässig oder die ganze Woche besoffen gewesen oder hätte sie vor lauter Zocken vergessen oder sonst was. Dabei trifft das alles nicht zu. Ich denke fast pausenlos an sie, war bei Greta und sogar in Belm, und statt zu zocken rupfe ich Unkraut.* Er musste sich noch nicht einmal dazu überwinden. Den Garten auf Vordermann zu bringen, machte ihm richtig Spaß.

Was, wenn sie es sich inzwischen anders überlegt hat? Wenn sie mit John geschrieben hat, weil ich mich nicht gemeldet habe? Der würde sein Handy nicht verlieren. Irgendwie hatte er so ein

Gefühl, dass der Kerl, dem er das Päckchen für sie in die Hand gedrückt hatte, sein Leben (inklusive Handy) fest im Griff hatte. *Es ist wirklich so dämlich von mir, das iPhone zu verlieren. Wer einfach auf offener Straße sein iPhone verliert, wirkt nicht besonders zuverlässig ...*
Seine Gedanken verschlangen sich ineinander wie die Wurzeln des Unkrauts, das er zwischen den Bodendeckererdbeeren entfernte. Er stellte sich vor, wie Katharina jeden Tag frustriert auf ihr Handy guckte, ob er ihr endlich geantwortet hatte. *Dann bekommt sie eine Nachricht von John: „Weißt du noch, wie schön wir zusammen getanzt haben?" Lächelnd schreibt sie ihm zurück: „Das war wunderbar."* Seine Fantasie ging mit ihm durch.
„Justus?", rief sein kleiner Bruder durch das Wohnzimmerfenster. Justus sah auf. „Was ist?", rief er zurück.
„Kannst du mir mit Mathe helfen?"
Ihm war nicht nach Mathe. Im Moment konnte er sowieso nicht geradeaus denken. Außerdem war er viel zu dreckig. Er hielt seine Hände hoch. „Alles voller Erde."
„Ich komme zu dir!" Kurz darauf stand Jens neben ihm, das Mathebuch in der Hand. „Ich versteh die Aufgabe nicht. Ich hab sogar schon gebetet."
Warum bete ich nicht für die Sache mit Cats?, schoss es Justus auf einmal durch den Kopf.
„Und als ich gebetet habe, kam mir die Idee, dich zu fragen", erklärte Jens.
Aha. Nicht besonders verwunderlich.
„Und da habe ich gedacht, warum ich da nicht schon eher drauf gekommen bin. Maria hat gesagt: Manchmal ist die Lösung ganz einfach, man sieht sie nur nicht. Aber Gott kann einem nicht nur schwierige Lösungen zeigen, sondern auch einfache. So wie da, als Elisa stinknormales Mehl in eine vergiftete Suppe getan hat und sie danach ungiftig wurde."
Justus hatte keine Ahnung, von welcher vergifteten Suppe Jens im Kigo gehört hatte, aber in ihm wuchs die Ahnung, dass Gott auch für sein Problem eine Lösung hatte. Laut sagte er: „Zeig mal her."

Jens hielt das Mathebuch so, dass Justus die Aufgabe lesen konnte, ohne das Buch mit seinen erdigen Händen anfassen zu müssen. „Du hast neun Freunde zu deinem Geburtstag eingeladen und deine Mutter hat vier Pizzas gebacken. Wie viel Pizza bekommt jeder?"

Bruchrechnen. Er erklärte Jens die Aufgabe.

„Ach so, das ist ja gar nicht so schwer." Jens grinste. „Gott hat mein Gebet erhört. Mit dir. Danke."

„Yep." *Und danke, dass du mich daran erinnert hast, zu beten.* Sobald er sich wieder seinem Giersch zugewandt hatte, bat er Gott, ihm in dieser Situation mit Katharina zu helfen. Wer weiß, vielleicht stellte sich heraus, dass das Ganze viel einfacher war, als er dachte, so wie Jens' Textaufgabe. So wie das mit dem Mehl. Er musste die Geschichte unbedingt mal nachlesen.

Den Rest des Nachmittags versuchte er, sich nicht mehr irgendwelche Szenarien auszumalen, und es ging ihm besser. *Ich werde es ihr nachher einfach erklären*, beschloss er.

*

Beim Fahrradständer war Justus. Einerseits ließ sein Anblick Katharinas Herz schneller schlagen, gleichzeitig hatte sie gute Lust, ihn einfach zu ignorieren. *So wie er mich gestern hat sitzen lassen!* Danach hatte er sie auch nicht mehr angeschrieben.

„Hey Cats." Er schlenderte zu ihr.

„Hey." Sie schloss ihr Fahrrad an, ohne ihn eines Blickes zu würdigen.

„Kann ich kurz mit dir reden, bevor wir reingehen?"

Mit blitzenden Augen sah sie auf. *Was für eine Unschuldsmiene!* „Wenn du mir erklären möchtest, warum du mich gestern Abend hast sitzen lassen, bitte!", stieß sie heftig hervor.

Völlig verdattert sah Justus sie an. „Gestern? Wohin sollte ich gestern kommen? Ich war im Hauskreis."

„Aber du hast mir doch geschrieben, wir treffen uns um 19.00 Uhr bei Sausalitos." *Wie kann er so blöd sein!* „Wenn du's verpennt hast, dann tu nicht so, als würdest du noch kommen!" *Das hier ist entsetzlich! Ich hab mich so in ihm getäuscht! Versucht es auf die fromme Tour mit Hauskreis, dabei hat er unsere Verabredung versemmelt!*

Stirnrunzelnd schüttelte Justus den Kopf. „Cats, ich hab keine Ahnung, wovon du redest. Ich hatte ..."

Bevor er weitersprechen konnte, unterbrach sie ihn: „Hiervon!" Blitzschnell hatte sie ihr Handy herausgezogen und den Chat geöffnet. Sie hielt ihn ihm vor die Nase. Dabei beobachtete sie ganz genau sein Gesicht. *„Ich denke die ganze Zeit an dich und kann es nicht erwarten, dich zu treffen ... Du hast eine absolut heiße Figur ... In meinen Träumen tanze ich mit dir ... Hast du heute Abend Zeit ...?"* Sie kannte die Nachrichten auswendig. Und was sie darauf erwidert hatte. Noch vor ein paar Wochen hätte sie es nicht für möglich gehalten, dass sie mal so mit ihm schreiben würde.

Justus nahm das Handy und las. Das Stirnrunzeln wurde zu Bestürzung. Genau so hatte er geguckt, als sein kleines Spiel mit dem Umlegen des Vorbereitungstreffens damals im Winter aufgeflogen war. *Hah, ertappt! Du alter Heuchler!*

Doch sein nächster Satz ließ ihren Zorn zerplatzen wie die Nadel den Luftballon: „Jemand muss mein Handy benutzt haben, denn ich habe meins seit Sonntagabend nicht mehr. Ich war bei Greta, um mir deine Nummer zu besorgen, aber sie war nicht da. Dann bin ich nach Belm gefahren, um es dir persönlich zu sagen, aber du warst auch nicht da." Er zog ein weißes Tastenhandy aus der Tasche. „Ich hab mir für den Übergang jetzt das hier zugelegt. Aber ich muss mir erstmal alle Kontakte neu einspeichern."

Katharinas Lippen gingen auseinander. Sie spürte, wie ihr Gesicht dunkelrot wurde, aus mehreren Gründen. „Es, es tut mir Leid, Justus", stammelte sie. „Es tut mir wirklich leid. Ich hatte ja keine Ahnung ..." Sie schloss die Augen.

„Du hast ernsthaft gedacht, ich hätte dir all diese Nachrichten geschickt?", drang Justus' ungläubige Stimme durch die Scham in ihr und ließ ihr Gesicht noch wärmer werden.

„Ich ..." Katharina stieß die Luft aus. Sie schüttelte den Kopf.

„Was hatte ich denn für eine Wahl? Ich meine, woher sollte ich wissen, dass irgendjemand anders dein Handy benutzt?"
Justus nickte. Er sah sehr erleichtert aus. „Und ich dachte schon, du hast keine Lust mehr auf mich." Er grinste. „Aber in Anbetracht dessen, was du geschrieben hast, ist das wohl nicht der Fall."
Katharina dachte, sie müsste vor Peinlichkeit verglühen.
„Hey, mach dir nichts draus", kam seine vergnügte Stimme. „Es ist doch nichts Schlimmes passiert. Ich meine, es tut mir echt leid, dass du dachtest, ich hätte dich sitzenlassen, aber jetzt ist es doch geklärt."
Endlich sah Katharina auf. *Für dich vielleicht. Für mich ist gar nichts geklärt. Ich weiß nur, dass mir irgendein Fremder Sachen geschrieben hat, die du mir nicht schreiben würdest.* Mit allergrößter Anstrengung brachte sie ein kleines Lächeln zustande und zuckte die Schultern.
Der Jugendabend rauschte an ihr vorbei, ohne dass sie viel davon mitbekam. Justus saß ihr schräg gegenüber. Bis auf die Tatsache, dass er ein paarmal zu ihr hinübersah, deutete nichts auf seine Gefühle für sie hin.
„Du hast ernsthaft gedacht, ich hätte dir all diese Nachrichten geschickt?", hatte er sie ungläubig gefragt. *Das heißt, es würde ihm nicht in den Sinn kommen, mir so was zu schreiben. Vielleicht ist er gar nicht in mich verliebt. Vielleicht hat er das einfach als Wertschätzung verstanden, als ich ihm sagte, er sei genau mein Typ. Hätte ich ihm doch nicht den Chat gezeigt ...* „*Und ich dachte schon, du hast keine Lust mehr auf mich. Aber in Anbetracht dessen, was du geschrieben hast, ist das wohl nicht der Fall.*"
Von Neuem erfasste sie die Peinlichkeit und sie spürte, wie die Schamesröte in ihr Gesicht stieg. Was konnte sie nur tun, um sich wieder einigermaßen zu rehabilitieren? *Absolute Zurückhaltung! Ich sollte mich ihm gegenüber kühl verhalten. So lange, bis von seiner Seite was kommt. Ich will mich ihm nicht ergeben an den Hals werfen.* Automatisch setzte sie sich gerader hin. Aber deswegen hörte sie nicht besser zu. Ihre Gedanken kreisten weiter um die Panne.

Erst als Malte sagte: „Wie ist das eigentlich, wollen wir nochmal einen Special-Friday machen?", wurde sie aufmerksamer.
„Gute Idee", pflichtete Niels, einer ihrer Jugendleiter, ihm bei. Auch von einer Reihe anderer kam zustimmendes Gemurmel.
„Cats und ich würden gerne wieder vorbereiten helfen", hörte sie Justus sagen.
„Ach ja? Würden wir das?", fragte Katharina kühl. *Denkt, er hätte mich in der Hand, nur, weil er den Chat gelesen hat.* Da würde sie ihm gleich einen Dämpfer verpassen. Auch wenn sie mit dem neuen Justus liebend gerne einen besonderen Jugendabend vorbereitet hätte, würde sie ihm das nicht auf die Nase binden. Sie verschränkte die Arme vor der Brust. „Das muss ich mir erst noch überlegen."
Überrascht sah Justus sie an.
Da schaltete Sandra, Niels' Mitleiterin, sich ein: „Du musst das nicht machen, Cats. Du hattest so viel mit der Organisation das letzte Mal zu tun, es kann ruhig auch mal jemand anderes die Sache in die Hand nehmen."
„Ach, so viel war das gar nicht", wehrte Katharina ab. „Es haben ja alle toll mitgeholfen."
„Ich hätte Lust, mitzumachen", meldete sich Greta. „Ich weiß zwar nicht, ob mir so tolle Spiele einfallen wie dir, Justus, aber ich würde mich auf jeden Fall gerne in der Vorbereitung einbringen."
Justus fuhr sich durch die Haare. „Also, ehrlich gesagt, kamen die Spielideen von meinem kleinen Bruder – nachdem er dafür gebetet hatte."
Er ist wirklich anders geworden. Einen Moment vergaß Katharina, dass sie sich vorgenommen hatte, Justus die kalte oder, besser gesagt, kühle Schulter zu zeigen. Warm lächelte sie zu ihm hinüber. Er lächelte zurück und zwischen ihnen war ein unsichtbares Band, bis sie hastig wegsah.
„Aber wir brauchen jemanden, der eine krasse Glaubensgeschichte erzählen kann. Wirklich schade, dass Herbert in Frankfurt ist", meldete sich Malte zu Wort.
Greta schlug ihm aufs Knie. „Wie wär's mit dir?"

Erschrocken sah Malte sie an und die anderen lachten.

„Vielleicht muss es gar nicht so spektakulär sein. Ich finde, es reicht schon, wenn einfach einer sagt, warum er an Jesus glaubt. Oder mehrere. Und wie es dazu kam. Vielleicht eine männliche und eine weibliche Person", schlug Niels vor.

„Äh ja, genau", beeilte Malte sich, ihm beizupflichten. „Ich schlage dich und Sandra vor. Wer ist dafür?"

Sofort meldeten sich alle. Die beiden Jugendleiter sahen sich an. „Wir überlegen es uns", sagte Sandra. „Ich könnte mir auch vorstellen, dass man ein Thema macht, das alle interessiert."

„Und wer ist bereit, den Rest des Programms in die Hand zu nehmen?"

Schweigen im Saal. Die meisten sahen vor sich hin, bis Greta sagte: „Komm, Justus, wir packen das an."

Justus warf einen Blick in Katharinas Richtung. „Also gut", stimmte er zu. Die Köpfe hoben sich wieder, nun, da die Gefahr vorüber war.

Greta zückte sofort ihren Terminkalender. „Passt euch der zweite Freitag im September?", fragte sie in die Runde.

Niemand schien etwas dagegen zu haben und Niels sagte: „Wenn euch das in der Vorbereitung nicht zu knapp wird ..."

„Über einen Monat sollte reichen", meinte Greta zuversichtlich und Justus nickte.

„Heißt das, wir haben ein neues Special-Friday-Team?", vergewisserte sich Sandra.

„Heißt es", bekräftigte Malte. „Und damit Justus in dem Team nicht so allein ist, mache ich mit, um die Männerquote zu erhöhen." *Oder um einen Grund zu haben, mit Greta zusammen zu sein*, verbesserte Katharina im Stillen. Sie hätte sich auch gerne gemeldet, aber das sähe dann so aus, als wolle sie mit Justus zusammen sein. Was sie ja auch wollte, aber es sollte nicht so offensichtlich sein. *Und außerdem könnte er ja auch vorschlagen, dass wir das zusammen machen.* Sie hatte ganz vergessen, dass er bereits genau das getan hatte, sie sich aber darüber geärgert hatte, weil er sie nicht vorher gefragt hatte. Was einzig und allein

darin begründet war, dass sie sich maßlos schämte für das, was sie ihm geschrieben hatte. Wo es offensichtlich nicht auf Resonanz von seiner Seite traf. Wieder stieg ihr das Blut ins Gesicht.
WAS denkt er jetzt von mir?
Sie konnte es nicht erwarten, dass der Abend vorüber und es Zeit sein würde, nach Hause zu fahren; denn sie hoffte inständig, dass Justus sie nach Belm bringen würde und sie dann endlich reden konnten – einerseits. Das Gespräch vor dem Jugendkreis hatte bei weitem nicht ausgereicht. Andererseits brauchte sie unbedingt noch eine gute Gelegenheit, um ihn von ihrer Kühle ihm gegenüber zu überzeugen und sich selbst zur rehabilitieren.
Anstandshalber blieb Katharina nach dem letzten Lied noch eine Viertelstunde. Sie vermied es, zu Justus hinüberzusehen. Er machte keinerlei Anstalten, sein Sofa zu verlassen und zu ihrem zu kommen. Stattdessen schob er sich neben Malte und Greta Salzstangen in den Mund. Die drei machten erste Pläne wegen eines Special-Fridays.
Das hört sich so an, als würde er noch länger hierbleiben. Also werde ich wohl allein nach Hause fahren. Katharina stand auf. Sie musste samstagmorgens früh raus, um rechtzeitig in der Bäckerei zu sein. Außerdem hatte sie sowieso keinen Grund mehr, länger zu bleiben. Ohne sich von Justus zu verabschieden, verließ sie den Jugendraum. Mit einem bitteren Gefühl im Herzen schloss sie ihr Rad auf und fuhr vom Gemeindeparkplatz.
Auf einmal klingelte es hinter ihr. „Cats, warte!" Katharina wandte sich um. Es war Justus. „Warum sagst du nicht Bescheid, dass du fährst?"
Die Bitterkeit verwandelte sich in süß. „Ihr wart so eifrig am Planen ..."
„Ja und? Wir haben nur die Zeit schon mal genutzt. Echt schade, dass du keine Lust hast, mitzumachen."
„Wer sagt, dass ich keine Lust habe?"
„Na, du warst ja nicht gerade erfreut, als ich das vorschlug."
Er hat das vorgeschlagen? Katharina konnte sich nicht daran erinnern.
„Ich hoffe ja immer noch, dass du es dir überlegst", fuhr Justus fort.

Katharina gab sich einen Ruck. „Okay, ich mache mit." Sie bemühte sich, distanziert zu klingen.

Er schien den gleichgültigen Ton nicht gehört zu haben. „Das ist cool, Cats", grinste er in ihre Richtung. „Ich hatte gehofft, du würdest Ja sagen. Willst du unsere Ideen hören?"

Eigentlich wollte sie mit ihm über etwas anderes reden, aber da er anscheinend nicht das Bedürfnis hatte, sagte sie: „Schieß los."

„Mir kommt grade ein Gedanke ...", sagte Justus auf einmal zögernd.

„Ja?"

„Ich weiß nicht, ob das geht, aber dieses Stück, das ihr mit eurer Tanzgruppe aufgeführt habt – ich weiß ja nicht, aber, also, es war so ausdrucksstark. Es hat den Leuten die Augen geöffnet. Ich frage mich, ob unsere Jugend so was auch hinkriegen könnte?"

Katharina traute ihren Ohren kaum. Justus schlug vor, sie sollten mit ihrem Jugendkreis *tanzen*? Ein kleines Lachen entschlüpfte ihr. „Das wäre wirklich ziemlich krass." Und es war das erste Mal, dass er etwas zu der Aufführung in Hermannstadt sagte. *Es wäre zu schön, wenn er sich dazu äußern würde, wie er mein Getanze fand.* Zu dem Zeitpunkt hatte sie noch gedacht, sie wäre in John verliebt.

„Die Rolle der Solo-Tänzerin zu besetzen, wäre ja nicht schwer und auch die Tänzergruppe im Vordergrund könnten sicher ein paar übernehmen, Greta und Sandra zum Beispiel. Ich wüsste allerdings nicht, wer den König machen sollte."

„Vielleicht müsste man einfach mal fragen. Wer weiß, es kann doch sein, dass es verkappte Tänzer bei uns gibt", schlug Katharina vor. „Manchmal steckt mehr in den Leuten, als man denkt." Sie warf Justus einen Seitenblick zu. *In dir zum Beispiel. Du singst einer alten Frau in Not ein Lied vor und machst Kindergottesdienst für eine werdende Mutter.*

Justus grinste. „Stimmt. Manchmal weiß man selbst nicht, wozu man fähig ist. Ich werde Malte mal fragen."

„Was ist mit dir?", fragte Katharina vorsichtig. „Also, nicht dass ich unbedingt mit dir tanzen will, aber wer den Vorschlag macht ...", beeilte sie sich hinterherzuschieben.

„NIE! Das ist ja noch schlimmer, als auf der Kanzel zu beten!"
„Warum eigentlich?"
„Weißt du, wie peinlich das ist?"
„Aber du hast doch selbst vorgeschlagen, dass wir das Stück machen sollen. Wenn es peinlich ist, warum hast du es dann vorgeschlagen?" Justus schwieg etwas verlegen. Aber Katharina ließ nicht locker: „Also: Was ist daran peinlich, auf einer Bühne zu tanzen?"
Er zuckte die Schultern. „Ich ... keine Ahnung, nichts wirklich, schätze ich. Also für so Leute wie dich. Oder die aus eurer Truppe. Ach, ich mag es einfach nicht, wenn sich alle Blicke auf mich richten."
Er ist tatsächlich schüchtern! Wie süß. Und er drängt sich nicht in den Vordergrund. Noch nicht mal, als er noch seine Ego-Piruetten gedreht hat. Komisch, dass mir das nie aufgefallen ist. Ob er nicht aus dem Quark kommt, weil er schüchtern ist?
„Was denkst du, könnte ein Thema sein, das alle interessiert?", riss Justus sie aus ihren Überlegungen.
„Puh, keine Ahnung ..."
„Was würde dich denn interessieren?"
Katharina warf ihm einen überraschten Blick zu. Mit so einer tiefgründigen Frage hatte sie definitiv nicht gerechnet, schon gar nicht von Justus. *Im Moment interessiert mich vor allem, warum du mir solche Nachrichten nicht schreiben würdest ...*
„Zu welchem Thema würde ich zu einem Jugendabend gehen?", überlegte sie laut. Sie musste ihre Gedanken sehr auf die Frage konzentrieren. „Vielleicht irgendwas zu Mutig sein, wenn alle gegen einen sind oder so."
„Himmelstänzer sein, wenn alle anderen einen ausbuhen. ‚Die Choreo des Königs tanzen', hat die Sprecherin in Hermannstadt das doch genannt, oder?"
„Ja, genau!", lächelte Katharina. *Es ist so cool, dass du da warst!* Sie musste sich auf die Zunge beißen, um das nicht zu sagen. So ein Satz hätte nichts mit kühl sein zu tun.
„Damit könnten bestimmt eine ganze Reihe Leute was anfangen", stimmte Justus ihr zu.

„Du nicht?", fragte sie.

„Im Moment läuft mein Leben eigentlich ziemlich chillig. Meine Kollegen bei der Gartenbau-Firma, wo ich das Praktikum machen werde, scheinen ganz solide zu sein. Ich denke nicht, dass ich da ständig gegen den Wind segeln muss. Mal sehn, wie das Ende September wird, wenn ich an der Hochschule anfange. Aber grade ist es echt entspannt."

Sie sprachen noch eine ganze Weile über den Special-Friday. Schließlich waren sie vor dem hässlichen Betonklotz angekommen, in dem Katharina mit ihrer Mutter wohnte. Das Gras davor war vertrocknet von dem heißen Sommer und auch sonst bot die Kulisse nichts Romantisches – keine Dolomiten im Hintergrund und kein leise rauschendes Meer. Das einzige Rauschen kam von der Autostraße, die man hörte. *Aber der Kerl, mit dem ich hier stehe, macht das fehlende Setting hundertmal wett. Rein optisch gibt er zwar vielleicht nicht ganz so viel her wie John, aber das macht nichts. Wir tanzen endlich den gleichen Tanz. Und wenn er nicht meine WhatsApp-Nachrichten an diesen Handy-Klauer gelesen hätte, könnte das hier vielleicht wirklich romantisch sein. Aber ich werde mich hüten, ihm etwas Derartiges zu vermitteln. Erst muss da was von ihm kommen!*

*

Den ganzen Weg nach Belm hatten sie über den nächsten Special-Friday geredet. Die Zeit war wie im Nu vergangen, und er konnte nicht verstehen, warum die zehn Kilometer mit dem Rad bis zu Katharina ihm immer wie eine Weltreise vorgekommen waren. Sie sagten Gute Nacht und sie verschwand im Haus. Da sie keinerlei Anstalten machte, ihm einen Gute-Nacht-Kuss zu geben, ging er davon aus, dass sie das für verfrüht hielt. Die Kuss-Smileys, die sie ihm letzte Woche geschickt hatte, ohne dass er etwas davon gewusst hatte, hatten wohl nichts zu bedeuten.

Sie hat ernsthaft gedacht, ich hätte ihr diese Nachrichten geschickt! Wohl wissend, dass sie ihm, wütend, wie sie war, bestimmt nicht viel Zeit geben würde, um sich den kompletten Chat in Ruhe zu gönnen, hatte er sich darauf konzentriert, seine vermeintlichen Nachrichten zu überfliegen. *Natürlich könnte ich ihr durchaus solche Sachen schreiben. Zutreffen würden sie!* Aber das traute er sich nicht. Noch nicht. Er hatte sich nicht die Zeit genommen, zu lesen, was sie darauf erwidert hatte, nur die Emojis hatte er in der Eile wahrgenommen.

Na ja, er wollte nicht gleich zu viel erwarten. Immerhin hatte er sie endlich vollständig nach Hause gebracht. Also, fast. Wie von der Tarantel gestochen, war er mitten im Satz aufgesprungen und ihr hinterhergejagt. Als sie einfach losgefahren war, hatte er zuerst gedacht, sie wäre aus irgendeinem Grund sauer oder so. Aber das hatten sie ja gleich klären können. Er nahm sich vor, Missverständnisse immer sofort auszuräumen. Solange es keine Missverständnisse gab, konnte nichts schiefgehen, da war er sich sicher.

Während er zurück nach Sutthausen strampelte, überlegte er, dass er ihnen Zeit lassen würde. Viel Zeit. So viel Zeit, wie Katharina wollte. Jetzt, wo er wusste, dass sie nicht auf John stand, sondern auf ihn, hatte er alle Zeit der Welt. Er würde sie nicht ständig anschreiben und sich auch nicht dauernd mit ihr verabreden, um sie nicht zu bedrängen. Er hatte ihren Chat mit diesem Menschen, der sein Handy geklaut hatte, ja nicht vollständig lesen können, aber er hatte zumindest soviel gesehen, um sich sicher zu sein, dass sie ihn wirklich mochte. Das war für den Moment genug.

Auf dem Weg hinter der Bahn entlang raschelte es auf einmal neben ihm im Gebüsch und dann sprang plötzlich ein großer Feldhase vor ihm über die Straße. Justus zuckte zusammen. *Puh, was muss das Vieh mich so erschrecken!* Seine Gedanken wanderten zu Phil, der Katharina an eben dieser Stelle vor einem halben Jahr regelmäßig aufgelauert hatte. *Ich frage mich, was passiert wäre, wenn ich damals nicht hinter ihr hergeklingelt hätte.* Nachdem er erfahren hatte, dass ein Stalker ihr auf dieser Strecke auflauerte, war er ihr unauffällig gefolgt, um sie zu beschützen. Zwei Mal hatte er dadurch die schwarze Gestalt in dem weiten Umhang verjagt. *Ob Phil sich nicht von der Brücke gestürzt hätte? Aber dann wäre er vermutlich auch nicht Herbert begegnet. Und nicht*

Jesus. Schon krass, wie die Ereignisse ineinandergreifen und alles Teil eines übergeordneten Plans ist. Wenn sie nicht die ganze Zeit über den Special-Friday geredet hätten, hätten sie sicher über so etwas gesprochen. Schließlich war es das erste Mal, dass er Katharina gut sichtbar auf dieser ereignisträchtigen Strecke begleitete. Er spann den Gedanken an ineinandergreifende Ereignisse noch ein bisschen weiter. *Und wenn Phil ihr gar nicht erst aufgelauert hätte, wäre ich nicht ihr Schutzengel gewesen.* Er grinste bei der Erinnerung an ihr Gesicht bei dieser Offenbarung. „Aber du fährst doch nie Fahrrad im Regen!", hatte sie völlig überwältigt gesagt, als wäre das etwas Gewaltiges, Heldenhaftes, Unglaubliches. Genau betrachtet, war es das vor einem halben Jahr für ihn tatsächlich. Aber weil es um Cats' Sicherheit ging und er so ein schlechtes Gewissen hatte, war er über seinen Bequemlichkeitsschatten gesprungen. Immer wieder. Inzwischen fiel es ihm schwer, sie *nicht* zu begleiten, wenn es dunkel war. *Oder dämmrig.* Zu dumm, dass sie samstags wegen der Bäckerei immer so früh aufstehen musste. Sonst hätten sie noch reden können. Vielleicht würde sie sich ja nach der Arbeit melden. *Dann könnten wir nachmittags was zusammen unternehmen.* Wenn nicht, kein Problem. Sie würden sich spätestens am Sonntag sehen.

Er würde auf jeden Fall wieder mit dem Fahrrad zur Gemeinde kommen. *Wir werden wie immer ein bisschen mit den anderen im Jugendraum abhängen und dann werde ich sie nach Hause bringen. Vielleicht können wir ja sogar zusammen kochen. Mit anderen macht sie das ja auch. Obwohl, vielleicht will sie auch gar nicht mit mir kochen, weil ich mich das letzte Mal so dumm angestellt habe. Wir könnten auch in der Stadt was essen. Ich würde sie natürlich einladen. Aber vielleicht fühlt sie sich dann schlecht, weil sie nicht so viel Geld hat ...* Das mit dem Sonntag schien doch nicht so einfach zu sein, wie er zunächst gedacht hatte. *Ich werde einfach eine große Tafel Schokolade mitbringen,* beschloss er schließlich.

*

Kaum war Katharina am Samstagmittag wieder zu Hause, nahm sie ihr Handy heraus. Hatte Justus ihr geschrieben? Enttäuscht stellte sie fest, dass er sich nicht gemeldet hatte. Um diese Zeit hätte er eigentlich ausgeschlafen haben müssen. Den Vormittag über in der Bäckerei hatte sie fast pausenlos an ihn gedacht, immer wieder für ihn gebetet und sich darauf gefreut, heute Nachmittag vielleicht zusammen zum See zu fahren, nur sie beide, ohne Malte und Greta.

Aber Justus meldete sich den ganzen Samstag nicht. Ob es daran lag, dass er mit seinem Tastenhandy kein WhatsApp nutzen konnte? *Aber dann hätte er mir doch bestimmt eine SMS geschrieben. Wenn er mir hätte schreiben wollen ...*

„Alles in Ordnung?", fragte Antje Jöllenbeck ihre Tochter am Samstagabend. „Du wirkst schon den ganzen Nachmittag irgendwie nicht du selbst."

Manchmal wünschte ich, Mama hätte nicht so feine Antennen. Oder sollte sie ihr sagen, dass sie wegen Justus so frustriert war? *Ich bin mit Justus zusammen, aber es fühlt sich nicht so an. Außerdem habe ich mich schrecklich blamiert und versuche jetzt, ihn davon zu überzeugen, dass ich kein verliebtes Hühnchen bin. Was ich aber doch bin. Und es ist schrecklich, dass er nicht genauso in mich verliebt ist.* Das würde sie NICHT sagen, auch wenn es der Grund für ihre Missstimmung war. „Ich glaube, ich brauche noch ein bisschen, um mich hier wieder einzugewöhnen", gab Katharina ausweichend zurück. *Was ja auch schon irgendwie stimmt. Ich muss mich daran gewöhnen, dass Justus anders geworden ist und in ihn verliebt zu sein und überhaupt.*

„Bist du sicher, dass du morgen Mittag nicht zu Jegges mitwillst?"

Ach, Mama ist ja eingeladen. „Nee, lass mal, danke. Vielleicht machen wir was mit ein paar aus der Jugend. Dann bin ich flexibler", gab Katharina zurück. *Justus und ich könnten beispielsweise zusammen kochen.* Sie nahm sich ein paar Stücke Schokolade aus dem Kühlschrank und verzog sich in ihr Zimmer, um noch was für die Schule zu machen. Aber sie hatte weder Lust auf Schokolade noch auf Geschichte. Sie sah auf ihr Handy. Was die Lage auch nicht besserte.

Warum schreibt er mir nicht, wenn er mich doch mag? Okay, Jesus, das hier ist total dumm. Ich will das so nicht, betete sie. *Theresa hatte diese Probleme nicht. Sie ist mit ihrem Vater nach China gegangen, hat Theo dort an der Schule getroffen, und er hat ihr gesagt, dass sie seine Gebetserhörung wäre. Sie haben einen Gebetskreis gegründet, viel zusammen unternommen und nicht lange danach haben sie sich befreundet. Keine Seelenqualen und kein Herzschmerz. Nur bei mir ist es so schwierig ...* Aber sie richtete die Worte mehr an sich selbst als an den, der ihre Gedanken schon kannte, bevor sie sie überhaupt gedacht hatte.

Da bekam sie eine Nachricht von Jonas: „Neues Schuljahr, neue Seite: Wie wär's mal wieder mit Kochen?"

Das hier ist total paradox: Von Justus kommt nichts, aber dafür ausgerechnet von Jonas! „Neues Schuljahr, neue Seite" – meint er damit, dass es ihm leidtut wegen der Party? Ziemlich schwache Entschuldigung! Solange das nicht geklärt ist, habe ich eigentlich keine Lust, mich mit diesen oberflächlichen Menschen zu treffen. Aber wenn ich nicht komme, verbaue ich mir den Kontakt endgültig.

Sie legte ihr Handy unter ihre Geschichtsmappe. *Das werde ich nicht jetzt entscheiden.* Stattdessen widmete sie sich dem Führer-Mythos.

„Die Menschen sehnten sich nach einer starken Persönlichkeit, die die Schieflage, in die das Land geraten war, wieder ins Lot brachte", las sie. „Und dann tauchte dieser ‚Messias' auf ..."

Schon krass, auf was die Leute alles reinfallen, wenn der Boden dafür vorbereitet ist, dachte Katharina. *Unzufriedenheit ist ein guter Nährboden für charismatische Persönlichkeiten.* Sie machte sich ein paar Notizen und las weiter. Auf Schokolade hatte sie zwar immer noch keinen Appetit, aber es gelang ihr zumindest, sich auf deutsche Geschichte einzulassen.

Und dann gab ihr Handy einen Ton von sich! Katharina spürte einen Adrenalinstoß. Leider zu früh, denn die Nachricht war von Herbert. Sie hörte sie trotzdem sofort an: „Hey Cats, wollen wir Sonntag mit den anderen den Rubbenbruchsee unsicher machen? Isch bin doch überraschend im Lande."

Trotz ihrer Enttäuschung musste sie lächeln. Irgendwie tat es gerade gut, die Stimme ihres beleibten, unattraktiven Jugendkreis-Kumpels zu hören. *Er ist so – beruhigend.*

„Cool", machte sie eine Sprachnachricht zurück. „Soll ich die anderen fragen?" Natürlich wäre es logischer gewesen, dass Herbert das selbst tat, aber Katharina hatte keine Lust mehr auf in-der-Luft-hängen.

„Ja, frag du sie lieber. Das wirkt besser", kam prompt die Antwort.

Der zweite Satz gab Katharina einen Stich. *Er weiß, dass er den anderen nicht so viel bedeutet. Wie gut, dass die in Frankfurt offenbar seinen wahren Wert erkannt haben.* „Da bin ich mir nicht so sicher", tippte sie. „Aber okay." Sie verfasste einen Satz und schickte ihn an Greta, Malte und Justus. Für Justus musste sie ihr Guthaben anzapfen.

Malte schrieb sofort zurück. „Bin dabei."

Katharina leitete die Nachricht an Herbert weiter und wartete. Und wirklich, kurz darauf kam der gleiche Text von Justus. Er hatte noch ein :-) dahintergesetzt.

Sieh einer an, er beherrscht tatsächlich die digitale Kommunikation! Auch Justus' Zusage leitete sie an Herbert weiter mit dem Vermerk: „Von Justus. Er hat im Moment kein Smartphone." Bis Greta sich meldete, konnte es bekanntlich dauern, also legte Katharina das Handy weg. Die wichtigsten Personen würden ohnehin da sein. *Oder, besser gesagt, die wichtigstE Person.* Sie hatte zwar nicht den heutigen Nachmittag mit Justus am Rubbenbruchsee verbracht, aber sie würde den Sonntagnachmittag mit ihm dort verbringen. Zwar nicht auf seine Initiative hin und auch nicht allein, aber immerhin.

Ob Herbert im Gottesdienst was von der Skater-MiJu erzählen wird?, überlegte sie am nächsten Morgen auf dem Weg zur Gemeinde. Als sie von ihrer Tanz-Jüngerschaftsschule zurückgekommen war, hatte sie ein bisschen von dem berichtet, was sie in dieser Zeit mit Gott erlebt hatte. *Schon krass, das mit dem Überfall in Genua! Gott hat uns da echt bewahrt!*, fuhr es ihr durch den Kopf. *Bestimmt hat Herbert auch einen ganzen Koffer voll cooler Erfahrungen.*

Herbert war allerdings am Sonntagmorgen nicht im Gottesdienst und Justus fragte tatsächlich: „Sind wir trotzdem am See?"

Katharina glaubte, nicht richtig zu hören. *Ist Herbert etwa der einzige Grund, warum Justus sich heute Nachmittag treffen will?*

„Das haben wir gleich", meinte Malte. Schon schrieb er und vermeldete wenige Sekunden später: „Er kommt."

„Oh Mann, Malte, gut, dass wir dich haben", bemerkte Greta trocken. „Sonst würde die Kommunikation arg stocken. Ich frage mich, wo er heute Morgen war. Herbert schwänzt nicht einfach den Gottesdienst."

Wieder zückte Malte sein Handy. Die Antwort war jedoch wenig aufschlussreich: „War unterwegs im Auftrag des Herrn."

Katharina musste grinsen. Was Herbert wohl heute Morgen getrieben hatte?

„Auf die Story bin ich ja mal gespannt", meinte Malte.

„Sag mal, wirst du dir eigentlich ein neues Handy zulegen?", wandte sich Greta an Justus.

„Hab ich schon", sagte der etwas verlegen. „War gestern Abend noch in der Stadt."

Ungläubig sah Katharina ihn an. Er musste den Blick richtig verstanden haben, denn er sagte entschuldigend: „Dieses Senioren-Teil kann echt überhaupt nichts. Und man braucht immer Guthaben. Oder eine Flat."

Hat er das vor allem wegen mir gemacht? Weil er weiß, dass es sonst zu teuer für mich wird, mit ihm zu schreiben?

„Viel Spaß beim Kontakte neu einspeichern", bemerkte Greta trocken.

Malte wollte das neue mobile Telefon natürlich sofort sehen. „Zeig mal her."

„Da gibt es nichts zu sehen. Aber ist immer noch besser als gar kein Smartphone." Trotzdem holte Justus sein Handy heraus.

Das kann länger dauern. „Okay, Leute, ich fahre dann mal. Wenn ich zwischen jetzt und See noch was essen will, was ich will,

muss ich los", sagte Katharina. Sie hatte gesehen, dass Justus mit dem Rad da war, und eigentlich wäre das die Chance gewesen, dass sie jetzt zusammen zu ihr fuhren, sich gemeinsam was zu essen machten und dann zusammen zum See strampelten. *Aber wenn, dann müsste der Vorschlag von ihm kommen.*
Von Justus kam jedoch kein Vorschlag und Katharina kämpfte gegen die Enttäuschung in sich an. *Ich werde also wieder allein essen. Wenn ich das vorher gewusst hätte, hätte ich mir ein Brot gemacht und wäre direkt von hier aus zum See gefahren.* Aber sie hatte es vorher nicht gewusst, also strampelte sie nach Hause, machte sich was von gestern warm plus Schokolade und setzte sich wieder auf ihr Alu-Ross.
Sie kam zeitgleich mit Justus am See an. Viel Zeit für Zweisamkeit blieb allerdings nicht, denn kurz darauf traf Greta ein.
„Mit dem Fahrrad, wow!", meinte Justus anerkennend.
Als ob das so was Besonderes wäre, bei dem strahlend blauen Himmel. Außerdem hat sie es nicht weit, dachte Katharina mit einem leichten Anflug von Bitterkeit. *Dass ich von Belm hierher geradelt bin und zwischendurch noch zu Hause war, juckt ihn anscheinend nicht.*
„War ne Wette mit Malte", gab Greta lachend zurück. „Er meinte, wenn er vor mir am See wäre, müsste ich ihm ein Eis ausgeben." Sie grinste. „Aber so wie es aussieht, läuft es andersherum." In dem Moment bog Malte mit rotem Kopf um die Kurve. Greta schlenderte ihm entgegen. „Na, auch schon da?"
Schnaufend stieg Malte von seinem Gefährt. „Hey, das war höhere Gewalt", rechtfertigte er sich. „Die Schranken gingen direkt vor meiner Nase runter. Herbert ist noch nicht da?", fragte er überflüssigerweise.
„Da hinten kommt er", rief Katharina und winkte einer rundlichen Gestalt, die von der entgegengesetzten Richtung auf sie zukam. Sie war selbst überrascht, wie sehr sie sich freute, ihn wiederzusehen. Sie gingen ihm entgegen.
Herbert winkte zurück, doch dann blieb er stehen und sprach einen Jungen an, der gerade eins der Tretboote losmachte. Der Junge stutzte kurz, dann zuckte er die Schultern. Herbert sagte

irgendwas und der Junge nickte. Sie unterhielten sich kurz. Herbert hielt ihm das Boot fest, während der andere schließlich einstieg. Er gab dem Boot noch einen Schubs, hob eine Hand zum Gruß und setzte sich dann wieder in Richtung der vier anderen in Bewegung.

„Moin, Freunde!", strahlte er über das ganze Gesicht.

„Herbie! Voll cool, dich zu sehen!", strahlte Katharina zurück. Auch die anderen begrüßten ihn herzlich. *Und zwar wesentlich herzlicher als in all den Jahren zuvor,* stellte Katharina fest. *Vielleicht muss man erstmal weg sein, damit die anderen wissen, was sie an einem haben.* Fast ein bisschen staunend ließ Herbert sich „feiern". *Er ist es wirklich nicht gewöhnt, Zuneigung zu erfahren. Ich kann nur hoffen, dass er das in Frankfurt anders erlebt ...*

Justus schlug schließlich vor: „Eigentlich können wir doch mal Tretboot fahren."

„Wenn du uns einlädst", meinte Malte.

Greta machte ein zweifelndes Gesicht. Mit eindeutigem Blick auf Herbert sagte sie: „Wir alle in einem Boot? Ich glaube, ich bleibe lieber am Ufer."

Herbert wurde ein bisschen rot. „Isch kann auch am Ufer bleiben", meinte er etwas verlegen. Er sah auf einmal niedergeschlagen aus.

Sie hat alle Freude von vorhin kaputt gemacht!

„Kommt gar nicht in die Tüte", sagte Malte ungehalten in Gretas Richtung. „Wir nehmen zwei Boote." Er stapfte davon zum Verleih. Justus beeilte sich, hinterherzukommen.

Und ich kann jetzt Herbert aufbauen! Herr, lass ihn bitte nicht so verletzt sein! Katharina fiel ein, dass sich das Geheimnis seiner morgentlichen Mission noch nicht gelüftet hatte. „Sag mal, Herbert, was war das denn, was du heute Vormittag Wichtiges zu tun hattest?"

Und Greta, die anscheinend ihre unbedachten Worte bereute, beeilte sich zu sagen: „Ja, wir haben uns alle gefragt, wo du warst. Was war das für ein ‚Auftrag des Herrn'?"

Sofort hellte sich Herberts Miene auf. „Isch war in den Bus gestiegen zur Gemeinde. Eine Frau mit Kinderwagen wollte an der nächsten Haltestelle raus, aber sie hatte Probleme mit dem

Aussteigen. Isch hab ein bisssschen mit angepackt. Da fing sie an zu weinen. Isch hab sie natürlich gefragt, ob isch ihr irgendwie helfen könnte. Woraufhin sie noch mehr weinte und sagte, ihr wäre net mehr zu helfen. Ihr Leben wär 'ne einzige Katastrophe. Und dann hat sie mir erzählt, dass ihr Lebensgefährte sie und das Kind verlassen hätte, weil er sie einfach net mehr attraktiv fand und so. Na ja, wie ihr eusch denken könnt, war das natürlisch eine Steilvorlage." Jetzt strahlte er. „Da gibt's Einen, der ist Spezialist für Katastrophen, hab isch ihr gesagt. Einen, der weiß, wie das ist, im Stisch gelassen zu werden. Ihr hättet mal den Gesischtsausdruck dieser Frau sehen sollen – wie sisch die Hoffnungslosischkeit in Hoffnung verwandelt hat – zu schön! Na ja, wir sind zusammen auf den Spielplatz gegangen und isch hab ihr meine Story aus dem Knast erzählt. Da hat sie Mut gefasst. Isch hab ihr dann noch meine Bibel geschenkt. Fiel mir schon schwer, aber isch dachte mir, komm, das ist ein Opfer, das Gott gefällt. Und dann haben wir noch zusammen gebetet. Dort auf dem Spielplatz hat sie ihr Leben Jesus anvertraut." Sein Blick blieb an Katharina hängen. „Dafür hat es sich gelohnt, den Gottesdienst zu verpassen."

Katharina musste an ihre Vorstellung in Hermannstadt denken, auf die Justus sich am Freitagabend auf der Heimfahrt bezogen hatte. Die Vorstellung, als Hannah, eine ihrer MiJu-Freundinnen, die Zuhörer in ihrer Andacht dazu aufgerufen hatte, für Jesus zu tanzen. 23 Menschen waren an diesem Abend nach vorn gekommen, und Katharina hatte das Ganze überglücklich in ihren Status gestellt.

Herbert musste nicht mit einer internationalen Tanztruppe auf Tournee gehen, um Teil von so etwas zu sein. Er sprach die Menschen einfach an, egal, wo er war.

„Das ist so Hammer-cool!", lächelte sie.

„Was ist Hammer-cool?", wollte Malte wissen. Die beiden anderen waren wieder eingetroffen, je einen Schlüssel an einem Stück Holz in der Hand.

„Unser lieber Herbert hat einfach heute Morgen einer fremden Frau von Jesus erzählt und sie hat sich prompt bekehrt", fasste Greta kurz zusammen.

„Eine neue Himmelstänzerin", grinste Justus breit. Er sah zu Katharina und ihre Blicke trafen sich.
Er denkt das Gleiche wie ich.
„Himmelstänzer, das ist ein guter Begriff, Justus", meinte Greta erstaunt.
„Hatte Cats in ihrem Status, als sie auf Tournee war", sagte Justus erklärend.
„Echt? Was du dir alles merkst ..."
Das wäre jetzt die Chance für ihn, Stellung zu beziehen, schoss es Katharina durch den Kopf.
Doch bevor Justus etwas darauf erwidert hatte, fragte Malte Herbert: „Heißen die bei euch in Frankfurt dann Himmelsskater?"
Offenbar ist Justus der Einzige, der das, was ich sechs Wochen lang gepostet habe, in den richtigen Zusammenhang gebracht hat. Dabei hab ich mir solche Mühe gegeben, die kostbaren Erkenntnisse von der MiJu mit den anderen zu teilen ... Katharina überlegte, ob sie das Thema aufgreifen und das Bild des Tanzens für Jesus erklären sollte.
Da sagte Greta: „Also, ich bin dafür, dass wir jetzt mal in diese Boote steigen und dann weiterreden."
Doch das war leichter gesagt, als getan. Als Herbert zu Greta ins Boot kletterte, neigte es sich gefährlich zur Seite. Er verlor fast das Gleichgewicht und ruderte wie wild mit den Armen, während Greta die Schieflage durch ihr entsetztes Kreischen untermalte. Justus sprang geistesgegenwärtig mit ins Boot, um den Kahn wieder auszubalancieren. Zum Glück gelang es ihm. Der Nachteil war, dass somit feststand, dass Katharina mit Malte zusammen das andere Boot bemannen würde.
Diese Aufteilung gefiel ihr natürlich gar nicht. *Ich fasse es nicht! Jetzt fahren wir noch nicht einmal im gleichen Boot!* Aber sie ließ sich nichts anmerken und setzte ihren Frust in Muskelkraft um. Was zur Folge hatte, dass sie sich von den anderen, die das Ganze wesentlich geruhsamer angingen, zusehends entfernten.
Soll Justus wenigstens die Verfolgung aufnehmen, wenn ich ihm wichtig bin! Was jedoch nicht geschah. Vielleicht lag es auch da-

ran, dass seine Fracht wesentlich schwerer war. *Trotzdem, ein bisschen könnte er sich ruhig anstrengen. Aber er ist einfach zu träge. Ich hätte auch gleich zu Hause bleiben können. Oder was mit Mama unternehmen. Oder Inlineskates fahren. Justus ist es ja sowieso egal, mit wem er den Nachmittag verbringt.* Alle Gedanken an das, was sie auf der MiJu über das Tanzen für Jesus gelernt hatte, waren wie ausgelöscht. In ihr war kein himmlischer Tanz, sondern ein beleidigtes Stampfen. Malte störte sie nicht mit irgendeiner Konversation, und so konnte sie in Ruhe ihren Frust schieben.

Umso verwunderter war sie, als der Grund ihres Frusts auf einmal rief: „Hey Malte, lass uns mal tauschen!"

Schlagartig besserte sich Katharinas Stimmung. Auf dem Wasser von einem Tretboot in ein anderes umzusteigen, war natürlich wesentlich anspruchsvoller als vom Land aus, vor allem, wenn man versuchte, die Tauschaktion gleichzeitig durchzuführen. Aber es gelang, ohne dass einer ins Wasser fiel. Hatte Katharina eben noch den Sinn dieses Treffens angezweifelt, wollte sie nun nirgendwo anders mehr sein. Wieder dauerte es nicht lange und es entstand ein Abstand zwischen den beiden Booten. Und als Justus sie angrinste und „Das gefällt mir schon besser" sagte, verwandelte sich der See in einen funkelnden Kristall.

„Mir auch", grinste sie zurück.

„Das könnten wir öfter machen."

Liebend gerne! „Klar, warum nicht?", gab Katharina locker zurück. Sie hatten aufgehört zu treten. *Jetzt könnten wir was Sinnvolles reden. Zum Beispiel, was er über mich denkt.* Aber Justus sagte nichts. Er lehnte sich in seinem harten Sitz zurück, schloss die Augen und ließ sich die Sonne ins Gesicht scheinen. Katharina betrachtete ihn einen Moment. *Seine Augenbrauen sind etwas dunkler als seine Haare. Er hat ziemlich dichte Wimpern. Und einen schönen Mund.* Außerdem waren die Spuren seines Leichtathletiktrainings nicht zu übersehen und sie konnte nicht umhin, seine Figur zu bewundern. *Das ist blöd. Er bewundert meine Figur auch nicht!* Sie wandte den Blick ab und schaute auf den See hinaus.

„Hey!", hörte sie Malte entrüstet rufen und Gretas Lachen drang über das Wasser zu ihr. Offenbar hatte sie ihn nassgespritzt. Kurz darauf gab es die Retourkutsche.

Ich glaube, da ist noch jemand froh, dass Justus die Idee hatte zu tauschen. Wobei der Tausch für das andere Boot profitabler zu sein scheint. Sie haben richtig Spaß! Sie unterdrückte einen Seufzer. *Ich muss Theresa unbedingt mal fragen, wie das bei ihr und Theo ist.* Sie beobachtete die Wasserschlacht im anderen Boot und Herbert, der vergnügt grinsend auf der Rückbank saß. *Er ist so zufrieden. Obwohl er doch ganz offensichtlich das fünfte Rad am Wagen ist.*

„Wie läuft's in der Schule?", fragte Justus auf einmal. „Kochst du noch mit diesen beiden Kerlen?"

Er ist aus seiner Lethargie erwacht und redet mit mir. Wow! Katharina wandte sich ihm zu. „Wir wollen uns endlich mal wieder treffen."

„Wollen?" Er klang argwöhnisch.

Kein Wunder. Die bisherigen Begegnungen zwischen Justus und Jonas waren nicht von Wohlwollen geprägt gewesen – ein Mal, als Jonas und Claas zu einem Special-Friday bei ihnen in der Jugend gewesen waren und das zweite Mal, als Justus sie betrunken von dieser Party nach Hause kutschiert hatte. Sie schämte sich immer noch, wenn sie daran dachte. Sie hatte immer mal fragen wollen, wie es eigentlich dazu gekommen war, aber es hatte sich nie die Gelegenheit ergeben. Dass er so nachhakte wegen des Kochens, hatte also durchaus seine Berechtigung. Sie überlegte, wie sehr sie ins Detail gehen sollte. „Na ja, was heißt wollen. Sie haben mich gefragt, ob ich mitmache, und ich denke, ich mache mit. Aber wir haben noch keinen Termin."

„Hmm", machte Justus nur. Er sah sie zweifelnd an.

Und besorgt. Süß. Sie musste lächeln. „Keine Sorge, es gibt nie Alkohol beim Kochen. Und selbst wenn, ich habe meine Lektion gelernt."

„Und warum gehst du hin?", fragte er vorsichtig.

„Ich schätze, ich habe keine gute Ausrede. Das hier ist unser letztes Schuljahr. Wenn ich jetzt absage, dann bin ich völlig untendurch." *Lieber würde ich mit dir kochen.* „Sie wissen, dass ich Christ bin, und wenn ich nicht mitkoche, dann denken sie, ich will nichts mit ihnen zu tun haben. Irgendwie hoffe ich ja auch, dass ich ihnen was von Jesus weitergeben kann."

„Meinst du, sie kämen nochmal zum Special-Friday?"

„Eher nicht. Claas vielleicht schon, aber Jonas bestimmt nicht. Du hättest hören sollen, wie abfällig er über diesen Abend geredet hat – immer wieder."

„Hat er nicht Herberts Zeugnis als Höllenfeuerpredigt bezeichnet?"

„Das weißt du noch?", fragte Katharina überrascht.

„Klar! Aber als ich sah, wie er dich auf dieser Party abschleppte, wunderte mich nichts mehr." Er stieß die Luft aus und blickte kurz auf den See, so, als überlegte er, ob er weitersprechen sollte oder nicht.

„Ich wollte dich immer schon fragen, was an dem Abend passiert ist", sagte Katharina.

„Nichts, Gott sei Dank. Du warst nicht du selbst, und er nahm dich mit aus dem Saal. Ich traf euch auf dem Gang und brachte dich nach Hause. Aber es war keiner da. Zum Glück fand ich deinen Schlüssel neben deinem Sitz. Er muss dir aus der Tasche gefallen sein. Du warst hackedicht, und ich trug dich hoch in die Wohnung in dein Zimmer. Dann bin ich wieder gefahren. Das war alles. Ich versprech's."

„Ich hab absolut nichts davon gemerkt."

Justus lachte trocken. „So ist das halt, wenn man zu ist." Er sah sie eindringlich an. „Wenn der Termin zu diesem Kochen steht, kannst du sagen, du hättest schon was vor."

Katharinas Herz begann schneller zu schlagen. Sie zog leicht die Augenbrauen hoch. „Und was habe ich vor?"

„Das – sehen wir dann. Special-Friday-Planung, Tretbootfahren, Eisessen, irgendwas. Kannst du dir aussuchen."

„Danke, Justus", lächelte Katharina.

„He, ihr zwei! Vielleicht beendet ihr mal euer Rendevouz?", tönte da Gretas Stimme über den See.

Katharina schaute auf die Uhr. War die Zeit wirklich schon um? Bedauernd sah Justus sie an. „Na dann, auf in den heimatlichen Hafen."
Ich glaube, er wäre auch gerne noch länger gefahren, stellte Katharina zu ihrer Freude fest.
Zwei Menschen, die richtig trampeln, können ein Tretboot relativ zügig fortbewegen und kurz darauf waren sie wieder am Ufer. Sie gaben die Schlüssel ab und schlenderten noch ein bisschen um den See.
Wenn er jetzt noch meine Hand nehmen würde, wäre es ein perfekter Nachmittag. Aber Justus machte keine Anstalten.
„Ich könnte was zu futtern und zu trinken brauchen", bemerkte Malte, als sie wieder am Tretbootverleih vorbeikamen. „Sonst noch jemand?"
„Ich hol mir auch was", stimmte Justus zu. Fragend sah er Katharina an.
„Ich nehm den Wasserhahn in der öffentlichen Toilette", sagte sie schnell.
„Ich bevorzuge Apfelschorle", meinte Greta.
„Isch halte misch an Cats' Vorschlag", sagte Herbert. Er grinste. „Da ist die Schlange auch net so lang." Damit hatte er allerdings recht, denn sie waren nicht die Einzigen, die an diesem heißen Tag ihre Kehle kühlen wollten.
Katharina ging zu dem kleinen Gebäude neben dem Kiosk und hielt den Kopf unter den Wasserhahn in der Damentoilette Die Bitterkeit kam wieder in ihr hoch. *Er weiß doch, dass ich kein Geld für so was übrig habe. Warum guckt er mich dann so an? Aber wer sich mal eben ein neues Smartphone kaufen kann, macht sich über 1,50 € für eine Apfelschorle wahrscheinlich keine Gedanken.* Sie ließ sich Zeit mit Trinken. Bis die anderen so weit wären, würde es sowieso eine Weile dauern.
Als sie aus der Toilettenanlange herauskam, war Herbert im Gespräch mit einem Jungen. *Ist das nicht der, mit dem er gequatscht hat, als er kam?* Auf einmal war sie neugierig. Sie näherte sich unauffällig und setzte sich auf eine Bank. Die anderen standen immer noch an.

„Da is mal was rischtisch Krasses passiert auf einem anderen See", hörte sie Herbert sagen. „Ein paar Männer waren in einem einfachen Boot unterwegs im Sturm. Der Wind peitschte das Wasser zu Wellenbergen auf und es war gar net gemütlisch. Auf einmal sahen die Männer eine Gestalt über das Wasser kommen. Sie schrien vor Angst."

„Würde ich auch", bemerkte der Junge. „Aber so was geht ja eh nur im Film."

„Das hier ist wirklisch passiert", gab Herbert im Brustton der Überzeugung zurück. „Und als die Männer ‚Hilfe, ein Gespenst!' kreischten, hörten sie eine Stimme, die noch stärker war, als das Brüllen des Sturms: ‚Habt keine Angst, isch bin's!' Es war nämlisch Jesus, der da über das Wasser zu ihnen kam."

„Und das soll wirklich passiert sein?", fragte der Junge spöttisch.

„Isch kann verstehen, dass du das net glaubst. Einer von den Männern hat es auch net geglaubt und wollte das selbst ausprobieren. Und Jesus sagte zu ihm: ‚Komm!' Da hat der Mann seine Beine über die Reling geschwungen und ist aus dem Boot geklettert. Und siehe da, das Wasser trug ihn!" Er zog eine kleine Gideon-Bibel aus der Tasche. „Hier, kannste nachlesen. Die schenk isch dir."

Verdutzt nahm der Junge das Büchlein entgegen und verabschiedete sich. Herbert sah ihm einige Augenblicke nach, während das Bürschchen davonlief. Dann drehte er sich um.

Katharina stand auf und ging zu ihm. „Das war echt cool, Herbie. Wie kannst du das nur? Einfach den Leuten von Jesus erzählen. Mir fällt das so schwer."

„Es fließt irgendwie aus mir raus. Aber auch net immer. Manschmal muss isch mir erst einen Ruck geben. Eigentlisch wollte isch den Jungen grade net anquatschen. Als isch vorhin hier ankam, hab isch ihn schon mal angesprochen. Er meinte: ‚Hau hab, Fettkloß!'"

Katharina sog erschrocken die Luft ein.

Herbert wurde etwas verlegen. Er sah sich kurz um und schob mit dem Zeigefinger seine altmodische Brille hoch. „Na ja, so unter uns gesagt, hat misch das schon ein bissschen getroffen.

Greta hat mir dursch die Blume was Ähnlisches zu verstehen gegeben und da hatte isch keine Lust auf noch so 'ne Abfuhr."
Er hat es also durchaus wahrgenommen. Und mit Sicherheit hat er die anderen Gedankenlosigkeiten ebenfalls mitgekriegt. Armer Herbert! Könnten doch die Leute erkennen, dass unter dem Speck und den geschmacklosen Klamotten ein Edelstein steckt!
Herbert redete weiter: "Aber dann dachte isch mir: Jesus hat es gehört und es geht doch net um misch. Wenn isch nur noch heute Nachmittag zu leben hätte, würde isch nochmal versuchen, mit dem Kerlschen zu reden." Er grinste. "Und isch bin escht froh, dass isch es gemacht hab."
Ein Diamant! "Das ist so mega cool!", murmelte Katharina. "Von dir kann ich mir echt ein paar Scheiben abschneiden."
Herbert kicherte. "Höchstens im wörtlischen Sinn."

*

Was für ein rundrum schöner Nachmittag. Justus gondelte höchst zufrieden nach Hause. Er war froh, dass er nach dem Gottesdienst Katharina nicht vorgeschlagen hatte, mit zu ihr zu kommen und von dort aus zum See zu fahren. *Sie hat ja gesehen, dass ich mit dem Fahrrad im Godi war, und wenn sie es gewollt hätte, hätte sie bestimmt was gesagt.* Ohne es zu merken, grinste er leicht vor sich hin. *Ich bin mit dem schönsten Mädchen in einem Boot gefahren und danach beim Minigolf-Spielen haben wir uns einen Schläger geteilt. Die Wärme am Griff zu spüren war fast so, wie ihre Hand zu halten ...*
Malte hatte das mit dem Minigolf vorgeschlagen und es hatte riesigen Spaß gemacht. *Okay, für Herbert war es vielleicht nicht so spaßig. Er ist einfach nur so mitgelaufen. Aber ich glaube, es hat ihm nichts ausgemacht. Er ist es ja gewöhnt, so ein bisschen außen vor zu sein.* Katharina hatte ihn gefragt, ob er bei ihnen mitmachen wollte, aber er hatte zu Justus' Erleichterung abgelehnt.
Justus überholte eine Frau mit Kinderwagen. Das erinnerte ihn an Herberts Vormittags-Story. *Herbert ist echt krass. Bestimmt könnte er uns so einiges von seiner Skater-Mission in Frankfurt*

erzählen. Aber irgendwie war keiner von ihnen auf die Idee gekommen, ihn danach zu fragen. *Cats vielleicht. Sie hat ziemlich lange mit ihm geredet, als wir anstanden. Sie war auch diejenige, die vorgeschlagen hat, dass wir alle zusammen Herbert noch zur Bushaltestelle bringen. Er hat sich total gefreut. Hoffentlich macht er sich keine Hoffnungen ihretwegen.* Eigentlich konnte Justus sich das nicht vorstellen, aber man wusste ja nie. *Vielleicht sollte ich ihm mal dezent stecken, dass da was läuft zwischen uns. Durch Hand in Hand um den See zu schlendern, zum Beispiel. Aber das wäre Cats bestimmt zu viel geworden. Genauso, wie wenn ich sie noch nach Hause gebracht hätte. Dabei hätten wir schön unser Gespräch vom Boot fortsetzen können.* Aber er hatte sein Glück nicht überstrapazieren wollen. Schließlich war es hell und noch früh am Tag, da gab es keinen triftigen Grund, sie zu begleiten. Sie hatte doch sogar mal gesagt, dass sie auf dem Fahrrad sehr gut nachdenken könne. Vielleicht würden sie heute Abend ja noch ein bisschen schreiben.

Justus war heilfroh, dass sie nicht sauer geworden war, als er ihr einen Alternativtermin zum Kochen vorgeschlagen hatte. Schließlich war sie ein erwachsener Mensch – okay, fast erwachsen, sie wurde erst im Oktober volljährig – und konnte selbst entscheiden, was sie tat und was nicht. Der Schuss hätte durchaus nach hinten losgehen können. Wer war er schon, ihr Vorschriften zu machen. Hatte er selbst sich doch jahrelang in zwielichtiger Gesellschaft aufgehalten und Dinge getan, deren er sich heute schämte. Aber er hatte sie schützen wollen. *Dieser Jonas tut ihr überhaupt nicht gut. Genau genommen, ist er sogar gefährlich. Da kann ich sie doch nicht einfach so machen lassen.*

Ihm kam in den Sinn, dass es seinen Eltern mit ihm wahrscheinlich ganz genauso gegangen war. Und wie oft hatte er sich über sie aufgeregt! Vor allem über seine Mutter. *Wenn ich nicht darauf angewiesen gewesen wäre, dass sie mir ihr Auto leiht, hätte ich sie wahrscheinlich regelmäßig zur Sau gemacht wegen ihrer Bevormundung. Nein, es war keine Bevormundung. Es war Fürsorge.*

Er stellte fest, dass man auf dem Fahrrad durchaus gut denken konnte. Solche Gedanken wie gerade eben waren ihm zu Hause beim Mohrhühner jagen noch nie gekommen. *Irgendwie bin ich gerade mit Cats verbunden: Wir sitzen beide auf dem Fahrrad und denken tiefgründiges Zeug ...*

Zu Hause nahm Jens ihn in Empfang. „Wer ist alles mitgekommen?", wollte er wissen.

„Cats, Herbert, Greta und Malte."

„Ist Herbert wieder da?"

„Nein, er ist nur am Wochenende zu Besuch gekommen."

„Und was habt ihr gemacht?", erkundigte sich Jens interessiert.

„Tretboot fahren, Minigolf spielen und so."

„Habt ihr alle in ein Boot gepasst?", wunderte sich Jens. „Herbert ist doch ziemlich ... groß."

„Nein, wir haben zwei Boote genommen."

„Und bei wem ist Cats mitgefahren?", fragte Jens listig.

„Bei Malte und bei mir."

„Armer Herbert."

„Wieso?"

„Weil er sie nicht abgekriegt hat."

Justus grinste. „Ich kann dich beruhigen: Er hat eine ganze Weile mit ihr geredet. Allein."

„Warst du neidisch?", fragte Jens verschmitzt.

„Was? Nein. Ich habe auch mit ihr geredet. Allein. Und sie war in meinem Team bei Minigolf." Ja, er war wirklich sehr zufrieden mit diesem Nachmittag. „Sonst noch Fragen?" *Es ist cool, mit jemandem über mich und Cats zu reden.* Aber die Neugier seines kleinen Bruders war anscheinend erstmal befriedigt und so ging Justus in sein Zimmer.

Er legte sich auf sein Bett und nahm sein Handy heraus. Was könnte er schreiben? Er müsste sie irgendwas fragen. Dann würde sie auf jeden Fall zurückschreiben. *Bist du gut zu Hause angekommen?*

Blöd! Auch wenn es ihn wirklich interessierte. Besoffene Leute, die nach ihrem Fahrrad grabschen konnten, gab es auch um diese Tageszeit schon. Was könnte er sonst schreiben? *Wie fandest du den Nachmittag? Genauso blöd. Hätte es dir was ausgemacht, wenn ich deine Hand genommen hätte? Noch blöder.* Obwohl ihn das mindestens so interessierte wie ihre Heimfahrt. Er legte sich auf den Rücken, das Handy an der Brust. *Mit Cats Hand in Hand am See entlanggehen ...* Irgendwann wären alle anderen nach Hause gegangen, aber es wäre noch ein bisschen hell. Er würde sich hinter sie stellen, die Arme um sie herum, und sie würde sich an ihn lehnen ... Er versank in seine Tagträume. Wieder fragte er sich, ab wann man ein Mädchen wohl küssen konnte. *Also, so ein Mädchen wie Cats.* Und er fragte sich, ob er sich wohl diesbezüglich irgendwo Rat einholen könnte. *Ob dazu was in der Bibel steht? Das wäre natürlich am praktischsten und unpeinlichsten. Und wahrscheinlich auch am sinnvollsten. Denn Cats richtet sich in allem nach der Bibel.* Er erhob sich halb und griff nach der Bibel auf seinem Nachtschränkchen. Seit er regelmäßig oder fast regelmäßig darin las, musste er nicht mehr vorher den Staub vom Einband entfernen. *Wie finde ich heraus, ob etwas über Küssen da drinsteht? Vielleicht über das Internet?* Er legte das Buch zurück und gab „Küssen in der Bibel" bei Google ein. In dem Moment klopfte es kurz und seine Mutter steckte den Kopf herein. Schnell drückte Justus das Handy an seine Brust. *Ich könnte Mama fragen*, schoss es ihm durch den Kopf. Doch sofort verwarf er den Gedanken. *Niemals!* Er war zwar nicht mehr anti gestimmt, was seine Mutter betraf, aber deswegen würde er ihr noch lange nicht so eine Frage stellen.

„Stör ich dich?"

„Ja. Nein. So halb."

„Ich wollte nur kurz fragen, wie dein Sonntag am See war." Sie setzte sich auf sein Bett.

Was soll das? Das macht sie doch sonst nicht! „Schön." Er wartete, dass sie ging, damit er seine Recherche fortsetzen konnte. Doch seine Mutter machte keinerlei Anstalten. Stattdessen sah sie ihn erwartungsvoll an. *Sie ist meine Mutter und sie interessiert sich für mein Leben.* Justus gab sich einen Ruck. „Wir sind Tretboot gefahren und haben Minigolf gespielt. Und danach haben wir Herbert noch zum Bus gebracht." Diese Informationen mussten reichen. Hatte er Jens eben noch vorgeschwärmt, war er jetzt lieber zurückhaltend.

„Herbert war auch da? Ist er wieder zurück in Osnabrück?"
„Nein, er war nur zu Besuch."
„Und wie geht es ihm in Frankfurt?"
„Gut." *Glaube ich zumindest. Cats hat mit ihm geredet. Ich hab's! Ich könnte sie fragen, wie es Herbert geht!* Hoffentlich war seine Mutter bald fertig mit ihrem Interesse. Rein theoretisch könnte er sie fragen, wie ihr Tag noch so war, aber er fürchtete, dass sie das als Aufforderung zu einem gemütlichen Plausch verstehen würde, also ließ er es.
Ute Rutter sah kurz auf ihre Hände. Dann wandte sie sich ihrem Sohn zu. „Justus, ich weiß nicht, was du da verbergen wolltest, als ich ins Zimmer kam. Aber um deiner selbst willen und um des Mädchens willen, das du einmal heiraten wirst, guck dir nichts an, das du verheimlichen willst."
Justus schoss das Blut ins Gesicht. „Habe ich nicht! Wenn du es genau wissen willst, habe ich im Internet nach einer Bibelstelle gesucht", stieß er hervor.
„Bist du sicher?", fragte sie besorgt.
Warum kann sie mich nicht einfach in Ruhe lassen! „Ich hab mir nichts Schlechtes angeguckt. Ich versprech's!"
„Du bist rot wie eine Tomate."
Justus schloss einen Moment die Augen und atmete tief ein. Wenn er ihr nicht sagte, was er nachgeguckt hatte, würde sie weiterhin glauben, er wäre auf schlechten Seiten gewesen. Mit einem Ruck hielt er seiner Mutter das Handy hin. „Hier, wenn du es unbedingt wissen musst!", fauchte er.
Ute Rutter warf nur einen ganz kurzen Blick auf das Display, bevor sie beschwichtigend sagte: „Ist ja schon gut. Ich glaube dir."
„Du glaubst mir? Ich dachte, glauben hieße, von etwas überzeugt sein, das man nicht sieht!", gab Justus heftig zurück.
Seine Mutter seufzte. „Es tut mir leid."
„Dann kannst du ja jetzt *gehen*!"
„Ja." Ute Rutter stand auf. „Ja, ich gehe wohl besser", sagte sie, ohne ihn anzusehen.
Endlich!

Justus ließ sich nach hinten fallen und stieß die Luft aus. *Warum muss sie mich immerzu nerven? Warum kann sie mich nicht einfach in Ruhe lassen!*
Noch vor ein paar Stunden habe ich so ähnlich mit Cats geredet, raunte ein leiser Gedanke.
Das ist anders, hielt er entgegen. *Schließlich habe ich sie besoffen aus den Fängen dieses atheistischen Ekels gerettet. Ich will einfach nicht, dass sie sich wieder in Gefahr begibt.* Er stellte sich vor, wie sie sich zum Kochen traf und Jonas eine Flasche Wodka öffnete. *Es ist drei gegen eins. Sie wird sich nicht zur Wehr setzen können. Sie wird ihm hilflos ausgeliefert sein ...* Er spürte Panik in sich hochsteigen. Er musste unter allen Umständen verhindern, dass sie zu diesem Treffen ging. Was die Bibel über Küssen sagte – ob sie etwas sagte –, müsste warten. Er ging auf Katharinas Kontakt. *Hey Cats, ich hab mir nochmal Gedanken über dein Kochtreffen gemacht,* fing er an. Dann stockte er. *Was, wenn sie genauso reagiert, wie ich eben? Was, wenn sie dann nichts mehr mit mir zu tun haben will? Aber ich will sie doch nur schützen!* Frustriert fuhr er sich durch die Haare.
Vielleicht geht es meiner Mutter ganz genauso. Schließlich habe ich ihr oft genug bewiesen, dass ich schlechte Entscheidungen treffen kann. Sie will mich vor Schlimmem schützen. So, wie ich Cats. Wahrscheinlich sogar aus dem gleichen Grund. Und ich schmeiße sie raus. Das gehört mit Sicherheit nicht zu den Tanzschritten eines Himmelstänzers. Ich sollte mich entschuldigen. Wenn ich mein Handy vor ihr verstecke und anschließend rot werde ... Kein Wunder, dass sie meint, mich warnen zu müssen. Ich sollte mich wirklich entschuldigen. Dieser Gedanke gefiel ihm ganz und gar nicht. Vielleicht konnte er einfach morgen besonders nett zu ihr sein.
Er hörte Stimmen auf dem Flur. Aha, Jens sollte ins Bett. Aber er hielt das offenbar für verfrüht. *Es ist ja nicht so, als wäre es etwas Neues, in der fünften Klasse rechtzeitig schlafen zu gehen,* dachte Justus spöttisch.
„Morgen schreibst du Englisch. Außerdem ist es schon fast neun Uhr!", sagte seine Mutter mit Nachdruck.

Die Antwort seines kleinen Bruders ließ Justus für einen Moment zusammenzucken: „Du kannst *gehen*!", fauchte Jens.
Justus wusste, dass es keinen Aufschub gab. Er sprang vom Bett und riss die Tür auf. Seine Mutter stand vor Jens' Zimmer. „Mama, ich muss mich bei dir entschuldigen, dass ich dich vorhin so angefaucht habe. Es tut mir leid. Ich weiß, du meinst es gut", sagte er laut und deutlich.
Ungläubig sah seine Mutter ihn an. Sie blinzelte ein paarmal, dann lächelte sie. „Ist in Ordnung, Justus."
Justus ging zurück in sein Zimmer, aber er ließ die Tür angelehnt und stellte seine Ohren auf Empfang.
„Mach jetzt bitte das Licht aus, Jens", hörte er seine Mutter sagen. Es kam keine Widerrede, dann schloss sich Jens' Zimmertür. *Hat gewirkt*, dachte Justus zufrieden. Aber nicht nur um seines Bruders Willen war er froh, dass er sich entschuldigt hatte. Er hatte ganz stark das Gefühl, dass sein himmlischer Regisseur ihm gerade ein Daumen-hoch gab.
Ein paar Minuten später bekam er mit, wie Jens nebenan sein Zimmer verließ. Ärger durchschoss ihn. *Mieser kleiner Kerl! Tut so gehorsam und schleicht sich dann heimlich aus seinem Zimmer! Ha, das wird ihm nicht gelingen!* Lautlos ging Justus zur Tür, um Jens zu beschatten. Der schlich sich allerdings nicht an irgendeinen geheimen Ort, sondern öffnete die Wohnzimmertür.
„Mama?"
Justus verstand nicht, was seine Mutter genau sagte, aber an ihrem Ton hörte er, dass sie nicht erfreut war, ihren jüngeren Sohn schon wieder zu sehen.
„Kann ich dich einen Moment sprechen?", fragte Jens. „Es ist wichtig."
Hastig zog sich Justus in sein Zimmer zurück und stellte sich hinter seine angelehnte Tür, um zu lauschen.
„Was ist denn jetzt?", kam die etwas ungehaltene Stimme seiner Mutter.
„Ich muss dir etwas sagen."
Offenbar verließ Ute Rutter das Wohnzimmer und kam in den Flur. „Ich höre."

„Ich wollte mich bei dir entschuldigen, dass ich dich vorhin so angefaucht habe. Es tut mir leid. Du willst ja nur, dass ich morgen nicht müde bin."

What? Justus traute seinen Ohren nicht. Unwillkürlich fing er an zu grinsen. Gleichzeitig wurde ihm deutlich, was er für eine Verantwortung hatte. *Aus irgendeinem Grund macht er mich nach – im Schlechten, wie im Guten.* Da er selbst keinen älteren Bruder hatte, war ihm nicht bewusst gewesen, was für einen Einfluss er auf Jens hatte. *Oh Mann, ich sollte echt darauf achten, wie ich mich verhalte – wenn das solche Auswirkungen hat … Das hier würde ich eigentlich gerne mit Cats teilen. Vielleicht kann sie mir ein paar Tipps geben, was ich auf jeden Fall vermeiden sollte. Ja, genau, das ist es! Ich frage sie einfach, worauf man im Umgang mit jüngeren Geschwistern achten sollte.* Katharina war zwar Einzelkind, aber daran dachte Justus in dem Moment nicht. Außerdem, wer schon so lange jeden Tag seine Bibel las, keine Gemeindeveranstaltung ausfallen ließ und eine evangelistische Tanztournee absolvierte, hatte bestimmt für alles ein paar gute Tipps.

Er griff nach seinem Handy und begann zu schreiben: „Hey Cats, aus irgendeinem Grund orientiert sich mein kleiner Bruder an mir. Was soll ich tun?" Er las sich die Nachricht nochmal durch. *Das klingt wie in einer Zeitungskolumne für Beratung.* Justus löschte die Nachricht bis auf das „Hey Cats,". Er starrte an die Zimmerdecke und überlegte. Nach fünf Minuten Blackout stellte er fest: *Mir fällt einfach nichts anderes ein.* Er schloss die Augen. *Wenn ich treffe, soll es so sein, wenn nicht, dann schicke ich die Nachricht nicht ab.* Er stach mit dem Zeigefinger zu und öffnete die Augen. Daneben. Mit einem Seufzer legte er das Handy weg und griff nach seiner Bibel.

*

Katharina ging mit Phil zu den Mülltonnen, um zu beten. So ganz wohl war ihr nicht dabei. Es war zwar etwas abseits von dem Schulhof, aber immer noch ein öffentlich zugänglicher Ort. *Was die anderen wohl über uns denken? Wenn hier irgendjemand vorbeikommen sollte ...* Gleichzeitig ärgerte sie sich über sich selbst. Es konnte ihr doch egal sein, wenn ihre Schulkameraden es seltsam fanden, dass sie betete.

Phil schien damit überhaupt keine Probleme zu haben. „Weißt du, ohne Jesus wäre ich an Orten der Qual – entweder im Diesseits oder im Jenseits. Er ist einfach das Beste, was einem Menschen passieren kann. Wenn er mich aus der Scheiße holen kann, kann er jeden aus der Scheiße holen." Er legte den Kopf in den Nacken und blickte in den strahlenden Himmel hinauf. Dabei atmete er tief durch und sah völlig zufrieden aus.

Und das an einem Montagvormittag, dachte Katharina fast ein bisschen neidisch.

Phil lächelte vor sich hin. „Ich kann mich einfach nicht dran gewöhnen, dass er mich liebt. Jeden Morgen wache ich auf und sage: Danke, Jesus, dass du mich gerettet hast. Danke, dass ich nicht tot bin und dass mein Leben endlich Sinn hat."

Ist das der Grund, warum er so zufrieden ist? Habe ich mich einfach daran gewöhnt, mit Jesus zu leben? Sie hatte aber keine Zeit, das länger zu analysieren, denn Phil sagte: „Okay, lass uns anfangen. Sonst ist die Pause um." Wieder betete er für Susanna. Es war nichts Konkretes, aber voller Dringlichkeit.

„Was ... ist mit Susanna?", fragte Katharina vorsichtig.

Phil sah sie überrascht an. „Ich dachte, ihr macht manchmal was zusammen."

„Im letzten Schuljahr haben wir ab und zu zusammen gekocht. Aber das ist schon ein paar Monate her. Wir schreiben nicht oder so. Hast du zu ihr Kontakt?" *Ich muss Jonas irgendwann Rückmeldung geben wegen der Kochanfrage.*

Phil lachte trocken. „Ich glaube, sie weiß noch nicht einmal, dass ich an dieser Schule bin. Ich beobachte die Leute um mich herum. Na ja, und dabei stelle ich fest, dass nicht immer alles so ist, wie es nach außen wirkt."

„Das bedeutet?"

Phil zögerte, bevor er antwortete. Fast so, als überlegte er, was er von seinen Beobachtungen preisgeben und was für sich behalten sollte. Er zuckte die Schultern. „Ich hoffe nur, sie macht nicht das Gleiche wie ich", sagte er schließlich. „Man denkt, der Tod wäre die beste Lösung, aber das ist eine Lüge." Wie sehr er mit dieser Aussage recht hatte, sollte sich erst noch zeigen.

Susanna kam auf den Schulhof. Sie musste die Pause genutzt haben, um in die Stadt zu gehen. Das war nichts Ungewöhnliches. *Allein. Das schon.* Katharina nahm sie von Weitem unter die Lupe. Ihr fiel nichts Besonderes auf. *Sie könnte ein Model sein*, schoss es ihr durch den Kopf. Die langen Beine minimalistisch von einem kurzen Rock umgeben, ging sie mit schwingenden Hüften über den Schulhof. Dabei wogten ihre langen blonden Haare anmutig von rechts nach links. *Und perfekt geschminkt. Ich frage mich, wie lange sie morgens dafür braucht. Und ich frage mich, warum ihre Bodyguards sie nicht begleitet haben.* Als hätten Jonas und Claas auf der Lauer gelegen, kamen sie jetzt allerdings lässig über den Schulhof geschlendert, auf Susanna zu. Die winkte zaghaft mit einer manikürten Hand und lächelte schüchtern. *Was für eine Scharade!*, dachte Katharina grimmig. *Dabei hat sie die beiden komplett in der Hand. Oder auf jeden Fall Jonas.* Sie hatte ihre letzten Kochtreffen noch lebhaft in Erinnerung: Immer mehr und immer teurere Zutaten hatte Jonas aufgefahren, um Susanna zu beeindrucken. Er hatte sogar Schokolade gegessen, ihr zuliebe. Claas schien nicht ganz so leicht zu haben zu sein, aber selbst er tat in Susannas Gegenwart Dinge, die er sonst verabscheute – z. B. ganz still auf dem Sofa sitzen, als sie ihren Kopf auf seine Schulter gelegt hatte.

Susanna und die Jungs waren aufeinandergetroffen. Katharina beobachtete, wie sich Susanna und Jonas ein Küsschen gaben, während Claas mit den Händen in den Hosentaschen daneben stand. Jonas hielt Susanna eine Trinkflasche hin. Und sie nahm tatsächlich einen Schluck. *Es ist heute aber auch wirklich heiß.*

Katharina beobachtete die drei weiterhin. *Rein theoretisch könnte ich auch hingehen.* Wer zusammen kochte, konnte auch auf dem Schulhof zusammen rumhängen. *Justus will nicht, dass ich mich mit ihnen treffe. Und eigentlich will ich es auch nicht. Andererseits, wenn ich nicht zum Kochen komme, kann ich ihnen auch nichts von Jesus mitgeben.* Wobei sie zugeben musste, dass das seit Theresas Umzug nach China sowieso nicht mehr der Fall gewesen war. Es läutete, und sie musste zu Deutsch.

Seit Phil nicht mehr in ihrem Kurs war, war immer ein Platz frei, und in den allermeisten Fällen saß Katharina allein am Tisch. Das war auf jeden Fall besser, als neben einem der anderen Typen zu sitzen, für die Deutsch so ziemlich das Letzte war. Partnerarbeit mit einem von ihnen war nicht nur unproduktiv, man war allein wesentlich schneller. Jonas bildete eine Ausnahme, aber neben ihm saß seit ein paar Monaten Susanna. Also erledigte Katharina ihre Aufgaben als Ein-Frau-Team und der Lehrer schien es nicht einmal zu merken. Genauso wenig, wie er damals gemerkt hatte, dass Phil nach seinem Selbstmordversuch nicht zum Unterricht gekommen war. Herr Künzel hatte seine ganz eigene Vorstellung vom Unterrichten. Er vertrat die Ansicht, dass die beste Lehrmethode sei, dass sich Schüler selbst etwas beibrachten. Dementsprechend verteilte er zu Anfang der Stunde Arbeitsaufträge – einen pro Tisch, man wolle doch nicht durch unnötige Kopien die Umwelt belasten – und setzte sich dann mit der Kaffeetasse hinter das Pult, die Füße obendrauf. Neben dem Pult parkte er immer seine Ledertasche, in der die Ausarbeitungen der Schüler dann auf Nimmerwiedersehen verschwanden.

Es war ihm egal, was die jungen Männer und Frauen sonst noch im Unterricht machten, solange er am Ende der Stunde von jedem Tisch einen erledigten Arbeitsauftrag vorliegen hatte. Und solange es leise war. Jedenfalls sei diese pädagogische Methode sehr wirksam, bisher habe niemand bei ihm im Abi schlechter als sechs Punkte geschrieben, wie er dem Kurs wiederholt versicherte. Für die mündliche Beteiligung gab es für jeden zehn Punkte, wobei der Lehrer im Unterricht nie irgendwelche Fragen stellte und auch sonst keinerlei verbale Teilnahme verlangte.

Die Schülerinnen und Schüler hatten sich mit dem Konzept arrangiert (zumindest vordergründig), arbeiteten je nach Motivation und Schnelligkeit die Aufgaben ab und verbrachten den Rest der Stunde mit anderen Dingen.

Heute jedoch blieb der Platz neben Jonas frei. *Das ist aber seltsam*, wunderte sich Katharina. *Eben habe ich sie doch noch gesehen.*

Als sie beauftragt wurden, sich zu zweit zusammenzutun, um einen Text zu interpretieren, stand Jonas auf und kam zu ihrem Tisch. „Machen wir zusammen?", fragte er, als ob es das Selbstverständlichste wäre. Ohne ihre Antwort abzuwarten, setzte er sich.

Und wenn ich Nein sage?, schoss es Katharina durch den Kopf. Stattdessen schob sie ihren Block ein Stück zur Seite und nickte. Sie verkniff es sich, „Wo ist Susanna?" zu fragen.

Mit Jonas zusammen war sie wesentlich schneller fertig als allein und es machte sogar fast ein bisschen Spaß. Die Interpretation klappte sehr gut, und zum Schluss meinte Jonas leise: „Das lief doch mal wie geölt."

Tut es das sonst nicht?, dachte Katharina mit einer gewissen Genugtuung. *Vielleicht sollte ich doch zum nächsten Kochen gehen.*

„Herr Künzel hat das hier nicht verdient. Er ist so was von faul! Diese Interpretation ist viel zu gut, um in seiner ollen Tasche zu vergammeln", raunte Jonas mit einem Blick auf den grauhaarigen Lehrer vorn am Pult. Er hatte den Kopf an die Wand dahinter gelehnt, die Zeitung über dem Gesicht, die Hände auf dem Bauch gefaltet. Sachte bewegten sich die Blätter auf und ab.

„Ich glaube, er ist tatsächlich eingeschlafen", flüsterte Katharina mit einem Grinsen zurück.

Einer der anderen musste den gleichen Gedanken gehabt haben. Christopher, ein kleiner, drahtiger Kerl, der sich anfangs immer über Herrn Künzels Methoden aufgeregt hatte, schlich sich ans Pult. Dabei hielt er beschwörend einen Finger vor die Lippen. Es war mucksmäuschenstill im Klassenraum, als er sich die Kaffeetasse schnappte und deren Inhalt geräuschlos in die offenstehende Ledertasche neben dem Pult goss.

Ungläubig starrte Katharina nach vorn. *Hat er gerade Kaffee in Herrn Künzels Tasche gekippt?* Sie beobachtete, wie ihr Kurskamerad die Tasse auf die Seite neben Herrn Künzels Füße legte, an den Rand des Pultes. Wenn der Lehrer aufwachte, würde es so aussehen, als habe er mit seinem Fuß die Tasse umgestoßen. Schockiert sah Katharina sich im Klassenraum um. Die, die Christopher beobachtet hatten, grinsten breit, aber es gab auch eine ganze Reihe, die zu sehr mit ihren Handys beschäftigt waren, um zu merken, was um sie herum geschah.

Jonas stieß sie von der Seite an und deutete auf seinen Collegeblock. „Wehe, du sagst was!!!", hatte er geschrieben.

Die Zeitung raschelte leise, und kurz darauf erschien Herrn Künzels Kopf. „Macht die Aufgaben zu Ende. Ich sammle sie nächstes Mal ein. Verhaltet euch erwachsen bis es läutet. Ich muss heute eher weg." Er nahm die Füße vom Tisch. Dann klappte er seine Tasche zu und ging. Dabei hinterließ er, ohne es zu merken, eine Kaffeespur auf dem Boden. Hinter ihm fiel die Tür ins Schloss.

Christophers Banknachbar klopfte ihm auf die Schulter. „Krasser Move!", sagte er anerkennend. Auch von anderen Seiten des Klassenraums erhielt er Zustimmung.

Jonas grinste: „Das geschieht dem Alten recht. Wer so träge ist, dass er nicht merkt, wie ihm jemand Kaffee in die Tasche kippt, hat es nicht besser verdient."

„Aber alles in dieser Tasche ist nass! Mir ist mal eine Schüssel Quark im Rucksack aufgegangen. Zum Glück hat es nur meinen Block ruiniert." Katharina konnte immer noch nicht glauben, was Christopher da gerade getan hatte. Es war so plötzlich und unerwartet geschehen, dass ihr erst nach und nach bewusst wurde, was da eigentlich passiert war. „Wer weiß, was Herr Künzel da alles drin hatte. Bestimmt sein Handy. Oder irgendwelche Unterlagen. Die kann er jetzt wegschmeißen."

„Ja und? Dann ersetzt er es halt. Ein bisschen Spaß muss sein."

„Spaß? Das ist doch kein Spaß!", regte sich Katharina auf. In dem Moment wurde die Tür aufgerissen und Herr Künzel stürmte herein. Er knallte seine Tasche vor der Klasse auf den Boden. Schlagartig erstarrten alle.

„Wer von euch hat Kaffee in meine Tasche gegossen?", verlangte er aufgebracht zu wissen.

„Was für Kaffee?", fragte jemand stirnrunzelnd.

„Meine Unterlagen, mein Handy, alles ist aufgeweicht! Wer war es?"

Christopher meldete sich. „Vielleicht haben Sie mit Ihrem Fuß Ihre Tasse umgestoßen?", fragte er höflich.

Katharina wurde es heiß und kalt. *Schlange!*

Herr Künzel wandte sich ruckartig zum Pult. Einige Sekunden starrte er die auf der Seite liegende Tasse an. Dann nahm er sie in die Hand und schaute ungläubig hinein.

„Ja, ich habe es auch gesehen", meldete sich Jonas zu Wort. „Aber Sie schliefen so schön, dass wir Sie nicht wecken wollten", sagte er todernst.

Herr Künzel wirbelte herum. Mit zusammengepressten Lippen jagten seine Blicke durch den Klassenraum. Urplötzlich zeigte er auf Katharina. „Katharina, wer war es?", wollte er wissen. Sein Zeigefinger zitterte.

Katharina blinzelte. Ihre Lippen gingen schockiert auseinander. Dabei schossen zwei Gedanken durch ihren Kopf: *Er kennt meinen Namen? Warum fragt er mich?*

„Ä ..., äh ...", stotterte sie. *Sag, er hat es selbst gemacht*, zischte es in ihr. *Gott, hilf mir!* Vor ihren Augen begannen Sternchen zu flimmern.

Herr Künzel kam auf sie zu. „Sag mir die Wahrheit", forderte er drohend. „Habe ich mit meinem Fuß die Tasse umgekippt?" Es war totenstill im Raum und es schien, als hielte der gesamte Kurs die Luft an.

Himmelstänzerin. Katharina starrte geradeaus. „Nein", flüsterte sie.

„Wer war es dann?"

„I..., ich ... kann das nicht sagen!", brachte sie hervor.

Einige Augenblicke starrte der wütende Lehrer auf sie herab, bevor er heftig die Luft ausstieß. Er sah sich in der Klasse um. Niemand rührte sich. „Wenn sich der Schuldige nicht bis heute Abend bei mir meldet, hat das für euch alle Konsequenzen." Ohne ein weiteres Wort verließ Herr Künzel den Raum. In dem Moment läutete es.

Neben ihr knallte Jonas seinen Stuhl auf den Tisch. „Du hast uns alle reingerissen!", sagte er aufgebracht.

Das stimmt nicht. Christopher hat uns alle reingerissen! Aber sie war nicht mutig genug, das zu sagen.

Der Rest des Kurses teilte Jonas' Meinung. Ihre Kommentare gingen im Geklapper der hochgestellten Stühle unter. J*esus, ich fasse es nicht. Wie kann das sein? Denken wirklich alle hier, das, was Christopher gemacht hat, war okay?*

Christopher ging an ihr vorbei. Er blieb kurz stehen, zog mit dem Zeigefinger das Augenlid herunter und fragte: „War das wirklich nötig?" Seine kalte Verachtung traf sie wie eine Ohrfeige.

Wie in Zeitlupe packte Katharina ihre Sachen. Sie fühlte sich ganz betäubt. Als der Klassenraum sich geleert hatte, saß sie immer noch auf ihrem Platz. Sie legte den Kopf auf die Arme und durchlebte noch einmal jeden einzelnen Augenblick der letzten Viertelstunde. *Sie sind alle gegangen. Niemand fand es gut, dass ich die Wahrheit gesagt habe. Und falls wir kochen, wird Jonas genauso über mich herziehen, wie er es nach dem Special-Friday gemacht hat. Was jetzt? Und alle aus Deutsch hassen mich jetzt!* „*Selig seid ihr, wenn euch die Menschen hassen ... um des Menschensohnes willen*", schoss ihr die Bibellese aus Lukas 6 am Morgen durch den Kopf. *Ich fühle mich überhaupt nicht selig!*, schrie es in ihr. *Ich fühle mich schrecklich!*

Auf einmal tauchte eine Szene aus ihrem Tanzstück vom Sommer vor ihrem inneren Auge auf: Zuschauer, die ihre Plätze verließen. *Genau das ist gerade passiert.*

Und in die lähmende Taubheit kamen ganz leise Mias Worte: „*Sind wir auch dann noch bereit für den König zu tanzen, wenn wir ausgebuht werden?*"

Für den König. Für Jesus, den sie nicht sehen und dessen Applaus sie nicht hören konnte. Aber der es wert war. Der sie dazu berufen hatte, eine Himmelstänzerin zu sein.

Es ist gerade haargenau wie in unserem Stück: Ich bin ganz allein mit meinem himmlischen Tanz. Wie entschlossen war sie auf ihrer Tournee gewesen, das im Alltag zu Hause umzusetzen. Jetzt hatte sie die Chance dazu. Sie hob den Kopf. Mit geschlossenen Augen atmete sie tief durch. *Bitte hilf mir, Jesus!* Sie stellte ihren Stuhl neben Jonas' auf den Tisch und verließ den Klassenraum. Gut, dass sie jetzt erstmal Fahrrad fahren konnte.

Doch vorher muss ich noch was trinken. Sie ging zur Damentoilette und ließ Wasser in ihre Trinkflasche laufen. *Dann kann ich auch gleich hier noch aufs Klo gehen. Das spart zu Hause die Spülung.* Neben dem Mülleimer lag eine Plastikverpackung. Katharina hob sie auf, um sie in den Müll zu werfen. Als sie den Deckel öffnete, runzelte sie die Stirn. *Ein positiver Schwangerschaftstest? Ich vermute mal, dass die Person, die ihn gemacht hat, sich grade im Moment kein Kind wünscht ...* Sie ließ den Deckel zufallen und verließ die Toilette. *Das hier ist zum Glück nicht mein Problem.* Sie hatte genug damit zu tun, gegen den Takt ihrer Umwelt zu tanzen.

Ein bisschen langsamer als sonst fuhr sie nach Hause. Es war einfach zu warm, um Gas zu geben.

Ihre Mutter hatte nach ihrem Nachtdienst schon ausgeschlafen und einen Salat gemacht.

„Perfekt", nicke Katharina dankbar. In der kleinen Dachwohnung war es noch wärmer als draußen, und ein warmes Mittagessen hätte ihr den Rest gegeben. Sie erzählte von Deutsch.

„Er hat einfach Kaffee in die Tasche eures Lehrers gekippt?", fragte Antje Jöllenbeck ungläubig.

„Ja, und alle fanden es gut. Außer mir." Sie berichtete, was noch passiert war.

„Katie gegen den Rest der Welt."

„Genauso fühlte es sich an", nickte Katharina. „Scheußlich!"

„Stell dir vor, du hättest mitgemacht." Ihre Mutter sah sie aufmerksam an. „Stellst du es dir vor, ja? Gut. Herr Künzel fragt dich und du sagst: Ich habe genau gesehen, wie Ihr Fuß die Tasse umgekippt hat." Sie wartete einen Moment und fragte: „Wie fühlt sich *das* an?"

„Noch hundertmal schlimmer."

Ihre Mutter nickte. „Und es wäre auch schlimm! Aber so hast du immer noch festen Grund unter den Füßen. Du hast zwar ordentlich Gegenwind, aber du stehst auf Fels."

Katharina lächelte leicht. Sie musste an das Buch von dem klugen und dem dummen Baumeister denken, das sie als Kind immer und immer wieder angeschaut hatte. Der Dumme hatte auf Sand gebaut. Als der Sturm kam, saß er inmitten von Häusertrümmern. Das, was er sich aufgebaut hatte, war über ihm zusammengestürzt. „Ich wette, so fühlt sich das Mädchen, das festgestellt hat, dass sie schwanger ist. Ich fand auf der Toilette einen positiven Test."

„Oh! Ja, da hast du vermutlich recht!"

„Was würdest du machen, wenn ich schwanger wäre, Mama?"

„Du meinst *jetzt*?"

„Keine Sorge. Ich bin nicht schwanger. Und ich tue auch nichts, wovon man schwanger wird. Aber so rein theoretisch. Was würdest du machen?"

Ihre Mutter sah einen Moment aus dem Fenster. „Ich würde das machen, was meine Tante mit meiner Cousine gemacht hat: Ich würde dich in den Arm nehmen. Und dann würde ich für dein ungeborenes Kind beten. Und für dich. Und für eine weise Lösung."

„Und wie sah die weise Lösung in diesem Fall aus?", wollte Katharina wissen.

„Für meine Cousine sah sie so aus, dass sie das Kind zur Adoption freigegeben hat."

„Ist es nicht immer besser, das Baby bleibt bei seiner Mutter?"

„Meine Cousine war 15. Ihr damaliger Freund hat sie nicht mehr angeguckt, nachdem sie ihm gesagt hat, dass sie schwanger ist."

„Ist ja gemein!"

„Er war total überfordert."

„Dann soll er halt nicht mit ihr schlafen!", sagte Katharina aufgebracht.

„Stimmt. Aber sie war genauso dafür verantwortlich. Ihr Vater wollte, dass sie abtreibt. Dabei war er eigentlich ein totaler Abtreibungsgegner. Aber als seine eigene Tochter plötzlich ungewollt schwanger war, sah es ganz anders aus."

„Und sie hat es geschafft, sich gegen ihren Vater durchzusetzen?"
„Mit Hilfe ihrer Mutter. ‚Trage dein Kind aus', sagte sie ihr. ‚Das sind ein paar *Monate*. Du trägst bis ans *Lebensende* an dem Schmerz und an der Last, dein Kind umgebracht zu haben. Wir werden gute Eltern für das Kleine finden.' Gott sei Dank, hat meine Cousine auf sie gehört. Drei Monate vor der Geburt hat sie sich bei der Caritas gemeldet. Die Mitarbeiter dort haben ein Treffen mit einem Ehepaar arrangiert, das sich sehnlichst ein Kind gewünscht hat. Sie haben sich ein bisschen kennengelernt und sogar zusammen mit meiner Cousine das Kinderzimmer eingerichtet."

„Ernsthaft? Hatten sie keine Angst, dass sie es sich anders überlegt?"

„Doch, hatten sie. Das haben sie meiner Cousine später erzählt. Aber es war ihnen wichtig, sie mit einzubeziehen. Um meiner Cousine Willen und auch um des Kindes Willen. Sie wollten ihm später von seiner leiblichen Mutter sagen können: Auch wenn sie zu jung war, um sich um dich zu kümmern, hat sie dich sehr lieb gehabt und alles getan, damit es dir gutgeht. Sie haben auch zusammen einen Namen ausgesucht: die Mutter den ersten Vornamen und die Adoptiveltern den Zweitnamen. Als die Wehen einsetzten, informierte meine Cousine das Ehepaar und die ganze Zeit während der Geburt warteten sie in der Wartelounge des Krankenhauses. Das sei die schrecklichste Zeit ihres Lebens gewesen, haben sie später erzählt. *Und wenn sie es sich anders überlegt?*, dachten sie die ganze Zeit. Erstaunlicherweise war es vor allem der Mann, der davor am meisten Angst hatte.

Meine Cousine hatte ihr Kind im Arm, als die beiden endlich zu ‚ihrem' Baby durften. Sie blieben etwas unsicher in der Tür stehen. ‚Möchtet ihr ihn halten?', fragte meine Cousine. Beiden liefen die Tränen über die Wangen, als die Frau den kleinen Leon Alexander auf den Arm nahm.

‚Bist du sicher?', fragte der Mann meine Cousine.
‚Ja, ich bin sicher', sagte sie. ‚Ich habe mich schon von ihm verabschiedet. Wenn ihr ihm später von mir erzählt, dann sagt ihm,

dass ich ihn sehr lieb habe und jeden Tag für ihn bete.' Dann sind sie mit ihm gegangen.

„Und deine Cousine?"

„Sie hat ein bisschen geweint, aber vor allen Dingen war sie sehr erleichtert. ‚Ich bin so froh, dass ich ihn nicht abgetrieben habe!', hat sie immer wieder gesagt."

„Und war das nicht schwer für sie, ihn dann bei anderen Leuten aufwachsen zu sehen und die ganze Zeit zu wissen, dass es ihr Sohn ist?"

„Zwei Jahre später hatte sie einen Verkehrsunfall."

Schockiert sah Katharina ihre Mutter an.

Die lächelte traurig. „Kurz bevor sie das Bewusstsein verlor, bedankte sie sich nochmal bei meiner Tante: ‚Danke, dass du mich davon abgehalten hast, als Mörderin zu sterben.'"

„Krass! Ihr Sohn hat doch jetzt bestimmt selbst Kinder. Wenn es ihn nicht gäbe, gäbe es seine Kinder auch nicht."

„Ich weiß nicht, ob er Kinder hat. Ich hab auch keine Ahnung, wer ihn damals adoptiert hat, oder wo er jetzt lebt. Die ganze Geschichte hat mir meine Tante mal irgendwann erzählt, nachdem meine Cousine gestorben war."

Katharina atmete tief durch. „Da kann man ja nur hoffen und beten, dass, wer auch immer diesen Schwangerschaftstest gemacht hat, auch so eine Mutter hat."

„Ja, lass uns das jetzt gleich tun", stimmte Antje Jöllenbeck sofort zu. Gemeinsam beteten sie für Katharinas Mitschülerin und für den kleinen Menschen, den der Schöpfer gerade in ihr heranbildete. Sie beteten auch für die Deutsch-Angelegenheit.

Katharina ging es besser. Die Last lag nicht mehr auf ihren Schultern. „Herr, und wenn es irgendwie so kommen sollte, dass ich etwas dazu beitragen kann, dass dieses Kind leben darf, dann hilf mir bitte, es zu tun", schloss sie ihr Gebet.

Ihre Mutter stand auf. „Ich habe heute Nachmittag einen Zahnarzttermin. Wenn du Hunger auf Schokolade bekommen solltest." Sie verzog das Gesicht. „Ich gehe zum Zahnarzt und sage dir, wo du Schoki findest ... Willst du es wirklich wissen?"

„Na logisch!", grinste Katharina und zeigte ihre weißen Zähne. „Ich habe eine natürliche Resistenz gegen Schokoladenschäden."
Ihre Mutter lachte. „Ich habe jedenfalls alle Schokolade aus dem Vorrat in die blaue Dose im Gemüsefach im Kühlschrank gepackt."
„Supi. Auf Korsika habe ich mir mal eine gekauft. Auf dem Weg vom Supermarkt zur Ferienanlage ist sie geschmolzen. Die teure Schokolade ..."
„Oh", machte Antje Jöllenbeck mitleidig.
„Es geschah mir recht", sagte Katharina selbstironisch. „Ich hätte sie auch gleich ganz essen können. Aber der Typ, mit dem ich unterwegs war, hielt nichts von Schokolade, und ich wollte ihn beeindrucken. Also aß ich nur einen Teil."
Überrascht sah ihre Mutter sie an. „Was war das für ein Typ? Hast du von ihm mal was erzählt?", fragte sie interessiert.
„Nein, ich habe nichts von ihm erzählt. Es war vorbei, bevor es etwas zu erzählen gab. Ich hab rechtzeitig gemerkt, dass wir nicht zusammenpassen", gab Katharina locker zurück. „Außer beim Tanzen. Da waren wir ein Super-Team."
„Ich hatte mich schon gefragt, was das für einer war auf den Fotos von euren Auftritten", gab ihre Mutter lächelnd zurück.
Das hier wäre der perfekte Aufhänger, um von Justus zu erzählen, fuhr es Katharina durch den Kopf. Aber ihre Mutter war auf dem Sprung. *Das von Justus hat auch noch Zeit. Im Moment ist ja von Beziehung eh so gut wie nichts zu merken.* Sie aß eine halbe Tafel Schokolade und ging in ihr Zimmer, um Hausaufgaben zu machen. Aber die Szene aus dem Deutsch-Unterricht lenkte sie immer wieder ab. *Ich werde Theresa eine Sprachnachricht machen*, beschloss sie.
Während sie ihrer Freundin in China berichtete, wurde ihr neu die Ungeheuerlichkeit dessen, was passiert war, bewusst. Was waren ihre Kurskameraden für Menschen? *Ich habe es richtig gemacht, dass ich nicht deren Lüge aufgegriffen habe. Und ich werde auch nicht wie ein geprügelter Hund mit Angst vor Christopher morgen in die Schule gehen! Was* er *getan hat, war schlecht. Und wenn Jonas* mich *deswegen verachtet, hat er Pech*

gehabt! Die Sprachnachricht, die Theresa zurückschickte, bestärkte sie in diesem Entschluss, und so hob sie den Kopf etwas höher, als sie am nächsten Tag auf den Schulhof kam.

Sie hatte gerade ihr Fahrrad abgeschlossen, als hinter ihr jemand sagte: „Wir treffen uns Samstagabend bei mir zum Kochen. 19.00 Uhr." Jonas.

Damit hatte Katharina nicht gerechnet. „Ich ... glaube, da kann ich nicht", gab sie ausweichend zurück.

Jonas zog die Augenbrauen hoch. „Und warum nicht? Die anderen wollten Freitag, aber ich habe ihnen gesagt, dass du da in deiner Kirche bist."

Er hat sich dafür eingesetzt, dass ich dabei bin. Obwohl ich gestern in Deutsch nicht mitgemacht habe. Und obwohl er den Jugendkreis verachtet.

„Das ist unser An-Kochen für dieses Schuljahr. Verschieb deinen anderen Termin", verlangte er. „Was hast du vor, das wichtiger sein könnte, als mit uns zu kochen?"

Ich habe ja noch gar keinen. Also, noch nichts Festes. „Ich sag dir noch Bescheid."

„Bis morgen muss ich das wissen."

„Ich sag dir morgen Bescheid." Heute hatte sie nur sechs Stunden, da hätte Justus auf jeden Fall genug Zeit, sich zu überlegen, was sie am Samstag zusammen vorhatten.

Den ganzen Schultag über schickte sie schon mal Stoßgebete los, dass Justus sich doch umgehend bei ihr melden möge, wenn sie ihm den Kochtermin mitgeteilt hätte. Sobald der Unterricht zu Ende war, eilte sie zu ihrem Rad und strampelte so schnell es ging nach Hause. Kaum war sie im heimatlichen WLAN-Bereich, schrieb sie ihm eine Nachricht: „Hey, Justus, Jonas hat gefragt, ob ich am Samstagabend mit ihnen koche." Sie tippte auf senden. *Wird er zu seinem Wort stehen? Bitte, Jesus, lass ihn schnell antworten. Ich will nicht mit Jonas und Susanna den Abend verbringen. Nach der Episode mit dem Kaffee schon gar nicht.*

Doch Justus meldete sich nicht. Katharina blieb extra eine Stunde länger als sonst auf, aber es kam keine Antwort. Auch am nächsten Morgen hatte er noch nicht zurückgeschrieben. *Erst tolle Sprüche klopfen und es dann nicht für nötig halten, sich zu melden! Und ich bin auch noch drauf reingefallen! Tut so, als wollte er mich vor Jonas schützen, dabei bin ich ihm völlig egal. Vollmundige Versprechen von wegen, dass wir was zusammen unternehmen, damit ich einen Grund habe, nicht zum Kochen zu gehen, und dann liest er noch nicht mal meine Nachricht!* Sie merkte, wie der Frust sich in Bitterkeit verwandelte. Ruck, zuck zog eine Anklage die nächste mit sich. Eigentlich war jetzt ihre Zeit mit Gott, aber die negativen Gedanken waren wie ein Strudel, der sie nach unten saugte.

Wie der sinkende Petrus!, schoss es ihr urplötzlich durch den Kopf. *Hilf mir, Jesus!* Ihr fiel ein, dass ihr auf Korsika in einer Zeit der Stille, mal genau das wichtig geworden war: Zu den Tanzschritten, die Jesus ihr beibrachte, gehörte nicht das Verurteilen von Justus Rutter. Sie seufzte. *Es tut mir leid, Gott. Ich bin total enttäuscht, dass er mich so hängenlässt, obwohl wir doch eigentlich zusammen sind. Das zieht mich so runter! Bitte kümmer dich drum. Hilf mir, ihn nicht zu richten. Und bitte hilf mir zu verstehen, was du mir sagen möchtest.* Sie griff nach ihrer Bibel und schlug sie auf.

„Und stellt euch nicht dieser Welt gleich, sondern erneuert euch durch Erneuerung eures Sinnes, damit ihr prüfen könnt, was Gottes Wille ist, nämlich das Gute und Wohlgefällige und Vollkommene", las sie in Römer 12.

Herr, ich habe wirklich gedacht, dass Justus' Angebot auf dem See von dir war. Um mich davor zu bewahren, mich anzupassen. Und jetzt meldet er sich nicht. Ich muss Jonas bald Bescheid sagen. Was soll ich tun? Sie las Vers zwei nochmal und blieb an dem ersten Satz hängen „Stellt euch nicht dieser Welt gleich." *Genau darum geht es beim Tanzen für Jesus.* „Sondern ändert euch durch Erneuerung eures Sinnes." *Aha, es geht um mehr als um die „richtigen" Tanzschritte. Erneuerung meines Sinnes – muss mein Sinn erneuert werden, Herr? Vielleicht ist es nicht so sehr die Frage, ob ich zum Kochen gehe, sondern in welcher Gesinnung?*

Ihr fiel ein, dass sie vor etlichen Monaten mal diesbezüglich eine Diskussion mit Theresa gehabt hatte. *Mal angenommen, ich würde wirklich als Christ zu diesem Treffen gehen, mit Gebetsunterstützung von anderen im Rücken?* Es war schon erstaunlich, dass Jonas und Co. sie trotz allem immer wieder fragten. *Vor allem, nachdem Jonas gestern erst so sauer auf mich war. Vielleicht merkt er doch irgendwie, dass Christen nicht blöd sind?* Sie schrieb Theresa eine kurze Nachricht: „Jonas hat mich für Samstag zum Kochen eingeladen. Eigentlich hat Justus mir versprochen, dass wir beim nächsten Termin was zusammen machen, damit ich einen Grund habe, abzusagen. Aber er meldet sich nicht. Und irgendwie habe ich das Gefühl, dass es vielleicht gut ist, dass ich mich dort blicken lasse. Bitte bete für mich."

Dreißig Sekunden später – für Theresa, die nicht gerne über WhatsApp kommunizierte, sehr ungewöhnlich – hatte ihre Freundin zurückgeschrieben: Zwei betende Hände und „Theo ist gerade da. Wir beten jetzt sofort gemeinsam für dich."

Lächelnd sah Katharina auf ihr Handy. Tausende von Kilometern nach Osten trat ihre beste Freundin gemeinsam mit ihrem Freund jetzt, in diesem Moment für sie ein. *Herr, du stehst wirklich über Raum und Zeit. Danke, dass du mir helfen wirst. Ich mache das jetzt so: Wenn Justus sich nicht gemeldet hat, bevor ich das Haus verlasse, sage ich Jonas zu und gehe in deinem Namen dorthin.* Sie machte sich für die Schule fertig. Bevor sie die Wohnung verließ, warf sie einen letzten Blick auf ihr Handy. Es blinkte! Aber die Nachricht war nicht von Justus, sondern von Theresa:

„Beim Beten kam uns ein Vers für dich in den Sinn: Ist Gott für uns, wer kann gegen uns sein? Römer 8,31. Wir denken, du hast am Samstag dort einen Auftrag."

Hammer! Den ganzen Weg von Belm nach Osnabrück kaute sie in Gedanken auf dem Vers herum. *Schon erstaunlich, dass ausgerechnet Theresa, die sonst immer dagegen war, dass ich mich mit Jonas treffe, mich jetzt ermutigt, dorthin zu gehen.* Aber sie musste selbst zugeben, dass sie eine andere Einstellung diesem Treffen gegenüber hatte als sonst. In der Vergangenheit war es ihr an der Aufmerksamkeit gelegen gewesen und daran, es sich nicht mit Jonas zu verscherzen. Sie war sozusagen in ihrem eigenen Namen dorthin gegangen.

In der zweiten Pause kamen Jonas und Claas auf sie zugeschlendert. „Kommst du Samstag?", fragte Jonas ohne Umschweife.

„Ich komme", nickte Katharina.

Jonas verneigte sich andeutungsweise. „Ich weiß die Ehre zu schätzen." Er wandte sich an Claas. „Für uns lässt sie einen anderen Termin sausen, musst du wissen."

„Ist ja auch kein Wunder. Was könnte es Schöneres geben, als einen Abend lang mit uns zu kochen?", gab Claas vollmundig zurück. Er warf einen kurzen Blick über die Schulter. „Aber *bitte* nicht asiatisch! Lass uns mal wieder vorher zusammen einkaufen. So wie früher, als Theresa noch da war." Er wandte sich an Katharina: „Kommt sie eigentlich nochmal wieder? Oder hat sie sich in einen Chinesen verliebt?"

„Vorerst kommt sie nicht wieder. Und nein, sie hat sich nicht in einen Chinesen verliebt." *Theo ist deutsch. Woher kommt auf einmal das Interesse an Theresa? Als sie wegging habt ihr doch mit keiner Wimper gezuckt.*

Claas lachte. „Mann, war das witzig, als sie immer gebetet hat. Sie konnte echt nicht essen, ohne vorher zu beten. Macht ihr eigentlich wieder so einen Kochwettbewerb in deiner Kirche? Das war lustig. Ich würde auch nochmal kommen."

Katharina glaubte, nicht richtig zu hören. Bevor sie antworten konnte sagte Jonas spöttisch: „Lustig? Du hast echt einen schwarzen Humor! Mich kriegen keine zehn Pferde nochmal in diese Kirche. Das war so was von *abartig*!" Sie konnte den Widerwillen in seiner Stimme hören.

Entweder legte Claas es heute darauf an, ihn zu provozieren, oder es hatte ihm damals wirklich im Jugendkreis beim ersten Special-Friday gefallen. Jedenfalls sagte er: „Wieso? War doch ganz locker. Und die Story von dem einen, der im Gefängnis war und dann anfing, in der Bibel zu lesen, war ziemlich abgefahren."

Katharina musste aufpassen, dass ihr nicht der Mund offen stand. War das der Grund, warum Gott wollte, dass sie am Samstag zum Kochen ging?

„Wenn du anfängst mit Gott und so, dann war's das mit uns beiden", sagte Jonas bissig. Es war offensichtlich, dass er ärgerlich wurde.

Claas schien das nicht zu bemerken. Oder bemerkte er es sehr wohl und tat nur so? „Du musst ein bisschen toleranter sein, Junge. Jedem das Seine. Katharina macht das jeden Freitag in der Kirche. Und es hat ihr bisher nicht geschadet. Ein bisschen Gott ist gar nicht schlecht. Ich finde, wir sollten das Tischgebet wieder einführen, wenn wir kochen."

„Vergiss es!", stieß Jonas heftig hervor. Er ließ Claas und Katharina stehen und ging.

„Lass ihn laufen", lachte Claas.

Katharina hatte sich wieder einigermaßen gefangen. „Es soll tatsächlich wieder so einen Special-Friday geben. Ich kann dir Bescheid sagen, wenn es soweit ist."

Claas zuckte die Schultern. „Klar." Er wies mit dem Kopf in Richtung Jonas. „Nimm ihn nicht so ernst." Ein paar Augenblicke sah er seinem Kumpel hinterher. „Ich weiß echt nicht, wie Susanna es mit ihm aushält." Es war das erste Mal, dass er sich Katharina gegenüber zu dieser Beziehung äußerte. Nicht, dass es dazu allzu viele Gelegenheiten gegeben hätte, aber Katharina war trotzdem etwas verwundert.

Und ich weiß nicht, wie er es mit ihr aushält.

„Sie ist viel lockerer drauf als er", fuhr Claas fort.

Klingt er grad irgendwie frustriert?

„Na ja, wo die Liebe hinfällt", sagte er im nächsten Moment mit einem Schulterzucken.

*

Wo ist dieses dämliche Ladekabel? Seit zwei Tagen war Justus von der Außenwelt abgeschnitten, weil sein Handy keinen Akku mehr hatte. Jetzt hatte er endlich wieder ein Smartphone und dann war sein Kabel weg. *Was, wenn Cats mir geschrieben hat? Sie denkt bestimmt, ich würde sie ignorieren! Oder ich hätte schon wieder mein Handy verloren ...* Justus war so gestresst, dass er Jens anfauchte, der ins Zimmer kam. Erst als er dessen betroffenes Gesicht sah, merkte er, dass er sich im Ton vergriffen hatte. „Tut mir leid, Jens. Das war nicht gegen dich. Ich bin sauer auf mich selbst, weil ich mein Ladekabel nicht finde."
Jens' Züge entspannten sich. „Hast du schon gebetet?", fragte er prompt.
Ach ja, natürlich. In der Vergangenheit hatte es durchaus etwas gebracht, Gott um Hilfe beim Suchen zu bitten. „Könnte ich tatsächlich machen", gab Justus zu.
Jens sah sich kurz im Zimmer um. „Vielleicht musst du auch einfach nur aufräumen. Maria sagt, wir müssen selbst Verantwortung übernehmen. Wenn man zum Beispiel überall Zeug rumliegen hat und dann stolpert, soll man auch nicht sagen, Gott hätte es so gefügt."
Was die im Kigo alles lernen!
„Du könntest zum Beispiel mal das Zeug unter deinem Bett aufräumen", fuhr Jens fort.
Justus, der allmählich genug von seinen Belehrungen hatte, fragte: „Was wolltest du eigentlich in meinem Zimmer?"
„Ach so, ja. Du hast doch für Kristin die Geburtstagsfeier gemacht. Kannst du das für Valli auch machen?" Gespannt sah er ihn an.
Ach du liebe Zeit! Bin ich jetzt der Babysitter der ganzen Gemeinde, oder was? Valli, ist das nicht der Junge, der sich nach dem Kigo, bei dem ich für Maria eingesprungen bin, spontan dafür entschieden hat, bei Gottes Party im Himmel dabei zu sein?
„Erst muss ich jetzt mein Ladekabel finden", gab Justus ausweichend zurück.

„Und wenn du es gefunden hast?", fragte Jens hoffnungsvoll. „Er hat mich auch eingeladen. Und ich will das mal sehen, wie du das machst. Wenn es so gut ist, wie dein Kigo, dann wird es bestimmt cool. Du könntest eine Schatzsuche mit uns machen. So wie da, wo wir in der Sandkiste den Schatz gefunden haben. Mit ganz vielen Süßigkeiten."

„Erst muss ich mein Ladekabel finden!", wiederholte Justus kurz angebunden.

„Ich helfe dir suchen", bot Jens an, ließ sich auf alle viere fallen und begann, Dinge unter dem Bett hervorzuziehen. „Eine Arizonaflasche, ein Collegeblock, ein Buch, ein Sporthemd ..." Er roch an dem T-Shirt und rümpfte die Nase. „Warum legst du das unter dein Bett und tust es nicht in die Wäsche?" Er schleuderte das Kleidungsstück vor Justus' Füße und arbeitete sich weiter vor. „Eine Hose, noch eine Hose, ein Handtuch, ..." Als er fast vollständig unter dem Bett verschwunden war, rief er plötzlich: „Ich hab's!" Triumphierend kroch er wieder hervor, ein Ladekabel in der Hand.

„Mein Ladekabel!" Justus riss es ihm förmlich aus der Hand, eilte zur Steckdose und schloss sein Handy an.

„Bitteschön!"

„Danke, Jens! Ich schulde dir was."

„Machst du Vallis Geburtstagsfeier?"

„Ja, gut", sagte Justus, ohne nachzudenken. Er hatte gesehen, dass er eine Nachricht von Katharina hatte.

„Supi! Ich sag ihm gleich Bescheid", rief Jens und rannte aus dem Zimmer.

Justus hörte nicht richtig zu. „Hey, Justus, Jonas hat gefragt, ob ich am Samstagabend mit ihnen koche", las er. *Gesendet vor ... drei Tagen! Oh nein! Jetzt denkt sie bestimmt, ich hätte mich nicht an mein Wort gehalten.* Er schrieb sofort zurück: „Sorry, dass ich dir erst jetzt antworte. Mein Akku war leer und ich konnte mein Ladekabel nicht finden. Wollen wir Samstagabend ins Kino gehen? Ich lade dich ein." *Hoffentlich ist es noch rechtzeitig!* Er tippte auf senden. *Es ist wirklich zu dumm, dass sie keine Flat hat! Was, wenn sie gerade im Begriff ist, denen zuzusagen?*

Sollte er sie anrufen? Das hatte er noch nie gemacht. *Einmal ist immer das erste Mal. Wenn man zusammen ist, kann man sich ja wohl auch mal anrufen.* In dem Moment erschien ein zweites Häkchen neben dem ersten. *Sie hat die Nachricht bekommen.* Das hieß, sie war zu Hause. Oder irgendwo, wo sie WLAN hatte. *Lies es!* Tatsächlich, die beiden grauen Häkchen wurden blau. Justus fiel ein Stein vom Herzen. Jetzt wusste sie endlich, dass er nicht aus Trägheit oder Gleichgültigkeit nicht auf ihre Nachricht reagiert hatte. Gespannt sah er auf sein Handy. *Mit Cats im Kino. Wie andere Paare das auch machen.* Er hatte zwar keine Ahnung, was sie gucken wollte, aber irgendwas würden sie schon finden. *Am besten was Romantisches. Vielleicht hat sie dann Lust, meine Hand zu halten. Oder was richtig Spannendes. So spannend, dass sie Angst bekommt und sich an mir festhält ...*

Die Nachricht, die auf seinem Display erschien, zerstörte seine Tagträume jäh: „Geht leider nicht. Vielleicht ein anderes Mal. Ich habe jetzt schon zugesagt. Ich glaube, ich habe am Samstag einen Auftrag dort."

Justus fasste einen verrückten Entschluss. *Ich werde sie fragen, ob ich mitkommen kann.* „Brauchst du Unterstützung?", tippte er. „Sehr gerne!", kam die Rückmeldung.

Ungläubig sah er auf die Nachricht. Er fing an zu grinsen. *Ich gehe mit ihr zum Kochen! Manchmal muss man eben einfach fragen. Das mache ich von jetzt an öfter.*

Doch die nächste Nachricht holte ihn auf den Boden der Realität zurück: „Herbert betet auch mit und meine Freundin aus China. Je mehr Leute beten, desto besser."

Ach so war das gemeint mit der Unterstützung. Und sie ist noch nicht mal auf meine Gebete angewiesen. Dass sie Herbert fragt, hätte ich mir auch gleich denken können. Eifersucht streckte ihre Tentakeln nach ihm aus. Ihm fiel wieder ein, dass Katharina am Sonntag am See mit ihm ziemlich ins Gespräch vertieft gewesen war, als er und die anderen endlich mit ihrer Kiosk-Beute dazugestoßen waren. *Und es war ihre Idee, ihn zur Bushaltestelle zu bringen. Sie hat noch nie vorgeschlagen, mich zur Bushalte zu bringen.* Okay, der Anspruch war unbegründet. In der Regel fuhr er das Auto seiner Mutter. Oder Fahrrad. *Aber das zählt offensichtlich nicht so viel, wie ich dachte. Und anscheinend war es ihr sowieso nicht ernst damit, lieber was mit mir zu unternehmen, als mit diesem ekelhaften Jonas zu kochen. Nur, weil ich mich nicht sofort gemeldet habe, sagt sie ihm direkt zu.* Die Fangarme der Eifersucht zogen sich zu.

Er hörte Jens auf dem Flur mit jemandem sprechen, aber er achtete nicht darauf. *Was muss sie auch so ungeduldig sein!*

Im nächsten Moment öffnete sich seine Tür. „Das ist Vallis Papa für dich", grinste Jens.

Vallis Vater? Was will der denn?, wunderte sich Justus. Jens reichte ihm das Mobilteil ins Zimmer. *Warum grinst Jens so?*

„Ja, hier ist Justus?", sagte er etwas argwöhnisch.

„Hallo Justus, hier ist Dirk Strakeljan. Bin ich richtig informiert, dass du dich bereiterklärt hast, bei Vallis Geburtstagsfeier mitzumachen?"

Justus erlebte eine Schrecksekunde, bis ihm einfiel, dass er noch vor wenigen Minuten seinem kleinen Bruder tatsächlich so etwas gesagt hatte. „Äh, ich glaube schon", stotterte er. „Also, ich meine, ja, kann ich machen."

„Jens sagte, ihr hättet darüber gesprochen."

Vor drei Minuten.

Dirk am anderen Ende lachte. „Oder war das ein Missverständnis? Manchmal wird bei uns ein ‚Ich-überleg's-mir' schon als Zusage gewertet ..."

Justus unterdrückte einen Seufzer. „Nein, das war kein Missverständnis. Ja, ich kann kommen. Wenn es nicht freitagabends ist. Da ist Jugend."

„Da haben wir ja Glück gehabt. Die Feier ist am Samstagabend. Es tut mir leid, dass das so kurzfristig ist."

Cats braucht mich sowieso nicht!, dachte Justus grimmig. „Um wie viel Uhr?"

„Wir wollten um 18.00 Uhr mit Pizza backen starten und danach eine Schatzsuche machen. Während Inez mit euch bäckt, lege ich die Fährte und du könntest dann mit den Kindern kommen, wenn ihr mit Essen fertig seid."

„Alles klar." *Ich werde also auch kochen.*
„Ach, und wenn es dir nichts ausmacht: Das Ganze ist eine Piratenparty. Wenn du als Pirat oder Kapitän oder so kommen könntest, wäre das natürlich toll."
Mit Verkleidung? „Ich guck mal, ob ich was finde", sagte Justus zweifelnd.
„Eine schlichte Augenklappe reicht vollkommen", strahlte Vallis Vaters Stimme durchs Telefon. „Und schon mal vielen, vielen Dank! Das entlastet uns sehr!"
Justus erinnerte sich, dass sich Kristins Mutter ähnlich dankbar gezeigt hatte. „Kein Ding."
„Valli wird sich riesig freuen! Mach's gut, Justus. Bis Samstag."
„Ja, ciao." Justus konnte nicht verstehen, warum sich jemand riesig freuen sollte, nur weil er bei der Feier ein bisschen mitmachte. Aber besser so, als andersherum. *Cats hat ja sowieso keine Verwendung für mich.*

Am Freitagabend regnete es. Justus konnte sich nicht überwinden, mit dem Rad zu fahren. Nicht, wenn Katharina es vorzog, am nächsten Tag mit Jonas zu kochen, statt mit ihm ins Kino zu gehen. Also lieh er sich das Auto seiner Mutter. Unterwegs hörte der Regen auf. *Ich hätte doch mit dem Fahrrad kommen können*, schoss es ihm durch den Kopf. *Egal.*
Katharina schloss gerade ihr Rad ab, als er ankam. Zu seiner Verwunderung wartete sie, bis er eingeparkt hatte und ausgestiegen war. Sie kam sogar auf ihn zu. *Vielleicht hat sie es sich wegen morgen anders überlegt? Vielleicht kann sie ja mit zu Valli. Ganz bestimmt! Die Kinder freuen sich sicher, wenn sie mitkommt. Und Inez erst recht. Dann hat sie noch eine geübte Köchin mehr.*
„Hey Justus", lächelte sie.
Vielleicht kann ich sie vorher in Belm abholen.
„Wegen morgen Abend: Ich weiß das echt zu schätzen mit der Kino-Einladung. Schade, dass es nicht klappt. Ich musste Jonas am nächsten Tag Bescheid sagen. Es ist komisch: Eigentlich hatte ich Angst hinzugehen. Am Montag in der Schule ist nämlich was richtig Blödes passiert. Ich hatte so gehofft, dass du dich mel-

dest." Sie lachte etwas unsicher. „Ich muss gestehen, ich dachte zuerst, du hast keine Lust, meine Nachricht zu lesen. Aber dann war ja dein Ladekabel weg und du konntest dich nicht melden. Inzwischen glaube ich, dass Gott das gebraucht hat, damit ich beim Kochen zusage. Danke, dass du für mich betest."

Ihr Geständnis nahm Justus den Wind aus den Segeln. Seine Eifersucht war plötzlich verpufft. „Klar. Ich hätte dich echt gerne von der Angelegenheit verschont. Und du hast recht, vielleicht hat Gott das wirklich alles so in seinem Plan mit eingewebt. Kurz nachdem du schriebst, du hättest zugesagt, haben Strakeljans mich gebeten, auf Vallis Geburtstagsfeier auszuhelfen."

„So wie bei Kristin? Ist ja süß! Du wirst voll der Party-Pro für Kinderfeiern!"

Justus machte eine wegwerfende Handbewegung. „Ach, das hat sich so ergeben, weil Valli und ich nach einem Kigo noch zusammen gequatscht haben."

„Und dabei ist ein kleiner Himmelstänzer dazugekommen. Ich hab davon gehört." Ihr Lächeln war wie ein Regenbogen.

Woher weiß sie das? Sie war doch zu der Zeit auf Korsika! Egal. Jedenfalls ist zwischen uns alles in Ordnung, das ist die Hauptsache. Zu dumm, dass ich mit dem Auto da bin!

„Gehen wir rein?"

„Äh, ja."

Beim Lobpreis war Sandra in ihrem Element. Als nach einer halben Stunde immer noch kein Ende in Sicht war, stand Malte auf und verließ den Raum. Justus unterdrückte ein Grinsen. *Vielleicht würde es ihm helfen, wenn er auch Cajon spielen könnte.* Jahrelang war es das Rhythmusinstrument gewesen, was ihm geholfen hatte, diesen Teil des Abends zu überstehen. Inzwischen war Lobpreis für ihn längst viel mehr, als nur ein paar Lieder abzuarbeiten. *Es ist schon erstaunlich, wie sich eine veränderte Beziehung zu Gott auf alles Mögliche auswirkt.*

„Ich möchte schließen mit dem Lied „Niemand ist dir gleich und außer dir ist kein Gott", sagte Sandra. „Dazu möchte ich euch ein paar Verse aus Jesaja 45 vorlesen. Immer wieder sagt Gott in diesem Kapitel, dass er der Einzige ist. In Vers 5, zum Beispiel: ‚Ich bin der HERR und sonst keiner mehr, kein Gott ist außer mir.' Vers 6: ‚Ich bin der HERR, und sonst keiner mehr.' Vers 18: ‚Ich bin der HERR, und sonst keiner mehr.'"

Mit jedem Vers, den Sandra las, traten Katharina, Malte und überhaupt alles andere mehr und mehr in den Hintergrund. In Justus wuchs etwas, das er so kaum bis gar nicht kannte: Ehrfurcht.

Sandra las weiter: „Vers 21: ‚Es ist sonst kein Gott außer mir, ein gerechter Gott und Heiland, und es ist keiner außer mir.' Vers 22 ist dann die Schlussfolgerung: ‚Wendet euch zu mir, so werdet ihr gerettet, aller Welt Enden' und dann nochmal: ‚denn ich bin Gott und sonst keiner mehr.'"

Die Jugendleiterin sah von ihrer Bibel auf. „Deswegen machen wir das hier. Weil nichts und niemand unserem über alle und alles erhabenen Gott gleicht." Sie schlug einen Akkord auf ihrer Gitarre an und alle stimmten in das bekannte Lied mit ein.

Sie hatten es in der Vergangenheit zigmal im Jugendkreis gesungen. Justus kannte es auswendig. Aber nie hatte er es so gesungen, wie jetzt. Ohne dass es ihm bewusst war, hatte er die Augen geschlossen. „Einziger, ewiger, wahrer Gott ...", sang er mit den anderen. Es war warm im Raum, aber er hatte eine Gänsehaut. Er spürte etwas von der Heiligkeit Gottes. Den anderen musste es ähnlich gehen, denn als der letzte Akkord verklungen war, sagte niemand etwas.

In die Stille platzte Maltes Stimme von der Tür: „Seid ihr fertig, oder bin ich noch zu früh?" Es sollte lustig sein, aber niemand lachte.

Er hat echt was verpasst. Genau wie ich fast immer. Es macht so einen Unterschied, mit welcher Einstellung man was macht.

Malte hatte wohl inzwischen gemerkt, dass in seiner Abwesenheit etwas passiert war, an dem er keinen Teil hatte. Er murmelte ein beschämtes „Sorry" und schlich sich auf seinen Platz. Immer noch war es still im Raum. Der Eindruck der heiligen Gegenwart Gottes war zu präsent, um etwas zu sagen.

Am liebsten möchte ich weiter Gott anbeten, fuhr es Justus durch den Kopf.

In dem Moment fing Niels an zu beten: „Herr, ich staune über dich. Du bist erhoben über alles andere ..."

An sein Gebet schlossen sich weitere an. So viele wie heute Abend hatten noch nie im Jugendkreis gebetet.

„Lasst uns den Abend mit dem Lied ‚Jesus, höchster Name' beenden", sagte Niels schließlich.

Als der letzte Akkord verklungen war, stand auf der anderen Seite des Raumes Katharina auf. Justus sah auf seine Uhr. *Was, schon zehn? Und ich kann sie nicht begleiten. Und morgen kocht sie mit Jonas. Da wird es anders zugehen als heute Abend.* Hatte er eben noch über Gott gestaunt, stand plötzlich etwas anderes im Vordergrund. Mit der veränderten Perspektive brach das Hier und Jetzt der sichtbaren Welt über ihn herein.

„Ciao, Leute", winkte Katharina einmal in die Runde. Sie seufzte. „Ich muss leider los." Als sie an Sandra vorbeiging, sagte sie: „Danke für diese Bibelstellen. Das war heute Abend der Hammer."

Justus war ebenfalls aufgestanden und folgte ihr nach draußen. *Fahr vorsichtig, lass dich von keinen Besoffenen anquatschen, ruf mich an, wenn du zu Hause bist, musst du wirklich morgen Abend da hin? Nimm dich vor Jonas in Acht, melde dich, wenn du vom Kochen wieder zu Hause bist, ...* Mit Blitzgeschwindigkeit jagten all die besorgten Gedanken durch seinen Kopf. Aber er sagte nur: „Ciao, Cats. Bis Sonntag." Er wartete eine halbe Stunde, dann schrieb er ihr eine Nachricht: „Hast du zufällig eine Piratenverkleidung? Für Vallis Feier."

Er hatte nicht wirklich vor, sich als Seeräuber zu verkleiden. Aber wenn sie ihm zurückschrieb, wüsste er, dass sie gut zu Hause angekommen wäre. *Dafür ist es gut, dass sie keine Internetflat hat.* Und tatsächlich kam kurz darauf die Antwort: „Nein, leider nicht. Du könntest dir aus schwarzem Papier und Gummiband eine Augenklappe basteln. Und dir mit Eyeliner Bartstoppeln malen. Schick ein Foto!" Dahinter ein lachendes Emoji.

Gott sei Dank! Sie ist gut gelandet. „Danke für den Tipp! Das ist eine gute Idee." *„Schick ein Foto!"* Wenn er ihren Vorschlag umsetzen würde, könnte er ihr tatsächlich ein Foto von sich schicken. *Aber nicht so eins ... Ich könnte ein Vorher-Nachher-Bild machen. Auf diese Weise habe ich sogar einen offiziellen Grund, ihr wieder zu schreiben. Sie fragt mich dann, wie die Feier war,* *und ich frage sie, wie das Kochen war.* Ja, er würde ihr wirklich ein Foto schicken, von ihm aus mit Augenklappe und Bartstoppeln. Und ganz abgesehen davon, würde Valli sich bestimmt riesig freuen.

Und so stand Justus am nächsten Tag mit Augenklappe und aufgemaltem Dreitagebart bei Strakeljans vor der Haustür. Jens hatte sich genauso verkleidet. Ein Mädchen mit langen, glatten, dunklen Haaren etwa in seinem Alter öffnete. Damit hatte Justus nicht gerechnet. Sie war ziemlich hübsch auf eine zurechtgemachte Art, wie er automatisch feststellte, und auf einmal war ihm sein Aufzug echt peinlich. Vor allem, als sie ihn von Kopf bis Fuß musterte und anfing zu grinsen.

„Aha, du musst wohl Justus sein. Valli hat schon den ganzen Nachmittag von dir geredet. Er wird sich riesig freuen, dass du dich verkleidet hast. Ich bin Victoria, Vallis Schwester." Sie streifte Jens kurz mit einem Blick und sagte dann: „Kommt rein." Sie machte Platz, dass die beiden ins Haus konnten. „Valli, deine Gäste sind da", rief sie über die Schulter. Und an Justus gewandt: „Ich kann nicht verstehen, dass du dir das antust. Aber viel Spaß heute Abend." Dass Jens auch noch danebenstand, interessierte sie offenbar nicht.

Valentin kam angerannt in einem übergroßen weißen Hemd, über dem er einen Gürtel trug, in dem ein Dolch steckte. Um den Kopf hatte er ein rotes Stirnband gebunden. Er freute sich tatsächlich riesig. Vor lauter Grinsen bekam er fast keinen Ton heraus.

Ich glaube, deswegen haben viele Menschen einen Hund. Damit sich jemand freut, wenn sie nach Hause kommen. Justus begrüßte ihn und gratulierte. *Echt cool, dass ich dabei sein durfte, als er sich dafür entschieden hat, auf Jesus' Party dabei zu sein!*

Auf einmal fiel ihm siedendheiß ein, dass er ja gar kein Geschenk hatte! Er hatte sich so auf seine Verkleidung konzentriert, dass er glatt vergessen hatte, etwas zu besorgen. Valentin beugte sich zur Seite, um zu sehen, ob er vielleicht etwas hinter seinem Rücken verbarg. *Was mache ich nur?*

Da bekam er unerwartet Hilfe von Victoria, die aus irgendeinem Grund immer noch im Flur stand: „Ich würde mal sagen, so ein großes Geburtstagsgeschenk hattest du noch nie!"

„Aber Justus hat doch gar kein Geschenk mitgebracht", wunderte sich ihr kleiner Bruder.

„Er hat ein Gedächtnis wie ein Sieb", erklärte Victoria entschuldigend zu Justus. „Weißt du nicht mehr, wie du letzte Woche sagtest, wenn Justus zu deiner Feier kommen würde, wäre das das schönste Geschenk?", fragte sie Valentin.

„Ach so, ja", sagte der gedehnt.

Jens trat vor und hielt Valentin ein Päckchen hin. „Das ist von Justus und mir zusammen."

Sehr nett von Jens!

„Na dann, wo das jetzt geklärt ist, kann ich mich ja verabschieden", lachte Victoria. Justus war erleichtert und ein bisschen enttäuscht zugleich. Das hieß, sie würde nicht bei der Feier dabei sein. Warum hatte er sie noch nie in der Gemeinde gesehen? Studierte sie irgendwo anders? Vielleicht war sie anlässlich des Geburtstags hergekommen.

Inez kam mit einer Schürze und Mehl an den Händen aus der Küche. „Herzlich willkommen, ihr zwei!" Und an Justus gewandt: „Ich bin so froh, dass du das machst. Du kannst gleich mit Valentin und Jens in den Garten gehen. Spiel irgendwas mit den Jungs. Eigentlich wollte ich mit allen Pizza backen, aber die sind so wild, dass ich beschlossen habe, das lieber selbst zu übernehmen."

Valli nahm sie mit nach draußen. Dort waren bereits sieben andere Jungs versammelt. Sie rannten herum, fingen sich gegenseitig und balgten. Einer von ihnen warf sich immer wieder ins Gras, was aber keiner der anderen beachtete.

Ich glaube, ich kann verstehen, was Inez meint. Und ich soll sie jetzt bändigen. Ganz toll. Auf was habe ich mich da bloß eingelassen? Auf Kristins Feier ging es wesentlich gesitteter zu. Zu seinem Erstaunen wirkte jedoch allein sein Erscheinen schon Wunder. Als die kleinen Raufbolde ihn erblickten, war es auf einmal, als wäre ein Schalter umgelegt worden. Neugierig kamen sie an. Tatsächlich war Justus mit seiner Augenklappe und den Bartstoppeln der Star der Manege. Jetzt musste er sie bis zum Essen irgendwie beschäftigen. Er hatte, einem plötzlichen

Einfall folgend, sein Frisbee mitgenommen. „Jens, fang!" Justus warf seinem Bruder die Scheibe zu. Der war nicht vorbereitet, vielleicht lag es auch an der Augenklappe, jedenfalls fing er sie nicht auf. Ein anderer Junge schnappte sie und warf sie zu Justus zurück.

„Das lag nur an der Augenklappe!", rief Jens.

Justus, der seinen kleinen Bruder auf keinen Fall bloßstellen wollte, sagte: „Komm, Jens, wir zeigen ihnen mal ein paar Tricks." Er schob seine Augenklappe hoch und Jens tat das Gleiche mit seiner. Die kleinen Kunststücke klappten wunderbar und natürlich wollten alle sie ausprobieren.

Der Junge, der sich ins Gras geworfen hatte, Finn, gab sich riesige Mühe, auch einen besonderen Wurf hinzukriegen. Man hatte fast den Eindruck, als hinge seine Zukunft davon ab, so sehr konzentrierte er sich. Als Justus anerkennend sagte „Gut gemacht!", lächelte er ungläubig. Das spornte die anderen umso mehr an, und Justus war vollauf beschäftigt mit dem „Training". *Sie stehen Schlange, nur um von mir die Tricks zu lernen. Nicht zu fassen!* Trotzdem war er erleichtert, als es Essen gab.

Valentin bestimmte, dass Justus neben ihm sitzen solle. Justus fiel ein, wie er nach dem Kindergottesdienst gefragt hatte, ob er neben ihm sitzen könne bei der Party von Jesus im Himmel. „Die Tischordnung ist noch geheim", hatte er ihm geantwortet und war sehr dankbar gewesen, dass Gott ihm diese Idee gegeben hatte. Aber heute war gegen den Wunsch nichts einzuwenden.

Nur Finn, der ganz am Ende des Tisches Platz nehmen musste, schien sich daran zu stören. „Och, menno!," murmelte er. Dann wurde die allgemeine Aufmerksamkeit allerdings der Pizza zugewandt, die sie auch wirklich verdient hatte. Beim Essen schob Justus seine Augenklappe wieder hoch. *Es schmeckt einfach besser, wenn man diese fantastische Pizza mit zwei Augen sieht.*

Inez nahm ihn kurz beiseite und ging mit ihm in den Flur. Dort trafen sie überraschenderweise auf Victoria.

„Oh, du bist noch da?", wunderte sich ihre Mutter.

„Wir gehen erst ein bisschen später ins Kino."

„Ach so." Inez wandte sich an Justus: „Dirk hat mir eben eine Nachricht geschickt, dass der Schatz versteckt ist. Er befindet sich auf der kleinen Insel im Überlaufbecken unten bei den Düteauen. Weißt du, wo das ist?"

„Ich bin mir nicht ganz sicher. Ist das da, wo der Sportplatz ist?"

„Ich kann mitkommen", bot sich Victoria an.

Überrascht sah ihre Mutter sie an. „Wirklich?"

„Ja, natürlich! Die Jungs müssen doch ihren Schatz finden", lächelte Victoria.

Inez machte ein verblüfftes Gesicht, sagte aber nichts mehr.

Victoria scheint in der Familie offiziell bekanntgegeben zu haben, dass sie nicht vorhatte, während der Feier hier zu sein. Aber offenbar hat es eine Planänderung gegeben. Und ich glaube, ich bin der Grund. Justus fühlte sich geschmeichelt. Ein hübsches Mädchen wie Victoria änderte seinetwegen ihre Pläne. So etwas war ihm bisher nicht passiert.

Victoria ging ins Esszimmer. „Hey, ihr Freibeuter der Meere, wollt ihr den Schatz heben? Dann esst auf und folgt mir", sagte sie souverän, so, als wäre sie es gewohnt, eine Horde kleine Jungs in Schach zu halten.

Lautes Gejohle. Nur Valentin schien nicht erfreut. „Ich dachte, Justus geht mit uns los."

„Klar, kommt er mit! Er ist ja schließlich euer Piraten-Boss", sagte Victoria im Brustton der Überzeugung.

Der sich in diesem Stadtteil nicht besonders gut auskennt und deshalb froh ist, dass jemand ihm den Weg zeigt. Aber nicht nur deswegen war er froh, dass Valentins Schwester mitkam. Er hatte rein gar nichts getan, um sie in irgendeinerweise zu beeindrucken, und trotzdem zeigte sie Interesse an ihm. Er konnte das nicht verstehen. *Und es kann nicht schaden, wenn bei dieser Bande noch jemand dabei ist. Die sind noch ein bisschen anders drauf, als die aus dem Kigo.*

„Justus ist während der Schatzsuche für euch verantwortlich. Ihr tut, was er sagt", wies Inez Strakeljan die Meute noch an, bevor sie losstürmten.

Valentins Vater hatte eine tolle Fährte gelegt. Auch ohne Victorias Hilfe hätte Justus die Jungs sicher zum Schatz gebracht. Unterwegs waren ein paar kleine falsche Abzweigungen eingebaut, die für ihn allerdings unschwer zu erkennen waren. Für Victoria sowieso, aber ab und zu legte sie einen verschwörerischen Finger an den Mund und ließ die Kinder in die falsche Richtung laufen, wenn sie der Meinung waren, der Weg führte dort entlang. Überhaupt hatte Justus zunehmend das Gefühl, bei dieser Schatzsuche überflüssig zu sein. Valentins Schwester hatte das Kommando übernommen.

Einer der Gäste besaß dann auch tatsächlich die Keckheit, ihn zu fragen: „Warum bist du überhaupt mitgekommen?"

Justus zog innerlich eine Grimasse. *Zur Deko.*

„Er ist verantwortlich für uns", wiederholte Valentin die Worte seiner Mutter.

In dem Moment rief Finn: „Au! Au, mein Fuß!" Justus sah, wie er theatralisch zu Boden ging.

Victoria eilte pflichtbewusst herbei, aber der Junge schickte sie motzig weg, den Tränen nahe. „Du hast keine Ahnung von gebrochenen Füßen! Justus soll sich das angucken!"

Ich? Wieso ich? Ich habe keine Ahnung von Medizin!

„Aaaah, au ..." Finn saß mit schmerzverzerrtem Gesicht auf dem Asphalt.

Justus hatte das unbestimmte Gefühl, dass es hier um etwas anderes ging, als um einen vertretenen Fuß. Er hockte sich zu dem Verletzten. „Welcher Fuß ist es denn?" *Hoffentlich blutet da nichts!*

„Der hier!" Der Junge streckte sein Bein aus.

„Und wie ist das passiert?"

„Ich bin umgeknickt. Ganz schlimm umgeknickt. Es tut furchtbar weh – aaah!"

„Am besten ziehst du deinen Schuh aus, damit ich mir deinen Fuß besser angucken kann", wies Justus ihn an.

Finn gehorchte. Der Fuß sah ganz normal aus, fand Justus. Er war sehr erleichtert, nur gesunde Haut zu sehen, nichts blau Verfärbtes oder gar Blut. Er wurde mutiger und nahm den Fuß in die Hand. Ganz vorsichtig bewegte er ihn. Seltsamerweise hatte der Junge aufgehört, das Gesicht zu verziehen, und die Bewegung schien auch nicht zu schmerzen. „Mmm", machte Justus, „zum Glück musst du nicht ins Krankenhaus."

„Können wir schon mal vorgehen?", bettelte Valli.

„Ja, geht ruhig", willigte Justus ein. „Victoria hilft euch, den Weg zu finden."

Valentins Schwester rief: „Los, Piraten!" Sie gab Justus ein Daumen-hoch und zwinkerte ihm zu, dann folgte sie den Jungs.

Sie findet das gut, wie ich entschieden habe, dachte Justus zufrieden. *Und sie scheint Ahnung vom Umgang mit Kindern zu haben. Vielleicht ist sie Erzieherin.* Er wandte sich Finn zu: „Soll ich deine Mutter anrufen, dass sie dich abholt? Oder denkst du, du kannst gehen, wenn ich dich stütze?"

„Wenn du mich stützt, geht es bestimmt."

Justus stand auf und streckte ihm die Hand hin. Bereitwillig ließ Finn sich von ihm hochhelfen. Justus fasste ihn unter und der „Verletzte" lehnte sich an ihn. So humpelte er langsam vorwärts. Erstaunlicherweise schien es ihm rein gar nichts auszumachen, zurückzubleiben. Ganz im Gegenteil, je größer der Abstand zu den anderen wurde, desto besser konnte er laufen.

Das ist doch albern. Ich wette, er tut nur so. Justus begann, schneller zu gehen. „Komm, sonst heben die anderen den Schatz ohne uns!"

Finn biss nicht an. Stattdessen sagte er leidend: „Da vorne ist eine Bank. Können wir uns ein bisschen ausruhen?"

Etwas widerwillig steuerte Justus die Bank an. *Eigentlich habe ich keine Lust, mit einem Beachtung heischenden Einzelkind ein Sonderprogramm zu machen.* „Wenn du nicht laufen kannst, rufe ich doch besser deine Mutter an."

„Bitte, nur kurz. Bis die anderen wiederkommen", bettelte Finn.

„Willst du gar nicht sehen, was im Schatz ist?", wunderte sich Justus.

Finn zuckte die Schultern. Er setzte sich auf der Bank so dicht neben Justus, dass er ihn fast berührte. Justus rutschte ein bisschen zur Seite, Finn hinterher. Wieder rutschte Justus ein Stück. Als hätte er einen unsichtbaren Magneten eingebaut, folgte Finn. Jetzt hatte Justus das Ende der Bank erreicht. Finn hing ihm dicht auf der Pelle. Bei Jens hätte er das vielleicht unter Umständen noch verstehen können, aber bei diesem wildfremden Jungen?

Er verhält sich komisch. Justus beugte sich nach vorne, um ein bisschen Platz zwischen ihnen zu schaffen. Er überlegte, was er sagen könnte. Smalltalk war einfach nicht seine Stärke.
Da eröffnete Finn das Gespräch: „Niemand mag mich."
Jetzt auch noch die Mitleidstour, oder was? „Aha", machte Justus kühl, ohne ihn anzusehen.
Finn musste das als Aufforderung zum Weitersprechen empfunden haben, denn er sagte: „Eigentlich will Valli gar nicht, dass ich auf seinem Geburtstag bin."
Justus drehte sich zu ihm um. „Aber er hat dich doch eingeladen."
„Nein. Seine Mutter hat mich eingeladen."
„Aha", machte Justus wieder.
„Sie hat gesagt, wenn Valli mich nicht einlädt, bekommt er keine Schatzsuche."
Justus konnte das im Moment nicht überprüfen, aber er konnte sich sehr gut vorstellen, wie das gelaufen war: *Inez Strakeljan hat Mitleid mit Finn und sagt ihrem Sohn, er soll ihn einladen. Der will nicht. Hat vielleicht auch seine Gründe. Da sagt seine Mutter: ‚Ich möchte, dass er kommt. Sonst gibt es keine Schatzsuche.' Ganz schön bitter.*
Sie schwiegen eine Weile. Neben Justus fing Finn an, mit den Beinen zu schlenkern.
Er ist genauso wie ich früher – täuscht etwas vor, um etwas zu bekommen, musste Justus denken. *Bei mir war es der Wunsch, Eindruck zu schinden.* Er sah auf den kleinen Kerl an seiner Seite hinunter. *Ich glaube, bei ihm hier geht es um Beachtung. Oder um Zuwendung.*
„Niemand will mit mir zusammen sein."
„Mmm", machte Justus.
„Eigentlich könnte ich auch tot sein", sagte Finn trübsinnig.
Phil in klein! Herbert, komm schnell!
„Und deine Familie?", hakte Justus nach.
„Mein Vater geht immer in sein Büro, wenn er nach Hause kommt. Es macht eh keinen Unterschied, ob ich da bin."
Und deine Mutter? „Und wer macht dir Essen?"

„Niemand."

„Aber wer kauft ein?"

„Papa."

Was hat Herbert nochmal zu Phil gesagt, als wir ihn im Krankenhaus nach seinem Selbstmordversuch besucht haben? „Und ... was kauft er so ein?", fragte Justus. Er hatte keine Ahnung, wie er mit Finns Offenbarungen umgehen sollte.

Finn zuckte die Schultern. „Weiß nicht."

Justus fiel ein, wie sehr Finn sich ins Zeug gelegt hatte, um die Frisbee-Tricks zu erlernen. „Du kannst ziemlich gut Frisbee spielen", sagte er unvermittelt.

Für einen kurzen Moment leuchteten Finns Augen. „Ja, meinst du?"

„Ganz bestimmt." Justus wollte noch irgendwas Profundes hinterherschieben und sagte: „Dein Vater wäre stolz auf dich, wenn er dich heute Nachmittag gesehen hätte." Leider bewirkte der Satz genau das Gegenteil.

Finns Schultern sackten nach unten und ebenso sein Kopf. „Mein Vater sagt, ich bin zu nichts zu gebrauchen. Er schickt mich immer weg, wenn ich ihm was helfen will."

Das ist übel! Justus wusste aus eigener Erfahrung, wie gut ein väterliches Lob tat. Selbst zu Zeiten, in denen er wenig mit seinen Eltern hatte anfangen können, hatte ihm das viel bedeutet. Und wenn sein Vater im Frühjahr und im Herbst fragte, ob er mit ihm die Hecke in Angriff nehmen könne, sagte er immer bereitwillig zu. Andere Söhne mochten über die Aussicht, zwanzig Meter Buchenhecke zu stutzen, stöhnen, Justus arbeitete gerne im Garten. Er hielt sich ziemlich zurück, was gemeinsame Aktionen mit seinen Eltern betraf, zumindest hatte er das die letzten Jahre getan, aber das Heckeschneiden hatte er sich auch in seiner schlimmsten Anti-Phase nicht nehmen lassen. Dann arbeiteten er und sein Vater Seite an Seite, ein eingespieltes Team. Sie redeten nicht viel, sie arbeiteten einfach. Und am Ende des Tages schlug Jörg Rutter jedes Mal seinem Sohn auf die Schulter und sagte anerkennend: „Sieht gut aus. Danke für deine tatkräftige Hilfe!" Und zweimal im Jahr, jeweils nach dem Heckeschneiden, war

Justus für einen kurzen Moment der Gedanke gekommen, dass es sich vielleicht doch lohnen würde, seinen Lebensstil zu ändern. Leider bestand der Alltag nicht aus Gartenarbeit mit seinem Vater, und so war er wieder in den alten Trott gefallen, beziehungsweise hatte ihn nie richtig verlassen.

Seit seinem Sommer bei Gerbers hatte sich bei ihm allerdings etwas geändert. Sein Vater hatte seinen Lebenswandel nicht großartig kommentiert, aber irgendwie spürte Justus, dass er sich sehr darüber freute. Das Gute an einem wesentlich jüngeren Bruder war, dass er noch nicht bei der Hecke helfen konnte. Dieser Tag gehörte einzig und allein seinem Vater und ihm.

Justus stellte sich vor, sein Vater würde zu ihm sagen: „Geh weg. Du bist zu nichts zu gebrauchen." Schon allein von der Vorstellung wurde er ganz deprimiert. *Armer Finn. Das muss ja furchtbar sein bei ihm zu Hause. Keine Zuwendung, stattdessen Ablehnung. Und jetzt sitze ausgerechnet ich hier mit ihm ...* Er versuchte, sich an das zu erinnern, was Herbert Phil im Krankenhaus gesagt hatte. *Jesus, bitte lass die Worte in Finns Herz fallen. Lass ihn erkennen, dass er wichtig ist.* „Guck mich an, Finn." Der Junge hob den Kopf. „Ich sage dir jetzt etwas, das du nie vergessen darfst. Weißt du, warum es dich gibt?"

„Weil mein Vater zu viel Bier getrunken hat."

„Mag sein, dass er zu viel Bier getrunken hat. Aber der eigentliche Grund, warum es dich gibt, ist, weil *Gott* will, dass es dich gibt. Er will nicht auf dich verzichten. Da muss nicht erst die Mutter sagen: Lad ihn ein! Du bist auch so eingeladen."

„Hat Gott eine Mutter?", wunderte sich Finn.

HERBERT! „Nein. Hat er nicht." *Jesus, ich weiß nicht, wie ich das sagen soll!* „Aber er hat einen Sohn." *Ja, genau, das ist es!* Auf einmal fühlte Justus sich auf sicherem Boden. Er würde Finn das Gleiche erklären wie Valentin. „Und der lädt dich ein. Weil er unbedingt will, dass du bei seinem Fest dabei bist."

„Warum sollte er das wollen?", fragte Finn zweifelnd.

„Tja, dafür gibt es nur einen Grund: Weil er dich lieb hat."

*

Okay, Jesus, ich fahre heute Abend in deinem Auftrag zum Kochen. Bitte hilf mir, mich nicht anzupassen, sondern zu dir zu stehen. Und bitte öffne du ihre Herzen für dich, betete Katharina, als sie ihr Rad aus dem Verschlag holte und zu Kubinskis strampelte. *Jonas leugnet deine Existenz, dabei gäbe es ihn ohne dich überhaupt nicht. Und Susanna nützt all ihr Geld am Ende doch nichts. Claas ist immer so flapsig und locker drauf. Aber die richtigen Probleme kann er nicht wegwitzeln. Und wenn wir nochmal über die Sache mit Herrn Künzel reden, dann hilf mir, dass ich mir nicht einreden lasse, ich hätte was Schlechtes getan. Bitte lass doch die Wahrheit hell aufstrahlen ...*

Je länger sie betete, desto mehr wurde ihr bewusst, wie verdreht die Welt der drei Menschen, mit denen sie kochte, war. *Und nicht nur von denen. Wahrscheinlich von den allermeisten Menschen aus meiner Stufe. Ihr Leben ist so – hohl. Jonas will Susanna beeindrucken, Susanna will alle ausstechen, Claas versteckt seine wahren Gefühle hinter einer Maske aus cool und witzig sein. Ich frage mich, was geschehen würde, wenn bei ihnen mal was richtig Schlimmes passiert. Würden sie dann merken, wie oberflächlich das ist, wonach sie streben?* Sie bog in Kubinskis Straße ab. *Bitte, Jesus, lass sie doch erkennen, dass du so viel mehr für sie hast ... Es ist seltsam, selbst, als Theresa noch da war, bin ich nie mit so einem Gefühl zum Kochen gefahren. Früher habe ich mich in meinem Bekenntnis zu Jesus einfach an ihren Glauben gehängt. Allein hatte ich nicht den Mut. Jetzt will ich als Himmelstänzerin hier sein.*

Sie stellte ihr Fahrrad links neben dem Haus ab und klingelte. Doch niemand öffnete. Sie klingelte noch einmal. Wieder nichts. *War das doch nicht heute?*, überlegte sie stirnrunzelnd. Sie nahm ihr Handy heraus und ging auf ihre Kochgruppe. Doch, der Termin stimmte. Auch der Ort. *Vielleicht ist Jonas im Garten?* Gab es von hier einen Weg dorthin? Sie war bisher immer nur durch die Haustür gekommen. *Vielleicht durch die Garage?* Sie spähte in die offene Garage, die sich rechts an das Haus anschloss. Ja,

da hinten war wirklich eine Tür. Sie kam sich ein bisschen wie ein Eindringling vor, als sie an einem schicken Golf, Winterreifen und Gartengeräten vorbei zu der Tür ging. Katharina drückte die Klinke. Die Tür war offen. Allerdings führte sie nicht in den Garten, sondern in einen Hauswirtschaftsraum. Sie überlegte gerade, ob sie es bringen konnte, einfach hineinzugehen, da hörte sie Jonas' Stimme:
„Das glaube ich nicht."
„Denkst du etwa, ich würde dich bei so etwas anlügen?" Susanna, fassungslos.
„Nein. Aber das kann einfach nicht sein."
„Jonas, ich habe einen Test gemacht. Er war positiv!" Es klang wie ein Hilferuf.
„Dann hast du ihn eben falsch durchgeführt. Oder er war abgelaufen."
„Warum glaubst du mir nicht? Willst du dabei sein, wenn ich einen mache?"
„Du bist nicht schwanger!"
In dem Moment erklang die Türklingel. Die Stimmen verstummten.
Es war Susannas Schwangerschaftstest! Susanna ist schwanger!
Hastig schloss Katharina die Seitentür und eilte durch die Garage nach draußen.
Claas stand vor der Haustür. Er wunderte sich offenbar nicht, dass sie aus der Garage kam. Vielleicht dachte er, sie hätte ihr Rad dort geparkt. „Hey, Katharina", grinste er. „Wenn es wieder irgendwelches ekelhaftes Zeug gibt, rette mich, okay?"
Ich glaube nicht, dass du dir heute Abend über so etwas Sorgen machen musst. Katharina zwang sich, trotz des Tornados in ihren Gedanken, normal zu antworten. „Du musst es ja nicht essen, wenn du nicht willst."
Er beugte sich zu ihr und flüsterte verschwörerisch: „Dann kriege ich aber Ärger mit ...", er senkte seine Stimme noch ein bisschen mehr und hauchte „... Susanna".
Da öffnete sich die Tür, und die eben erwähnte Person erschien in abgeschnittenem Top und kurzem Rock. „Wie schön, dass ihr

kommt!" Sie streifte Katharina mit ihrem Lächeln, aber ihr Blick blieb kurz an Claas hängen.

„Dass du dich mit deiner Figur überhaupt zum Kochen triffst, ist schon fast ein Wunder", bemerkte der anerkennend. Er hielt seine großen Hände zusammen. „Bei so einer Taille!"

Das wird sich bald ändern, fuhr es Katharina durch den Kopf.

Susanna gab ihm ein Küsschen auf die Wange. „Du bist süß."

Jonas kam in den Flur. „Ist die Meisterköchin auch da? Dann können wir ja losgehen."

Früher war diese Bezeichnung für Katharina wie Rückenwind, heute ging es nicht darum, die Aufmerksamkeit oder Wertschätzung von Jonas oder jemand anderem zu bekommen. Sie war sich ganz sicher, dass es Gott war, der dafür gesorgt hatte, dass sie das Gespräch von Jonas und Susanna mitbekommen hatte.

Herr, was soll ich jetzt machen?

„Das heißt, wir kaufen zusammen ein, so wie früher, als Theresa noch da war?", fragte Claas erleichtert.

„Ich hab's nicht geschafft, vorher die Sachen zu besorgen", sagte Jonas knapp.

„Ich bin für was Leichtes, bei der Wärme. Tareks Feinkostladen hat im Moment tolle Antipasti."

Und tolle Preise! Katharina war einmal in dem Geschäft gewesen und nie wieder.

Claas verdrehte die Augen. „Ich will nicht in einen Laden, in dem ich nicht weiß, was das für Dinge sind, die man kauft! Lasst uns einfach zu LIDL gehen. Das ist sowieso näher."

Susanna machte ein unschuldiges Gesicht. „Es war nur ein Vorschlag", lächelte sie. „Du hast recht, Claas. LIDL ist völlig in Ordnung."

„Hab ich doch gleich gesagt", brummte Jonas.

Was für ein Spiel wird hier gespielt?, überlegte Katharina, während sie zum Discounter liefen. Susanna ging neben Jonas und tat so, als sei alles in Ordnung. Sie hakte sich sogar bei ihm unter. Von dem Gespräch vor wenigen Minuten war ihr nicht das Geringste anzumerken. Und von einer Schwangerschaft schon gar nicht. Ihr Top ließ immer mal wieder ihre schlanke, gebräunte

Taille hervorblitzen. Anmutig wiegte sie beim Gehen ihre Hüften leicht hin und her und ihre langen Beine waren perfekt gebräunt. *Sie weiß ganz genau, dass Claas sie besser sehen kann, wenn sie vor ihm läuft. Und ihre Rechnung scheint aufzugehen.* Claas ging mit den Händen in den Taschen neben Katharina her, den Blick auf die Person vor ihm geheftet.

Im Supermarkt war es sehr viel kühler als draußen, was Susanna sofort kommentierte. „Huch, wollen die uns hier drin einfrieren? Ich hab ja richtig Gänsehaut. Das Einkaufen sollte man Menschen überlassen, die sich wärmer kleiden." Sie ließ ihren Blick über Katharinas über dem Knie abgeschnittene Jeans und ihr T-Shirt gleiten.

„Du kannst ja draußen warten", schlug Claas vor. „Ja, genau, Katharina und ich kaufen ein und ihr zwei wartet draußen. Dann kann ich sicher gehen, dass das Essen, das heute Abend auf meinem Teller landet, auch genießbar ist."

Für einen winzig kleinen Moment bekam Susannas Fröhlichkeit einen Kratzer.

„Bingo!", sagte Jonas schnell und steuerte den Ausgang an.

Claas rieb sich die Hände. „Ha, das wird heute Abend ein Schmaus. Was wollen wir machen?"

Katharina zwang sich, das belauschte Gespräch in die Ablage mit der Aufschrift „wird später bearbeitet" zu schieben und besah sich die Gemüseauswahl. „Tomaten sind im Angebot. Und Paprika. Was hältst du von einem mediterranen Salat? Mit schön viel Knoblauch?"

„Hammer!" Claas leckte sich die Lippen. „Dazu können wir Gnocci machen. Kein asiatischer Schnickschnack. Ich kann echt nicht verstehen, was Susanna immer mit ihren komischen Zutaten hat. Da kräuseln sich mir die Geschmacksnerven, sag ich dir. Ich hab echt überlegt, ob ich weiter mitkoche."

Katharina warf ihm einen Seitenblick zu. *Steht er auf Susanna, oder verachtet er sie?* Sie wagte einen Vorstoß. „So schlimm? Ich dachte, du wolltest, dass sie mitmacht."

Claas zuckte die Schultern. Er nahm ein Glas Oliven aus dem Regal und begann, es von einer Hand in die andere zu werfen.

„Sie steht voll auf Jonas. Aber wenn du mich fragst, passen sie nicht zusammen." Claas lachte und verfehlte das Olivenglas. Mit einem Krach schlug es auf den Fußboden und zersplitterte. Augenblicklich stieg ihnen der Geruch der eingelegten Oliven in die Nase. „Ups!" Er holte ein Taschentuch aus der Tasche seiner Bermuda und begann aufzuwischen.

„Lassen Sie das!", meinte eine ältere Dame besorgt. „Sie schneiden sich sonst. Ich sage einer Verkäuferin Bescheid." Sie eilte davon.

Claas und Katharina sahen sich an. Wieder zuckte Claas die Schultern. „Dumm gelaufen."

So wie die Sache mit Susanna?

Er griff sich ein neues Glas und drückte Katharina eine Dose Mais in die Hand. Dann ging er weiter Richtung Molkereiprodukte. Katharina warf einen Blick über die Schulter. Durch die großen Scheiben an der Ladenfront konnte sie Jonas und Susanna draußen stehen sehen. *Wie ein verliebtes Pärchen sehen sie nicht aus*, stellte sie fest. *Jesus, wenn ich irgendetwas sagen oder tun soll, dann hilf mir bitte, es zu sagen oder zu tun. Wenn Susanna wirklich schwanger ist, dann wird sich jetzt alles für sie ändern.* Den Mais in der einen, die Tomaten in der anderen Hand folgte sie Claas. Paprika, Gurke, Kartoffeln, Zwiebeln, Knoblauch ...

„Und zum Nachtisch Apple Crumble. Au ja!"

„Wenn das Susanna nicht zu warm ist", wandte Katharina ein. Claas grinste. „Und dazu Vanilleeis."

„Wie willst du das denn nach Hause kriegen, ohne dass es schmilzt?", gab Katharina zu bedenken. *Außerdem ist das Susanna mit Sicherheit viel zu gewöhnlich.*

„Ach, das kriegen wir schon", meine Claas zuversichtlich. Er klemmte sich die Paprika unter den Arm und legte den Schafskäse auf den Stapel, den Katharina trug, um die Tiefkühltruhe aufzuschieben. Er nahm eine Familienpackung Vanilleeis heraus.

„Vielleicht hätten wir lieber einen Wagen nehmen sollen," grinste er.

„Oder zumindest eine Tasche mitgebracht", seufzte Katharina. Vollbepackt kamen sie kurz darauf an der Kasse an. Claas zog zwei Plastiktüten und eine mit Kühlhaltefunktion aus der Ablage unter dem Kassenband und legte sie oben auf die Einkäufe. *Das Geld für die Taschen hätten wir uns so einfach sparen können!*, dachte Katharina wehmütig.

Der ganze Spaß kostete insgesamt mehr, als sie gedacht hatte. Für sie machte es einfach einen Unterschied, ob sie drei Euro beisteuerte oder, wie heute, fünf.

Zu ihrer Verwunderung sagte Claas jedoch, als Jonas nach dem Betrag fragte: „Diesmal hab ich eingekauft. Geht auf mich."

Zum Glück hat er nicht „Geht auf Katharina und mich" gesagt, fuhr es Katharina durch den Kopf. *Schließlich hab ich mit ausgesucht.*

Susanna gab ihm ein Küsschen auf die Wange. „Dankesehr!" Sie schielte in seine Plastiktüte. „Und was werden wir essen?"

„Einen schönen frischen, bunten, *leichten* Salat", sagte Claas väterlich.

Susanna riss die Augen auf. „Du hast wegen mir frisches Gemüse gekauft? Wie süß von dir!" Sie schien ernsthaft gerührt.

Wenn sie wüsste, was er ihr zum Nachtisch gekauft hat, fällt sie ihm glatt vor Rührung um den Hals! Will sie Jonas eifersüchtig machen? Will sie es ihm heimzahlen, weil er ihr nicht glaubt? Will sie sich Claas angeln?

Katharina sah zu Jonas. Er wirkte besorgt, verwirrt und aufgebracht. Irgendwie tat er ihr leid. Überzeugter Atheist, eine schwangere Freundin, die mit einem anderen flirtete und bei der er stets das Gefühl hatte, finanziell nicht zu genügen – in seiner Haut wollte sie ganz bestimmt nicht stecken.

„Essen wir außer Salat noch was?", fragte er genervt. Für jemanden wie Jonas, dessen erste richtige Mahlzeit am Samstag das Abendessen war, war Rohkost keine erfreuliche Aussicht.

„Selbstgemachte Gnocci", beeilte sich Katharina zu erklären. „Und zum Nachtisch Apple Crumble."

„Puh, da fällt mir aber ein Stein vom Herzen." Erleichtert sah er sie an.

„Mit Eis", fügte Claas an.

„Ihr habt Eis da drin? Was für eine geniale Idee!", strahlte Susanna.

Einen Moment dachte Katharina, Claas würde tatsächlich sagen, warum er Eis gekauft hatte. Aber er entschied sich dagegen.
Extra für dich, Susanna, entgegen aller Vernunft, ergänzte Katharina in Gedanken. *Aber nicht Hägen Dasz, oder wie das Zeug heißt, wo 500 Gramm fast vier Euro kosten, sondern eine stinknormale Familienpackung Vanilleeis.* Ihr Verdacht erwies sich als wahr, und als sie bei Jonas zu Hause angekommen waren, war das Eis mehr flüssig als fest.
Susanna nahm ihr die Packung aus der Hand. „Die wandert jetzt ganz schnell in die Gefriertruhe." Sie verschwand mit dem Eis im Keller. Jonas ließ sie gewähren und ging den anderen beiden voran in die Küche. Claas und Katharina legten die Einkäufe auf den Tisch.
Jonas machte keine Anstalten, mitzuhelfen. Er wirkte irgendwie abwesend. „Ich helfe mal Susanna, einen Platz für das Eis zu finden", sagte er und verließ den Raum.
„Als ob", bemerkte Claas trocken. Im nächsten Moment rieb er sich die Hände. „Na dann, ran an den Speck. Bis die zwei wieder da sind, sind wir fertig mit Kochen." Er zog sein Handy heraus. „Hey Google, Rezept für Gnocci."
Katharina schälte schon mal die Kartoffeln und setzte sie auf. Während sie kochten, putzte sie mit Claas das Gemüse. Die ganze Zeit witzelte der herum und tat so, als befänden sie sich auf einer Kochshow.
Da öffnete sich die Küchentür und Susanna kam herein. Sie griff an Claas vorbei und stibitzte sich ein Stück Paprika. Claas ließ das Messer fallen und fasste ihr Handgelenk. „Hey! Du hast nichts dafür getan!"
„Ich habe mich um den Nachtisch gekümmert", erwiderte Susanna kokett.
Claas ließ sie los. „Als ob!"
Susanna riss die Augen auf. „Natürlich, was denkst du denn! Da war überhaupt kein Platz in der Truhe. Ich musste erstmal alles umräumen."
„Schon klar."
Susanna schlug ihn spielerisch auf den Oberarm. „Was denkst du von mir!"

Muss sie es so auf die Spitze treiben?, dachte Katharina angewidert. Jonas betrat die Küche. Susanna nahm sich noch ein Paprikastück und hielt es ihm hin. „Hier, eine kleine Vorspeise für dich", zwitscherte sie.
Jonas ignorierte sie. „Was gibt's zu machen?"
„Du kannst die Kartoffeln für die Gnocci stampfen. Oder die Äpfel für den Crumble vorbereiten", sagte Katharina schnell. *Sie weiß nicht, dass ich mitgehört habe. Sie spielt uns ihre Rolle vor und weiß nicht, dass ich weiß, dass es nur eine Rolle ist.*
Jonas war jedoch nicht so gut im Schauspielern. Während Susanna mit Claas flirtete und Katzengold-Fröhlichkeit verbreitete, machte er weiterhin einen gedankenversunkenen, abwesenden Eindruck. Ab und zu warf er Susanna einen undefinierbaren Blick zu.
Katharina wusste nicht, was sie reden sollte, und so überließ sie Susanna und Claas die Konversation.
„Und das Sößchen kommt wieder von unserer Dressing-Queen", flötete Susanna.
Katharina sah sie überrascht an, während Claas leise lachte. *Ich wette, das war nicht so sehr ein Kompliment für meine Salatsoßen-Kreationen, sondern eher eine Anspielung auf mein Outfit. Aber weißt du was, ich bin auch nicht hier, um die Kerle aufzureißen, sondern aus einem anderen Grund.* Sie drückte zwei Knoblauchzehen durch die Presse und mischte sie mit Olivenöl, Gewürzen und einem Spritzer Zitrone.
„Kommt an den Crumble Vanillezucker?", fragte Claas.
Jonas öffnete eine Schublade und legte ein Tütchen auf die Arbeitsplatte. „Hier."
„Vanillin?", fragte Susanna einigermaßen schockiert. „Haben wir keine echte Vanille?"
„Ich war nicht mit im Laden", rechtfertigte sich Jonas.
Es wurde beschlossen, den Vanillezucker ganz wegzulassen. Der Crumble kam in den Ofen und der Rest des Menüs wurde ins Esszimmer getragen.
Als sie am Tisch saßen, bemerkte Katharina, wie Jonas für einen Moment zu ihr hinsah. *Er will sehen, ob ich vor dem Essen bete!*

Entschlossen neigte sie den Kopf. *Herr Jesus, ich brauche dich. Ich habe das Gefühl, hier in ein Wespennest geraten zu sein. Alle spielen ihr kleines Spiel. Eigentlich müssten hier dringend Dinge geklärt werden. Stattdessen reden wir über Salatsoße und Nachtisch. Ich komme mir so nutzlos vor ...*

Niemand sprach sie auf ihr Gebet hin an, aber es machte sich auch niemand darüber lustig.

Die ersten paar Minuten war es relativ still am Tisch. Selbst Claas gab nur einsilbige Antworten, da er zu sehr mit essen beschäftigt war. Katharina musste zugeben, dass ihr gemeinsames Menü die Aufmerksamkeit verdient hatte: Es schmeckte wirklich gut! Selbst Susanna hatte nichts daran auszusetzen. *Oder meckert sie bloß nicht rum, weil Jonas nichts mit den Zutaten zu tun hat?*

Der Crumble begann zu duften. „Ich hole das Eis", bot sich Susanna an. Die drei anderen tauschten die Teller gegen Schälchen. Kurz darauf war Susanna wieder da. Sie hatte allerdings außer dem Eis noch etwas anderes mitgebracht.

„Ich habe da noch was gefunden", sagte sie keck. „Jonas hatte da unten was ganz Besonderes versteckt." Sie stellte eine Flasche Bacardi auf den Tisch.

„Ich muss schon sagen, du kennst dich gut aus bei Kubinskis", grinste Claas.

Jonas war nicht halb so erfreut. Beunruhigt sah er von dem Rum zu Susanna und wieder zurück. „Ich ... finde, das passt nicht zusammen!", sagte er energisch.

Claas hatte bereits die Flasche geöffnet. „Kein Problem. Jeder hier ist doch frei zu tun, was er möchte." Er griff nach Susannas Glas.

„Warte, doch nicht aus so einem Glas!", protestierte sie. Sie ging zum Esszimmerschrank und öffnete ihn. „Ihr habt ja immer noch keine vernünftigen Rumgläser", seufzte sie theatralisch.

Jonas stieg die Röte den Hals hoch. „Du brauchst auch kein Rumglas."

Susanna sah ihn über die Schulter überrascht an. Sie lachte kurz. „Dann nehmen wir eben diese hier."

Claas goss ein und reichte ihr ein Glas. Doch bevor sie es nehmen konnte, schnappte Jonas es ihm aus der Hand. „Dieser Bacardi ist nichts für dich!", sagte er heftig. „Ich will nicht, dass du Alkohol trinkst!"

Schockiert sah Susanna ihn an, und selbst Claas verlor einen Moment seine gechillte Fassung. Er blinzelte ungläubig. „Alles gut, Jonas. Sie wird es nicht übertreiben. Wir sind zum Kochen hier, nicht zum Feiern."

Es ist wegen ihrer Schwangerschaft! Er glaubt ihr anscheinend doch! Aber Claas hat natürlich keine Ahnung. Und Susanna scheint es egal zu sein! Jeglicher Glanz, der ihre reiche, schöne Kurskameradin bis dahin noch umgeben haben mochte, verblasste. *Und von ihr habe ich mich einschüchtern lassen!* „Also, ich finde, Jonas hat recht", ließ Katharina sich vernehmen. „Das hier ist sein Haus und sein Rum. Ich finde, wir sollten das respektieren."

Claas wies mit ausgestreckter Hand auf das Glas. „Aber ich habe das schon eingeschenkt!", protestierte er.

„Dann füllen wir es eben wieder zurück", sagte Katharina fest.

Susanna lachte hell. „Katharina, du bist so putzig!"

„Genau so machen wir es!" Jonas schnappte sich das Glas und die Flasche und verließ fluchtartig das Esszimmer.

Claas schüttelte den Kopf. „Was hast du mit ihm gemacht?", fragte er Susanna stirnrunzelnd.

Er hat schlagartig begonnen, Verantwortung zu übernehmen. Eher wäre besser gewesen!, dachte Katharina grimmig.

Susanna seufzte. „Manchmal verstehe ich ihn auch nicht. Du etwa, Katharina?"

„In diesem Fall schon. Und er hat recht", gab Katharina ruhig zurück.

Eine Sekunde trafen sich ihre Blicke, bevor Susanna den Kopf nach hinten warf und lachte. „Ach, wie süß, dass du zu ihm hältst!" Sie stemmte eine manikürte Hand in die Hüfte, legte den Kopf leicht schief und sagte locker: „Ich glaube, trotz eurer unterschiedlichen Weltanschauungen passt ihr zwei wirklich gut zusammen. Im Grunde ist er nämlich genauso fundamentalistisch

wie du. Und aus diesem Grund ..." Sie machte eine kurze Pause, bevor sie aalglatt sagte: „... habe ich mit ihm Schluss gemacht."
Katharina starrte sie schockiert an. *Was?* Sie sah zu Claas.
Der blinzelte zum zweiten Mal ungläubig. „Weiß er das schon?", fragte er überrumpelt.
„Wenn er meinen Rum zurückgekippt hat, weiß er es."
Du hast ihm doch gerade gesagt, dass du schwanger bist! Ihr erwartet ein Kind! Katharina hatte ihre Sprache wiedergefunden.
„Du kannst doch nicht einfach so Schluss machen", stammelte sie.
Susanna lachte amüsiert. „Du glaubst doch nicht ernsthaft, dass ich mit einem Kerl zusammen sein will, der mir vorschreibt, wie ich mein Leben zu leben habe?"
Katharina konnte nicht glauben, was sie gerade hörte.
Claas schien nicht halb so betroffen wie sie zu sein. Eher das Gegenteil. Er zuckte die Schultern. „Tja, wenn ihr euch nicht mehr versteht, dann ist das halt so." Jonas kam zurück ins Esszimmer. Claas gab Katharina einen Wink mit dem Kopf. „Katharina und ich ... wir gehen schon mal in die Küche, aufräumen."
Ist er so taktvoll oder kann er es nicht erwarten, dass sie mit Jonas Schluss macht?
Susanna lächelte ihn dankbar an. „Ich komme auch gleich."
Ich fasse es einfach nicht! Sie tut so, als würde sie bei Aldi eine Retoure zurückgeben. Und Claas unterstützt sie auch noch dabei. Katharina hatte auf einmal gute Lust, ihm nicht in die Küche zu folgen. *Jonas braucht jemanden, der ihm beisteht.* Aber ihre Meinung war hier offenbar nicht gefragt.
Zu zweit hatten sie das Geschirr ruck, zuck in die Spülmaschine geräumt. Keiner von ihnen sagte etwas. Aber entweder sprach Susanna sehr leise oder das Haus war extrem geräuschgedämmt, man konnte nichts verstehen. Kurz darauf kam Susanna in die Küche. „Ihr seid so süß, dass ihr hier aufräumt. Danke, dass ihr uns diesen Freiraum gegeben habt", säuselte sie.
Claas lächelte wohlwollend. „Klar." Er trocknete sich die Hände ab. „Ich glaube, ich fahre dann mal. Soll ich dich mitnehmen, Susanna?"

„Das wäre so lieb von dir", sagte sie mit einem dankbaren Augenaufschlag. Sie wandte sich an Katharina: „Sei so gut und tröste Jonas ein bisschen, ja?" Und schon waren die zwei verschwunden.
Überrumpelt blieb Katharina zurück. Sie hatte das Gefühl, sich in einem Film zu befinden, in dem mal eben blitzschnell vorgespult worden war, ohne dass man die Handlung hatte mitverfolgen können.
Und jetzt, Jesus? Jonas war bestimmt so wütend wie ein wilder Stier. Was konnte sie schon ausrichten? *Jesus, er braucht dich so sehr! Sie alle brauchen dich so sehr. Aber sie wollen dich nicht. Und ich kann nichts dagegen tun. Ich sollte auch einfach gehen.*
Andererseits, im Esszimmer standen noch die Nachtischsachen, und die Küche war auch noch nicht ganz fertig aufgeräumt. Das einfach Jonas zu überlassen, wäre nicht besonders anständig. Die beiden anderen waren gegangen, ohne sich von ihm zu verabschieden. Vielleicht hatte Susanna sich verabschiedet, das wusste sie natürlich nicht, aber Claas hatte stillschweigend das Schlachtfeld verlassen. Sie würde nicht heimlich, still und leise einfach verschwinden, ohne sich vorher abzumelden.
Katharina räumte alles auf, was es in der Küche aufzuräumen gab. Dann nahm sie all ihren Mut zusammen, um ins Esszimmer zu gehen. Da hörte sie einen dumpfen Schlag und ein Stöhnen.
Alarmiert öffnete sie die Tür. Jonas stand vor der Zwischentür, die ins Wohnzimmer führte. Seine Faust steckte darin!
„Jonas!" Erschrocken blieb sie stehen.
Mit einem Ruck zog er seine Hand frei. Blut tropfte auf den Fußboden. Er drehte sich um. „Warum bist du noch hier?", stieß er hervor.
„Ich ... ich wollte dich nicht einfach allein lassen", stotterte Katharina wahrheitsgemäß. Dabei sah sie fassungslos von seiner verletzten Hand zu der zersplitterten Tür und wieder zurück.
Jonas' Nasenflügel begannen zu zittern. Er presste die Lippen zusammen und atmete in Stößen durch die Nase aus. Es gelang ihm, nicht zu weinen. „Sie ist schwanger! Deswegen wollte ich nicht, dass sie Alkohol trinkt. Aber es ist ihr egal. Sie sagt, ich

soll ihr nicht reinreden. Das wäre ihr Körper. Und keine Schwangerschaft würde ihre Figur ruinieren."
Sie hat vor abzutreiben! „Wie furchtbar!", flüsterte Katharina.
„Alles ist ihr egal! Das Kind ist ihr egal, ich bin ihr egal!" Katharina konnte sehen, dass er nur mühsam die Tränen zurückhielt. „Das Einzige, was für sie zählt, ist Geld und ihre Figur!"
„Vielleicht ... überlegt sie es sich doch noch anders. Wenn sie sieht, wie das Herzchen schlägt ...", sagte Katharina ohne nachzudenken.
Jonas schrie gequält auf. „Nein! So lange wird sie nicht warten."
Katharina sank auf einen Stuhl. „Gott, bitte lass es nicht zu, dass sie das tut!", flüsterte sie. Es war ihr egal, was Jonas darüber dachte. Hier ging es um Leben und Tod. Wenn das kein Grund war zu beten, dann gab es keinen.
Jonas ließ sich auf den Stuhl ihr gegenüber fallen. Er stützte den Kopf in die Hände. Blut tropfte auf die Tischplatte.
Waren eben die Szenen noch in rasender Geschwindigkeit an Katharina vorbeigezogen, schien jetzt die Zeit stillzustehen. Schweigend und regungslos saß jeder von ihnen auf seinem Stuhl. Katharina beobachtete, wie das Blut aus Jonas' Wunde sich langsam einen unregelmäßigen Weg über seinen behaarten Unterarm bahnte.
„Das muss versorgt werden", sagte sie schließlich tonlos.
Jonas sah auf die zerfetzte Haut auf seinen Knöcheln. „Was ist das schon? Das heilt wieder. Aber was Susanna vorhat, ist nie wieder rückgängig zu machen." Seine Stimme war eher ein Krächzen, als er weitersprach: „Sie sagte: ‚Hör auf, von Kind zu reden. Das ist kein Kind. Das sind ein paar Zellen. Ich werde sie eben *beseitigen*!'" Die Worte waren wie tödliche Pfeile, unterwegs, um ein wehrloses Ziel zu erreichen.
„Vielleicht können wir sie davon überzeugen, es nicht zu tun", sagte Katharina schwach. Während sie das aussprach, spürte sie, wie wieder Leben in sie kam. Noch war nichts verloren.
„Das würdest du tun? Dann überlegt sie es sich vielleicht doch noch." In Jonas' Stimme vermischten sich Flehen und Hoffnung.
„Ja, ja, natürlich!", sagte Katharina schnell. Sie hatte zwar kei-

ne Ahnung, wie sie das bewerkstelligen sollte, aber sie war auf jeden Fall bereit, es zu versuchen. *Gott will keine Abtreibung. Und es gibt doch den Vers: ‚Ist Gott für uns, wer kann gegen uns sein?'* „Ich werde mit ihr reden."

Jonas atmete tief durch. „Du bist eine Frau. Vielleicht hört sie auf dich."

„Ich werde mit ihr reden", versprach Katharina noch einmal. Um Jonas' Willen, um des Kindes Willen und um Susannas Willen. *Und mit Gottes Hilfe wird diese Abtreibung verhindert werden!*

„Aber vorher werde ich deine Hand versorgen. Schon allein deshalb, weil du alles volltropfst. Und dann musst du zum Nähen fahren." Sie besorgte erstmal Küchenrolle, die Jonas unter seine Hand halten konnte, dann wischte sie das Blut vom Fußboden und vom Tisch. Jonas saß die ganze Zeit antriebslos auf seinem Stuhl. „Wo habt ihr Verbandszeug?", fragte Katharina.

„Ich glaube, im Badschrank."

Weil Jonas keinerlei Anstalten machte mitzukommen, ging Katharina allein los. Zum Glück musste sie nicht lange suchen. Sie versorgte die Wunde so gut es ging und räumte den Rest der Sachen wieder zurück. „Ich sags nur ungern, aber du musst jetzt ins Krankenhaus fahren, damit das richtig verarztet werden kann."

Wieder machte Jonas keine Anstalten aufzustehen. Er sah sie an. „Ich weiß, ich hab mich dir gegenüber in der Vergangenheit echt schäbig verhalten..." Er sah zur Seite. „Aber kannst du mich bringen, bitte? Ich glaube, ich sollte im Moment besser nicht hinters Steuer."

„Ich hab leider noch keinen Führerschein", sagte sie bedauernd.

„Fahr am besten mit dem Bus." Die Bushaltestelle war schräg gegenüber, so dass das ihrer Meinung nach zumutbar war.

„Würde es dir ... was ausmachen, mitzukommen?", fragte Jonas stockend.

Katharina zögerte einen winzigen Moment. Sie hatte endlich wieder genug Geld zusammen, um eine weitere Fahrstunde zu nehmen. Wenn sie jetzt Bus fuhr, musste sie den Termin absagen. Jonas wusste nichts von ihren Berechnungen und verstand ihr Zögern falsch. „Es tut mir leid, wie ich mich verhalten habe. Bitte, komm mit!"

„Ja, natürlich komme ich mit. Ich habe dir schon längst vergeben", sagte Katharina schnell. „Soll ich deinen Eltern eine Nachricht hinlegen?"

„Nicht nötig. Sie sind in Tecklenburg auf der Freilichtbühne. Ich bin vor ihnen wieder da."

„Hast du deinen Schlüssel?", fragte Katharina, als sie das Haus verließen.

Hatte Jonas nicht. Er brachte ein ach-so-kleines-Lächeln zustande. „Danke."

Zu ihrer beider Erleichterung verlief die ganze Prozedur reibungslos: Der Bus fuhr zeitnah los, in der Unfallambulanz kamen sie bereits nach kurzer Wartezeit dran und auch auf dem Rückweg mussten sie nicht lange warten. Sie redeten so gut wie nichts. Während der Busfahrt starrte Jonas die ganze Zeit aus dem Fenster, und im Krankenhaus konnten sie sowieso nicht sprechen. Erst als sie wieder bei Kubinskis vor dem Haus standen, sagte er: „Ich weiß das total zu schätzen, Katharina. Vielen Dank! Kannst du mir Bescheid sagen, wenn du mit ihr geredet hast?"

„Mach ich", versprach sie.

Bereits auf dem Weg hin und zurück vom Krankenhaus hatte sie ununterbrochen überlegt, wie sie wohl Susanna am besten ansprechen konnte. Sie wollte nicht gleich mit dem Appell kommen: „Treib auf keinen Fall dein Kind ab!" Und schon gar nicht über WhatsApp. Das musste sie im persönlichen Gespräch anbringen. WhatsApp könnte sie höchstens benutzen, um dieses Gespräch anzubahnen. *Herr Jesus, bitte hilf mir, das so auszudrücken, dass sie sich eingeladen fühlt, mit mir darüber zu sprechen.* Auf dem Fahrrad fiel ihr eine mögliche Formulierung ein: *Jonas hat mir erzählt, dass du schwanger bist. Wenn ich dir irgendwie helfen kann, bin ich für dich da.*

Doch als sie zu Hause ankam, musste sie feststellen, dass Susanna offenbar keinerlei Kontakt zu ihr wünschte: Sie hatte sie blockiert.

Und was mache ich jetzt, Gott? Sie wird ihr Kind abtreiben! Sie hörte einen Schlüssel im Schloss der Wohnungstür. Ihre Mutter kam nach Hause. Katharina ging in den Flur.

„Du bist noch wach!", sagte Antje Jöllenbeck
„Bist du sehr k. o., oder können wir noch reden?", fragte Katharina statt einer Antwort.
Alarmiert sah ihre Mutter sie an. „Die Antwort auf beides ist ja. Ich hole mir nur eben was zu trinken."
Katharina folgte ihr in die Küche. „Ich weiß, von wem der Schwangerschaftstest ist: von Susanna, die auch beim Kochen ist, seit Theresa nicht mehr mitmacht", platzte Katharina heraus.
Ihre Mutter drehte sich um. „Hat sie euch das heute bekanntgegeben?"
Katharina erzählte.
Antje Jöllenbeck hörte schweigend zu, während sie langsam ihr Zitronenwasser trank.
„Sie wird das Kind abtreiben! Ich muss irgendwas machen, Mama!", schloss Katharina.
Ihre Mutter nickte. „Ich überlege gerade ... Zu dir will sie ja offenbar keinen Kontakt. Jonas hat, so wie du es mir eben geschildert hast, aller Wahrscheinlichkeit nach auch keinen Einfluss auf ihre Entscheidung. Aber was ist mit Claas? Denkst du, es wäre eine Möglichkeit über Claas zu gehen?"
„Das ist es, Mama! Wenn sie auf jemanden hört, dann auf Claas. Sie war zwar mit Jonas zusammen, aber sie hat immer wieder mit Claas geflirtet. Und ich glaube, er stand die ganze Zeit auf sie. Ich werde Claas anschreiben." Katharina griff nach ihrem Handy.
„Warte. Lass uns zuerst beten, okay?"
„Ja, gut." *Hoffentlich betet Mama nicht so lange.* Je eher sie fertig waren, desto eher konnte sie Claas anrufen.
„Eine Sache noch." Ihre Mutter legte eine Hand auf ihre. „Das Leben dieses Kindes ist in Gottes Hand, Katie. Es ist gut und wichtig und richtig, dass du dich dafür einsetzt. Aber halse dir niemals Verantwortung auf, die dir nicht gehört. Denn wenn du das tust, versuchst du, zu sein wie Gott."
„Natürlich nicht!", sagte Katharina schnell.
Ihre Mutter betete für den kleinen Menschen, der gerade im Körper einer Frau heranwuchs, die ihn nicht wollte. Sie betete für

Susanna, dass sie offen würde für dieses Wunder, für den verzweifelten Jonas und dass Claas bereit wäre, seinen Einfluss auf Susanna zum Guten zu nutzen. Zum Schluss betete sie um Weisheit für Katharina.

„Amen zu allem, was Mama gebetet hat, Herr Jesus!", sagte Katharina energisch. Und dann: „Ich werde ihn anrufen." Das war zwar sehr ungewöhnlich für sie, aber es schien ihr die bessere Alternative.

Claas ging tatsächlich dran. „Was gibt's?", kam seine vergnügte Stimme.

„Kann ich dich kurz sprechen, oder ist es gerade schlecht?", fragte Katharina.

„Ich hab Zeit", kam die entspannte Antwort.

Gott sei Dank! Katharina holte tief Luft. „Es geht um Susannas Baby. Ich glaube, sie braucht Hilfe."

„Braucht sie tatsächlich. Und da sie von Jonas keinerlei Unterstützung bekommt, springe ich ein."

Um ihr neuer Lover zu sein? Um ihr zu helfen, das Kind anzunehmen? Katharina beschloss, das Beste zu denken und sagte: „Das ist wirklich sehr edel von dir, Claas. Ich hatte sie so verstanden, dass ihr das Kind egal ist und sie es am liebsten abtreiben lassen würde. Ich denke, auf dich hört sie."

„Klar hört sie auf mich. Ich mache ihr nämlich keinen Druck. Das ist einzig und allein ihre Entscheidung. Und wenn sie sich gegen diese Schwangerschaft entscheidet, werde ich sie selbstverständlich unterstützen. Mit ihrem Körper kann sie machen, was sie will. Sie ist schließlich ein freier Mensch."

„Aber – es geht doch nicht einfach um ihren *Körper*! Es geht um den *Menschen*, der in ihr heranwächst!"

„Meine Güte, Katharina, ich fasse es nicht. Ich wollte es ja nicht wahrhaben, aber du bist tatsächlich genauso fanatisch, wie Jonas es immer gesagt hat. Wenn du ungewollt schwanger wirst und dein Kind austragen willst, dann mach das. Aber erhebe dich nicht zum Maßstab aller Dinge! Jeder ist seines eigenen Glückes Schmied!" So ungehalten hatte sie ihn noch nie reden hören.

Ob Susanna gerade bei ihm ist?

„War's das?", fragte Claas. Er hatte sich bereits wieder etwas beruhigt.

„Nein", brachte Katharina heraus. „Nein, das war es nicht. Es geht um ein Menschenleben! Bitte bedenke das!" Claas legte auf. Schockiert sah Katharina ihre Mutter an. „Und jetzt?"

„Er wird nicht versuchen, Susanna davon zu überzeugen, dass sie das Kind austragen soll?", hakte Antje Jöllenbeck nach.

„Nein. Im Gegenteil. Er sagt, sie sei ein freier Mensch und könne mit ihrem Körper machen, was sie wolle. Jeder sei seines eigenen Glückes Schmied. Und er würde sie unterstützen."

„Frei nennt er das?", fragte ihre Mutter traurig. „Das ist aber ein seltsames Verständnis von Glück, das es ermöglicht, Schwächere einfach zu beseitigen."

Katharina hörte nur halb zu. „Er sagte, ich sei fanatisch."

Ihre Mutter beugte sich etwas vor. „So etwas hatten wir schon mal, weißt du noch?"

„Ja, ich weiß es noch", seufzte Katharina. „Damals wollte ich mich bei Jonas entschuldigen, damit er nicht mehr sauer auf mich ist. Ich habe es nicht gemacht und ich werde auch diesmal kein einziges Wort zurücknehmen."

„Und warum nicht?"

Katharina runzelte die Stirn. „Warum nicht? Denkst du, ich habe was Schlechtes gesagt?"

„Überhaupt nicht! Ich will nur, dass dir bewusst ist, warum du zu dem stehst, was du gesagt hast."

„Weil Gott in seinem Wort sagt, dass er uns im Mutterleib bildet und dass wir nicht töten sollen."

„Ganz genau, Katie. Das ist das Fundament, auf dem du stehst. Wenn du deine Meinungen und Entscheidungen auf deinen gegenwärtigen Gemütszustand gründest oder auf den Mainstream, hast du Treibsand unter dir. Aber wenn Gottes Wort dein Maßstab ist, ist der Boden, der dich trägt, unerschütterlich."

*

Justus war erst in den frühen Morgenstunden zu Hause. Nach dem Geburtstag hatte er noch mit aufräumen geholfen. Und dann war er tatsächlich noch mit Victoria ins Kino gegangen. Er hatte keine Ahnung, mit wem sie ursprünglich dort hingewollt hatte, aber offenbar hatte sie auch diese Pläne zu seinen Gunsten geändert.

Valli hatte ihm irgendwann während eines unbeobachteten Moments anvertraut, dass seine große Schwester normalerweise gar nicht so nett war, wie sie heute tat, und dass sie auch nicht an Jesus glauben würde. Sehr zum Kummer seiner Eltern. „Sie war früher auch mal im Kindergottesdienst. Aber dann wollte sie nicht mehr. Sie sagt, die Leute in der Gemeinde sind langweilig und doof."

Was, wenn ich sie vom Gegenteil überzeugen könnte?, hatte Justus gedacht und die dunkelhaarige Gestalt auf der anderen Seite des Gartens beobachtet. Und als die Feier zu Ende gewesen war, hatte er gesagt: „Hast du Lust, noch ins Kino mitzukommen?" (In dem Moment hatte er vergessen, dass sie ja eigentlich schon eine Kinoverabredung hatte. Das war ihm erst eingefallen, als sie dort saßen.)

Sie hatte etwas überrascht Ja gesagt. Der Film war nicht besonders gut gewesen. Genaugenommen war er sogar schlecht. Wenn man alles, was nicht Gottes Maßstäben entsprach, rausschnitt, blieb nicht mehr viel übrig. Victoria schien sich nicht im Geringsten daran zu stören. Sie fand den Film „witzig" und meinte: „Cool, dass du mich gefragt hast."

Um den Eindruck, dass Christen nicht langweilig sind – in diesem Falle er – noch zu verstärken, schlug Justus vor, noch was zu trinken. Wieder war sie etwas überrascht, willigte aber sofort ein. Sie setzten sich in die Fußgängerzone in eine kleine Bar und Justus bestellte für jeden von ihnen einen Cocktail. *Vielleicht kann ich ja mit ihr über Jesus reden.*

Sie unterhielten sich tatsächlich, ziemlich lange sogar. Es war leicht, mit ihr zu reden, über alles Mögliche. Nur über Jesus redeten sie nicht. Vor allem klagte sie ihm ihr Leid, dass sie so gerne eine Schwester hätte, die sie wirklich verstehen würde, eine Zwillingsschwester am besten. Denn ihre Eltern würden halt in einer anderen Zeit leben und zu Valli könne sie einfach keine Beziehung aufbauen. Justus wusste nicht recht, was er davon halten sollte. Auf ihn machten sowohl Dirk als auch Inez Strakeljan einen ziemlich vernünftigen Eindruck. Und auch Valli schien ihm ein zugewandtes Bürschchen zu sein. In jedem Fall war er überrascht, dass sie so offen mit ihm redete und fühlte sich dadurch geehrt. Um 2.00 Uhr brachte er sie schließlich nach Hause.

Als er um halb drei selbst wieder daheim war, nahm er sein Handy heraus, um Katharina zu fragen, wie ihr Kochen war. Er wollte gerade auf senden drücken, da fiel ihm ein, dass sie sich sehr über die Uhrzeit wundern würde. Vielleicht würde sie ihn sogar danach fragen. Und dann? *Ich war mit Vallis großer Schwester im Kino und anschließend noch was trinken. Damit ich sie davon überzeugen kann, dass Christen nicht langweilig und doof sind.* Nein, er würde sie nach dem Gottesdienst persönlich fragen. Und das mit dem Bild würde er auch lassen. Er hatte ganz vergessen, eins zu machen. Bevor er mit Victoria – Vicky – losgezogen war, hatte er Augenklappe und Bartstoppeln entfernt. Das mit den Bartstoppeln hätte er glatt vergessen. Zum Glück hatte Vicky ihm ein paar Feuchttücher gegeben und gesagt: „Mir gefällt dein Dreitagebart zwar, aber vielleicht willst du ihn trotzdem abwischen, bevor wir rausgehen?" Und dann hatte sie ihm sogar geholfen, die schwarzen Punkte zu entfernen.

Jens war nicht sonderlich enttäuscht gewesen, nicht mit Justus nach Hause zu fahren, sondern mit bei der Ladung Geburtstagsgäste, die Dirk Strakeljahn heimfuhr.

„Ich sag Mama Bescheid, dass du später kommst", hatte er sich unkompliziert bei ihm verabschiedet, und Justus hatte sich bedankt.

Jetzt schoss er leise die Haustür auf.

Er war gerade im Bad fertig, da kam ein schlaftrunkener Jens herein. „Muss aufs Klo", murmelte sein kleiner Bruder und ließ sich auf der Toilette nieder.

Justus dachte sich nichts weiter, gähnte demonstrativ und sagte „Gute Nacht". Er legte sich ins Bett und schlief augenblicklich ein. Und zwar so fest, dass er am nächsten Morgen nicht wach wurde, als der Rest der Familie sich zum Gottesdienst fertig machte.

Als Jens kurz in sein Zimmer kam und sagte: „Wir fahren in zehn Minuten", öffnete er einen Moment die Augen. Aber nur einen Moment. Dann war er schon wieder im Land der Träume.

Um kurz nach zwölf wurde er wach. Erschrocken setzte er sich auf. *Oh nein! Ich habe den Godi verpennt! Dabei wollte ich doch Cats fragen, wie es gestern beim Kochen war!* Er ließ sich auf sein Kopfkissen zurückfallen. *Was wird sie jetzt über mich denken? Wie soll ich ihr das erklären?*

Was er nicht wusste, war, dass Jens die Angelegenheit bereits für ihn erklärt hatte. Justus hatte nämlich in der Nacht sein Handy im Bad auf dem Wannenrand liegenlassen. Jens war nach seiner nächtlichen Sitzung dagegengestoßen, so dass es heruntergefallen war. Beim Aufheben war sein Blick auf den Bildschirm gefallen, auf dem ein eingehender WhatsApp-Anruf zu sehen war. Schnell war Jens mit dem Handy zum Zimmer seines Bruders gelaufen, der allerdings fest geschlafen hatte. Da nur Notfälle mitten in der Nacht anriefen und er nicht hatte riskieren wollen, dass der Anrufer sich vergeblich an seinen Bruder gewandt hatte, war er selbst drangegangen: „Hallo?"

„Hey, hier ist Vicky", hatte eine Mädchenstimme gesagt. „Ich wollte nur nochmal sagen, dass ich es total cool fand, dass du noch mit mir im Kino und was trinken warst."

„Ach so." Es war wohl kein Notfall. „Äh, hier ist Jens. Justus schläft schon. Soll ich ihn wecken?"

Die Stimme am anderen Ende hatte einen Moment gestutzt. Dann ein kurzes Lachen. „Nein, brauchst du nicht. Leg ihm einfach sein Handy hin."

Also hatte Jens das mobile Telefon bei Justus vor die Tür gelegt und war zurück in sein Bett gegangen.

Von all dem hatte Justus nichts mitbekommen. Er stand auf. Als er aus seinem Zimmer trat, sah er verwundert sein Handy auf dem Fußboden liegen. Er hob es auf. Keine ungelesenen Nachrichten. *Cats hat in der Gemeinde kein Internet. Und sie wusste ja nicht, dass ich nicht kommen würde. Also gab es für sie auch keinen Grund, mir vorher zu schreiben,* tröstete er sich. Vielleicht organisierten die anderen ja ein Treffen am See oder zum Kar-

tenspielen für den Nachmittag. Dann würde er sie nach gestern Abend fragen. *Und wenn sie mich fragt? Wahrscheinlich sollte ich ihr einfach die Wahrheit sagen. Aber nur, wenn sie mich fragt. Ich werde nicht lügen und sie nicht täuschen. Was man sagt, muss wahr sein, aber man muss nicht alles sagen, was wahr ist. Schließlich will ich keine schlafenden Hunde wecken.*
Leider schlief der Hund nicht mehr ...
Sie trafen sich tatsächlich, und zwar bei Greta im Garten, zur Special-Friday-Vorbereitung. Katharina war etwas reserviert. *Sie ist sicher enttäuscht, weil sie denkt, dass ich feiern war.* Justus beschloss, lieber gleich das Thema anzusprechen: „Tut mir leid, dass ich heute Morgen verpennt habe. Keine Party oder so, ich war einfach zu spät im Bett."
Katharina sagte nichts und sah ihn nur an, die Augen voller ungestellter Fragen. Justus wandte den Blick ab.
„Wie war deine Geburtstagsfeier?", hörte er sie fragen.
„Wahrscheinlich feucht-fröhlich", bemerkte Malte trocken.
„Das war ein Kindergeburtstag, Mann!", sagte Justus mit Nachdruck.
„Du warst auf einem Kindergeburtstag?", fragte Greta amüsiert. „Schon wieder? Bespaßt Justus Rutter jetzt alle Kinder der Gemeinde, oder was?"
„Valli hat es sich gewünscht."
„Und wie war es so?", fragte Katharina ohne große Begeisterung. *Gleich wirst du begeistert sein ...* „Ziemlich cool. Einer der Jungs, Philip, oder so ähnlich, war ziemlich schräg drauf. Total auffällig. Hat einen gebrochenen Fuß vorgetäuscht. Ich hab mich dann mit ihm hingesetzt, während die anderen ihre Schatzsuche gemacht haben ..." Er erzählte kurz von der Begebenheit mit Finn auf der Bank. *Ich erzähle das vor allem, damit Cats weiß, dass ich nicht in alte Verhaltensmuster zurückgefallen bin. Nicht, um mich zu rühmen.*
Die anderen waren tatsächlich beeindruckt. Katharina lächelte ihn an. „Das ist der Hammer, Justus, wie Gott dich gebraucht!"
Justus hob die Schultern. „Keine Ahnung, warum er das macht."
„Weil du dich gebrauchen *lässt*", sagte Malte nüchtern.

„Wo wir schon beim Thema sind: Wie wärs, wenn wir ein bisschen Special-Friday planen?", fragte Greta.

„Gute Idee", pflichtete Justus ihr bei. Er sah zu Katharina, in der Erwartung, dass sie vorschlagen würde, vorher zu beten. *Diesmal habe ich sie nicht getäuscht und nicht verletzt*, dachte er erleichtert. *Ich habe sie nicht durch den Regen zu mir gelotst, nur damit ich nicht nass werde.* Trotzdem war in ihren Augen etwas Trauriges.

„Okay, das Thema haben wir ja schon", meinte Greta. „Was brauchen wir noch?"

„Moment, das Thema haben wir schon?", wunderte sich Malte. „Welches denn?"

„Ich meinte, darum kümmern sich unsere Jugendleiter", sagte Greta schnell.

„Vielleicht auch nicht", wandte Malte ein. „Sie wollten es sich überlegen. Es könnte auch sein, dass sie es nicht machen. Und dann?"

Justus sah kurz zu Katharina. „Ich denke, wir sollten vorher beten", sagte er. „Ich denke, wir brauchen Gottes Hilfe bei der Planung."

„Kann nicht schaden", nickte Malte.

Sie senkten die Köpfe. Doch niemand betete. Noch nicht mal Katharina. *Okay, dann bete ich eben.* „Herr, du siehst, dass wir wieder einen Special-Friday haben wollen. Bitte hilf uns bei der Planung. Amen." Es war nicht viel, aber er meinte jedes Wort.

Greta schloss sich an, etwas wortreicher. Dann betete Katharina: „Ja, Herr, bitte hilf uns." Es klang wie ein Seufzer. „Nimm alles weg, was uns daran hindert, das hier gut vorzubereiten, und lass Menschen durch diesen Abend dich besser kennenlernen. Zeig uns, wie wir sie abholen können und lass sie doch verstehen, dass das Leben ohne dich so sinnlos ist. Amen."

Zum Schluss kam Malte: „Amen zu allem, was meine Vorbeter gesagt haben."

„Also, Justus, ich muss sagen, dass du seit dem Sommer echt anders geworden bist", sagte Greta, als sie fertig waren. „Und ich find's cool, jetzt mit euch diesen Abend zu planen." Sie sah in die

Runde. „Okay, letztes Mal der Kochwettbewerb, was wollen wir diesmal machen?"

„Ich finde, wir sollten auf jeden Fall wieder irgendwas essen", meinte Malte.

„Ja, das denke ich auch", stimmte Katharina zu. „Hmm, mir kommt gerade eine Idee. Wie wärs, wenn wir so 'ne Art Yolibri machen? Es ist Sommer, da kommt Eis vielleicht ganz gut. Und wenn wir viele verschiedene coole Toppings haben, die jeder sich drauf machen kann, ist das vielleicht ganz witzig."

„Hey, das ist genial! Und dann gibt's 'ne Vernissage!", rief Greta begeistert.

„Ne *was*?", fragte Malte verständnislos.

„Eine Kunstausstellung."

„Bei den Temperaturen fließt dir deine Kunst davon", bemerkte Malte trocken.

„Wir könnten ein Fotoshooting von den Eisbechern machen", schlug Justus vor. „Die Bilder drucken wir aus und hängen sie auf oder lassen sie über den Beamer laufen. Und dann kann man die drei, die man am besten findet, liken."

„Ja, genau! Dann spart die Jury sich ein bisschen Arbeit und die Leute sind noch mehr mit einbezogen."

„Soll dann jeder seine eigene Eiskreation machen?", wollte Malte wissen. „Irgendwie fände ich es gut, den interkulturellen Dialog zu fördern – so nach dem Motto, Gemeindeleute und Außenstehende."

„Ich glaube, ich würde das den Leuten freistellen", überlegte Greta. „Wir machen ja vorher noch irgendwas ‚Dialog-mäßiges'."

„Und was?", erkundigte Justus sich interessiert.

„Vielleicht auch hinterher."

„Und was?", wiederholte Malte Justus' Frage.

Alle Augen sahen auf Katharina. „Hey, was guckt ihr *mich* so an?"

„Du hattest die gute Idee mit Yolibri, vielleicht hast du noch mehr davon auf Lager", grinste Malte.

„Herr, was könnten wir machen, um die Gemeinschaft zu fördern?", betete Katharina spontan.

„Vielleicht irgendwas, das mit dem Thema zu tun hat", schlug Justus vor.

„Und das wäre?", fragte Malte. „Hast du inzwischen zufällig eins?"

„Wie wärs mit: ‚Von Gott gewollt'?", schlug Katharina vor.

„Also was Gott von uns will? Ich glaube kaum, dass das irgendeinen außerhalb der Gemeinde interessiert", sagte Malte schroff. *Vor ein paar Monaten hätte ich das genauso verstanden wie Malte, aber ich glaube, sie versteht darunter was anderes*, dachte Justus. „Oder meintest du nicht was Gott *von* uns will, sondern *dass* er uns will?"

Katharina nickte, den Anflug eines Lächelns auf dem Gesicht. „Ja, ganz genau. Ich glaube, mit dem Thema treffen wir richtig ins Schwarze."

„Warum denkst du das?", erkundigte sich Justus interessiert.

Katharina zögerte. Dann sagte sie etwas ausweichend: „In meinem Bekanntenkreis geht es gerade ziemlich genau darum."

Das hat bestimmt was mit ihrem Kochtreffen gestern zu tun. Abwartend schaute Justus sie an.

„Na, dann ist das ja perfekt für deine Bekannten", meinte Greta.

„Wenn sie kämen", seufzte Katharina. Sie sah kurz zu Justus. „Aber sie sind so auf ihrem Egotrip, dass sie nicht auf die Idee kommen, es gäbe noch etwas anderes als ihr persönliches Wohlbefinden."

Muss ja ziemlich hart gewesen sein gestern Abend. Zu dumm, dass sie nicht allein waren. Offenbar wollte Katharina nicht vor den anderen ins Detail gehen.

„Wir könnten eine Aktion machen, wo es darum geht, dass jeder wichtig ist und gebraucht wird – irgendeine Team-Challenge, wo es auf den Einzelnen ankommt", überlegte Malte laut.

Überrascht sah Greta ihn an. „Malte, das ist gut! Und das von dir!"

„Ich bin ja nicht nur zur Deko hier." Es war nicht sicher zu sagen, ob er sich wertgeschätzt oder beleidigt fühlte.

„Wo es auf den Einzelnen ankommt", wiederholte Katharina nachdenklich. „Wo man merkt, wenn einer fehlt ..."

„Vielleicht könnte man so was machen, wo immer sechs Leute eine Pyramide bilden müssen: unten drei, dann zwei und oben noch einer", schlug Malte vor.

„Und wenn wir keine durch sechs teilbare Anzahl von Leuten sind?", wandte Justus ein.

„Ich hab's!", rief Katharina. „Jedes Team sucht sich ein Wort aus. Die einzelnen Team-Mitglieder stellen mit Armen und Beinen die Buchstaben dar. Dann ist es egal, wie viele Leute in einer Gruppe sind und trotzdem ist jeder wichtig."

„Wow! Das ist richtig gut!", nickte Justus anerkennend. „Man muss sich dazu außerdem gut absprechen, sprich, die Gemeinschaft wird gefördert. Gleichzeitig muss man sich aber nicht kennen, sondern kann im Prinzip mit jedem in einer Gruppe sein."

Malte grinste. „Ey, Leute, es ist erst vier Uhr und wir haben unsere Arbeit schon getan." Er legte sich auf der Decke zurück und schloss die Augen.

„Moment, ganz so entspannt bitte noch nicht", grinste Greta und goss ihm aus ihrem Glas Wasser ins Gesicht.

Malte setzte sich ruckartig auf. Er packte die Wasserkanne, um sie über ihrem Kopf auszuleeren.

Gerade noch rechtzeitig sprang Greta auf. „Du kriegst mich nicht!", rief sie neckend. Eine Verfolgungsjagd durch den Garten war das Resultat. Justus lachte. Doch Katharina schien die Szene nicht lustig zu finden.

„War's schlimm gestern?", fragte er.

Katharina wandte den Kopf. „Ja, war's", sagte sie nur.

„Oh, Mann! Zu dumm, dass ich mein Ladekabel verloren hatte und deine Nachricht erst so spät bekommen hab. Dann hättest du nicht hingehen müssen und hättest mit zu Strakeljans kommen können."

„Ich glaube, es war genau richtig, dass ich dort war." Sie sah ihn seltsam an. „Und bei Strakeljans wäre ich bloß überflüssig gewesen."

Die beiden Balger kamen auf sie zugeschossen, Greta offenbar in dem Bestreben, hinter Katharina Schutz zu suchen. Doch sie stolperte und fiel.

„Gnade!", rief sie auf Knien und hielt die Hände schützend über sich.

„Das hast du nicht verdient!", schnaubte Malte und goss ihr das Wasser über den Kopf.

Tropfnass sah Greta ihn fassungslos an. „Du hast es tatsächlich gemacht!"

„Was dachtest du denn?", gab Malte ungerührt zurück und schlenderte zurück zur Decke. Greta ging ins Haus, um sich die Haare abzutrocknen.

„Gut, dass wir unsere Planung schon fertig hatten", bemerkte Katharina. „Ich glaube, bis Greta dir das verziehen hat, wird es eine Weile dauern."

„Wie bitte? Sie hat schließlich angefangen!", rechtfertigte sich Malte. „Und dabei hat sie mich heimtückisch angefallen. Ich hatte keinerlei Chance, mich zu schützen oder zu wehren!"

„So gesehen ...", sagte Justus zweifelnd.

„Trotzdem, in der Kanne war viel mehr Wasser!", wandte Katharina ein.

Greta kam wieder heraus, ziemlich frostig Malte gegenüber. Auch der behielt seinen Standpunkt bei. Sie spielten zwar noch ein paar Runden Karten, aber die Stimmung zwischen den beiden Wasserpantschern war aus dem Kühlschrank. Katharina schien auch irgendwie nicht so ganz glücklich, und Justus war erleichtert, als sie aufstand, um nach Hause zu fahren. Er verabschiedete sich ebenfalls.

„Wir können zusammen fahren", bot er an. „Ich bin auch mit dem Rad da."

„Musst du nicht. Ich bin auch allein hergekommen", sagte sie, ohne ihn anzusehen.

Verunsichert stand Justus neben seinem Rad. Wollte sie lieber allein fahren? War ihr seine Gesellschaft unangenehm? Oder war sie zu bescheiden? Oder hatte der Kommentar ganz andere Gründe? „Muss ich nicht, oder soll ich nicht?", platzte er heraus.

Katharina blickte auf ihren Lenker. „Du musst nicht."

„Dann würde ich gerne mitkommen." Als sie ein Stückchen von Gretas Haus entfernt waren, fragte er: „Was war gestern Abend los?"

Katharina seufzte. „Ich weiß gar nicht, ob ich dir das erzählen darf. Ich habe etwas sehr Schlimmes erfahren, aber ich fürchte, ich kann nichts dagegen tun."

„Wenn es etwas Gefährliches ist, ist es schlecht, es für dich zu behalten", sagte Justus alarmiert. „Du musst es ja nicht mir sagen. Aber dann sollte die Polizei darüber informiert werden."

„Ja, es ist wirklich gefährlich für die betroffene Person. Lebensgefährlich, um genau zu sein. Aber die Polizei ist ganz bestimmt die falsche Adresse."

„Was ist es, Cats? Hat dich jemand bedroht?", fragte Justus besorgt.

Zum ersten Mal an diesem Nachmittag lächelte sie ihn kurz an. „Nein. Nein, es geht nicht um mich." Sie überlegte. „Was würdest du tun, wenn du mitbekämst, wie jemand einen anderen umbringen will?"

Ernsthaft? „Ich würde sofort die Polizei einschalten!"

„Und wenn die Polizei den Mord decken würde?"

„Die Polizei deckt keinen Mord! Jedenfalls nicht in unserem Land", gab Justus schroff zurück. Katharina sagte nichts mehr. *Es scheint sich hier um eine wirklich schlimme Sache zu handeln. Wovon redet sie bloß?* „Okay, wenn die Polizei nichts machen würde, würde ich versuchen, das Opfer zu schützen", lenkte Justus ein. „Ich würde versuchen, die Person zu verstecken, zum Beispiel."

„Das ist in diesem Fall nicht möglich", gab Katharina zurück. „Die Person ist fest in der Hand des potentiellen Täters, niemand hat Zugang oder Zugriff ohne Einverständnis des Täters."

Justus überlegte. „Dann müsste man irgendwie an den Täter kommen. Ihn schachmatt setzen oder umstimmen."

Katharina nickte. „Ganz genau. Das habe ich auch gedacht. Aber das ist nicht möglich." Hilfesuchend sah sie ihn an.

Justus schüttelte den Kopf. „Ich würde sagen, das Opfer hat ziemlich schlechte Karten."

Katharina stieß die Luft aus. „So sieht's aus!"

„Du solltest mit jemandem darüber reden, Cats! Ein geplanter Mord – du kannst mir nicht erzählen, dass die Polizei das nicht interessiert."

Katharinas Stimme zitterte. „Es interessiert sie nicht! Jeden Tag werden in unserem Land kleine, ungeborene Menschen umgebracht und es interessiert niemanden!"

Sie meint Abtreibungen, dachte Justus erleichtert. Erst eine Sekunde später wurde ihm seine Reaktion auf diese Erkenntnis bewusst. Und er war erschrocken. „Das ist furchtbar!", murmelte er. „Wie kann man nur so egoistisch sein! Sie denkt doch dabei nur an sich! Ich wollte mit ihr reden, aber sie hat wahrscheinlich schon so was vermutet und mich blockiert. Sie tut nur, was *sie* will. Dabei ist sie so was von arrogant. Wer nicht so reich oder so schön oder sonst was ist wie sie, auf den guckt sie herab." Katharinas ganze Wut über Susanna machte sich Luft.

„Puh, klingt ziemlich übel", bemerkte Justus. „Hab ich die mal gesehen? War sie beim Special-Friday?"

„Die? Nee! Das ist völlig unter ihrer Würde. Das ist ihr zu *putzig*!"

„Putzig, was ist das denn für ein Wort?"

„Damit drückt sie aus, dass sie etwas total lächerlich und dumm findet. Zum Beispiel, vor dem Essen zu beten."

„Scheint ja eine genauso harte Nuss zu sein wie Johann oder Jonas oder wie der eine aus unserer Gruppe hieß."

„Jonas. Härter", gab Katharina aufgebracht zurück.

„Dann will ich ihr lieber nicht nachts im Dunkeln begegnen ..."

So wütend wie Cats im Moment ist, ist allerdings auch Vorsicht geboten. „Und du meinst, es gibt keine Chance, sie von der Abtreibung abzubringen?", hakte er nach.

Katharina formte mit Daumen und Zeigefinger eine Null. „Zero!"

„Hast du es versucht?", fragte er vorsichtig.

„Wie denn? Sie hat mich blockiert! Sie ist so blind und so stolz! Wie kann sie sonst glauben, sie dürfe einfach über das kleine Leben in ihr verfügen?"

„Dann scheint sie wirklich fest entschlossen zu sein. Trotzdem: Gibt es niemanden, der mit ihr reden könnte?"

„Nein", war die knappe Antwort. Ganz plötzlich wechselte sie das Thema: „Und wie war's bei dir am Samstag?"

Mit so einem Gedankensprung hatte Justus überhaupt nicht gerechnet. Er war noch voll beim Thema „Abtreibung" und brauchte einen Moment, um im Gehirn Bahnen zu wechseln. Eigentlich hatte sie die Frage nach dem gestrigen Abend bereits zweimal am Nachmittag gestellt, und er hatte auch darauf geantwortet, aber er wusste, dass noch entscheidende Informationen fehlten. Er war versucht, auszuweichen, aber er hatte die unbestimmte Vorahnung, dass er sich damit in ein Gestrüpp begeben würde, aus dem er nicht so leicht herauskäme. „Der Grund, warum ich den Godi verpennt habe, ist, dass ich danach noch mit Vallis Schwester im Kino war. Und anschließend was trinken. Aber nichts Alkoholisches", fügte er schnell an.

„Aha."

Justus wand sich innerlich. *Das hört sich ziemlich schlimm an.*

„Hat sie dich gefragt?"

Früher hätte er Ja gesagt, aber ein Himmelstänzer gab sich nicht mit schmierigen Lügen ab. Also sagte er: „Nein. Der Grund war, dass ich sie gefragt habe." *Das hört sich noch schlimmer an.* Er schielte zu Katharina. Sie wandte schnell den Kopf geradeaus, aber er hatte den ungläubigen, verletzten Blick gerade noch gesehen. „Es ist nicht so, wie du denkst, Cats. Wirklich nicht. Da ist nichts. Sie findet Christen total uncool, und ich dachte, ich könnte sie vielleicht vom Gegenteil überzeugen."

„Und, ist es dir gelungen?", fragte Katharina, ohne ihn anzusehen.

„Ja, ich denke schon. Und ich werde sie auf jeden Fall zum Special-Friday einladen. Ich könnte mir sogar vorstellen, dass sie kommt."

„Das könnte ich mir auch vorstellen", nickte Katharina. Sie waren vor dem Mehrfamilienhaus, in dem Jöllenbecks wohnten, angekommen. „Danke fürs Bringen", sagte sie und blickte kurz zu ihm hoch.

„Jederzeit gerne", lächelte Justus.

Sie musterte kurz sein Gesicht, als prüfe sie den Wahrheitsgehalt seiner Worte. Das Abendlicht überzog ihre glatte Haut und ihre dichten, hellbraunen Haare mit einem goldenen Schimmer. Wie so oft, wenn er sie anschaute, dachte er, wie lebendig sie aussah. *Sie ist nicht zurechtgemacht wie Victoria. Sie ist einfach so*

schön. Er hätte gerne ihr Gesicht in seine Hände genommen und sie geküsst. *Wäre jetzt vielleicht ein guter Zeitpunkt?* Aus seiner Sicht gab es nichts, was dagegen sprach. Er war ehrlich zu ihr gewesen in Bezug auf gestern Abend und sie hatte ihm ehrlich von ihrem Abend erzählt. *Es wäre auch nichts Überstürztes und ...*
„Danke", nickte sie. „Gute Nacht, Justus."
Okay, war wohl doch noch nicht der richtige Zeitpunkt. „Gute Nacht, Cats."

*

Katharina brachte ihr Rad in den Schuppen. Als sie wieder vor dem Haus stand und die Tür aufschloss, war Justus bereits verschwunden. Sie war sehr froh, dass er sie nach Hause gebracht hatte. Und dass er ihr erzählt hatte, was gestern Abend gewesen war. Als Jens ihr im Gottesdienst den Grund für Justus' Abwesenheit gesagt hatte, war ihr das ein Schlag in die Magengrube gewesen. *Er trifft sich hinter meinem Rücken mit einem anderen Mädchen*, hatte sie den ganzen Heimweg von der Gemeinde gedacht. Eigentlich hatte sie immer großen Hunger, wenn sie nach Hause kam, aber sie hatte sich ganz elend gefühlt. *Ich kann so keinen Special-Friday planen*, hatte sie die ganze Zeit gedacht. Es war ähnlich schlimm für sie gewesen, wie damals, als sie sich bei Justus getroffen hatten, nachdem er sie und Herbert getäuscht hatte. Damals wie heute war es ihr nach dem Beten bessergegangen.
Als Justus das heute mit dem Beten vorgeschlagen hatte, hatte sie erst überhaupt keine Lust gehabt. Sie hatte ihn innerlich als Heuchler abgestempelt. *Tut so fromm, aber sagt mir nicht die Wahrheit!* Doch ziemlich direkt hatte sie gemerkt, dass sie ihn damit mal wieder verurteilte und schnell die Spur gewechselt. Bevor sie für den Special-Friday gebetet hatte, hatte sie Jesus gebeten, ihr zu helfen, mit den Dingen, die gestern Abend bei Justus gelaufen waren, klarzukommen. Und nach und nach war das Gewitter in ihr abgezogen. Es war so gut, immer jemanden zu haben, an den man sich wenden konnte. *Man muss es nur tun!*

Sie schätzte es sehr, dass Justus ihr offenbar nichts verschwiegen hatte von gestern Abend. Und dass er sie nach Hause gebracht hatte. Er hatte das einfach von sich aus gemacht. *Jedes Mal, wenn wir zusammen sind, verliebe ich mich mehr in ihn. Jesus in ihm sieht einfach so gut aus! Aber ich würde mir die Zunge abbeißen, bevor ich so was zu ihm sage. Erst muss da was von ihm kommen.* Die Peinlichkeit über ihren Chat als er sein Handy verloren hatte, hatte zwar viel an Schärfe verloren, und sie war sehr froh, dass Justus ihn mit keiner Silbe mehr angesprochen hatte, aber sie würde garantiert nicht auf ihn zugehen. Sie hoffte nur inständig, dass sie der Person, mit der sie da geschrieben hatte, nie begegnen würde.

*

In Deutsch verlief alles so wie immer. Man hätte meinen können, Christopher hätte nie den Kaffee in die Tasche des Lehrers gekippt. Herr Künzel hatte den Vorfall mit keiner Silbe mehr erwähnt und auch seinen Unterrichtsstil nicht geändert.

Zum Glück hatte auch niemand der anderen mehr etwas gesagt, noch nicht einmal Christopher. Trotzdem hatte Katharina seit letztem Montag ein etwas ungutes Gefühl, wenn sie zu Deutsch ging. Man konnte schließlich nicht in die Köpfe der Menschen hineingucken. *Ich hoffe, er plant nicht heimlich irgendeinen Racheakt. Er ignoriert mich vollständig.* Andererseits hatte Christopher sie noch nie beachtet. Es hätte sie nicht überrascht, wenn er bis vor kurzem gar nicht gewusst hätte, dass sie in seinem Kurs war. *Ich glaube, weil Herr Künzel nichts mehr gesagt hat, hat Christopher die Sache hinter sich gelassen.* Doch dieser Schein trügte gewaltig. Aber vorerst hatte Katharina andere Sorgen, die sie gedanklich auf Trab hielten.

Susanna war nicht da. Auch Claas hatte sie den ganzen Tag noch nirgendwo gesehen. Sie setzte sich wieder zu Jonas, und gemeinsam arbeiteten sie Herrn Künzels Zettel ab. Immer wieder blieb Katharinas Blick an Jonas' rechter Hand hängen. *Dass er überhaupt damit schreiben kann ...* Entweder war er ziemlich hart im Nehmen oder es hatte schlimmer ausgesehen als es war. *Wenn ich ihn zum Special-Friday einladen will, dann wäre jetzt ein guter Zeitpunkt.* Aber sie konnte sich nicht überwinden.

Als sie am Donnerstagmittag nach Hause kam, hatte sie eine Nachricht von ihm: „Können wir heute Nachmittag inlinern?"

Das war verwunderlich. Er war nicht in der Schule gewesen, und sie war davon ausgegangen, dass er krank war. Eigentlich hatte sie heute Nachmittag für die Schule reinklotzen wollen. Sie war nicht so ein Segler wie Jonas, der sich für seine Noten nicht anstrengen musste. „*Gib dem, der dich bittet und weigere dich nicht, dem Bedürftigen Gutes zu tun, wenn deine Hand es vermag*", kam ihr ein Bibelvers in den Sinn, den sie kürzlich in ihrer Zeit mit Gott gelesen hatte.

Herr Jesus, eigentlich muss ich Schule machen. Wer Inlineskates fahren kann, dem kann es ja nicht zu schlecht gehen. Wenn er sich den ganzen Vormittag auf die faule Haut legt und jetzt jemanden sucht, der ihn ein bisschen bespaßt, ist er ja wohl nicht „bedürftig"!
Und wenn das nicht der Grund ist?, sagte ein anderer Gedanke.
Sie las noch einmal die Nachricht, und irgendwie gewann sie das Gefühl, dass ein Hilferuf darin steckte. *Warum wendet er sich an mich, wenn er Hilfe braucht?*
Ihr Handy brummte: „Passt dir 14.30? Es wäre mir sehr wichtig."
Das hört sich nach was Ernstem an. Aber halb drei schaffe ich nicht.
Als hätte er ihre Gedanken gelesen, kam wieder eine Nachricht: „Ich kann auch zu dir kommen."
Dann sieht er unser olles Mietshaus!, fuhr es Katharina durch den Kopf. *Und dann hat er zwei Gründe, mich zu verachten: meinen Glauben und weil ich nicht so reich bin wie Susanna.*
Für wen tanzt du, Katharina?, fragte eine ganz leise aber ernste Stimme in ihrem Herzen.
Regisseur-Wechsel. Ich sollte mich nicht so anstellen. Schließlich bin ich nicht für den Zustand des Treppenhauses verantwortlich. Und in unsere Wohnung kommt er sowieso nicht. Das traf es nicht; denn mit einem „Regisseur-Wechsel" hatten diese Gedanken nichts zu tun. Aber sie war zu sehr in Eile, um das zu analysieren. „Alles klar", schrieb sie zurück. Dann beeilte sie sich, um noch schnell vorher zur Toilette zu gehen, etwas zu essen und sich umzuziehen.
Eine Viertelstunde später erlebte sie eine Schrecksekunde: Anscheinend hatte jemand unten die Haustür offengelassen, denn Jonas klingelte direkt oben vor der Wohnungstür. „Ich bin sofort fertig", sagte sie hastig und schlüpfte schnell in ihre Schuhe."
Doch Jonas fragte: „Kann ich reinkommen?"
Nein, kannst du nicht!, dachte Katharina in einem Anflug von Panik. „Wollten wir nicht inlinern?", sagte sie etwas hilflos. „Es ist ... echt warm hier oben."
„Egal."

Zögernd öffnete sie die Wohnungstür. „Möchtest du was trinken?"

Jonas sah sich kurz um. „Im Moment nicht, danke."

Es ist jetzt so, wie es ist und nicht zu ändern. Katharina ging ihm voran ins Wohnzimmer.

Wieder nahm er kurz Notiz von seiner Umgebung, bevor er ohne Umschweife sagte: „Sie hat es gemacht!"

Katharina hörte die Bitterkeit und den Schmerz in seiner Stimme und wusste sofort, was er meinte. *Deswegen wollte er sich mit mir treffen!* Die Sorge, was er über ihre bescheidenen Verhältnisse denken mochte, verschwand schlagartig. „Oh nein!", hauchte sie bestürzt. „Wie hast du es erfahren?"

„Claas. Er schrieb mir gestern Abend, ich könne aufhören zu schmollen. Er sei heute mit Susanna in der Klinik gewesen, es wäre wieder alles in Ordnung."

„In Ordnung?", fragte Katharina fassungslos.

„Das war genauso *mein* Kind! Sie hat mich überhaupt nicht gefragt. Sie hat es einfach beseitigt! Wenn sie es nicht wollte, hätte sie es wenigstens zur Adoption freigeben können. Meine Mutter wollte mich auch nicht. Aber weil sie aus einem strenggläubigen Elternhaus kam, haben ihre Eltern dafür gesorgt, dass sie mich austragen *musste*. Also konnte ich wenigstens leben. Aber Susanna entledigt sich einfach des ‚Problems'!"

Katharina blinzelte. Was sagte er da gerade?

„Schockiert dich das? Ja, du hast richtig gehört: Ich bin ein uneheliches Kind, das abgetrieben werden sollte. Prädikat ‚ungewollt'. Meine leibliche Mutter hatte keinerlei Verwendung für mich. Sie war ein Fotomodell, und ich ruinierte ihre Karriere." Er lachte bitter. „Bis heute wäre es ihr lieber, es würde mich nicht geben. Bei unserem gesetzlich vorgeschriebenen Treffen hat sie sich hinter einer riesigen dunklen Sonnenbrille versteckt. Ich konnte nicht einmal richtig ihr Gesicht sehen. Sie hat sich geweigert, mich anzugucken. Ich glaube, sie ist immer noch sauer, dass das mit der Abtreibung damals nicht geklappt hat."

Katharina spürte, wie Tränen in ihren Augen brannten. *„Prädikat ‚ungewollt'", wie schrecklich! Ob das mit ein Grund ist, warum ihm diese Sache so nahegeht?*

„Meine Adoptiveltern haben mich gefragt, wie das Treffen gelaufen ist. Ich habe ihnen gesagt, dass ich froh bin, dass es vorbei ist und dass *sie* meine Eltern sind. Darüber seien sie auch sehr froh, hat meine Mutter gesagt. Dabei hat sie mich noch nicht mal geboren." Er sah sie an. „Sag mir, Katharina, welche Frau bringt ihr eigenes Kind um?"

Über diese Frage hatte sie ausführlich genug nachgedacht. „Eine, deren Egoismus größer ist als alles andere."

„Egoismus, das kannst du laut sagen!", schnaubte Jonas. „So was ichsüchtiges wie Susanna habe ich noch nie erlebt!" Er nahm sich eins der Sofakissen und boxte hinein.

Und warum warst du dann mit ihr zusammen? Fast wäre Katharina die Frage herausgerutscht. Sie konnte die Worte noch rechtzeitig stoppen.

Jonas merkte allerdings, dass sie sich gerade etwas verkniff. „Sag schon. Es ist ganz bestimmt kein Lästern, falls du davor Angst hast. Über Susanna kann man nicht lästern. Man kann nur aussprechen, was wahr ist, solange es etwas Schlechtes ist." Herausfordernd sah er sie an. „Was wolltest du sagen?"

„Ich habe mich gefragt, warum du dann mit ihr zusammen warst, wenn sie so schrecklich ist." Katharina konnte sehen, dass Jonas damit nicht gerechnet hatte, und einen Moment dachte sie, er würde dicht machen. Aber anscheinend war es die Stunde der Wahrheit, denn er sagte leise: „Weil sie mich wollte."

Katharina war sich nicht so sicher, was das für ein „Wollen" war, aber sie musste an den einen Vormittag auf Korsika während ihrer Jüngerschaftsschule denken, als Mia, ihre Leiterin, ihnen gesagt hatte, dass das das Ziel sei, mit dem viele Menschen auf der Bühne des Lebens tanzen würden: Um gewollt zu sein. Dass sie sich anstrengen und müde machen würden in dem Bestreben nach Liebe und Annahme und Anerkennung. Es war ein sehr intensiver Vormittag gewesen, an dem ihr klargeworden war, dass auch sie zu diesen Menschen gehörte.

Jonas deutete ihr Schweigen offenbar falsch, denn er sagte frustriert: „Ach, vergiss es einfach. Du verstehst das nicht." Er boxte in das Sofakissen.

Oh doch, Jonas, ich verstehe das! Ich weiß genau, wie sich das anfühlt! Und das, obwohl ich Christ bin und weiß, dass ich gewollt bin. Theoretisch hatte sie das schon jahrelang gewusst. Aber es hatte bis vor kurzem gedauert, bis sie gemerkt hatte, dass das Wissen nur in ihrem Kopf gewesen war. „Ich weiß genau, was du meinst, Jonas. Mir ging das bis diesen Sommer auch so." *Soll ich ihm mehr erzählen? Aber was, wenn er dann aufspringt und rausrennt und mich hintenrum als Fanatikerin bezeichnet? Jesus, zeig mir, was ich sagen soll!*

„*Dir* ging das so?", fragte Jonas zweifelnd. „Bei dir habe ich immer den Eindruck, du stehst über den Dingen. Du und Theresa. Seit ich euch kenne, ist es euch egal, was die Leute über euch denken. Ihr geht euren Weg, ohne euch um die Gunst von irgendjemandem bemühen zu müssen."

Das denkt er über mich? Katharina schüttelte den Kopf. „Bei Theresa war das tatsächlich schon immer so. Zumindest, solange ich mit ihr befreundet bin. Aber nicht bei mir! Ich habe ziemlich lange gebraucht, um überhaupt erstmal zu *merken,* dass ich das, was ich tue, aus dem Bemühen heraus tue, gemocht und wertgeschätzt zu werden. Das ist so anstrengend!"

„Wem sagst du das! Mann, hab ich mich für Susanna krumm gemacht. Und nie war es genug."

„Du meinst das ganze asiatische Essen, der teure Eierlikör, der Flachbildfernseher?"

„Und noch tausend andere Sachen. Aber es hat nie gereicht. Egal, was ich gekauft oder gemacht habe, immer hatte ich das Gefühl, es ist nicht genug."

„*Man tanzt und tanzt, bis man Blasen an den Füßen hat und erschöpft zusammenbricht*", fiel es Katharina aus dem Buch von der MiJu ein. Sie musste an ihr Theater-Tanz-Stück denken. *Das ist genau das, was Jonas sehen müsste ...* Sie warf ihm einen Seitenblick zu. Gedankenversunken saß er da und boxte weiter mit einer Hand in das Sofakissen.

„Und ... wodurch wurde es bei dir anders?", fragte Jonas zögernd. „Also, wenn du darüber reden willst."

Und wie ich darüber reden will! Aber ich glaube nicht, dass du das hören willst. Auf einmal hatte sie eine Idee. „Ich war den

Sommer über mit einer Tanz- und Theatergruppe unterwegs. Ich hab ein Video von unserer Aufführung. Das könnte ich dir schicken. Dann kannst du selbst entscheiden, ob oder wie viel davon du dir angucken möchtest. Es ist jedenfalls die Antwort, die ich gefunden habe."

Argwöhnisch sah Jonas sie an. Abrupt stand er auf. „Ich muss jetzt gehen."

Katharina rutschte das Herz in die Hose. *Natürlich kann er sich schon denken, dass es um Jesus geht, und natürlich will er nichts damit zu tun haben.* Sie stand ebenfalls auf. „Ich nehme an, du willst nicht mehr Inlineskaten?"

„Was? Ach so. Nein, nicht nötig. Danke fürs Zuhören."

Katharina schloss die Etagentür hinter ihm und lehnte die Stirn dagegen. *Sobald es nach Gott riecht, macht er dicht,* dachte sie mutlos. Sie ging zurück ins Wohnzimmer und ließ sich auf das Sofa fallen. *Wenigstens hat er mich nicht angefaucht.* Sie dachte nochmal über ihr Gespräch nach. Dabei wurde ihr erst bewusst, was gerade passiert war: *Jonas ist hierhergekommen, um mit mir zu reden. Er hätte mit irgendjemandem reden können, aber anscheinend hat er keinen oder er vertraut keinem. Voll krass, dass er mir das alles erzählt hat. Und alles nur, weil ich am Samstag beim Kochen war ... Ich glaube, dass ich mit ihm in die Ambulanz gefahren bin, hat ihm gezeigt, dass er mir vertrauen kann. Jesus, bitte hilf ihm doch, anzunehmen, dass es dich gibt und dass du ihn liebst! Und es wäre wirklich ein ziemlich cooles Wunder, wenn er zum Special-Friday käme. Aber vorher muss ich den Mut aufbringen, ihn einzuladen ...*

Sie würde auf jeden Fall nichts überstürzen, sondern die Lage zunächst beobachten. *Aber vielleicht wird Jonas ja ab jetzt die Pausen mit mir verbringen.* Seit er nicht mehr mit Susanna zusammen war, sah sie ihn außer in Deutsch nur noch gelegentlich. Manchmal stand er auf dem Schulhof mit ein paar Kumpels herum. Nach ihrem Deep Talk heute Nachmittag wäre es allerdings nicht verwunderlich, wenn sie auch in der Schule miteinander redeten.

Doch am nächsten Morgen ließ Jonas sich nichts von ihrem Treffen am Vortag anmerken. Er nickte ihr nur kurz zu, als sie an ihm vorbeiging.

Katharina war enttäuscht. Das hieß, sie hätte in der Pause wieder niemanden. Es war okay, mit Phil zu beten, aber den Rest der Woche ging jeder von ihnen getrennte Wege. So schlenderte Katharina allein über den Schulhof. Dabei stellte sie sich vor, wie sie zu Jonas hingehen und ihm sagen würde: *„Ach, übrigens, es wird wieder einen Special-Friday geben. Wir werden kunstvolle, köstliche Eiskreationen herstellen und jemand sagt was zum Thema ‚Von Gott gewollt sein'."* Ihr fiel ein, dass noch nicht feststand, wer dieser Jemand sein würde. *Hoffentlich machen Sandra oder Niels das.* Wobei sie nicht sicher war, dass ihre Jugendleiter das Thema selbst durchbuchstabiert hatten. *Eigentlich wäre ein persönlicher Lebensbericht überzeugender ...* Plötzlich blieb sie stehen. *Phil könnte sein Zeugnis erzählen!*, fuhr es ihr durch den Kopf.

Sobald sie wieder zu Hause war, schlug sie Greta, Malte und Justus das vor.

Justus schrieb sofort zurück: „Das ist es!"

Malte schickte drei ???, und von Greta kam mit einiger Verzögerung: „Wer ist Phil?"

Hallo, sie waren bei mir hier im Wohnzimmer, nachdem ich Phil gefunden hatte! Katharina konnte nicht glauben, dass die beiden sich nicht mehr an den Vorfall erinnerten.

„Das ist der, der sich vor mir von der Brücke gestürzt hat", schrieb sie zurück.

„Der dich so wahnsinnig toll fand?", schrieb Greta zurück.

Katharina zog eine Grimasse. *Ist das das Einzige, an das sie sich erinnert?* Aber schon damals schien alles, was Greta an der Angelegenheit berührte, Phils Interesse an ihr gewesen zu sein. *Ich weiß noch, wie sie sagte, dass sie sich wünschte, dass ein Kerl sich so für sie interessieren würde.* Katharina hatte das furchtbar oberflächlich gefunden. Das brachte sie zu einem anderen Gedanken: *Anscheinend steckt der Wunsch, gewollt zu sein, in mehr Leuten als man denkt. Und je nachdem, von wem man gewollt ist, kann das auch durchaus angenehm sein.* Nach all dem Herzschmerz vor den Sommerferien, hatte sie Johns Aufmerksamkeit unglaublich genossen. Und nicht nur Johns, musste sie zugeben. *Wenn ich nicht sehr aufgepasst hätte, hätte mein Wunsch, gewollt zu sein, mich ganz schön reingerissen bei dem Gestreiften – Eric. Und eben dieser Wunsch hat mich auf die verhängnisvolle Party gebracht, von der Justus mich gerettet hat.*

„Herbert hat ihn danach im Krankenhaus besucht, und Phil hat sich bekehrt. Wir beten jetzt immer montags in der Pause zusammen", erklärte sie Greta.

„Soll von mir aus kommen", schrieb Malte zurück. „Hauptsache, ich muss das mit der Andacht nicht machen."

„Wie süüüüß!", kam es von Greta. „Ja klar, cool, wenn er seine Geschichte erzählt."

Katharina ignorierte den ersten Teil der Nachricht. „Gut, dann frage ich ihn", schrieb sie und legte das Handy weg. Je länger sie darüber nachdachte, desto sicherer wurde sie, dass Phil für das Thema genau der Richtige wäre. *Hoffentlich macht er das.* Schließlich fiel ihr ein, dass es sich bestimmt lohnte, für die Angelegenheit zu beten. Wenn sie davon ausging, dass der Special-Friday an sich Chefsache war, dann konnte ja niemand ein größeres Anliegen für das Thema haben als Gott.

*

Sie ist in die Jugend gekommen! Wegen mir! Justus stand an einer roten Ampel weiter unten an der Straße und sah gerade, wie Victoria aus dem Bus stieg und Richtung Gemeindegrundstück ging. Er war ein bisschen spät dran. Eigentlich hatte er mit dem Fahrrad kommen wollen, aber es hatte einen Platten. Seine Mutter war selbst noch mit ihrem Auto unterwegs gewesen. Als sie nach Hause gekommen war, hatte er schon vor dem Haus gestanden und war blitzschnell hinters Steuer gesprungen. *Sie denkt, ich bin da drin, aber ich bin hier draußen.* Ungeduldig trommelte er auf das Lenkrad. Endlich schaltete die Ampel auf grün, was ihm allerdings auch nicht viel nützte, denn aus einer Seitenstraße kam ein viel zu großer Lkw, der sich anscheinend für „The King of the Road" hielt. Jedenfalls fuhr er einfach vor Justus auf die Hauptstraße. Dabei hatte er sich allerdings mit dem Platz verschätzt und kam nicht um die Kurve.

„Vorwärts, rückwärts, seitwärts, ran", murmelte Justus frustriert, „wird das heute noch was?" Er versuchte, links an dem Lkw vorbeizusehen, ob die Gegenfahrbahn frei war. Es war nichts zu erkennen. Er beschloss, vorsichtig vorzufahren, in der Hoffnung, dass gerade keiner käme und er dann schnell an dem überdimensionalen Hindernis vorbei wäre. Das entpuppte sich jedoch als schlechte Idee, und fast hätte er einen Unfall gebaut. Als er endlich normal weiterfahren konnte, waren fast zehn Minuten vergangen.

Hoffentlich ist sie noch da!, dachte er, als er hastig über den Gemeindeparkplatz lief.

Sie war da, aber sie sah nicht besonders erfreut aus. Erst als Justus den Raum betrat, hellte sich ihre Miene auf. Justus nickte ihr kurz lächelnd zu, bevor er Cats ausmachte und in ihre Richtung ebenfalls ein Lächeln schickte. Die anderen hatten bereits mit dem Lobpreisteil begonnen, und er schnappte sich das Cajon, um sofort mit einzusteigen. Er stieg auch tatsächlich sofort ein, allerdings nicht in das Lob Gottes, sondern nur in die akustische Begleitung dessen. Denn das Ziel seines Spiels war nicht der Höchste, sondern eins seiner Geschöpfe. Er gab sich größte Mühe mit den Rhythmen. *Ganz objektiv betrachtet, war das definitiv kein eintöniger Beat*, dachte er zufrieden, als Sandra ihre Gitarre weglegte. *Auf jeden Fall hatte es nichts Langweiliges an sich.*

Niels war mit der Andacht dran. Besorgt sah Justus in Victorias Richtung. *Hoffentlich ist sie jetzt nicht abgeschreckt!*

Niels holte ein Törtchen aus einer Plastikdose. Beim Anblick lief Justus das Wasser im Mund zusammen.

„Kann ich das haben, wenn du fertig bist?", fragte Malte sofort.

„Du kannst das schon vorher haben", gab Niels zurück. Malte stand auf, um sich den kleinen Kuchen zu holen. „Moment! Vorher musst du etwas dafür tun. 30 Kniebeugen bitte."

Malte streckte den Hintern raus und ging ein bisschen in die Hocke. „Nein, nein, nein, doch nicht solche Popo-Squats, Kniebeugen!" Niels machte ihm zwei vor und Malte ahmte ihn nach. „Ja, genau so", nickte der Jugendleiter. „Und davon jetzt 30."

Malte kam ganz schön ins Schwitzen. Die letzten zehn fielen ihm richtig schwer. „Und 21 und 22 ...", zählte Niels laut mit und alle fielen mit ein. „30!" Endlich hatte Malte es geschafft.

„Muffin, bitte." Grinsend hielt er die offene Handfläche hin.

„Moment! Das war für die Beine. Jetzt kommt erst noch der Bauch dran. 50 Sit-ups, junger Mann." Diese Übung fiel dem guten Malte noch schwerer, aber schließlich war auch sie geschafft. Doch Niels war immer noch nicht zufrieden. „Zum Abschluss noch 20 Liegestütze, dann gehört der Muffin dir."

„Och nee!", maulte Malte.

Niels hielt ihm ganz kurz das Törtchen vor die Nase. „Du hast es fast geschafft."

Mit Ächzen und Keuchen erledigte Malte auch noch die letzte Aufgabe und Niels überreichte ihm das Objekt seiner Begierde. Doch sobald Malte das Törtchen in der Hand hielt, runzelte er die Stirn. „Ist das überhaupt ein echter Muffin?", fragte er argwöhnisch. „Der ist so leicht!"

„Stimmt", grinste Niels. „So ist das bei Styropor."

Entgeistert sah Malte ihn an. „Ernsthaft? Du meinst, ich habe mich für ein bisschen Styropor so verausgabt?"
Niels hob die Schultern. „Tja, so sieht's aus." Er griff in seine Tasche. „Das hier dagegen ..." Er holte noch eine Plastikdose heraus. Sie enthielt einen ganzen Kuchen. „... gibt's umsonst. Möchte jemand?"
Mit viel Hallo und Begeisterung wurde der Kuchen verteilt und verspeist.
Was hat er vor?, überlegte Justus, während er sein Stück aß.
Malte wischte sich beim Kauen den Schweiß von der Stirn. „Mich so reinzulegen, ey ...! Ich hoffe nur, du hattest einen guten Grund dafür", sagte er in Niels' Richtung.
„Hatte ich", grinste der. „Einen sehr guten sogar." Er sah in die Runde. „Okay, Leute, der Sinn dahinter befindet sich in Jesaja 55,2. Da sagt Gott ..." Niels las aus seiner Bibel vor: „,Warum zählt ihr Geld dar für das, was kein Brot ist, und sauren Verdienst für das, was nicht satt macht? Hört doch auf mich, so werdet ihr Gutes essen und euch am Köstlichen laben.'" Er nahm den Styropor-Muffin in die Hand. „Unser Kandidat hier dachte, hierfür würde sich die Mühe lohnen. Aber dann merkte er, dass er sich für ein Fake abgerackert hatte." Er steckte ein Stecknadel-Fähnchen in den Pseudo-Kuchen. „Unser Fake heißt z. B. ‚Aussehen'. Wir geben alles, damit wir gut aussehen. Und wenn ich hier in die Runde gucke, sind wir sogar ziemlich erfolgreich damit."
„Der eine mehr, der andere weniger", murmelte Malte.
Niels überging seinen Kommentar. „Aber wenn dein gutes Aussehen dir nicht die Zuneigung der Person, die dir am meisten bedeutet, bringt, oder wenn du trotzdem links liegen gelassen wirst und jemand anderes den Posten bekommt, den du für dich beansprucht hast, wenn überhaupt niemand bemerkt, wie gut du aussiehst, dann bringt dir diese ganze Anstrengung herzlich wenig, oder? Und selbst wenn du es tatsächlich schaffst, herauszuragen und beliebt zu sein, dann ist es ja damit nicht getan. Dann musst du dich permanent weiter anstrengen, um diesen Status beizubehalten."
Er nahm noch ein paar andere Fähnchen. „Vielleicht strengst du dich für andere Dinge an: Erfolg, Geld, Macht, ... Schließlich

willst du was vom Leben haben. Wenigstens ein kleines Scheibchen Glück, ein paar Krümel.

Jetzt stell dir nur mal vor, du bräuchtest das alles nicht, um gesehen und wertgeschätzt zu werden, um Glück zu finden. Du könntest das pralle Leben einfach so haben – umsonst! Völlig ohne Anstrengung. Keine Kniebeugen, keine Sit-ups, keine Liegestütze, einfach den Kuchen." Er tippte mit dem Zeigefinger auf seine Bibel. „Das ist es, was Gott dir anbietet: ‚Warum zählt ihr Geld dar für das, was kein Brot ist, und sauren Verdienst für das, was nicht satt macht? Hört doch auf mich, so werdet ihr Gutes essen und euch am Köstlichen laben.' Gott speist dich nicht mit Styropor ab oder mit ein paar Krümeln. Er bietet dir das Leben im Überfluss an."

Justus musste daran denken, wie er auf Partys immer dem Spaß hinterhergehechelt war, nur um festzustellen, dass er danach noch genauso hungrig nach Leben war wie vorher. Er sah zu Victoria. Ob sie mit Niels' Andacht was anfangen konnte? Dummerweise schaute sie in dem Moment zu ihm hin. Schnell blickte er zur Seite.

„Kennt ihr das?", fragte Niels. „Ihr strengt euch an und nachher habt ihr – im Bild gesprochen – Styropor im Mund?" Ein paar nickten, Justus auch. Aber die meisten zeigten keine Reaktion. *Entweder trauen sie sich nicht oder sie haben damit keine Probleme. Dabei würde ein nettes kleines persönliches Zeugnis diese Andacht für Victoria bestimmt noch glaubwürdiger machen.* Da fiel ihm ein, dass er genauso gut etwas sagen könnte. Wenn er sich traute ... Wieder sah er zu Victoria. Und dann zu Katharina. *Ich kann das einfach nicht vor allen.* Er schüttelte kaum merklich den Kopf. *Ich bin nicht Herbert. Vielleicht ergibt sich ja noch eine Gelegenheit, dass ich Victoria das persönlich erzählen kann.* Das offizielle Programm war zu Ende. Die Leute, die um Victoria herum gesessen hatten, standen auf, um sich etwas zu trinken zu holen, zur Toilette zu gehen oder ein Spiel aus dem Regal zu nehmen. Niemand machte sich die Mühe, sie in ein Gespräch zu verwickeln.

Justus verließ sein Cajon und schlenderte zu Valentins Schwester, um sie zu begrüßen.

„Hey", lächelte sie.

„Hey", grinste er leicht zurück. *Kann bitte mal jemand kommen und mir mit dem Smalltalk helfen?* Er sah sich um. *Komm schon, Cats!* Katharina kam herüber. *Ah, es funktioniert anscheinend nicht nur, wenn wir Activity spielen!*

Katharina stellte sich vor. „Cool, dass du heute dabei warst", lächelte sie.

Im Geiste verglich Justus die beiden. *Cats ist ... echt. Victoria dagegen kommt mir eher vor wie ein Fake.* Sie war zwar hier im Jugendkreis und sie hatte sogar die gleichen Lieder mitgesungen, aber auf Justus machte sie den Eindruck eines Styropor-Muffins. *Umso wichtiger, dass sie kapiert, dass das, was Niels heute Abend gesagt hat, voll zutrifft.* Er bereute, dass er eben nicht den Mut gehabt hatte, was zu sagen. Und er bereute, dass er nicht mit dem Fahrrad gekommen war. Denn als Katharina sich um zehn verabschiedete, wars das für den Abend.

Justus hätte sie gerne wenigstens bis nach draußen begleitet, aber er wollte Victoria auch nicht der Stumpfheit der anderen in der Jugend überlassen. Also blieb er drin und hoffte, dass Katharina irgendwie checken würde, worum es hier ging. Um halb elf hatte er allerdings keine Lust mehr. Ohne Katharina fehlte einfach das Entscheidende. Außerdem war er müde. Seit er bei der Gartenbaufirma arbeitete, war er abends einfach k.o. Victoria stand ebenfalls auf und so gingen sie zusammen nach draußen.

„Du kannst gut spielen", sagte sie anerkennend.

Aha, sie hatte es also bemerkt. *Eigentlich könnte ich sie auch nach Hause bringen,* fiel es Justus ein. Gedacht, gesagt und ihre Reaktion auf sein Angebot machte den kleinen Umweg auf jeden Fall wett. *Jetzt könnte ich ihr gut erzählen, wie das bei mir war.* Aber er merkte, dass es ihm hier zu zweit im Auto genauso schwerfiel wie vorhin vor allen im Jugendkreis. Er räusperte sich. „Man merkt richtig, wie dir das Spaß macht, Cajon zu spielen", fuhr Victoria fort.

Das ist mein Sprungbrett! „Ja, doch, es macht Spaß", nickte Justus. Er lachte kurz. „Früher war das das Einzige, was mich durch die Lobpreiszeit gebracht hat."

„Ernsthaft?", wunderte sich Victoria.

„Ich fand das fürchterlich langweilig. Überhaupt alles in der Gemeinde."

„Kann ich verstehen. Und warum bist du dann hingegangen? Haben deine Eltern dich gezwungen?"

Wegen Cats. Justus warf ihr einen Seitenblick zu. „Nein. Ich war auch nicht so regelmäßig da. Oft habe ich sonntags verschlafen, weil ich auf Partys war. Ich hab ganz schön viel getrunken. Bis mich eines Tages oder, besser gesagt, nachts, nach einer Party, ein älterer Mann aus der Gemeinde fand. Er hat mir gesagt, es würde nichts bringen, so zu leben. Er hätte das früher auch gemacht. Aber damit würde ich mein Leben wegwerfen. Er hat mir geholfen zu verstehen, dass die Bibel überhaupt nicht langweilig ist und dass Gott ganz anders ist, als ich bisher dachte. Ich fing an, in der Bibel zu lesen und stellte fest, dass er recht hatte. Ich kann das nicht so gut beschreiben, aber irgendwie war das auf einmal mehr als Buchstaben auf dem Papier. Ich stellte fest, dass Gott mir echt was zu sagen hat. Mit dem Beten war es ähnlich: Es waren nicht mehr nur irgendwelche Worte, die maximal bis zur Decke gingen. Und ich fing auch an, einfach so zu beten, einfach so im Alltag. Dieser ganze Spaß, in Anführungszeichen, auf den Partys war so – hohl. Oder, um es mit Niels zu sagen, ich hatte davon nur Styropor im Mund. Das hat es einfach nicht gebracht. Und dann hatte ich auf einer Fahrt fast einen schlimmen Unfall."

Victoria sog erschrocken die Luft ein. „Du hättest fast einen Unfall gehabt?"

„Allerdings. Und den hätte wohl niemand in unserem Auto überlebt. Der Lkw war einfach zu groß."

„Wie schrecklich!", hauchte Victoria entsetzt.

Anscheinend hätte mich dann jemand ziemlich vermisst, registrierte Justus mit Genugtuung. *Hatte ich Cats eigentlich davon erzählt? Ich glaube nicht. Vielleicht sollte ich das mal machen.*

„Na ja, jedenfalls habe ich da gecheckt, dass ich so nicht weiterleben will. Meine Kumpels fanden das gar nicht cool. Und kurz vor Ende des Sommers wäre ich beinahe wieder schwach geworden." *Und zwar, als ich dachte, Cats würde auf John stehen. Da hätte nicht viel gefehlt und ich hätte wieder angefangen, mich zu betrinken. Gott sei Dank habe ich stattdessen mit Jens Frisbee gespielt.* Aufmerksam hörte Victoria zu. Das spornte Justus an, weiterzureden. „Aber zum Glück fiel mir rechtzeitig ein, dass ich ein Himmelstänzer bin."

„Ein *was*?", lachte Victoria.

„Jemand, der für Jesus lebt. Stell dir das Leben als eine Bühne vor und die Menschen als Tänzer. Jeder von uns tanzt für irgendjemanden, ein Publikum, von dem er sich Anerkennung und Wertschätzung erhofft. Oder man tanzt für sich selbst, für das eigene Vergnügen. Wie auch immer. Man müht sich ab und strengt sich an, und wenn der erhoffte Erfolg ausbleibt, gibt man auf. So wäre das jedenfalls fast bei mir gewesen. Bis ich beschloss, für Jesus zu tanzen. Also, im Bild gesprochen. Ich tanze nicht, nicht, dass du das denkst." *Cats tanzt auch im richtigen Leben. Hoffentlich ist sie gut zu Hause angekommen.*

„Deshalb also Himmelstänzer. Verstehe. Von dir hört sich das so gar nicht aufgesetzt an", meinte sie, „so echt."

Die Gedanken an Katharina verschwanden. *Echt. Sie hat mich gerade als echt bezeichnet.* Es war das, was er an Siegbert Gerber so schätzte. Und an Katharina. Und jetzt hatte dieses hübsche Mädchen neben ihm ihn quasi auf eine Stufe mit seinem großen Vorbild und seiner großen Liebe gehoben. Justus wuchs innerlich fünf Zentimeter.

„Das mit dem Tanzen ist ein genialer Vergleich. Wie bist du nur darauf gekommen?", fragte Victoria bewundernd.

Einen Moment war Justus in Versuchung, dem Prädikat „echt" noch das des „genial" hinzufügen zu lassen. Aber in diesem Fall würde das eine das andere ausschließen, also sagte er: „Da bin ich gar nicht drauf gekommen. Das kommt von Cats, dem Mädchen, mit dem du dich am Schluss kurz unterhalten hast." Er überlegte, ob er ihr sagen sollte, dass Katharina seine Freundin war, entschied sich aber dagegen. Wer weiß, vielleicht wäre Victoria nicht mehr so offen für das, was er zu sagen hatte, wenn sie wüsste, dass er vergeben war.

Sie waren bei Strakeljans angekommen. „Echt super nett von dir, mich nach Hause zu bringen", lächelte Victoria. Sie machte kei-

ne Anstalten, auszusteigen. „Und voll cool, dass man mit dir so reden kann." Sie sah ihn einige Augenblicke an, als warte sie auf etwas.
Ach du liebe Zeit, denkt sie etwa, ich würde sie jetzt küssen? Wenn sie Cats wäre, okay. Aber Cats hält ja nichts von Küssen. Ohne es zu merken stieß er die Luft aus. Victoria sah ihn immer noch an. „Also dann, gute Nacht", nickte Justus.
„Gute Nacht. Und danke nochmal."
Zu Hause war alles dunkel, als er kam. Anscheinend waren seine Eltern auch bereits ins Bett gegangen. Leise legte Justus die Autoschlüssel ins offene Teil vom Flurschrank. Auf dem Weg ins Bad hörte er an Jens' Tür seinen kleinen Bruder erschrocken aufkeuchen.
Er hat bestimmt schlecht geträumt. Justus blieb einen Moment vor seiner Tür stehen. *Jesus, bitte hilf ihm, keine Angst mehr zu haben. Mach, dass der schlimme Traum weggeht.* Er konnte sich noch gut daran erinnern, dass er in dem Alter auch manchmal richtige Albträume gehabt hatte. Er ging ins Bad und machte sich bettfertig. Als er wieder in seinem Zimmer war, nahm er sein Handy zur Hand. Wie immer vor dem Schlafen ging er auf Katharinas Profilbild. Da sah er, dass sie bis eben noch online gewesen war. *Sehr gut, das heißt, sie ist gut zu Hause angekommen. Schade, dass wir nicht zusammen fahren konnten.* Andererseits hätte er dann nicht dieses Gespräch mit Victoria haben können. Vielleicht konnten sie sich ja Sonntag am See treffen. Bis dahin hätte er sein Fahrrad repariert und dann könnte er sie wieder nach Hause begleiten.
Doch der Samstag war viel zu schnell rum, und am Sonntagmorgen blieb ihm nichts anderes übrig, als mit dem Rest der Familie mit dem Auto zu fahren. Aber er hatte Glück, der Platz neben Cats war frei, und er beeilte sich, das zu ändern. Vor ihnen saß ein junges Paar. Er hatte einen Arm um seine Frau gelegt. *Ich frage mich, was passieren würde, wenn ich mit Cats so sitzen würde. Aber wir können ja noch nicht mal Händchen halten.* Seine Überlegungen wurden unterbrochen, als jemand sich auf der anderen Seite neben ihn setzte: Victoria. „Hey, cool, dass du gekommen bist!", sagte er überrascht.

Anscheinend hatte Victoria beschlossen, dass sie sich gut genug kannten für eine lockere Umarmung. Weil Justus sich nicht wie ein Brett verhalten wollte, erwiderte er die Begrüßung. Victoria schien trotz ihrer ablehnenden Haltung Gemeinde gegenüber einiges an Übung zu haben in Sachen Gottesdienst, jedenfalls unterschied sie sich in keinem Punkt von den üblichen Gemeindemitgliedern. Sie betete sogar das Vaterunser mit und bei der Predigt sah sie aufmerksam nach vorn. *Ob Valli mir was Falsches über seine Schwester erzählt hat?*, wunderte sich Justus. Oder begann sie gerade, ihr Herz wieder zu öffnen? *Wenn wir uns heute Nachmittag treffen, sollten wir sie unbedingt auch einladen.*

Auf einmal wurde es ein paar Reihen vor ihnen unruhig. Kurz darauf traten einige Leute in den Gang. Ein junger Mann, der seine Frau trug, folgte ihnen und verließ eilig den Gottesdienstraum. *Das ist Tim! Er trägt Maria nach draußen*, dachte Justus erschrocken. Zwei weitere Leute hasteten hinterher, einer von ihnen hatte sein Handy am Ohr. Alfons Jegge sah zu dem Unruheherd. „Wir scheinen hier ein kleines Problem zu haben", sagte er, ohne die Miene zu verziehen. „Ich darf die Band schon mal nach vorn bitten. Wir sammeln jetzt die Kollekte ein."

Während draußen der Rettungswagen eintraf, nahm drinnen der Gottesdienst seinen Lauf: Die Ordner gaben die Klingelbeutel durch die Reihen, die Menschen zückten ihre Portemonnaies oder auch nicht, der Keyboardspieler klimperte leise auf seinem Instrument.

Justus fragte sich, ob hier gerade wirklich beides gleichzeitig passierte: Der Gottesdienst und die Notfallversorgung von Jens' Kigo-Mitarbeiterin.

Auf einmal stand Siegbert Gerber auf. Schnaufend ging er auf seinen Stock gestützt nach vorn. „Ich frage mich, was Jesus gerade denkt. Maria ist hier vor unseren Augen zusammengebrochen und wir machen einfach weiter mit unserem Programm. Wollen wir wirklich alle Arbeit den Sanitätern überlassen? Ich denke, es wäre mehr als angemessen, jetzt als Gemeinde für unsere Schwester zu beten."

Alfons Jegge erhob sich halb von seinem Platz. „Bitte, Siegbert", nickte er.

Der Pastor stand auf und stellte sich neben den älteren Herrn. „Ich schlage vor, wir stehen auf und jeder, der möchte, betet."
Die Gemeinde erhob sich. Siegbert betete zuerst, Jörg Rutter schloss sich an und noch zwei andere. Justus stimmte von Herzen in die Gebete mit ein. *Los, Leute, betet! Es müssen noch mehr für Maria beten!* Der Pastor wartete noch einige Augenblicke, dann machte er den Abschluss.

„Danke, Siegbert. Du hast es genau richtig gemacht." Er wandte sich an die Gemeinde. „Ich glaube, wir standen alle eben auf dem Schlauch, ich selbst mit eingeschlossen. Vielleicht hat sich der eine oder andere sogar über die Störung geärgert. Nein, geärgert ist zu viel gesagt, sich daran gestört. Wir wollten lieber fortfahren mit unserem vorbereiteten Gottesdienst-Programm, als uns unterbrechen zu lassen. Dabei ist Gottesdienst etwas ganz anderes, nicht wahr? Füreinander im Gebet einzustehen, sollte ein Reflex sein, denke ich: Es gibt eine Not, und das Erste, das wir tun, ohne darüber nachzudenken, ist, uns an Jesus zu wenden. Leider ist es erst das zweite oder dritte, was uns einfällt. Oder vielleicht sogar das letzte. Wenn wir alles andere versucht haben. So nach dem Motto: ‚Jetzt hilft nur noch beten.' Ich frage mich, warum das so ist. Spielt Gott so eine untergeordnete Rolle in unserem Leben? Rechnen wir einfach nicht mit seiner Gegenwart?"

Justus musste zugeben, dass der Pastor damit bei ihm ganz sicher einen Bereich mit Luft nach oben angesprochen hatte. Er betete viel öfter als früher. Aber als *Reflex* würde er das noch lange nicht bezeichnen.

Als der Pastor seine Predigt mit einem Gebet beendete, machte Justus es zu seinem eigenen: „Lieber Herr Jesus, wir bitten dich, dass wir so eng mit dir verbunden sind, dass du immer sofort unsere erste Adresse bist ..."

Auf einmal kam ihm eine Idee. *Wenn Maria heute im Godi war, dann ist sie nächste Woche sicher dran mit Kigo. Aber wenn sie krank ist, braucht sie einen Ersatz ...* Lag es daran, dass die Predigt noch so frisch in seinem Gedächtnis war oder dass das Gebet des Pastors für alle bereits Wirkung zeigte, jedenfalls betete er still: *Ja, gut, Herr, wenn ich das machen soll, dann hilf mir bitte.*

Nach dem Gottesdienst schlug Malte vor, gemeinsam zum See zu fahren. Es war nicht ganz ersichtlich, ob er Victoria darin mit eingeschlossen hatte, so fragte Justus sie, ob sie auch Lust hätte zu kommen.
Die hob bedauernd die Schultern. „Ich fürchte, ich weiß nicht, wie ich da hinkommen soll."
„Hast du kein Fahrrad?", fragte Katharina verwundert.
„Doch, aber wir wohnen in Holzhausen", gab Victoria zurück.
„Cats wohnt in Belm", klärte Malte sie auf.
„Und sie kommt mit dem Fahrrad", ergänzte Greta.
„Hut ab", meinte Victoria. „Und ihr anderen, wie kommt ihr zum See?"
„Ich frag mal meine Mutter, ob ich das Auto haben kann", sagte Justus. „Dann könnte ich dich abholen." Er fühlte sich gedrängt, das anzubieten. Schließlich konnte er sie schlecht einladen und dann nicht anbieten, sie in Holzhausen abzuholen. Das waren zwei Kilometer von ihm.
„Dann komme ich gerne mit", lächelte Victoria. Die Frage, wie die anderen zum See kämen, hatte an Bedeutung verloren.
„Und wenn deine Mutter ihr Auto selbst braucht?", hakte Katharina nach.
„Dann leihe ich mir ihr Fahrrad." Er zog eine Grimasse. „Ist zwar eine Hollandgurke, aber wenigstens hat es keinen Platten, wie meins."
„Oh!", machte Katharina mitleidig. „Vorn oder hinten?"
„Vorn." Ihr Mitgefühl, und wenn es nur für sein Fahrrad war, tat ihm gut. „Ich hatte nur noch keine Zeit, es zu reparieren." *Warum bin ich eigentlich Freitag nicht schon auf die Idee gekommen, mit Mamas Rad zu fahren?* Jetzt, wo er Cats in einem hellblauen Kleid, das die Farbe ihrer Augen hervorhob, vor sich sah, war es das Selbstverständlichste, sich nicht ein Auto auszuleihen, sondern ein Fahrrad. Und auf einmal wünschte er sich, seine Mutter bräuchte das Auto.
Leider war das nicht der Fall, und so holte er Victoria ab und brachte sie anschließend wieder nach Hause. Es war ein netter

Nachmittag gewesen. Katharina hatte sogar weiße Schokolade mit Nüssen dabei gehabt – in einer Kühltasche mit Kühlakkus. Als sie ihm etwas davon angeboten hatte, hatte er für einen Moment eine Verbindung zwischen ihnen gespürt. Victoria hatte keine gewollt und Greta und Malte mochten keine weiße. Trotzdem war Justus unzufrieden. *Jetzt muss ich erst wieder fünf Tage warten, bis ich Cats treffen kann. Und dann sind auch wieder andere Leute dabei.* Er hätte sie gerne gefragt, wie das mit ihrer Schulkameradin ausgegangen war. Aber nicht vor den anderen. Die einzige Chance, mit ihr allein zu sein, war beim Fahrradfahren. *Sobald ich zu Hause bin, werde ich diesen Platten flicken!*
Doch das war erst ziemlich spät. Dirk Strakeljan lud ihn noch zum Grillen ein. Justus wollte nicht unhöflich sein und ablehnen. Außerdem hatte er ziemlichen Hunger. Also blieb er. Valentin freute sich sehr und als er Justus' Frisbee sah, bettelte er, dass er doch noch mit ihm spielte. Justus wollte ihn nicht enttäuschen. Dann tischte Inez Strakeljan noch Eis mit Obstsalat auf. Und ehe Justus sich versah, war es halb zehn.
Jens war noch wach, als er nach Hause kam. „Warum schläfst du noch nicht?", fragte Justus.
„Ich wollte fragen, ob ich in deinem Zimmer schlafen kann", sagte sein kleiner Bruder etwas verlegen.
„Warum das denn?"
Jens zuckte die Schultern. „Kann ich?"
„Ein anderes Mal. Ich gehe noch nicht schlafen." Und selbst wenn, war er nicht scharf darauf, das Zimmer mit seinem kleinen Bruder zu teilen. Abends las er gerne noch ein bisschen Bibel und er wollte dabei nicht beobachtet werden. Einmal hatte Jens das mitbekommen und sich aufgeführt, als wäre es etwas völlig Außerirdisches, dass sein großer Bruder in der Bibel las. „Mama! Justus liest in der Bibel!", hatte er gerufen. Daraufhin hatte seine Mutter ihn gefragt, ob es ihm nicht gutgehe.
Natürlich hatte seine Familie sich inzwischen daran gewöhnt, dass sich bei Justus einiges getan hatte in dieser Hinsicht, aber irgendwie war es ihm trotzdem unangenehm, wenn sie mitbekamen, wie er seine Zeit mit Gott hatte. Außerdem konnte er sich besser konzentrieren, wenn niemand ihm dabei zuschaute.

Herr, ich bitte dich, dass Victoria merkt, was sie verpasst, wenn sie nicht bei dir ist. Und dass Cats und ich doch ... Er brach ab. Er wusste einfach nicht, wie er das formulieren sollte. Er wusste nur, dass er so nicht zufrieden war.

Am nächsten Morgen wurde er davon wach, dass er seine Zimmertür gehen hörte. Er schielte auf seinen Wecker. Viertel vor sieben. Eigentlich hatte er noch zehn Minuten. Er klappte nochmal die Augen zu. Zehn Minuten später stand er auf. Nanu, wieso lag denn sein Bettvorleger auf halbem Weg zur Tür? Das war aber seltsam. Justus legte den Teppich zurück und ging in die Küche.

Jens war bereits fertig mit Frühstücken, aber er saß noch am Tisch, den Kopf in die Hände gestützt.

„Du musst nachts schlafen, Jens, nicht morgens", bemerkte seine Mutter.

Jens öffnete ein Auge. „Kann ich heute zu Hause bleiben?"

„Kommt gar nicht infrage", sagte Justus sofort.

„Dich habe ich nicht gefragt", schoss sein kleiner Bruder zurück. Doch Ute Rutter war der gleichen Meinung wie ihr älterer Sohn, und Jens schlurfte mit hängenden Schultern aus der Küche. Justus dachte sich nichts weiter dabei.

An diesem Tag war bei der Gartenbaufirma das Verladen von Pflastersteinen angesagt bei einem Kunden, der einen Weg in seinem parkähnlichen Grundstück anlegen wollte. Justus fielen sofort die vielen Rittersportstauden ins Auge. Eine ganze Reihe davon sollte dem Weg zum Opfer fallen. *Das ist doch entsetzlich!*, dachte Justus im Stillen. *Wenn er wenigstens noch Natursteine genommen hätte ...* Aber er war nicht hier, um den Geschmack des Kunden zu kritisieren, sondern um zu arbeiten. Während der stumpfsinnigen Tätigkeit träumte er davon, seine eigene Firma zu haben und *schöne* Gärten zu designen. Und er dachte an Katharina. Er stellte sich vor, wie er ihr einen großen Strauß Rittersporn schenken würde und ihre Augen vor Freude mit den Blumen um die Wette leuchteten ... *Wie das wohl mit ihrer schwangeren Kurskameradin ausgegangen ist? Sie muss sich im Moment wirklich mit ganz anderen Dingen auseinandersetzen als ich. Was bin ich froh, nicht mehr in die Schule zu müssen. Und nicht mehr mit der alten Gang abzuhängen.*

Bevor er nach Hause fuhr, holte er sich beim Discounter eine Tafel Schokolade. Nach dieser Knochenarbeit auch noch Fahrradfahren, noch dazu auf einem Hollandrad, erforderte einen extra Energieschub. Die Schokolade brachte ihn nach Hause bis in die Küche. Dort verschlang er den Rest vom Mittagessen. Erst als die Schüsseln leer waren, fiel ihm ein, dass davon möglicherweise noch etwas für seinen Vater gewesen war. *Zu spät*, dachte er mit dem Anflug eines schlechten Gewissens. Seine Mutter kam in die Küche. „Tolles Curry-Hühnchen", bemerkte Justus.

„Danke", lächelte Ute Rutter. „Papa hat sich das mal wieder gewünscht."

„Oh", machte Justus schuldbewusst.

Erkenntnis breitete sich auf dem Gesicht seiner Mutter aus. Sie hob den Deckel und sah in den Topf. Doch statt sauer zu werden, lachte sie. „Was für ein Glück, dass ich eine doppelte Portion gemacht und die andere Hälfte eingefroren habe. Dann werde ich sie eben direkt wieder auftauen."

„Danke, Mama!", sagte Justus erleichtert. „Das ist echt nett von dir. Ich habe einfach immer so einen Hunger, wenn ich von der Firma nach Hause komme."

Ute Rutter setzte sich kurz zu ihm an den Tisch. „Was habt ihr heute gemacht?", erkundigte sie sich interessiert.

Justus erzählte, und seine Mutter teilte sein Bedauern für die Blumen. Dann stand sie auf. „Ich hole mal das Hühnchen aus dem Gefrierschrank", sagte sie und verließ die Küche.

Justus sah ihr einen Moment hinterher. *Sie ist wirklich in Ordnung. Warum habe ich das früher nie gemerkt?* Den Rest des Tages verbrachte er in seinem Zimmer. Sonne und frische Luft hatte er wahrlich genug gehabt.

Victoria hatte ihn angeschrieben und sich nochmal bedankt für den Transport gestern. „Voll cool, dass du noch zum Grillen da warst", schrieb sie außerdem. Justus antwortete kurz, sie schrieb zurück, er schrieb wieder, und so ging es eine Weile hin und her. *Warum schreibt Vicky mich an und Cats nicht? Ich würde viel lieber mit ihr schreiben als mit Vallis Schwester. Ich könnte sie fragen, ob es was Neues gibt von ihrer schwangeren Kurskameradin.* Er ging auf ihren Kontakt. Aber er zögerte, sie anzuschreiben. *Eigentlich ist das total blöd. Mit anderen schreibe ich auch. Mit Cats bin ich sogar zusammen, und ich habe Angst, sie anzuschreiben, weil ich sie nicht drängen will. Ich frage sie jetzt einfach, wie ihr Tag war.*

Und Katharina schrieb tatsächlich umgehend zurück. Sie fragte nach seinem Tag, und er schickte er ihr das Foto von dem Rittersporn. „Schöööön!", war ihre Reaktion und Justus grinste die Nachricht an. Auch mit ihr schrieb er eine ganze Weile. Dann war es Zeit fürs Abendessen. Jörg Rutter lobte das Hühnchen und ließ es sich schmecken. Er schaffte jedoch nicht alles, und als Jens verschmitzt sagte: „Was du heute kannst verspeisen, sollst du nicht bis morgen aufheben", sprach er Justus damit aus dem Herzen.

„Ihr esst mich noch kahl", meinte Ute Rutter lachend und gab den Rest des Menüs frei.

„Ich hoffe, dass meine Frau später auch so kochen kann", bemerkte Jens und wollte die Reste von seinem Teller ablecken, damit nur ja nichts verschwendet würde.

Seine Mutter hielt seine Hand fest. „Du bist doch kein Hund, Jens!"

Sein Vater brach ein Stück Brot ab. „Hier, nimm das als Zungenersatz."

Jens grinste. „Du bist schlau, Papa!"

„Lebenserfahrung", schmunzelte der. „Hab ich von meinem Vater gelernt."

„Hast du früher auch den Teller ausgeleckt?", fragte seine Frau verwundert.

„Und wie! Bei drei Brüdern konnte es nie genug Essen geben. Und die Vorstellung, dass auch nur ein paar Tröpfchen Soße oder Suppe ins Spülwasser wanderten, war uns unerträglich."

Papa war tatsächlich auch mal jung, fuhr es Justus durch den Kopf.

„Erzähl von dir von früher", sagte Jens prompt.
Und Jörg Rutter erzählte tatsächlich. Schließlich war es halb neun.
„Das war ein sehr schöner Abend", bemerkte Jens zufrieden, als sie die Tafel schließlich aufhoben. Er seufzte. „Schade, dass keine Ferien sind ..."
Sein Vater lachte. „Du hattest doch gerade erst Sommerferien! Das Gehirn kann doch nicht ständig auf Stand-by-Modus geschaltet sein."
Dass es Jens nicht um den Unterricht ging, sondern um etwas ganz anderes, sollte sich erst noch herausstellen.
Der Tag bei der Gartenbau Firma war sehr anstrengend gewesen und Justus schlief ein, noch während er Bibel las. Irgendwann wurde er allerdings wach, weil der Lichtschalter seiner Nachttischlampe klickte. Er hörte das nicht bewusst, aber er wurde davon wach. Er drehte sich auf die andere Seite, um weiterzuschlafen. Was ihm jedoch nicht sofort gelang, und er beschloss, zur Toilette zu gehen. Er schwang die Beine aus dem Bett und machte einen Schritt. Dabei stolperte er über etwas Großes, das auf dem Fußboden lag. Er fiel und landete mit den Knien auf etwas Weichem.
„Ah!", kam es kläglich von unter ihm.
Erschrocken sprang er auf und tastete nach dem Lichtschalter. „Jens!"
„Das war mein Bauch!"
„Was machst du da auf dem Fußboden vor meinem Bett?" Justus wusste nicht, ob er sauer sein oder lachen sollte. Sein kleiner Bruder zog die Decke über seinen Kopf.
Justus fiel ein, dass er ihn bereits die Nacht vorher gefragt hatte, ob er bei ihm im Zimmer schlafen könne und er Nein gesagt hatte. Aber offenbar hatte seine Ansage nichts genützt. Justus entschied sich für sauer-sein. Mit einem Ruck riss er Jens die Decke weg. „Was soll das?", fragte er ärgerlich.
Ängstlich sah Jens ihn an. „Bitte lass mich in deinem Zimmer schlafen! Ich bin auch ganz still." Er schnappte sich seine Decke

und rollte sich ein Stückchen weg. „Ich kann auch ein bisschen weiter weg liegen. Hauptsache, ich darf in deinem Zimmer schlafen", flehte er.

In Justus regte sich so etwas wie Mitleid. „Hast du schlecht geträumt?", fragte er. Er versuchte sich zu erinnern, was seine Mutter früher gemacht hatte, wenn er nachts vor Angst wach geworden war. Hatte er im Zimmer seiner Eltern geschlafen?

„Nein", sagte Jens.

„Nein?", fragte Justus stirnrunzelnd. „Warum bist du dann hier?"

Ängstlich sah Jens ihn an. „Das ... das darf ich nicht sagen."

„Warum darfst du das nicht sagen? Wer sagt das?"

Jens presste die Lippen zusammen und schüttelte den Kopf.

Allmählich wurde es Justus zu dumm. „Also, entweder du sagst es mir jetzt auf der Stelle oder du verschwindest!"

Mit großen Augen schüttelte Jens den Kopf.

Kleiner Dickkopf! Du denkst wohl, du wärst in der Pubertät. Na, er würde Jens die Faxen schon austreiben. „Ich gehe jetzt aufs Klo. Wenn ich wiederkomme bist weg, verstanden?"

Justus ging zur Toilette. Als er wiederkam, war sein Bruder verschwunden. „Na also, geht doch", murmelte er und löschte das Licht. Er beglückwünschte sich innerlich. *Man muss nur streng genug sein.*

Dass das in diesem Falle nichts genützt hatte, merkte er, als etwa eine Stunde später von unter seinem Bett ein gedämpfter Schrei kam. Er knipste das Licht an und beugte sich aus seinem Bett, um darunter zu sehen. „Jens!"

Das hier war seltsam. Bisher war es ihm immer gelungen, seinen kleinen Bruder einzuschüchtern. Die Angst vor was auch immer musste größer sein als seine Angst vor ihm. *Was ist hier los?* „Komm da vor." Nichts geschah. Ihm kam es in den Sinn, zu beten. *Jesus, bitte zeige, was hier los ist. Und wie ich Jens helfen kann.* Was hatten sie am Sonntag gehört? Beten sollte wie ein Reflex sein. *Dann hatte ich diese Nacht eine ziemlich lange Leitung.* Plötzlich hatte er einen Einfall:

„Hat deine Angst was mit der Schule zu tun?"

„Ja", kam es gedämpft von unter dem Bett.
„Sind die Mädchen wieder schlimm zu dir?"
„Nein."
„Jemand anderes?"
Keine Antwort. Justus gähnte. *Es ist Zeit, dass er anfängt, sich zu wehren, statt sich unter meinem Bett zu verstecken. Das ist doch lächerlich.* Justus gähnte noch einmal. Und es war Zeit, dass sie jetzt beide schliefen. „Komm da unter meinem Bett hervor", sagte er streng. Jens kam hervorgekrochen. „Du gehst jetzt zurück in dein Zimmer und *bleibst dort*", fügte er mit Nachdruck an. „Versuche nicht, zurückzukommen. Es nützt dir nichts. Ich schließe nämlich ab. Wie willst du denn im Leben klarkommen, wenn du sogar beim Schlafen jemanden brauchst, der auf dich aufpasst?" Einen Moment stand sein kleiner Bruder noch da, dann ging er, seine Decke hinter sich herschleifend.
Justus löschte das Licht und legte sich hin. Er klopfte sich innerlich auf die Schulter für sein pädagogisches Geschick. Gut, dass seine Mutter das nicht mitgekriegt hatte. Sie hätte Jens womöglich zu sich ins Bett geholt. *Dann lernt er nie, Rückgrat zu zeigen.*
Ein paar Stunden später wünschte er sich allerdings, anders mit seinem kleinen Bruder umgegangen zu sein.
Justus war auf dem Weg nach Hause von seinem Praktikum. Heute war er etwas später als sonst, weil sie eine Sache noch hatten fertigstellen müssen. Wie immer, wenn er das Firmengelände verließ, nahm er dabei sein Handy heraus, um zu checken, ob er irgendwelche Nachrichten hatte, *von Cats beispielsweise.* Da sah er, dass seine Mutter dreimal versucht hatte, ihn anzurufen und ihm geschrieben hatte: „Melde dich bitte dringend!"
Augenblicklich verspürte Justus ein beklemmendes Gefühl in der Magengegend. Es vertrieb das Knurren dort. Er blieb stehen und rief sie an. Niemand hob ab. Er versuchte es mit der Festnetznummer zu Hause. Auch das brachte nichts. In ihm mischten sich Ärger und Frust. *Macht erst so einen Stress und geht dann nicht dran.* Gleichzeitig wurde das Gefühl in seinen Eingeweiden stärker. *Warum erreiche ich niemanden? Was ist hier los?*

Er wollte gerade sein Handy wegstecken und sich auf sein Fahrrad oder, besser gesagt, das seiner Mutter schwingen – seins war immer noch nicht repariert –, um nach Hause zu fahren, als sein Telefon klingelte. Seine Mutter. „Ja?"

„Justus, weißt du, wo Jens ist?", kam ihre besorgte Stimme.

„Nein."

„Er ist nicht von der Schule nach Hause gekommen."

Schlagartig fiel Justus die letzte Nacht ein, und die Angst drückte ihm die Kehle zusammen.

„Ich habe schon bei seinen Freunden angerufen, ob er nach der Schule einfach mit zu einem von ihnen gegangen ist, aber niemand weiß etwas."

„Du meinst, er ist verschwunden?", krächzte Justus.

„Ich hatte so gehofft, dass er dir gesagt hat, wo er hingeht, weil er mit dir doch in letzter Zeit so dicke ist!"

So dicke, dass er nachts in meinem Zimmer schlafen will. Aber nicht dicke genug, um mir zu sagen, was los ist. Irgendetwas macht ihm Angst. Ich hätte ihn nicht aus dem Zimmer schmeißen sollen. Vielleicht hätte er es mir dann doch gesagt! Er versuchte, sich an die Unterhaltung letzte Nacht zu erinnern. Was hatte Jens erzählt? *Nichts! Das ist ja das Problem!* Er hatte nur gesagt, dass es kein Mädchen war, das ihn ärgerte. Und dass seine Angst etwas mit der Schule zu tun hatte. Justus entspannte sich etwas. *Vielleicht hat er einfach eine schlechte Note geschrieben und hat Angst davor, dass Mama und Papa es herausfinden.* Aber ob das ein Grund war, sich nachts ins Zimmer des großen Bruders zu schleichen? Eigentlich waren seine Eltern nicht so, dass man Ärger bekam wegen schlechter Noten. Und davon abgesehen, schrieb Jens nie schlechter als eine Zwei. *Vielleicht erpresst ihn jemand!,* fuhr es Justus durch den Kopf. „Hast du schon die Polizei angerufen?"

„Nein, ich wollte erst warten, ob du was weißt. Papa ist eher nach Hause gekommen, der sucht jetzt hier in der Gegend noch alles ab. Jens' Heli ist nicht mehr in seinem Zimmer. Papa meint, dass er den vielleicht mit in die Schule genommen hat und danach noch irgendwo Heli steigen lassen gegangen ist und die Zeit vergessen hat."

„Das kann wirklich sein. Ich komme so schnell nach Hause, wie ich kann, und helfe Papa suchen!", versprach Justus. Er war wesentlich angespannter als seine Mutter. Aber er hatte auch ein klitzekleines bisschen mehr Hintergrundwissen als sie.

Als er zu Hause ankam, war sein Vater allerdings schon da, unverrichteter Dinge. Justus gab sich einen Ruck und erzählte, was sich letzte Nacht zugetragen hat.

„War das das erste Mal, dass er bei dir übernachten wollte?", erkundigte sich Jörg Rutter.

„Nein. Er hatte mich schon mal gefragt." Auf einmal fiel Justus der Bettvorleger vor seiner Tür neulich morgens ein. „Und ich glaube, davor hat er auch schon mal vor meinem Bett auf dem Fußboden geschlafen, ohne dass ich es mitbekommen habe."

Seine Mutter hatte eine Hand vor den Mund gelegt. Ihre Augen standen voller Tränen. Hilfesuchend sah sie ihren Mann an.

„Wir beten jetzt zuallererst", sagte Jörg Rutter. „So, wie wir es in der Predigt am Sonntag gehört haben."

Zu dritt beteten sie um Schutz für Jens und dass Gott ihn wohlbehalten zu ihnen zurückführen möge. „Und bitte schenke uns auch Weisheit, was wir jetzt als Nächstes tun sollen", fügte Justus an. *Schon krass, dass wir absolut keine Ahnung haben, wo er ist und Gott ihn jetzt in diesem Moment sieht!*

Sein Vater rief die Polizei an.

Ich werde Gerbers Bescheid sagen, beschloss Justus. *Dann können sie mitbeten. Und Cats. Und Herbert.* Katharina und Herbert schrieb er eine Nachricht, Siegbert rief er an.

Der ältere Herr zeigte sich betroffen. „Es tut mir sehr leid, das zu hören. Ja, wir fangen sofort an zu beten", versprach er. „Bitte gebt uns Bescheid, sobald ihr was von ihm hört."

Als Justus aufgelegt hatte, hatte er bereits eine Nachricht von Herbert: drei betende Hände. „Und ich sag den Jungs hier auch Bescheid. Ich schreib das in unsere Gruppe."

Justus kannte Herberts „Jungs" nicht, und er konnte sich auch nicht vorstellen, dass irgendwelche Typen von der Straße für einen kleinen Jungen beten würden, den sie noch nie gesehen hat-

ten. „Die wissen doch gar nicht, wer das ist", schrieb er zurück. „Doch, wissen sie", kam kurz darauf die Antwort. „Ich habe ihnen ein Foto geschickt, wo ihr beide drauf seid."
So viel zu Datenschutz! Woher hat Herbert ein Foto von mir und Jens?
Katharinas Nachricht lenkte ihn allerdings ab: „Das ist ja schrecklich! Ja, ich bete auf jeden Fall! Ist es okay, wenn ich Theresa auch Bescheid sage?"
Theresa, war das nicht ihre Freundin in China? „Ja, klar!", schrieb Justus zurück. Eine internationale Gebetskette. Dann konnte ja nichts mehr schiefgehen. Trotzdem stieg mit jeder halben Stunde, in der er nichts von Jens hörte, seine Unruhe. Was, wenn ihm was passiert war? Was, wenn seine Angst in der Nacht eine ernste Ursache hatte? Die Bilder, die vor seinem inneren Auge auftauchten, wurden immer dramatischer. *Wenn ich weiter hier allein in meinem Zimmer sitze, werde ich vor Sorge noch verrückt.* Er fragte sich, was seine Eltern machten. Justus ging zum Wohnzimmer. Die Tür war nur angelehnt, und er hörte leise Stimmen. Er spähte ins Zimmer und sah, dass sein Vater und seine Mutter zusammen auf dem Sofa saßen. Sie hielten sich an den Händen und hatten ihre Köpfe geneigt. Abwechselnd sagten sie etwas: „Ich hebe meine Augen auf zu den Bergen. Woher kommt mir Hilfe?"
„Meine Hilfe kommt vom Herrn, der Himmel und Erde gemacht hat."
„Er wird deinen Fuß nicht gleiten lassen, und der dich behütet, schläft nicht."
Sie beten zusammen Psalm 121! Das wusste er, weil sie den ab und zu im Gottesdienst im Wechsel lasen – eine Zeile der Gottesdienstleiter, eine Zeile die Gemeinde usw. Seine Eltern hatten ihn noch nicht bemerkt, und er beobachtete sie einige Augenblicke. Sie strahlten eine starke Einheit aus. *Sie wirken wie eine Festung oder ein starker Turm.* Justus verschwand unbemerkt wieder. Seine Eltern hätten sicher nichts dagegen gehabt, wenn er dazugekommen wäre, aber irgendwie kam er sich wie ein Eindringling vor.

Er ging in Jens' Zimmer und setzte sich auf dessen Bett. Dabei ließ er seinen Blick durch den Raum schweifen. *Und wenn sie ihn nicht finden?* Justus spürte einen Kloß im Hals. Sein Handy machte sich bemerkbar: Katharina.

„Habt ihr schon was gehört?"

„Nein, leider nicht", schrieb er zurück.

Eigentlich wäre es schön, jetzt mit Cats zusammen zu beten, fuhr es ihm durch den Kopf. *Als Paar.* Er sah auf ihren Chat. *Aber dafür müsste ich zu ihr fahren.* Sollte er das machen? Einfach so? Er stellte sich das cool vor: Er und Cats im Gebet vereint, so wie seine Eltern. Andererseits, er war gerade erst nach einem anstrengenden Tag nach Hause gekommen, und es waren bereits auf der ganzen Welt Beter alarmiert. Ganz zu schweigen vom Einsatz der Polizei.

Da hatte Katharina wieder etwas geschrieben: „Kann ich irgendwie helfen? Ich könnte kommen und mitsuchen. Oder euch Abendessen machen oder etwas anderes."

Justus lächelte das Display an. Es tat so gut, dass sie ihn nicht allein ließ mit seiner Angst. „Es wäre sehr schön, wenn wir zusammen beten könnten", schrieb er zurück. „Vielleicht können wir uns ja auf halbem Weg treffen. Dann ist es für keinen von uns so weit."

„Gerne. Im Dom?"

Überrascht sah Justus auf ihren Vorschlag. *Im Dom, da wäre ich ja nie drauf gekommen. Aber, warum nicht?* Es war relativ in der Mitte und warum sollten sie sich nicht im Dom treffen, um zu beten. „Geht klar", schrieb er zurück.

Weil er seine Eltern nicht stören wollte, legte er ihnen einen Zettel in den Flur: Bin im Dom zum Beten. Dann stieg er wieder auf das Fahrrad seiner Mutter und fuhr los. Auf halber Strecke merkte er, dass seine zwei Brote von der Mittagspause ganz schön lange her waren und Muskeln sich nicht von Luft ernährten. *Ich hätte vorher was essen sollen!*

Obwohl er ziemlich langsam gefahren war, war er etwas vor Katharina da. Er setzte sich auf die niedrige Mauer, die um den Platz vor dem großen, ehrwürdigen Gebäude verlief, und hoffte, dass sein Körper schnell auf die innere Ernährung umschalten würde. *Kein Wunder, dass Cats so viel Schokolade isst. Sie fährt jeden Tag doppelt so viel!* Da sah er sie kommen. Sie parkte ihr Rad neben seinem und hielt ihm eine Kühltasche hin. „Hier, ich dachte, du kannst vielleicht ein bisschen Nervennahrung gebrauchen. Ist leider ohne Nüsse", fügte sie entschuldigend an.

Sie hat mir weiße Schokolade mitgebracht! „Hey, das ist super", lächelte Justus. Er schob sich einen Riegel in den Mund. Und dann noch einen. Und einen dritten. Während er kaute, sah er sie an. Es war so gut, dass sie mit ihm hier war. Und dass sie an die Schokolade gedacht hatte. „Danke, Cats! Das ist super!", sagte er nochmal.

Katharina zuckte die Schultern. „Ach, was ist das schon! Ich wünschte, ich könnte ihn finden!"

Du triffst dich mit mir, um mit mir zu beten. Wie Mama und Papa. „Danke, dass du hergekommen bist", sagte Justus nur. „Wollen wir reingehen?"

Der Dom war leer. *Zum Glück. Ich glaube, ich könnte nicht mit Cats beten, wenn hier irgendjemand rumschleichen würde.* Sie setzten sich ziemlich weit vorn ins Seitenschiff. Da kam Justus eine Idee. „Warte kurz." Er lief zum Ausgang und sah sich um. In einem der Regale standen Gebetsbücher. Er nahm eins heraus und schlug das Inhaltsverzeichnis auf. Tatsächlich, Psalm 121 war offenbar konfessionsübergreifend. Schnell ging er zu Katharina zurück. „Ich dachte, wir könnten vielleicht zusammen Psalm 121 beten? Im Wechsel?"

Katharina sah ihn etwas überrascht an, dann lächelte sie. „Gute Idee!"

„Ist nicht von mir. Ist von meinen Eltern", sagte Justus schnell. Er schlug das Buch auf und begann: „‚Ich hebe meine Augen auf zu den Bergen. Woher kommt mir Hilfe?'"

„‚Meine Hilfe kommt vom Herrn, der Himmel und Erde gemacht hat.'", las Katharina.

Wir sitzen hier nebeneinander. Ich könnte jetzt ihre Hand nehmen. „‚Er wird deinen Fuß nicht gleiten lassen, und der dich behütet, schläft nicht.'" Justus las zwar die Worte, aber er hatte das Gefühl, nur etwas abzuspulen.

„'Er wird deinen Fuß nicht gleiten lassen ...'"
Ich hatte mir das so schön vorgestellt und wir sind extra hierher gekommen, aber es ist nicht so, wie bei Mama und Papa ... „'Siehe, der Hüter Israels schläft und schlummert nicht ...'"
Als er wieder dran war, wusste er auf einmal nicht mehr, welcher Vers. *Ich habe mich überhaupt nicht auf den Psalm fokussiert, sondern auf Cats! Mein kleiner Bruder ist in Gefahr, und ich bin auf Cats fokusiert.* Er stieß die Luft aus. *Jesus, bitte hilf mir!*
Katharina deutete sein Schweigen scheinbar dahingehend, dass er nicht in der Lage war, laut zu lesen, und las für sie beide den Psalm zu Ende.
Justus konzentrierte sich auf die ewig wahren Worte. Er merkte, wie der Strudel in seinem Herzen zur Ruhe kam.
„... von nun an bis in Ewigkeit!"
Sollte Jens was passieren, dann ist er bei Jesus!, blitzte es durch sein Gehirn. Gott hatte seinen Eingang in diese Welt behütet, als er vor zehneinhalb Jahren geboren worden war, und er würde ihn bei sich im Himmel aufnehmen, wenn sein Leben hier auf der Erde zu Ende wäre. Egal, was mit Jens passieren würde, dieser Psalm würde sich erfüllen. So oder so, Jens war behütet. Trotzdem war die Vorstellung, ihn zu verlieren, furchtbar. Er hätte nie gedacht, dass der Gedanke an seinen kleinen Bruder ihm die Tränen in die Augen treiben könnte, aber Jens war auch noch nie verschwunden gewesen.
Neben ihm betete Katharina: „Herr Jesus, danke, dass es stimmt, was wir gerade gelesen haben. Danke, dass du nicht schläfst oder einnickst. Danke, dass du auf Jens aufpasst, wo auch immer er gerade ist. Bitte lass es ihm gutgehen. Hilf ihm, keine Angst zu haben. Zeige der Polizei und uns, wo wir nach ihm suchen sollen." Sie machte eine Pause. *Wahrscheinlich, damit ich auch beten kann.* Aber er konnte nicht beten. Zumindest nicht laut. Zumindest nicht, ohne dass seine Stimme zitterte. Die schlimmsten Szenen über Jens spielten sich in seinem Inneren ab.
Da betete Katharina wieder: „Du sagst, dass du der Gott des Friedens bist ... Und deshalb bitte ich dich jetzt um Frieden für Justus und seine ganze Familie, um deinen Frieden, der alle Gedanken

übersteigt ..." Er spürte eine Hand auf seiner Schulter und riss elektrisiert die Augen auf. *Sie hat ihre Hand auf meine Schulter gelegt!* Auch wenn es eher eine tröstende, freundschaftliche Geste war, brauchte er eine Weile, um die Berührung zu verarbeiten. Er versuchte, sich auf die Worte, die sie sagte, zu konzentrieren und nicht auf die warme Stelle auf seiner Schulter.

„... Nimm ihm die Sorgen und die Angst ... Einer deiner Namen ist Friedefürst, Jesus ...", betete Katharina weiter.

Justus merkte, wie er ruhiger wurde. Es jagte nicht mehr eine schreckliche Szene die andere, und selbst Katharinas Anwesenheit neben ihm in der Kirchenbank setzte ihn nicht mehr unter Strom. Er fühlte sich geborgen und sicher.

Katharina nahm ihre Hand herunter. *Schade*, wollte Justus denken, gleichzeitig war er zu entspannt, um diese Tatsache wirklich zu bedauern – entspannt genug, um selbst zu beten: „Jesus, bitte hilf Jens, keine Angst zu haben. Hilf ihm, dir zu vertrauen, dass du stärker bist als alles, was ihm Angst macht. Und bitte hilf uns, ihn zu finden. Es wäre einfach zu schlimm, wenn wir ihn nicht finden würden. Amen."

„Amen", sagte Katharina neben ihm.

Plötzlich hörten sie ein Poltern. Sie fuhren zusammen. Erschrocken sahen sie sich an. „Das kam aus dem Beichtstuhl!", flüsterte Katharina mit aufgerissenen Augen.

Wir waren doch nicht allein hier! Regungslos warteten sie, dass sich die Tür des Beichtstuhls öffnen und wer auch immer herauskommen würde. Aber es rührte sich nichts. Sollten sie sich einfach leise entfernen?

Warum sollte es da drin poltern?, überlegte Justus nach dem ersten Schrecken. *Vielleicht ist der Beichtvater ohnmächtig geworden.* „Ich gehe jetzt nachsehen", raunte er. „Bleib du hier. Du kannst schon mal dein Handy herausnehmen, um zur Not schnell Hilfe zu holen." Justus ging zu dem vergitterten Raum. *Ich werde vorher anklopfen,* überlegte er. Doch es blieb alles still. Noch einmal klopfte er, diesmal lauter. Er nahm den Türknauf in die Hand und zog daran.

„Jens!"

Das verängstigte Gesicht seines kleinen Bruders verwandelte sich in erleichtert.

„Was polterst du hier im Beichtstuhl herum?", fragte Justus.

„Ich hab geschlafen. Und dabei bin ich von der Bank gefallen."

In Justus kämpften die unterschiedlichsten Emotionen. *Ich hab mich halb verrückt gemacht. Wir alle haben uns halb verrückt gemacht. Wir haben sogar die Polizei eingeschaltet, und er geht in den Dom und schläft im Beichtstuhl?* Vor allem aber war er unglaublich erleichtert.

Jens rutschte von der Bank. „Dann gehen wir jetzt wohl besser nach Hause", sagte er kleinlaut und nahm seinen Heli.

Justus hielt eine Hand hoch. „Moment. Vorher möchte ich wissen, warum du zum Schlafen in den Dom gegangen bist." *Soviel Zeit muss jetzt sein.* Jens sah auf den Boden und wollte an ihm vorbei. Justus versperrte ihm den Weg. „Oh nein, Jens. Diesmal nicht."

Mit hängendem Kopf stand sein kleiner Bruder vor ihm. Plötzlich warf er die Arme um seine Taille. „Ich wollte ihn auf eine falsche Fährte locken. Damit er nicht weiß, wo wir wohnen und dir was tut!"

Justus drückte ihn an sich. *What?*

„Deswegen wollte ich auch in deinem Zimmer schlafen."

Er hatte gar keine Angst? Er wollte mich beschützen? Ungläubig sah Justus auf den braunen Haarschopf seines Bruders herab.

„Warum denkst du, dass ich in Gefahr sein könnte?"

„Weil ich ihm gesagt habe, dass du für mich der wichtigste Mensch bist."

„Wem hast du das gesagt?"

„Jemandem, der will, dass ich etwas für ihn tue."

„Was sollst du tun?"

„Das darf ich nicht sagen. Sonst passiert dir was."

„Das ist doch Quatsch! Die Person weiß doch gar nicht, wer ich bin!"

„Doch, er hat ein Foto von dir gesehen."

„Ein Foto? Von mir? Woher hattest du ein Foto von mir?"

„Aus dem Fotoalbum", sagte Jens kleinlaut.

„Irgendein Kerl wollte ein Foto von mir sehen, da bist du an unser Fotoalbum gegangen und hast eins rausgeholt?", fragte Justus ungläubig. *Er kann sich doch nicht von irgendeiner fremden Person dermaßen herumkommandieren lassen!*

„Nein. Er hat das Foto von dir gesehen, als es aus meiner Tasche gefallen ist, als ich auf dem Pausenhof am Klettergerüst hing. Und da hat er gefragt, wer das ist, und ich habe es ihm gesagt."

„Warum hattest du ein Foto von mir in deiner Tasche?"

„Weil ich dich so mag."

Eine tiefe Wärme breitete sich in Justus' Brust aus. *Jens trägt ein Bild von mir mit sich rum. Weil er mich so mag! Ich frage mich, wie lange er das schon macht. Früher habe ich ihn ja wie eine lästige Plage behandelt. Dass er mich trotzdem so mag ...* Aber jetzt war nicht die Zeit, über diese Dinge zu philosophieren. Justus zog sein Handy aus der Tasche. Er warf Katharina einen Blick zu und bedeutete ihr, seine Eltern anzurufen. Katharina nahm sein Smartphone an sich und begab sich in den hinteren Bereich der Kirche, um die beiden Brüder nicht zu stören. Justus befreite sich behutsam aus Jens' Umarmung, damit er ihm in die Augen sehen konnte. „Jens, du musst mir jetzt sagen, was hier los ist! Wer auch immer dich erpresst, hat kein Recht dazu. Er macht sich strafbar!"

Ängstlich sah Jens ihn an.

„Jens, du musst es mir sagen! Allein kommst du nicht dagegen an!" Jens seufzte. Von ganz tief unten. Er nickte. „Das stimmt", sagte er leise.

Abwartend sah Justus ihn an. *Mach, dass er den Mut hat zu reden, Gott, bitte!* Jens sah zur Seite. „Sag es mir", drängte Justus. „Du musst dich nicht vor diesem Kerl fürchten. Ich beschütze dich!"

Jens schüttelte den Kopf. „Das geht nicht. Er hat eine Waffe."
Ach du liebe Zeit! Das hier scheint was Ernstes zu sein! „Wenn er eine Waffe hat, muss die Polizei das erfahren", erwiderte Justus eindringlich.

„Nein!", keuchte Jens erschrocken. „Dann kommt er und erschießt dich!"
Justus schloss einen Moment die Augen. *So kommen wir nicht weiter*, dachte er frustriert. *Und Jens benimmt sich wie ein Kindergartenkind. Das hier ist absolut lächerlich. Er soll jetzt endlich sagen, was hier abgeht!*
Katharina kam zurück und reichte Justus das Handy. „Sie kommen", sagte sie leise.
„Warum ist Cats hier?", wollte Jens wissen.
„Weil sie mit mir gebetet hat, dass wir dich finden", antwortete Justus, „und vorgeschlagen hat, dass wir uns hier treffen."
„Woher wusstest du, dass ich hier bin?", fragte Jens verblüfft.
„Ich wusste es nicht", gab Katharina zurück. „Tatsächlich hatte ich keine Ahnung, wo du bist. Niemand von uns. Aber Gott wusste es die ganze Zeit. Und ich glaube, deswegen hat er dafür gesorgt, dass wir zum Beten ausgerechnet hierhergekommen sind." Sie beugte sich etwas vor, um mit ihm auf Augenhöhe zu sein. „Über das, was einem Angst macht, sollte man unbedingt sprechen. Gott weiß alles, Jens. Er weiß alles über diesen Menschen, der dich bedroht. Auch wenn der dich erpresst, nichts zu sagen, vor Gott kann er nichts verheimlichen. Alle dunklen, bösen Sachen kommen sowieso eines Tages raus. Ich habe gehört, was du zu Justus gesagt hast. Wenn der Kerl eine echte Waffe hat, dann ist er gefährlich. Manchmal fangen solche Leute in der Schule an, auf andere zu schießen."
Jens nickte. „Ja, das hat er auch gesagt. Und dann bin ich schuld."
Mit Justus' Geduld war es zu Ende. „Jens! So was frisst du ihm aus der Hand? Bist du zehn oder bist du fünf? Was musst du für diesen Kerl tun?"
„Ich gebe ihm Päckchen."
„Was für Päckchen?"
„Ich weiß es nicht. Es ist immer in meinem Ranzen. Ich weiß nicht, wie es da reinkommt."
„Was bekommst du dafür, dass du ihm die Päckchen gibst?", fragte Katharina.

Blöde Frage, dachte Justus etwas irritiert. Aber anscheinend war die Frage gar nicht so blöd, denn Jens sah zur Seite.

„Batterien für meinen Heli", sagte er etwas verlegen. „Erst hat er mir Schokolade geschenkt. Aber ich habe ihm gesagt, dass ich nicht so gerne Schokolade mag. Batterien wären besser."

„Also macht der Typ dir Angst, aber du hast auch etwas davon", fasste Katharina zusammen.

„Stimmt", nickte Jens. „Aber eigentlich ist die Angst schlimmer als die Batterien gut sind. Außerdem habe ich jetzt genug Batterien."

„Weißt du, Jens, es ist genau andersherum, als dieser Typ es sagt. Wenn du die Wahrheit sagst, dann kann eine Schießerei verhindert werden. Ich glaube, so jemand wird so oder so schießen, egal, ob du den Mund hältst, oder nicht. Er wartet nur auf einen günstigen Zeitpunkt."

„Dann wäre es ja sogar gut, wenn die Polizei Bescheid wüsste", sagte Jens ernst.

„Das sehe ich auch so", stimmte Katharina zu. „Je eher, desto besser. Am besten noch vor morgen."

„Dann sollten wir sie anrufen", meinte Jens sachlich.

Warum kann sie ihn so einfach überzeugen, und ich rede mir den Mund fusselig?

„Ja, das sollten wir. Hier, du kannst mein Handy nehmen."

„Ich denke, du hast kein Guthaben?", wunderte sich Justus. Es nervte ihn, dass Katharina so leicht mit seinem kleinen Bruder fertig wurde, der doch angeblich so große Stücke auf ihn hielt. Im nächsten Moment wurde ihm allerdings die Überflüssigkeit seiner Frage bewusst.

„Die Polizei ist auch ohne Guthaben erreichbar", sagte Katharina auch prompt.

„Echt?", staunte Jens. „Das ist ja cool!" Er wandte sich an Justus. „Cats weiß ganz schön viel."

„Ich habe das auch gewusst", grummelte Justus.

„Und warum hast du sie dann nach ihrem Guthaben gefragt?"

„Weil ich in dem Moment nicht dran gedacht habe."

„Ach so. Dann rufe ich jetzt die Polizei an."

*

Auf dem Weg zurück nach Belm hatte Katharina das Gefühl, in ihrem Kopf würde etwas überkochen. Tausend Gedanken wollten gleichzeitig gedacht werden. Gut, dass Rutters ihren kleinen Sohn so schnell wieder hatten und gut, dass sich die Polizei der Sache annahm. Wenn sie sich vorstellte: Ein Amoklauf an Jens' Schule! Sie schauderte.

Wessen sich die Polizei allerdings nicht annehmen konnte, war die Nachricht, die sie auf Justus' Handydisplay gesehen hatte. Sie war von Victoria: „Hast du am Wochenende nochmal Zeit für ein bisschen Deep Talk?"

Er ruft mich an, um mit mir zu beten, und trifft sich mit Victoria, um tiefgehende Gespräche zu führen. Was ist das denn für eine Art? Ich dachte, wir wären zusammen. Oder denkt er sich etwa: Sicherstellen und weitersuchen, oder was?

Einen Moment hatte sie gedacht, sie könnten so miteinander beten, wie sie mit den Leuten auf Korsika gebetet hatte – kurz bevor Jens von der Bank gefallen war. Sie hatte nicht von Anfang an vorgehabt, ihre Hand auf seine Schulter zu legen. Aber er hatte so aufgescheucht gewirkt und sie hatte so mit ihm gefühlt. Es war nur angebracht gewesen, ihm auch nonverbal Unterstützung und Beistand zu vermitteln. *Okay, es war nicht nur reine Logik*, musste sie sich eingestehen. *Wenn er Malte gewesen wäre oder Phil, hätte ich es wahrscheinlich nicht gemacht.* Dann hatte sie die Muskeln durch sein T-Shirt gespürt und die Hand wieder heruntergenommen, bevor ihre Gedanken abschweifen konnten. Und nach dem Gebet hatte sie die Nachricht von Victoria gesehen und sich für die Geste geschämt.

Zum Glück war es ihr gelungen, das Gefühlschaos in ihr soweit in Schach zu halten, um vernünftig mit Jens zu reden. Der Kerl war wirklich eine Nummer für sich. Trug ein Bild von seinem großen Bruder mit sich herum, schmuggelte irgendwelches Zeug, um Batterien für seinen Heli zu bekommen und dachte, durch Schweigen könnte er Unheil verhindern. Sie hatte nicht vorgehabt, dazwischenzugehen. Es hatte sich so ergeben, als Jens gefragt hatte, warum sie da sei. Und irgendwie hatte Gott es geschenkt, dass sie anscheinend die richtigen Fragen gestellt hatte. Auf einmal wurde ihr bewusst, dass sie Gott noch gar nicht gedankt hatte. Sie hatten ihn so bestürmt wegen Jens, und dann war er plötzlich aufgetaucht und sie hatte ganz vergessen, Gott für sein Eingreifen zu loben.

Danke, Jesus, dass du so geholfen hast! Danke, dass du uns zu dieser Kirche geführt hast ... Sie stockte. Das gleiche Gebet hatte sie schon mal gebetet, vor ein paar Wochen auf Korsika, als sie mit Gulbanu und John in dieser Wallfahrtskirche die kasachische Frau getroffen hatten. Sie musste lächeln. *Du bist wirklich überall auf der Welt derselbe, Jesus ...* Sie betete, bis sie zu Hause war, auch für Justus' Kontakt zu Victoria. *Hilf mir, nicht eifersüchtig zu sein, Jesus. Und hilf Justus, nicht zweigleisig zu fahren.* Sie betete, bis sie die Treppen in den vierten Stock hochgelaufen war. Dabei merkte sie, wie das Chaos in ihr sich ordnete und sie ruhiger wurde.

Mit der Ruhe war es jedoch schlagartig vorbei, als sie die Nachricht las, die Justus ihr geschrieben hatte: „Hey Cats, kurzes Update: Die Polizei kennt anscheinend den Typen. Jens musste ihn beschreiben und die Beschreibung passte. Ein Lehrer hatte auch schon Verdacht angemeldet. Die kümmern sich jetzt drum. Das ist nicht zuletzt dein Verdienst. Danke, dass du mit Jens geredet hast. Dir hat er ja alles schön erzählt (zwei Lach-Emojis). Vielleicht interessiert dich ja der Grund. (Wir haben übrigens seine Matratze in mein Zimmer getragen.) Er meinte, Zitat: ‚Einer schönen Frau, die an Gott glaubt, sollte man die Wahrheit sagen.' In diesem Fall stimme ich ihm definitiv zu! Nochmal vielen Dank, dass du gekommen bist und mit mir gebetet hast. Das hat mir echt viel bedeutet."

„In diesem Fall stimme ich ihm definitiv zu! ..." Er findet also, dass ich schön bin. Und er hat es sehr geschätzt, dass ich da war. Die Schokolade hatte er zwar nicht extra nochmal erwähnt, aber hey, er war ein Kerl. Da wollte sie nicht zu viel erwarten. Sie las noch einmal seine Nachricht. *„... Das hat mir echt viel bedeutet."* Sie lächelte. *Vielleicht sollte ich einfach geduldig sein. Er*

findet mich schön und er hat mich angeschrieben, um mit ihm zu beten, nicht Victoria. Vielleicht geht das alles ja vor allen Dingen von ihr aus. Sie hörte den Schlüssel ihrer Mutter im Schloss.
„Hey Mama", lächelte sie.
Ihre Mutter erwiderte den Gruß und sah etwas erstaunt von ihrem Gesicht zu ihrem Handy und wieder zurück. „Du hast aber gute Laune. Hast du eine erfreuliche Nachricht bekommen?"
„Ja, das könnte man so sagen", grinste Katharina.
Antje Jöllenbeck wartete, ob sie noch etwas sagen würde und meinte dann: „Cool, Katie, das freut mich."
Katharina schätzte es sehr, dass sie nicht bohrte. Bei den Antennen hatte ihre Mutter sofort gemerkt, dass sie gerade auf einem rosa Wölkchen schwebte. Und sie hatten auch wirklich ein offenes Verhältnis zueinander. Aber das hier musste erstmal weiterhin ihr süßes Geheimnis bleiben. Schließlich hatte Justus ihr zum ersten Mal gesagt, dass er sie schön fand. Sie leistete ihrer Mutter noch kurz Gesellschaft in der Küche, dann ging sie in ihr Zimmer. *Irgendwas sollte ich ihm noch antworten, zumindest, was Jens betrifft,* überlegte sie. „Voll cool, dass es sich so schnell geklärt hat! Jesus hat einfach von Anfang an alles so toll zusammengepuzzelt – dass wir uns in der Kirche getroffen haben, dass Jens gerade in dem Moment von der Bank gefallen ist ..." Dann suchte sie noch ein Emoji mit zwei erhobenen Händen.
„Danke, Jesus", flüsterte sie, als sie im Bett lag. „Und bitte mach, dass er sich nicht mit Victoria trifft ..."

*

Am nächsten Tag wurde Jens von zwei Polizisten in Zivil beschattet, getarnt als Angestellter der Stadtwerke bzw. Elektriker. Jens hatte sich im Vorfeld überzeugt, dass die Hüter des Gesetzes auch wirklich ihre Waffe dabeihatten. „Ich möchte nicht, dass meinem Bruder etwas passiert", hatte er todernst gesagt und damit für ein gewaltiges Schmunzeln gesorgt, wie Rutters allerdings erst später erfuhren.
Aber selbst der Mann von der Kripo bekam nicht mit, wie etwas in Jens' Schulranzen wanderte. Was entweder von dessen

Unaufmerksamkeit oder der Geschicklichkeit des Schmugglers zeugte. Erst bei der Übergabe in der Schule wurde erkennbar, wer in die Angelegenheit verstrickt war: Ein ganz normal aussehender Schüler aus der neunten Klasse. Jens hatte wie immer während der Sportstunde seinen Ranzen mit allen anderen vor der Turnhalle geparkt. Besagter Schüler hatte nach einem Blick auf sein Handy etwas aus der Seitentasche genommen. Er hatte nicht gewusst, dass eine versteckte Kamera das Ganze gefilmt hatte. Beim Verlassen des Flurs, war er von den Herren der Kripo plötzlich rechts und links an denen Armen gefasst und abgeführt worden. Er hatte ein umfassendes Geständnis abgelegt.

Daraufhin war aufgeflogen, dass er selbst nur Mittelsmann war. Die Waffe, mit der er Jens eingeschüchtert hatte, gehörte seinem Auftraggeber. Sie war zu dem Zeitpunkt auch nicht geladen gewesen.

Es folgte eine Großrazzia in der gesamten Schule. Dabei wurden weitere Drogen, Alkohol und kinderpornographisches Material sichergestellt. In der Zeitung erschien ein großer Artikel. Darin wurde der Schulleiter als Held dargestellt, durch dessen fürsorgliche Umsicht zum Wohle der Schüler diese Dinge ans Licht gebracht und geahndet werden konnten.

Justus wollte nicht glauben, was die Zeitung da geschrieben hatte. Katharina hatte den Artikel anscheinend auch gelesen, denn nachmittags schrieb sie unter ein WhatsApp-Foto von dem besagten Text: „War das nicht ein bisschen anders?"

„War es!", schrieb Justus zurück, mit einem zornigen Emoji dahinter.

„Dann hat wohl jemand richtig gut geschmiert, nehme ich an ..."
„Wohl!" Er war mindestens so zornig wie das Emoji. Jetzt, wo er mit Katharina darüber schrieb, wurde ihm so richtig bewusst, wie verlogen es hier zuging, und in ihm kochte es. *Das ist so erbärmlich! Der Schulleiter hat nichts davon mitgekriegt, was an seiner Schule läuft, und jetzt schmückt er sich mit fremden Lorbeeren, um gut dazustehen. Dabei war sein Einsatz bei dieser Sache gleich null! Wie kann man nur so schäbig sein!* Er wollte gerade eine entsprechende Nachricht an Katharina schicken,

als sich in ihm leise etwas regte. *Ich habe es nicht viel anders gemacht, als ich mich mit Jens' Ideen und seiner Schokolade geschmückt habe. Und das, obwohl ich eigentlich Christ war.* Der brodelnde Topf in ihm bekam ein Loch, durch das die Wut mit leisem Zischen entwich.

Katharina hatte ihm wieder geschrieben: „Armer Mann, wenn er so etwas nötig hat."

Justus sah auf die Nachricht. Ja, armer Schulleiter. Am Ende des Tages bliebe von dem bisschen Ruhm nichts mehr übrig. Alles kam früher oder später ans Licht, und dann würde der Mann erst recht erbärmlich dastehen. Wer weiß, wen er mit diesem Artikel hatte beeindrucken wollen.

„Schade, dass er beim Special-Friday nicht dabei sein wird", schrieb Justus.

Katharina reagierte nicht sofort, und Justus überlegte schon, ob er ihr erklären sollte, wie er das meinte. Aber ihre Antwort zeigte ihm, dass das nicht nötig war: „Vielleicht geht es auch einem Schulleiter darum, anerkannt und geachtet – #gewollt – zu sein?"

Er musste lächeln. *Sie versteht, was ich meine, ohne dass ich es groß erklären muss. Wir sollten unbedingt mal wieder nach der Jugend Activity spielen. Aber wir müssten eher anfangen. Und dann zeigen wir allen, wie gut wir zusammenpassen.*

*

Phil lehnte den Vorschlag, beim Special-Friday was zu sagen, kategorisch ab. „Nee! Kommt gar nicht in die Tüte!"
Katharina war sehr enttäuscht. *Er könnte das so gut machen. Zumindest vom Inhalt her.* Sollte sie versuchen, ihn zu überreden? Andererseits könnte im Grunde jeder von ihnen was zu dem Thema sagen, wie sie ja festgestellt hatte. *Auch wenn nicht alle so drastische Maßnahmen wie Phil ergreifen ...*
„Er macht es nicht", schrieb sie an die anderen.
Die Reaktionen waren unterschiedlich. Greta fand es „Voll schade!"
Malte schrieb: „Und warum nicht?"
„Kann ich verstehen", meinte Justus. „Ich würde mich auch nicht da hinstellen."
Abends in der Jugend kamen sie nach dem offiziellen Teil noch kurz darauf zu sprechen. Greta wandte sich an Niels: „Könnt ihr es nicht doch machen?", bettelte sie.
Niels sah zu seiner Mitleiterin, und Katharina hatte das Gefühl, dass er gar nicht so abgeneigt war. Aber Sandra schüttelte energisch den Kopf. „Niels, sei kein Saul! Warte lieber!"
Ah, ich glaube, sie meint die Stelle, wo Gott Saul gesagt hatte, er sollte auf Samuel warten und dem das dann zu lange gedauert hat, dachte Katharina sofort.
„Ein Saul?", wunderte sich Malte.
Keiner der beiden Jugendleiter machte Anstalten, Sandras Warnung aufzuklären, und Malte wandte sich an Katharina. „Cats, du kennst dich doch so gut aus in der Bibel. Was hat Saul gemacht?"
Etwas unsicher sah Katharina zu Sandra und Niels. Der machte eine auffordernde Handbewegung: „Nur zu!"
„Einmal kamen die Philister und wollten Krieg", erklärte Katharina. „Der Prophet Samuel hatte König Saul gesagt, er solle sieben Tage auf ihn warten. Dann würde er kommen, Gott opfern und Saul Anweisungen geben. Saul wartete sieben Tage, aber Samuel kam nicht. Stattdessen begannen seine Soldaten abzuhauen. Da nahm Saul die Sache selbst in die Hand. Als er gerade

fertig war, erschien Samuel. Sein eigenmächtiges, vorschnelles Handeln kam Saul teuer zu stehen. Gott sagte nämlich, dass sein Ungehorsam ihn um das Königtum gebracht habe."

„Ernsthaft? Nur, weil er nicht gewartet hatte?", fragte Malte etwas verstimmt.

„Tja, wenn Gott was sagt, hält man sich besser dran", meinte Sandra mit Nachdruck in Niels' Richtung.

„Und Gott hat euch gesagt, dass jemand anderes die Andacht machen soll?", erkundigte sich Greta überrascht.

Niels fuhr sich durch die Haare. „Na ja ... , also ..."

„Okay, wir sagen es euch", unterbrach Sandra. „Wir haben uns zweimal getroffen, um für diesen Special-Friday zu beten. Dabei haben wir Gott auch gefragt, ob er eine bestimmte Anweisung hat, wer von uns die Andacht machen soll. Wir hatten beide den Eindruck, dass wir es *nicht* sind, sondern dass Gott dafür jemand anderes vorgesehen hat. Diesen Eindruck nahmen wir mit in unsere persönliche Stille Zeit, um ihn zu prüfen. Dann trafen wir uns, um wieder zu beten."

So intensiv haben wir den letzten Special-Friday aber nicht im Gebet vorbereitet, dachte Katharina etwas schuldbewusst.

„‚Und, ist dir was klargeworden?', fragte mich Niels. ‚Nur, dass wir es nicht machen sollen', sagte ich. ‚Dir?' ‚Ich hatte den gleichen Eindruck', sagte er." Herausfordernd sah Sandra Malte an. „Würdest du sagen, wir sollten noch warten, oder die Andacht an uns reißen?"

„Warten!", antwortete Greta statt Malte überzeugt.

„Er hat wirklich strikt abgelehnt", wandte Katharina ein.

„Was ist das für einer?", hakte Niels nach.

Katharina hatte keine Lust, jetzt und hier die ganze Story aufzurollen und erklärte nur kurz: „Das ist ein Schulkamerad von mir, der aus unserer Sicht dafür prädestiniert ist. Herbert kennt ihn. Wir beten einmal in der Woche für unsere Schule."

Niels nickte. Die Tatsache, dass er sich mit Katharina zum Beten traf, schien ihm zu genügen. Vielleicht auch, dass Herbert ihn kannte.

„Und was machen wir, wenn er der Richtige ist, aber nicht gehorcht?", fragte Justus.

Einige Augenblicke sahen sie sich alle schweigend an. Dann sagte Sandra: „Ich schlage vor, dass wir einfach für ihn beten. Gott kann sein Herz verändern. Und wenn nicht, dann hat Gott jemand anderes, nehme ich an."

„Lasst uns das jetzt gleich tun", schlug Niels vor.

„Da bin ich ja mal gespannt", murmelte Malte, als der Jugendleiter fertig war.

„Du ungläubiger Thomas! Ein ‚Amen' wäre angebrachter gewesen", wies Greta ihn darauf hin.

„Amen!", sagte Malte deutlich. „Und ich bin trotzdem gespannt. Cats, die Geschichte vom Thomas?"

„Die kann dir Greta erzählen. Ich fahre jetzt. Sonst gebe ich morgen falsches Wechselgeld raus."

„Du kannst noch nicht fahren! Wir brauchen dich!", protestierte Greta. „Wir müssen noch die Feinjustierung besprechen!"

„Das kriegt ihr auch ohne mich hin. Besprecht ihr und schickt mir die Quintessenz."

Justus wollte mitkommen, doch Greta hielt ihn zurück. „Kannst du nicht wenigstens noch bleiben? Ich brauche wenigstens einen Vernünftigen, um das hier zu Ende zu planen."

Hoffentlich nimmt Malte das nicht persönlich. „Ich finde allein nach Belm", sagte Katharina.

Malte lachte. „Du dachtest doch nicht ernsthaft, dass er mit dir nach Belm fahren würde!"

Los, Justus, sag ihnen, was Sache ist! Sie sah Justus an. Weil von seiner Seite jedoch nichts kam, ging sie.

Justus folgte ihr nicht. Nur mit den Augen, aber das konnte sie nicht sehen, weil sie in die andere Richtung guckte. Und mit dem Herzen, aber das hätte sie auch nicht sehen können, wenn sie rückwärtsgegangen wäre.

*

„Du hättest sie nicht wirklich nach Hause gebracht, oder?", hakte Malte nach, als Katharina gegangen war.

Er hat es anscheinend bisher nie mitbekommen. Justus zuckte die Schultern. „Doch, klar, wenn sie es gewollt hätte."

„Weißt du, wie weit das ist?", fragte Malte ungläubig.
Natürlich weiß ich, wie weit das ist. Aber sie zieht es leider vor, allein zu fahren. Na ja, vielleicht muss sie nachdenken. Wieder zuckte Justus die Schultern.
„Könnt ihr eure Diskussion über die Entfernung nach Belm und Cats' Begleitung vielleicht später weiterführen? Ich würde wirklich gerne jetzt noch den Rest besprechen", sagte Greta etwas genervt.
„Hatten wir nicht schon alles besprochen, als wir uns bei dir getroffen haben?", fragte Malte.
Dann hätte ich auch mit Cats fahren können!
„Wer besorgt das Eis, wo bringen wir es unter, welche Toppings brauchen wir, wie machen wir das mit den Fotos, gibt's beispielsweise einen Preis."
„Das müssen wir ja tatsächlich noch besprechen", meinte Malte überrascht.
„Sag ich doch!" Greta rollte die Augen. „Gut, dass wenigstens eine den Überblick hat."
Malte klopfte ihr kameradschaftlich auf die Schulter. „Ja, ja, bist 'ne tolle Frau."
„Verspotte mich nicht!"
„Das war ernst gemeint!"
Greta musterte ihn einen Moment. „Ich komme darauf zurück", sagte sie. „Also, wer kauft das Eis und die Toppings?" Sie sah Justus an. „Wenn ich das so sagen darf, bist du dafür prädestiniert, weil es in einer großen Kühlbox zügig von Aldi nach hier kommen muss und du ein Auto hast."
„Du hast ein Auto?", fragte Malte sofort.
„Das von seiner *Mutter*!"
„Ach so. Vielleicht können wir ja alle zusammen einkaufen gehen", schlug Malte vor. „Dann können wir uns inspirieren lassen, was es alles gibt."
Hoffentlich kommt Cats dann auch mit. Ich könnte sie vorher in Belm abholen und dann natürlich wieder nach Hause bringen.
„Ich frage meine Mutter."
„Also, ich finde, wir sollten schon vorher einen Plan machen, was wir brauchen", schaltete sich Greta ein. „Schon allein wegen der Kosten."

„Apropos Kosten: Sollten wir einen kleinen Unkostenbeitrag erheben?"

„Das haben wir das letzte Mal auch nicht gemacht", wandte Malte ein. „Außerdem hat Jesus den Leuten auch umsonst Fisch und Brot spendiert."

Ich glaube, er ist ein bisschen stolz darauf, dass ihm das eingefallen ist.

„Bist du Jesus?", fragte Greta nüchtern.

„War ja nur so eine Idee", gab Malte sich geschlagen.

„Was haben wir eigentlich für ein Budget?", fragte Justus. „Das letzte Mal hat ja jeder was mitgebracht."

„Niels und Sandra!", rief Malte prompt. „Was darf der Special-Friday kosten?"

„Das sehen wir dann", kam die Antwort zurück. „Kauft halt ganz normales Eis und nicht so einen Bio-vegan-Kram oder eine teure Marke, dann passt das schon."

Ein paar andere aus der Jugend begannen, Vorschläge zu machen. Greta nutzte das, um gleich die Toppings aufzuteilen. „Schreib auf, wer was mitbringt", wies sie Malte nebenbei an.

Justus musste zugeben, dass sie wirklich gut organisieren konnte. *Und es wäre tatsächlich nicht nötig gewesen, dass Cats ihren Schlaf für das hier opfert. Mich hätten sie allerdings auch nicht wirklich gebraucht ... Jetzt müsste sie zu Hause angekommen sein. Wenn ich mitgefahren wäre, würden wir uns jetzt verabschieden ...*

„Kannst du die Preise besorgen?", riss ihn Gretas Stimme aus seinen Gedanken.

„Kannst du sofort haben", sagte Justus und zückte sein Handy. „Eine Familienpackung Vanilleeis 2,49."

„Nein! Die Preise für die besten Eiskreationen."

„Ach so. Und was soll ich da besorgen?"

Greta tippte sich an die Stirn: „Grips einschalten."

„Oder Cats fragen", grinste Malte.

Definitiv die bessere Variante. Außerdem habe ich dann gleich einen Grund, sie anzuschreiben.

Was er auch prompt tat, als er zu Hause war. Befriedigt stellte er fest, dass die Nachricht angekommen war. *Sie ist schon mal gut angekommen.*

Doch sie ließ sich Zeit mit antworten. Bis Samstagnachmittag um 16.00 Uhr. „Ich glaube, ich würde Gutscheine verschenken, die nicht viel kosten und gleichzeitig die Gemeinschaft fördern", schrieb Katharina zurück. „Z. B.: ‚Gutschein für einen Candle Light Nachtisch mit einer Person deiner Wahl' ‚Du wirst von jemandem aus der Jugend bekocht' oder ‚Gutschein für einen Filmabend mit Popcorn im Wohnzimmer bei jemandem aus der Jugend' Oder ‚Gutschein für einmal Fahrrad putzen' oder ‚Drei Tafeln Schokolade deiner Wahl' Okay, das fördert nicht die Gemeinschaft, aber es könnte ja der dritte Platz sein. (Lach-Smiley)"

Justus musste grinsen. *Jens und Cats scheinen die gleichen Gene zu haben, was gute Ideen betrifft. Vielleicht hat sie gehofft, ich gewinne und dann könnte sie für mich Nachtisch machen. Oder mit mir Film gucken. Das wäre doch DIE Gelegenheit. Vielleicht brauchte sie deswegen so lange.* „Das ist genial!", schrieb er zurück. „Wie bist du darauf gekommen?"

„Ich hab einfach Jesus gefragt, was man machen könnte, was nicht so viel kostet und auch irgendwie sinnvoll ist, die Gemeinschaft fördert."

Zack. Ich hätte es mir denken können. Cats ist einfach nicht so romantisch veranlagt wie ich. Und wahrscheinlich mache ich sowieso nicht den ersten Platz.

*

Katharina schob es weiter vor sich her, Jonas einzuladen. Sie wusste, das Thema war für ihn gemacht, aber sie hatte so eine Sperre in sich, ihn zu fragen, dass sie es nicht übers Herz brachte. Sie saßen in Deutsch jetzt immer zusammen am Tisch und ab und zu redeten sie sogar in der Pause. Belangloses Zeug. Jonas erwähnte die Abtreibung mit keiner Silbe. Rein äußerlich hätte man meinen können, zwischen ihm und Susanna hätte es nie etwas gegeben. Aber Katharina konnte den Hass in seinen Augen sehen, wenn er in Deutsch zufällig zu ihr hinsah, und wusste, dass der Zorn und der Schmerz weiter in ihm steckten wie ein langer, spitzer Dorn. Jesus, bitte heile sein Herz! Hilf ihm, sich für dich zu öffnen! Bitte schenke, dass er doch zum Special-Friday kommt!, betete sie immer wieder. Aber sie fragte ihn nicht. Sie brachte es einfach nicht fertig. Es war das letzte Mal so schrecklich gewesen. *Wochenlang hat er danach noch auf mir rumgehackt.* So etwas wollte sie einfach nicht nochmal erleben. *Und Susanna und Claas kann ich gleich vergessen. Wer sein eigenes Kind kaltblütig abtreibt, interessiert das Thema „Von Gott gewollt" ja schon mal gar nicht. Und es stimmt nicht, dass die Frau unter der Tat leidet. Susanna jedenfalls nicht.* Katharina hatte erwartet, dass sie jetzt diejenige sein würde, die in Deutsch allein saß, aber von wegen. Das It-Girl hatte immer eine Banknachbarin, mit der sie kicherte und sich amüsierte. Stattdessen saß dann jeweils eins der anderen beiden Mädchen allein.

Donnerstagmorgen hatte Katharina zu ihrer Verwunderung eine Nachricht von Niels: „Könntest du vielleicht Phil nochmal dezent wegen der Andacht fragen?"

Dieser Vorschlag gefiel Katharina gar nicht. Sie hasste es, Leuten auf den Füßen zu stehen, und Phil hatte mehr als deutlich gemacht, dass er für den Job nicht zur Verfügung stehen würde.

Da hatte sie noch eine Nachricht von ihrem Jugendleiter: „Vielleicht braucht er einfach nochmal einen kleinen Anschubser/Ermutigung."

In dem Moment kam noch eine weitere Nachricht rein, diesmal von Sandra: „Könntest du Phil nochmal direkt fragen, ob er das nicht doch macht mit der Andacht? Sag ihm, er ist einfach genau der Richtige! (Lach-Smiley)"

Es war ihr zwar eine Überwindung, aber sie war nicht so groß, wie die, Jonas einzuladen. „Mach ich", schrieb sie an beide zurück. *Niels und Sandra wollen diese Andacht wirklich nicht halten*, dachte sie dabei. *Ich weiß nicht, warum sie sich so anstellen. Schließlich sind sie doch die Jugendleiter ...* In ihr begann ein Alarmlämpchen zu leuchten und sie deutete das Signal richtig. *Es tut mir leid, Jesus. Du allein kennst ihre Motive. Ich will nicht über sie urteilen. Bitte vergib mir!*

Sie konnte den potenziellen Andachthalter jedoch weder dezent noch direkt darauf ansprechen, denn Phil war gar nicht in der Schule. Sobald sie zu Hause war, schrieb sie eine entsprechende Nachricht an Niels und Sandra. Sandra ließ nicht locker und schrieb: „Per WhatsApp?"

„Ich habe seinen Kontakt nicht", schrieb Katharina wahrheitsgemäß zurück. Die WhatsApp-Kommunikation mit Phil nach seinem Unfall war über Herbert gelaufen. Es war okay, mit Phil zu beten, aber er hatte nie nach ihrer Nummer gefragt, und sie war auch sehr froh darüber.

Niels schrieb: „Dann werde ich mich jetzt an diese Andacht setzen ... Danke, wenn du mit dafür betest."

Pflichtbewusst schickte sie eine Bitte um göttliche Hilfe für Niels bei der Vorbereitung los.

Du hast Jonas noch nicht eingeladen, mahnte eine leise Stimme in ihr. *Morgen lade ich ihn ein*, beschloss sie. *Wenn ich ihn treffe.*

Auf der Damentoilette war er allerdings nicht, und die paar Minuten, die ihr dann noch blieben, reichten nicht, um ihn im Gewühl auf dem Schulhof ausfindig zu machen. Und dann war der Freitag auch schon rum.

Ich habe es nicht wirklich versucht, meldete sich ihr Gewissen. *WhatsApp wäre noch eine letzte Möglichkeit.* Doch diesen Gedanken schob sie fort. *Er wird sich nur aufregen.*

Sie schloss gerade ihr Fahrrad auf, da kam Phil auf sie zu. „Ich hab mit Herbert über diese Andacht bei euch im Jugendkreis geredet."

Katharina merkte, wie ein kühler Schauer begann, ihren Rücken runterzulaufen.

„Er sagt, diese Chance sollte ich mir lieber nicht entgehen lassen. Er sagte, dann hätte der Teufel so richtig den Kürzeren gezogen." Sie versuchte, sich nichts anmerken zu lassen. „Wie meint er das?"

„Na ja, so nach dem Motto: Er wollte zerstören, aber Gott nutzt das, um andere zu retten."

„Das heißt, du machst es doch?", fragte sie vorsichtig.

Phil lachte trocken. „Isch schätze, so 'ne Chance sollte isch tatsäschlich net einfach sausen lassen", ahmte er Herberts hessische Dialektreste nach.

Katharina musste lächeln. Sie konnte förmlich hören, wie Herbert das gesagt hatte. „Das ist sehr cool, Phil! Du kannst dir meiner Gebete gewiss sein, während du da stehst!"

Zu Hause leitete sie diese neue Information sofort an den Rest des Special-Friday-Vorbereitungsteams und an die Jugendleiter weiter.

„Ha, ich wusste es!", schrieb Sandra. Dahinter waren zwei erhobene Hände.

„Und ich hab die halbe Nacht an der Andacht gebrütet." Niels. Dahinter war ein erschöpftes Emoji. „Ich schätze, als voreiliger Saul habe ich es nicht besser verdient ..."

Greta und Malte schickten ein Daumen-hoch, Justus zeigte eine etwas ausführlichere Reaktion, ausnahmsweise in einer Sprachnachricht: „Das hier muss jetzt mal sein, damit ich meine Freude angemessen ausdrücken kann", kam seine Stimme. „Ich glaube wirklich, dass er genau der Richtige ist, und ich bin sehr froh, dass er es macht. Dank sei Jesus!" Er klang zwar nicht besonders überschwänglich, aber allein die Tatsache, dass er eine Sprachnachricht gemacht hatte, sprach schon für sich.

Ich glaube, er hat dafür gebetet! Und noch etwas dachte sie: *Hoffentlich bringt er mich heute Abend allein nach Hause!* Wieder fiel ihr Jonas ein. *Okay, ich schreibe ihn an.* Eher würde sie doch keine Ruhe haben. Mit klopfendem Herzen verfasste sie die Nachricht: „Hey Jonas, heute Abend ist wieder Special-Friday. Wir machen Yolibri. Die beste Kreation gewinnt."

Sie überlegte. Sollte er aus irgendeinem Grund doch kommen, wollte sie sich nicht den Vorwurf anhören müssen, sie hätte ihn reingelegt. Also schrieb sie noch: „Es wird eine Andacht zum Thema ‚Von Gott gewollt' geben." Schnell tippte sie auf Senden. *Mach, dass er nicht sauer auf mich wird, Jesus!*, betete sie inbrünstig. *Und mach, dass er kommt!*, fügte sie schnell an.
Kurz darauf hatte er zurückgeschrieben: „Hab heute Abend schon was vor. Aber danke." Katharina blinzelte. Erleichtert stieß sie die Luft aus. *Er ist nicht angepiekt, und er kommt nicht.*
Wolltest du die ganze Zeit, dass er wegbleibt?, fragte es sehr leise ganz tief in ihr.
Natürlich wollte ich, dass er kommt! Er müsste das unbedingt hören!, verteidigte sie sich.
Du hast eine Chance verschenkt. Jonas braucht dringend Hilfe.
Katharina schüttelte frustriert den Kopf. *Ja, ich weiß, dass er Hilfe braucht. Deswegen bete ich ja auch so viel für ihn.* Aber der Gedanke beruhigte sie nicht.
Ihr fiel ein, dass Jonas sich für gewöhnlich auch nicht mit einem „Nein" von ihr zufrieden gab. Sie griff nach ihrem Handy. „Es wäre mega cool, wenn du kommen könntest", schrieb sie. Und noch während sie die Worte tippte, merkte sie, dass sich in ihr etwas veränderte. Die Angst davor, von ihm abgelehnt zu werden, verwandelte sich in den tiefen Wunsch, dass Jonas auch ein Himmelstänzer würde.
Zwei Stunden später klingelte es: Justus. Katharina war ein ganz klein wenig nervös, schließlich war es das erste Mal, dass sie allein mit ihm Auto fuhr – zumindest bewusst. Er wirkte allerdings ganz gechillt, so dass sie beschloss, das Ganze völlig nüchtern und sachlich zu betrachten.
Malte und Greta warteten bereits vor Aldi, und zu viert betraten sie den Supermarkt, Justus mit Kühlbox in der Hand.
„Hoffentlich denken die anderen an die Toppings", meinte Malte etwas besorgt.
„Ich hab sie eben nochmal dran erinnert", beruhigte Greta ihn. „Hast du die Preise, Justus?"
„Dank Cats, ja." Er zog drei Umschläge aus der Tasche und reichte sie Greta.

Katharina beugte sich vor. *Er hat richtige Gutscheine ausgedruckt! Mit passendem Bildchen und Verzierung außenrum.* „Das ist toll geworden, Justus!", sagte sie anerkennend.

„Es war deine Idee", gab er etwas verlegen zurück. Seine Bescheidenheit brachte eine sehr unsachliche Saite in ihr zum Schwingen.

„So was nennt man Teamwork", meinte Malte und begann, das Eis in den Wagen zu legen. „Stracciatella, Walnuss, Zimtcrunch, Heidelbeersahne, Orange-Maracuja, ..."

„Sollen wir nicht lieber auf Standardsorten setzen, damit die Toppings besser zur Geltung kommen?", fragte Katharina.

„Das Gleiche habe ich auch gerade gedacht", pflichtete ihr Greta bei.

„Sag das doch gleich", beschwerte sich Malte und stellte die Packungen zurück in die Truhe. „Also was jetzt, bitte?"

„Zweimal Vanille, Schokolade, Erdbeer, Stracciatella", bestimmte Greta.

Justus und Katharina halfen mit, die Packungen in den Wagen zu stellen.

„Was haltet ihr von Sprühsahne?", schlug Justus vor.

„Gute Idee! Hätte von mir sein können", grinste Malte.

Greta zog einen Zettel aus der Tasche und überflog ihn. „Bringt noch niemand mit", nickte sie.

„Dafür müssen wir zurück", wusste Malte. „Ich hole sie. Dann müsst ihr mit dem Eis nicht nochmal durch den Laden und könnt euch schon mal anstellen."

„Hast du etwa von jedem das Topping?", fragte Katharina Greta verwundert. Die hielt ihr die Liste hin. „Weintrauben, Schokoraspeln, Krokant, Cookies, Erdnüsse, Schokoladensoße, Erdbeersoße, Smarties, Dekoperlen ..." Katharina sah auf. „Das hast du echt super organisiert, Greta", sagte sie ehrlich beeindruckt.

„Ach, das war keine Anstrengung. Ich hab das nur zusammengeschrieben. Ich bin froh, dass ich mir keine Preise ausdenken musste." Sie warf einen Blick in Justus' Richtung. „Oder Gutscheine kreieren."

Gut, dass Malte die Sahne holen ist. Sonst würde er sich ganz schön schlecht fühlen, fuhr es Katharina durch den Kopf. *Irgend-*

eine Gabe wird er haben, aber bisher ist sie noch nicht so sichtbar geworden ...

Sie verstauten das Eis und die Sahne in Justus' Kühlbox.

„Weiß jemand, wie Phil herkommt?", fragte Malte.

„Ich schätze, mit dem Bus."

„Weiß jemand, wann er kommt?", hakte Malte nach.

„Oh, nein, danach habe ich ihn nicht gefragt", erwiderte Katharina.

„Dann werde ich mich einfach mal an der Bushaltestelle platzieren", meinte Malte.

Cool, dass er daran denkt, stellte Katharina fest.

„Hoffentlich kriegt er keine kalten Füße im letzten Moment", meinte Greta besorgt.

„So, wie das gelaufen ist, glaube ich nicht", gab Justus zurück.

„Ansonsten rufen wir Herbert an", grinste Malte.

„So schnell ist der aber nicht da", gab Greta etwas schroff zurück.

„Nein, nicht, um zu kommen, sondern um Phil einzuheizen", erklärte Malte. Er öffnete die Tür und ging zur Bushaltestelle. „Bis gleich."

Die anderen verstauten so viel Eis wie möglich im Gefrierfach des Gemeindekühlschrankes, stellten für den Rest die Kühlbox auf „maximal" und hofften, dass es reichen würde.

Sandra erschien, dann Niels und die ersten aus der Jugend mit ihren Toppings. „Ihr könnt das alles da auf den Bierzelttisch stellen", wies Greta sie an.

„Was ist mit Phil?", fragte Sandra.

„Malte holt ihn von der Bushalte ab. Hoffentlich."

„Was heißt hier hoffentlich?", fragte Niels stirnrunzelnd.

„Das heißt, dass wir hoffen, dass er mit dem nächsten Bus kommt", erklärte Katharina.

Schockiert sah Niels sie an. „Das heißt, es ist doch nicht sicher?"

„Doch, ist es", meinte Sandra zuversichtlich. „Er wird kommen. Du wirst sehen."

Cool, dass sie so einen starken Glauben hat. „Wollen wir vorher noch beten?", schlug Katharina vor.

„Gute Idee!", stimmte Niels zu.

Sandra grinste. „Diesmal kann ich sogar mitbeten."

Katharina erinnerte sich an ihren ehrlichen Bericht im Gottesdienst vor ein paar Monaten, als sie davon erzählt hatte, warum sie beim letzten Special-Friday so viel zu spät gekommen war. Sie hatte auf einmal erkannt, dass sie vieles aus der falschen Motivation getan hatte – es war ihr in erster Linie um sich selbst gegangen, statt um Gottes Ehre. Sie hatte erst mit Gott ins Reine kommen müssen, bevor sie bei dem Jugendabend erschienen war. Katharina lächelte ihrer Jugendleiterin kurz zu. *Man merkt, dass sie jetzt eine andere Motivation beim Lobpreis hat.*

Sie beteten, bis einer leise sagte: „Ich glaube, wir müssen aufhören. Die ersten Leute sind da."

Katharina hob den Kopf. Auch Victoria war eingetroffen, und Justus ging, um sie zu begrüßen. *Ich sollte das auch machen. Wenn nur er sich immer um sie kümmert, kriegt sie einen falschen Eindruck.* Da kam noch jemand herein und Katharina blinzelte. *Eric?* Er hatte sie entdeckt und hob die Hand. Katharina spürte, wie sie rot wurde. Sie grüßte kurz zurück. *Wer hat den denn eingeladen?*

„Einer von dir?", fragte Greta interessiert.

„Nicht wirklich", gab Katharina ausweichend zurück.

„Wir sollten ihn trotzdem begrüßen", meinte Niels und ging auf ihn zu. Greta folgte ihm und machte sich am Topping-Tisch in der Nähe zu schaffen. *Kein Wunder. Er sieht einfach zu gut aus, um wahr zu sein.*

Niels und Eric kamen auf sie zu. Katharina hätte sich am liebsten unsichtbar gemacht. Es war eine Sache gewesen, mit ihm bei Sausalitos zu flirten, als sie vergeblich auf Justus gewartet hatte. Es war eine ganz andere Sache, hier in der Jugend mit ihm zu reden. Weil Niels von Sandra gerufen wurde, blieb Katharina jedoch nichts anderes übrig.

„Du hast dir genau den richtigen Abend ausgesucht", lächelte sie.

„Wird hier heute Abend getanzt?", fragte er neckend. Dabei sahen seine blitzenden Augen direkt in ihre.

Sie versuchte, ihre Nervosität mit einem kleinen Lachen zu überspielen. „Nein, wir machen was Besseres." Sie wies Richtung Bierzelttisch. „Nach was sieht das aus?"

„Mmh, nach ..."

Greta kam herüber. Offensichtlich hatte sie die letzten Worte mitgehört, denn sie sagte strahlend: „Nach ... Yolibri!"

Katharina nutzte die Gelegenheit, um sich davonzumachen. Sie ging zu Justus und Victoria. „Hey, cool, dass du gekommen bist", begrüßte sie Vallis große Schwester. Sie versuchte, es ernst zu meinen.

„Ja, Justus sagte, den heutigen Abend sollte ich mir auf keinen Fall entgehen lassen."

Aha. Er hat sie also eingeladen.

„Ziemlich viele neue Leute, oder?", fragte Victoria. Dabei sah sie in Richtung Eric.

So viele sind es bisher nicht. Genau genommen ist nur eine neue Person da. Bisher. „Eric war tatsächlich noch nie da." *Hoffentlich kommt Jonas noch. Und hoffentlich taucht Phil bald hier auf.* Niels musste so etwas Ähnliches gedacht haben, denn Katharina beobachtete, wie er immer wieder zur Tür sah. Endlich erschien Malte mit ihm. Die Erleichterung auf Niels' Gesicht war deutlich zu sehen.

Katharina ging zu ihm. „Hey Phil, cool, dass du's geschafft hast!" Sie meinte es von ganzem Herzen.

Niels kam dazu. „Hey, ich bin Niels. Herzlich willkommen bei uns."

Justus gesellte sich ebenfalls dazu und dann auch noch Greta. Alle begrüßten den Neuankömmling herzlich, so dass der erstaunt von einem zum anderen sah. *Ich wette, so viel willkommen hat er noch nie in seinem Leben erfahren!*

„Bist du fit?", fragte Niels.

Phil zuckte die Schultern. „Hab sowas noch nie gemacht. Ich sag halt, was ich sagen soll."

„Ich bete vorher noch für dich." Niels legte eine Hand auf seine Schulter und sprach ein kurzes Gebet.

„Danke", nickte Phil.

„Fangen wir an?", fragte Greta.

„Ja, bevor uns das Eis in der Kühlbox schmilzt", nickte Malte.

Niels begrüßte alle. „Und jetzt hat unser Special-Friday-Team die Regie."

Greta, Justus, Malte und Katharina sahen sich bestürzt an. *Das haben wir nicht durchgesprochen! Greta wirkt auf einmal gar nicht mehr souverän. Und ich weiß ja, wie sehr Justus es verabscheut, vor Menschen zu stehen. Und Malte kommt schon mal gar nicht infrage.*
„Los, Cats!", zischte der in dem Moment.
Warum eigentlich nicht. Als ich von Korsika kam, habe ich sogar vor der ganzen Gemeinde von unserem Überfall erzählt. Katharina stand auf. „Ja, wie Niels schon sagte, ist es mega cool, dass ihr alle da seid. Dem aufmerksamen Beobachter ist sicher nicht entgangen, dass es heute Abend wieder kulinarisch wird. Dazu sage ich gleich noch etwas. Zu Anfang möchten wir ein Spiel mit euch machen, bei dem es auf den Einzelnen ankommt. Wir haben uns gedacht, dass wir Teams bilden, mindestens vier Personen, aber es können auch mehr sein. Als Team denkt ihr euch ein Wort aus, das im Duden zu finden ist und die gleiche Anzahl Buchstaben haben sollte, wie ihr Teammitglieder habt. Als Team stellt ihr dann, natürlich ohne Worte, mit Armen, Beinen, Hals und Kopf und so die einzelnen Buchstaben dar, am besten so, dass nicht im Vorfeld schon zu hören ist, welches Wort ihr habt. Wir anderen raten dann, welches Wort es ist."
Augenblicklich wurde es sehr laut. Unter viel Geschrei und Gelächter fanden sich die Teams zusammen. Eric kam sofort auf Katharina zu. Victoria folgte ihm. „Noch drei Leute zu uns!", rief Eric. „Hier, du und du und du auch!"
Ganz schön forsch, dafür, dass er das erste Mal hier ist, fuhr es Katharina durch den Kopf. Gleichzeitig fühlte sie sich geschmeichelt.
„Okay, unser Wort ist ‚tanzen'", sagte Eric leise. Dabei sah er Katharina an. *Er erinnert sich anscheinend noch genau an diesen Abi-Ball, auf dem er unbedingt mit mir tanzen wollte.*
Niemand widersprach ihm. Victoria kniete sich sofort seitlich auf den Boden und streckte die Arme und den Kopf nach vorne, um ein „Z" zu bilden. Die anderen teilten die restlichen Buchstaben auf. Weil alle sich Erics Kommando fügten, waren sie ruck, zuck fertig. Das ließ ihnen Zeit, sich über die anderen Teams

zu amüsieren. Die brauchten wesentlich länger. Unter viel Gelächter wurde diskutiert, überlegt, ausprobiert, verworfen und von vorn diskutiert. Malte versuchte, auf dem Boden sitzend, ein „U" darzustellen. Weil seine Bauchmuskeln aber anscheinend zu schwach waren, übernahm Justus das – mit weitaus mehr Erfolg. *Das hier fördert auf jeden Fall das Miteinander!*
Die Auflösung der Wörter ging viel schneller als das Bilden, und Katharina war dran, zum Eis überzuleiten.
„Manche von euch haben sich in der Zwischenzeit den nächsten Programmpunkt redlich verdient. Allerdings ist dabei eure Fantasie gefragt: In Dreier-Teams – sie hatten beschlossen, den „Dialog" über das Spiel hinaus doch noch weiter zu fördern – werden wir leckere Eiskreationen erstellen. Malte – bitte einmal kurz aufstehen – das hier ist Malte, er wird die Kunstwerke fotografieren und eine Vernissage daraus machen." Malte erhob sich halb und ließ sich direkt wieder auf seinen Platz fallen. „Wer das Wort nicht kennt, so wie ich, als ich es das erste Mal hörte, das ist eine Kunstausstellung."
„Können wir das denn dann essen?", fragte jemand.
„Unbedingt!", gab Katharina zurück.
„Hoffentlich sind die Leute aus meinem Team gesund", wandte ein Mädchen ein, das Katharina nicht kannte. Ein paar lachten.
„Darüber haben wir uns auch Gedanken gemacht", nickte Katharina. „Das hätte ich jetzt auch noch gesagt: Und zwar habt ihr als Team jeweils drei Schälchen zur Verfügung, die ein Ganzes bilden für das Foto. Wie das dann weitergeht, erklären wir euch, wenn es soweit ist. Falls jemand noch vorher die Hände waschen möchte, die Toiletten sind neben dem Eingang. Ansonsten möchten wir euch bitten, euch jetzt zügig zu dritt zusammenzutun, während wir das Eis holen." Malte war bereits aufgestanden, bevor sie den Satz zu Ende gesagt hatte. Greta folgte ihm. Katharina und Justus gingen zur Kühlbox. *Er könnte mich jetzt fragen, ob wir zusammen machen. Dann nehmen wir noch Phil dazu. Hoffentlich ist das Eis noch kalt genug!*
Außen war es schon ziemlich weich, aber insgesamt hatte es eine gute Konsistenz, wie Katharina erleichtert feststellte, als sie einen Esslöffel hineinsteckte.

Die Leute aus der Jugend hatten sich schnell zusammengefunden, teilweise mit ein paar Neuen in ihren Teams. Phil, Eric und Victoria hatten sich noch nicht zugeordnet. *Ich glaube, Eric hat auf mich gewartet*, stellte Katharina mit Genugtuung fest. Da Greta, Niels und Sandra die Jury bildeten, waren Justus, Malte und sie selbst ebenfalls noch übrig. „Cats und Phil, wie sieht's aus?", sagte Malte da.

„Äh, ja, klar!", nickte Katharina hastig. Somit war entschieden, dass Justus, Eric und Victoria das letzte Team bildeten. Katharina verdrängte die Eifersucht. Der Tatsache, dass weder Justus noch Eric sich dafür eingesetzt hatten, mit ihr einen Eisbecher zu gestalten, würde sie sich später widmen. Jetzt musste sie sich auf diesen Abend konzentrieren. „Okay, ihr habt alle ein Team? Dann könnt ihr jetzt loslegen. Wenn ihr denkt, eure Kreation ist schön genug, sagt Malte Bescheid. Sobald er euer Eis fotografiert hat, dürft ihr essen."

„Dann müssen wir uns ein bisschen ranhalten", bemerkte Phil.

„Kriegen wir hin", meinte Malte zuversichtlich.

„Das soll ja ein Gesamtbild abgeben, wenn ich das richtig verstanden habe", sagte Phil. „Welche Eissorte nehmen wir? Hat jemand was gegen Erdbeer?"

„Ich nehm es ohne die Erdbeeren", sagte Malte. „Mit Obst kannst du mich jagen.

„Ernsthaft? Heißt das, du magst auch keine Heidelbeeren obendrauf? Das wäre ein guter Kontrast: Rosa unten, dann weiß als Polster und oben die dunklen Heidelbeeren."

„Vielleicht könnte man ja eine Schale aussparen", schlug Katharina vor. Sie merkte auf einmal, dass sie sich ziemlich gut absprechen mussten. Anderen Teams ging es allerdings genauso. *Es ist nicht nur aus hygienischen Gründen gut, dass wir drei Schälchen pro Team gesagt haben ...*

„Du, Katharina?"

„Ich mag alles." *Herr, bitte gib Jonas einen Tritt in den Hintern. Noch würde es sich lohnen, dass er kommt.*

„Gut. Dann schlage ich vor, wir machen es symmetrisch. Malte sucht sich aus, was er essen will, kann ruhig etwas schlichter

sein, und stellt seine Schale in die Mitte, als ruhender Pol. Rechts und links davon kommen dann Katharinas und meine Schalen ..."
Katharina war überrascht, welchen Eifer und welche Kreativität Phil an den Tag legte. Malte füllte sein Schälchen randvoll mit Vanilleeis und streute anstandshalber einen Löffel Krokant darüber. Phil und Katharina wählten Erdbeer, wobei Phil darauf achtete, dass in der Mitte etwas frei blieb. In den Ring kam eine Erdbeere und darüber rosettenförmig die Sahne. Jede Rosette wurde mit einer Heidelbeere gekrönt. Abschließend wurde das Ganze noch mit etwas Krokant bestreut „Damit fürs Auge eine Verbindung entsteht zwischen den drei Schälchen." Schließlich nahm er sich drei Minzeblättchen und steckte sie jeweils in die Mitte der drei Schalen.
„Ey! Willst du mich vergiften?", protestierte Malte.
„Nur fürs Foto", beschwichtigte Phil ihn.
„Aber dann schmeckt mein Eis komisch!"
„Sobald du das Bild gemacht hast, nehme ich die Minze wieder runter", versprach Phil.
Schnell fotografierte Malte die Kreation. „Und jetzt weg mit dem Grünzeug!"
Andere waren auch fertig und riefen nach dem Fotografen. Katharina warf ihm einen mitleidigen Blick zu. Aber Malte schien das nichts auszumachen. „Ich stelle mein Eis einfach nochmal ins Gefrierfach."
„Sieht nicht nur himmlisch aus, schmeckt auch himmlisch", bemerkte Phil. Er ließ sich Zeit, das Kunstwerk zu verspeisen. „Wann bin ich eigentlich dran?", erkundigte er sich auf einmal nervös.
„So ungefähr jetzt", sagte Katharina vorsichtig. Die Letzten leerten gerade ihre Schälchen.
„Uff", machte Phil.
„Denk einfach nicht an die Leute, die da sitzen. Denk an Jesus", sagte Katharina. „Der sitzt auch da und findet es mega cool, dass du das machst."
Phil sah sie zweifelnd an. „Als ob ..."
„Doch, Phil. Du bist zur richtigen Zeit am richtigen Ort mit der richtigen Mission", sagte Katharina überzeugt. „Wenn du wüss-

test, wie wir gebetet haben, dass du heute Abend erzählst, was es für dich bedeutet, von Gott gewollt zu sein ..."

Damit musste sie ins Schwarze getroffen haben, denn Phil lächelte leicht. „Stimmt. Vielleicht sollte ich mich echt darauf konzentrieren."

Katharina klopfte mit ihrem Teelöffel gegen ihr Schälchen, und Geschnatter und Gelächter verstummten. „Manche von euch haben es schon mitbekommen: Heute Abend geht es darum, dass es auf jeden Einzelnen von uns ankommt, weil wir gewollt sind – und zwar von Gott. Wir haben Phil gefragt, ob er mit uns teilt, was das für ihn bedeutet, und er hat tatsächlich Ja gesagt. Super cool, Phil. Bitte."

Phil stand auf. Er räusperte sich.

Jesus, bitte hilf ihm! Gib ihm die richtigen Worte und gib ihm deinen Frieden. Und bitte, du kannst machen, dass Jonas doch noch schnell kommt. Sie hatte immer wieder zwischendurch zur Tür geschaut, in der Hoffnung, dass er vielleicht noch hereinschneien würde. Aber bis jetzt war das nicht geschehen.

Phil schloss kurz die Augen und atmete tief durch. „Also, eigentlich dürfte ich heute Abend gar nicht hier sein", fing er an. „Eigentlich müsste ich auf dem Friedhof liegen."

Katharina sog erschrocken die Luft ein. Nicht wegen Phils Geschichte, sondern aus einem anderen Grund: *Hoffentlich erwähnt er nicht, dass er versuchte, meine Aufmerksamkeit zu erregen!*, fiel es ihr siedendheiß ein. Mit angehaltenem Atem hörte sie weiter zu.

„Ich hab mich nämlich vor ungefähr einem halben Jahr von einer Brücke gestürzt. Also absichtlich. Ich wollte unbedingt (er sah kurz zu Katharina) beachtet werden, bevor ich sterbe."

Langsam ließ Katharina die Luft aus ihren Lungen entweichen. Wie es aussah, würde Phil sie aus der Geschichte rauslassen.

„Mein Leben erschien mir absolut wertlos. Es machte einfach für niemanden einen Unterschied, ob ich da war oder nicht. Meine Mutter hatte sich aus dem Staub gemacht, als ich zwölf war, und mein Vater behandelte mich wie Luft. In der Schule merkte auch niemand, ob ich da war oder nicht. Mein größter Wunsch war es, gewollt zu sein. Egal, von wem, Hauptsache, von irgendjemandem gewollt sein."

Katharina musste schlucken. Phils Worte schnitten ihr ins Herz. *Wie verzweifelt muss er sich nach Liebe gesehnt haben!*

„Aber es kümmerte einfach niemanden, ob es mich gab oder nicht. Niemand wollte mich, niemand sah mich. Ich verbrachte meine Zeit damit, die Technik zu nutzen, um Dinge über andere Menschen herauszufinden, die mich nichts angingen. Und ich wurde ziemlich gut darin. Aber die ganze Zeit hatte ich nur einen Wunsch: Beachtet zu werden, bevor ich starb. Also inszenierte ich eine Begegnung mit einer Person, von der ich mir am meisten Beachtung wünschte. Ich sprang direkt vor ihrer Nase von der Brücke, die Schlinge um den Hals. Und es funktionierte. Was allerdings nicht funktionierte, war, dass ich starb. Ich landete ziemlich schwer verletzt im Krankenhaus statt auf dem Friedhof. Da bekam ich Besuch von einem Kerl namens Herbert."

Unter den anderen aus dem Jugendkreis wurde geflüstert.

„Ja, genau", sagte Phil. „Der Herbert von hier. Und Justus war auch mit dabei."

Katharina sah zu Justus. *Stimmt, er hat damals Herbert gefahren*, erinnerte sie sich.

„Ich werde nie vergessen, was Herbert zu mir sagte: ‚Ich wollte dir nur sagen, dass ich mega froh bin, dass du noch lebst.' Zuerst dachte ich: Was ist das denn für ein Freak! Und dann sagte er mir, dass Jesus voll auf mich stehen würde und ganz verrückt nach mir wäre. Ja, genauso hat er es formuliert." Phil räusperte sich und sah auf den Fußboden. „Er sagte: ‚Für ihn bist du total wichtig. Er liebt dich ganz fürchterlich.'"

Im Jugendraum war es ganz still.

Phil sah auf. „Herbert hat mir geholfen zu verstehen, dass es einen Grund hat, dass ich auf dieser Erde bin: Gott will mich. Auch wenn ich allen anderen egal bin, für Gott macht es einen Unterschied, ob es mich gibt oder nicht.

Ich war dann in Frankfurt in einer Klinik und konnte vieles mit einem Therapeuten besprechen. Das mit meiner Mutter, zum Beispiel. Das hat mir echt geholfen. Eigentlich hat sich an meinem Leben nicht viel geändert, aber irgendwie ist trotzdem alles anders geworden, weil ich jetzt eine andere Grundlage habe. Ich weiß jetzt, dass mein Leben einen Wert hat und dass Gott noch Verwendung für mich hat. Ich kann für andere Menschen, die innen genauso hohl sind, wie ich es war, beten. Und ihnen meine Geschichte erzählen, um ihnen zu zeigen, dass Gott was Besseres für sie hat als den Strick. Okay, das wollte ich euch sagen." Erleichtert ließ er sich auf seinen Platz fallen.

Ich hätte das aufnehmen und Herbert schicken sollen, fuhr es Katharina durch den Kopf. *Er führt ja eher ein Schattendasein, aber ich glaube, in Gottes Augen ist er ein leuchtender Stern. Ohne ihn hätte Phil wahrscheinlich kaum heute Abend hier gestanden.* Katharina wusste, dass sie jetzt aufstehen und mit der Moderation weitermachen sollte, aber sie traute ihrer Stimme nicht. *Hätte Jonas das doch gehört!*

Zu ihrer großen Erleichterung erhob sich Niels. „Vielen Dank, Phil, für deinen ehrlichen Bericht. Ich schlage vor, dass wir uns einfach zwei, drei Minuten nehmen, um das, was Phil gesagt hat, zu verdauen." Während er das sagte, hatte Sandra ihre Gitarre genommen und leise angefangen ein Lied zu zupfen.

Das hier hatten wir überhaupt nicht abgesprochen, aber es passt so gut. Niels musste das gleiche empfunden haben, denn er nickte seiner Mitleiterin kurz zu. Er sah in die Runde. „Mach die Augen zu, wenn du willst, und lass das einfach eine Weile auf dich wirken: Du bist von Gott gewollt."

Katharina war in Versuchung, sich umzusehen, aber sie beschloss, die Übung mitzumachen.

Niels wiederholte den Satz langsam und betonte jedes Wort: „*Du ... bist ...* von *Gott ... gewollt.*"

Im Hintergrund zupfte Sandra leise das Lied „Du sagst Ja zu mir". In Gedanken fügte Katharina den Text dazu.

Sandra begann, das Lied zu singen. Sie sang überhaupt nicht laut, aber weil es so still war im Saal, konnte man jedes Wort verstehen:

„*Vor Anbeginn der Zeit hast du mich schon erwählt. In Liebe mich erdacht, zu deinem Kind gemacht. Den höchsten Preis für mich bezahlt. Vor Anbeginn der Zeit stand dein Plan für mich fest. Ich sollte dir gehör'n, das war dein tiefer Wunsch. Du woll-*

test ohne mich nicht sein." Die Bridge mochte Katharina ganz besonders: *„Und du sagst: Wertvoll und kostbar bist du in meinen Augen. Niemals geb ich dich aus meiner Hand."*
Katharina hatte das Gefühl, sich in einem warmen Lichtkegel zu befinden. Sie fühlte sich rundherum wohl und geborgen.
Als der letzte Ton verklungen war, sagte Niels: „Wenn ihr noch Fragen habt, kommt gerne auf uns zu. Ich würde jetzt noch ein Gebet sprechen und diesen Teil des Abends damit beschließen." Er machte eine kurze Pause, dann betete er: „Jesus, ich danke dir, dass jeder, der in diesem Raum ist, von dir gewollt ist. Bitte lass niemanden heute Abend nach Hause gehen, ohne das gecheckt zu haben. Amen."
Hätte Jonas das doch gehört!, dachte Katharina zum wiederholten Male. *Zu dumm, dass ich das nicht aufgenommen habe! Warum merke ich immer erst im Nachhinein, was zu tun gewesen wäre ...*
Malte stieß sie an. „Los, Moderation für die Vernissage!", flüsterte er.
Abrupt wurde Katharina aus ihren Gedanken gerissen. *Eigentlich passt das, was wir noch geplant haben, jetzt gar nicht so richtig. Andererseits haben wir den Contest am Anfang angekündigt, und es wäre auch irgendwie blöd, ihn unter den Tisch fallen zu lassen. Jesus, bitte hilf mir, jetzt eine Überleitung zu finden, die nicht alles kaputt macht!* Sie stand auf. Plötzlich hatte sie eine Idee: „Wir lassen jetzt über den Beamer die Kreationen laufen. Ihr werdet sehen, dass jede ganz individuell und einzigartig ist, so wie jeder von uns von Gott mit viel Kreativität ausgedacht ist. Hier endet allerdings der schwache Vergleich auch schon; denn während Gott uns bedingungslos annimmt, gibt es für die Eiskunstwerke ein Ranking von unserer Jury ..." (Sie hatten beschlossen, doch nicht die Gruppe entscheiden zu lassen.)
Mit viel Hallo und Gelächter wurden die Fotos kommentiert, dabei gab es drei Durchgänge: einen für Ästhetik, einen für Kreativität und einen Joker-Durchgang, bei dem die Schiedsrichter den Applaus im Saal zu berücksichtigen versuchten. Am Ende verglichen Sandra, Niels und Greta ihre Punkte und rechneten sie kurz zusammen.

„Der dritte Platz geht an die Gruppe ‚Sweet Summer'. Ihr bekommt einen Gutschein für drei Tafeln Schokolade, wobei ihr bitte eure Lieblingssorte vermerkt, damit wir sie euch nächsten Freitag mitbringen können." Es gab Applaus, und die drei holten sich ihre Gutscheine ab.

„Der zweite Platz geht an die Gruppe „Lecker Mäuler". Ihr bekommt ..." Greta ließ ihre Stimme geheimnisvoll klingen. „... einen Filmabend mit Popcorn bei meiner Wenigkeit."

Malte klatschte Katharina und Phil ab. „Das war deine Symmetrie, Phil!", grinste er.

„Der erste Preis, ein Candle-Light-Nachtisch bei unserer Cats, geht an ... die ‚süßen Naschkatzen'!" Justus, Victoria und Eric standen auf.

Oh nein! Das ist nicht wirklich wahr, oder? Katharina vermied es, in die Richtung zu sehen.

„Und damit erkläre ich den Abend offiziell für beendet", sagte Niels. „Cats, hast du als Moderator noch etwas anzumerken, wie das mit dem Einlösen der Gutscheine vonstattengeht?"

Das hatten sie bei der Planung nicht besprochen, und so sagte Katharina schnell: „Das klären wir dann nächsten Freitag, wenn jeder in seinen Terminkalender geguckt hat. Und jetzt das, was wir alle am liebsten machen: Aufräumen!"

Aus irgendeinem Grund fing Eric an zu applaudieren, und wie das so ist, wenn einer damit anfängt, klatschen alle. Was nicht hieß, dass alle auch mit aufräumten ...

„Das war toll, dass du noch das Lied gesungen hast, Sandra", bemerkte Katharina, als sie zusammen mit Malte und Justus beim Spülen und Abtrocknen in der Küche standen. „Am liebsten hätte ich es aufgenommen. Aber ich habe zu spät dran gedacht."

„Kein Problem", grinste Malte. Er klopfte auf seine Hosentasche. „Ist im Kasten. Auch Phils Andacht. Kann ich dir schicken."

Verblüfft sah Katharina ihn an. „Voll genial, dass du daran gedacht hast!" Ihr fiel ein, dass Malte schon mal etwas für sie aufgenommen hatte: Justus' Gebet von der Kanzel, als Siegbert so krank gewesen war. *Anscheinend denkt er im richtigen Moment daran, das Richtige zu tun.*

„Hey, da muss ich erst einwilligen!", lachte Sandra. „Nein, Spaß." Sie warf einen Blick auf die Uhr über dem Kühlschrank. „So, ihr vom Vorbereitungsteam habt jetzt frei. Wir machen den Rest."

„Kein Ding", meinte Malte und schnappte sich das nächste Schälchen.

Justus ließ sofort das Handtuch fallen, und auch Katharina war sehr dankbar für das Angebot, aus mehreren Gründen: Morgen musste sie um 5.00 Uhr aufstehen, und Erics Aufmerksamkeit entnervte sie. *Zum Glück will Justus nicht noch bleiben.* Greta und Malte kamen sonst auch selbstständig zur Gemeinde, aber sie war heute für ihren Transport auf ihn angewiesen.

„Kann jemand mich mitnehmen? Ich muss nach Haste", hörte sie Victorias Stimme über dem allgemeinen Krach.

Justus hatte sie anscheinend auch gehört, denn er bot an: „Du kannst bei mir mitfahren. Phil und Cats kommen auch mit."

Muss das sein?

„Aber wir bringen zuerst Cats nach Belm."

Sehr fürsorglich gemeint. Wobei es ihr in diesem Falle sogar lieber gewesen wäre, sie hätten erst Victoria abgeliefert. Phil war nicht das Hauptproblem. Den konnten sie unten in der Stadt rauslassen. Dann hätten sie immer noch mehr als die Hälfte der Strecke zu zweit. Wobei es ihr natürlich lieber gewesen wäre, die ganze Strecke allein mit Justus zu fahren. Aber mit Vicky im Auto wäre Zweisamkeit definitiv nicht möglich. Auf dem Hinweg hatten sie schon nicht wirklich reden können, da waren sie etwas in Anspannung gewesen wegen heute Abend: ob Phil wirklich kommen würde, ob die Kühlbox kalt genug wäre, ob die Leute ihre Toppings auch nicht vergessen würden usw.

„Ich hab auch noch Platz im Auto", sagte Eric. „Ich kann dich und Vicky mitnehmen", bot er an.

Katharina sah hilfesuchend zu Justus. „Ich fahre sowieso in Katharinas Richtung", gab der zurück.

„Ich bin bereit", sagte Phil in dem Moment passenderweise.

Was für ein Glück, dass Justus zugesagt hat, Phil nach Hause zu bringen!

Da rief Greta nochmal nach Katharina. „Hier, du Schokoladen-Fan, nimm das mit nach Hause, wenn es dich freut", sagte sie und drückte ihr eine Tüte mit weißen und dunklen Schokosplittern in die Hand. „Sie sind zwar gemischt, aber ich denke, du kommst damit klar", grinste sie.

„Danke, Greta!", lächelte Katharina. Sie rechnete es ihr wirklich an. Überhaupt hatte sie Greta und Malte an diesem Abend und bei den Vorbereitungen nochmal von einer ganz anderen Seite kennengelernt. Sie hatte Greta immer für ein bisschen oberflächlich gehalten. *Aber was sie bei der Organisation alles im Blick hatte! Und jetzt hat sie sogar dran gedacht, mir mit der übrigen Schokolade eine Freude zu machen. Und Malte hat sich voll eingesetzt. Er hat immer gesehen, was zu tun war und es einfach gemacht. Und es macht ihm anscheinend wirklich nichts aus, noch weiter mitzuhelfen.*

Als sie mit Phil bei Justus ins Auto stieg, sahen sie gerade Eric und Victoria vom Parkplatz fahren.

Was für ein Glück!

„Na, da hat er wenigstens eine Dame gefunden, die er chauffieren kann", bemerkte Phil.

„Hat er", sagte Justus nur. Eilig verließ er den Parkplatz.

Damit sie sich nicht nur anschwiegen und weil es ihr auch wirklich ein Anliegen war, sagte Katharina halb nach hinten zu Phil gedreht: „Deine Andacht war der Hammer, Phil! Jeder, der nicht da war, hat echt was verpasst." Hier mit Justus neben sich fühlte sie sich sicher genug, um ihm ihre uneingeschränkte Wertschätzung entgegenzubringen. Sie hätte es gut gefunden, wenn Justus auch etwas Entsprechendes Phil gegen über geäußert hätte, aber er war voll auf das Fahren konzentriert. „Ich hoffe, es war nicht zu schlimm für dich?", fragte sie Phil.

„Am Anfang dachte ich, das hier ist übler als Zahnarzt – alle starren mich an. Schon verrückt: Früher wünschte ich mir nichts mehr, als beachtet zu werden. Und dann richten sich alle Blicke auf mich und ich will am liebsten wegrennen. Na ja, um deine Frage zu beantworten: Später war es okay. Als du sagtest, ich soll an Jesus denken, hab ich gebetet, dass er mir einen Blick hinter die Kulissen gibt. Es war krass: Auf einmal konnte ich tatsächlich mehr sehen, als nur die Leute, die mich alle anguckten. Ich sah den Hunger nach Annahme und Wertschätzung in ihren Augen. Nicht bei allen, aber bei manchen." Er wandte sich an Justus: „Du kannst mich hier rauslassen."

„Was? Ach so, ja." Justus hielt abrupt an und Phil stieg aus. Er hatte kaum die Autotür zugeschlagen, da fuhr Justus bereits mit quietschenden Reifen wieder los.

„Hattest du was in deinem Eis?", fragte Katharina verwundert.

„Was?" Justus wandte kurz den Kopf. Er lachte etwas gezwungen. „Sorry." Sofort konzentrierte er seinen Blick wieder nach vorn.

„Wie fandest du's?", bemühte sich Katharina, ein Gespräch in Gang zu bekommen.

„Gut."

„Ich glaube, es hat allen Spaß gemacht", versuchte sie es noch einmal.

„Ja."

„Ich bin so froh, dass Phil das mit der Andacht gemacht hat. Er war wirklich genau der Richtige."

„Ja."

Katharina warf ihm einen Seitenblick zu. *Wenn du nicht mit mir reden willst, warum wolltest du mich dann nach Hause bringen?* Vor ihnen tauchte Erics Auto auf.

„Ist Eric nicht der, der unbedingt mit dir tanzen wollte?", fragte Justus unvermittelt.

Daran erinnert er sich? „Er ist es", nickte Katharina.

Ein Stück weiter vorn bog Eric links ab.

„Sie fahren komplett in die falsche Richtung!", sagte Justus kopfschüttelnd. Vor ihnen schaltete die Ampel auf Gelb. Justus gab Gas, um sie noch zu erwischen. Dabei nahm er die Kurve so schwungvoll, dass das Fahrzeug aus der Spur geriet.

„Stopp!", schrie Katharina. Doch es war zu spät. Mit einem Krachen rammte das Auto einen Betonpfeiler. Im nächsten Moment stöhnte sie schmerzvoll. Katharina hatte sich ordentlich auf die Lippe gebissen. Sie warf einen kurzen Blick nach links, um zu sehen, ob Justus verletzt war. Das schien nicht der Fall zu sein. Er starrte nur schockiert auf die eingedrückte Motorhaube. *Ganz toll! Weil Justus unbedingt wie auf einer Gangsterjagd Victoria und Eric verfolgen musste!* Sie merkte, wie es warm über ihr Kinn floss. Als sie darüber wischte, hatte sie die Finger voller Blut. Sie fischte mit einer Hand in ihrer Tasche nach einem Taschentuch, die andere hielt sie unter ihr Kinn. Die Suche war vergeblich. „Hast du 'leicht ein Taschentuch?", nuschelte sie so vorsichtig wie möglich, um ihre Lippe nicht zu bewegen. *Wäre ich doch bloß nie bei ihm mitgefahren!*

Wie in Zeitlupe wandte Justus sich ihr zu. Er war ganz blass. Seine Gesichtsfarbe wurde auch nicht besser, als er ihre Lippe und das Blut auf ihrem Kinn sah. „Cats!", keuchte er entsetzt, die braunen Augen riesengroß. „Du bist verletzt!"

Gut erkannt. „Taschentuch?"

Justus beugte sich zu ihr herüber. Sie konnte sein Deo riechen. Mit fahrigen Händen öffnete er das Handschuhfach und wühlte darin. „Es tut mir so leid, Cats! Es tut mir so leid, Cats!", stammelte er die ganze Zeit.

„Gig ngir einhach ein Taschentuch", nuschelte Katharina. Das Blut tropfte durch ihre Finger auf ihre Hose.

Endlich fand Justus ein Päckchen Papiertaschentücher, aber er brauchte eine halbe Ewigkeit, um es zu öffnen, so sehr zitterten seine Finger.

Er ist völlig fertig! Er ist so weiß wie eine Wand. Hoffentlich wird er nicht ohnmächtig! Justus' Zustand lenkte sie von ihrem eigenen ab. Sie wischte notdürftig ihre linke Hand ab, dann drückte sie ein neues Taschentuch auf ihre Lippe, um die Blutung zu stoppen. *Ich glaube, er kann kein Blut sehen! Aber ich brauche trotzdem seine Hilfe. Ich habe nur zwei Hände und die eine davon ist voller Blut.*

„Kannst du gitte ngeine Hand aggischen?" Sobald ihre linke nicht mehr alles beschmutzte, was sie anfasste, wäre sie nicht mehr ganz so hilflos.

Justus schluckte. Er atmete tief ein und aus. *Er schafft das nicht. Dann muss er mir das Taschentuch auf die Lippe halten.* Sie nahm seine Hand, damit er die Wunde abdrückte. Seine Finger waren eiskalt. „Schön hier drauch drücken", wies sie ihn an und sah ihm fest in die Augen. Ohne den Blick von ihm abzuwenden, tastete sie nach den Taschentüchern und wischte ihre linke Hand ab.

„Ich habe dich verletzt", flüsterte er. Tränen stiegen ihm in die Augen. „Ich kann dir gar nicht sagen, wie sehr es mir leidtut, Cats!"

Schlagartig löste sich Katharinas Ärger in Luft auf. *Er weint wegen mir!*

Wärme stieg in ihren Blick. Sie legte ihre rechte Hand auf Justus'. „Es ist nicht so schling. Das heilt ieder", sagte sie beruhigend.

Justus zog zitternd die Luft ein, und die Tränen schwappten über. „Das wollte ich nicht, Cats!"

„Harung gist du Eric und Hiktoria hinterhergejagt?"

„Ich habe mich für Vicky verantwortlich gefühlt, weil ich sie zum Special-Friday eingeladen hatte. Und von Eric habe ich nicht gerade eine hohe Meinung, seitdem er so ungemütlich wurde, als er nicht mit dir tanzen konnte."

Das weiß er auch noch? Wie süß!

„Da hätte ich Vicky lieber selbst nach Hause gebracht. Auch wenn es bedeutet hätte, nicht mit dir allein zu fahren."

Für dieses Geständnis lohnt sich meine verletzte Lippe sogar fast. Doch beim nächsten Satz war sie sich dessen keineswegs mehr sicher.

„Aber sie wollte ja unbedingt lieber mit Eric fahren als mit mir", sagte Justus. „Und als sie dann überhaupt nicht nach Holzhausen, sondern in die Stadt gefahren sind, bekam ich erst recht Sorge."

Katharina nahm ihre Hand herunter. *Aha, er ist also eifersüchtig!*

„Du kannst jetzt auhören zu drücken", sagte sie kühl. Sie klappte den Spiegel über der Scheibe herunter und besah sich ihre Lippe. „Ich sollte das ngedizinisch hersorgen lassen. Kangst du ngal ngeine ngutter anruchen? Ich hag kein Guthagen." Sie nahm ihr Handy heraus und suchte ihm die Nummer. *Hoffentlich geht sie dran!* Es dauerte eine ganze Weile, aber schließlich meldete sich Antje Jöllenbeck und eine Viertelstunde später war sie da.

Justus hatte festgestellt, dass das Auto noch fuhr und angeboten, mit Katharina in die Notaufnahme zu fahren, aber sie hatte dankend abgelehnt. *Jemand, der sich nicht zwischen mir und Victoria entscheiden kann, braucht mich auch nicht zum Arzt zu karren.*

*

Nachdem Katharina von ihrer Mutter abgeholt worden war, setzte Justus sich zurück ins Auto. Er stützte beide Unterarme auf das Lenkrad, legte seinen Kopf darauf und heulte. *Wegen mir blutet Cats! In meinem Bestreben, Vicky zu schützen, habe ich Cats verletzt! Ich habe weder sie sicher nach Hause gebracht noch Vicky.* Er fühlte sich hundeelend. Der einzige Lichtblick in all dem war ihre Hand auf seiner, als er unbeholfen das Taschentuch auf ihre Lippe gehalten hatte. Und wie sie ihn dabei angeguckt hatte. Um ein Haar wäre er bewusstlos geworden, als er das Blut auf ihrem Kinn und ihrer Hand gesehen hatte. Aber dann hatte sie ihm so tief in die Augen geschaut, dass ihr Blick das leere Gefühl in seinem Kopf verscheucht hatte. *Wäre ich nicht so entsetzt gewesen, hätte ich sie geküsst. Aber das kann ich mir jetzt erstmal auf unbestimmte Zeit ganz abschminken.* Wie lange so eine Lippe wohl heilte?

Dabei war es so ein Hammer-Abend gewesen. Es waren eine ganze Reihe Neue da gewesen, Yolibri hatte allen Spaß gemacht und der Stille im Saal nach zu urteilen, war Phils Andacht unter die Haut gegangen. Alles hatte bestens geklappt. *Ich habe sogar einen Candle-Light-Nachtisch bei Cats gewonnen. Und dann mache ich alles kaputt!*

Sie bluten zu sehen, noch dazu seinetwegen, war der bisher schlimmste Anblick, den er je hatte ertragen müssen. *Cats ist so was von tapfer. Sie konnte noch nicht mal richtig sprechen, aber sie hat nicht gejammert. Sie hat mir auch keinen einzigen Vorwurf gemacht. Sie hat nur gefragt, warum ich ihnen hinterhergejagt bin. Ich bin bloß froh, dass ich ihr die Wahrheit gesagt habe. Jetzt weiß sie auf jeden Fall, dass ich nicht an Vicky interessiert bin.* Er war sich sicher, dass Katharina keinen Groll gegen ihn hegen würde. Aber er fragte sich, ob und wie er das wiedergutmachen könnte. Entschuldigt hatte er sich bereits tausendmal. *Aber das reicht nicht! Davon heilt ihre Lippe auch nicht. Gibt es nicht irgendwas? Beten, dass sie jetzt in der Notaufnahme gut versorgt wird und dass sie keine Schmerzen hat,* kam es ihm in den Sinn. *Und dass es gut verheilt. Bitte ohne Narbe, Jesus. BITTE!* Nicht auszudenken, wenn sie zeitlebens seinetwegen eine Narbe an der Lippe haben würde.

„Ich bin zu schnell um die Kurve gefahren", sagte Justus, als er zu Hause den Unfall erklärte. Dabei sah er immer noch fix und fertig aus. Sein verheultes Gesicht zeigte seinen Eltern offenbar, dass Reue für den Unfall nicht erst noch herbeigeschimpft werden musste, und sie erkundigten sich lediglich, ob noch jemand anderes dabei zu Schaden gekommen sei. „Ja, Cats", erwiderte Justus. Seine Seelenqualen waren ihm dabei deutlich abzulesen, und sein Vater fragte alarmiert: „Wo ist sie? Ist sie verletzt?"

„Ihre Mutter hat sie ins Krankenhaus gebracht. Ihre Lippe ist aufgeplatzt."

„Sonst nichts? Hat sie sich sonst irgendwas getan?"

Das ist mehr als schlimm genug! „Nein, sonst nichts."

„Und ihr Fahrrad?", erkundigte sich sein Vater.

„Sie saß bei mir im Auto. Ich wollte sie nach Hause bringen." Er bemerkte, wie seine Eltern sich einen Blick zuwarfen. Hastig redete er weiter: „Weil ich sie auch schon abgeholt hatte. Weil wir zusammen einkaufen waren. Mit Greta und Malte. Für den Special-Friday."

„Ach so", nickte sein Vater. Die wenigen abgehackten Informationen hatten offenbar ausgereicht, dass er sich ein Bild machen konnte.

„Hast du dich entschuldigt?", fragte seine Mutter überflüssigerweise.

„Ja, natürlich! Was denkst du denn!"

„Gut. Dann sorg dafür, dass sie weiß, dass dir ihre Genesung wichtig ist. Frag immer mal nach."

Als ob ich darauf nicht allein kommen würde. Er reichte ihr den Autoschlüssel. „Es tut mir sehr leid, Mama. Ich hoffe, dass das, was ich auf dem Konto habe, für die Reparatur reicht."

Seine Mutter legte eine Hand auf seine Schulter. Sie lächelte. „Das sehen wir dann mal. Wir sind sehr dankbar, dass dir nichts passiert ist."

Ich wünschte, Cats wäre stattdessen nichts passiert! Als er im Bett lag, schrieb er an sie. Aber entweder hatte sie ihr Handy aus oder sie war noch nicht wieder zu Hause. Seine Nachricht wurde zwar gesendet, kam aber nicht an. Er blieb noch zwei Stunden wach, um immer wieder sein Handy zu checken und für sie zu beten. Nichts. Schließlich schlief er mit dem Telefon in der Hand ein.

Am nächsten Morgen hatte er eine Nachricht von ihr: ein Foto von ihrer Lippe. Es sah gruselig aus. Zumindest für seine Begriffe. „Danke für dein Nachfragen", hatte sie daruntergeschrieben.

„Wie lange dauert es, bis das heilt?", schrieb er zurück. Obwohl es 9.00 Uhr war, hatte sie die Nachricht bekommen. Das hieß, sie war nicht in der Bäckerei.

„Die Fäden lösen sich irgendwann von selbst auf, hat der Arzt gesagt."

„Bist du krankgeschrieben?", wollte er wissen. *Dann könnten wir zusammen den Tag verbringen. Wenn sie noch Lust auf mich hat ...*

„Ja. Aber nur einen Tag. Es sah schlimmer aus, als es ist."

„Was machst du heute?" Er wagte nicht, ihr vorzuschlagen, dass er ja kommen könnte. *Wenn sie mich sehen will, wird sie es sagen.*

„Mal sehen. Wahrscheinlich was für die Schule. Und mein Essen pürrieren ..." Dahinter hatte sie ein Emoji gesetzt, dass das Gesicht verzieht. „Was ist mit dem Auto?"

„Kommt gleich in die Werkstatt."

„Waren deine Eltern sauer?"

„Nein." *Was könnte ich noch schreiben?* „Tut deine Lippe noch weh?"

„Wenn ich sie nicht bewege, geht's."

Das heißt, nicht reden, nicht essen. Ich frage mich, wie sie das schaffen will ...

Als hätte sie seine Gedanken gelesen, fügte sie eine zweite Nachricht an: „Ich trinke Sahne mit Honig."

Das stellte er sich nicht besonders schmackhaft vor. *Also, schmackhaft vielleicht schon, aber irgendwie eklig. Und somit sind wir in eine Gesprächssackgasse geraten. Zu dumm!* Plötzlich fiel ihm etwas ein: „Hast du eigentlich nochmal was von diesem Mädchen gehört, das abtreiben wollte?"

„Sie hat es gemacht." Dahinter drei traurige Emojis. Justus hatte sie noch nie benutzt, und hinter Katharinas Nachricht sahen sie unglaublich trostlos aus.

„*Sie hat es gemacht.*" Er sah auf den kurzen Satz und die Emojis. In diesen vier Worten steckte der willentliche Abbruch eines kleinen Lebens. Die Entscheidung war nicht mehr rückgängig zu machen. Sie war endgültig. *Dazu gibt es wohl nichts mehr zu sagen. Außer höchstens mein Beileid auszudrücken.*

„Das tut mir wirklich leid!" *Ziemlich schwach.* Bevor er die Nachricht abschickte, fügte er vor „leid" noch ein „sehr" ein. Aber auch so kam ihm der Satz dürftig vor. Trotzdem tippte er auf senden.

„Ja, mir auch!", kam sofort die Antwort. „Sie hat ihr ungeborenes Kind rausholen und wegwerfen lassen. Ohne dass es eine Chance hatte, zur Welt zu kommen, hat sie einfach entschieden, dass es nicht leben soll."

Er hörte oder, besser gesagt, las, den Schmerz in ihren Worten. Auch das tat ihm leid. Es tat ihm leid, dass sie mit so etwas konfrontiert war, und es tat ihm leid, dass er nichts tun konnte, um es leichter für sie zu machen.

„Ich glaube, ich werde mitfahren zum ‚Marsch für das Leben'", schrieb Katharina da.

Justus hatte keine Ahnung, was das war, und googelte den Ausdruck schnell. Dabei fand er heraus, dass es sich um eine friedliche Demonstration vor allem von Abtreibungsgegnern handelte, die einmal jährlich in Berlin stattfand. Dieses Jahr ausnahmsweise ziemlich spät. Parallel dazu gab es Gegendemonstrationen für das Selbstbestimmungsrecht der Frau und so weiter.

Wir könnten da zusammen mitlaufen. Vielleicht würden sogar aus der Jugend noch welche mitkommen, überlegte er. Wenn das Auto seiner Mutter wieder ganz wäre bis dahin und wenn sie es ihm nochmal ausleihen würde, könnten sie mit fünf Leuten nach Berlin fahren. Er schrieb eine entsprechende Nachricht an Katharina und wartete auf ihre Reaktion. Siedend heiß fiel ihm ein, dass sie sich möglicherweise nicht so schnell wieder bei ihm ins Auto setzen würde. *Wenn überhaupt.*

„Hört sich ziemlich cool an", schrieb sie zu seiner großen Erleichterung kurz darauf zurück. „Wann weißt du, ob das klappt? Sonst würde ich mir nämlich nächste Woche ein Ticket kaufen, damit es nicht zu teuer wird."

Bis nächste Woche würde er das nicht wissen. So bald wagte er nicht, seine Mutter anzusprechen. Jetzt musste ihr Auto ja erstmal repariert werden. *Cats ist bereit, ihr weniges Geld für ein Ticket nach Berlin auszugeben*, dachte er beschämt.

Er ging schnell auf die Seite der Deutschen Bahn, um nachzusehen, was ein Gruppenticket kosten würde. Was er herausfand, beflügelte ihn, und er schrieb sofort an Katharina: „Wir könnten mit sechs Personen ein Gruppenticket nehmen. Würde 9,90 pro Fahrt pro Person kosten. Oder ist dein Ticket günstiger?"

„Nein! Für 19,80 komme ich niemals hin und zurück. Meinst du, wir finden noch vier andere?"

„Bestimmt!"

„Also gut, ich bin dabei", schrieb sie.

Ich fahre mit Cats nach Berlin! Wir werden zusammen gegen Abtreibung demonstrieren! Obwohl ich ihr eine verletzte Lippe beschert habe. Ich glaube, sie ist nicht zu schlecht auf mich zu sprechen. „Wann wolltest du in Berlin sein?"

„Um 13.00 Uhr beginnt das mit einer Kundgebung. Je nachdem, wie die Züge fahren, könnte man schon direkt zu Beginn dort sein oder auch erst ein bisschen später dazukommen. Man könnte auch einen früheren Zug nehmen und noch ein bisschen Berlin anschauen."

Justus ließ keine unnötige Zeit verstreichen und loggte sich sofort bei der DB ein. Drei Minuten später schickte er ihr einen Screenshot von dem Ticket.

„Das ist toll, Justus! DANKE! Ich bringe dir das Geld bei der nächsten Gelegenheit mit", kam prompt ihre Reaktion.

Es klopfte kurz an seiner Tür: „Maria für dich", sagte Jens grinsend und hielt ihm das Telefon hin.

In der Vergangenheit hatte ein Anruf von Maria die Frage bedeutet, ob er Kigo machen könne. Ihm fiel ein, dass sie im Gottesdienst neulich zusammengeklappt war. Er hatte sie am Sonntag danach wiedergesehen, und im Hauskreis hatte Tim, ihr Mann, nichts Negatives über seine Frau erzählt. Also, wegen ihrer Gesundheit.

„Ja, hier ist Justus", sagte er zögernd.

„Hi Justus, hier ist Maria. Du ahnst sicher schon, was kommt, oder?"

„Jaaaaa ..."

„Hast du nochmal Zeit? Nicht morgen, da bin ich sowieso nicht dran. Aber nächsten Sonntag? Wenn es dir nicht passt, dann versuche ich, jemand anderes zu finden. Es ist ja noch ein bisschen hin."

Er hatte keinen triftigen Grund, Nein zu sagen. Außer, dass er dann im Godi nicht neben Katharina sitzen konnte. Und eigentlich hatten ihm die beiden Male, an denen er für sie eingesprungen war, echt Spaß gemacht. Er hatte das Gefühl gehabt, selbst am meisten davon profitiert zu haben. „Kann ich machen", sagte er. „Das ist toll, Justus! Vielen Dank! Dann würde ich Tim das Heft mitgeben, damit er dir das morgen in die Gemeinde mitbringen kann. Lektion 8 ist dran."

Erst als sie aufgelegt hatten, fiel Justus ein, dass es etwas verwunderlich war, dass sie das nicht selbst tun würde. Am nächsten Tag, bei der Übergabe des Vorbereitungsheftes, erfuhr er den Grund: „Maria hat Blutungen bekommen und muss liegen", sagte ihr Mann als Erklärung.

„Blutungen?", fragte Justus stirnrunzelnd.

„Sie ist schwanger."

„Schon wieder?", rutschte es ihm heraus. *Ihr letztes Baby ist ... ungefähr drei Monate alt?*

Tim lachte. „Du sagst wenigstens, was du denkst", meinte er gutmütig. „Ja, schon wieder. Wir waren selbst ziemlich überrascht. Aber wir freuen uns."

Obwohl sie liegen muss und obwohl sie gerade erst ein Kind gekriegt haben! „Cool", nickte Justus.
„Danke, dass du für sie einspringst."
Wieder nickte Justus. „Kein Ding." Wer beabsichtigte, auf den Marsch für das Leben zu fahren und für ungeborenes Leben zu demonstrieren, auch, wenn er selbst körperlich nie davon betroffen sein würde, konnte zumindest eine Schwangere unterstützen. Indem er für sie im Kindergottesdienst einsprang.

*

Ich werde Jonas fragen, ob er mitkommt!, fuhr es Katharina durch den Kopf. *Und Phil. Wenn Greta und Malte mit dabei sind, wären wir dann schon komplett.* Dass Justus die Sache so auf sein Herz nehmen würde, hätte sie nicht gedacht. Okay, er war schockiert gewesen, als sie ihm das mit der voraussichtlichen Abtreibung erzählt hatte. Aber dann hatte er nicht mehr nachgefragt, und nach Jonas' unerwarteter Seelen-Offenbarung hatte sie auch nicht die Freiheit gehabt, von sich aus davon zu erzählen. Schließlich wusste sie ja nur, dass Susanna es gemacht hatte, weil er ihr im Vertrauen davon berichtet hatte.
Es überraschte sie wirklich, dass Justus sich so für das ungeborene Leben einsetzte. *Er hat sofort ein Ticket gekauft, obwohl er noch gar keine Ahnung von meiner Idee wegen Phil und Jonas hat. Schon toll, dass er mich so unterstützt. Vielleicht sollte ich sein Interesse an Victoria nicht so hoch hängen. Vielleicht hat er sich am Freitag wirklich nur für sie verantwortlich gefühlt, weil er sie eingeladen hat. Er hat ja auch gesagt, dass er mich lieber allein nach Hause gebracht hätte.* Die Erinnerung daran war wie ein heller Sonnenstrahl. *Dass er bei Yolibri mit ihr und Eric in einer Gruppe war, hat vielleicht genau diesen Grund. Und vielleicht ist er insgesamt wirklich nur an ihrem geistlichen Wohl interessiert.*
Sie hatte sich so sehr gewünscht, er würde auf die Idee kommen, sich mal außer der Reihe mit ihr zu treffen – am Samstag zum Beispiel, an dem sie wegen ihrer Lippe nicht in der Bäckerei ge-

wesen war. Kam er aber nicht. Stattdessen hatten sie geschrieben. Immerhin. So einen langen Chat hatten sie noch nie gehabt. Und dann hatte er einfach dieses Ticket gekauft.

Ja, ich werde Phil und Jonas fragen. Justus und Jonas waren zwar nicht besonders gut aufeinander zu sprechen, aber vielleicht würde sich das ändern, wenn sie in gemeinsamer Mission unterwegs wären. So ganz ohne war die Aktion nicht: Es gab ziemlich militante Gegner zu diesem Marsch, und Polizeibegleitung war auf jeden Fall nötig. In der Vergangenheit hatte es immer wieder Störungen der friedlichen Demonstration gegeben, wie ihre Mutter ihr berichtet hatte. Das hatte die Presse allerdings ziemlich unter den Tisch fallen lassen.

Sie war froh, dass Justus mitfahren würde. *Er wird schon darauf achten, dass mir keiner blöd kommt. Wer im Dunkeln im Regen mit dem Fahrrad fährt, um mich zu beschützen ...* Wieder lächelte sie, so gut es eben mit ihrer Lippe ging. Plötzlich schoss ein Gedanke vorbei, der ganz und gar nicht hell war: *Hoffentlich kommt er nicht auf die Idee, Victoria zu fragen!* Dann hätte die Berlinfahrt allerdings jeglichen Glanz verloren.

Ich muss einfach schneller sein, beschloss sie. *Wenn wir sechs Leute sind, ist kein Platz mehr für sie.* Umgehend schrieb sie erst Malte und Greta an und dann Jonas.

Von ihm hatte sie wenige Minuten später eine Antwort: „Ich bin dabei. Kommt Teigpanscher auch mit?"

Teigpanscher! Kann er es nicht endlich lassen, Justus so zu bezeichnen? Sie überlegte, wie sie darauf reagieren sollte. Sie wollte Jonas nicht vor den Kopf stoßen mit einer pampigen Bemerkung, aber sie wollte sich auch für Justus einsetzen. *Vielleicht sollte ich Jonas mal stecken, dass da was läuft zwischen uns.* Sie seufzte leicht. *So halb.* „Nein, es kommt kein Teigpanscher mit!" Sie hoffte, dass das Ausrufezeichen ihm verklickern würde, dass sie die Bezeichnung nicht angemessen fand. „Justus hat die Karte gekauft und wird dabei sein und wahrscheinlich zwei aus der Jugend. Phil werde ich auch noch fragen."

„Alles klar", kam die Rückmeldung.

Ich glaube, er hat es gecheckt.

Malte und Greta fragten per WhatsApp, was der *Marsch für das Leben* sei, und Katharina schickte ihnen den Link. Bei der Gelegenheit meldete sie sich gleich bei ihnen vom Godi ab. „Ich habe mich auf die Lippe gebissen", schrieb sie als Begründung. Dann ging sie offline, um eventuellen weiteren Fragen vorzubeugen. Ihre Lippe war noch ziemlich geschwollen, und sie hatte keine Lust, allen lang und breit zu erklären, wie es dazu gekommen war.

Wenn sie montags nicht ihr Schulgebet gehabt hätten, wäre sie am nächsten Tag auch noch zu Hause geblieben. Aber es war ihr wichtig, sich mit Phil zu treffen. Außerdem wollte sie ihn wegen des Marsches fragen. Natürlich hätte sie auch eine Nachricht an Herbert schicken können, mit der Bitte um Weiterleitung, aber sie wollte Phil lieber direkt fragen. Und außerdem, so wenig, wie die Leute in der Schule von ihr Notiz nahmen, machte es sowieso keinen Unterschied, wie sie aussah.

Phil lief sie sogar noch vor dem Unterricht über den Weg. Zu ihrer Verwunderung brauchte sie ihm gar nicht zu erklären, worum es sich bei dem Marsch handelte. „Ich bin dabei", sagte er sofort. Er zeigte auf ihre Lippe. „Fahrradunfall?"

„Nein, Vollbremsung beim Autofahren."

„Autsch!"

„Geht schon wieder", sagte Katharina. Sie war froh, dass sie wieder normal sprechen konnte und dass es in dem Moment läutete und das Gespräch beendet war.

In der Pause lief sie über den Schulhof Richtung Mülltonnen. *Phil redet mit Susanna?* Katharina glaubte, nicht richtig zu sehen. Eigentlich wollten sie jetzt zusammen beten, aber offensichtlich hatte Phil andere Pläne. Sie war hauptsächlich deswegen heute in die Schule gekommen. Erst kurz vor Ende der Pause trennten Phil und Susanna sich. *Er hat sie über die halbe Pause in ein Gespräch verwickelt. Ich kann nicht glauben, dass sie sich darauf eingelassen hat.*

Phil sah sich suchend um. Katharina ging auf ihn zu. „Halt mal die Uhr an", sagte er und atmete tief durch. „Wir müssen beten."

„Dachte ich auch. Ich hab gesehen, du hast mit Susanna geredet."

Phil nickte. „Wie kam das denn?"

„Sie sah so was von fertig aus, da hab ich sie einfach angesprochen."

Sie sah fertig aus? Für Katharinas Begriffe hatte das Model genauso ausgesehen wie immer. „Was hast du zu ihr gesagt?" Das ging sie eigentlich nichts an, aber sie war zu neugierig, um über die Frage nachzudenken.

„Ich hab sie gefragt, ob ich für sie beten kann. Sie würde so fertig aussehen. Sie könnte auch einfach dazukommen. Wir treffen uns immer montags bei den Mülltonnen."

„Ernsthaft?", fragte Katharina ungläubig. *Ich fasse es nicht*, Phil *quatscht* Susanna *einfach an. Dazwischen liegen doch Welten!*

„Was guckst du so? Ich weiß, wie man sich fühlt, wenn man ganz unten ist. Jedenfalls sagte sie: ‚Beten? Hier?' Wenn es Gott überhaupt gibt, dann würde es ihn sowieso nicht interessieren, wie es ihr geht. ‚Dann sitzt er irgendwo oben in seinem Himmel und guckt weg.' Ich sagte: ‚Gott ist genau hier, Susanna. Er streckt schon die ganze Zeit die Hände nach dir aus. Er sehnt sich nach dir, wie eine Mutter sich nach ihrem Kind sehnt.' Keine Ahnung, warum ich das so formuliert habe. Jedenfalls bekam ihre Fassade für einen Moment einen Riss. Entgeistert starrte sie mich an. In dem Moment konnte ich ganz kurz in ihre Seele gucken. Und da drin sah es genauso aus wie in meiner, bevor ich Jesus kennenlernte."

Katharina fühlte sich wie elektrisiert. *Ach du liebe Zeit! Sie denkt an ihr eigenes Kind, das sie nie in den Armen halten wird! Anscheinend bereut sie, was sie getan hat!*

Phil fuhr sich über das Gesicht. „Doch gleich darauf war die Maske wieder in place. Eiskalt sagte sie, es würde auch andere Mütter geben, solche, denen ihr Kind egal ist. Wenn Gott so wäre wie eine Mutter, dann würde er sich einen Dreck um sie scheren. ‚Das stimmt nicht', sagte ich ihr. ‚Meine Mutter wollte mich auch nicht, aber Gott ist anders.'"

„Und was meinte sie dazu?", fragte Katharina gespannt.

„Ich hätte keine Ahnung! Wenigstens würde ich leben. Dann ist sie wegstolziert." Phil sah sie an. „Wenn du mich fragst, hört sich das nach Abtreibung an."

Katharina blickte zur Seite. *Ich sollte es ihm sagen. Wer sich so für Susannas inneren Zustand interessiert wie er, kann es ruhig wissen. Außerdem weiß er es eigentlich sowieso schon. Von allein.* Sie nickte traurig. „Du sagst es."

Phil riss die Augen auf. „Du wusstest davon?"

„Ja. Es ist schon ein paar Wochen her. Durch unsere Koch-Gang."
Phil unterbrach sie: „Warum hast du nichts gesagt? Ich meine, wir beten jeden Montag für sie, und du sagst mir einfach nichts!" In seinen Augen loderte es.

Ach du liebe Zeit, hier ist jemand richtig sauer! „Ich konnte es dir nicht sagen, Phil", versuchte sie ihn zu besänftigen. „Es wäre Vertrauensbruch gewesen."

„Aber wenn ich es gewusst hätte, hätte ich was dagegen tun können! Dann hätte sie ihr Kind jetzt noch!" Er wandte den Kopf ab. „Ich fasse es einfach nicht!"

Du? Als ob das was genützt hätte! Keine Ahnung, warum sie eben mit dir geredet hat, aber sie hätte ganz bestimmt nicht mit dir über ihre Abtreibungspläne geredet! „Ich konnte auch nichts machen! Sie hat mich sofort blockiert, nachdem sie mit Jonas Schluss gemacht hatte."

„Ja und? Mich konnte sie nicht blockieren, weil ich gar nicht ihre Nummer habe! Aber wenn ich gewusst hätte, was Sache ist, hätte ich sie drauf ansprechen können! Stattdessen hatte ich *keine Ahnung.* Du kannst doch bei so was nicht einfach schweigen, nur weil du etwas im Vertrauen erfahren hast!"

Von dem armseligen, schmierigen Typen von früher ist absolut nichts mehr übrig, musste Katharina denken. „Es tut mir leid, Phil, ich habe wirklich nach bestem Wissen und Gewissen gehandelt", verteidigte sich Katharina. „Ich hab dann versucht, über Claas an sie ranzukommen, weil ich dachte, dass sie auf ihn hören würde. Aber er hat mich richtig runtergemacht und gesagt, er würde sie in allem unterstützen, was sie tut. Sie sei schließlich ein freier Mensch."

„Frei!", lachte Phil verächtlich. „Gefangen in ihrem Egoismus, das ist sie!" Er schüttelte den Kopf. „Ich kann einfach nicht fassen, dass du mir nichts gesagt hast! Jeden Montag beten wir zusammen, ich lade sie zum Special-Friday ein und weiß *nichts*! Nur, dass sie total leer ist."

„Du hast sie eingeladen?", fragte Katharina fassungslos.

„Ja, ich habe sie eingeladen! So bald ich von dieser Veranstaltung erfahren habe."

„Und, wie hat sie reagiert?"

„Mit Gott hätte sie es nicht, meinte sie. Okay, ich sag's dir ehrlich. Der Grund, warum ich so lange gezögert habe, mit der Andacht zuzusagen, war die Angst, dass sie doch kommt. Aber das war falsch von mir und ich schäme mich dafür." Er stieß die Luft aus. „War die Abtreibung davor oder danach?"

„Davor."

„Dachte ich's mir doch. Als sie sagte, mit Gott hätte sie es nicht, hatte ich für einen Augenblick das Gefühl, dass sie ein schlechtes Gewissen hat. Wenigstens etwas!"

„Es tut mir wirklich leid, Phil!", wiederholte Katharina.

„Es tut dir leid, wow. Davon wird es auch nicht wieder gut!", sagte er heftig und ging.

Wie geprügelt blieb Katharina zurück. *Jesus, hätte ich es ihm wirklich sagen sollen?* Sie hatte nicht im Traum daran gedacht, dass ausgerechnet Phil es schaffen könnte, Susanna von ihrem Vorhaben abzubringen. Mit keinem Gedanken hätte sie ihn in Erwägung gezogen. *Und warum nicht?* Die ehrliche Antwort war erschreckend: *Weil ich ihn nicht für voll genommen habe. Wir haben zwar jeden Montag zusammen gebetet, aber ich habe ihn nicht für voll genommen. Ich dachte, wenn sie mit mir nichts zu tun haben will, dann mit Phil erst recht nicht.*

Woher hätte ich denn wissen sollen, dass er eine 180-Grad-Wende gemacht hat?, wollte sie sich rechtfertigen. Aber noch während der Gedanke in ihr aufstieg, wusste sie, dass er Schubladendenken entsprang. Sie hatte Phil ganz unten einquartiert. Es war zwar toll, dass er ein Leben mit Jesus angefangen hatte, aber im Grunde war er es nicht wert, für voll genommen zu werden – nicht so wie sie oder Claas oder andere „normale" Menschen.

Wie furchtbar überheblich von mir! Sie sah ihm nach, wie er sich über den Schulhof entfernte, und sie schämte sich in Grund und

Boden. *Er ist erst ein paar Monate Christ und ist viel mutiger für Jesus unterwegs als ich. Er lädt die Leute ein, weil er tiefer sieht, und outet sich im Jugendkreis. Und ich halte mich für was Besseres! Das stinkt zum Himmel!* Die Gedanken drückten auf sie wie Bleigewichte. Aber der nächste gab ihr den Rest: *Bin ich jetzt doch schuld an der Abtreibung?* Sie sank gegen den Müllkontainer. *Susanna hat mit Phil geredet. Sie hat sich angehört, was er ihr über Gott gesagt hat. Möglicherweise hätte sie ihn auch angehört in Bezug auf ihr Kind. Dann wäre es jetzt vielleicht nicht tot.* Die Pause war zu Ende, aber Katharina merkte es nicht. *Wenn ich Phil was gesagt hätte, wäre das Baby vielleicht noch am Leben!,* dachte sie die ganze Zeit. Und: *Ich bin so arrogant und überheblich! Dabei habe ich es doch mit eigenen Augen gelesen: „Gott widersteht den Stolzen, aber den Demütigen gibt er Gnade." Ich hab mich über Susannas Stolz aufgeregt, dabei bin ich selbst stolz! Und jetzt ist ihr Baby tot.* Sie hatte das Gefühl, unter dem Berg ihrer Schuld zusammenzubrechen.

Irgendwann merkte sie, dass der Unterricht begonnen hatte, aber sie konnte nicht in ihren Raum gehen. *Jesus, bitte hilf mir!* Mit dem Kopf auf den Knien kauerte sie vor dem Müllcontainer. Aus einem der Musikräume kam laute Musik, vermischt mit Gelächter. Kraftlos stand Katharina auf. Sie hatte noch nie in ihrem Leben Unterricht geschwänzt, heute würde es das erste Mal sein. Wobei schwänzen es nicht wirklich traf. *Es geht mir zu schlecht, um am Unterricht teilzunehmen.*

Wie unter einer dunklen Wolke verließ sie das Schulgelände. Sie musste irgendwohin gehen, wo es keine Band gab und keine Menschen, die lachten. Irgendwohin, wo sie sich von ihrem Schock erholen konnte, zumindest soweit, dass sie nach Hause fahren konnte.

Eine Kirchenglocke läutete. *Der Dom. Ich setze mich in den Dom, bis die schwarze Wolke vorübergezogen ist.* Sie schloss ihr Fahrrad auf und schob es langsam über das Kopfsteinpflaster. Den Blick nach unten gerichtet, legte sie die 500 Meter bis zu dem großen Gebäude zurück. Mühsam drückte sie die schwere, alte Tür auf und glitt in eine der Bänke.

Ich bin so schlecht! Und davon, dass es mir leidtut, wird es auch nicht wieder gut. Sie fühlte sich so miserabel, sie konnte noch nicht einmal beten. Regungslos saß sie da und wartete, dass die schwere Last auf ihrer Brust leichter wurde. Aber es passierte nichts. *Wie konnte ich so blind und so stolz sein?* Ruckartig hob sie den Kopf. „Wie kann sie so blind sein und so stolz!", hatte sie immer und immer wieder über Susanna gedacht. Sie hatte sogar etwas Entsprechendes Justus gegenüber geäußert. *Ich bin selber blind und stolz.* Diese Erkenntnis machte die Situation kein bisschen besser, zumindest nicht in ihrer Gefühlswelt. *Ich bin wie Susanna. Ich war zwar nicht ungewollt schwanger und habe abgetrieben, aber ich bin trotzdem nicht besser als Susanna. Ich bin genauso blind und stolz.* Im Dom war es etwas dämmrig, aber sie hatte das Gefühl, dass auf einmal ein Schleier weggerissen worden war und sie sich im grellen Scheinwerferlicht befand – im Flutlicht der Wahrheit, das die schmutzigen Winkel ihrer Seele ausleuchtete.

Irgendwann stand sie auf. Dabei rutschte ihr das Handy aus der Tasche und fiel auf den Steinboden. Katharina hob es auf und sah, dass sie eine Nachricht hatte. *Das ist aber seltsam*, wunderte sie sich. *Ich habe doch den ganzen Vormittag über kein Internet gehabt.*

Die Nachricht war von Herbert. Sie sah auf die Uhrzeit. Die Sprachnachricht musste im letzten Moment, bevor sie das WLAN zu Hause verlassen hatte, eingetroffen sein. „Hey Cats", kam seine vertraute Stimme, „isch hoffe, das kommt jetzt net total blöd, aber isch musste total viel für disch beten die letzte Zeit. Wenn du jemanden zum Reden brauchst, melde disch."

An Herbert hatte sie nicht im Entferntesten gedacht. Aber das hier konnte kein Zufall sein. Und abgesehen davon würde sie sowieso im Moment niemanden erreichen. Ihre Mutter arbeitete, und Theresa schlief oder war mit Theo unterwegs. *Und Justus – ich weiß nicht, ob ich das mit Justus so teilen will. Er weiß nicht, wie schlecht ich bin. Wie würde er reagieren, wenn er wüsste, was für einen verdorbenen Charakter ich habe?* Da war Herbert schon besser. Herbert war weit weg. Und wenn Herbert die

Wahrheit über sie wusste, machte es keinen Unterschied. Hatte sie sich eben noch fast zu erschöpft gefühlt, um einen Fuß vor den anderen zu setzen, rannte sie jetzt förmlich zu ihrem Fahrrad. *Ich muss mit Herbert reden! Ich muss mit Herbert reden!*, dachte sie die ganze Zeit. Kaum war sie zu Hause, rief sie ihn an.

„Hey Cats, geht's dir net gut?", fragte er besorgt.

„Woher weißt du das?" Auf einmal wusste Katharina nicht, wo sie anfangen sollte.

„Isch hatte so ein Gefühl. Und isch schätze mal, es kam net von ungefähr. Weil eigentlisch müsstest du doch in der Schule sein, oder?"

Gut kombiniert. „Ja."

„Aber?"

„Ach, Herbie, ich bin so ein erbärmlicher Christ! Ich bin egoistisch und voreingenommen und stolz. Und deswegen hat eine meiner Kurs-Kameradinnen ihr Baby abtreiben lassen."

„Uff!", machte Herbert am anderen Ende.

Ja, uff! Viel mehr ist auch nicht dazu zu sagen.

Aber anscheinend hatte Herbert doch noch ein bisschen mehr Meinung zu dem Thema. „Isch hatte bisher net den Eindruck, dass du all diese Dinge wärst, aber du kannst das wahrscheinlisch besser beurteilen als isch. Und wenn das wirklisch so ist, gibt's nur ein Waschmittel dafür: das Blut von Jesus."

„Ja, aber ich bin mit schuld an dieser Abtreibung!"

„Das kann isch auch net beurteilen. Aber wenn, dann gibt's dafür das gleiche Waschmittel", sagte Herbert langsam. Er widersprach ihr nicht und fragte nicht nach. Er sagte einfach nochmal seinen Waschmittel-Satz.

„Ja, und? Davon wird es doch auch nicht besser!"

„Wie bitte?", fragte er ungläubig. „Isch sags nur ungern, Cats, aber pass auf, was du da redest. Vergebung ist net was Billisches. Das Blut von Jesus ist das Teuerste, Kostbarste, was es gibt. Und wenn das net gut genug für disch ist, dann weiß isch es auch net."

Das ist auch Stolz!, durchzuckte es Katharina. Und hatte ihre Mutter ihr nicht auch irgendwas von Stolz erzählt, als sie über Susanna gesprochen hatten? *Irgendwas war da, aber ich weiß*

nicht mehr, was. Ich weiß nur noch, dass sie mich davor gewarnt hat, stolz zu sein. Sie musste an das Gleichnis von dem Pharisäer und dem Zöllner denken. Der Pharisäer hatte gedacht, er würde beten, aber es hatte ihm überhaupt nichts genützt. „Gott, sei mir Sünder gnädig!", hatte der Zolleinnehmer erschüttert über seine Sünden gesagt. Und Gott hatte ihm vergeben.
Ich muss beten! Also, so RICHTIG beten! Die Reue schnürte ihr die Kehle zu. „Danke, Herbie. Ich muss jetzt auflegen", brachte sie mühsam hervor. „Ich muss beten."
„Das ist gut, Cats. Ciao."
Katharina rutschte von ihrem Bett und kniete sich davor. *„Wenn das wirklisch so ist, gibt's nur ein Waschmittel dafür: das Blut von Jesus."*
Katharina hatte das Gefühl, sie bräuchte nicht nur eine Reinigungswäsche, sondern eine Desinfektion. *Dampfsterilisation! Ach, Jesus, Herbert hat ja recht. Nein, dein Wort hat recht. Und ich brauche so dringend deine Vergebung! Bitte wasch mich wieder rein. Vergib mir meinen schrecklichen Stolz! Und wenn ich dadurch mitschuldig geworden bin am Tod dieses Kindes* – sie schluchzte auf – *dann vergib mir! Ich habe mich für besser gehalten als Phil. Und als Susanna. Es tut mir so leid ...*
Ihre Zimmertür öffnete sich und ihre Mutter kam herein. Sie hatte ihren Frühdienst beendet und war wieder zu Hause. „Katie? Was ist?" Sie kniete sich neben sie und legte einen Arm um sie.
„Ich bin eine Sünderin!", flüsterte Katharina. „So wie Susanna."
„Ja, das bist du. So wie ich", sagte ihre Mutter leise. „Und wie schmerzhaft ist es, das zu erkennen!"
So ein ähnliches Gespräch hatten wir schon mal. Eigentlich dachte ich damals schon, ich hätte es gecheckt. Aber anscheinend nicht. Katharina hob den Kopf und sah ihre Mutter an. „Ich wünschte, ich könnte einfach perfekt sein."
„Das wünsche ich mir auch oft! Und dann denke ich daran, dass Gott verspricht, dass wir das eines Tages auch sein werden –, ohne Flecken oder Runzel oder etwas dergleichen, vielmehr heilig und untadelig', weil Jesus dafür sorgt."
„Wo steht das?", wollte Katharina wissen.

„Epheser 5,27. Und bis es so weit ist, lehrt uns jede Unvollkommenheit, demütig und dankbar Jesu Opfer anzunehmen."

Katharina hörte die Frage in ihren Worten. Sie nickte. „Ja, das will ich tun."

„Weißt du, Katie, manchmal zeigt sich gerade in unserem dunkelsten Moment der Selbsterkenntnis, ob wir wirklich glauben, dass Gott allmächtig ist."

„Wie meinst du das?"

„Glauben wir, dass er die Macht hat, selbst aus unseren falschen Entscheidungen noch etwas zu seiner Ehre zu machen?"

„Wie soll das denn in meinem Fall gehen? Denkst du wirklich, Gott benutzt Sünde?", fragte Katharina zweifelnd.

„Ich glaube, ich würde es anders formulieren: Seine Gnade ist stärker als die Sünde. Denk mal an Batseba. Sie war eine verheiratete Frau. Aber als König David sie zu sich rufen ließ, ist sie gekommen. Somit war sie eine Ehebrecherin. Trotzdem nahm Gott sie in den Stammbaum Jesu auf. David hatte noch eine Reihe anderer Frauen – anständiger Frauen. Gott hätte die Abstammungslinie des Messias durch irgendeine von denen fortführen können. Aber er suchte sich Batseba aus. Und noch ein paar andere mit zweifelhafter Vergangenheit, deren Leben vor allem aus Scherben bestand."

In Katharina glomm ein Fünkchen Hoffnung auf. Für einen Moment. „Aber stell dir doch nur vor, wegen mir ist Susannas Kind tot!"

„Das weißt du nicht. Ich halte es für eher unwahrscheinlich. Aber selbst wenn das wirklich der Fall sein sollte – du kannst die Sache nur unter das Kreuz von Jesus bringen: ‚Oh Herr, sieh an unsere Trümmer … Denn wir liegen vor dir mit unserem Gebet und vertrauen nicht auf unsere Gerechtigkeit, sondern auf deine große Barmherzigkeit.'"

Das trifft es genau! „Wo steht das?"

„Daniel 9,18."

„Warum kennst du all diese Stellen?"

„Weil ich mich so manches Mal an sie geklammert habe, wenn ich den Boden unter den Füßen verloren habe."

*

Justus hatte sich von Tim das Heft für den Kindergottesdienst geben lassen und sich die Lektion angeguckt. Während er Löcher aushob, Büsche pflanzte und die Erde wieder festtrat, dachte er darüber nach, was es hieß, dass Gottes Wort lebendig war. Der Entwurf in dem Heft sah vor, mit den Kindern den Schöpfungsbericht zu betrachten und anschließend aus Knetmasse Tiere zu kneten. Aber irgendwie überzeugte ihn das nicht. *Ich möchte sie dazu motivieren, selbst in der Bibel zu lesen. Dann merken sie, dass Gottes Wort Kraft hat.*

Im Hauskreis am Donnerstag hatten sie eine Stelle aus dem Hebräerbrief gelesen, in der es genau darum ging. Siegbert hatte sie vorgelesen: „‚Das Wort Gottes ist lebendig und wirksam und schärfer als jedes zweischneidige Schwert ...'"

Justus hatte daran denken müssen, was mit ihm passiert war, als er angefangen hatte, mit einem offenen Herzen Bibel zu lesen. Er hatte gemerkt, dass ihn das veränderte. Auf einmal hatte er nicht mehr einfach so weiterleben können wie bisher. Er hatte angefangen, die Partys und den Alkohol zu hinterfragen. Und er hatte einen Hunger in sich verspürt, Gott besser kennenzulernen – mit eigenen Augen herauszufinden, wie er ist. Aber er war 18, fast 19. *Wie soll ich den Kindern das verklickern?* Die Kinder im Kindergottesdienst waren Jens' Alter. Manche wohl auch etwas jünger. Er wusste es nicht so genau. Und er hatte auch nicht vor, ihr Alter auswendig zu lernen. Er hatte schon genug mit den Namen zu tun. Dass Kristin nicht Kirsten hieß, wusste er inzwischen. Und Valli hatte er sich gemerkt, weil der sich nach Justus' Erklärung über Gottes Party im Himmel mit den Tischkärtchen dafür entschieden hatte, die Einladung von Jesus anzunehmen. Aber die anderen ... *Keine Chance!*

Er rückte einen Apfelbaum gerade und füllte das Pflanzloch mit Erde auf. *Wie kann ich ihnen zeigen, wie mächtig dein Wort ist, Gott?* Den ganzen Tag überlegte er. Ohne Erfolg. *Ich könnte Jens mal fragen, warum er Bibel liest.* Justus nahm zumindest an, dass sein Bruder in der Bibel las. Er hatte jedenfalls eine auf seinem

Nachttisch liegen, ohne Staubschicht. Wenn sein kleiner Bruder dabei das Gleiche erlebte wie er, könnte er möglicherweise davon ausgehen, dass auch die anderen etwas damit anfangen konnten.
Ich werde ihm anbieten, mit ihm Frisbee zu spielen. Dabei können wir uns dann unterhalten.
Justus trampelte die feuchte Erde um das Bäumchen fest und nahm sich das nächste vor. Als er nach Hause fuhr, hatte er das ganze Profil seiner Schuhe voller Lehm. Er versuchte, sich durch Aufstampfen des Drecks zu entledigen, aber es nützte nicht viel. Die Schuhe fühlten sich schwer und klobig an. Frisbee spielen würde er damit nicht. Er wäre nicht wendig genug.
Zu Hause stellte er die Schuhe mit der Sohle in eine Schüssel mit Wasser. Dann ging er seinen Bruder suchen. Er musste Jens nicht lange bitten. Und Justus stellte fest, dass das, was eigentlich Mittel zum Zweck gewesen war, ihn selbst begeisterte. Sein kleiner Bruder war einfach ein angenehmer Mensch. Vor ihm musste er nichts darstellen und nicht überlegen, wie er was formulierte. Jens war schon zufrieden, wenn sie einfach ein bisschen die Scheibe hin- und herfliegen ließen.
„Jens, warum liest du Bibel?", fragte Justus unvermittelt.
Sein kleiner Bruder sah ihn überrascht an. „Damit ich die Rätsel in dem Heft dazu ausfüllen kann." Er grinste. „Wenn ich nämlich alle ausgefüllt habe, kann ich es einschicken, und dann bekomme ich einen Preis."
Ach so. „Und ... wenn du Bibel liest, wie ist das so für dich?"
Jens zuckte die Schultern. „Ganz normal."
Ganz normal.
„Und wie ist das für dich?"
Dass Jens die Frage zurückgeben würde, hatte Justus nicht erwartet. Aber vielleicht konnte sein Bruder so eine Art Versuchskaninchen sein. „Gut", sagte er. „Es ist so lebendig."
„Lebendig?"
„Ja. Also, ich merke, dass es nicht nur Wörter sind."
„Hast du Bilder in deiner Bibel?", fragte Jens verwundert.
„Nein! Also, ich meine, es ist irgendwie anders, als was anderes zu lesen."

„Ja, natürlich. Es ist ja auch was anderes. Bibel halt."
Wie kann ich es erklären, dass er versteht, was ich meine? „Also, ich merke, dass es etwas mit mir macht."
„Ja, das stimmt. Wenn ich nachts wach werde und nicht wieder einschlafen kann, dann lese ich auch manchmal Bibel."
„Ja? Und was passiert dann?", fragte Justus interessiert.
„Dann werde ich wieder müde."
So war das nicht gemeint.
„Das ist ein guter Trick. Den habe ich von Kristin."
Während sie die Frisbee noch ein bisschen hin und her warfen, überlegte Justus, ob er doch einfach den Vorschlag aus dem Vorbereitungsheft nehmen sollte.
„Es ist cool, dass du jetzt auch in der Bibel liest", sagte Jens, als sie ins Haus gingen. „Seitdem du das machst, bist du anders geworden."
So was Ähnliches hat er schon mal gesagt, fiel es Justus ein. *Und es kommt daher, dass Gottes Wort lebendig ist.* Bevor er das sagen konnte, fragte Jens: „Warum stehen deine Schuhe in der Schüssel?"
„Sie waren von unten voller Erde." Justus nahm die Schuhe heraus und besah sich die Sohle. „Und jetzt sind sie wieder sauber." Er grinste. „Und ich musste gar nichts dafür tun. Das Wasser hat den Dreck rausgewaschen."
„Doch, du musstest sie in die Schüssel stellen", sagte Jens.
Justus zog es vor, nicht auszudiskutieren, in wie weit er an der Reinigung seiner Schuhe beteiligt war und ging in sein Zimmer, um sich diesem Kindergottesdienst zu widmen. *Es ist das Einfachste, mit denen zu kneten.* Aber der Gedanke befriedigte ihn einfach nicht. Was er den Kindern mitgeben wollte, war etwas anderes. *Herr, wie kann ich ihnen das vermitteln, dass dein Wort lebendig ist? Ich könnte ihnen sagen, dass ich anders geworden bin, seit ich in der Bibel lese.* Andererseits hatten die anderen Kinder nicht den Vergleich wie sein eigener Bruder. Er begann, auf seine Schreibtischplatte zu trommeln.
Es dauerte nicht lange, da erschien Jens. „Kannst du bitte aufhören? Ich muss noch Hausaufgaben machen."

Justus legte den Bleistift zur Seite. *Gibts nicht irgendeine Geschichte in der Bibel, die dazu passt?* Er durchforstete sein Gedächtnis. Aber es fiel ihm nichts ein. *Ich könnte Cats fragen! Die kennt sich besser aus.* Er nahm sein Handy heraus. Da sah er, dass er eine Nachricht hatte.

Von ... Victoria. Neugierig öffnete er sie. „Hey Justus, hast du Lust, am Sonntag mit mir zu frühstücken?"

Warum fragt sie mich das? Sie weiß doch, dass ich in die Gemeinde gehe! Gleichzeitig fühlte er sich durch ihre Aufmerksamkeit geschmeichelt. Offenbar konnte er bei ihr mit Erwin, oder wie der hieß, mithalten. Und offenbar hatte sie nicht vor, am Sonntag in den Gottesdienst zu gehen. *Ich könnte sie fragen, ob sie mit mir Kigo macht!,* kam ihm die Idee. *Dann würde sie bestimmt kommen.* Vielleicht hatte Gott es extra so gefügt, dass er für Sonntag eingesprungen war, damit Vicky einen Grund hatte, in die Gemeinde zu gehen.

„Bin dran mit Kigo", schrieb er zurück. „Hast du Lust, mir zu helfen?" Gespannt wartete er.

„Klar, wenn du mich so freundlich bittest! (Lach-Emoji) Soll ich irgendwas vorbereiten?" Direkt im Anschluss kam noch eine Nachricht von ihr: „Wir können ja danach zusammen was essen." Er sah auf den Text und überlegte. *Wenn ich sie auf diese Weise dazu kriege, bei dem Thema mitzumachen ... Aber Cats gegenüber ist es blöd.* Plötzlich kam ihm die Erleuchtung: *Ich könnte Cats fragen, ob sie auch mitkommt. Dann ist es unverfänglich. Ich werde es ihr genauso schreiben, wie es ist: Ich habe Vicky gefragt, ob sie mir beim Kigo hilft, und sie wollte danach mit mir essen. Hast du Lust, mitzukommen?* Er schickte die Nachricht an Katharina. Sie könnten zum Chinesen gehen. Er könnte die Mädels einladen – Vicky als Dankeschön für ihre Hilfe und Cats einfach so. Er grinste. Es wäre das erste Mal, dass er mit Cats essen ginge. Sie hatte zwar noch nicht geantwortet, aber er war sich sicher, dass sie genauso begeistert von der Idee sein würde, wie er. Schließlich wusste sie, dass Vallis Schwester mit Gemeinde und so nicht gerade viel am Hut hatte. *Und vielleicht können wir danach direkt unseren Nachtisch-Gutschein bei ihr einlösen.*

Ja, genau, das wäre doch die Idee! Er schickte noch eine zweite Nachricht hinterher und schrieb gleich an Victoria. *Von Erwin habe ich ja keine Nummer.* Aber das ließe sich bestimmt irgendwie herausfinden. Es waren ja noch ein paar Tage bis Sonntag. Und wenn der dann schon was anderes vorhätte – *tja, zu dumm.*
Er schickte seine Idee an Katharina, verbunden mit der Frage, ob es in der Bibel eine Geschichte gäbe, aus der ersichtlich würde, dass Gottes Wort lebendig und wirksam ist.
Es dauerte eine Weile, bis sie antwortete: „Wenn du den Gutschein am Sonntag einlösen willst, können wir das so machen.
In der ganzen Bibel gibt es tausend Begebenheiten: Schöpfung, Sündenfall, Flut, Abraham, die Gefangenschaft, Tal der Skelette ... und natürlich alles, was Jesus getan hat: Sturmstillung, Heilungen, Dämonenaustreibungen, Totenauferweckungen. Alles, was Gott sagt, geschieht."
„*Tal der Skelette*"? Das hörte sich spannend an. *Genau das Richtige für die Rasselbande im Kigo! Damit kann ich auch die Hartgesottenen, wie Kristin, schocken.* Als Maria Wehen gekriegt hatte, wäre er fast gestorben vor Angst. Kristin hingegen war völlig entspannt geblieben. *Die kleine Madam auch mal ein bisschen erschüttert zu sehen, wäre gar nicht schlecht.* Er ließ sich von Katharina die Stelle geben und schlug sie nach. Verbunden mit der Bibelstelle schrieb sie ihm noch, dass sie nicht mitkäme zum Chinesen.
Das verwunderte ihn und enttäuschte ihn ein bisschen. *Schade. Ich würde nicht wollen, dass sie mit einem Kerl allein essen geht. Aber anscheinend hat sie mit Eifersucht überhaupt keine Probleme. Eigentlich spricht es ja sogar für unsere Beziehung: Sie vertraut mir genug, um mich mit Vicky allein essen gehen zu lassen.*
„Okay", schrieb er zurück. Dann schlug er Hesekiel 37 auf.
Der Text war wirklich spannend – wie durch Gottes Wort aus einem ganzen Tal voller vertrockneter Knochen nach und nach eine lebendige Armee wurde. Aber er war trotzdem nicht zufrieden. *Ich will, dass sie kapieren, dass Gottes Wort ihre Herzen verändern kann. Und dass sie den Wunsch bekommen, Gott besser kennenzulernen. Vielleicht fällt mir morgen was ein.*

Am nächsten Morgen suchte er seine Schuhe, bis ihm einfiel, dass sie noch in der Wasserschüssel standen. Der Schmutz hatte sich vollständig herausgelöst. Er beglückwünschte sich für diese einfache, effektive Methode und wandte sie den Rest der Woche jeden Tag an. Er konnte sie sogar einem anderen Praktikanten weitergeben, der sich wunderte, dass Justus' Schuhe jeden Morgen „frisch" waren.

Am Freitagnachmittag widmete er sich endlich seinem Fahrrad. Es war sehr mühsam und ein paarmal war er versucht, es einfach zu lassen und mit dem Bus zur Jugend zu fahren und dann noch ein Stück zu laufen. (Vom Rad seiner Mutter hatte er die Nase voll. Es trat sich so schwer und war ihm auch zu klein.) Aber das hätte bedeutet, Katharina nicht nach Hause begleiten zu können, also plagte er sich weiter. Endlich hatte er es geschafft. Er kam zwar zu spät und die Schmiere an seinen Fingern war in der Eile auch nicht richtig abgegangen, aber als er sein Fahrrad neben ihres stellte, hatte er trotz allem das gute Gefühl, dass sich die Mühe gelohnt hatte.

Zu seiner Freude sah er Victoria neben Katharina sitzen. *Na bestens.* Er war froh, dass er ihr geschrieben hatte, dass Vallis Schwester mit ihm Kigo machen würde. Es war einfach gut, mit offenen Karten zu spielen. Er nickte den beiden kurz zu, bevor er sich auf das Cajon setzte. Eine Viertelstunde konnte er sogar noch mitspielen.

Gut, dass Sandra immer so viele Lieder mit uns singt. Schon verrückt, dass mir Lobpreis auf einmal so viel Spaß macht. Na ja, vielleicht auch nicht. Im Gegensatz zu früher hat meine Musik jetzt ein Ziel. Und einen Grund. Wenn er darüber nachdachte, wie unbeschreiblich Gott war, dann fing er automatisch an, Musik zu machen. Heute hatte er in der Firma zum Beispiel angefangen, ein Lobpreislied zu pfeifen. Ganz unbewusst. Als er die Sonne auf dem kleinen Teich im Schaugarten glitzern gesehen hatte, mit den leuchtenden Blumen darum herum und den Regenbogen um den Springbrunnen, hatte er gedacht: *Wie herrlich hat Gott diese Welt gemacht!*, und das Lied war einfach aus ihm herausgekommen.

„Gute Laune heute?", hatte einer seiner Kollegen gefragt und gelacht. „In zwei Stunden ist Wochenende."

„Stimmt", hatte Justus gegrinst. Er hatte nicht den wahren Grund für sein Pfeifen gesagt. *Das wäre eigentlich eine gute Gelegenheit gewesen*, dachte er jetzt im Nachhinein.

Während Niels' Andacht sah er immer wieder mal zu Katharina. Auf dem Weg nach Belm könnte er sie gut fragen wegen des Kindergottesdienstes. Vielleicht hatte sie noch eine Idee, wie er den Kindern das Thema nahebringen könnte. *Sie will ja Tanzpädagogin werden. Da wird ja wohl irgendwas an pädagogischem Geschick in ihr schlummern. Und beim Special-Friday hat sie auch immer so gute Ideen. Und bei Jens hatte sie ebenfalls ein gutes Händchen.* Er freute sich schon darauf, das Thema mit ihr zu entwickeln.

Seine Gedanken schweiften ab. *Vielleicht könnten wir grundsätzlich zusammen den Kigo machen. Dann müssten wir uns immer treffen, um uns vorzubereiten ...*

Unmittelbar nach dem letzten Gebet stand Katharina auf und verließ den Raum. Es war noch ziemlich früh, gerade mal halb zehn, und Justus dachte sich nichts dabei. Erst, als sie nicht wiederkam, wurde ihm bewusst, dass sie schon gefahren war.

Sie hätte mir doch wenigstens Bescheid sagen können! Ich hab mich so angestrengt und so abgehetzt, und sie fährt einfach!

Jemand holte Activity aus dem Regal, und als Victoria ihn fragte, ob sie in ein Team gehen würden, willigte er ein. Sie riet ziemlich schnell, was er versuchte zu erklären, und allmählich lenkte ihre Aufmerksamkeit ihn von dem Stich der Enttäuschung in ihm ab. Als sie dann noch die schwarzen Spuren an seinen Händen mit „Du weißt, wie man ein Fahrrad repariert? Wow!" kommentierte, fühlte er sich noch besser. Und ihre Enttäuschung darüber, dass er sie nicht nach Hause bringen konnte, tat unglaublich gut.

Wenigstens eine, die Wert darauf legt, dass ich sie nach Hause bringe.

Auf dem Heimweg überlegte er, ob er Katharina deswegen anschreiben sollte. Vielleicht hatte sie einen wichtigen Grund gehabt, dass sie so schnell gefahren war. Das würde es auf jeden

Fall leichter machen. Er beschloss, sie später per WhatsApp zu fragen.

Wenigstens haben unsere Fahrräder die ganze Zeit während der Jugend zusammengestanden.

„Ich dachte, du wolltest bestimmt noch mit Victoria sprechen wegen des Kigos. Da hätte ich nur gestört", schrieb sie zurück.

„Du hättest nicht gestört! Eigentlich hatte ich sehr gehofft, auf dem Weg nach Belm genau darüber mit dir zu sprechen. Mir fehlt nämlich noch eine zündende Idee", schrieb er zurück.

„Hast du V. schon gefragt?"

„Ja, aber sie konnte mir auch nicht wirklich helfen."

„Bestimmt fällt euch noch etwas ein." Dann ging sie offline.

Das war nicht befriedigend, aber wenigstens wusste er jetzt Bescheid. *Sie ist eher gefahren, weil sie mir und Vicky den Freiraum geben wollte, den Kigo vorzubereiten. Eigentlich sehr edel von ihr.* Aus irgendeinem Grund stellte ihn diese Erkenntnis trotzdem nicht zufrieden.

Er nahm sich nochmal das Vorbereitungsheft vor. Vielleicht sollte er Victoria bitten, Knete zu besorgen. Für alle Fälle. Sie hatte ja gefragt, ob sie irgendwas vorbereiten sollte. Und als Erzieherin wusste sie bestimmt, wo man so was bekam.

Am Samstagabend hatte er eine Nachricht von Katharina: „Für deinen Kigo, falls du das gebrauchen kannst: Hebräer 4,12."

Er schlug die Stelle nach. Sie handelte davon, dass Gottes Wort lebendig und wirksam war. Es war die Stelle aus dem Hauskreis. *Ja, genau. Genau das will ich ihnen vermitteln!* „Das ist super, Cats! Vielen Dank!", schrieb er.

Die Erleuchtung für die Umsetzung seines Themas kam ihm allerdings am Sonntagmorgen beim Frühstückstisch. Jens hatte gerade sehr groß in sein Brötchen gebissen, als das Telefon klingelte. Er nahm den Bissen wieder aus dem Mund und eilte ins Wohnzimmer, um dranzugehen.

„Erspart auf jeden Fall den AB", grinste sein Vater.

Kurz darauf verging ihm jedoch das Lachen. Es war Alfons Jegge, der ihn fragte, ob er kurzfristig für ihn in der Gottesdienstleitung einspringen könne.

„Das ist schon wirklich sehr spontan", sagte Jörg Rutter.
Seine Grippe habe sich auch nicht angemeldet. Alfons Jegge sprach sehr laut und die Familie konnte seine spitze Antwort durch das Telefon hören.
Ute Rutter schüttelte warnend den Kopf. Trotzdem sagte ihr Mann: „Also gut. Sei so nett und falte die Hände für mich, okay?" Der erkrankte Gottesdienstleiter versprach es, und Jörg Rutter legte auf.
„Entschuldigt mich. Ich muss mich vorbereiten", sagte er und verließ die Küche.
„Du hast dein Frühstück noch hier liegen!", rief ihm seine Frau hinterher.
„Esse ich später."
Das war der Moment, in dem Justus seine Erleuchtung hatte.
„Hoffentlich kriegt Papa das hin", hörte er Jens sagen.
„Das hoffe ich auch!", gab seine Mutter zurück. Sie klang nicht erfreut. „Und wisst ihr, was das für den Rest von uns heißt?" Sie wartete die Antwort gar nicht erst ab, sondern sagte: „Dass wir irgendwie anders zum Gottesdienst kommen müssen. Mein Auto ist erst Montagabend fertig."
„Wir können alle zusammen Fahrrad fahren!", rief Jens begeistert.
Ute Rutter zog es vor, Gerbers anzurufen. „Sonst kommen wir viel zu spät."
Aber auch so mussten sie sich ziemlich ranhalten, um fertig zu sein, als Siegbert klingelte. Zu dritt rutschten sie auf die Rückbank. Siegbert fand sehr anerkennende Worte für Jörg Rutters Einspringen und auch seine Frau Nelly meinte: „Unser Herr segne ihn für seinen Dienst!"
Jens beugte sich vor. „Justus ist heute auch im Dienst: Er macht Kigo. Für Maria."
Nelly drehte sich halb in ihrem Sitz nach hinten. „Dann segne unser Herr dich auch für deinen Dienst, Justus!", sagte sie herzlich.
„Danke." *Den Segen kann ich gebrauchen!* Er hatte zwar eine große Tasche voll Equipment dabei – der Grund, warum er heute

auf den Transport im Auto gesetzt hatte –, aber er war trotzdem auf den Heiligen Geist angewiesen, um die Message in die Herzen der Kinder zu schleusen.

„Oh cool, machst du heute?", fragte Kristin erfreut, als sie in den Raum kam.

„Yep!", antwortete Jens stolz.

„Zusammen mit Victoria", fügte Justus an.

Sein Bruder warf ihm einen überraschten Blick zu. „Warum ...", fing er an.

Da traf Besagte mit Valentin ein. Der machte kein begeistertes Gesicht und setzte sich wortlos hin.

Jens ließ sich neben ihn fallen. „Justus ist dran", grinste er.

„Mmm", machte Valentin nur. Seine Schwester setzte sich daneben und wollte den Arm um ihn legen, aber Valentin rutschte von ihr weg. Er warf ihr einen feindseligen Blick zu.

„Ist Maria krank?", fragte ein kleines Mädchen.

Ist man krank, wenn man in der Schwangerschaft liegen muss? Justus hätte die Frage der Unverfänglichkeit halber einfach mit Ja beantwortet, aber Kristin war schneller: „Nein, sie ist schwanger. Aber sie hat Blutungen gekriegt und deswegen muss sie jetzt liegen bleiben, bis das wieder aufhört."

„Maria blutet?", fragte Valentin besorgt. „Hatte sie einen Unfall?"

„Also unten raus." Kristin machte eine entsprechende Bewegung. „Und damit das Baby nicht mit rausgespült wird, muss sie jetzt liegen." Schockiert sahen die anderen sie an. Ein paar guckten auch zu Justus.

„Aber ich dachte, sie hätte schon ein Baby", wandte ein anderes Kind ein.

„Ja, hat sie auch." Kristin gestikulierte mit einer Hand. „Aber jetzt kriegt sie noch eins."

„Ich finde, wir sollten für sie beten", meldete sich Justus zu Wort. „Und dann fangen wir an." *Bevor Kristin weitere medizinische Einzelheiten herausposaunen kann.*

„Okay, für alle, die das eben nicht mitbekommen haben, das ist Victoria, Valentins Schwester. Sie hilft mir heute ein bisschen", erklärte er nach dem Amen. Schnell machte er weiter: „Eine Frage für euch: Warum ist es gut, in der Bibel zu lesen?"

Jens meldete sich: „Weil man dann einen Preis gewinnen kann." Die anderen wollten natürlich wissen, was für einen Preis, und Jens erklärte es. Das zog eine Reihe von Fragen nach sich, was man dafür tun müsse und ob es den nur ein Mal gebe usw. Bevor die Diskussion zu lang wurde, fragte Justus: „Warum ist es noch gut, in der Bibel zu lesen?"

„Um was von Gott zu erfahren. Und von uns", sagte Kristin. „Meine Mama sagt, dass die Bibel wie ein Spiegel ist. Wenn wir in den Spiegel gucken, sehen wir, wie wir aussehen, und wenn wir in der Bibel lesen auch."

Verblüfft sah Justus sie an. *Stimmt!*

Ein Junge schlug seine Bibel auf, hielt sie vor sein Gesicht und sagte: „Ich sehe nur Buchstaben."

„Aber wenn du die Buchstaben liest, zeigt dir das, wie dein Herz aussieht. Also zum Beispiel steht in der Bibel, dass wir Sünder sind. Deswegen sehe ich, dass ich ein böses Herz habe, sozusagen schmutzig. Es steht aber auch da, dass Jesus mir die Sünde vergibt, wenn ich ihn bitte. Also sehe ich, dass mein Herz wieder sauber ist."

Das nächste Mal frage ich Kristin, ob sie Kigo macht!

„Ich finde, Justus sollte das erklären", meldete sich Valentin.

„Kristin hat das genau richtig gesagt", sagte Justus. Trotzdem würde er seine Frage anders formulieren müssen, um die Kinder auf den Weg zu bringen, auf dem er sie haben wollte: „Habt ihr schon mal gemerkt, dass die Bibel anders ist, als andere Bücher?" Schweigen.

Vielleicht lesen sie nicht in der Bibel?

„Schon irgendwie ...", meinte Jens schließlich zögernd.

„Hast du das schon mal gemerkt?", fragte Kristin.

„Ja, habe ich tatsächlich. Wenn ich die Bibel lese, merke ich, dass die Worte Kraft haben", sagte Justus. „Sie sind lebendig und wirksam", zitierte er den Vers, den Katharina ihm geschickt hatte. Der Junge, der sich seine Bibel vor das Gesicht gehalten hatte, schlug damit auf das Knie seines Nachbarn.

„Au!"

Victoria legte eine Hand auf die Lippen „Sören und Joel, schschsch...!", machte sie.

Sören und Joel, versuchte Justus sich eine mentale Notiz zu machen. Joel hatte er schon gesehen, Sören schien neu zu sein. „Sie haben Kraft, unser Leben zu verändern, an uns zu wirken ...", fuhr er fort. Die Kinder schienen sich nicht sonderlich für seine Ausführungen zu interessieren. *Oh Mann, vielleicht sollten wir einfach kneten.*

„Was hast du in deiner Tasche?", fragte Sören.

Eigentlich wollte ich das Thema noch ein bisschen weiter erarbeiten, bevor ich meine Requisite zum Einsatz bringe, aber gut. Justus nahm einen seiner Arbeitsschuhe heraus und die Schüssel. Sofort wurden die Kinder aufmerksam. „Victoria, kannst du bitte mal Wasser reinfüllen? Ungefähr bis hier?" Er zeigte mit dem Finger auf eine Stelle ca. drei Zentimeter über dem Schüsselboden. *Jetzt hört sie zwar nicht die Anwendung, aber egal.* Justus hielt seine Schuhe hoch. „Ich arbeite im Moment bei einer Gartenbaufirma. So sehen meine Schuhe jedes Mal am Ende des Tages aus. Mit unserem Leben ist es so ähnlich wie mit diesen Schuhen: Im Laufe des Tages kann sich so manches ansammeln, was das Gehen mühsam macht. Also, was es vielleicht schwieriger macht, Jesus zu vertrauen und ihm zu gehorchen."

Victoria kam mit der Schüssel zurück. Justus nahm sie entgegen. „Jedes Mal, wenn ich in der Bibel lese, passiert das, was jetzt mit meinem Schuh passiert."

„Ich weiß es!", rief Jens.

Justus legte einen Finger an die Lippen und stellte den Schuh hinein. Interessiert beugten die Kinder sich vor.

„Das ist ein Trick!", grinste Jens.

„Was glaubt ihr, passiert mit dem Schuh, wenn ich ihn eine Weile in dem Wasser stehen lasse?"

„Er wird nass", bemerkte Kristin.

Sören griff nach dem Schuh, hob ihn etwas hoch und platschte damit in die Schüssel zurück, dass das Wasser herausspritzte.

Victoria packte ihn am Handgelenk. „Aufhören!", wies sie ihn scharf an. Mit der anderen Hand schob sie die Schüssel außer seiner Reichweite.

Gut, dass sie dabei ist! „Okay, den Schuh lassen wir jetzt erstmal einfach da drin stehen", sagte Justus und griff wieder in die Tasche. Er holte den zweiten Schuh heraus. „Nach einer Weile sieht er dann so aus." Er drehte den Schuh um und zeigte den Kindern die Sohle.

„Der Dreck ist rausgewaschen", stellte Kristin fest.

„Und zwar ohne dass Justus etwas machen musste", wusste Jens zu berichten.

Justus lächelte leicht. „Außer meinen Schuh ins Wasser zu stellen." Er nickte Jens zu und der grinste. „Wenn ich in meiner Bibel lese, dann setze ich meine Gedanken dem Wort Gottes aus, wie ich meinen Schuh dem Wasser aussetze. Vielleicht merke ich zuerst gar nichts davon, aber nach und nach wird Gottes Wort mein Denken verändern. Vorausgesetzt, ich setze mich ihm aus."

„Meinst du, dass du dich nicht mehr betrinkst?", fragte Kristin.

Das hat sie sich gemerkt? „Ja, zum Beispiel", nickte Justus, auch, wenn es ihm unangenehm war, dass sie das so vor allen sagte. Obwohl er ja selbst vor einigen Monaten den Vergleich gebraucht hatte. „Aber auch noch auf andere Weise. Es verändert zum Beispiel meine Sicht über ihn." *Hoffentlich kommt das hier bei Vicky an!* „Ich fange an zu kapieren, dass er kein Spaßverderber ist, sondern der Beste."

Sören zog mit dem Zeigefinger die Tasche auseinander. „Da ist ein Brötchen drin", sagte er grinsend.

„Danke für die Überleitung", antwortete Justus sachlich und holte das Brötchen heraus. „Aber um diese Dinge zu erkennen, muss ich mir Zeit nehmen." Er sah zu Jens. „Sonst ist das so wie bei uns heute Morgen am Frühstückstisch ..." Er erzählte kurz von dem Anruf, der Jens dazu verleitet hatte, den Bissen wieder aus seinem Mund zu nehmen, und seinen Vater, das Essen auf später zu verschieben. „Wenn wir nur unsere Bibel aufschlagen, ohne uns darauf einzulassen, dann nützt uns das auch nichts", folgerte er. Zehn Augenpaare waren aufmerksam auf ihn gerichtet. *Jesus, bitte mach, dass sie das verstehen!*

„Dann könnten wir doch jetzt in der Bibel lesen", schlug Kristin vor.

Überrascht sah Justus sie an. Kristin gestikulierte wieder mit einer Hand. „Weil, wenn wir nur die ganze Zeit darüber reden, wie toll das ist, nützt es ja nichts."

Bingo! „Stimmt, Kristin."

„Und was sollen wir lesen?", fragte Jens.

Justus fiel der Text mit den Skeletten ein. „Hesekiel 37."

Sören blätterte wie wild in seiner Bibel. „Wo ist das?"

„Ich schlage es dir auf", sagte Victoria. Justus war überrascht, wie schnell sie die Stelle gefunden hatte.

„Wir machen das jetzt so, dass jeder einen Vers liest", bestimmte Justus. „Aber vorher werden wir beten."

„Für Maria?", fragte Valentin.

„Nein, für Maria haben wir schon gebetet. Für den Text."

„Man kann auch öfter für was beten", belehrte ihn Kristin. „Das soll man sogar!"

„Ja, stimmt. Aber jetzt beten wir erstmal, dass Gott uns hilft, auf ihn zu hören", gab Justus zurück. „Möchte jemand von euch beten?"

„Ich will beten!", sagte Sören.

Hoffentlich gibt das keinen Supergau, so wie der sich die ganze Zeit aufgeführt hat! Aber Justus konnte es ihm auch schlecht verbieten, zumal kein anderer sich anbot.

Sören räusperte sich. „Gott, wir werden jetzt in der Bibel lesen ..." Er sah auf. „Wofür soll ich nochmal beten?"

„Dass wir auf Gott hören", half Kristin nach.

Wieder räusperte sich Sören. „Gott, wir werden jetzt in der Bibel lesen. Mach, dass wir auf dich hören ..."

„Amen", sagte Justus, bevor die Pause zu lang wurde.

„Amen", echoten die anderen.

Sie begannen, reihum zu lesen, die einen besser, die anderen schlechter.

„So spricht der HERR zu diesen Gebeinen: Siehe, ich will Odem in euch bringen, dass ihr wieder lebendig werdet", las Jens.

Das kleine Mädchen mit den Zöpfen war dran mit Vers 6. „‚Ich will euch Sehnen geben und lasse Fleisch über euch wachsen ...'" Sie brach ab und verzog das Gesicht. „Das will ich nicht lesen. Das ist ekelig!"

Kristin sah kurz auf. „Dann lese ich das", sagte sie und fing sofort an: „Ich will euch Sehnen geben und lasse Fleisch über euch wachsen und überziehe euch mit Haut und will euch Odem geben, dass ihr wieder lebendig werdet; und ihr sollt erfahren, dass ich der HERR bin."

Das Zopfmädchen hielt sich derweil die Ohren zu.

Victoria stand auf. „Wir zwei gehen solange vor die Tür, bis die anderen fertig sind mit lesen", sagte sie zu ihr.

Justus wurde unsicher. Sollte er das hier abbrechen?

„Können wir weiterlesen?", fragte Valentin.

Justus zögerte. Vielleicht sollte er lieber schnell zu einem anderen Text wechseln – die Schöpfung, so wie es das Heft von Anfang an vorgesehen hatte ...

„Das ist voll spannend!", rief Sören da. Er hatte in der Zwischenzeit leise weitergelesen. „Dann kommt der Odem und die Leichen werden lebendig." Er sah Justus an. „Wer ist der Odem?"

Justus unterdrückte ein Grinsen. „Das heißt Atem. Odem ist ein altes Wort für Atem. Gottes Atem hat die Toten lebendig gemacht."

„Das war bei der Schöpfung auch so", wusste Jens zu berichten. „Da hat Gott dem Erde-Menschen seinen Atem in die Nase geblasen. Und dann wurde die Erde lebendig."

„Wenn man redet, kommt ja auch Atem raus", fügte Kristin an.

Valentin hatte einen Finger an die Lippen gelegt. Er sah an die Decke, offenbar schwer beim Nachdenken.

Sobald seine Schwester den Raum verlassen hat, ist er aufmerksamer geworden.

Dass er trotz seiner verschränkten Arme und des abweisenden Blickes vorher schon gut zugehört hatte, zeigte sein nächster Kommentar: „Dann ist das ja fast so, als ob der Odem und Gottes Wort das Gleiche sind." Verblüfft sah Justus ihn an. „Weil sie das

Gleiche machen. Gottes Wort ist lebendig und wirksam, und der Odem ist auch wirksam und macht lebendig", erklärte Valentin.
„Ja, das stimmt", nickte Justus, völlig baff.
„Können wir die Geschichte jetzt noch zu Ende lesen?", fragte Joel. Währenddessen versuchte Sören unauffällig, etwas von dem Brötchen abzubrechen.
Eigentlich wollte ich Vicky und ... wieder reinlassen.
„Dann kriegt Natalie wieder Angst", wandte Jens ein.
„Wir können ja einfach leise lesen. Und dann erzählt jeder, was Gott ihm gesagt hat", schlug Kristin vor.
Da steckte Victoria auch schon den Kopf herein. „Seid ihr soweit?"
„Ja, kommt rein", nickte Justus. Er würde entscheiden, wie er das regeln würde mit dem Bericht über die Skelette, wenn die zwei auf ihren Plätzen saßen.
„Wir wollen aber die Geschichte noch zu Ende lesen", wandte ein Junge, der bisher noch nichts gesagt hatte, ein. Natalie warf Justus einen ängstlichen Blick zu.
„Natalie kann ja was anderes lesen. Was Schönes." Kristin überlegte kurz. „Die Weihnachtsgeschichte zum Beispiel."
Bingo und nochmal Bingo! „Ja, so machen wir das. Wem Hesekiel 37 zu gruselig oder eklig oder sonst was ist, kann die Weihnachtsgeschichte lesen." *Müsste eigentlich ganz vorn im Neuen Testament sein.* „Die steht in ..." Er blätterte hastig in seiner Bibel. „Matthäus 1." Er überflog den Text. „Ab Vers 18."
Victoria half Natalie, Matthäus 1 aufzuschlagen, und wieder wunderte sich Justus, wie gut sie sich auskannte. Kristin sah zu ihnen herüber, um sicherzugehen, dass Natalie auch wirklich bei der Weihnachtsgeschichte gelandet war. Die anderen Kinder hatten bereits zu lesen begonnen und es war so still, wie die ganze Zeit nicht.
„Also, nochmal zur Erinnerung, wir hören jetzt auf Gott!", sagte Kristin mit gewichtiger Stimme in die Stille. Dann vertiefte auch sie sich in den Text.
Die Stille dauerte nicht lange, weil die ersten schon bald fertig waren mit lesen. Da sagte Natalie mit ängstlichem Gesicht: „Die

Weihnachtsgeschichte ist auch nicht schön. Da werden lauter Babys getötet!"

Ach du liebe Zeit! Sie hat bis zum Kindermord des Herodes gelesen! Und zwar in Windeseile, dachte Justus bestürzt.

„Das ist nicht wirklich passiert, Natalie", sagte Victoria da beruhigend. „Du glaubst doch auch nicht alles, was in deinem Märchenbuch steht, oder?" Natalie schüttelte den Kopf, und Victoria drückte sanft ihre Schulter. „Siehst du, du brauchst also keine Angst zu haben", lächelte sie.

Justus blinzelte schockiert. Er spürte die Blicke der anderen Kinder auf sich. *Jesus, hilf mir!* Er räusperte sich. *Gleich fällt mir ein, was ich sagen soll.* Er öffnete den Mund.

„Warum machst du Kindergottesdienst, wenn du nicht glaubst, was in der Bibel steht?", fragte Valentin seine Schwester da mit grimmigem Gesicht.

„Ich glaube, was in der Bibel steht. Aber ich nehme nicht alles wörtlich", gab Victoria glatt zurück.

„Heißt das, die Babys wurden doch nicht getötet? Warum steht es dann da?", erkundigte sich Sören verwirrt. „Woher weiß man denn dann, was man glauben soll und was nicht so gemeint ist?

Kristin hatte ihre Sprache wiedergefunden. „Man soll alles glauben!" Sie warf Victoria einen strengen Blick zu.

Justus musste an die Abtreibung denken, von der Katharina erzählt hatte. *Der Kindermord von Bethlehem ist hochaktuell! Und zwar nicht nur in einem kleinen Dorf sondern an Millionen verschiedenen Orten! Wenn ich das jetzt auch noch sage, dann kriegt die Kleine die Oberkrise ...*

Jens, der neben Natalie saß, meldete sich zu Wort: „Die Babys sind wirklich getötet worden. Das wurde sogar angekündigt von ..." Er beugte sich über Natalies Bibel. „.... Jeremia." Triumphierend sah er auf.

Aha, er hat anscheinend im Text eine Parallelstelle entdeckt. Plötzlich hatte Justus wieder Boden unter den Füßen. „Gut erkannt, Jens", sagte er. „Gott wusste schon genau, dass Herodes eines Tages so etwas anordnen würde. Und für ihn war das mindestens genauso schrecklich wie für die Mütter. Schließlich ist jeder Mensch von ihm ausgedacht und gemacht. Und wenn er sogar vertrocknete Skelette lebendig machen kann, dann konnte er auch diese Mütter trösten." Er wandte sich an Natalie: „Oder meinst du, er konnte das nicht?"

„Doch, ich denke schon", sagte sie gedehnt.

„Ja, klar", sagte Kristin, „und im Himmel hat er sie bestimmt wieder lebendig gemacht – hier machte sie wieder ihre typische Geste mit der rechten Hand – er kann ja alles machen!" Es war fast greifbar, wie die Unsicherheit der anderen Kinder verschwand. Nur Valentin machte noch ein grimmiges Gesicht.

„Ganz genau, Kristin!", nickte Justus. „Er hat ja auch die Welt gemacht – die Sonne, den Mond, die Sterne, die Pflanzen ..."

„Die Vögel und die Schmetterlinge und die Fische ...", schaltete sich Victoria ein.

Erleichtert sah Justus sie an. *Anscheinend hat sie das mit dem Märchenbuch nur gesagt, um Natalie zu beruhigen. Ich hab schon das Schlimmste befürchtet ...* „Was hat er noch alles gemacht?", fragte er in die Runde.

„Die Tiere."

„Die Hunde."

Das sind auch Tiere, aber egal.

„Die Regenwürmer."

„Die Dinosaurier." Die Kinder zählten alle möglichen Kreaturen auf.

Valentin, der immer noch nicht gut auf seine große Schwester gestimmt war, verschränkte weiterhin die Arme vor der Brust.

„Und jetzt darf jeder sein Lieblingstier kneten", sagte Justus schließlich.

„Dann brauche ich ganz viel Knete! Ich will einen Tyrannosaurus rex kneten!", rief Sören. „Stellt euch mal vor, Gott würde dem Odem befehlen zu kommen ...!"

Natalie verzog das Gesicht.

Justus fiel ein, dass er ja eigentlich mit den Kindern auf das hatte hören wollen, was Gott durch den Text zu sagen hatte. *Aber das werde ich schön seinlassen. Der Schuss ist ja voll nach hinten losgegangen!*

Victoria hatte die Knete ausgepackt und verteilte sie an die Kinder. Natürlich wollten alle gleichzeitig, aber sie schaffte es, ruhig und freundlich jedem seinen Anteil zuzuteilen. Sie knetete sogar mit, eine Katze, die deutlich zu erkennen war.

Auch Natalie war eifrig dabei. Justus war heilfroh, dass sie das Thema „Kindermord" offenbar hinter sich gelassen hatte, und als die ersten Eltern kamen, um ihre Kinder abzuholen, war von Skeletten und toten Babys keine Rede mehr.

„Voll cool", lächelte Victoria, als sie noch zusammen den Raum aufräumten. „Das war ein sehr schöner Kindergottesdienst!"

Justus bedankte sich für ihre Hilfe. Aber er war nicht so zufrieden. Das, was er den Kindern hatte weitergeben wollen, war nicht rübergekommen und er machte eine entsprechende Bemerkung.

„Wieso? Du hast das echt gut erklärt! Und wie eifrig sie in der Bibel gelesen haben ... Ich mache gerne wieder mit, wenn du Hilfe brauchst."

Ihr Lob tröstete ihn über seine Enttäuschung hinweg. *Es hat ihr trotz allem gefallen! Vielleicht fängt sie jetzt selbst an, in der Bibel zu lesen.*

Er hatte den Eindruck, dass sie gerne noch ein bisschen mit ihm geredet hätte, aber er wollte unbedingt Katharina noch erwischen. „Hast du Lust, heute Nachmittag mit zum Rubbenbruchsee zu kommen?", fragte er, während sie zusammen die Treppe hinuntergingen. *Dann könnte Cats ihr was zum Thema Wahrheitsgehalt der Bibel sagen.* Er hatte völlig vergessen, dass er den Gutschein vom Special-Friday hatte einlösen wollen.

„Ja, klar. Wie viel Uhr?"

„Das muss ich noch abklären." Da vorn war Katharina.

„Kannst du mich mitnehmen?"

Justus zögerte. „Ich wollte mit dem Fahrrad fahren", gab er zurück.

„Dann komme ich auch mit dem Fahrrad. Sport ist gesund", lachte Victoria.

„Aber ich kann dich nicht zurückbringen", sagte Justus schnell. Katharina war auf dem Weg, das Gebäude zu verlassen. „Ciao.

Ich muss los." Hastig verabschiedete er sich und lief nach draußen.

„Hey Cats!", rief er und beeilte sich, sie einzuholen. Dabei stellte er mal wieder fest, wie frisch und echt sie aussah.

Sie drehte sich um. „Hey", lächelte sie. „Wie war dein Kigo?"

„Ehrlich gesagt, bin ich nicht so begeistert. Ich wollte so gerne, dass sie verstehen, wie toll es ist, in der Bibel zu lesen und zu merken, dass Gott durch den Text zu ihnen spricht, aber es war ziemlich daneben." Er erzählte, was passiert war. Aufmerksam hörte Katharina zu.

„Sie hat ernsthaft gesagt, das würde nicht stimmen, was in der Bibel steht?", fragte sie schockiert.

„Zumindest gruselige Sachen."

„Und, wie hast du reagiert?"

„Genau genommen, haben Jens und Kristin die Situation gerettet." Er berichtete. „Ich hab dann nur noch gesagt, dass Gott alles kann, auch die Mütter trösten. So sinngemäß. Und dann haben wir geknetet. Ich wollte ihnen so gerne noch erklären, warum es wichtig ist, sich wirklich auf den Text einzulassen, statt einfach nur Bibel auf, Bibel zu – nach dem Motto, ins Brötchen reinbeißen, aber dann wieder den Bissen aus dem Mund nehmen. Ich hatte sogar extra ein Brötchen mitgebracht."

Katharina schwieg einen Moment. Dann sagte sie: „Wer weiß, was Gott draus macht. Er hat dein Anliegen gesehen. Und du hast mit ihnen in der Bibel gelesen. Der Text – okay, man hätte vielleicht einen anderen nehmen können. Aber auch das mit dem Totenfeld ist sein Wort. Und du hast ja gesagt, dass der eine Junge vorher gebetet hat und sie aufmerksam gelesen haben. Es ist ja Gottes Wort, das wirkt, und nicht du. Also, das ist überhaupt nicht abwertend gemeint, nicht, dass du das falsch verstehst. Wer weiß, vielleicht passiert auch durch so einen Text genau das, was mit deinem Schuh passiert ist: er wurde einfach sauber, ohne dass du groß was gemacht hast."

Stimmt. Justus fühlte sich getröstet. *Sie wird Vicky das gut erklären können, warum Gottes Wort kein Märchenbuch ist.* „Danke. Das ist ein guter Vergleich, Cats."

Katharina grinste leicht. „Hat heute jemand im Kigo verwendet."
Ach so, ja. Justus grinste zurück. *Wir sind grade voll connected.* Auch, wenn sie ihm nicht halb so viel Anerkennung wie Victoria entgegengebracht hatte, fühlte er sich wesentlich besser.
Jens kam an. „Justus, wir fahren. Wenn du mitwillst, musst du kommen. Oder mit Gerbers fahren."
„Ich komme." Wenn er mit dem Rad beizeiten beim Rubbenbruchsee sein wollte, musste er ein bisschen mehr Zeit einplanen. *Und wenn ich mich dort mit Cats treffen will, muss ich sie fragen, am besten jetzt.* „Hast du Lust, dass wir uns heute Nachmittag am Rubbenbruchsee treffen?", fragte er hastig.
Fast etwas ungläubig sah sie ihn an. Dabei begann in ihren Augen etwas zu leuchten. „Am See?", erkundigte sie sich erstaunt. „Greta meinte, wir würden uns bei ihr im Garten treffen." Sie lachte. „Ich glaube, sie hat keine Lust, Fahrrad zu fahren."
„Justuuuuus!"
„Ach so. Geht im Prinzip auch." Er wandte den Kopf und brüllte: „Ja, ich komme! Ich habe nur Vicky gesagt, dass ich sie abhole, um zum See zu fahren. Ich klär das noch und sag dir Bescheid. Ciao", sagte er hastig und sprintete los. Erst im Auto fiel ihm ein, dass er ja ursprünglich Victoria zum Essen eingeladen hatte oder, besser gesagt, sie ihn. Seit Katharina geschrieben hatte, dass sie nicht kommen würde, hatte er mit keinem Gedanken mehr darauf hingelebt. Und während seines Gesprächs eben mit ihr war sowieso alles andere in Vergessenheit geraten. *Vicky hat es anscheinend auch vergessen. Umso besser.* Er konnte es nicht erwarten, Katharina heute Abend nach Hause zu bringen.

*

Katharina sah Justus hinterher, wie er über den Parkplatz rannte. Den ganzen Samstag hatte sie mit sich gerungen. Die Eifersucht auf Victoria hätte sie beinahe daran gehindert, Justus die Stelle aus Hebräer 4 zu schicken. *Soll er sich doch mit ihr beraten!*, hatte sie zornig gedacht. Sie war innerlich durch den Tag gestampft, wie ein wütendes Kind, zum dröhnenden Takt ihrer hässlichen Gedanken.

Dann hatte sie eine Nachricht von Gulbanu bekommen, die mit ihr und John zusammen den Wochenendeinsatz auf Korsika gemacht hatte. Sie hatte ihr ein Bild von einem ihrer Auftritte geschickt, auf dem sie ganz allein getanzt hatte. Die anderen Tänzer aus dem Stück waren bereits gegangen und die Zuschauer-Schauspieler ebenfalls. Nur John war ganz versteckt am Bühnenrand zu sehen.

„Ich mag dieses Bild so und musste gerade so an dich denken", hatte Gulbanu daruntergeschrieben.

Und dann war Katharina bewusst geworden, dass sie den ganzen Tag und eigentlich bereits die Tage vorher – seit Justus ihr geschrieben hatte, dass er Victoria gefragt hatte wegen Kigo und Chinesen – nicht für den König getanzt, sondern über die Bühne getrampelt war, sogar nachts in ihren Träumen. Sie war gar nicht mehr richtig zur Ruhe gekommen.

Jesus, ich bin so wütend und so enttäuscht und es verletzt mich so, dass er ständig mit dieser Victoria zugange ist, wo ich doch dachte, er würde mich wollen. Ich gebe dir das alles jetzt. Bitte vergib mir meine bösen Gedanken und bitte gib mir wieder Frieden. Und wenn ich ihn darauf ansprechen soll, was nun eigentlich mit uns ist, dann zeig mir, wie ich das am besten machen soll, hatte sie gebetet – immer wieder. Der Trampel-Takt war ziemlich hartnäckig gewesen. Aber mit der Zeit war es besser geworden, und am Ende des Tages hatte sie sogar dafür beten können, dass der Kigo von Justus und Victoria gut würde. *Und wenn er lieber mit ihr zusammen sein will, als mit mir, dann will ich das mit deiner Hilfe auch akzeptieren, Jesus.* In dieser Nacht hatte sie endlich wieder tief geschlafen.

Am nächsten Morgen hatte sie eine Nachricht von John gehabt. Das hatte sie sehr gewundert. Seit sie ihm am letzten Abend der MiJu zu verstehen gegeben hatte, dass das mit ihnen beiden nichts würde, hatten sie keinen Kontakt mehr gehabt. Dann hatte sie heute Morgen gesehen, dass er ihr geschrieben hatte. Weil sie nicht das Gleiche tun wollte, wofür sie Justus verurteilte, hatte sie die Nachricht erstmal nicht geöffnet. *Es spielt auch keine Rolle, was er schreibt. Ich würde mich immer wieder für Justus entscheiden.* Während des Gottesdienstes hatte sie für den Kigo gebetet. Und sie hatte sich gefragt, wie es wohl wäre, jetzt oben dabei zu sein. Sie hatte noch nie einen Kigo von Justus miterlebt. Nach dem, was er ihr nach dem Gottesdienst erzählt hatte, hatte sie wirklich etwas verpasst, in mehrfacher Hinsicht ...

Als er ihr von Victorias Erklärung für dieses kleine Mädchen, das so ängstlich war, erzählt hatte, war sie schockiert gewesen. Und sie hatte das Gefühl gehabt, dass es ihm sehr gutgetan hatte, mit ihr darüber zu reden. In der Öffentlichkeit, wozu bereits ein oder zwei Personen mehr zählten, sagte er nicht viel, vor allem nicht viel von dem, was seine eigene Person betraf – was er erlebt hatte, was er dachte usw. Aber als er ihr von seinem Kigo berichtet hatte, war das anders gewesen. Und wenn Jens ihn nicht gerufen hätte, hätte er bestimmt noch mehr erzählt.

Als er sie gefragt hatte, ob sie sich am See treffen würden, waren alle Zweifel wie weggewischt gewesen. Bis zum nächsten Satz. Schlagartig war der eifersüchtige Trommler zum Leben erwacht und hämmerte einen verdammenden Gedanken nach dem anderen heraus.

Er ist so verlogen! Tut so, als ob er mich gut findet, dabei ist er ja offensichtlich mehr daran interessiert, seine Zeit mit dieser aufgemotzten Madam zu verbringen. Obwohl ihre Lippe erstaunlich gut verheilt war, tat sie auf einmal wieder weh. *Er rast ihr blind hinterher, macht mit ihr Kigo, lädt sie zum Essen ein und verbringt den Nachmittag mit ihr am See. Mich fragt er doch nur, weil er jemanden braucht, der ihm ein paar Ideen beisteuert. Er wollte ja heute Nachmittag den Gutschein für einen Nachtisch einlösen, aber kaum kann er mit Madam an den See, vergisst er alles andere!* Ihr Herz fühlte sich ausgetrocknet an, aufgeplatzt, mit tiefen Rissen. Sie war nur froh, dass sie ihm gleich gesagt hatte, er solle sich um die Organisation kümmern, was dieses Candlelight-Nachtisch-Treffen anbelangte. Sie hatte keine Ahnung, ob er Eric informiert hatte. Sollte der allein bei ihr aufschlagen – es wäre nicht ihr Problem. Sie würde ihn einfach wieder wegschicken mit der Bemerkung, sich an Justus zu wenden. Vielleicht würde sie auch doch den Nachtisch machen und ihn eben allein mit Eric verspeisen. Sie hatte ja gesehen, dass er ganz witzig drauf sein konnte. *Und dann hätte Justus halt das Nachsehen. Wenn er lieber mit Victoria um den See flaniert, als mit mir Nachtisch zu essen, ist das sein Pech.* Sie hatte Erdbeeren, Quark und Sahne eingekauft. Die Haferflockencrunchies für das Topping hatte sie selbst gemacht. Das war für sie unter „Liebet eure Feinde" gefallen; denn Lust darauf, Victoria zu bekochen, hatte sie dabei nicht verspürt.

John einen Korb zu geben, war ein Riesenfehler! Er würde nicht einfach mit einem anderen Mädchen flirten, wenn er mit mir zusammen wäre. John ist aufrichtig und geradlinig! Aber von Justus ist man das ja gewöhnt. Auf einmal fielen ihr mehrere Situationen aus der ersten Jahreshälfte ein, in denen Justus sie getäuscht hatte. Sie hatte überhaupt nicht mehr daran gedacht, bis gerade eben. Wie spitze Dornen stachen sie in ihre Seele. *Er ist halt einfach unehrlich. Ich hätte gleich wissen sollen, dass er sich nicht ändert. Vom Chinesen hat er auch keinen Ton mehr gesagt. Er denkt wahrscheinlich, ich hätte das vergessen und ist froh, dass er mit seiner Madam allein essen gehen kann. Was für ein Heuchler! Und für so jemanden habe ich John sausenlassen. Ich habe noch nicht mal seine Nachricht geöffnet.* Na ja, das würde sich gleich, wenn sie zu Hause wäre, ändern. Wenn Justus mit einem anderen Mädchen unterwegs war, gab es keinen Grund, länger damit zu warten, Johns Nachricht zu lesen.

Zu Hause angekommen, setzte sie sich mit ihrem Handy in ihr Zimmer. Normalerweise holte sie sich immer erst ein bisschen Schokolade, wenn sie nach dem Gottesdienst nach Hause kam. Nach 20 km Radeln hatte sie mittags einfach Hunger. Aber heute war ihr nicht nach Schokolade. Vielleicht hing das auch mit der ungelesenen Nachricht zusammen. John hatte für Schokolade nichts übrig. *Gut, dass Mama noch nicht da ist.* Ausnahmsweise war es ihr ganz recht, dass die feinen Antennen ihrer Mutter nichts von dem Sturm, der gerade in ihrer Tochter tobte, aufnehmen konnten.

Katharina tippte auf die Nachricht. John hatte ihr Bilder weitergeleitet von einem ihrer Auftritte. Das erste war das gleiche wie das, was Gulbanu ihr auch schon geschickt hatte. Aber da waren noch mehr. „Dachte, das hier interessiert dich vielleicht auch", hatte er dazugeschrieben.

Katharina fuhr mit den Fingern über das Display, um jedes der Bilder zu vergrößern. John beim Tanzen war mindestens so gut wie John beim Surfen. *Vor allem, wenn ich diejenige bin, die mit ihm tanzt.* Unter dem leichten Baumwollstoff seines Hemdes traten seine Muskeln hervor, und sein gebräuntes, markantes Gesicht strahlte eine innere Bestimmung und Zuversicht aus.

Ganz am Schluss hatte er noch etwas geschrieben, etwas, das Katharina das Blut in die Wangen trieb: „Ich kenne niemanden, der so gut tanzen kann wie du, Katharina. Sag deinem Schoko-Boy, er weiß nicht, was für ein großes Glück er hat."

Wieder und wieder las Katharina die Nachricht. „*Sag deinem Schoko-Boy, er weiß nicht, was für ein großes Glück er hat.*" Seine Wertschätzung war wie kühlendes Wasser, und das goldene Gefühl, anderen Mädchen vorgezogen zu werden, floss lindernd in die Risse in ihrem Herzen. *Er steht immer noch auf mich.* Sie sah sich nochmals die Bilder an. *Wie er mich beim Tanzen anguckt! John hat mich wirklich gewollt. Er hat nicht nur so getan als ob. Selbst jetzt, wo er davon ausgeht, dass ich mit Justus zusammen bin, will er mich noch.* Sollte sie zurückschreiben? *Ich werde mich wenigstens bedanken. Schließlich hat er mir Bilder geschickt.*

„Hey John, danke für die tollen Bilder", fing sie an.

„*Ich kenne niemanden, der so gut tanzen kann wie du, Katharina. Sag deinem Schoko-Boy, er weiß nicht, was für ein großes Glück er hat.*" Sollte sie darauf reagieren? *Ich kenne auch niemanden, der so gut tanzen kann wie du, John. Und ich glaube, du hast recht mit Justus.* Das wäre die ehrliche Reaktion auf seine Worte. Aber was würde das bewirken? Sie ließ sich nach hinten auf ihr Bett fallen und warf ihr Handy ans Fußende. Justus hatte sich so gefreut, als sie ihm gesagt hatte, dass nicht John, sondern *er* genau ihr Typ sei. *Aber dabei ist es auch geblieben. Er schreibt mich nicht an, er sagt nichts darüber, wie er über mich empfindet oder wie er mich findet, und auch sonst verhält er sich in keiner Weise anders mir gegenüber. Er hat noch nicht einmal meine Hand genommen, als wir mit Herbert, Greta und Malte am Rubbenbruchsee spazieren gegangen sind. Vielleicht ist es ihm peinlich, dass die anderen wissen, dass wir zusammen sind. John hätte kein Problem damit.*

Sie fischte ihr Handy herbei und las noch einmal seine Nachricht: *„Ich kenne niemanden, der so gut tanzen kann wie du, Katharina. Sag deinem Schoko-Boy, er weiß nicht, was für ein großes Glück er hat."* Zwei Sätze, aber mehr Wertschätzung, als Justus ihr in all den Jahren, die sie sich kannten, je entgegengebracht hatte.

Ihr kam der Gedanke zu beten, aber sie hatte keine Lust. Sie wollte lieber wütend sein auf Justus und sich an Johns Nachricht erfreuen und die Bilder angucken, auf denen sie gemeinsam tanzten.

Eine Nachricht kam rein. Sie war von Justus. *Was auch immer er schreibt, ich weiß, es ist nur vorgeheuchelt, damit er einen Anstandswauwau hat für sich und Victoria,* wappnete sie sich, bevor sie auf die Nachricht ging.

„Wir treffen uns um 15.15 am See. Malte und Greta kommen auch. Ich würde dich danach gerne nach Hause bringen."

Damit du überwachen kannst, wo Victoria hinfährt? Nein danke. Eine verletzte Lippe reicht mir! Außerdem kannst du dann viel besser mit ihr allein in einem Boot fahren ... Dann kannst du dich an ihren langen, dunklen Haaren erfreuen und mit ihr deinen nächsten Kigo planen.

„Ich komme nicht. Mir geht es nicht gut", schrieb sie. Ihr war schlecht.

„Oh, das tut mir leid!", kam seine Reaktion.

Heuchler! Sie verließ den Chat, um John zurückzuschreiben. „Hey John, danke für die tollen Bilder! Hab mich total gefreut, von dir zu hören. Wie geht es dir?" Nein, den letzten Satz musste sie löschen. *Sonst fragt er mich das auch.* „Hat dein Semester schon angefangen?", schrieb sie stattdessen. Doch auch das löschte sie. Von Justus wusste sie, dass immer noch Semesterferien waren. Was konnte sie ihm für eine Frage stellen, um die

Konversation am Laufen zu halten? *Ich hab's: Was machst du so? Wenn er mich das fragt, kann ich ihm vom Special-Friday erzählen und vom Schulgebetskreis. Das findet er bestimmt gut.*
Sie fügte die Frage an und schickte die Nachricht ab. Er las sie auch prompt. Seine Antwort war ein Foto: John mit einem angebissenen Apfel in der Hand auf einer Wiese, blauer Himmel im Hintergrund.
Auf einmal hatte Katharina großen Appetit auf etwas Frisches. Äpfel hatten sie nicht mehr, aber eine Möhre tat es auch. Sie ging an den Kühlschrank.
„Und du?", schrieb John.
Katharina zog sich hastig ein frisches T-Shirt über und schickte ihm ein Selfie, wie sie in die Möhre biss. Dabei achtete sie darauf, dass sie ordentlich dasaß.
Ein Daumen-hoch und „Keine Schokolade?" Dahinter ein Lach-Emoji.
„Mein Schoko-Boy" schippert mit einer anderen über den See. Da ist mir nicht nach Schokolade! „Lieber nicht", schrieb sie.
Er schickte ihr wieder ein Daumen-hoch. „Und womit füllst du deine Tage, wenn du keine Karotten isst?" Lach-Emoji.
„Arbeiten, Schule, Gemeinde ..." Im weitesten Sinn gehört Justus auch zu „Gemeinde". *Wobei man nicht wirklich sagen kann, dass er meine Tage füllt ...*
„Du arbeitest? Das wusste ich gar nicht!"
„Ja, samstagvormittags in einer Bäckerei. Davon habe ich mir auch die MiJu finanziert. Jetzt spare ich für den Führerschein."
„Das ist cool, Katharina! Ich kenne so viele Menschen, die tun nichts für das, was sie haben, und lassen sich alles finanzieren. Entweder von Daddy oder von der Bank. Du bist echt ein Vorbild!"
Er weiß selbst, wie das ist, nicht viel zu haben. Und er schätzt es, dass ich fleißig bin. Vielleicht haben wir doch mehr gemeinsam, als ich dachte. Sie wollte weiter mit ihm schreiben, wusste aber nicht, was sie darauf erwidern sollte. Da fiel ihr ein, dass sie ihn noch nicht gefragt hatte, was er denn außer Äpfel essen noch so treiben würde.

„Ich arbeite. In einer Imbiss-Bude. Um mir das nächste Semester zu finanzieren." (Lach-Emoji)

„Du bist echt ein Vorbild!" (Lach-Emoji), schrieb sie zurück.

„Ich fühle mich nicht so. Meine Einstellung ist nicht besonders gut ... Nach acht Stunden rieche ich abends wie eine Bratwurst. Für einen Vegetarier eine echte Herausforderung. (Grünes Emoji) Ich sollte dankbarer sein."

Er hat so hohe Ansprüche an sich selbst! „Es ist okay, dass du den Geruch nicht magst, John. Das hat nichts mit Undankbarkeit zu tun. Und ich werde beten, dass du was anderes findest. Salatbar, zum Beispiel?"

„Danke, Katharina. Du weißt einfach immer, wie du mich ermutigen kannst! Das hat mich schon auf der MiJu so an dir beeindruckt: Du bist so nah an Jesus dran. Deswegen war dein Tanzen so authentisch."

Katharina fühlte sich unheimlich hochgehoben und wertgeschätzt. Gleichzeitig kam sie sich vor wie ... *eine Heuchlerin! Wenn er wüsste, wie es in mir aussieht. Gerade bin ich überhaupt nicht nah an Jesus dran.* Sie überlegte, ob sie etwas Entsprechendes schreiben sollte. Es war unglaublich schön, dass ein Kerl wie John so etwas über sie dachte, aber es entsprach einfach nicht den Tatsachen.

„Du hast eine zu hohe Meinung von mir. Im Moment habe ich ziemlich zu kämpfen." *Wenn ich das so abschicke, dann hört es sich nicht zu schlecht an.* Sie tippte auf senden. *Ich hab keine Ahnung, wo das hier hinführt.*

„Darf ich fragen, womit, oder ist das zu persönlich? Du musst die Frage nicht beantworten!!!"

Mehr unbewusst als bewusst beschloss sie, seine Reaktion auf ihre Antwort als eine Art Test zu werten. „Ich bin sehr verletzt und traurig und denke schlechte Dinge über andere Menschen, und das zieht mich von Jesus weg."

„Das ist eine andere Eigenschaft, die ich an dir liebe: Du bist so ehrlich ..."

Er ist anscheinend wild entschlossen, mich gut zu finden. Egal, was ich sage, er sieht mich positiv. In ihrem Unterbewusstsein hatte John den Test bestanden. Sie schrieben weiter, fast zwei Stunden lang. *Wie gut, dass ich nicht an den See gefahren bin!*, dachte Katharina immer wieder zwischendurch.

„Ich bete für dich! Und es tut mir sehr leid, dass es dir nicht gutgeht. Ich wünschte, ich könnte dir helfen. Kann ich irgendetwas für dich tun? Egal, was es ist, wenn es in meiner Macht steht, dann tue ich es."

Ich glaube, er meint, dass er kommen würde.
„Ich bin gerade in der Nähe von Münster."
Er meint es tatsächlich so! Wenn ich ihn bitte zu kommen, ist er in einer Dreiviertelstunde da. Sie stellte sich vor, wie es wäre, wenn er plötzlich in persona vor ihr stände. *Seine strahlenden blauen Augen, sein Lächeln ...* „Für dich ist mir kein Weg zu weit", hatte er an jenem Abend vor ihrer Abreise gesagt. Und sie war sich sicher, er hatte es auch so gemeint. John sagte nichts, was er nicht meinte.

Und dann? Sie warf sich auf ihr Kopfkissen. *Jesus, was soll ich machen?* Zu dumm, dass ihre Mutter noch nicht da war. Sie musste sich dringend mit jemandem beraten. Jetzt, auf der Stelle. *Wobei ich Mama erst ziemlich viel erklären müsste ... Warum kann das bei mir nicht so einfach sein wie bei Theresa?* Sie sah auf die Uhr. In China war es bereits Nacht. Ihre Freundin schlief sicher schon. *Wen könnte ich fragen? Gulbanu! Ich frage Gulbanu. Sie weiß von der Sache mit John. Und sie hat einen besonderen Draht zu Gott.* Katharina erinnerte sich an die Gebetszeit, bevor sie zu dritt zu dieser Wallfahrtskirche aufgebrochen waren. Gulbanu hatte sowohl für sie als auch für John mit ihren Gebeten genau ins Schwarze getroffen. Sie ging auf den Kontakt. „Hey Gulbanu, weißt du, wer mich heute angeschrieben hat? John! Ich schicke dir den Chat. Ich weiß einfach nicht, was ich machen soll ... Hast du einen Rat für mich?" *Bitte, Jesus, lass sie das ganz schnell lesen! Ich muss John antworten, ob er kommen soll.*

Zu ihrer großen Erleichterung erschienen kurz darauf zwei blaue Häkchen hinter ihrer Nachricht. Sie fixierte das Display mit ihrem Blick. *Schreib zurück, Gulbanu!* Aber es kam nichts. *Warum antwortest du mir nicht?* Fast drei Minuten lang musste Katharina warten. Mit dem Handy in der Hand begann sie, ein bisschen aufzuräumen. Wenn John käme, sollte alles tipptopp sein.

Endlich hatte sie eine Nachricht von ihrer Freundin: „Was ist mit dem Kerl, der dir die Schokolade nach Hermannstadt gebracht hat?"

„Er bändelt mit einer Dunkelhaarigen an!"

„Das heißt, er steht nicht mehr auf dich?"

Wenn ich das nur so genau wüsste ... Manchmal denke ich Ja, manchmal denke ich Nein. „Ich weiß es nicht", schrieb sie zurück. „Und du?"

„Ich bin wütend auf ihn! Ich glaube, es war ein Riesenfehler, John einen Korb zu geben."

„Warum?"

Du sollst mir sagen, was ich machen soll! Stattdessen stellte Gulbanu ihr nur lauter Fragen. *Warum war es ein Riesenfehler, John einen Korb zu geben ... Weil Justus sich so blöd verhält! John mag mich. So richtig. Er findet mich toll, und er würde sogar extra kommen.* Fast im gleichen Atemzug musste sie sich eingestehen: *Justus ist auch extra gekommen. Und von Kroatien nach Hermannstadt ist es ein bisschen weiter als von Münster nach Belm. Ja, schön. Aber dann hat er Victoria kennengelernt. John ist mir immer noch treu. Obwohl wir die ganze Zeit keinen Kontakt mehr hatten. Und ich hab ihn schon echt gern.* „John ist ein wunderbarer Mensch", schrieb sie Gulbanu als Antwort zurück.

„Liebst du ihn?"

Liebe ich John? Auf ihrer Tournee war sie zu dem Schluss gekommen, dass sie ihn nicht liebte. Zumindest nicht so, dass sie ihn allen anderen Jungs vorgezogen hätte, um mit ihm eine feste Beziehung einzugehen. *Aber jetzt ist es anders*, beschloss sie. Zur Bestätigung las sie noch einmal, was er ihr geschrieben hatte und sah sich die Bilder an.

„Ja, ich liebe ihn", schrieb sie an Gulbanu. Während sie das tippte, spürte sie, wie sie rot wurde. *Ich liebe John! Wow, was für eine Erkenntnis! Gulbanu ist eine tolle Seelsorgerin! Es war so gut, dass ich sie angeschrieben habe.* Sie konnte nicht erwarten, den Chat abzuschließen und John zu bitten, zu kommen. Ihre

Wohnung war zu klein zum Tanzen, aber die Rasenfläche vor dem Haus unten böte genug Platz. Sie stellte sich vor, wie er ihre Hände nehmen würde, so wie bei ihrem Theaterstück. In perfekter Harmonie würden sie sich gemeinsam bewegen und sein bewunderndes Lächeln würde sie mit Glück erfüllen. Sie erinnerte sich an einen der ersten Abende auf der MiJu, als sie mit John am Strand auf Korsika entlanggelaufen war und sie sich erstmals tiefgehend unterhalten hatten. Der Himmel war rosa gewesen, und sie hatte gedacht, sie würde träumen. *Und bald werde ich mit ihm zusammen sein. Dann hat dieses schreckliche Hick-Hack mit Justus endlich ein Ende. Dann habe ich einen Freund, der weiß, was er will, nämlich mich, und der mir das auch zum Ausdruck bringt. Dann kann Justus sich mit Victoria treffen, so viel er will.* Ihre Freundin ließ sich Zeit mit dem Antworten. Als sie dann schrieb, war es wieder eine Frage: „Liebst du ihn als Person, mit all seinen Stärken und Schwächen? Mit seiner Angst, nicht zu genügen?"

Wieder dachte Katharina an Gulbanus Gebet für John vor ihrem Kurzeinsatz. Er hatte wirklich Angst gehabt, seiner Rolle als ihr Beschützer nicht gerecht zu werden, und er hatte ihr leidgetan.

Gulbanu schrieb noch etwas: „Mit seiner korrekten, perfektionistischen Art? Es hat dich teilweise ganz schön gestresst, zu versuchen, ihm zu gefallen."

Warum erinnert sie mich ausgerechnet daran? „Ich bin bereit, mich ihm anzupassen", schrieb sie. „Und ich denke, er wird sich mir auch anpassen. Und um deine Frage zu beantworten: Ja, ich liebe ihn auch mit seinen Schwächen." *Justus hat auch Schwächen, und das hat mich auch nicht daran gehindert, ihn zu lieben. Es geht jetzt nicht um Justus!,* schalt sie sich selbst. *Eigentlich könnte ich John schon mal zwischendurch schreiben. Dann kann er schon losfahren.*

„Eine Frage noch, Katharina. Und ich bete, dass du ganz ehrlich sein kannst. Du musst sie nicht mir beantworten, wenn du nicht willst. Bitte versprich mir, dass du erst eine Entscheidung triffst wegen John, wenn du dir sicher bist, dass du die Frage ehrlich beantwortet hast, ja?"

Ein etwas mulmiges Gefühl beschlich Katharina. *My goodness, mach es nicht so spannend, Gulbanu!* „Okay, ich werde ehrlich sein und erst dann an ihn schreiben." *Hilf mir, ehrlich zu sein, Jesus,* betete sie.

„Liebst du John um seiner selbst willen, oder liebst du das, was du von ihm bekommst?"

Die rosarote Wolke, auf der Katharina sich befand, schrumpfte ein ganz klein wenig. „Was ich von ihm bekomme?" *Ich fand ihn schon toll, bevor er mir die erste Surfstunde gegeben hat.*

„Liebst du die Aufmerksamkeit, die Bewunderung, die Wertschätzung, das Gefühl, bedeutungsvoll zu sein, ..."

Ja, das alles gibt er mir. Vor allem, wenn ich mich gesund ernähre und korrekt verhalte. Sie wollte sich das nicht eingestehen, aber sie hatte versprochen, ehrlich zu sein. Die Wolke wurde noch etwas kleiner.

„Vielleicht hilft es, wenn du dich fragst: Was wäre, wenn er mir keine Komplimente machen und mich nicht bewundern würde? Oder, um es mit unserem Stück zu sagen: Wenn er dir nicht applaudieren würde?"

Die Wolke verschwand, und Katharina landete unsanft auf dem Boden der Tatsachen. *John ohne seine Aufmerksamkeit mir gegenüber ist zwar immer noch ein toller Mann, aber einer, den ich nicht unbedingt zu meinem Glück bräuchte.* Sie stieß einen tiefen Seufzer aus. *Warum kann er nicht Justus sein? Dann wäre alles in bester Ordnung! Der, den ich um seiner selbst willen liebe, schippert mit einer anderen über den See und gibt mir mit keiner Silbe zu verstehen, dass er mich toll findet. Und den, der auf der Stelle hierherkommen würde, weil er mich toll findet, liebe ich nicht wirklich.*

„Ach, Gulbanu, warum kann das Leben nicht einfacher sein?" Dahinter setzte sie ein verzagtes Emoji. „Ich habe das Gefühl, dass mein Weg voller Knoten ist. Wie bei einem Wollknäuel, das sich verheddert hat. Die Schlingen wickeln sich um meine Füße, und ich stolpere und falle hin. Sprich, ich verurteile andere Menschen und werde wütend und weiß nicht mehr, was ich über die Situation denken soll."

„Ich weiß, was du meinst! Um es im Bild zu sagen: Mir hilft das, wenn ich meinen Blick nicht auf die anderen Bühnendarsteller richte, sondern auf den Regisseur. Dann sind meine Füße frei zu tanzen."

Genauso hatte sie dieses Mädchen aus Kasachstan kennengelernt. Katharina war sich sicher, dass Gulbanu auch ihre Kämpfe und Sehnsüchte, Hoffnungen und Träume hatte. Aber sie ließ davon nicht ihre Tanzschritte bestimmen. Ihre Füße waren frei. Eine Träne stahl sich aus ihrem Augenwinkel. *Jesus, ich möchte so gerne ohne diesen ganzen Ballast für dich tanzen. „Mir hilft das, wenn ich meinen Blick nicht auf die anderen Bühnendarsteller richte, sondern auf den Regisseur." Dazu muss ich mich wohl immer wieder neu entscheiden. Ich gucke immer so schnell nach rechts und links und lasse mich davon beeinflussen.*

„Danke, Gulbanu. Das hat mir sehr geholfen!", schrieb sie schließlich.

„Sehr gerne. Ich gebe das weiter. Wenn es dir geholfen hat, dann war es nämlich der Heilige Geist. Danke, dass du mich angeschrieben hast."

Katharina legte ihr Handy weg, um zu beten. Sie schüttete ihr Herz vor Gott aus und bat ihn, Ordnung in ihre Gedanken und Gefühle zu bringen und ihr zu helfen, sich mehr auf Jesus zu konzentrieren und weniger auf die Aufmerksamkeit der Menschen um sie herum.

Hilf Justus zu erkennen, ob er mich wirklich will oder lieber Victoria. Wobei ich das echt sehr traurig fände. Er bedeutet mir schon wirklich viel. Und ich fände es auch gefährlich, weil sie ja anscheinend nicht so überzeugt ist von dir. Es wäre schrecklich, wenn sie ihn von dir wegziehen würde. Bitte, Jesus, lass das nicht passieren! Im Moment war Victorias Haltung Gott gegenüber ein gewisser Schutz. So begeistert, wie Justus von Jesus war, würde er sich wohl nicht auf ein Mädchen einlassen, das die Bibel mit einem Märchenbuch verglich. *Dass sie so etwas im Kigo gesagt hat ...* Ihr kam in den Sinn, dafür zu beten, dass Victoria erkennen würde, dass die Bibel die Wahrheit ist. Aber dann würde ja nichts einer Beziehung zu Justus im Wege stehen ... *Ach, Jesus, ich bin*

so egoistisch! Es tut mir leid. Ich wünsche mir einfach so sehr, dass Justus mit mir zusammen ist.
Sie rief sich nochmal ihr Gespräch nach dem Gottesdienst heute in Erinnerung. Er habe sich echt gewünscht, dass sie dabeigewesen wäre, hatte er gesagt. Sie hatte sich so gefreut. Bis er das mit dem See und Victoria abholen geäußert hatte. Da hatte sie ein fettes Minus vor sein Statement, dass er sich gefreut hätte, gesetzt. *Ich unterstelle ihm dauernd irgendwelche schlechten Motive. Ich glaube, ich habe generell ein Minus vor seinen Namen gesetzt. Ganz anders als John vor meinen. Wenn Justus das, was ich tue, negativ einordnen würde, könnte er mir auch alles Mögliche Schlechte unterstellen. Ich wollte mich zum Beispiel mit Jonas zum Skaten treffen. Und ich habe Justus nicht gefragt, ob er mitkommt. Vielleicht ordne ich sein Interesse an Victoria auch falsch ein. Vielleicht hat er so ein Interesse an ihr, wie ich an Jonas. Vielleicht will er ihr einfach helfen, Jesus kennenzulernen ...*
Sie überlegte, was dabei herauskäme, wenn sie sein Verhalten unter diesem Vorzeichen einordnen würde. Je länger sie darüber nachdachte, desto kindischer fühlte sie sich. Auch das brachte sie im Gebet zu Jesus. *Hilf mir, mir nicht selbst irgendwas zurechtzulegen. Du allein kennst die tiefsten Motive der Menschen ...*
Schließlich sah sie auf die Uhr: halb fünf. *Die anderen sind bestimmt noch am See.* Sie sprang auf, holte sich eine Tafel Schokolade aus dem Schrank und rannte die Treppe hinunter. Unten angekommen, fiel ihr ein, dass sie John noch eine Antwort schuldig war. Sie rannte wieder nach oben.
„Danke, John, ich weiß das total zu schätzen", schrieb sie. Sie überlegte kurz. „Gott hat geschenkt, dass ich gerade mit Gulbanu schreiben konnte. (Deswegen hat es etwas gedauert mit meiner Antwort an dich.) Jesus hat das gebraucht, um mich wieder richtig einzuordnen. Ich wünsche dir eine super Zeit in Münster!"
Sobald sie die Nachricht gesendet hatte, schaltete sie ihr WLAN aus, damit er sah, dass alles, was er jetzt darauf antwortete, sie im Moment nicht erreichen würde.
Danke für Gulbanu, Jesus. Segne sie und hilf ihr, wo sie es gerade braucht. Und bitte hilf John. Lass ihn ein Mädchen finden, das seine Liebe erwidert, betete sie, während sie zum See fuhr.

*

„Kann ich mitkommen zum Rubbenbruch See?", bettelte Jens.
Warum eigentlich nicht? Cats kommt sowieso nicht, da ist es auch egal. Justus nickte. „Aber ich hole vorher noch Victoria ab."
Jens verzog das Gesicht. „Die ist auch dabei? Kannst du nicht lieber Cats abholen?"
„Sie ist leider krank."
„Aber sie war doch da. Du hast doch nach dem Godi mit ihr geredet."
„Vielleicht ging es ihr schon vorher nicht gut, aber sie hat sich zusammengerissen. Cats ist zäh. So leicht lässt sie sich nicht vom Godi abhalten."
„Wir können ja beten, dass sie wieder gesund wird." Hoffnungsvoll sah sein Bruder ihn an.
Im Prinzip hatte er recht, und Justus fragte sich, warum er nicht selbst auf die Idee gekommen war.
„Dann sieht Vicky gleich, dass die Bibel kein Märchenbuch ist", sagte Jens. „Ja, wir sagen ihr, dass Cats zu krank war, um zum See zu kommen. Aber Jesus hat sie gesund gemacht, so wie damals bei den Wundern. Dann merkt sie, dass alles stimmt, was in der Bibel steht."
Das wäre natürlich Hammer. In mehrfacher Hinsicht. Justus überlegte, ob er sich darauf einlassen sollte. *Und wenn sie nicht gesund wird? Dann blamiere ich mich bis auf die Knochen.*
Sein kleiner Bruder sah das offenbar ganz entspannt, denn er sagte: „Also ich werde beten, dass Jesus ihr hilft. Wenn sie kommt, sage ich Vicky, dass Gott ein Wunder getan hat. Wenn nicht, dann nicht."
„Genauso machen wir es!", nickte Justus und drückte seine Schulter. *Dann kann ich sie nur nicht allein nach Hause bringen, wenn ich Jens im Schlepptau habe*, überlegte er. Und wenn. *Wahrscheinlich kommt sie sowieso nicht.* Er steckte seine Frisbee ein. Wenn Jens schon mitkam, konnten sie auch gleich ein bisschen spielen.

„Ich finde das sehr schlimm, was Vicky im Kigo gesagt hat", eröffnete Jens unterwegs das Gespräch. „Frag sie bloß nicht nochmal, ob sie mitmacht!"

„Es war auch schlimm. Und das ist genau der Grund, warum ich sie gefragt habe."

„Du willst, dass sie uns so was erzählt?"

„Nein, natürlich nicht! Ich will, dass Vicky mehr von Gott erfährt."

„Dann soll sie lieber in den großen Gottesdienst gehen. Da kann sie nicht reden und keine falschen Sachen sagen. Frag lieber Cats, ob sie dir hilft. Die glaubt richtig an Gott."

„Habe ich auch."

„Und warum hat sie es nicht gemacht?"

Ja, warum hat sie es eigentlich nicht gemacht?, überlegte Justus.

„Ich weiß es nicht. Vielleicht, weil es ihr nicht gutging."

Die Erklärung leuchtete Jens ein. Den Rest des Weges fuhren sie schweigend neben- oder hintereinander her, bis sie bei Strakeljans waren. „Oh, wolltest du mit Valli spielen?", fragte Victoria, als sie vor der Tür standen.

„Nein, ich komme mit zum See", sagte Jens etwas kühl.

Victoria schien nicht begeistert, dafür ihr Bruder umso mehr: „Kann ich auch mit?", rief er.

Justus zuckte die Schultern. „Von mir aus." Valentins Fahrrad musste erst noch aufgepumpt werden, Inez Strakeljan bestand darauf, dass er eine Trinkflasche mitnahm, und Jens musste nochmal aufs Klo. Endlich konnten sie los, aber zu viert brauchte man einfach länger. Vielleicht lag es auch daran, dass Victoria auf ihrem Hollandfahrrad nicht so schnell war. Was nicht unbedingt auf das Fahrradmodell zurückzuführen war. Sie machte nicht den Eindruck, als strenge sie sich sonderlich an. So viel Zeit hatte Justus für den Weg nicht eingeplant, und sie kamen erst mit einer halben Stunde Verspätung am vereinbarten Ziel an.

Wenn Katharina gekommen wäre, hätte Justus sich große Sorgen gemacht, aber so blieb er einigermaßen entspannt.

Malte und Greta staunten nicht schlecht, als sie zu viert angeradelt kamen. „Wo ist Cats?", fragte Greta.

„Zu Hause. Ihr geht's nicht gut." Justus spürte Jens' Blick auf sich. „Spielt jemand mit Frisbee?" sagte er schnell, bevor sein kleiner Bruder einen Kommentar zu Katharinas Zustand machen konnte.
Valentin und Jens waren sofort dabei. Victoria zog es vor, sich zu Greta und Malte auf die Picknickdecke zu setzen.
„Bestimmt kommt sie noch", raunte Jens Justus zu, als sie sich etwas von den anderen entfernten.
Valli hatte es trotzdem gehört. „Wer kommt noch?", fragte er.
Jens warf Justus einen schuldbewussten Blick zu. „Jemand", sagte er ausweichend. „Das siehst du dann."
„Hier, fang!" Justus warf ihm die Scheibe zu und das Gespräch war zum Glück beendet.
„Ich habe Durst", sagte Jens nach einer Weile.
„Ich habe mir was zu trinken mitgenommen", erklärte Valentin überflüssigerweise.
„Kann ich was von dir haben?"
„Meine Mama will nicht, dass andere Leute aus meiner Flasche trinken", erwiderte der Gefragte.
„Vielleicht hat Greta was mitgenommen", sagte Justus. Er hatte neben der Decke einen Korb gesehen.
Tatsächlich, Greta hatte vier Becher mit und eine Flasche Wasser.
„Und Kekse! Greta, die Mutter der Kompanie!", bemerkte Malte anerkennend. Er langte sofort zu.
Victoria nahm sich nur einen, obwohl sie die Plätzchen über den grünen Klee lobte. Und nach der Hälfte meinte sie, eine Hand auf dem Magen: „Ich kann nicht mehr!"
Jens dagegen sicherte sich gleich sechs.
„Willst du sie nicht lieber nacheinander nehmen?", fragte Victoria erstaunt. Justus hörte den leisen Vorwurf in ihrer Stimme.
„Das ist zum Vorrat. Falls nachher keine mehr da sind", erklärte Jens. Er warf Justus einen Blick zu.
Ein bisschen peinlich, aber was soll's.
Jens aß letztendlich nur drei Kekse, was ihm von Victoria den Kommentar „Da waren die Augen wohl doch größer als der Magen" einbrachte.

Malte hatte ein Kartenspiel mitgebracht, und so spielten sie ein paar Runden. *Eigentlich wollte ich mit Vicky über den Glauben reden. Noch eigentlicher wollte ich, dass Cats mit ihr über den Glauben redet. Aber sie ist ja leider krank geworden*, dachte Justus zwischendurch. *Ich hoffe nur, dass Jens nicht zu enttäuscht ist ...*

Plötzlich sprang sein kleiner Bruder auf. „Da ist sie!" Er winkte wie wild. „Wir sind hier, Cats!"

Ich fasse es nicht!

Jens grinste ihn an. „Jetzt können wir es ihr sagen!" Er wandte sich mit einem triumphierenden Blick an Victoria: „Du denkst ja, das, was in der Bibel steht, ist nicht alles wahr. Aber ist es doch. Gott kann wirklich Knochen wieder lebendig machen. Er hat nämlich auch gemacht, dass Cats wieder gesund ist. Justus und ich haben dafür gebetet."

Wenn Victoria überrascht war, zeigte sie es nicht. „Cool", lächelte sie.

Das ist alles? Justus selbst konnte kaum glauben, was er sah. Ohne es zu merken, grinste er. Er beobachtete, wie Katharina ihr Rad bei den anderen abstellte und herüberkam. *Sie ist tatsächlich gekommen!*, dachte er die ganze Zeit. Und: *Sie sieht kerngesund aus*. Im Gegensatz zu Victoria auf dem Hinweg, musste sie ziemlich flott gefahren sein. Aus ihrem Zopf hatten sich Haare gelöst, die sich lose um ihr erhitztes Gesicht lockten.

Jens stand auf. „Hier, die hab ich dir extra aufgehoben", sagte er und reichte Katharina drei Kekse.

Sie sah ihn überrascht an. „Woher wusstest du, dass ich komme?"

„Justus und ich haben gebetet, dass es dir wieder gutgeht, dass du kommen kannst", beantwortete Jens ihre Frage. Er wirkte höchst zufrieden.

Jetzt erst sah Katharina Justus an. „Danke", lächelte sie. Einen Moment hielten sich ihre Blicke. „Jesus hat mir definitiv geholfen!"

„Sag mal, Cats, glaubst du eigentlich *alles*, was in der Bibel steht?", erkundigte sich Jens.

„Absolut!", sagte Katharina im Brustton der Überzeugung und biss in einen Keks.

„Warum?", hakte Jens nach.

Bestens. Anscheinend brauche ich nur Jens mitzunehmen, wenn ich Vicky was unterjubeln will. Und Cats. Justus konnte den Blick nicht abwenden. Verschwitzt und zerzaust futterte sie Jens' Kekse.

„Weil Gott sagt, dass sein Wort wahr und zuverlässig ist", gab Katharina wie aus der Pistole geschossen zurück.

„Aber woher weißt du, dass es Gottes Wort ist?"

Inszeniert er das hier für Vicky oder sind ihm wirklich Zweifel gekommen durch ihren Einschub heute Morgen?

Katharina sah Jens einen Moment an. Dann sagte sie langsam: „Ich weiß es, weil ich danach lebe. Wer das nur liest, sich aber nicht daran hält, wird niemals erkennen, wie viel Kraft in dem steckt, was in der Bibel steht. Schon als Jesus noch als Mensch auf der Erde lebte, haben die Leute ihm diese Frage gestellt. Sie wussten nicht, ob sie ihm glauben wollten oder nicht. Sie fragten: ‚Woher wissen wir denn, ob das, was du da sagst, von Gott kommt?' Und Jesus antwortete ihnen: ‚Wer Gottes Willen tun will, dem wird klar werden, ob meine Lehre von Gott kommt, oder ob ich mir das nur selbst ausgedacht habe.'" Sie überlegte kurz. „Vielleicht ist es ein bisschen so wie mit diesem Keks. Du hast ihn mir extra aufgehoben. Aber um zu wissen, ob es ein echter Keks ist, muss ich ihn essen. Erst dann gibt er mir Kraft."

Genau das wollte ich ihnen heute Morgen mit dem Brötchen erklären!

Jens nickte langsam. „Das hast du sehr gut gesagt." Plötzlich fiel ihm anscheinend was ein. „Warum hast du eigentlich heute das Brötchen mit in den Kigo genommen, Justus?"

Justus grinste leicht. „Um euch das zu erklären, was Cats gerade gesagt hat."

„Vielleicht kannst du das ja beim nächsten Mal sagen", schlug Jens vor.

Greta streckte sich. „Jetzt könnte ich auch eine Runde Frisbee spielen."

„Ich mache mit", sagte Valentin sofort.

Malte hatte offenbar ebenfalls kein Sitzfleisch mehr und stand auch auf. „So, Cats, jetzt ist Platz für dich auf der Decke. Dann kannst du dich nach deiner Tour ein bisschen ausruhen."

Katharina sah zwar nicht aus, als müsse sie sich ausruhen, aber sie bedankte sich und ließ sich auf der Decke nieder, um ihren letzten Keks zu essen.

Sie hat einen Krümel im Mundwinkel, registrierte Justus. Im nächsten Moment registrierte er noch etwas anderes. Und zwar, dass seine Frisbee draußen auf dem See landete!

„Wir müssen sie holen!", rief Jens.

Das war jedoch leichter gesagt, als getan, denn der See war Naturschutzgebiet und baden war verboten. Zu sechst standen sie am Ufer und beratschlagten, was zu tun wäre.

„Ich hab's!", rief Valentin, der die Scheibe geworfen hatte. „Wir nehmen uns ein Boot!"

„Die kann man nicht so einfach nehmen", belehrte seine Schwester ihn. „Die muss man mieten."

„Für das Geld bekommst du auch eine neue Frisbee", wehrte Malte ab. „Nur um die Frisbee zu holen, würde ich doch nicht eine halbe Stunde ein Boot mieten!"

„Wer will sich hier ein Boot mieten?", fragte da eine Stimme hinter ihnen.

Sie drehten sich um. *Erwin! Mit Kumpel. Mit Rucksack.*

„Eric!", rief Victoria freudig überrascht.

Eric. Von mir aus. Was will der denn hier?

Sein Kumpel hielt es nicht für nötig, sich vorzustellen. Eric sah auch nicht die Notwendigkeit, dessen Namen bekanntzugeben. Er schlenkerte seinen Tretbootschlüssel. „Also, wer will Boot fahren? Zwei Plätze habe ich frei."

„Eigentlich niemand. Aber unsere Frisbee ist versehentlich auf dem See gelandet", erklärte Victoria.

„Na, dann holen wir sie doch einfach", grinste Eric. Er sah in Katharinas Richtung. „Wer kommt mit?"

„Ich", sagte Justus schnell. Auf keinen Fall wollte er riskieren, dass dieser Kerl mit Katharina im Boot über den See schipperte. „Wir paddeln da hin und dann ist die Sache erledigt."

„Von den Damen ist niemand so mutig?", fragte Eric.

„Ich bin mutig!" und „Wenn ihr mich mitnehmt", lachten Greta und Victoria gleichzeitig.

Bereitwillig ließ Justus ihnen den Vortritt. Die beiden konnten von ihm aus mit Erwin – Eric – und seinem Kumpel über den See fahren. *Hoffentlich vergessen sie nicht, die Frisbee auch zu holen!*

Galant half Eric erst der einen, dann der anderen in seinen Kahn. Greta stellte sich nicht ganz so geschickt an. „Gleich liegst du drin!", rief Malte. Er schien gar nicht amüsiert.

Die Mädchen dagegen sehr. Ihr Gelächter und Gekicher hüpfte über das Wasser zu den Landratten. Als ob sie im Kino säßen, beobachtete der männliche Teil das Geschehen draußen auf dem See. Wobei die Interessen geteilt waren: Jens und Valentin ging es um die Bergung der Frisbee, Malte und Justus um die Mannschaft.

„Ihr müsst mehr nach rechts!", brüllte Jens.

Eric hob eine Hand. Er hatte eine Dose darin.

Die werden doch hoffentlich nicht da draußen anfangen zu trinken!, fuhr es Justus durch den Kopf. Katharina stellte ihm eine Frage, aber er bekam nicht mit, was sie sagte. Er wandte sich zu ihr. *Jetzt ist sie schon hier und ich mache mir die ganze Zeit Sorgen um die Mädchen. Was soll schon groß passieren. Ich sollte mich anders herum hinsetzen und mich auf das konzentrieren, was Cats mit mir redet.* „Was hast du gesagt?", fragte er etwas verlegen.

„Ich fragte, ob dein Vater heute Morgen spontan für Alfons eingesprungen ist, ."

„Ja, ist er. Wir saßen gerade beim Frühstück, da rief Alfons an. Er wäre plötzlich krank geworden. Meine Mutter fand das gar nicht toll ..."

„Ich finde, er hat das super gemacht! Und er hat auch für den Kigo gebetet."

„Ernsthaft? Das hat meine Mutter gar nicht erzählt." Sie hatten im Auto auf der Rückfahrt zwar kurz über Justus' Kindergottesdienst und Jörg Rutters Gottesdienstleitung gesprochen, aber davon war nicht die Rede gewesen. *Er steht offenbar dahinter, dass ich Kigo mache.* Anfangs war er sich nicht ganz sicher gewesen. Schließlich kannten seine Eltern ihn besser als sonst jemand und wussten, was ihr Sohn für einen Lebensstil gepflegt hatte. „Cool", lächelte er.

„Sie haben sie!", rief Jens da erleichtert. Er drehte sich kurz um und sagte zu Justus: „Er findet das gut, was du machst."

Justus brauchte einen Moment, um zu schnallen, dass sein Bruder sich auf seinen Vater bezog. Anscheinend hatte er trotz seiner Frisbee-Bergungs-Beobachtungen seinem Gespräch mit Katharina zugehört. Und sich seine Gedanken gemacht: „Was macht dein Vater eigentlich, Cats?"

Justus, der wusste, dass Katharinas Vater sie und ihre Mutter zugunsten einer anderen Frau verlassen hatte, als Antje Jöllenbeck sich für ein Leben mit Jesus entschieden hatte, sah sie etwas peinlich berührt an. Über Väter, die einen im Stich gelassen hatten, redete man lieber nicht.

Auch Valentin schien auf einmal das Thema interessant zu finden, denn er fragte: „Kommt er nicht in die Gemeinde? Ich habe ihn noch nie gesehen."

„Ich habe ihn auch schon seit über drei Jahren nicht gesehen", sagte Katharina. „Und nein, er kommt nicht in die Gemeinde. Er glaubt nicht an Jesus."

„Oh", machte Jens.

Ja, oh. Dann stell nicht solche Fragen.

„So wie Vicky!", sagte Valentin finster. „Auch wenn sie in den Kigo kommt. Ich weiß, wie sie wirklich ist!"

„Und wie ist sie?", fragte Jens neugierig.

„Sie ist gemein zu mir und richtig zickig zu Mama und Papa. Und sie geht am Wochenende immer feiern."

So wie ich früher. Justus merkte, wie Jens ihm einen Blick zuwarf.

„So war Justus früher auch", sagte er prompt. „Aber jetzt ist er anders. Jetzt ist er richtig Christ."

Justus wurde rot. Er freute sich unbeschreiblich, dass sein kleiner Bruder die Veränderung in ihm so deutlich wahrnahm. Aber es war ihm unangenehm, so vor den anderen, vor allem vor Katharina, gelobt zu werden.

„Das ist mir auch aufgefallen", nickte sie und lächelte voller Wärme.

Justus hatte das Gefühl, schlagartig einen Sonnenbrand bekommen zu haben. Zum Glück wechselte das Thema abrupt, als Malte unwirsch sagte: „Sag mal, machen die da draußen ein Trinkgelage oder was? Hat jemand ein Fernglas?"

Die Aufmerksamkeit richtete sich weg von Justus auf das Boot auf dem Wasser.

„Dann will ich lieber vorher nach Hause fahren", bemerkte Valentin. „Können wir fahren?"

„Wir müssen erst Justus' Frisbee wiederhaben", entgegnete Jens.

„Sie kommen zurück", stellte Malte erleichtert fest. Mit den Händen in den Hüften stand er am Ufer.

Victoria hatte die Frisbee. Sie stand im Boot auf und warf sie an Land. Das heißt, sie wollte sie an Land werfen, aber die Scheibe landete erneut im Wasser. Und nicht nur die Scheibe ...

Das Geschrei und Gelächter waren groß, zumindest auf dem Boot. Victoria ließ sich zurück an Bord helfen, und fünf Minuten später waren sie zurück am Steg. Unterwegs mussten sie bereits beschlossen haben, was jetzt zu tun sei, denn Victoria sagte: „Eric bringt mich nach Hause, Valli." Rein theoretisch hätte sie durchaus selbst nach Hause radeln können. Es war warm, und unterwegs könnte sie gleich trocknen.

„Und dein Fahrrad?", fragte Jens.

Und dein Bruder?, dachte Justus. Er schätzte Valentin nicht so ein, dass er allein vom Rubbenbruchsee zurückfinden würde. Er war nur froh, dass er ihr von Anfang an gesagt hatte, dass er nicht mit ihr zurückfahren würde.

„Ich habe einen Pick-up", grinste Eric. Er sah kurz zu Katharina.

„Noch jemand ohne Fahrschein?"
Er könnte allerdings Valli mitnehmen. Irgendwie muss der ja nach Hause kommen, wenn ich Cats nach Belm begleite. Doch Valentin verzichtete lieber auf den Transport im gleichen Auto wie seine Schwester.
„Und wie kommst du dann nach Hause?", fragte Greta.
„Mit Justus."
Aha. Dann ist das also auch geklärt. Ich hab's befürchtet! Was musste Vicky auch ins Wasser fallen! Eigentlich hatte ich vor, Strakeljans Jens aufs Auge zu drücken ... „Aber vorher bringen wir Katharina nach Hause", sagte er.
„Von hinten durch die Brust ins Auge", schnaubte Malte trocken.
„Ich kann auch allein fahren", wehrte Katharina ab. Der Krümel war immer noch in ihrem Mundwinkel.
Justus schüttelte energisch den Kopf. „Yep, kannst du und Valli kann mit Vicky fahren. Aber wirst du nicht!" Er hoffte, dass das nicht zu ärgerlich und bevormundend rausgekommen war. Aber er war inzwischen wirklich genervt. Nichts lief so, wie er sich das für heute erhofft hatte. Statt dass er mit ihr allein fuhr, hätte er jetzt gleich zwei kleine Jungs im Schlepptau.
Er war nur froh, dass die da draußen auf dem See anscheinend doch nichts Alkoholisches getrunken hatten. Zumindest machte niemand von ihnen den Anschein. Malte reichte der Anschein nicht, und als Eric, Kumpel und Victoria weg waren, fragte er: „Und, was haben sie euch zu saufen angeboten?"
Greta verzog das Gesicht. „Bier." Sie verabscheute Bier und Malte schien beruhigt.
Justus nicht. *Wo ein Bier ist, ist auch mehr. Und die Kerle wussten, dass sie mit dem Auto nach Hause fahren würden.* Vielleicht war es doch ganz gut, dass er Valli dabei hatte. Dann könnte er sich nachher direkt davon überzeugen, dass seine Schwester auch wirklich gut zu Hause angekommen war. *Vielleicht bin ich so eine Art Siegbert für Vicky,* überlegte er.
Valentin wollte gerne noch weiter Frisbee spielen, aber Jens war das zu unsicher. „Wir haben sie gerade erst wieder sicher an Land. Lieber nicht. Sonst fliegt sie am Ende nochmal rein."

Schon irgendwie witzig. Er benimmt sich, als ob das seine wäre, stellte Justus amüsiert fest. Aber er hatte auch keine große Lust, Frisbee zu spielen. Er wollte bei Cats sitzen, aber er wollte auch wissen, ob Victoria sicher nach Hause käme. Malte war auch irgendwie nicht ganz so gechillt wie sonst, und so bestiegen Justus, Katharina, Valentin und Jens nach nicht allzu langer Zeit ihre Räder und machten sich auf den Weg.

Obwohl sie wieder zu viert waren, waren sie wesentlich schneller. An Gesprächen lief nicht viel. Jens und Valentin waren unterwegs nicht auf Konversation aus und Justus hoffte die ganze Zeit, dass Victoria heil zu Hause ankäme.

„Ist das gefährlich, mit einem Bier Auto zu fahren?", fragte Katharina zwischendurch.

„Je nachdem wie man das wegsteckt", gab Justus zurück. „Wenn im Rucksack allerdings noch mehr ist, was sie jetzt unterwegs austrinken …" Er ließ den Satz unvollendet.

Stirnrunzelnd sah Katharina ihn an. „Meinst du wirklich, das würden sie machen?"

„Keine Ahnung. Ich hab – hatte – einen Kumpel, der war so drauf. Einmal hätte uns das fast das Leben gekostet. Wir waren unterwegs nach Amsterdam. Er saß vorn neben mir und hatte seine zweite Flasche angefangen. Irgendwann fing er an rumzualbern. Beinahe hätte es gekracht. Aber so richtig. Ich hab echt die Engel singen gehört, sag ich dir …"

„Ernsthaft?", sagte sie erschrocken. „Das wusste ich gar nicht! Warum hast du nichts davon erzählt?"

„Wann denn?", rutschte es ihm heraus. Schnell redete er weiter. „Um deine Frage zu beantworten: Es gibt durchaus Leute, denen ihr Leben oder das ihrer Mitmenschen relativ egal ist." *Wir hätten damals alle tot sein können, aber Chris und Sebastian hat das überhaupt nicht gejuckt.*

„Dann hoffe ich sehr, dass Victoria gut nach Hause kommt!"

Zu Justus' Verwunderung hatten die beiden vor ihnen ihre Unterhaltung wohl mitbekommen: „Sie hätte ja nicht bei denen ins Auto steigen müssen", sagte Valentin über die Schulter.

„Aber sie war nass", nahm Jens Victoria in Schutz.
„Selbst schuld, wenn sie ins Wasser fällt", gab Valentin ungerührt zurück.
Er ist wirklich nicht gut auf sie zu sprechen, stellte Justus fest. Er musste daran denken, wie Jens in seinem Zimmer geschlafen hatte, um ihn zu beschützen. Und wie er ihn im Dom umarmt hatte. Die Zuneigung eines kleinen Bruders war anscheinend überhaupt nicht selbstverständlich. *Cats hat keine Geschwister. Und keinen Vater. Sie hat nur eine Mutter, die sehr viel arbeitet.* Auf einmal wurde Justus bewusst, wie glücklich er sich schätzen konnte.

Und als sie vor dem geschmacklosen Mehrfamilienhaus, in dem Katharina wohnte, ankamen, verstärkte sich dieses Gefühl. *Sie hat ganz bestimmt weniger als Vicky oder ich. Aber sie ist so zufrieden. Wenn man sie sieht, kommt man nicht auf die Idee, in was für Verhältnissen sie lebt.*

„Wollt ihr noch mit reinkommen und was trinken?", fragte sie.
Justus war zwiegespalten. Einerseits hätte er gerne der Sonne befohlen, stillzustehen, andererseits fühlte er sich für Victoria verantwortlich. Aber weil Valentin sagte: „Oh ja, gerne!" und Jens: „Ich muss aufs Klo", war die Sache entschieden.
Sie marschierten durch das fleckige Treppenhaus nach oben.
„Hier ist es aber warm", meinte Jens, als sie die kleine Dachwohnung betraten.
„Das haben wir gleich", sagte Katharina und öffnete ein paar Fenster. Der Krümel hatte sich hartnäckig in ihrem Mundwinkel gehalten. Sie goss Valentin in der Küche etwas zu Trinken ein und der setzte sich an den Tisch. Dann ging sie mit Jens in den Flur. „Die Toilette ist gleich hier links." Sie öffnete auch hier das Fenster und überließ Jens den kleinen Raum.
Justus war ihr gefolgt. „Du hast da einen Krümel im Mundwinkel", sagte er. Katharina fuhr mit dem Finger über ihre rechte Gesichtshälfte. „Andere Seite."
Sie erwischte den Krümel, aber er blieb an ihrer Wange hängen. „Weg?"

„Nein." Justus streckte die Hand aus. Im letzten Moment zog er sie wieder zurück. Er nahm sie bei den Schultern und drehte sie zum Spiegel um, der an der Wand hing. „Da", sagte er in den Spiegel guckend und zeigte mit dem Finger auf die Stelle. Sie waren beide in dem Rahmen zu sehen. *Sieht aus wie auf einem Foto. Wir passen echt gut zusammen. Jetzt ein Selfie!*, fuhr es ihm durch den Kopf.
In der Toilette rauschte das Wasser und hastig nahm er die Hände von ihren Schultern. Im nächsten Moment trat Jens in den Flur.
„Wollt ihr auch noch was trinken?", fragte Katharina. Sie füllte drei weitere Gläser mit Zitronenwasser aus dem Kühlschrank.
„Ah! Das tut gut. Das müssen wir auch mal machen", sagte Jens. „Wie geht das?"
„Einfach eine Zitrone gründlich waschen und ein paar Scheiben in eine Kanne tun."
Sie tranken ihre Gläser aus, und weil Justus nicht wusste, was sie noch reden sollten, sagte er: „Ich würde sagen, wir fahren dann mal."
Valentin musste auch noch zur Toilette und verschwand.
„Danke für die Kekse, Jens", lächelte Katharina. „Das war echt nett von dir."
Jens hob einen Zeigefinger: „Das nennt sich ‚Glaubensgehorsam'", grinste er.
„Glaubensgehorsam?", lachte Katharina.
„Ja, das hat uns Maria erklärt: Wenn man Gott glaubt, dann handelt man auch so. Dann bereitet man sich zumindest darauf vor, dass Gott das Gebet erhört. Und wir haben ja gebetet, dass du noch kommst und deswegen habe ich mich darauf vorbereitet. Mit Keksen."
Hoffentlich hören Marias Blutungen bald auf. Sie kann den Kindern wesentlich mehr beibringen als ich ...
„Das ist echt cool", lächelte Katharina. Sie sah zu Justus. „Und vielen Dank, dass ihr mich nach Hause gebracht habt."
„Kein Ding. Und du hast da noch einen Krümel."
Mit beiden Händen wischte Katharina sich über das ganze Gesicht. „Weg?"
„Weg."

Jens hatte überhaupt keine Lust, auf dem Heimweg noch nach Holzhausen zu fahren. „Kann ich nicht einfach hierbleiben und du holst mich dann ab?", bettelte er.

Einen Moment war Justus geneigt, genau das zu tun, obwohl es rein logistisch der absolute Oberquatsch wäre. Aber dann könnte er sie nochmal sehen. Doch weil Katharina nichts zu Jens' Bitte sagte, bestimmte er, dass sie jetzt alle fahren würden.

Wieder radelten die beiden Jungs vorn, und Justus konnte in Ruhe seinen Gedanken nachhängen. *Wir zwei im Spiegel im Flur ... Eines Tages werde ich genau so ein Bild als mein Profilbild haben. Oder noch besser: Eins, wo wir tanzen. Am besten im Sonnenuntergang. ‚Himmelstänzer' würde ich das nennen ...*

Als sie Valentin zu Hause ablieferten, war von Victoria nichts zu sehen.

„Wo habt ihr Victoria gelassen?", fragte Dirk Strakeljan erstaunt. Valentin zuckte die Schultern. „Sie wollte lieber mit ein paar Jungs im Auto mitfahren. Sie ist ins Wasser gefallen."

Fragend sah sein Vater zu Justus. Der hob entschuldigend die Hände. „Es ist genauso, wie Valli es sagt."

„Kennst du die Jungs?", erkundigte sich Dirk Strakeljan.

„Nicht wirklich. Einer von ihnen war beim letzten Special-Friday dabei."

„Weißt du was über ihn?"

„Nicht wirklich."

„Er hat Bier getrunken", sagte Jens. „Und er hat einen Pick-up."

Wieder sah Dirk Strakeljan Justus an, gar nicht glücklich. „Ich bin davon ausgegangen, dass sie mit dir zurückkommt." Justus hörte den versteckten Vorwurf in seiner Stimme.

„Ich hatte ihr gleich gesagt, dass ich sie nicht nach Hause bringen kann", rechtfertigte er sich.

Dirk Strakeljan fuhr sich durch die Haare. „Dieses Mädchen!", seufzte er.

Seine Frau erschien in der Tür. „Wo ist Vicky?"

„Sie ist bei irgendwelchen Kerlen mitgefahren", informierte ihr Mann sie. Er wandte sich an Justus: „Danke, dass ihr Valli nach

Hause gebracht habt. Das war dann ja wahrscheinlich auch anders vorgesehen."
Gut erkannt.
Inez hatte ihr Handy herausgenommen. „Sie ist noch bei einem aus der Jugend", schreibt sie. „Sie kommt später."
„*Einem aus der Jugend", genauso habe ich früher auch meine Eltern getäuscht*, fuhr es Justus durch den Kopf. Wie schämte er sich jetzt dafür. Sie verabschiedeten sich.
„Kommt Eric in die Jugend?", wunderte sich Jens, als sie die Einfahrt verließen.
„Er war einmal beim Special-Friday."
„Ich glaube nicht, dass das reicht", sagte Jens zweifelnd.
„Es reicht nicht. Es reicht auch nicht, wenn einer hundertmal in der Jugend war."
„Stimmt. Man kann so oft in die Gemeinde gehen, wie man will. Wenn man das nicht glaubt, was in der Bibel steht, und es nicht tut, dann nützt es gar nichts. Das hat Maria gesagt."
#Glaubensgehorsam.

*

Katharina musste heute Nachmittag in die Stadt. *Da hätte ich mich eigentlich gut mit Justus treffen können.* Aber irgendwie ging es einfach nicht voran mit ihnen. *Jetzt hatte ich diese krasse Erkenntnis mit John, aber ich weiß deswegen immer noch nicht, wie Justus zu mir steht. Ich weiß nur, dass er gestern ziemlich in Sorge war wegen Victoria und dass er mit Jens für mich gebetet hat. Wobei es nicht unwahrscheinlich ist, dass sein kleiner Bruder da die treibende Kraft war.*
Wie immer, bevor sie den heimatlichen WLAN-Bereich verließ, checkte sie nochmal ihr Handy. Vielleicht hatte Justus ihr ja geschrieben. Da, eine Nachricht! Doch es war nur Malte. Er hatte eine fünfminütige Sprachnachricht geschickt. „*Höre sie mir später an*", schrieb sie zurück. „*Bin grad auf dem Weg in die Stadt. Muss für morgen noch schnell ein Buch für Deutsch besorgen.*"

Sie nahm ihren Rucksack und lief die Treppe hinunter zu ihrem Fahrrad. *Ich glaube, ich muss Justus wirklich einfach wie einen guten Freund behandeln. So wie Herbert. Und irgendwann werde ich ja sehen, ob bei ihm mehr ist.* Den ganzen Weg in die Stadt festigte sich ihr Entschluss. Ja, sie würde Justus Rutter wie einem guten Freund begegnen.

Sie stellte ihr Fahrrad zu den zig anderen an der großen Kreuzung vor der Fußgängerzone und schloss ab. Dann bahnte sie sich einen Weg durch das übliche Nachmittagsgedränge zur Buchhandlung. Sie stand noch im Ausgang und hatte sich gerade umgewandt, um zurück zu ihrem Fahrrad zu gehen, als sie hinter sich ihren Namen hörte: „Hey Cats!"

Justus! Sie wirbelte herum. Im nächsten Moment schoss ihr das Blut ins Gesicht. *So viel zu ‚ich werde ihm ganz normal begegnen'!*

Doch Justus schien ihre Reaktion nicht bemerkt zu haben. „Gott sei Dank, habe ich dich getroffen", sagte er ernst.

Wenn er mich treffen wollte, warum hat er mir nicht einfach geschrieben? Hinter ihnen traten zwei Leute aus dem Geschäft und Justus zog Katharina zur Seite. Wieder schoss ihr das Blut ins Gesicht.

„Können wir uns da drüben hinsetzen?"

Katharina atmete tief durch. „Können wir", lächelte sie. *Das hier ist zwar anders, als ich es mir vorgestellt habe, aber egal. Er wollte sich offensichtlich mit mir treffen. Und hier sind wir, zusammen in der Stadt auf einer Bank.*

„Gott sei Dank, dass ich dich getroffen habe", sagte Justus noch einmal. „Ich hatte gebetet, dass ich dich nicht verpasse."

Wieder so ein Satz, der ihr zeigte, dass er anders geworden war. „Du bist einfach aufs Geratewohl in die Stadt gefahren und hast gebetet, dass du mich triffst?", fragte sie mit einem kleinen Lachen. Ihr Frust über ihre Beziehung verdünnisierte sich wie Nebel in der Sonne.

Justus grinste. „So eng bin ich noch nicht mit dem Heiligen Geist." Doch gleich darauf wurde er ernst. „Malte hat dir eine Sprachnachricht geschickt. Aber du hast sie noch nicht abgehört, weil du erst in der Stadt das Buch für Deutsch besorgen musstest."

Katharina sah ihn belustigt an. „Du bist ja sehr gut über mein Leben informiert." *Ist ja interessant, wie er sich hinter meinem Rücken über mich schlaumacht. Was er wohl noch alles mit Malte bespricht? Vielleicht ist er wirklich einfach nur schüchtern und schreibt lieber mit Malte als direkt mit mir. Vielleicht sollten wir einfach mal ehrlich miteinander reden ...*

Justus unterbrach ihre Gedanken: „Malte hat mir die gleiche Sprachnachricht geschickt. Woraufhin ich ihn angerufen habe. Woraufhin er mir gesagt hat, dass du in die Stadt wolltest. Woraufhin ich dich gesucht habe. Herbert hatte einen Unfall. Einen schlimmen Unfall."

Katharina blinzelte. Alles, worum sie sich eben noch Gedanken gemacht hatte, war auf einmal wie weggeblasen. „Herbert?", flüsterte sie. „Lebt er noch?"

Justus schüttelte den Kopf. „Ich weiß es nicht." Er schluckte. „Er hat offensichtlich gerade eine Sprachnachricht an Malte gemacht. Plötzlich war ein lautes Hupen zu hören und Quietschen, Rufen, Schreien, Sirenen und hektische Stimmen. Dann sagte irgendjemand: ‚Die Person, die diese Nachricht abschicken wollte, hatte gerade einen sehr schlimmen Unfall.'"

Katharina war ganz blass geworden. Wie Momentaufnahmen fielen ihr schlagartig alle möglichen Situationen mit Herbert ein: Herbert auf einem Sofa im Jugendkreis, ohne am Gespräch beteiligt zu sein; Herbert mit ihr und Justus bei Rutters in der Küche, als sie den ersten Special-Friday vorbereitet hatten, nachdem er ihr geholfen hatte, ihren völlig mit Quarkspeise verschmierten Rucksack zu säubern; gemeinsames Kartenspielen sonntags bei Malte; wie er sein Zeugnis beim Jugendabend erzählt hatte; wie er nach Phils Selbstmordversuch bei ihr zu Hause auf dem Sofa gesessen hatte. Obwohl er sonst manchmal einen unterbelichteten Eindruck machte, war er in dem Moment der Einzige gewesen, der in einer ruhigen und zugleich einfühlsamen Souveränität mit der Lage umzugehen gewusst hatte. Überhaupt hatte er in den entscheidenden Momenten eine Weisheit an sich, die sie immer wieder überraschte. Die Art und Weise, wie er mit seinen Freunden von den Beschützenden Werkstätten umging, oder als er mal im Gottesdienst ein Zeugnis von einem Beinahe-Unfall erzählt hatte. Damals war er fast überfahren worden. Aber der Lkw war rechtzeitig zum Stehen gekommen. „Isch schätze, Gott hat noch Verwendung hier unten für misch", war sein abschließender Satz gewesen.

Herbert am Rubbenbruchsee, wie er mir von seinen Gesprächen mit wildfremden Menschen erzählte; mein Gespräch mit ihm nach meiner Selbsterkenntnis im Dom ... Tränen stiegen ihr in die Augen. „Was jetzt?", flüsterte sie.

„Malte wollte versuchen, noch mehr herauszufinden. Er hat versprochen, sich zu melden, so bald er etwas weiß." Justus stieß die Luft aus und schob die Hände in die Taschen. Er schüttelte den Kopf. „Ich hoffe nur, Gott hat noch Verwendung für ihn hier unten!"

„Daran musste ich auch gerade denken", sagte Katharina leise.

Justus nahm sein Handy heraus. „Ich rufe Gerbers an. Damit sie für ihn beten. Und dann machen wir am Sonntag im Godi eine Ansage."

In jeder anderen Situation hätten seine Worte sie zutiefst berührt. Doch jetzt war ihre einzige Reaktion: „Und wenn er tot ist?"

„Cats, sag das nicht!", stieß Justus heftig hervor. Seine Nase war rot und seine Augen schimmerten feucht. „Herbert ist nicht tot. Gott braucht ihn noch da unten in Frankfurt bei den Skatern! So bald Malte was rausgefunden hat, werde ich hinfahren und ihn besuchen." Und dann, nach einer kurzen Pause: „Kommst du mit?"

„Ja", sagte Katharina, ohne nachzudenken.

„Ich frage meine Mutter, ob ich das Auto haben kann."

Plötzlich fiel Katharina etwas ein: „Phil würde sicher auch mitkommen wollen."

„Hast du seine Nummer?", fragte Justus überrascht.

„Nein. Wir haben zwar einen Schülergebetskreis an unserer Schule gegründet, aber Nummern haben wir nicht ausgetauscht."

Wie vom Donner gerührt sah Justus sie an. „Das wusste ich ja gar nicht! Warum hast du nie etwas davon erzählt?"
Wann hätte ich dir das denn erzählen sollen? Wir reden ja nicht! Aber jetzt war nicht die Zeit für solche Gedanken. Sie zuckte die Schultern. „Als ich ihn nach den Ferien wiedersah, hatte ich das Gefühl, Gott wollte das. Wir treffen uns immer montags in der großen Pause. Unsere Schule hat es bitter nötig ..."
„Das ist der Wahnsinn", murmelte Justus. „Und alles wegen Herbert. Du hättest ihn hören sollen, wie er damals im Krankenhaus mit Phil geredet hat. Der Kerl lag im Bett und sah aus wie ein Zombie. Aber Herbert ist total cool geblieben. Er hat ihm einfach von Jesus erzählt – ehrlich, offen, herzlich – so richtig Herbert-Style." Er fuhr sich durch die braunen Haare und atmete tief durch. „Du hast recht, Phil muss unbedingt erfahren, was passiert ist. Wie könnten wir an seine Nummer kommen?", überlegte er laut. Dabei sah er sie unverwandt an.
Katharina wandte den Blick ab. *Jetzt ist nicht der Zeitpunkt, in Justus' liebe Hundeaugen zu schauen.* „Keine Ahnung, wer seine Nummer haben könnte. Phil hat keine Freunde. Außer Herbert." Sie schluckte. „Wann würdest du fahren?"
„Das kommt drauf an, was Malte rausfindet. Meine Mutter arbeitet morgen bis um eins. Es sei denn, wir fahren heute noch ..."
„Heute. Lass uns bitte heute fahren." *Wer weiß, ob wir ihn heute noch besuchen können,* fügte sie in Gedanken an.
Justus sah einen Moment auf sie herab. Er nickte. „Dann fahren wir heute. Ich frage meine Mutter, ob wir das Auto kriegen."
Bitte, Jesus, lass sie drangehen. Und bitte, bitte mach, dass sie uns das Auto gibt!, betete Katharina, während Justus wählte. Doch Ute Rutter ging nicht an ihr Telefon.
Mit zusammengepressten Lippen starrte Justus auf sein Handy. „Ich rufe Siegbert an!", sagte er auf einmal. Im Gegensatz zu seiner Mutter musste der ältere Herr geradezu auf den Anruf gewartet haben. Justus hatte kaum gewählt, da meldete er sich auch schon.
„Justus? Bist du das?", hörte Katharina seine schnaufende Stimme.
„Ja. Hallo Siegbert. Herbert hatte einen schlimmen Unfall. Wir wissen nichts Genaues, nur, dass er an- oder überfahren wurde

und jemand sein Handy gefunden hat. Wir wollen heute noch hinfahren." Er stockte kurz. „Könnten wir, ich meine, dürften wir dein Auto leihen?"

Am anderen Ende war es einen Moment still. Man hörte nur das Schnaufen. „Könnt ihr gerne. Wenn ihr mich mitnehmt", kam Siegberts Stimme. „Wann soll ich euch wo abholen?"

„Das ist toll, Siegbert, vielen Dank!"

„In welchem Krankenhaus ist er denn?", wollte Siegbert wissen.

„Das ist noch die Frage", gab Justus zurück. „Malte ist gerade dabei, das herauszufinden. Ich bin noch mit Cats, also mit Katharina in der Stadt."

Am anderen Ende war es wieder einen Moment still. Dann kam wieder Siegberts Stimme: „Meldet euch, so bald ihr was rausgefunden habt. Ich kann mich sofort in meine Klapperkiste setzen und euch abholen. Ihr müsst mir nur sagen, wo."

„Das ist toll, Siegbert. Vielen Dank!", sagte Justus zum zweiten Mal.

„Dafür sind wir Familie. Ich warte auf deinen Anruf. Auf Wiederhören, Justus."

„Ciao."

Justus und Katharina sahen sich an. „Siegbert ist der Beste seiner Art", meinte Justus. Da piepste sein Handy. Es war Malte. „Ja?"

„Ich hab ihn gefunden. Er liegt in der Uniklinik auf der Intensivstation."

Justus schloss einen Moment die Augen und stieß die Luft aus. „Alles klar. Wir fahren mit Siegbert hin. Kommst du mit?"

„Wann?"

„Jetzt gleich."

Doch Malte war entweder nicht so flexibel wie der alte Herr Gerber oder er schätzte den Besuch nicht als so dringend ein.

Justus rief nochmal bei Gerbers an und gab die Information weiter. Er warf einen Blick auf seine Uhr. „Ist 16.00 Uhr bei Katharina für dich okay?", fragte er ins Handy. Siegbert war einverstanden und sie legten auf.

Katharina hatte überrascht die Augenbrauen hochgezogen. „Bei mir?"

„Wie hast du dir das denn sonst vorgestellt? Du brauchst ja morgen früh dein Fahrrad."
„Willst du nicht mitkommen?"
„Doch natürlich will ich mit. Wir fahren jetzt zu dir nach Belm und dort holt Siegbert uns ab. Auf dem Rückweg bringen wir erst dich nach Hause, dann lädt Siegbert mich ab", erklärte Justus. „Ich glaube nicht, dass ich zu nachtschlagender Stunde noch von Belm nach Sutthausen radeln will", fügte er trocken an.
Das ist wirklich sehr nett von ihm! „Und wie kommt dein Fahrrad dann wieder zu dir nach Sutthausen?"
„Ich komme Morgen und hole es ab. Oder ist das ein Problem?"
Katharina musste unwillkürlich lächeln. „Nein, das ist kein Problem. Überhaupt nicht. Dann fahren wir jetzt besser."
Die Fahrt verlief in angespannter Stille. Justus stellte sein Rad neben Katharinas in den Schuppen, dann liefen sie die Stufen hoch bis in den vierten Stock. Auf einmal fielen Katharina die Flecken und der abbröckelnde Putz im Treppenhaus auf und der abgestandene, schlechte Geruch, und sie schämte sich. *Vielleicht hält Justus deswegen Abstand.* Vielleicht wollte er lieber ein Mädchen, das in einem Einfamilienhaus mit Garten in einer gehobenen Wohngegend zu Hause war. Ein Mädchen aus einer anderen Gesellschaftsschicht. *Herbert geht es schlecht, und ich mache mir über so was Gedanken!* Sie schämte sich noch mehr.
Oben schloss sie die Wohnung auf. Bis Siegbert kommen würde, hatten sie noch eine Viertelstunde. Sie würde also zu einem späteren Zeitpunkt über ihre Treppenhaus-Erkenntnis nachdenken müssen.
„Kann ich kurz auf eure Toilette?", riss Justus sie aus ihren Gedanken.
„Erste Tür links."
„Ich weiß."
Katharina ging in die Küche und holte eine Wasserflasche aus dem Schrank. Sie stellte Butter, Käse, Brot und Marmelade auf den Tisch. Dazu kamen noch zwei Brettchen und zwei Messer.
Justus kam in die Küche. „Siegbert kommt in zehn Minuten", sagte er verwundert.

„Deswegen müssen wir uns ein bisschen beeilen." Katharina begann, ein Brot zu schmieren und klappte es zusammen. Justus hatte sich nicht gerührt. *Was braucht er so lange? Vielleicht ist ihm der Belag zu mickrig.* „Du kannst dir auch Schokolade aufs Brot legen, wenn dir das lieber ist."

„Danke, aber ich glaube, ich kann jetzt nichts essen", sagte Justus.

Denkt er ernsthaft, ich wollte mir jetzt noch schnell was reinschieben? „Ich kann jetzt auch nichts essen. Das ist für unterwegs." Während sie redete, dämmerte es ihr, dass Justus sich wahrscheinlich noch nie ein Brot geschmiert hatte und gar nicht auf die Idee kam, sich Reiseproviant mitzunehmen. *Er kauft sich ja auch lieber was.* „Ich nehme mir ein Brot mit, weil es ultraspät wird, bis wir wieder da sind. Aber wenn du lieber was kaufen willst ..." Hastig machte sie sich noch ein zweites Brot, ohne Justus anzusehen und legte die Brote zusammen mit einer Tafel Schokolade in eine Brotdose. Dann ging sie auch noch einmal zur Toilette. Dabei fiel ihr der Sprung im Waschbecken auf und die abgeplatzte Ecke vom Spiegel. *Er muss uns für total asozial halten!*

Da klingelte es: Siegbert. Katharina hatte keine Zeit mehr, sich über ihre und Justus' gesellschaftlichen Unterschiede Gedanken zu machen.

Justus stand bereits im Flur, als sie aus der Toilette trat. „Können wir?"

„Ich bin soweit", sagte Katharina und schlüpfte in ihre Schuhe. Eigentlich hatte sie ihrer Mutter noch eine Nachricht hinterlassen wollen, aber dafür war jetzt keine Zeit mehr, nicht, wenn Justus schon Gewehr bei Fuß in ihrem engen Flur stand. Sie nahm vorsichtshalber ihre Jacke von der Garderobe und trat ins Treppenhaus. Justus zog hinter ihr die Tür zu.

Siegbert war ausgestiegen und begrüßte sie. „Das ist wirklich sehr nett von dir, Siegbert", sagte Justus. Katharina fiel auf, wie herzlich sich die beiden die Hand schüttelten. Und dass Siegbert ziemlich offiziell aussah mit Hemd und Krawatte.

„Ach was. Das ist das Mindeste." Dann humpelte der ältere Herr ums Auto herum und öffnete Katharina die Beifahrertür.

Als ob ich Prominenz wäre, schoss es ihr durch den Kopf. „Danke", murmelte sie beschämt. „Das musst du doch nicht machen."
„Es hat sich ja viel geändert in den letzten fünfzig Jahren, aber einer Dame die Autotür zu öffnen nicht", gab Siegbert schnaufend zurück. „Ich schlage vor, wir beten als Erstes?"
„Oh ja!" Justus klang erleichtert, so, als ob er nur darauf gewartet hätte.
Einen Moment war es still, dann fing Siegbert an: „Lieber Herr Jesus, danke, dass du hier in diesem Auto mitten unter uns bist. Wir bitten dich jetzt gemeinsam für unseren Freund Herbert um deinen Frieden und Beistand. Gib allen, die ihn behandeln, Weisheit und Geschick. Und wenn es dir gefällt, stelle ihn bitte wieder her. Wir möchten uns auch dir anbefehlen. Bitte schenke uns bewahrte, freie Fahrt und bringe uns wohlbehalten wieder nach Hause."
Es tat gut zu beten. Hier in Gottes Gegenwart, in Siegberts Auto, spielte der Zustand des Treppenhauses keine Rolle, und es war egal, wie dick (oder dünn) das Portemonnaie war.
Als sie auf der Autobahn waren, erzählte Justus noch einmal, was bisher über Herberts Zustand bekannt war.
„Weiß seine Mutter schon Bescheid?", erkundigte sich Siegbert.
Daran habe ich gar nicht gedacht!, fuhr es Katharina durch den Kopf.
„Von uns nicht", hörte sie Justus sagen. „Wir haben auch gar keine Nummer von ihr."
„Mmm", machte Siegbert nur.
Katharina stellte sich vor, sie hätte einen Unfall und ihre Mutter wüsste nichts davon. Was sie daran erinnerte, dass sie ihr unbedingt noch eine Nachricht zukommen lassen musste, warum sie ihre Tochter heute Abend nicht antreffen würde. Was sie wiederum daran erinnerte, dass sie sich im Gegensatz zu Justus keine Flat leisten konnte. Heute in der Stadt hatten sie sein Handy benutzt. Nochmal wollte sie ihn nicht fragen.
Justus beugte sich von der Rückbank etwas vor. „Wie geht es eurem entstehenden Enkelkind?"

Justus weiß über Gerbers Familienangelegenheiten Bescheid?, wunderte sich Katharina.

Siegbert schmunzelte. „Oh, es wächst und gedeiht. Die Kinder haben uns von der letzten Untersuchung ein Foto geschickt. Es ist unglaublich, was die Technik heute kann. Man sieht die kleinen Finger, die nach der Nabelschnur greifen ..." Katharina hörte die Liebe und Begeisterung in seiner Stimme. „Wir können kaum erwarten, Gerber-Klein in die Arme zu schließen." Er wandte sich an Katharina. „Unsere Kinder haben sich jahrelang sehnlichst ein Kind gewünscht, weißt du. Sie hatten die Hoffnung schon fast aufgegeben. Und dann ist das Wunder geschehen. Jedes neue Leben ist ein kostbares Geschenk vom Schöpfer. Aber für uns umso mehr."

„Da sind die Leute in meinem Reli-Kurs leider anderer Meinung. Wir hatten jetzt das Thema ‚Abtreibung'. Als ich mich dagegen ausgesprochen habe, hätten sie mich fast in der Luft zerrissen."

„Und eure Lehrerin?", erkundigte sich Siegbert.

„Wenn Blicke töten könnten, wäre ich nicht mehr am Leben. ‚Ich bin schockiert über deine Frauenfeindlichkeit', hat sie zu mir gesagt. Dann hat sie einen Vortrag über das Selbstbestimmungsrecht der Frau gehalten und wie grausam es sei, einer Frau zuzumuten, eine ungewollte Schwangerschaft ertragen zu müssen. Wer so etwas verlange, mache sich schuldig an der Frau."

„Und was ist mit dem Kind?", murmelte Justus.

„Das habe ich sie auch gefragt. Da hat sie gesagt, das wäre gar kein Kind. Dabei hat sie mich angeguckt, als hätte ich mit meiner Frage ein Kapitalverbrechen begangen."

„Das tut mir leid!", sagte Siegbert betroffen.

„Ist das die gleiche, die dir beim Thema „Auferstehung" schon das Leben schwergemacht hat?", wollte Justus wissen.

Katharina drehte sich erstaunt nach ihm um. „Das weißt du noch?"

„Ich fand das damals ziemlich mutig von dir. Ich hätte mich das nicht getraut", gab er kleinlaut zu.

„Ich frage mich, warum deine Reli-Lehrerin so heftig reagiert hat. Manchmal hat so eine Reaktion eine Vorgeschichte. Hat sie Kinder?", erkundigte sich Siegbert.

„Nicht, dass ich wüsste. Ist vielleicht auch ganz gut so. Frau Priel wünsche ich keinem als Mutter. Ich weiß nur, dass sie jedes Jahr ein paar Wochen nach Indien fährt in ein hinduistisches Kloster. Wann hat deine Tochter denn Termin?"

„Meine Schwiegertochter. Um Weihnachten rum. Die beiden sind jetzt schon ganz eifrig mit dem Nestbau beschäftigt. Sie haben auch schon einen Namen ausgesucht: Dorothea, Gottes Geschenk."

„Hält man den Namen nicht normalerweise geheim?", wunderte sich Justus.

Siegbert lachte leise. „Das haben Nelly und ich auch gesagt. Aber Johann und Antje meinten, warum sie das denn geheim halten sollten. Das Kleine wäre doch auch jetzt schon ihr Kind."

Katharina stellte fest, dass man sich mit Siegbert wirklich sehr gut unterhalten konnte. So lädiert, wie er körperlich war, so wendig war er geistig. Kein Wunder, dass Justus den Sommer über freiwillig so viel Zeit mit dem älteren Herrn verbracht hatte. *Während ich bei der Tanz-Jüngerschule war.* Ihre Gedanken wanderten zurück nach Korsika. Sie hatten echt krasse Sachen mit Gott erlebt. Es war so leicht gewesen, ihm Großes zuzutrauen und für ihn zu tanzen. Hier in Osnabrück hatte sie oft das Gefühl, Bleigewichte an den Füßen zu tragen.

Ich sitze hier in einem Auto und fühle mich einsam. Ist ja auch kein Wunder. Ich bin eben arm. John hat das nichts ausgemacht. Er hatte auch nicht viel ... Während Justus und Siegbert sich weiter unterhielten, sackte Katharina immer tiefer in ihr Selbstmitleid.

*

Justus war Siegbert sehr, sehr dankbar, dass er mit ihnen zu Herbert fuhr. Er hatte keine Ahnung, was ihn in Frankfurt erwartete, und es war ein gutes Gefühl, so jemanden wie Siegbert dabeizuhaben. *Natürlich wäre es absolut cool, mal so viel Zeit allein mit Cats zu verbringen, aber in Anbetracht der Umstände verzichte ich lieber auf die Zweisamkeit. Ich bin ja schon geschockt über Herberts Unfall, aber Cats scheint die Angelegenheit noch viel mehr mitzunehmen. Sie starrt die ganze Zeit stumm aus dem Fenster. Ich würde ihr gerne meine seelisch-moralische Unterstützung signalisieren, ihr zum Beispiel meine Hand auf die Schulter legen oder so. Aber das wäre bestimmt komisch für sie. Wenigstens kann ich sie anschauen, ohne dass sie es merkt.* Er musterte ihr Profil. Einige Haare hatten sich im Lauf des Tages aus ihrem dicken Zopf gelöst und auch sonst war sie kein bisschen zurechtgemacht, aber das störte Justus nicht. In seiner zwölfjährigen Schulkarriere hatte er genug Mädchen gesehen, die jeden Morgen wie ein Mannequin erschienen waren. Die eine oder andere hatte er hübsch gefunden. Aber er hatte innerlich immer Katharina dagegengehalten, und die anderen Mädchen waren ihm im Vergleich wie Blech vorgekommen. Oder bestenfalls wie Katzengold. *Cats ist so ... ungekünstelt. Sie hat nicht nur einen goldenen Anstrich. Alles an ihr ist echt. Ob im Jugendkreis, beim Kartenspielen, eben in der Stadt oder in Hermannstadt auf der Bühne – sie ist einfach sie.* Das Mädchen, das bei dieser Vorstellung die Andacht gehalten hatte, schien ihm auch echt zu sein. *Und dieser John. Aber vielleicht auch nicht. Sonst hätte Cats ihm sicher keinen Korb gegeben.* Er hätte gerne noch mehr von Katharinas Einsatz im Sommer erfahren. Klar, sie hatte von diesem Überfall in Genua erzählt, aber es gab doch bestimmt noch mehr zu berichten. *Eigentlich wäre doch jetzt eine gute Gelegenheit. Siegbert interessiert das bestimmt auch.*
Justus beugte sich etwas nach vorne. „Wie war's eigentlich so auf der MiJu, abgesehen von eurem Überfall?"

Katharina wandte überrascht den Kopf. „Auf der MiJu?", fragte sie verwundert. „Wie kommst du denn auf einmal darauf?"

„Keine Ahnung. Fiel mir gerade ein."

Katharina seufzte. „Es war einfach genial", sagte sie wehmütig. „Wir hatten so ein tolles Team und geniale Leiter. Und wir haben echt krasse Sachen mit Gott erlebt."

„Wie hießen eure Leiter?", erkundigte sich Siegbert interessiert.

Katharina wandte sich um. „Matthias Schneider und Mia ... irgendwas mit K. Ich kann mir diesen Namen einfach nicht merken. Krimskrams war es nicht, aber so ähnlich."

„Krimlinger?", half Siegbert nach.

„Ja! Genau! Kennst du sie?", fragte Katharina verblüfft.

„Kennen ist zu viel gesagt. Aber bei unserem Feierabend vor ein paar Jahren war mal eine Mia Krimlinger, die getanzt hat."

Feierabend – dieser übergemeindliche Lobpreisabend, der ab und zu mal stattfindet, wo es so richtig abgeht, erinnerte sich Justus.

Siegbert warf einen Blick in den Rückspiegel. „Wenn du das gesehen hättest, Justus, hätte es dich wahrscheinlich sehr überrascht. Sie hat uns alle inspiriert mit ihrer Freude über Gott."

„Ja, so ist sie. Ist ja witzig, dass du sie kennst", lächelte Katharina.

Justus wartete, dass sie weitersprach. Aber Katharina schwieg. Er war auch nicht der größte Gesprächsführer. Während er noch überlegte, wie er sie zum Weiterreden animieren konnte, fragte Siegbert: „Du sagtest eben, ihr hättet lauter krasse Sachen mit Gott erlebt. Möchtest du etwas davon erzählen?"

Katharina entschlüpfte ein kleiner Seufzer. „Ach, es waren so viele Dinge. Als wir in Klagenfurt waren, zum Beispiel, ist die Person, die uns das Gebäude, in dem die Aufführung stattfinden sollte, einfach nicht gekommen. Das war nicht nur wegen der Aufführung schlecht, sondern auch, weil das unser Quartier für die Nacht sein sollte. Mia hatte es auf dem Herzen gehabt, dort einen Einsatz zu machen, und sie hatte auch den Kontakt zu dieser Person hergestellt, einem Herrn Gruber. Er hat alles orga-

nisiert mit der Werbung und so weiter. Aber als wir dann vor der Halle standen, konnten wir nicht rein. ‚Er kommt bestimmt noch', meinte Mia zuversichtlich. Aber der Mann kam nicht.
Auf einmal sagte Matthias: ‚Ich habe ganz stark das Empfinden, dass er in Schwierigkeiten steckt und wir für ihn beten sollen.' Also beteten wir für den Besitzer der Halle.
‚Sollten wir uns nicht einen anderen Schlafplatz suchen?', fragte jemand.
Aber Matthias meinte: ‚Bis Gott uns eine andere Platzanweisung gibt, bleiben wir hier.'
Zwei Stunden später, die ersten Zuschauer waren bereits erschienen, fuhr eine Frau auf den Parkplatz. Sie warf einen missbilligenden Blick auf das Werbeplakat an der Tür und war auch sonst nicht besonders freundlich, aber sie schloss uns die Halle auf und machte das Licht an und so. Sie stellte sich als Frau Gruber vor, ansonsten kein Wort der Erklärung, keine Entschuldigung, nichts. Stattdessen die klare, unmissverständliche Ansage, dass wir hier *nicht* übernachten könnten. Sie fragte, wie lange das Ganze dauern würde und meinte, sie würde draußen in ihrem Auto warten und danach wieder abschließen.
Uns kamen große Zweifel, ob das mit diesem Ort seine Richtigkeit hatte. Außerdem waren zum Zeitpunkt des Beginns ziemlich wenige Leute da, vielleicht zehn oder so. ‚Es spielt keine Rolle', meinte Mia. ‚Gott hat uns hierher geschickt, um hier seine Botschaft zu verkünden, also tun wir es.'
Also tanzten wir unser Stück und Mia hielt die Andacht, die sie vorbereitet hatte. Als sie einlud, nach vorn zu kommen, kam niemand. Wir waren ziemlich enttäuscht und ich muss gestehen, ich hatte nicht nur meine Zweifel, ob Mia sich da nicht verhört hatte, ich merkte auch, wie es in mir immer mehr grummelte.
Wir packten unsere Sachen zusammen und gingen nach draußen. Das Auto von Frau Gruber stand noch auf dem Parkplatz und sie saß drin und wartete, bis sie wieder hinter uns zuschließen konnte. Wir gingen zu ihr, um uns zu bedanken und uns von ihr zu verabschieden. Aber sie machte ihre Tür nicht auf. Also gingen wir zu unserem Bus und stiegen ein. Wir waren gerade bis

zur nächsten Kreuzung gefahren, als Mia plötzlich sagte: ‚Wir müssen nochmal zurück.' Keiner von uns wollte umkehren, und wir waren uns sicher, dass das keine Anweisung von Gott war. Aber Matthias sagte: ‚Okay, es ist nichts Schlechtes daran. Wir fahren zurück.' Als wir auf den Parkplatz kamen, schloss Frau Gruber gerade wieder ab. Sie blieb vor dem Gebäude stehen und starrte uns an. Mia stieg aus und ging zu ihr. Wir sahen, wie sie kurz redeten und Frau Gruber dann plötzlich die Hände vor das Gesicht schlug und anfing zu weinen. Wir anderen blieben im Bus sitzen und beteten. Und dann kam Mia endlich zurück. Sie grinste über das ganze Gesicht. ‚Wir fahren jetzt Frau Gruber hinterher.' Dabei erzählte sie: Herr Gruber, dem die Halle gehörte, hatte einen Unfall auf dem Weg zu uns. Er rief seine Frau an, die seit ihrer zweiten Fehlgeburt einen absoluten Hass auf Gott hatte und fest davon überzeugt war, dass er sich sowieso nicht um sie kümmert. Als sie das Werbeplakat von der Tür entfernte, sagte sie voll Bitterkeit: ‚Also gut, Gott. Eine Chance gebe ich dir noch: Wenn ich dir wichtig bin, dann mach, dass diese Truppe nochmal zurückkommt.' Tja, und dann kamen wir tatsächlich zurück. Sie wollte natürlich wissen, warum, und Mia erzählte ihr, dass sie unten an der Ampel auf einmal ganz stark das Empfinden gehabt hatte, dass wir umkehren müssten. ‚Das kann nicht sein', meinte Frau Gruber.

Warum das nicht sein könne, fragte Mia.

‚Weil Gott nicht einen ganzen Bus voll Leute umkehren lässt für eine einzelne Frau', gab Frau Gruber zurück. Aber dabei fing sie schon an zu weinen. Und dann erzählte sie von ihren Fehlgeburten.

Mia hörte einfach nur zu. Am Schluss sagte sie: ‚Das tut mir so, so leid, und ich kann nur ahnen, wie schwer das für Sie ist. Gott sieht ihre Tränen, jede einzelne, und er hat versprochen, sie eines Tages abzuwischen, wenn Sie Jesus vertrauen.'

Tja, und dann ist Frau Gruber mit uns zu einem richtigen Hotel gefahren und hat dafür gesorgt, dass wir dort unterkommen konnten, auf ihre Kosten."

„Ist ja Wahnsinn", murmelte Justus.

Katharina drehte sich um und sah ihn an. „Aber das Beste kommt noch: Das Hotel gehörte guten Freunden von Grubers. Als sie hörten, warum wir in Klagenfurt waren, fragten sie uns, ob wir die gleiche Tanzvorstellung in ihrem Speisesaal machen könnten. Diesmal waren 200 Leute da. Und alles, weil wir gehorsam waren und umgekehrt sind."

„Wow! Voll das Gänsehaut-Feeling! So was will ich auch mal erleben!" Katharina lächelte ihn kurz an, dann wandte sie sich zu Justus' Leidwesen wieder nach vorn. *Ich müsste sie noch was fragen, aber ich weiß nicht, was.*

„Das war ja wirklich ein tolles Erlebnis", meinte auch Siegbert. „Wie ist es für dich, wieder hier zu sein?"

Ja, genau solche Fragen! Interessiert sah Justus auf Katharinas Hinterkopf.

„Ach, normal, schätze ich. Bevor wir gingen, haben sie versucht, uns darauf vorzubereiten, dass es sein könnte, dass wir erst mal das Gefühl haben, in ein Loch zu fallen, weil wir nicht mehr diese enge Gemeinschaft aus der Gruppe haben. Aber dass es im Grunde keinen Unterschied macht, wo auf der Welt wir sind: Gottes Gegenwart und seine Kraft sind nicht ortsgebunden. Wichtig ist nur, dass wir mit ihm in Verbindung bleiben und mit ihm rechnen. Und dass wir jemanden haben, mit dem wir beten können. Also – so richtig beten."

„So richtig beten?", hakte Siegbert nach.

Katharina lachte etwas verlegen. „Also, man kann schon eigentlich mit allen beten. Wir beten ja auch im Jugendkreis und in der Gemeinde und so. Aber wenn wir auf der MiJu zusammen gebetet haben, war es irgendwie anders. Da hat nicht jeder nur sein Gebet gesprochen, da haben wir gemeinsam gebetet. Wir waren uns irgendwie einig. Also, wenn einer was gebetet hat, dann war es so, dass die anderen voll dahinterstanden. Ach, ich weiß auch nicht, wie ich das erklären soll."

Ich frage mich, ob sie mit Phil beim Schulgebet so betet. Ich frage mich, warum sie das nicht so einig findet, wenn wir zwei zusammen beten. Im nächsten Moment musste Justus allerdings zugeben, dass er noch nie allein mit Katharina gebetet hatte. *Nur*

im Dom, als wir für Jens gebetet haben. Eigentlich sollte das in einer Beziehung zwischen zwei Christen ziemlich normal sein, überlegte er. Er nahm zumindest an, dass es normal war. *Mama und Papa machen das ja auch.*
Siegbert wandte sich kurz zu Katharina. „Ich glaube, ich weiß, was du meinst. Aber sobald etwas die Einheit stört, betet jeder für sich, selbst wenn man in derselben Gebetsrunde sitzt." Er warf einen Blick in den Rückspiegel. „Wenn wir im Hauskreis sitzen, zum Beispiel. Manchmal habe ich das Gefühl, dass jeder in eine andere Richtung betet, statt dass wir alle unsere Herzen zu Gott erheben. Während der Nachbar noch für ein Anliegen betet, ist man in Gedanken bereits damit beschäftigt, wie man sein eigenes formuliert. Man sagt zwar brav ‚Amen', aber deswegen hat man das Anliegen des anderen noch lange nicht zu seinem eigenen gemacht."
Betroffen hörte Justus zu. Er dachte an all die vielen „Amen", die er gesprochen hatte, ohne sich darüber Gedanken zu machen.
„Ja, genau!", stimmte Katharina zu. „Und das war auf der MiJu anders. Einmal waren John, Gulbanu und ich unterwegs in göttlicher Mission – ein Engländer, eine Kasachin und eine Deutsche. Vorher haben wir füreinander gebetet. Obwohl wir uns noch nicht besonders gut kannten, wussten wir beim Beten trotzdem genau, was der andere brauchte. Also, eigentlich wussten wir es nicht, aber während wir beteten, kamen uns bestimmte Dinge für die jeweilige Person in den Sinn. Und danach hat sich rausgestellt, dass es genau das war, was jeder brauchte."
Justus sah, wie Siegberts Kopf auf und ab ging. Offenbar konnte er mit dieser Art Gebet etwas anfangen. *Sie war also mit Super-John unterwegs. Vorher hat sie mit ihm gebetet. Ich frage mich, was er für sie gebetet hat. Und ich kann einfach nicht glauben, dass sie mich ihm vorzieht.*
Da sprach Katharina schon weiter: „Oder wenn jemand gesundheitlich angeschlagen war und Gott um Kraft für den Auftritt gebeten hat, dann haben wir anderen mitgebetet, als ob wir selbst schwach gewesen wären."
So wie Herbert für mich gebetet hat, als ich im Abi steckte. Er hat gebetet, als wäre es sein Abi gewesen, fiel es Justus ein. Was

ihn daran erinnerte, warum er in diesem Auto saß. Er fragte sich, warum er und Cats nicht gleich als allererstes für Herbert gebetet hatten. *Ich musste in die Stadt fahren und Cats abfangen, wir mussten Phil informieren, wir mussten klären, wie wir nach Frankfurt kommen und wo Herbert hingebracht wurde ...* Es war so viel zu organisieren gewesen. Dabei hatten sie das Wichtigste hintenan gestellt. Erst als Siegbert gekommen war, hatten sie gebetet. *Bestimmt noch längst nicht genug.* Justus beschloss, die weitere Strecke zu nutzen und still für Herbert weiterzubeten.

Entweder hatten die anderen den gleichen Entschluss gefasst oder das Gespräch war einfach eingeschlafen, jedenfalls verlief der Rest der Fahrt relativ schweigsam. Endlich kam ihre Ausfahrt. Das Navi kannte sich zum Glück sehr gut in Frankfurt aus und eine halbe Stunde später betraten sie den Eingang des Krankenhauses.

Justus sah zu Katharina. Sie wirkte angespannt und nervös. So wie er sich selbst fühlte. Am liebsten hätte er ihre Hand genommen. Um ihr Trost und Sicherheit zu vermitteln. Und sich selbst auch. Aber er traute sich nicht. *Was, wenn sie denkt, ich würde die Situation ausnutzen? Was, wenn sie meine Hand abschüttelt? Was, wenn sie laut und deutlich ‚Lass das, Justus!' sagt?* Also steckte er seine Hände in die Taschen.

Der Pförtner musterte die drei vor ihm. „Herr Knöll liegt auf der Intensivstation", wurden sie informiert. „Aber ich kann mir nicht vorstellen, dass Sie noch ins Zimmer passen." Er wandte sich dem Nächsten zu.

„Was meint er damit?", wunderte sich Justus. Es sollte nicht lange dauern, bis er es erfuhr. Auf dem Flur vor der Intensivstation drängten sich mindestens fünfzehn Personen. Sie saßen auf den wenigen Stühlen, auf dem Fußboden oder lehnten an den Wänden – lauter junge Menschen, alles Kerle. Eine Reihe von ihnen hatte ein Skateboard dabei. Ihre Gesichter waren ernst, angespannt, besorgt, bestürzt.

Die drei Neuankömmlinge gingen an ihnen vorbei, um nach Herbert zu fragen. Da sagte ein dünner Kerl mit schwarzen gegelten Haaren: „Falls ihr zu Herbie wollt: Der darf im Moment keinen Besuch empfangen."

Schockiert sah Justus den Typen an. Waren sie etwa den ganzen Weg umsonst hierhergekommen?

Siegbert bedankte sich höflich für die Information und klingelte beim Schwesternzimmer. „Wir sind Freunde von Herbert Knöll. Wir kommen gerade aus Osnabrück, seinem Heimatort, um uns zu erkundigen, wie es ihm geht." Die Schwester musterte den elegant gekleideten, älteren Herrn kurz, warf einen Blick auf Justus und Katharina und betätigte den Summer. Siegbert drückte die Tür auf und seine beiden jungen Begleiter folgten ihm.

„Ey, warum dürfen die rein und wir nicht?", beschwerte sich prompt jemand von den Flursitzern.

„Weil die anders aussehen als du, Kalif", kam die spöttische Antwort.

Justus wandte kurz den Kopf. Der Sprecher zeigte ihm den Mittelfinger. Justus beeilte sich, die schwere Tür hinter sich zuzuziehen. „Wir sind genauso seine Freunde wie ihr!", rief ihm der andere aufgebracht hinterher.

Katharina warf Justus einen unsicheren Blick zu, aber Siegbert schien den Kommentar nicht gehört zu haben und steuerte zielstrebig auf das Schwesternzimmer zu. „Siegbert Gerber", stellte er sich vor. „Wie geht es dem Jungen?", fragte er besorgt.

Er klingt so, als wäre Herbert sein Enkel!, fuhr es Justus durch den Kopf. Das musste die Schwester auch gedacht haben, denn sie gab tatsächlich Auskunft. Allerdings nicht viel: „Das ist gut, dass Sie kommen. Er lebt noch."

„Noch?", fragte Katharina mit zitternder Stimme. „Was bedeutet das? Können wir zu ihm? Bitte! Wir sind extra aus Osnabrück gekommen!"

„Ganz kurz", nickte die Schwester.

Siegbert bedankte sich, und auch Justus und Katharina murmelten ein „Vielen Dank!", dann folgten sie der Schwester zu einem der Zimmer.

Das ist Herbert? Justus wurde es flau. Die Person in dem Bett war kaum zu erkennen. Er schielte zu Katharina. Sie war so weiß wie das Krankenhaushemd, das Herbert anhatte. Nur Siegbert schien gefasst. Er humpelte zu dem Bett und legte eine Hand auf den Schwerverletzten. „Herbert, hier ist Siegbert. Ich habe Katharina und Justus mitgebracht. Wir beten jetzt für dich." Er winkte die beiden herbei und sprach ein einfaches Gebet. Dann zitierte er einen Bibelvers. Aber irgendwie rauschten die Worte an Justus vorbei. Er konnte sich auf nichts anderes konzentrieren als auf Herberts bleiches Gesicht und das Flimmern der grünen Pulslinie auf dem Monitor. Er sah kurz zu Katharina. Ihre Augen waren geschlossen. Unter ihren schwarzen Wimpern stahlen sich zwei Tränen hervor. Bevor sie nach dieser Stippvisite wieder gehen mussten, berührte sie ganz kurz Herberts Hand.

„Werd wieder gesund, Herbie", flüsterte sie. „Du müsstest mal den Flur sehen. Da sitzen lauter Leute, die sich das Gleiche wünschen. Gott hat ganz bestimmt noch Verwendung für dich hier unten."

Ich frage mich, ob sie auch weinen würde, wenn ich da liegen würde, schoss es Justus durch den Kopf, während sie nach draußen gingen.

Siegbert wollte eigentlich noch mit der Schwester sprechen, aber die nahm ihre Schweigepflicht sehr ernst. „Wenn er aufwacht, könnten Sie ihm bitte sagen, dass wir hier waren?", wagte Justus einen Vorstoß. „Also Justus, Cats und Siegbert." Die Schwester versprach es, und Justus hoffte, dass sie es nicht vergessen würde. Wieder auf dem Gang, richteten sich alle Augen auf sie. Der, der Kalif hieß, stand auf und kam lässig auf sie zu. Mit einer provozierenden Kopfbewegung sprach er Siegbert an: „Und, was ist Sache da drin, Opa?"

Siegbert blieb stehen. „Ehrlich gesagt, weiß ich auch nicht mehr als Sie. Die Schwester hat uns keine Auskunft gegeben", sagte er höflich.

Er begegnet dem Kerl mit Respekt, obwohl der so assi zu ihm ist.
„Ja, und? Was hat er selbst gesagt?", fragte Kalif, aber sein Ton war nicht mehr ganz so herablassend und fordernd.

„Herbert hat nicht mit uns gesprochen. Er ist nicht bei Bewusstsein", gab Siegbert ernst zurück.

„Da hat euch eure Kohle wohl nichts genützt, was?", bemerkte ein anderer spöttisch.

„Wir haben für ihn gebetet", antwortete Siegbert freundlich.
Justus hatte erwartet, dass die Jungs sich jetzt verachtend abwenden würden, aber das Gegenteil war der Fall. Einen Moment standen sich Siegbert und Kalif schweigend gegenüber, da machte der junge Mann eine Kopfbewegung. Wie auf Kommando erhoben sich die anderen und stellten sich um die beiden. Justus brach der Schweiß aus. Hatte Katharina wohl ihr Pfefferspray parat?
„Ey, jetzt weiß ich, wer der Typ ist", rief da einer der Kerle plötzlich und deutete auf Justus. „Das ist der von dem Foto! Wo der kleine Junge weg war!"
Alle starrten Justus an. „Stimmt", sagten ein paar.
Ach du meine Güte, diese Kerle haben mit für Jens gebetet? Das konnte sich Justus irgendwie nicht vorstellen. *Vielleicht haben sie auch nicht gebetet. Vielleicht hat Herbert sie auch nur informiert.*
„Wir wollen alle für Herbie beten", kam da Kalifs Stimme. Einige der Anwesenden rissen verwundert die Augen auf, andere sahen sich beunruhigt an. „Bei dem Bruder von dem hier hat es doch auch genützt." Kalif räusperte sich. „Gott, hier ist Kalif." Er stieß die Luft aus und sah an die Decke. Dabei kaute er auf seiner Oberlippe.
Er scheint das öffentliche Beten genauso zu lieben, wie ich, machte Justus eine mentale Notiz. Auf einmal war ihm der Kerl irgendwie sympathisch.
Kalif atmete tief ein. Er deutete auf die geschlossene Glastür. „Da hinter der Tür liegt unser Freund Herbie. Er hat gesagt, dass irgendwann der Tag kommt, an dem ich beten werde. Okay, es ist so weit." Er räusperte sich nochmal. Wieder stieß er die Luft aus. Er schluckte. Als er weitersprach, klang er ziemlich heiser. „Bitte, Gott, hol ihn wieder da raus. Er – darf noch nicht gehen. Wir alle hier – brauchen ihn noch." Und dann nach einer Pause: „Los, betet auch!" Es klang wie ein Befehl. War es offensichtlich auch, denn jeder der sechzehn anderen fügte mehr oder weniger überzeugt die gleiche Bitte, dass Gott Herbert da rausholen möge, an. Lediglich einer sagte etwas anderes. Ein Minderwüchsiger, der

sein linkes Bein etwas nachgezogen hatte, als sich die Gang um Siegbert, Katharina und Justus geschart hatte: „Danke, Jesus, dass Herbie mir gezeigt hat, dass du der Ganz-Macher für mein Leben bist. Danke, dass ich ihn im Himmel wiedersehen werde."
Kalif packte ihn am Ausschnitt. „Du sollst beten, dass er wieder gesund wird, Pepe!", sagte er drohend. „Nicht, dass er in den Himmel geht!"

„Er wird auch wieder gesund", gab der Kleinere ruhig zurück.
Kalif ließ ihn los. Argwöhnisch sah er ihn an. „Woher weißt du das?", verlangte er zu wissen.

„Herbie hat mir gesagt, dass das in der Bibel steht."
Kalif runzelte die Stirn. „Wann hat er dir das gesagt?"
„Heute Mittag. Er schraubte mir neue Rollen unter mein Brett und sagte: Ich kann dir zwar dein Brett ganz machen, aber Jesus ist der Ganz-Macher für dein Leben."

Er hat genauso mit den Jungs geredet, wie er es sich vorgestellt hat. Während Pepe weitersprach, hörte Justus im Geiste die Überbleibsel von Herberts hessischem Dialekt:

„Dein Bein ist zwar net so, wie's sein soll, aber das ist hier unten auf der Erde normal. Da ist vieles net so, wie es sein soll. Isch bin auch net so ganz auf der Höhe. Aber eines Tages, Pepe, eines Tages wird alles gut, für die, die Jesus vertrauen. Wenn das Leben hier unten zu Ende ist, sehen sich die, die ihm glauben, im Himmel wieder. Isch kenn en klasse Mädschen, die kann fantastisch tanzen. Isch kann das net. Du auch net. Aber im Himmel, da werden wir mit den Engeln tanzen. Da brauch isch auch keine dicke Brille mehr. Da sind die Kranken net mehr krank und die Traurischen net mehr traurisch ..."

Justus warf Katharina einen Blick zu. Sie hielt sich den Mund mit einer Hand zu und die Tränen liefen ihr über die Wangen.

„Geh'n wir!", ordnete Kalif mit einer Kopfbewegung an. Die Gruppe setzte sich in Bewegung. Ohne sich noch einmal umzudrehen, folgten sie ihrem Anführer nach draußen.

Siegbert, Katharina und Justus gingen ebenfalls. Als sie wieder im Auto saßen, schluchzte Katharina auf. „Ich kann einfach nicht glauben, dass Herbie überfahren wurde. Vor kurzem sind wir noch um den See gelaufen, und er hat Leuten von Jesus erzählt. Und diese ganzen Jungs! Was hat sich Gott nur dabei gedacht, ihn so außer Gefecht zu setzen?"

„Was auch immer er sich dabei gedacht hat, ist auf jeden Fall mehr, als wir uns jemals dabei denken könnten", sagte Siegbert bedächtig.

„Wir wissen doch noch gar nicht, ob das Gott war", warf Justus ein. „Ich kann mir nicht vorstellen, dass *Gott* Herbert überfahren hat."

„Aber er hätte es verhindern können!"

„Ja, Katharina, das hätte er", stimmte Siegbert zu. „Mit dem gleichen Argument kamen sie Jesus am Grab von Lazarus damals auch. ‚Hätte der, der den Blinden sehend machen konnte, nicht auch verhindern können, dass dieser stirbt?', haben die Trauergäste gefragt. Er hat es nicht verhindert, weil er etwas Größeres vorhatte, als einen Kranken gesund zu machen. Der Tod hat bei Lazarus zugeschlagen. Vier Tage lang. Und seine Schwestern dachten die ganze Zeit: ‚Wäre Jesus doch dagewesen! Dann wäre das hier nicht passiert.' Stimmt. Aber dann wäre alles andere auch nicht passiert."

Justus musste sofort an Phil denken. *Jesus hätte verhindern können, dass er sich von der Brücke stürzte. Er hätte machen können, dass in dem Moment irgendjemand da oben vorbeigekommen wäre oder sonst etwas, dass Phil sein Vorhaben nicht hätte ausführen können.*

„Wir Menschen haben so unsere Probleme damit, wenn Gott nicht tut, wie er unserer Meinung nach soll", sagte Siegbert. „Vor allem, wenn dann nicht spätestens am vierten Tag eine Totenauferstehung passiert."

Gott hat auch nicht verhindert, dass die aus Cats' Schule ihr Kind hat abtreiben lassen. So, wie er es nicht verhindert, dass jeden Tag viele, viele Kinder abgetrieben werden, fuhr es Justus durch den Kopf.

„Wenn durch Unvernunft oder Bosheit Menschen geschädigt werden, wirft das umso mehr Fragen auf", sprach Siegbert weiter.

„Wenn jemand sich betrunken ans Steuer setzt, zum Beispiel, und einen schweren Unfall verursacht. Natürlich hätte Gott verhindern können, dass diese Person sich hinters Steuer setzt. Er hätte auch verhindern können, dass sie sich überhaupt erst betrinkt. Aber er lässt uns Menschen die Entscheidungsfreiheit. Das ist der Preis für Liebe, nicht wahr?"

„Wie meinst du das?", fragte Katharina.

„Liebe zwingt nicht. Liebe gibt den anderen frei. Menschen sagen oft: ‚Wie kann ein Gott der Liebe so etwas zulassen?' Der Gott der Liebe respektiert die schlechten Entscheidungen seiner Geschöpfe. Aber so groß wie seine Liebe ist, so groß ist auch seine Macht. Er schafft es, aus dem Schlimmsten, Schrecklichsten, Traurigsten noch etwas Gutes zu machen. Ich glaube, dass Gott manchmal, oder vielleicht auch oft, mehr daran interessiert ist, unsere Seele zu formen, als unseren sterblichen Körper vor dem Verfall zu bewahren. Ich habe ja dieses kaputte Bein. Was habe ich schon dafür gebetet, dass Gott es heilt! Und nicht nur ich, sondern viele andere ebenfalls. Bis jetzt ist nichts passiert – mit meinem Bein. Aber in mir ist viel geschehen. Gott hat mich Geduld gelehrt. Und Vertrauen. Und Barmherzigkeit."

„Dann könnte er ja jetzt dein Bein gesund machen", sagte Katharina.

Siegbert lachte leise. „Könnte er. Aber er sieht weiter als ich. Er weiß ganz genau, was passieren würde, wenn er das täte. Ich war immer ein Schaffer. Was habe ich gerackert. Nie konnte es mir schnell genug gehen. Und wer nicht so viel geleistet hat, auf den habe ich immer mit einem Auge herabgesehen. Wer weiß, vielleicht würde ich in alte Verhaltensweisen zurückfallen, wenn ich mich wieder bewegen könnte wie ein junger Hüpfer. Vielleicht auch nicht. Ich weiß es nicht."

„Da kann man echt sein Vertrauen verlieren", bemerkte Katharina.

„Das sagen wir so, nicht wahr? Vertrauen *verlieren*. Der Hebräerbrief formuliert das anders: Vertrauen *wegwerfen*. Und das ist ein großer Unterschied. Etwas wegzuwerfen, ist eine aktive Entscheidung. Mein Vertrauen auf Gott fällt mir nicht aus der Tasche."

Wie mein Handy.

„Ob ich Gott nicht mehr vertraue, ist eine bewusste Entscheidung. Nicht immer eine einzige, große, oft sind es auch viele Entscheidungen, die dazu führen. Vielleicht kann man es ein bisschen mit einer Ehe vergleichen. Ich verliere meine Ehe mit meiner lieben Nelly nicht einfach. Aber wenn ich mich immer wieder Zweifeln hingebe, ob sie mir auch nicht Gift ins Essen streut, oder mir untreu ist, oder schlecht über mich redet, oder was auch immer, nährt das in mir Misstrauen."

Justus hörte, wie Katharina seufzte. „Das ist alles so logisch, was du sagst, aber trotzdem ist es schwer, Gott zu vertrauen. Ich will einfach nicht, dass Herbert verletzt im Krankenhaus liegt!"

Justus beugte sich nach vorn. „Könnten wir für Herbert beten? Jetzt? So richtig?"

„Du hast recht, Justus", stimmte Siegbert zu. „Da vorn ist ein Parkplatz."

„Gute Idee", murmelte Katharina.

Siegbert fuhr auf den Parkplatz und stellte den Motor ab. Er schnallte sich ab, drehte sich so gut es ging auf seinem Sitz um und neigte den Kopf.

Justus hatte erwartet, dass der ältere Mann jetzt das Gebet eröffnen würde, aber er schwieg. *Denkt er, ich will anfangen?* Justus überlegte, wie er das, was er im Herzen hatte, in Worte fassen konnte. Aber es wollte ihm nicht gelingen. Herbert so regungslos in diesem Krankenbett liegen zu sehen, ohne eigentlich viel von ihm zu sehen, hatte seine Gedanken gelähmt.

Schließlich war es Katharina, die zuerst betete: „Herr Jesus, ich bin so enttäuscht von dir! So wie Maria und Martha damals. Du hättest diesen Unfall so leicht verhindern können."

Justus hörte, wie sie zitternd die Luft einsog. So hatte er sie noch nie beten gehört. *Sie kämpft! Wie ein Ertrinkender, der von einem Sog in die Tiefe gezogen wird. Aus irgendeinem Grund nimmt sie das hier viel mehr mit als mich. Bitte hilf ihr, dir zu vertrauen, Jesus.*

„Ich hab das Gefühl, ich kann dir nicht mehr vertrauen. Oder vielleicht will ich dir auch nicht mehr vertrauen." Sie hatte ihre

Stimme nur mühsam unter Kontrolle. „Herbert hat dir vertraut, und das ist dabei rausgekommen. Ich finde das so unfair von dir. Gleichzeitig weiß ich, dass du nichts Unfaires machst, weil du durch und durch gut bist ..."

In einem Auto am Straßenrand fand ein unsichtbarer, heftiger Kampf statt. Die feurigen Pfeile prasselten nur so auf Katharina ein. Wut, Hilflosigkeit und Misstrauen kämpften darum, ein verzagtes Herz vollständig zu besiegen.

„Bitte hilf mir, Jesus! Ich will mein Vertrauen nicht wegwerfen. Auch nicht, wenn Herbert sterben sollte." Sie schluchzte wieder, aber irgendwie schien sie nicht mehr zu schwimmen. „Ich würde ihn fürchterlich vermissen, aber ich spreche dir mein Vertrauen aus. Du hast die Ahnung und die Macht und du bist die Liebe ..."

Justus öffnete die Augen und betrachtete ihr Gesicht. Die Tränen quollen unter ihren geschlossenen Lidern hervor, aber die Verzweiflung hatte verloren. Eine tiefe Liebe zu Katharina stieg in ihm auf. Und damit der Wunsch, sie in ihrem Vertrauen auf Jesus zu bestärken. *Sie hat standgehalten! Danke, Jesus! Es ist wunderschön, ihren Glauben zu sehen. Bitte hilf ihr auch weiter, dir zu vertrauen. Und hilf mir, sie allezeit darin zu unterstützen.*

Siegbert betete als Nächster, aber Justus hörte nur halb, was er sagte. Er war zu überwältigt von dem, was gerade in ihm passierte. *Ich habe immer gedacht, ich wäre in Katharina verliebt, aber das hier ist was ganz anderes, was viel Größeres.*

„Herr Jesus, wir bitten dich gemeinsam, dass du allen, die Herbert behandeln, ein Herz für ihn gibst und sie mit Weisheit und Geschick ausstattest. Lass die Heilungsprozesse in seinem Körper gut und reibungslos ablaufen. Bitte stelle ihn vollständig wieder her und setze ihn noch für viele zum Segen", schloss Siegbert sein Gebet.

„Amen", sagte Katharina.

Justus hatte dem nichts hinzuzufügen. „Ich schließe mich meinen Vorbetern an. Amen." *Wer hatte das so formuliert? Ach ja, Malte. Ich schreibe ihm kurz.*

Malte antwortete umgehend. Er schickte drei betende Hände und „Ich leite das an Niels und Sandra weiter. Dann können die auch beten."

Katharina wandte sich um. „Macht es dir was aus, wenn ich kurz an meine Mutter schreibe?"
Justus reichte ihr sein Handy nach vorne. *Und wenn ich sonst was für dich tun kann, sag es einfach.* Er hoffte, dass sie die Botschaft in seinen Augen lesen konnte.

*

Katharina lief die Stufen zu ihrer Wohnung hoch. Im Flur brannte Licht, und ihre Mutter hatte ihr einen Zettel auf den Boden gelegt: „Du kannst mich wecken, wenn du mich brauchst."
Wie lieb von ihr! Obwohl sie morgen Frühdienst hat! Aber seltsamerweise hatte Katharina gar nicht das Bedürfnis, jetzt noch groß zu reden. Seitdem sie für Herbert gebetet hatten, war so ein Friede in ihr, den sie nicht beschreiben konnte. Irgendwann im Laufe der Fahrt hatte sie eine Hand auf ihrer Schulter gespürt. Obwohl es für Justus sicher unbequem gewesen war, war er die ganze Zeit so sitzen geblieben. Das hatte sie zusätzlich getröstet. Es hatte ihr vermittelt: „Du musst nicht allein da durch. Wir sind zusammen in dieser Nummer." Und sie war tatsächlich zwischendurch eingeschlafen. Als sie aufgewacht war, hatte er seine Hand immer noch da gehabt.
„Ich habe vor, am Samstag nochmal runterzufahren", hatte er beim Verabschieden gesagt. „Ich hab unterwegs mit meiner Mutter geschrieben, sie braucht am Samstag das Auto nicht. Ich kann dich abholen, sobald du in der Bäckerei fertig bist. Wenn Phil will, kann er natürlich mitkommen. Du siehst ihn ja bestimmt morgen in der Schule, oder? Dann gib ihm einfach meine Nummer." Er hatte sie einen Moment etwas besorgt angesehen. „Aber wenn es dir zu viel wird, musst du natürlich nicht mitkommen."
„Es wird mir nicht zu viel."
„Ich bete für dich, Cats." Dann hatten sie Gute Nacht gesagt und Siegbert und Justus waren gefahren.
„Ich bete für dich, Cats." Der Satz begleitete sie, als sie die Brote, die sie geschmiert hatte, in den Kühlschrank legte und als sie sich bettfertig machte; als sie ihre Tasche für den nächsten Tag

einräumte und als sie sich ins Bett legte. Er war wie eine tröstende Hand auf ihrer Schulter. Nein, noch besser. *„Ich bete für dich, Cats."* Theresa betete auch für sie. Und natürlich ihre Mutter. Aber dass Justus für sie betete, war noch anders. Es gab ihr das völlig ungewohnte Gefühl, dass er geistlich Verantwortung für sie übernahm. Sie hatte ihn nicht darum gebeten. Er hatte sie auch nicht vorher gefragt, so nach dem Motto: „Möchtest du, dass ich für dich bete?" oder: „Darf ich für dich beten?"
So, wie er einfach seine Hand auf meine Schulter gelegt hat. Sie hatte es beinahe bedauert, als sie endlich bei ihr zu Hause angekommen waren. Das Auto war wie ein geschützter Raum gewesen, ein Ort des Friedens und der Geborgenheit. Trotzdem war sie natürlich froh, dass es nicht noch später war. Morgen um 7.45 Uhr musste sie in der Schule sein, und die Nacht war so schon kurz genug. Es war zwar bisher weiterhin insgesamt recht erträglich gewesen, aber je müder sie war, desto schwerer fiel es ihr, sich den Herausforderungen des Schulalltags zu stellen.
Und die sollten am nächsten Tag starke Nerven erfordern. Oder Fürbitte ...
Auf dem Frühstückstisch fand Katharina wieder einen Zettel vor: „Ich hab gesehen, dass du gut wieder da bist :-). Bin sehr gespannt, wie es war. Haben wir heute Nachmittag ein Date? Mama."
„Haben wir :-)", schrieb Katharina darunter und malte ein Herz dazu. Ja, es gab einiges zu berichten. Dass der Besuch bei Herbert nur ein Teil davon sein würde, wusste sie zu dem Zeitpunkt noch nicht.
Während sie Zähne putzte, checkte sie ihre Nachrichten. Malte wollte wissen, wie es Herbert ging. Justus sei nicht sehr informativ gewesen. Greta fragte das Gleiche. *Das werde ich ihnen später erzählen. Dazu habe ich jetzt vor der Schule keine Zeit. Ich bin sowieso schon spät dran.* Hastig wischte sie sich den Mund ab, schlüpfte in ihre Schuhe und schnappte sich ihren Schulrucksack. Sie hatte gerade die Wohnungstür zugezogen, als ihr Handy vibrierte. Im Laufen nahm sie es heraus.
Justus: „Wie geht es dir?"

Sie lächelte. *Im Moment gut, danke.* Sobald sie wieder zu Hause wäre, würde sie ihm antworten. Sie ging zum Schuppen. Sein Fahrrad stand immer noch neben ihrem. Er würde heute Mittag mit dem Bus kommen und es holen. Er hatte sich extra erkundigt, wann sie aus der Schule wieder zu Hause wäre, nachdem er erfahren hatte, dass Katharina nachmittags einen Termin zur Zahnreinigung hatte. „Musst du nicht arbeiten?", hatte sie ihn gefragt. „Ich verlege meine Mittagspause etwas nach hinten und dehne sie ein bisschen aus und dann arbeite ich einfach länger."
Dann wird er aber einiges länger arbeiten müssen, hatte sie gedacht. Aber sie hatte nicht mit ihm diskutiert. *Anscheinend ist es ihm echt wichtig, mich zu treffen. Gestern zusammen nach Frankfurt, heute kommt er her, morgen ist Jugend und Samstag fahren wir wieder zusammen nach Frankfurt. So viel Justus in einer Woche hatte ich noch nie. Sehr, sehr schön.* So stellte sie sich Zusammensein vor. Wobei es ihr lieber wäre, wenn der Anlass dafür ein anderer wäre.
Während sie in die Stadt fuhr, betete sie für Herbert. Bei nächster Gelegenheit würde sie Phil informieren und ihm Justus' Nummer geben. Im Traum hatte sie die Szene mit den Jungs auf dem Gang vor der Intensivstation nochmal erlebt. *Schon krass, dass diese Kerle so an ihm hängen. Vielleicht, weil Herbert sie einfach so annimmt, wie sie sind.* So, wie er das bei jedem Menschen tat. Bei ihm gab es kein Maßnehmen und keine Schubladen. *Und sich für sie interessiert. Es müsste mehr Menschen wie ihn geben auf dieser Welt.*
In der zweiten großen Pause traf Katharina Phil. Er wirkte sehr betroffen, als er von dem Unfall hörte und tippte sich sofort Justus' Nummer in sein Handy. „Denkst du, er überlebt?", fragte er besorgt.
„Ich hoffe es. Ich kann mir einfach unseren Planeten nicht ohne ihn vorstellen."
„Mann, da sagst du was!", nickte Phil. Er stieß die Luft aus. „Mann, o Mann. Und jetzt Unterricht. Das geht gar nicht ..."
Mitleidig sah Katharina ihn an. Sie hatte eine ganze Nacht Vorsprung, inklusive Gebet. Sie sah sich um. „Lass uns jetzt zusam-

men beten, okay?" Es war zwar nicht Montag, aber die Situation erforderte definitiv ein außerordentliches Schülergebetstreffen.
Bei Phils Gebet für Herbert merkte Katharina wieder, wie viel er ihm bedeutete. Sie war überrascht, dass er auch für die Jungs bei der Skater-Mission betete, sogar mit Namen. Anscheinend hatte Herbert ihm von dem einen oder anderen erzählt. „Voll krass, Jesus, dass Kalif gebetet hat. Vielleicht checkt er ja jetzt, dass du real bist ..."

„Weißt du schon, ob du Samstag mitkommst?", fragte Katharina, als sie fertig waren.

„Auf jeden Fall!" Er sah sie von der Seite an. „Sag mal, zwischen dir und Herbert, läuft da was?"

„Nein. Herbert ist ein toller Mensch, aber nein, da läuft definitiv nichts." *Nicht von meiner Seite!*

„Seid ihr irgendwie verwandt oder so?"

„Nein. Nicht, dass ich wüsste. Wie kommst du darauf?"

Phil zuckte die Schultern. „Ich dachte nur."

Jetzt will ich es auch wissen. „Was dachtest du?"

„Ihr wirkt so – keine Ahnung, irgendwie vertraut. Du redest von ihm, als würde er dir viel bedeuten, er erzählt mir Sachen von deiner Tournee ..."

Ach du liebe Zeit! Wer weiß, was Herbert ihm noch alles erzählt hat!

„Als er mich nach meinem Sturz ins Ungewisse besucht hat, hat er sich dafür eingesetzt, dass ich dich in Zukunft in Ruhe lasse, du fährst nach Frankfurt und besuchst ihn, solche Sachen halt."
Phil lachte etwas verlegen. „Na ja, und auf den ersten Blick ist er nicht so der Typ, auf den Mädchen zu fliegen scheinen."

Ist er auch nicht! „Ich sehe Jesus in Herbert." *Und in Justus. Und in dir.*

Phil schwieg einen Moment. „Als er mich im Krankenhaus besuchte, dachte ich zuerst, was ist das denn für ein Freak? Und als er dann weiterredete, dachte ich, ob das wohl so 'ne Art Guru wäre. Du hast recht. In Herbert kann man Jesus sehen."

„In dir kann man auch Jesus sehen, Phil."

Phil sah sie ungläubig an. Dann lächelte er langsam. Er schluckte. „Das ist das Schönste, was je ein Mensch zu mir gesagt hat."
Es läutete, und sie trennten sich. *Ich wünschte so sehr, dass man das über mich auch sagen kann*, dachte Katharina, als sie zum Deutschunterricht lief.
An der Tür des Klassenraums hing ein Zettel mit ihrem Namen. *Ich soll mich umgehend im Sekretariat melden?* Verwundert entfernte Katharina das Blatt. Sie hatte keine Ahnung, was das sollte. Vorsichtshalber nahm sie ihr Handy heraus, um zu checken, ob jemand sich vergeblich bemüht hatte, sie zu erreichen und es jetzt auf diesem Weg versuchte. Aber sie hatte keine verpassten Anrufe. Ohne die Klasse zu betreten, lief sie eilig den Weg zurück, den sie eben gekommen war. *Ob ich in irgendeinem Fach zu wenig Punkte fürs Abi habe?* Sie rief sich ihre letzten Noten ins Gedächtnis. *Hoffentlich ist nicht irgendwas mit Mama ...*, überlegte sie unterwegs. Beunruhigt klopfte sie an die Tür des Sekretariats.
Die Sekretärin bat sie herein. „Herr Marstall ist in seinem Zimmer. Du kannst durchgehen."
Der Schulleiter will mich sprechen? Ob das was mit unserer Anfrage bezüglich eines Gebetsraumes zu tun hat? Vielleicht ist ihm ja klargeworden, dass wir doch keine schlechten Absichten haben. Vielleicht hat er uns gesehen, wie wir montags bei den Mülltonnen beten, dachte sie hoffnungsvoll. Sie betrat das Zimmer.
Herr Marstall sah auf. „Bitte, setz dich." Katharina nahm erwartungsvoll Platz. Der Schulleiter musterte sie einen Moment prüfend. „In der Regel gibt es drei Arten von Schülern", fing er an. „Die positiv auffälligen, die negativ auffälligen und die unauffälligen. In welcher würdest du dich eingruppieren?"
Was soll das? Sie versuchte aus seinem Gesichtsausdruck abzulesen, ob das hier ein positives oder ein negatives Gespräch war. *Freundlich sieht er nicht aus ...* „Die Unauffälligen?", gab Katharina zögernd zurück.
„Leider nicht. Mir ist zu Ohren gekommen, dass du Lehrer unserer Schule auf unserer Homepage unter der Rubrik ‚Feedback' diffamierst", sagte er streng.

Katharina sah ihn ungläubig an. „Ich?"
Herr Marstall nahm ein Blatt Papier von einem Stapel Akten. „Frau Priel hat es nicht verdient, Religionslehrerin zu sein. Sie stellt sich gegen die Bibel, die einzige Autorität." Er sah sie über seine Brille hinweg an.
Katharina wurde es heiß und kalt. Im letzten Schuljahr hatte sie manch eine Auseinandersetzung mit dieser Frau gehabt und war tatsächlich schockiert gewesen, dass so jemand einem ganzen Reli-Kurs mit Ansichten, die der Bibel entgegenstanden, die Richtung vorgeben durfte. Nachdem Theresa nach China gegangen war, war sie eine Zeit lang zu feige gewesen, um zu ihren Überzeugungen zu stehen. Sehr zum Ärgernis von Frau Priel, hatte sie es mit Gottes Hilfe dann doch geschafft, sich zu dem zu bekennen, was sie glaubte, vor dem ganzen Kurs. Aber sie hatte nie irgendetwas über ihre Reli-Lehrerin irgendwo gepostet. Ganz abgesehen davon, dass sie auf gar keinen Plattformen war. Hatte Frau Priel sie in einem Rachezug beim Schulleiter angeschwärzt? Dabei waren die ersten Wochen des neuen Schuljahrs so gut verlaufen.
„Wie stehst du zu der Aussage?", fragte Herr Marstall kühl.
„Das habe ich nicht geschrieben", sagte Katharina mit rotem Kopf. In all ihren Jahren am Augustinus-Gymnasium hatte sie nicht einen einzigen Kommentar verfasst.
„Aber das hier vielleicht." Der Schulleiter wandte sich wieder seinem Zettel zu: „Herr Marstall ist schwul. Deswegen will er nicht, dass christliche Schüler an seiner Schule einen Gebetsraum bekommen. Er fürchtet den Zorn Gottes."
„Was?"
„Hast du sonst nichts dazu zu sagen?"
Wie kommt er dazu, mir solche Sachen vorzuwerfen? „Das ist nicht von mir!"
Herr Marstall lehnte sich nach vorn. „Aber du wolltest einen ‚Gebetsraum' haben und ich habe ihn euch verweigert, nicht wahr?"
„Ja, aber ..."
„Wie kommst du darauf, ich wäre schwul?" Er legte die Fingerspitzen aneinander und sah sie kühl an.

„Gar nicht. Ich habe das nicht geschrieben. Ich habe noch nie ein ‚Feedback' auf der Homepage verfasst."

Herr Marstall nahm ein gerahmtes Foto und drehte es zu Katharina um. „Meine Familie", sagte er erklärend. Er wandte sich wieder seinem Zettel zu. „Herr Künzel ist der faulste Lehrer, den es gibt. Er schläft die ganze Zeit im Unterricht." Über seine Brille hinweg blickte der Schulleiter sie an, während er den nächsten Satz offenbar auswendig vortrug: „Er bekommt noch nicht mal mit, wenn jemand ihm Kaffee in seine Tasche kippt."

Ach du liebe Zeit! Denkt Herr Künzel etwa, ich wäre das gewesen und rächt sich jetzt auf diese Weise? „Darf ich fragen, wer Ihnen diese ‚Informationen' hat zukommen lassen?"

„Ich habe sie mit eigenen Augen gelesen, nachdem ich darauf hingewiesen wurde. Die Person möchte selbstverständlich anonym bleiben." Herr Marstall lehnte sich in seinem Sessel zurück. „Die Idee, Kaffee in eine Lehrertasche voller Unterlagen zu kippen, kann nur purer Dummheit oder gemeiner Bosheit entspringen."

Katharina nickte. Sie hatte es ja selbst nicht glauben können.

„Welches von beiden, würdest du sagen, trifft in diesem Fall zu?"

Sie sah einen Lichtblick. Vielleicht war das die Chance, dass die Schulleitung endlich mal mitbekam, was für einen entsetzlichen Deutschunterricht Herr Künzel machte. *Und mich dann noch so zu beschuldigen!* „Ich glaube, es war eher Bosheit. So eine Art Rache dafür, dass Herr Künzel ..." Sie brach ab. Wenn sie ihren Deutschlehrer vor seinem Vorgesetzten blamierte, würde das gar nichts bringen.

„Rache wofür?"

Katharina sah auf ihre Hände. *Hilf mir, Jesus! Hilf mir, wahrhaftig zu sein ohne zu lästern.* „Also, es gibt eine Person in unserem Kurs, die sich so über Herrn Künzels Unterrichtsstil aufregt, dass diese Person das gemacht hat."

„Das wissen wir bereits, dass jemand das gemacht hat", sagte Herr Marstall ungerührt. „Aber das ist noch lange kein Grund, Herrn Künzel öffentlich als faul zu bezeichnen."

„Nein."

„Weißt du, wer das war?"

„Ja."

„Wer?"

„Ich denke, es wäre besser, wenn diese Person sich selbst stellen würde."

„Wer eine schuldige Person deckt, macht sich mitschuldig", sagte Herr Marstall.

„In diesem Fall ist die Tat bereits begangen. Wenn ich es im Vorfeld gewusst hätte und geholfen hätte, es zu verheimlichen, dann wäre es etwas anderes gewesen." Katharina war selbst überrascht, wie ruhig sie dem Schulleiter antworten konnte. „Aber Sie haben mich ja wegen dieser vermeintlichen Feedbacks hergebeten. Ich habe keine Ahnung, wer sie verfasst hat, ich war es nicht. Wer auch immer sie in meinem Namen auf die Homepage gestellt hat, hat es ohne mein Wissen getan. Ich finde es sehr schlimm, dass das offenbar so leicht möglich ist, einer Person einfach etwas in den Mund zu legen, ohne dass sie sich in irgendeiner Weise davor schützen oder dagegen wehren kann." *So wie ein ungeborenes Kind.* „Das ist ... wie bei einer Abtreibung!"

Verdutzt sah Herr Marstall sie an. Dann schüttelte er den Kopf. „Du hast vielleicht Vergleiche auf Lager." Er hielt den Zettel mit Katharinas „Zitaten" hoch. „Du streitest ab, das hier verfasst zu haben? Hast du irgendeinen Verdacht, wer es gewesen sein könnte?"

Ja, Frau Priel. Aber das würde sie nicht sagen. „Jemand, der mich nicht mag und mir eins reinwürgen will." Noch während sie das sagte, weiteten sich ihre Augen. *Christopher! Christopher ist sauer auf mich, weil ich nicht gelogen habe!* „Ich habe einen Verdacht, aber ich kann es nicht beweisen." Ihr kam einen Idee. „Gibt es irgendeine Möglichkeit, nachzuweisen, wer sich hinter dem Verfasser der Feedbacks verbirgt?"

„Rein theoretisch schon. Jeder, der etwas schreibt, hat natürlich seinen Account. Wobei diese Einträge hier ja mittlerweile wieder gelöscht sind. Jemand, der informatikmäßig findig unterwegs ist, könnte das vielleicht recherchieren."

Ob Malte so was rauskriegt? Der war zwar viel am Handy, aber ob er Informatik-Ahnung hatte? *Phil!*, durchzuckte es Katharina. *Wer es hinkriegt, meinem Fahrrad eine elektronische Fußfessel anzulegen, kann vielleicht noch ein paar andere Sachen in die Richtung.* Hatte Phil nicht selbst gesagt, dass er seine Zeit damit verbracht hatte, Dinge herauszufinden, die ihn eigentlich nichts angingen? „Würden Sie mir Ihren Ausdruck leihen, Herr Marstall? Ich habe eine Idee, wer mir vielleicht helfen könnte, das herauszufinden."

„Wer?"

„Phil Hülster."

Es war ganz klar, dass Phil für den Schulleiter zu der Gruppe „unauffällige Schüler" gehörte. Katharina konnte an seinem Gesicht sehen, dass er keine Ahnung hatte, um wen es sich handelte. „Er hat Sie mit mir zusammen wegen des Gebetsraumes gefragt", versuchte Katharina, ihm auf die Sprünge zu helfen.

Wieder sah Herr Marstall sie prüfend an. „Wir machen das anders", sagte er. Er wandte sich seinem PC zu und tippte etwas auf der Tastatur. Seine Augen scannten den Bildschirm. „Phil Hülster. Da haben wir ihn ja." Er stand auf. „Du kannst zurück zum Unterricht gehen, Katharina. Bis das Gegenteil bewiesen ist, glaube ich dir erstmal. Aber sprich bitte mit niemandem über das, was hier gesagt wurde."

Katharina öffnete leise die Tür zu ihrem Deutschklassenraum. Mit ein bisschen Glück hätte Herr Künzel nicht einmal mitbekommen, dass sie die ersten zwanzig Minuten gefehlt hatte. Und tatsächlich, wie gewohnt saß er mit den Füßen auf dem Tisch und der Zeitung über dem Gesicht auf seinem Stuhl. Seine Tasche hatte er auf seinen Bauch gestellt.

Ein paar der Schüler sahen auf, als sie hereinkam, widmeten sich aber sofort wieder ihren Handys oder was auch immer. Die meisten schliefen einfach weiter, darunter auch Christopher.

Sie rutschte auf den freien Platz neben Jonas. Er arbeitete sogar. „Gut, dass du kommst. Diesen Müll muss man zu zweit machen." Katharina war froh, dass er keine Fragen stellte. Sie versuchte, sich auf die Aufgabe zu konzentrieren. Der Text, um den es ging, war wirklich *Müll*, und sie sah nicht ein, sich großartig Mühe zu geben. Den Rest der Stunde nutzte sie, um zu beten, dass es Phil gelingen möge, der Person, die unter ihrem Namen geschrieben hatte, auf die Spur zu kommen. Immer wieder schielte sie zu Christopher. Wenn er diese Dinge geschrieben haben sollte, dann hatte er es definitiv auf sie abgesehen. *Dann will er mich fertigmachen.*

Fünf Minuten vor Ende der Stunde raschelte die Zeitung. Herr Künzel nahm die Füße vom Tisch und stand auf. „Alle Zettel zu mir und dann ab in die Pause", sagte er. Als Katharina ihren Zettel nach vorn brachte, hielt der Deutschlehrer sie zurück. „Warte bitte einen Moment, ja?"

Das ist bestimmt wegen dieser Feedbacks!

Herr Künzel wartete, bis die anderen den Raum verlassen hatten. „Warst du kürzlich auf der Homepage der Schule in Sachen Lehrerbewertung unterwegs?"

Katharina sah ihn fest an. „Nein, Herr Künzel, das war ich nicht. Jemand hat unter meinem Namen diese Dinge geschrieben."

Der Deutschlehrer nickte. „Das denke ich mir. Solche Einträge würden auch nicht zu dir passen. Wirst du mir denn endlich sagen, wer den Kaffee in meine Tasche gekippt hat?"

Katharina zögerte. Sollte sie es sagen? Was würde das für Folgen haben? Und was wären die Folgen, wenn sie Christopher weiter deckte? „Warum fragen Sie ausgerechnet mich das?", wich sie aus.

„Weil ich weiß, dass du ehrlich bist."

„Sind Sie sich da so sicher?", versuchte Katharina zu scherzen.

„Wer jede Woche für die Menschen an dieser Schule betet, wird ihnen wohl kaum ins Gesicht lügen."

Woher weiß er das? Hatte er sie beobachtet? Oder hatte Herr Marstall es im Kollegium erzählt?

Da wurde die angelehnte Tür aufgestoßen und Christopher kam herein. „Hab noch was hier vergessen", sagte er und fixierte Katharina mit seinem Blick. Darin lag eine deutliche Warnung. Er ging zu seinem (Schlaf)platz und griff unter den Schreibtisch.

Katharina konnte nicht feststellen, dass er tatsächlich etwas aus dem Fach darunter herausnahm. *Er hat die ganze Zeit vor der Tür gelauscht!*

„Du kannst gehen, Katharina", nickte Herr Marstall. Er schnappte seine Tasche und verließ noch vor ihr und Christopher den Raum.

Katharina wollte ihm folgen, doch Christopher packte ihren Arm und drückte zu. „Du gehst zu ihm hin und sagst, du hättest dich getäuscht!", zischte er. „Sonst kannst du dich *richtig* warm anziehen!"

Die Angst schnürte Katharina die Kehle zu. *Und Christopher nutzt meine Angst, um mich zu manipulieren! Das ist nicht richtig.* Plötzlich musste sie an Jens denken. *„Sollte nochmal jemand versuchen, dich einzuschüchtern, dann bitte Jesus, dir Mut zu geben, das Richtige zu tun"*, hatte sie ihm geraten. *„Wenn du dich von der Angst bestimmen lässt, hat dieser böse Mensch dich unter Kontrolle"*, hatte sie zu ihm gesagt. Christophers Finger drückten ihren Arm ab. *Jesus, bitte gib mir Mut!* Sie holte tief Luft. „Das werde ich nicht tun! *Du* gehst zu ihm hin. Ersetze ihm sein Handy und bitte ihn um Entschuldigung. Und zwar bis morgen Mittag."

Christophers Augen verengten sich zu Schlitzen. „Du kannst gehen, Katharina!" Er riss ihr den Schulrucksack von der Schulter und stieß sie damit wutentbrannt nach hinten.

Der Angriff kam so plötzlich und unerwartet, dass Katharina das Gleichgewicht verlor und rückwärts fiel. Dabei schlug sie sehr ungünstig mit der Schläfe auf die Tischkante. Der Schmerz war stechend und gleich darauf wurde alles dunkel.

Als sie wieder wach wurde, war sie allein im Klassenraum. Benommen setzte sie sich auf. In ihrem Kopf pochte es und ihr war schwindelig. *Ganz toll! Das habe ich jetzt davon, dass ich mutig war!* Aber seltsamerweise fühlte sie sich auf eine gewisse Art besser als noch vor ein paar Minuten. *Er hat es nicht geschafft, mich einzuschüchtern.* Sie fixierte einen Punkt an der Tafel und wartete, dass der Schwindel weniger wurde. Was nicht eintrat. Sie war gezwungen, sich wieder hinzulegen. Es läutete, aber der

Klassenraum blieb leer. Anscheinend hatte hier nachmittags niemand mehr Unterricht.

Ich muss irgendwie nach Hause kommen. Gleich steht Justus bei uns vor der Tür und ich bin nicht da! Mama arbeitet noch bis halb drei. Sie versuchte noch einmal, aufzustehen. Aber sie schaffte es gerade mal bis zur Tür, dann wurde ihr wieder schwarz vor Augen.

Ich habe eine fette Gehirnerschütterung. Irgendjemanden muss ich benachrichtigen. Ihre Mutter würde sie nicht erreichen. Im Krankenhaus hatte sie das Handy aus. *Und selbst wenn, ich kann eh nicht telefonieren. Es wäre natürlich nett, wenn Justus käme, aber er kann mich auf dem Fahrrad auch nicht transportieren.* Sollte sie um Hilfe rufen? Sie kam sich ziemlich blöd vor. *Jesus, mach doch einfach, dass ich laufen kann!* Sie setzte sich auf und stellte sich hin. Aber es hatte keinen Zweck.

„Hallo? Hallo, hört mich jemand?", rief sie zaghaft. Dann versuchte sie es lauter und noch lauter. Es nützte nichts. Plötzlich kam ihr eine Idee. Ganz langsam rutschte sie über den Fußboden zur Heizung. Mit ihrem Lineal klopfte sie gegen das Rohr, das durch den Fußboden nach oben kam. Das Geräusch war grauenvoll für ihren Kopf. Aber es schien ihr im Moment die beste Möglichkeit, um auf sich aufmerksam zu machen. Sie hatte keine Ahnung, was für ein Raum unter ihrem war, hoffentlich einer, in dem sich jemand aufhielt.

Nach zehn Minuten Klopfzeichen wurde die Tür aufgerissen. Niemand anderes als Herr Künzel erschien. „Was zum – Katharina?"

„Gott sei Dank!" Katharina ließ erschöpft das Lineal sinken.

Mit wenigen Schritten war Herr Künzel bei ihr. „Was, in Gottes Namen, machst du da?"

In Gottes Namen, allerdings! „Ich brauche Hilfe. Wenn ich aufstehe, wird mir immer schwindelig. Ich bin mit dem Kopf auf die Tischkante geknallt." Sie hob den Arm und berührte die Beule an ihrer Schläfe. „Könnte ich vom Sekretariat aus meine Mutter anrufen, dass sie mich abholt?"

Herr Künzel nahm sein Handy heraus. „Du kannst sie auch von hier aus anrufen."

„Danke, das ist sehr nett." Katharina tippte die Dienstnummer ihrer Mutter ein und wartete. „Hallo Mama, kannst du mich in der Schule abholen? Ich bin gestürzt."

„Ist es schlimm?", kam die alarmierte Stimme ihrer Mutter.

„Es geht. Ich muss nicht ins Krankenhaus oder so. Aber ich kann im Moment nicht Fahrrad fahren." *Ich kann noch nicht mal allein laufen.* Aber das würde ihre Mutter bestimmt zu sehr aufregen.

„Ich komme, so bald ich kann", versprach Antje Jöllenbeck.

Katharina gab das Handy zurück. „Vielen Dank nochmal."

Herr Künzel nahm sein Telefon entgegen und gab eine Nummer ein. Eine Frauenstimme meldete sich: „Augustinus-Gymnasium, Schnedler, guten Tag."

„Ja, Inge, hier ist Günther. Kannst du mal in 208 kommen? Hier ist eine Schülerin, die mit dem Kopf gegen einen Tisch gefallen ist und runter in den Sani muss."

„Soll ich Verbandszeug mitbringen?"

„Nein. Komm einfach schnell hoch. Wenn Susi in deiner Nähe ist, bring sie noch mit."

Zu Katharinas Verwunderung und großer Erleichterung stellte Herr Künzel ihr keine weiteren Fragen. Sie hatte Christopher Zeit gegeben bis morgen Mittag. Vielleicht würde er ja seine Tat beziehungsweise Taten bereuen. Wenn sie ihrem Deutschlehrer jetzt auf die Nase binden würde, dass ihr Kurskamerad für ihren Zustand verantwortlich war, hätte der keine Chance.

Susi (Katharina hatte keine Ahnung, wer das war) war nicht in der Nähe, aber die Sekretärin war ruck, zuck da und stützte Katharina von der einen Seite, Herr Künzel von der anderen, und mit vereinten Kräften gelang es schließlich, sie zwei Stockwerke tiefer auf die Liege im Sanitätsraum zu bringen. Katharina fühlte sich unbeschreiblich müde. Sie schloss die Augen und war sofort abwesend. Erst als ihre Mutter ihre Hand nahm und ihren Namen rief, wachte sie auf. „Katie? Hörst du mich?"

Katharina öffnete die Augen. „Ach, da bist du ja schon", lächelte sie. „Ich glaub, ich hab eine Gehirnerschütterung."

„Gut möglich, in Anbetracht der Beule an deiner Stirn. Was ist passiert?"

„Kann ich dir das zu Hause sagen?", fragte Katharina leise.
Ihre Mutter sah sie einen Moment an. „Gut", nickte sie. „Kannst du laufen? Ich stehe direkt hier auf dem Hof."
Die Viertelstunde auf der Liege hatte Katharina gutgetan, und der Schwindel kam erst wieder, als sie ins Auto stieg. Sie lehnte den Kopf an die Stütze und schloss die Augen. *Hoffentlich war Justus noch nicht da!* Und selbst wenn, sie konnte es nicht ändern. Sie merkte, wie ihre Mutter die Lehne so weit es ging nach hinten in Liegeposition drehte. Ihr ganzer Körper fühlte sich schwer an und die Müdigkeit übermannte sie erneut. *Gut, dass Mama nicht neugierig ist.* Im Moment war ihr nicht nach Berichten. Und wie sie zu Hause die vier Stockwerke hochkommen sollte, würde sie entscheiden, wenn es soweit war. Auf der Fahrt nach Belm dämmerte sie vor sich hin.
„Der kommt uns doch wie gerufen!", murmelte ihre Mutter auf einmal, fuhr rechts ran und stieg aus.
Katharina öffnete die Augen. *Da vorn ist Justus!* Ein Stein fiel ihr vom Herzen. *Ich habe ihn doch nicht verpasst! Gott sei Dank!* Sie beobachtete, wie ihre Mutter kurz mit ihm redete. Dann wendete Justus. Antje Jöllenbeck lief zurück zum Auto und stieg ein. „Er hilft, dich in die Wohnung zu schaffen." Sie lächelte. „Gott ist echt cool. Schickt einfach Justus hier vorbei."
Katharina lächelte auch. *Was für ein Timing! Und was für eine Weitsicht von Gott. Er wusste gestern schon, dass ich heute irgendwie die Treppen hoch muss. Und was macht er? Er benutzt den Umstand, dass Justus sein Rad bei uns hat. Und der Grund dafür ist, dass wir bei Herbert waren. Und dass Justus gestern seine Mutter nicht erreicht hat. Denn sonst hätte er sein Fahrrad heute nicht hier holen müssen.*
Die ersten anderthalb Stockwerke schaffte Katharina. Dann wurde ihr wieder schwummerig. „Ich muss mich mal kurz setzen", murmelte sie.
„Ich hätte dich gleich ins Krankenhaus fahren sollen ..." Die Stimme ihrer Mutter kam von weit weg.
Justus schnappte sie und trug sie die restlichen Stockwerke hoch. Katharina lehnte ihren schweren Kopf an seine Schulter und

kämpfte gegen den Schwindel. *Das letzte Mal, als er mich hier hochgeschleppt hat, bin ich völlig zu gewesen. Diesmal werde ich es bewusst wahrnehmen.* Doch schon bald wünschte sie, ihre Wahrnehmung wäre nicht ganz so scharf: Sein kräftiger Herzschlag dröhnte in ihr Ohr und verstärkte das Pochen in ihrem Kopf, und sein Deo schien auch nicht den vielen Stufen gewachsen. Endlich legte er sie in der Wohnung auf dem Sofa ab. „Danke, Justus."

„Kein Ding", schnaufte er. Er sah Katharina ins Gesicht. „Was ist passiert?"

Katharina machte schwach eine wegwerfende Handbewegung. „Später."

Justus sah zu ihrer Mutter. „Die Blutergüsse auf ihrem Arm sehen aus wie Fingerabdrücke."

„Sie wird es uns erklären, wenn sie soweit ist."

Doch Justus war nicht so geduldig wie Antje Jöllenbeck: „Du musst uns sagen, wie das passiert ist, Cats! Hat dir jemand etwas angetan? Das ist eine Straftat!"

„Einer aus meinem Deutschkurs hat mich am Arm gepackt und mich dann geschubst, dass ich gefallen bin", erklärte Katharina müde und schloss die Augen.

„Wer war das? Warum hat er das gemacht?"

Justus' Fragen explodierten in Katharinas Kopf wie Knallkörper. „Ich habe ihm gesagt, er soll sich bei unserem Lehrer entschuldigen", murmelte sie.

Ihre Mutter beugte sich über sie. „War es der mit dem Kaffee?"
„Mmm", machte Katharina. Dann dämmerte sie wieder weg.

Als sie wach wurde, war Justus gegangen. Ihre Mutter saß mit einem Buch bei ihr. Sobald sie die Augen öffnete, legte sie es allerdings zur Seite. „Besser?", fragte sie behutsam.

„Ich glaube schon. Ich kann wieder klar denken. Ohne den Nebel."

„Gott sei Dank. Ich habe schon befürchtet, es würde hier zu Hause doch nicht gehen", sagte ihre Mutter erleichtert. „Es wäre gut, wenn du etwas trinken könntest. Ich helfe dir." Sie half Katharina, sich aufzusetzen und reichte ihr ein Glas Zitronenwasser.

„Vielen Dank, Schwester Antje. Haben Sie vielleicht auch etwas Schokolade für mich?"

Ihre Mutter lachte. „Das ist wirklich ein gutes Zeichen!" Sie ging in die Küche.

Katharinas Lebensgeister kehrten zurück, und sie wollte aufstehen.

„Moment, Moment. Das gehen wir ganz langsam an", bremste ihre Mutter sie. „Aufgestanden wird nur, wenn du zur Toilette musst."

„Ich muss zur Toilette." Danach war sie allerdings froh, sich wieder hinlegen zu können.

„Kannst du mir jetzt berichten?"

Katharina erzählte noch einmal ausführlicher. „Ich hoffe sehr, dass Christopher seine Chance nutzt und sich selbst stellt. Ich bin wirklich bereit, ihm zu vergeben. Aber wenn er nicht zu Herrn Künzel geht, werde ich es tun. Dann werde ich auch sagen, wie es zu diesem Unfall kam. Und ich fürchte, dann wird er von der Schule fliegen."

„Ich denke, das wird er sowieso. Während du hier schliefst, sind ein paar erstaunliche Informationen zutage gekommen. Justus und ich waren noch in der Küche, weil er etwas getrunken hat, da bekam er eine Nachricht von Phil mit der Bitte, sie dir weiterzuleiten."

Hat er etwa schon was rausgefunden?

„Justus hat mir die Nachricht gezeigt. Wir hatten ja beide keine Ahnung, worum es ging und haben uns dann unseren eigenen Reim darauf gemacht, jedenfalls steckt Christopher hinter was-auch-immer."

„Das ist der Wahnsinn! Kannst du mir mal bitte mein Handy geben? Es ist in meinem Rucksack."

Antje Jöllenbeck ging in den Flur und holte Katharinas Schulrucksack. Katharina ging auf die Nachricht: „Hey Justus, hier schreibt dir Phil. Könntest du das bitte an Katharina weiterleiten? An Katharina: Hab ein bisschen nachgeforscht, war gar nicht so schwierig. Musste mir nur ein paar Rechte organisieren. Christopher hat die Lehrer-Blasphemien geschrieben. Hab das direkt Herrn Marstall kommuniziert."

Katharina ließ das Handy sinken. „Es *war* Christopher! Er hasst mich wirklich!" Sie erzählte ihrer Mutter von ihrem Gespräch mit dem Schulleiter am Vormittag. Und dann noch von ihrer Zeit gestern in Frankfurt. Sie seufzte. „Irgendwie glaube ich nicht mehr daran, dass er zu Herrn Künzel gehen und sich stellen wird. Ich habe ihm ein Ultimatum bis morgen Mittag gegeben."

„Wie auch immer, gleich morgen früh werde ich in die Schule fahren und mit deinem Schulleiter sprechen. Körperverletzung ist noch wesentlich schlimmer als Sachbeschädigung und Rufmord."

„Das musst du nicht, Mama. Ich bin fast 18. Ich mache das selbst."

„Du, meine Liebe, machst die nächste Woche gar nichts, außer dich auszuruhen!", sagte ihre Mutter mit Nachdruck.

„Aber das geht nicht, Mama! Wir fahren am Samstag zu Herbert!"

„Du leider nicht. Erst kurierst du diese Gehirnerschütterung aus, bevor du irgendwohin fährst."

Katharina stöhnte. „Du willst doch nicht ernsthaft, dass ich den ganzen Tag hier rumliege?"

Ihre Mutter sah sie mitleidig an. „So ist das nun mal bei Gehirnerschütterung. Und wenn das für dich hier zu Hause zu schwierig ist, mein Arbeitgeber hat ganz bestimmt ein Bett für dich ..."

„Nein, nein, ich werde ganz brav sein", versprach Katharina schnell. Ins Krankenhaus wollte sie auf keinen Fall. Es reichte, dass Herbert dort war. Da fiel ihr etwas ein: „Heißt das, ich kann auch nicht in die Jugend? Oder in den Gottesdienst?", fragte sie entsetzt.

„Heißt es ..."

Das ist bitter! Ich werde Justus vermutlich erst nächstes Wochenende wiedersehen. Es sei denn, er kommt vorbei ...

Doch leider geschah das nicht. Das Einzige, was sie von ihm bekam, war ein kurzer Bericht von der Fahrt nach Frankfurt:

„Es war sehr gut. Ein paar von Herberts Jungs machen anscheinend den ganzen Tag Sitzwache auf dem Flur. Keine Ahnung, warum die nicht zu ihm dürfen. Wir anderen durften ihn besuchen. Er war wach, als wir kamen, und es geht ihm viel besser." Malte war da wesentlich informativer. Er schickte erst eine Sprachnachricht und dann ein Video und dann noch eine Sprachnachricht: „So, liebe Cats, in Anbetracht der Tatsache, dass du brav zu Hause auf dem Sofa liegst, kommt hier der Live-Mitschnitt." Er senkte seine Stimme: „Ich hoffe, es lüncht mich keiner, weil ich das Handy-Verbot ignoriere. Was sagt der Patient selbst über seinen Zustand?" Dann zeigte der Bildschirm den Verletzten. Er sah immer noch blass und mitgenommen aus. „Isch grüße eusch alle, meine Freunde. Mir geht's gut. Zwischendursch dachte isch, isch höre die Engel singen. Aber isch schätze, Jesus hat noch Verwendung für misch hier unten", kam Herberts schwache Stimme. Katharina kamen die Tränen. „Hat er, Herbie!", flüsterte sie. Dass es ihm gutging, war zwar sicher sehr, *sehr* relativ, aber auf jeden Fall war er wieder unter den Lebenden.

Malte berichtete noch von einer Schwester: „‚Von denen da draußen kommt mir keiner hier rein!', sagte sie. ‚Die schleppen die übelsten Keime mit rein und alles, was nicht niet und nagelfest ist, mit raus.' Ziemlich gemein, wenn du mich fragst. Ich hab ihnen das Video gezeigt. Du stellst dir nicht vor, wie die sich gefreut haben. Einer von denen, der Anführer, ging auf die Knie: ‚Gott, ich danke dir!', sagte er immer wieder. Als die anderen das sahen, machten sie das Gleiche. Wir standen dumm rum, bis Justus sich ebenfalls hinkniete. Also knieten wir alle vor der Intensivstation. Das musst du dir mal vorstellen. Leider habe ich keinen Film, den ich dir schicken kann. Dann kam ein Arzt angerauscht. Wir sollen nicht den Gang versperren. Für Moslems gebe es einen Gebetsraum im Keller. Na ja, sag ich nur. Die Jungs wollten natürlich das Filmchen haben. Hab es dem Anführer geschickt. Justus hat uns dann allen aus der Cafeteria noch Brötchen spendiert.

So, jetzt bist du ein bisschen informiert."

Das ist wirklich sehr aufmerksam von Malte.

Am nächsten Mittag hatte sie wieder eine Nachricht von ihm. Es war ein Mitschnitt aus dem Gottesdienst. „Herbert Knöll hatte einen schweren Unfall. Gott sei Dank hat er überlebt, aber er braucht trotzdem unser Gebet. Er liegt in Frankfurt auf der Intensivstation", kam Justus' Stimme. „Vielleicht können wir uns kurz zusammenstellen und für ihn beten." „Ich dachte, das interessiert dich vielleicht", hatte Malte als Erklärung gesagt.

Damit hatte er natürlich absolut recht. Noch schöner hätte Katharina es allerdings gefunden, wenn Justus ihr das geschickt hätte. Dass möglicherweise Bescheidenheit der Grund war, warum er es nicht getan hatte, kam ihr in dem Moment nicht in den Sinn. Auch, dass es noch andere Gründe dafür geben könnte, dass er sich insgesamt so wenig bei ihr meldete. Und während sie stundenlang auf ihrem Sofa lag, rutschte sie immer mehr in die Überzeugung, dass Desinteresse von Justus' Seite Ursache für ihren mangelnden Kontakt war.

Daran konnte auch das „Justus hat gefragt, wie es dir geht. Ich soll dich grüßen" von ihrer Mutter nach dem Gottesdienst nichts ändern. Im Gegenteil.

Wenn es ihn wirklich interessieren würde, würde er mich selbst fragen.

*

Dass Katharina nicht in die Jugend gewesen war und auch nicht mit nach Frankfurt hatte kommen können, machte Justus Sorgen. Sie war nicht zimperlich, und so musste diese Gehirnerschütterung etwas ziemlich Ernstes sein. Er hatte im Internet nachgesehen, wie mit einer Gehirnerschütterung umzugehen war, und hatte gelesen, dass man den Kopf schonen solle, sprich, keinerlei Erschütterungen, am besten viel, viel schlafen und auch nicht lesen. Um sie nicht anzustrengen, hatte er absichtlich kaum geschrieben. In seinen Bericht vom Besuch bei Herbert hatte er nur die allernötigsten Informationen gepackt, zum Beispiel, dass seine Leute von der Skater-Mission eine Rund-um-die-Uhr-Gebetskette organisiert hatten, bei der auch seine Jungs mitmachten.

Obwohl es weitaus mehr zu berichten gegeben hätte. Mit Herberts Jungs zu beten, war ziemlich krass gewesen. Die abweisende Haltung der Schwester ebenfalls – auf eine andere Art.
Und natürlich, dass Herbert wach gewesen und mit ihnen geredet hatte, auch wenn er noch sehr schwach gewesen war. Das Gespräch hatte Justus sehr berührt:
„Isch bin so froh, dass isch den Unfall hatte. Neulisch sagte isch zu Gott: ‚Wenn du misch gebrauchen willst, um Kalif und die anderen zum Beten zu kriegen, dann nur zu.'"
„Oh Mann, das soll mir eine Lehre sein", hatte Malte gemurmelt.
„Eine Lehre?", hatte Greta verständnislos gefragt.
„Nie so was zu beten!"
Phil hatte Malte überrascht angesehen. „Wieso? Ist doch voll cool. Was hat er denn zu verlieren?"
Jetzt war es Malte gewesen, der verständnislos ausgesehen hatte: „Hallo, er wäre fast gestorben! Vielleicht stirbt er auch immer noch, wer weiß. Manchmal haben Leute auch Rückfälle. Jedenfalls tut das doch weh!"
Phil hatte leicht die Stirn gerunzelt. „Aber wenn dadurch Menschen den Weg zu Gott finden? Wenn sie es raffen, dass sie ohne Jesus ihr Leben vor die Wand fahren?"
Malte hatte geseufzt. „Ich weiß nicht ...", hatte er ausweichend zurückgegeben.
Greta, die ihn offenbar hatte in Schutz nehmen wollen, war zum Angriff übergegangen: „Würdest du das denn beten, Phil?"
„Das bete ich jeden Tag", hatte Phil geantwortet. „Ein bisschen anders, aber ja. Was könnte es besseres geben, als dass andere durch mein Leben Jesus finden?"
Justus hatte auf einmal ein seltsames Gefühl in seinen Eingeweiden gehabt. Es war wie eine dunkle Vorahnung. Auch das hätte er gerne mit Katharina geteilt. Aber aus besagtem Grund behielt er es für sich.
Oder speziell die Begegnung zwischen Phil und Herbert. Er war ja bei der ersten dabei gewesen, als Herbert Phil besucht hatte. Jetzt war es andersherum, aber genauso bewegend.

„Hey Bruder", hatte Phil gekrächzt. Zu mehr war er zunächst nicht in der Lage gewesen, weil er hatte weinen müssen. „Mann, ey, ich hab nicht mehr geheult, seit ich zehn war", hatte er nach einer Weile beschämt geschnieft.

Herbert hatte ihn die ganze Zeit mit einem ungläubigen, fast ehrfürchtigen Gesichtsausdruck angesehen. „Dass wegen mir jemand Tränen vergießt – das hätte isch net für möglich gehalten", hatte er gemurmelt.

Die Erkenntnis, dass Herbert offenbar eine sehr geringe Meinung von seiner Bedeutung für andere hatte, hatte Justus sehr geholfen auf seinem Weg die Stufen zur Kanzel hoch. Das mit dem Bienenkorbgebet war ihm erst in dem Moment eingefallen, in dem er hinter dem Mikrofon gestanden hatte. „Die ganze Gemeinde hat heute für dich gebetet", könnte er Herbert ehrlicherweise sagen. Das würde ihm hoffentlich beweisen, dass er wertgeschätzt war.

Am liebsten hätte Justus die Gemeinde auch noch zum Gebet für Katharina aufgerufen. Ihr Zustand hatte ihn die letzten Tage sehr beunruhigt.

Was ihn allerdings noch mehr beunruhigte, war die Antwort ihrer Mutter auf seine Frage nach dem Gottesdienst, wie es ihr gehe: „Viel, viel besser. Am liebsten wäre sie mitgekommen, aber ich habe es nicht erlaubt."

Wenn es ihr so viel bessergeht, warum schreibt sie mir dann nicht? Er hatte nur eine Erklärung dafür: *Es ging ihr die letzten Tage alles ein bisschen schnell mit uns. Vielleicht hätte ich meine Hand doch nicht auf ihre Schulter legen sollen. Und auch nicht um jeden Preis mein Fahrrad mittags schon abholen. Sie hat ja sogar versucht, mir das auszureden. Aber ich hab's anscheinend nicht geblickt. Und sie in ihre Wohnung zu tragen, war dann wahrscheinlich die Krönung. Aber was hätte ich denn machen sollen? Antje hätte sie allein nicht da hochgekriegt.*

Er wäre zu gerne am Nachmittag nach Belm gefahren. Victoria hatte sogar genau das vorgeschlagen, allerdings erst mittags, im Gottesdienst war sie nicht gewesen. Vielleicht könnten sie ja heute ihren Nachtisch-Gutschein einlösen. Eric habe auch Zeit.

Wie es bei ihm aussähe, hatte sie geschrieben.

„Bei Katharina klappt es heute nicht", schrieb er zurück. Irgendwie scheute er sich, „Cats" zu schreiben. Das war der Gemeindejugendspitzname für sie, und Victoria gehörte noch nicht richtig dazu.

„Wollen wir uns bei mir treffen?", fragte Victoria an.

Justus überlegte. Auf Eric hatte er null Lust. Der Kerl war ihm nicht geheuer. Da hatte Victoria noch etwas geschickt: „Wäre echt cool, wenn du kommen könntest. Sonst denkt sich Eric womöglich noch was."

Dass sie ihn damit manipulierte, merkte er nicht, und so schrieb er: „Geht klar. Wann?"

„Halb vier?"

Er schickte ein Daumen-hoch. Das gab ihm noch Zeit, ein bisschen mit Jens Frisbee zu spielen.

„Wo willst du hin?", fragte sein Bruder, als er die Scheibe ein letztes Mal fing.

„Zu Strakeljans."

„Oh, kann ich auch mit?"

Warum eigentlich nicht? „Von mir aus. Wenn das für Valli okay ist."

„Ich rufe ihn an." Und weg war Jens.

Justus überlegte, ob er früher auch so gerne telefoniert hatte. Er konnte sich nicht daran erinnern. *So bald er ein Handy hat, wird sich das ändern.*

„Ich kann kommen!", rief Jens kurz darauf.

„Cool, dass du wieder deinen Bruder mitgebracht hast", lächelte Victoria, als sie die Tür öffnete. Sie wandte den Kopf. „Valli, guck mal, wer da ist!", rief sie über die Schulter.

Valentin kam aus seinem Zimmer. Seine Miene hellte sich schlagartig auf. „Hey, cool! Spielen wir Frisbee?"

An die Frisbee hatte Justus leider nicht gedacht. „Oder habt ihr eine?"

„Nee."

„Das hättest du dir mal zum Geburtstag wünschen können", sagte Victoria. „Na, ihr findet bestimmt was anderes. Ihr könnt doch was bauen."

„Ich weiß selbst, was wir machen können", gab Valentin verstimmt zurück. „Komm mit, Jens."
Victoria verdrehte leicht die Augen. „Egal, was ich sage, es ist immer das Verkehrte. Lass uns auf die Terrasse gehen."
Liegt vielleicht an seiner Grundeinstellung ihr gegenüber. Und an ihrer ihm gegenüber.
Auf dem Terrassentisch standen eine Flasche Apfelsaft, Mineralwasser, zwei Gläser und zwei Schälchen. „Eric kann kurzfristig nicht", sagte Victoria bedauernd zu Justus. „Hat eben abgesagt. Er kommt doch erst heute Abend und dann gehen wir zusammen ins Alando."
Jetzt beschlich Justus doch ein leichter Zweifel, ob das hier alles so war, wie es schien. *Ich will ihr nichts unterstellen. Jetzt sind Jens und ich hier, und wer weiß, vielleicht ist das die Chance, mit Vicky ein bisschen über Jesus zu reden und dass es nichts bringt, mit zwei Beinen unterschiedliche Takte zu tanzen.*
„Was möchtest du trinken?"
„Was du dastehen hast, ist gut."
Victoria goss ihm Saft ein. „Pur oder gemischt?"
„Gemischt", sagte Justus und nahm sich die Mineralwasserflasche. „Du auch?"
„Gerne. Sehr aufmerksam."
Irgendwie findet sie scheinbar alles gut, was ich mache.
„Was hältst du von Eis und Erdbeeren?"
„Perfekt", grinste Justus.
„Bin gleich wieder da", lächelte Victoria und verschwand. Sie musste schon alles vorbereitet haben, denn kurz darauf war sie zurück, ein Tablett mit Eis, Eisportionierer in einer Tasse mit heißem Wasser, einer Schüssel Erdbeeren und einer mit Sahne in den Händen. „Ich dachte mir, wir machen schon mal ein Nachtisch-Voressen", erklärte sie.
„Mmmh, Hammer! Für wie viele Personen muss das reichen?"
Victoria lachte. „So viel du magst. Die Jungs können Kekse essen. Die mag dein kleiner Bruder doch so gerne."
Vanilleeis mit Erdbeeren liebt er noch mehr.

Victoria warf einen Blick durch die Glastür ins Haus. „Nur Valli darf das hier nicht sehen. Sonst bleibt nichts mehr davon für uns." Sie füllte zwei Kugeln Eis in eins der Schälchen und schob es Justus hin. „Oder lieber mehr?"

„Passt schon. Der Rest muss ja auch noch Platz haben." *Ich frage mich, was Cats denken würde, wenn sie uns hier zusammen Eis essen sehen würde.* Na ja, es war nicht seine Schuld. Er war davon ausgegangen, dass Eric dabei sein würde. Dass es jetzt so war, konnte er auch nicht ändern. Aber vielleicht konnte er etwas daran ändern, dass Jens keine Erdbeeren mit Eis bekam.

Die Terrassentür ging.

„Oh, lecker, Eis mit Erdbeeren!", freute sich Jens.

Valentin formulierte das anders: „Was, ihr esst Eis mit Erdbeeren und wir kriegen nichts?", beschwerte er sich.

„Ich wollte euch gerade rufen", sagte Victoria, ohne mit der Wimper zu zucken.

„Und warum sind dann keine Schälchen für uns da?", bemerkte ihr kleiner Bruder.

Durchschaut! Justus hielt Jens seine Schale hin. „Hier."

„Ich wusste ja nicht, ob ihr was wollt", sagte Victoria glatt. „Aber jetzt weiß ich ja Bescheid und hole noch Geschirr."

Jens stellte keine Fragen und ließ es sich schon mal schmecken. Justus war sich nicht sicher, ob er weiteressen wollte. Er war sich auch keineswegs sicher, ob er überhaupt den Sonntagnachmittag noch in dieser Gesellschaft verbringen wollte. *Wie kann sie einfach so lügen, ohne mit der Wimper zu zucken?* Da fiel ihm ein, dass er das früher ganz genauso gemacht hatte. Erst Siegbert hatte ihn auf den Trichter gebracht, dass das Leben in der Dunkelheit ziemlich armselig war.

Schweigsam sah er zu, wie Jens und Valentin ihr Eis aßen. Auf Victorias Frage, ob er nicht auch etwas wolle, hatte er dankend abgelehnt. Die ganze Zeit überlegte er, wie er es anstellen könnte, so mit ihr zu reden, dass sie merkte, dass sie dabei war, ihr Leben wegzuwerfen. Er war selbst oft genug im Alando gewesen. Natürlich musste Victoria sich nicht zwangsläufig betrinken.

Und natürlich konnte es sein, dass sie einfach nur tanzen wollte. Manche Menschen tanzten eben gerne. *Cats ja auch. Aber sie tanzt anders. Sie tanzt für Jesus.* Er musste daran denken, wie sie auf dem Abi-Ball, auf den er seine Cousine begleitet hatte, ganz allein zwischen den Mülltonnen getanzt hatte. „Jesus ist mein Tanzpartner", hatte sie gesagt. *Auf die Leute im Alando trifft das definitiv nicht zu!*

Er war ziemlich einsilbig, während er mit Victoria auf der Terrasse saß. Er überlegte die ganze Zeit, wie er das Gespräch auf ihren Zustand lenken konnte, ohne dass es blöd rüberkam. *Wie hat Siegbert es denn damals gemacht?* Okay, das konnte er so nicht übertragen. *Es ist einfach so schlimm, danebenzustehen und zuzusehen, wie sie schlechte Entscheidungen trifft und nichts dagegen tun zu können. Ich frage mich, ob es Cats die ganze Zeit mit mir auch so ging. Meinen Eltern ging es auf jeden Fall so. Und ich habe es gehasst, wenn sie was gesagt haben!*

„Geht's dir gut, Justus?", fragte Victoria da. „Du bist so still."

„Ich, äh, also, das eben mit dem Eis und so, also ich denke, Lügen ist schlecht. Also nicht, dass ich dich verurteile oder so. Ich hab das früher auch gemacht. Andere täuschen und so. Aber es bringt einfach nichts. Also, ich meine, ich hab gemerkt, dass man sich entscheiden muss, was man will. Also, für wen man tanzt sozusagen. Also, für sich selbst oder die Leute, von denen man Anerkennung haben will, oder für Gott."

Er fuhr sich durch die Haare, das Gesicht rot. *Ich hab es völlig vermasselt.* „Tut mir leid, dass das so blöd rüberkommt. Ich kann das einfach nicht so gut ausdrücken." Gleichzeitig drängte es ihn fürchterlich, Victoria zu verklickern, was sie verpasste. Ihm fiel plötzlich Niels' Andacht ein mit Malte und dem „Sportprogramm". Den Blick auf die schmelzende Sahne gerichtet, nahm er einen neuen Anlauf. „Es ist so wie mit den ganzen Liegestütze und dem ganzen Kram, den Malte machen musste, um dieses Styropor-Essen zu kriegen. Man strengt sich einfach umsonst an." Er wurde sicherer. „Man will das pralle Leben haben und hängt sich voll rein mit Feiern und so, aber am Ende hat man den Mund voll Styropor. Ich hab immer gedacht, Bibellesen wäre voll langweilig. Bis ich gecheckt habe, dass das nicht einfach nur Worte sind."

Victoria hörte aufmerksam zu. Sie nickte sogar. „Das hast du pädagogisch sehr wertvoll im Kigo erklärt: Die Bibel entfaltet ihre Kraft, wenn man sie lässt."

Justus sah überrascht auf. „Ja, genau", nickte er. *Vielleicht ist doch mehr bei ihr angekommen, als ich dachte.*

„Ich weiß einfach nicht, ob ich das will. Jedenfalls im Moment. Dann müsste ich nett sein zu meiner Familie und dürfte nicht mehr feiern gehen. Ich will erst noch ein bisschen Spaß haben." Zum ersten Mal an diesem Tag hatte Justus das Gefühl, dass sie ganz ehrlich war.

Ich müsste, ich dürfte nicht ... wie bekannt kamen ihm diese Gedanken vor. „Genauso habe ich auch gedacht. Aber was ist das für ein Spaß? Davon bleibt nichts übrig. Nur ein Brummschädel und ein leeres Portemonnaie. Und ein paar abgestorbene Leber- und Gehirnzellen. Ich dachte immer, Gott würde mir nichts gönnen und so. Bis Siegbert Gerber aus der Gemeinde, ich weiß nicht, ob du ihn kennst, mir das mal erklärt hat. Er sagte, Gott will nicht, dass wir uns besaufen, aber feiern ist ausdrücklich erwünscht – mit, Zitat: ‚fetter Speise und süßen Getränken', lauter Musik und Tanz. David, zum Beispiel, ging richtig ab, als er vor Freude vor Gott getanzt hat." Justus erinnerte sich daran, wie der alte Siegbert die Formulierung „Er ging richtig ab" gebraucht hatte und musste schmunzeln.

Keine Reaktion von seinem Gegenüber. Sollte er weiterreden? Oder lieber nicht? *Ich will ihr doch so gerne vermitteln, dass sie das Beste verpasst, wenn sie Jesus nur eine Statistenrolle zugesteht.* „Jedenfalls merke ich immer mehr, sich nach der Bibel zu richten, ist alles andere als langweilig. Und auch, wenn ich es nicht für möglich gehalten hätte ..." Er grinste leicht. „... es macht tatsächlich Spaß, zur Familie nett zu sein. Und zu anderen Menschen. Mann, was war ich auf dem Ego-Trip. Ich dachte, wenn ich mir nichts nehme, gehe ich leer aus. Aber es ist genau andersherum: Als ich anfing, was für andere zu tun, wurde ich beschenkt." *Ich habe Gerbers meine Arbeitskraft gegeben, aber ich habe so viel mehr zurückbekommen.*

„Cool, dass du das für dich entdeckt hast. Ich mag mein Leben so, wie es grad ist", sagte Victoria mit einem Lächeln. Dabei war ihre Stimme sehr bestimmt.

Justus merkte instinktiv, dass alles, was er jetzt noch sagte, an ihr abprallen oder sie sogar nerven würde. Schien sie eben noch offen gewesen zu sein, hatte er jetzt das Gefühl, dass sie eine Klappe heruntergezogen hatte.

Victoria musterte ihn einen Moment. Dann sagte sie: „Weißt du, was ich überhaupt nicht leiden kann? Wenn man nicht so akzeptiert wird, wie man ist. Ich glaube auch an Gott, aber ich lebe das eben anders. Ich lebe so, wie ich denke, nicht, wie irgendjemand mir das sagt. Ich muss nicht jeden Sonntag in die Gemeinde gehen oder immer in der Bibel lesen. Und ich kann Spaß haben, ohne gleich ein schlechtes Gewissen zu bekommen."

Hat sie mir überhaupt nicht zugehört? „Darum geht es doch gar nicht! Genau das habe ich früher auch gedacht, aber ich habe ja gerade versucht, dir zu erklären, dass Christsein nicht aus *müssen* oder *nicht müssen* besteht. Oder keinen Spaß haben zu dürfen. Du kannst dein Leben leben, wie du willst. Aber du verpasst das Beste." *Warum schaffe ich es nicht, sie zu überzeugen?*

„Als du mit mir im Kino warst und mich danach noch auf was zu trinken eingeladen hast, dachte ich, du wärst anders als andere Christen. Aber anscheinend doch nicht."

Aha. Nach dem Motto: „Solange du mich nicht kritisierst, ist alles okay. Aber wehe, du sprichst ein paar wunde Punkte an!" Wie kann sie so stumpf sein! Sie weiß alles, aber sie will einfach nicht! „Tja." Mehr fiel ihm nicht ein. Außer: *Wenn du so dumm sein willst ...* Aber das würde nichts bringen. Also sagte er noch einmal: „Tja." Niels' Vergleich mit der Sahnetorte und dem Fake-Essen hätte nicht anschaulicher sein können, aber wie hieß es doch?: „Augen, die sehen und doch nicht sehen."

Auf dem Rückweg von Strakeljans sagte Jens irgendwann: „Warum sagst du gar nichts?"

„Weil es nichts zu sagen gibt." Jedenfalls nicht seinem kleinen Bruder gegenüber. Oder vielleicht doch. Vielleicht sollte er ihn warnen. Die Pubertät stand vor der Tür, und wer weiß, in welche Schlingen Jens noch tappen würde. „Hör mir mal gut zu, Jens."

Sein Bruder warf ihm einen erstaunten Blick zu. „Was ist?"
„Glaube niemals, du hättest ein besseres Leben ohne Gott. Also, wenn du so lebst, wie du denkst, statt wie Gott es sagt."
„Keine Sorge. Das glaube ich nicht. Maria sagt, das wäre dumm. Weil niemand mich mehr liebt als Gott."
Marias Kigo! Hoffentlich ist sie bald wieder gesund. Ich frage mich, warum die mir das damals im Kigo nicht gesagt haben. Oder haben sie es gesagt, und ich habe es nur nicht abgespeichert?
„Warum sagst du mir das?", wollte Jens wissen.
Sollte er ihm von dem Gespräch mit Victoria erzählen? Lieber nicht. Jens würde es Valli erzählen und auf diesem Weg würde es wieder bei seiner Schwester landen. „Weil es mir sehr wichtig ist", antwortete Justus.
„Hast du mit Victoria auch darüber gesprochen?"
„Ja. Wir haben uns ein bisschen unterhalten." Justus hoffte, dass diese Auskunft unverfänglich genug war.
„Das ist gut. Wir haben gebetet, dass du ihr von Jesus erzählen kannst."
„Ihr habt dafür gebetet?", fragte Justus ungläubig.
„Na ja, also ich. Valli wollte nicht beten. Er sagt, das nützt bei Vicky sowieso nichts. Sie hätten schon so viel für sie gebetet, aber sie wäre immer noch nicht netter zu ihm geworden. Aber ich hab trotzdem gebetet. Maria sagt, kein Gebet geht verloren. Warum triffst du dich heute nicht mit Cats und den anderen?", fragte Jens auf einmal.
„Weil Cats krank ist."
„Schon wieder?", wunderte sich Jens.
„Sie hatte einen Unfall."
„Mit dem Fahrrad?"
„Nein, in der Schule. Sie ist auf den Kopf gestürzt. Und hat eine Gehirnerschütterung."
„Au weia. Warum haben wir sie nicht besucht, statt Vicky?"
„Sie braucht ihre Ruhe."
„Schade. Cats mag ich lieber als Vicky."

Ich auch. Viel lieber. „Warum?"
„Bei ihr fühlt man sich irgendwie ... angenehm. Und sie ist hübscher."
Stimmt.
„Ich werde beten, dass sie bald wieder gesund ist. Vielleicht können wir sie ja nächsten Sonntag besuchen."
„Ja, vielleicht."

*

Die Tage zogen sich hin wie Kaugummi, und Katharina konnte es nicht erwarten, wieder in die Schule zu gehen. Sie wollte Phil danken für seine Recherche, sie wollte zum Schülergebet, und sie wollte auch mal wieder mit Jonas reden. Sie hatten ein bisschen geschrieben während ihrer Ruhepause, tatsächlich hatte sie mehr mit Jonas geschrieben als mit Justus. Sie war überrascht, wie offen Jonas ihr gegenüber war. In der Schule merkte man ihm das nicht an, aber sein Herz war voller Wut und Schmerz, und der Hass auf Susanna war kein bisschen geschrumpft. Katharina schrieb ihm zurück so gut sie konnte. Jede Nachricht wurde unter viel Gebet verfasst und von ebensolchem begleitet. Sie wollte nicht nur Verständnis zeigen, sondern ihm auch helfen, den einzigen Weg aus seiner inneren Qual zu finden: Susanna zu vergeben – mit der Vergebung, die Jesus ihm anbot. Aber wie sollte sie das tun, wo er doch alles, was mit Gott zu tun hatte, ablehnte?

Ihre Mutter und Theresa sagten beide das Gleiche: „Bete für ihn." Ihre Mutter meinte außerdem: „Gegen eine atheistische Denkweise kommen menschliche Worte nicht an. Der Heilige Geist muss diese Mauern aufbrechen."

Katharina hätte gerne mit Justus darüber geredet, am liebsten von Angesicht zu Angesicht. Aber seit er sie nach ihrem Unfall die Treppen hochgetragen hatte, hatte sie zunehmend das Gefühl, dass ihre Beziehung, falls sie eine hatten, auf Eis lag. Er hatte sich tagelang nicht gemeldet, und als er sie dann angeschrieben hatte, war es nicht etwa etwas über sie und ihn gewesen, sondern lediglich die Frage, wie es ihr ginge und die Info, dass Herberts Zustand sich sehr gebessert hatte. Das wusste sie bereits selbst, denn mit ihm hatte sie Sprachnachrichten geschickt. Nicht viele, aber ein paar. Er hatte die Intensivstation verlassen dürfen, und die meiste Zeit war er zu beschäftigt, um am Handy zu sein. Seine Jungs waren ständig bei ihm.

„Dieser Unfall ist das Beste, was mir hätte passieren können. Isch kann misch vor guten Gesprächen net mehr retten. Die

Jungs und isch reden den ganzen Tag über Jesus, es ist unglaublisch. Selbst die Schmerzen lohnen sich hundertprozentisch. Einer von ihnen fragte misch: Hast du Schmerzen? Isch wollte net lügen. Da wurde er wütend. Also net auf misch, sondern auf den, der misch angefahren hat. Das war natürlisch meine Steilvorlage: Tarek, sagte isch, dann kannst du auch wütend sein auf disch selbst. Jesus lud auf sisch unsere Schmerzen, heißt es in der Bibel. Wir sind schuld an den Schmerzen, die er durch die Kreuzigung hatte. Das hätten unsere Schmerzen sein müssen, die Strafe für unsere Sünde. Aber Jesus nahm das auf sisch, um uns Frieden zu geben. Da wurde der Wüterisch ganz still. Das war en heilischer Moment ..."

Katharina freute sich mit ihm. *Könnte ich doch sehen, dass mein Unfall auch was Gutes bewirkt ... Vielleicht sollte ich Jonas gegenüber genauso direkt sein wie Herbert es ist.* Aber irgendwie konnte sie sich nicht überwinden.

Wozu sie sich allerdings überwunden hatte, war, Justus von sich aus anzuschreiben, wie sein Start an der Fachhochschule gewesen war. Wobei „überwinden" nur halb zutraf. Es interessierte sie sehr, auch, wenn es ihr viel lieber gewesen wäre, er hätte von sich aus den Beginn dieses neuen Lebensabschnitts mit ihr geteilt. Aber auch hier hatte sie wieder nur sehr spartanische Informationen bekommen: „Gut. Scheint nicht zu stressig zu sein. Und es gibt nur Vorlesungen, die auch was mit der Angelegenheit zu tun haben." Dahinter ein Lach-Emoji.

Na, dann hat er ja genug Zeit für andere Dinge, hatte sie gedacht. Von Christopher hatte sie einen Brief bekommen. Über die Schule war er an sie geschickt worden. In dem Brief bat er um Entschuldigung und teilte ihr mit, dass er Herrn Künzel das Handy ersetzt habe.

Katharina wusste nicht so recht, was sie davon halten sollte. Meinte er das ernst mit der Entschuldigung? Hatte er auf Druck reagiert? Erhoffte er sich ein milderes Urteil?

„Es ist nicht deine Verantwortung, zu ergründen, wie er das gemeint hat", sagte ihre Mutter. „Die Frage für dich ist, wie du mit seiner Entschuldigung umgehst."

„Vergeben habe ich ihm schon", sagte Katharina. Sie war selbst überrascht, dass sie keinen Groll ihm gegenüber hegte. Vielleicht, weil ihr von Anfang an klargewesen war, dass Christopher im wahrsten Sinne des Wortes ein Loser war. Ohne Jesus hätte er am Ende des Tages nichts zu lachen. Er saß im gleichen Boot wie Jonas und Susanna und Eric und all die anderen, die glaubten, sie wären frei, weil sie Gott nicht als höchste Autorität anerkannten. Ihre Gedanken wanderten zu Victoria. Ob sie wohl wieder in der Jugend und im Gottesdienst gewesen war? Niemand hatte etwas Derartiges berichtet. Hatte Justus sich vielleicht nochmal mit ihr getroffen? War das der Grund, warum er sich kaum bei ihr meldete? Sollte sie ihn darauf ansprechen? Sie hasste es, so in der Luft zu hängen. Freitagabend hatte ihre Mutter sie noch nicht zur Jugend gelassen, aber morgen würde sie endlich wieder in den Gottesdienst gehen. Dann würde sie die beiden genau aber natürlich völlig unauffällig unter die Lupe nehmen. Vielleicht konnte sie auch Jens interviewen.

Während ihrer Zeit als Invalide hatte sie viel nachgedacht. Sie hatte die ganze Angelegenheit mit Justus gründlich vor Gott ausgebreitet und ihm für alles gedankt, was er an ihm getan hatte. Dabei war ihr bewusst geworden, wie sehr sie ihn als Person schätzte, mal ganz abgesehen davon, dass sie einfach gern mit ihm zusammen war.

Aber zu einer Beziehung gehörten nun mal zwei. Er hatte sich riesig gefreut, dass sie ihn John vorzog, aber das war anscheinend doch nicht so bedeutungsvoll, wie sie zunächst gedacht hatte. *Und die Sache mit seinem verlorenen Handy und diesem abgrundpeinlichen Chat – mit wem auch immer – hat mir zumindest insofern Klarheit verschafft, dass er mir solche Nachrichten nicht schreiben würde. Das hat er mir ja deutlich genug gesagt. Eigentlich brauche ich nur eins und eins zusammenzurechnen.* Andererseits waren da auch immer mal wieder Gegenindizien. Sie kam sich so dumm vor, dass sie sich so viele Gedanken darüber machte. *Ich könnte mir über ganz andere Dinge Gedanken machen* – sinnvolle *Sachen! Zum Beispiel ...* Sie überlegte. *Ob er mir wohl was zum Geburtstag schenkt?*

Nein, nicht darüber. Ob er mit mir zum Abi-Ball geht. Nein! Was er an Victoria findet ... Sie machte sich eine Lobpreis-CD an und konzentrierte ihre Gedanken auf die Texte. Das half ihr, aus dem Karussell in ihr auszusteigen. Eine Weile. Aber sobald sie nicht mehr voll dabei war, kehrten ihre Gedanken zum Thema „Justus" zurück. *Deswegen brauche ich Klarheit,* beschloss sie.
Theresa konnte ihr auch nicht helfen. „Vertrau auf Gott", riet sie ihr.
„Ja, und wie?"
„Überlass Justus ihm. Halte ihn sozusagen auf einer offenen Handfläche. Sei ein guter Kamerad. Irgendwann wird er schon aus dem Quark kommen, wenn da was ist." Doch im nächsten Moment sagte ihre Freundin: „Du kannst es natürlich auch so machen wie Ruth: Geh zu ihm hin und sag ihm, er kann dich gerne heiraten."
„Ganz toll. Und sehr hilfreich. Das werde ich bestimmt nicht tun!" *Dann doch lieber die erste Variante.* „Und wie lange soll ich warten, bis er aus dem Quark kommt? Vielleicht kommt er ja auch nie aus dem Quark."
„Kannst du das nicht irgendwie herausfinden, ob er auf dich steht? Also, ohne ihn direkt zu fragen? Mein Vater hat damals die Freundin meiner Mutter gefragt."
Ich könnte Malte fragen. Oder Herbert. Werde ich aber nicht. Abgesehen davon ist nicht davon auszugehen, dass die beiden mehr wissen als ich. Bleibt wirklich nur Jens. Er war ja dabei, als wir mit Victoria am Rubbenbruchsee waren und bei ihrem gemeinsamen Kigo. Ansonsten hilft nur, die beiden sooft es geht zu beobachten.
Sonntagmorgen war sie vor Justus da und auch vor den meisten anderen der Jugend. *Ich könnte draußen auf ihn warten und gucken, ob er auf Victoria wartet.* Doch dann kam Malte und kurz darauf Greta und sie ging mit ihnen hinein. Justus erschien ganz kurz bevor die Türen des Saals für alle Zuspätkommer zugemacht wurden. In der Reihe bei ihr und den anderen war nichts mehr frei und er musste sich woanders hinsetzen. *Vielleicht hat er auf Victoria gewartet.* Die aber nicht gekommen war, zumin-

dest nicht mit ihren Eltern und nicht pünktlich. Jedenfalls gab es erstmal nichts zu beobachten, was sie und Justus betraf.

Katharina war froh, dass Justus nicht in ihrer Flucht saß, und sie konzentrierte ihre Gedanken auf den Gottesdienst. *Jörg Rutter könnte ruhig öfter für Alfons Jegge einspringen*, musste sie dabei denken. Ihr hatte seine ruhige Art sehr gut gefallen. Er war ein bisschen nervös gewesen, als er vor ein paar Wochen ganz überraschend den Dienst übernommen hatte, aber das hatte sie nicht gestört. Er sah auf der Kanzel genauso aus wie im Foyer, wenn er seine Söhne einsammelte, um nach Hause zu fahren. Und obwohl er nicht viel Zeit für die Vorbereitung seiner Gottesdienstleitung gehabt hatte, hatte er nicht geschwafelt, sondern der Gemeinde in ermutigenden Worten vor Augen geführt, warum sie hier waren. *Justus kann stolz auf seinen Vater sein*, hatte sie gedacht und auf einmal war ihr schmerzlich bewusst gewesen, dass das bei ihr nicht der Fall war.

Alfons Jegge forderte die Gemeindemitglieder auf, einander Anteil zu geben an dem, was sie mit Gott in der vergangenen Woche erlebt hatten. *Ich hätte auch was zu sagen*, fuhr es Katharina durch den Kopf. Da stand Siegbert auf und humpelte nach vorn. „Herbert Knöll bat mich, allen herzlich zu danken, die für ihn gebetet haben. Nelly und ich konnten ihn gestern besuchen. Seine Genesung macht ganz erstaunliche Fortschritte. Ehre sei Gott."

„Ich wette, Justus ist heilfroh, dass er die Ansage nicht machen musste", raunte Malte neben ihr.

Das erinnerte Katharina daran, dass Justus es gewesen war, der im letzten Gottesdienst die Gemeinde zum Gebet für Herbert aufgerufen hatte. Und das wiederum machte es ihr sehr schwer, sich auf den weiteren Verlauf des Gottesdienstes zu besinnen. *Schon beeindruckend, wie er bereit ist, sich für andere einzusetzen, auch wenn es ihm schwerfällt. Ich kann nur hoffen, dass Victoria ihn nicht aus dem Takt bringt ... Und dass ich Jens interviewen kann. Ich muss unbedingt Klarheit haben.*

Die Gelegenheit, Jens zu befragen, ergab sich tatsächlich. Dabei war er sogar derjenige, der das Interview eröffnete. Sie trafen im Foyer aufeinander, als Katharina nach dem Godi kurz zur Toilette musste.

„Oh, du bist wieder gesund!", freute sich Jens. „Weiß Justus das schon?"

„Ich denke schon", lachte Katharina. *Gestern habe ich ihm geschrieben, dass es mir wieder gutgeht.* „Warum?"

„Ich hab keine Lust, nochmal zu Vicky zu fahren."

Katharina wurde hellhörig. „Habt ihr sie besucht?"

„Ja. Justus hat ihr von Gott erzählt. Aber ich glaube, es hat nichts genützt. Also bis jetzt, meine ich", fügte er schnell an.

Ist ja sehr interessant. „Und, fahrt ihr heute wieder hin?", fragte Katharina so beiläufig wie möglich.

„Also, ich bestimmt nicht. Ich hab ihm schon gesagt, dass ich lieber dich besuchen will. Was Justus macht, ist seine Sache."

„Waren Malte und Greta auch da?"

„Nein. Nur Justus. Eigentlich sollte noch jemand kommen, aber der kam dann doch nicht."

Wahrscheinlich Eric. Ob Justus ihn ausgeladen hat? Oder Victoria? Oder ist er nicht gekommen, weil ich nicht dabei war? Der Gedanke schmeichelte ihr. Gleichzeitig wehrte sie sich dagegen. *Wenn Eric mich toll findet, nützt das keinem was.*

„Darf ich heute Nachmittag auch kommen?"

„Wohin?"

„Zu dir. Justus sagte, wenn du wieder gesund bist, können wir uns bei dir treffen."

Will er mich vielleicht auch in die Pläne mit einbeziehen? Plötzlich fiel ihr etwas ein, das sie schon längst vergessen hatte: Als sie sich nach Justus' Täuschungsmanöver und der damit verbundenen Fahrt durch ganz abscheuliches Wetter eine Erkältung zugezogen hatte, hatte er sich auch selbst bei ihr eingeladen. Beziehungsweise, er war einfach gekommen, weil er die anderen chauffiert hatte. *Er setzt anscheinend voraus, dass ich ihn jederzeit mit offenen Armen empfange, wenn er nichts Besseres zu tun hat.* Ärger stieg in ihr hoch. „Du, ich weiß noch gar nicht, was heute Nachmittag ist. Es könnte auch gut sein, dass ich mich mit Malte und Greta treffe. Ich sag dir noch Bescheid. Irgendwie."

„Cool", grinste Jens und weg war er.

Sie ging in den Jugendraum. Malte, Greta und Justus saßen bereits dort mit ein paar anderen. Victoria war nirgends zu entdecken. Katharina vermied es, Justus anzusehen. Sie setzte sich neben Greta.

„Wir könnten mal wieder Karten spielen", schlug Malte vor.
„Kannst du schon wieder reisen, Cats? Also, weiter als bis hier?"
„Ja, ich bin wieder fit, Gott sei Dank. Wohin soll denn die Reise gehen?"
„Ihr könnt zu mir kommen", sagte Malte. Er grinste. „Dann muss ich nicht reisen."
„Ist es okay, wenn Jens auch mitkommt?", erkundigte sich Katharina.
„Jens?", fragte Justus stirnrunzelnd. „Ich dachte, der Typ heißt Jonas."
Er denkt tatsächlich, ich würde Jonas mitbringen? „Ich rede gerade von deinem Bruder. Er wollte eigentlich mich besuchen. Ich hab ihm gesagt, ich wüsste noch nicht, wie der Nachmittag aussieht. Und ich würde ihm Bescheid sagen, wenn die Planung steht."
„Mein Bruder!" Justus schüttelte den Kopf.
Greta lachte. „Klar kann er mitkommen. Dann sieh nur zu, dass du genug Kekse hast, Malte."
„Wir sind Krümelmonster-sicher ausgestattet", meinte der unbekümmert. „Kommt Victoria auch?"
„Ich habe ihren Kontakt nicht", sagte Greta. „Und sie ist ja auch heute nicht im Gottesdienst gewesen."
„Ich hab ihn auch nicht", bemerkte Katharina. *Justus hat ihn.* Aber der sagte nichts.
„Ich dachte nur, weil sie in der Jugend noch nicht so integriert ist", meinte Malte. Er stand auf. „Wenn ich nicht nach Hause laufen will, sage ich jetzt lieber Tschüss."

*

Sie ist da! Katharinas Fahrrad zu sehen, war für Justus fast so gut, wie sie selbst zu sehen. *Es geht ihr also wirklich wieder gut. Hoffentlich kann ich neben ihr sitzen.* Eigentlich hatte er gedacht, dass man als Paar selbstverständlicherweise nebeneinander saß, aber Katharina war das offensichtlich nicht so wichtig. Sie war meistens vor ihm da und hätte ihm ja was freihalten können, aber neben ihr saß fast immer schon jemand, wenn er kam. Vielleicht wollte sie es auch nicht. Deshalb hatte er den Platz neben ihr bisher nicht eingefordert.

Er beeilte sich, in die Gemeinde zu kommen. Plötzlich fiel ihm etwas ein: *Vielleicht sollte ich unsere Räder zusammenschließen. Dann könnte sie nicht einfach wieder ohne mich fahren.* Manchmal wurde er nicht ganz schlau aus ihr. Oder aus ihrer Beziehung. Vielleicht sollte er das Ganze doch mal ansprechen. Sie waren jetzt seit zwei Monaten zusammen, aber es hatte sich nicht wirklich was geändert. Sie schrieben nicht mehr als vorher, sie redeten nicht mehr als vorher und sie unternahmen auch nicht mehr als vorher zusammen, also zu zweit. Von Händchenhalten ganz zu schweigen. Bisher hatte er es ganz gut geschafft, aufsteigenden Frust plausibel wegzuerklären. Aber allmählich gingen ihm die Erklärungen aus.

Ich schließe wirklich die Räder zusammen. Wenn sie dann unbedingt allein fahren will, soll sie es halt sagen. Er rannte zurück über den Parkplatz zu dem Fahrradständer. Ein ganz klein bisschen „böse" kam er sich vor. Sie würde nicht wegkommen, ohne dass er es ihr genehmigte.

Er betrat das Gemeindehaus. Gerade noch rechtzeitig. *Aber nicht rechtzeitig genug, um neben Cats zu sitzen.*

Die Predigt hörte er nur auf einem Ohr. *Warum hält sie mir nicht einfach was frei, wenn sie doch eher da ist? Sie muss ja nicht draußen auf mich warten. Aber wir haben uns über eine Woche nicht gesehen, und ihr ist es anscheinend ganz egal, wo ich sitze.* Er sehnte das Ende des Gottesdienstes herbei, um endlich mit ihr sprechen zu können. Als der Segen schließlich gesprochen war, sah er zu seinem Schrecken gerade noch, wie Katharina den Saal verließ. *Sie kann nicht weg!*, dachte er fast grimmig. *Was für ein Glück, dass ich die Räder zusammengeschlossen habe!* Er stählte sich innerlich für ihre aufgebrachte Reaktion und bahnte sich einen Weg durch den verstopften Mittelgang ins Foyer. Da war Katharina allerdings nicht. Er ging in den Jugendraum. *Sie wird mich hier am ehesten vermuten.*

Nach einer Weile kam sie. An der Stirn hatte sie eine gelbliche Stelle. *Ansonsten so schön wie immer. Und wütend sieht sie nicht aus*, vermerkte er. Sie stellte ihn auch nicht zur Rede, sondern setzte sich einfach zu Greta. *War sie etwa noch gar nicht bei den Fahrrädern?*

Malte lud sie zum Kartenspielen ein. *Sehr gut. Dann bringe ich sie danach nach Hause.*

Katharinas nächster Satz verpasste ihm jedoch einen enormen Dämpfer. *Ist er der Grund, warum sie so wenig mit mir schreibt und mich nie außer der Reihe sehen will?* „Jens?", fragte Justus stirnrunzelnd. „Ich dachte, der Typ heißt Jonas."

„Ich rede gerade von deinem Bruder. Er wollte eigentlich mich besuchen. Ich hab ihm gesagt, ich wüsste noch nicht, wie der Nachmittag aussieht. Und ich würde ihm Bescheid sagen, wenn die Planung steht."

„Mein Bruder!" Justus schüttelte den Kopf. Einerseits war er erleichtert, andererseits passte ihm das überhaupt nicht in den Kram. Die anderen hatten nichts dagegen, und so würde er wohl oder übel die Einladung an Jens weitergeben müssen.

Nach und nach leerte sich der Jugendraum. Schließlich waren nur noch er und Katharina übrig.

Jetzt stand sie auf. „Wenn ich vor Maltes Keksen noch was Richtiges essen will, fahre ich jetzt besser nach Hause."

Gleich wird sie sehen, dass ich unserer Räder zusammengeschlossen habe. Plötzlich kamen ihm große Zweifel. „Liebe lässt dem anderen Freiheit", hatte Siegbert im Auto gesagt. *Ich hoffe, sie wird nicht sauer! Wenn Mama so was mit mir gemacht hätte ...*

„Ich komme mit." Sie verließen die Gemeinde. Nur das Küchenteam war noch da.

„Wirst du Victoria Bescheid sagen wegen heute Nachmittag?", fragte Katharina.
Justus zögerte. Eigentlich wollte er nicht. Er hatte nichts gegen sie. Aber wenn sie dabei wäre, würde sie wieder fragen, ob er sie abholen oder nach Hause bringen würde. Und darauf hatte er definitiv keine Lust. Und er wollte auch nicht den Anschein erwecken. Aber gerade sie brauchte Gemeinschaft mit Leuten, an denen sie sehen konnte, dass Christsein es brachte. „Ich denke, es wäre gut, wenn sie dabei wäre. Willst du sie nicht fragen?"
„Wieso ich?"
„Na ja, wir haben in letzter Zeit öfter was zusammen gemacht. Wenn ich sie jetzt schon wieder frage, ist das möglicherweise kontraproduktiv."
„Inwiefern?"
„Na ja, sie versteht das vielleicht falsch."
Katharina zog die Augenbrauen hoch. „Ach ja? Bist du dir da wirklich so sicher?"
Justus hörte den spöttischen Unterton in ihrer Stimme. Er runzelte die Stirn. „Äh, ja. Ich will ihr keine Hoffnungen machen."
Katharina verschränkte die Arme vor der Brust. „Und warum nicht?"
„Warum ich ihr keine Hoffnungen machen will?", fragte Justus verwirrt. *Hallo? Ist das ihr Ernst?* Hatte ihre Gehirnerschütterung ihr Gedächtnis beeinträchtigt? „Das ist ja wohl klar. Ich fange doch nichts mit einem Mädchen an, wenn wir zwei ..." Er brach ab. So, wie Katharina ihn anguckte, war er auf einmal unsicher.
Sie ließ die Arme sinken. „Wir zwei – *was*?", fragte sie bissig.
Hat sie etwa mit mir Schluss gemacht, ohne dass ich etwas davon gemerkt habe? So hatte er sie überhaupt nicht eingeschätzt. Der Frust der letzten Wochen machte sich Luft. „Ich dachte, wir wären zusammen!", stieß er hervor. „Hast du etwa vergessen, was du mir da abends an der Kreuzung gesagt hast, nachdem du von deiner MiJu zurückkamst? Du sagtest, ich wäre genau dein Typ!" Er wurde lauter. „Aber von deiner Seite kommt ja nie was. Du

schreibst mir nicht, du triffst dich nicht mit mir, du hältst mir noch nicht mal einen Platz frei. Nichts!"

„Was? Das ist ja wohl nicht dein Ernst!", kam es genauso wütend von Katharina zurück. „Als ich krank war, hast du mich kein einziges Mal besucht. Ich habe mehr mit Jonas und Herbert geschrieben als mit dir!"

„Ich dachte, du brauchst deine Ruhe. Deswegen habe ich mich zurückgehalten. Wenn du mit denen geschrieben hast, warum hast du dann nicht mit mir geschrieben?" Er konnte es nicht glauben.

Katharina ging nicht darauf ein. „Du bist ja wohl derjenige, der sich dauernd mit einem anderen Mädchen trifft und mich links liegen lässt! Kein einziges Mal hast du mir gesagt, dass ich dir irgendwas bedeute!"

„Ich lasse dich links liegen, ja? Nennst du das links liegen lassen, wenn ich nach Hermannstadt fahre? Wenn ich dich im strömenden Regen nach Hause bringe? Oder auch sonst? Du haust doch immer ab, ohne dass ich was davon mitbekomme! Ich dachte, dir ginge das alles zu schnell mit uns. Was soll ich denn machen, wenn du so abweisend bist? Andere Pärchen, die zusammen sind, küssen sich auch mal. Aber wir halten noch nicht mal Händchen! Ich hab immer gedacht, du bräuchtest noch ein bisschen Zeit, aber inzwischen frage ich mich, ob du es dir anders überlegt hast!" Da, er hatte es gesagt. *Und es ist mir auch egal, was sie jetzt denkt!* Gleichzeitig merkte er, dass das nicht stimmte. Es war ihm *nicht* egal, was sie über ihn dachte.

Mit offenem Mund starrte Katharina ihn an. „Aber du hast doch gesagt, dass du mir nie solche Sachen schreiben würdest wie der Mensch, der dein Handy benutzt hat", stotterte sie.

Justus schloss die Augen. Hatte er das? Er konnte sich nicht erinnern. „Keine Ahnung, was der Typ geschrieben hat, und keine Ahnung, was ich damals gesagt habe. Das hier ist einfach entsetzlich!" Er nahm seinen Fahrradschlüssel heraus und schloss ihre Räder auf.

„Du hattest sie zusammengeschlossen?", fragte Katharina ungläubig.

„Ja, hatte ich", sagte Justus müde. „Damit du nicht einfach wieder abhaust." *Hoffentlich dreht sie mir jetzt nicht den Hals um.*
Stattdessen spürte er eine Hand auf seiner Schulter. „Das ist ... süß." Alle Wut und aller Spott waren aus ihrer Stimme gewichen. Verwundert richtete er sich auf. Auch in ihrem Gesicht war keine Spur von Ärger mehr. „Du ... bist nicht sauer?"
Katharina schüttelte den Kopf. „Höchstens auf mich selber. Mir war das so dermaßen peinlich mit diesen Nachrichten, dass ich beschlossen hatte, jetzt müsste erstmal was von dir kommen. Deswegen habe ich dir die kalte Schulter gezeigt."
Frauen! Ergibt das irgendeinen Sinn? „Du hast es dir also nicht anders überlegt?" Er forschte in ihren Augen nach der Antwort auf seine Frage.
„Ich habe es mir nicht anders überlegt", hörte er sie sagen. „Im Gegenteil. Ich wusste einfach nicht, wo ich dran war, weil wir nie über uns gesprochen haben."
„Ach, Cats, ich stand doch schon immer auf dich. Ich hab mich sogar mal deswegen mit Malte geprügelt ..." Weiter kam er nicht. Justus legte die Arme um sie und zog sie an sich. Er hätte sie gerne noch viel länger geküsst, aber er musste auf einmal sehr breit grinsen und gleichzeitig fing Katharina an zu lachen.
Natalie vom Küchenteam ging mit dem Bio-Müll vom Gemeindekaffee an ihnen vorbei. „Na, was ist so lustig?", fragte sie fröhlich. „Kann ich mitlachen?"
Gut, dass sie nicht eher rausgekommen ist! „Ich glaube nicht", gab er zurück und hoffte, dass sie sein rotes Gesicht auf etwas anderes als einen Kuss zurückführen würde.
Katharina schien damit keine Probleme zu haben. „Das ist ein Insider!", lachte sie.
Allerdings! Sie standen sich gegenüber und grinsten sich weiter an. „Fahren wir?", fragte Justus schließlich.
Ganz automatisch schlugen sie den Weg nach Belm ein. *Sie hat die ganze Zeit auf ein Signal von mir gewartet. Und ich auf eins von ihr. Kein Wunder, dass wir festgesteckt haben.* „Sag mal, wäre es für dich okay, wenn ich dich zum Essen einladen würde?

Du kannst auch Nein sagen, wenn du nicht willst."

„Ich will aber. Solange es nicht Sausalitos ist …", fügte sie neckend an. „Obwohl, vielleicht wäre es gerade gut. Damit ich das Trauma überwinde."

„Ich gehe mit dir hin, wo du willst. Oder wir kochen selbst."

Sie strahlte ihn an. „Das hört sich auch sehr gut an. Vielleicht nächstes Wochenende?"

„Geht das nicht schon vorher? Die Woche hat doch sieben Tage." Er würde nicht mehr mit seinen Gefühlen hinterm Berg halten.

„Ach, Justus! Danke, dass du das sagst!"

Sie hört sich richtig glücklich an. So glücklich, wie er sich fühlte. Während sie beim Chinesen auf ihre Frühlingsrollen warteten, hielten sie Händchen. Auch, als Justus für das Essen dankte und sogar, während sie aßen. „So habe ich mir das vorgestellt", grinste er.

„Ich auch", strahlte Katharina zurück. Sie dankte ihm nochmal, dass er sie nach ihrem Sturz die Treppen hochgetragen hatte.

„Es war mir eine Ehre und ein Vergnügen" grinste er. „Vor allem im Nachhinein. In dem Moment war ich schon ziemlich besorgt." Sie sprachen über Christopher, Herbert und Justus' Semesterstart, über Victoria, den Kindergottesdienst und darüber, wie verrückt es war, dass sie beide solche Angst gehabt hatten, ehrlich zu sein. Sie verließen gerade das Restaurant, als Katharina etwas einfiel: „Jens weiß noch gar nicht, dass er heute Nachmittag bei Malte eingeladen ist!"

„Stimmt." Justus nahm sein Handy heraus und rief zu Hause an. Sein kleiner Bruder ging beim zweiten Klingeln dran. „Hier spricht Jens Rutter?"

„Hier ist Justus. Wir sind heute Nachmittag bei Malte. Du kannst auch kommen, hat er gesagt."

„Kristins Eltern haben uns schon eingeladen. Wo bist du überhaupt? Wir haben dir Auflauf aufgehoben."

„Danke. Ich bin beim Chinesen."

„Mit wem?"

„Mit Cats."

„Sehr gut." Jens klang sehr zufrieden. „Ist es okay, wenn ich nicht zu Malte komme?"
„Klar. Du hast ja schon eine Einladung. Ciao. Er geht mit zu Kellers", sagte Justus erklärend zu Katharina. *Das heißt, wir fahren nur zu zweit. So habe ich mir das vorgestellt.*
Bei Malte spielten sie Activity und zogen die beiden anderen so richtig ab.
„Sag mal", beschwerte sich Malte. „Was soll das denn?"
Justus und Katharina sahen sich an. „Wir sind halt connected", grinste Justus. Er drückte sie kurz mit einem Arm und Katharina grinste zurück.
„Moment mal", sagte Greta. „Heißt das etwa ...?" Sie deutete zwischen Justus und Katharina hin und her.
„Yep."
„So richtig offiziell?", hakte Greta staunend nach.
„Seit ..." Justus schaute auf die Uhr.
„Zwei Stunden", ergänzte Katharina. Sie sah Justus an. *Oder seit Anfang des neuen Schuljahres?*
Justus musste etwas Ähnliches gedacht haben, denn er sagte: „Jedenfalls offiziell", grinste er.
„Voll cooool!", quietschte Greta.
„Ich habs dir doch damals schon gesagt, Justus", bemerkte Malte schmunzelnd und boxte ihn in die Schulter.
„Was hast du ihm gesagt?", wollte Greta wissen.
„Dass er in sie verliebt ist. Wir waren im Kigo und Cats kam rein. Justus hat die ganze Zeit gegrinst. Aber er wollte es nicht zugeben. Als ich ihn danach zur Rede gestellt hab, ist er auf mich losgegangen. Damit hat er bei Cats natürlich keinen guten Eindruck hinterlassen. Er hat sich dann bei mir entschuldigt. Aber dabei hat er Cats angeguckt."
„Das weißt du noch?", fragte sie verwundert. „Stimmt das, Justus?"
„Es stimmt wohl", sagte Justus etwas verlegen.
„Kannst du dich daran erinnern, Cats?"
„Kann ich", grinste sie.

Malte lachte vor sich hin. „Na, seitdem hat sich ganz schön viel geändert, was Cats?"

„Hat es!", sagte Katharina mit Nachdruck. „Und dank deiner diversen Nachrichten konnte ich diese Veränderung sogar aus der Ferne mitverfolgen."

„Was für Nachrichten?", hakte Greta wieder nach.

„Wie Justus von der Kanzel für Siegbert gebetet hat, dass er mit Kigo angefangen hat, solche Sachen", sagte Katharina.

„Das hast du ihr geschrieben?", wunderte sich Greta.

„Och, ich dachte, das würde sie vielleicht interessieren", schmunzelte Malte.

„Hey, du Stalker!" Justus knuffte ihn in die Schulter.

„Was denn? Das war mein ‚Dienst am Nächsten'!"

„War es wirklich, Malte", schaltete sich Katharina ein. „Und ich danke dir, dass du so aufmerksam warst."

„Ach, kein Ding."

„Doch, Malte", widersprach Greta. „Du dienst anderen, ohne darüber nachzudenken. Du siehst immer, was gemacht werden muss oder was einem guttut und machst es einfach."

Er wird tatsächlich rot, stellte Justus fest. *Aber Greta hatte recht*, musste er zugeben.

„Und du hast ein Herz für Menschen, die ein bisschen am Rand sind", ergänzte Katharina.

Stimmt. Er hat früher immer Herbert zum Kartenspielen mit eingeladen, er hat sich um Phil gekümmert am Special-Friday und er hat überlegt, wie wir Vicky integrieren können.

Malte machte eine wegwerfende Handbewegung. „Mein Güte, das ist doch nichts."

„Das ist nicht ‚nichts'!", widersprach Katharina. „Das ist die Gabe des Dienens und die der Barmherzigkeit, würde ich sagen."

„Das hat sogar einen offiziellen Namen?", wunderte sich Malte. „Ich habe mich immer gefragt, ob Gott mich bei der Gabenverteilung vielleicht übersehen hätte. Ich kann nicht vorn stehen und irgendwelche tollen Sachen sagen, die andere ermutigen, ich kann nicht besonders gut organisieren, trösten ist auch nicht so mein Ding, mir fällt es tierisch schwer, mit anderen über Jesus zu reden, singen kann ich auch nicht, nicht Kigo machen, ich bin nicht kreativ." Er nahm sich noch einen von Gretas Keksen. „So was hier kann ich nicht backen, ..."

„Es geht ja auch nicht darum, was man nicht kann, sondern was man kann. Ich glaube, wenn jeder das tun würde, wozu Gott ihn begabt hat, dann wären alle viel glücklicher. Stattdessen guckt man oft auf das, was man nicht kann und vielleicht gerne können möchte", sagte Katharina.

Justus erinnerte sich, dass Siegbert mal so etwas Ähnliches zu ihm gesagt hatte. „Ja, und wenn wir das, was Gott in uns hineingelegt hat, tun, dann freut er sich darüber, wir freuen uns und andere ebenfalls."

Greta klopfte ihm kameradschaftlich auf die Schulter. „Ich würde sagen, ihr zwei könntet doch im Jugendkreis mal eine Andacht über Gaben machen. Danach setzen wir uns in Kleingruppen zusammen ..."

Der Nachmittag war noch nie so schnell vergangen, wie an diesem Sonntag, fand Justus. *Und mit Greta und Malte habe ich noch nie so tiefsinnige Sachen geredet.*

Katharina musste es ähnlich gegangen sein, denn sie sagte auf einmal: „Was? Schon halb acht?"

„Tatsache!", bestätigte Malte verwundert.

Sie räumten noch kurz zusammen auf, dann verabschiedeten sich Justus und Katharina und schwangen sich auf ihre Sättel. Katharinas dichte, von der Sonne gesträhnten Haare, wehten im Fahrtwind und wie so oft dachte Justus, wie lebendig und schön sie aussah. *Vielleicht sollte ich ihr sagen, dass ich sie wunderschön finde.* Aber irgendwie scheute er sich. Es war leichter, mit Jens über Katharinas Aussehen zu sprechen, als mit ihr. Machte sein Vater seiner Mutter irgendwelche Komplimente über ihr Aussehen? Er konnte sich nicht erinnern. *Nur für ihr Kochen.*

„Malte hat echt ein gutes Gedächtnis", fing Katharina unterwegs an. „Dass er das noch so genau wusste mit meinem ersten Kigo damals."

„Ja, das hat mich auch erstaunt", grinste Justus. „Sag mal, wenn ich das so fragen darf, wann hast du eigentlich entschieden, dass ich doch dein Typ bin?"

„Ich glaube, nachdem du in Hermannstadt warst. Malte hat mich ja immer schön informiert über diverse Aktivitäten in deinem Leben, und die Kombi von weißer Schokolade mit Nüssen, Pfefferspray und Jesus in dir, war einfach unwiderstehlich." Sie lachte. „Obwohl ich jahrelang für dich gebetet hatte, konnte ich es erst nicht glauben, dass du wirklich den Regisseur gewechselt hattest." *Sie hat jahrelang für mich gebetet. Interessant, interessant.* Sie mussten hintereinander fahren, und er bremste ab. „Fahr ruhig vor. Dann kann ich dich sehen." Sie wandte sich kurz um, und strahlte ihn an. *Anscheinend ist die Message angekommen*, stellte er fest.

Als sie Katharinas Mietshaus erreicht hatten, hatte er eine Nachricht von Jens, gesendet vom Handy seiner Mutter. Sein Bruder wollte wissen, ob sie noch bei Malte waren, er wäre jetzt wieder zu Hause und könnte auch noch kommen.

„What?", sagte Justus ungläubig. Aber damit meinte er nicht die Frage seines Bruders. Er hatte gesehen, dass Malte offenbar seit ein paar Minuten ein neues Profilbild hatte. Er fing an zu lachen. „Was ist?", fragte Katharina.

Justus hielt ihr das Handy hin. „Was sagst du dazu?", grinste er. Katharina lachte. „So schnell können sich die Dinge klären."

„Weißt du, was wir jetzt machen? Jetzt gehen wir hoch vor euren Spiegel im Flur und machen ein Selfie von uns beiden. Das wollte ich das letzte Mal schon, als ich mit Jens bei euch war."

„Warum vor dem Spiegel?", wunderte sich Katharina.

„Weil wir dann einen Rahmen um uns haben", grinste Justus. „Und das ist dann mein Profilbild."

Katharina grinste ebenfalls. „Cool."

Sie flitzten die Treppen hoch. *Offenbar hat sie es genauso eilig wie ich. Auf die Kommentare der Leute bin ich gespannt.*

Er musste nicht lange warten. Jens war der erste, der sich meldete, vermutlich, weil er immer noch auf eine Antwort wartete. „Warum hast du ein Foto mit Cats?"

„Weil wir zusammen sind", schrieb Justus zurück.
Sein Bruder schickte zwei Daumen-hoch, ein Grinse-Emoji und ein rotes Herz.
Dafür, dass er noch kein eigenes Handy hat, kann er sich ziemlich gut ausdrücken.
Herberts Nachricht folgte: „Schönes Paar!"
Malte schrieb: „Ha, ha, Erster."
„Schönes Bild", kommentierte Greta.
Andere aus der Jugend bemerkten etwas Ähnliches.
Als er wieder zu Hause war, sah Justus, dass John ihm geschrieben hatte. *Woher hat der meine Nummer?* Etwas verwundert öffnete er die Nachricht. „Hey, wunderschönes Profilbild! Ich freue mich für dich! Und ich kann dir sagen: Sie mag dich wirklich."
Woher er das wohl weiß? Er öffnete Katharinas Kontakt. „Weißt du, wer mich gerade angeschrieben hat? John!" Er leitete ihr die Nachricht weiter. „Hast du ihm das gesagt?"
„Das ist eine etwas längere Geschichte", schrieb sie zurück. „Die erzähle ich dir lieber mal mündlich."
„Morgen beim Eisessen? Yolibri?"
„Sehr gerne. Wann?"
„Ich könnte um 17.00 Uhr dort sein." Dann hätte er noch genug Zeit, vorher zu Hause zu duschen und sich was Frisches anzuziehen.
Von ihr kam ein Daumen-hoch.
Er überlegte, ob er ihr ein Kuss-Smiley schicken konnte. *Wer sich küsst, kann sich auch Kuss-Smileys schicken,* beschloss er. Dann schickte er direkt noch ein rotes Herz hinterher. Er hatte noch nie jemandem ein einzelnes rotes Herz geschickt und war ganz überrascht zu sehen, dass es tatsächlich schlug.
Es waren nur zwei Computer-Bildchen, aber aus irgendeinem Grund musste er damit bei ihr den richtigen Nerv getroffen haben, denn sie schrieb: „Danke, Justus! Das bedeutet mir total viel!" Dann schickte sie ein einzelnes rotes Herz zurück. Und es schlug ebenfalls.

*

Am nächsten Morgen war Katharina tatsächlich zum ersten Mal in ihrem Leben froh, dass das Wochenende vorüber war. Ab heute durfte sie endlich wieder am ganz normalen Leben teilnehmen. Als sie ihre Zeit mit Gott am Frühstückstisch hatte, wusste sie noch nicht, dass der Bibeltext aus der Bergpredigt ziemlich genau in ihre heutige Situation sprach: „Ihr seid das Licht der Welt. Es kann die Stadt, die auf einem Berg liegt, nicht verborgen bleiben."

Jesus, an meiner Schule ist es so dunkel. Hilf mir, dein Licht leuchten zu lassen, betete sie, bevor sie losfuhr. Auch auf dem Weg zum Augustinus-Gymnasium betete sie, wie so oft, wenn sie auf dem Fahrrad saß. *Lass die Menschen an meiner Schule doch erkennen, wie sinnlos ihr Leben ohne dich ist. Jonas, Claas, Susanna, Christopher, ... sie sind so bemüht, ein gutes Leben zu haben und glücklich zu sein. Aber es klappt einfach nicht ...* Während sie für ihre Mitschüler betete, wurde ihr wieder bewusst, dass sie anfing, sie mit anderen Augen zu sehen. Früher hatte sie Angst vor deren Ablehnung gehabt. Jetzt empfand sie Mitgefühl. *Dass Christopher mich so angefallen hat, hat ihm doch nur Nachteile gebracht. Und alles aus der Angst, dass das, was er gemacht hat, auffliegt.* Inzwischen war es längst kein Geheimnis mehr, dass er Herrn Künzel Kaffee in die Tasche gekippt und in ihrem Namen diese Feedbacks geschrieben hatte.

Sie fuhr durch das große Tor auf den Schulhof und stellte ihr Fahrrad ab. Zwei Mädchen, mit denen sie noch nie ein Wort gewechselt hatte, kamen auf sie zu. „Hey Katharina, wie geht's dir?"

Überrascht sah Katharina sie an. „Gut."

„Stimmt das, dass Christopher auf dich losgegangen ist?"

Aha, daher weht also der Wind.

In null Komma nichts war sie von anderen umringt, und plötzlich war sie der Mittelpunkt der Aufmerksamkeit. Sie überlegte, ob sie einfach „Kein Kommentar" sagen sollte. Aber dann würden die Spekulationen weitergehen.

„Also gut, damit es keine Gerüchte gibt: Christopher wollte, dass ich ihn decke, aber ich habe mich geweigert. Da hat er mich geschubst und ich bin mit dem Kopf gegen die Tischkante geknallt und hatte eine Gehirnerschütterung." Sie kam sich vor wie auf einer Pressekonferenz.
„Hast du Strafanzeige erstattet?"
„Kriegst du Schmerzensgeld?"
„Warum hast du nicht einfach den Mund gehalten?"
Die Fragen prasselten auf sie ein wie ein Blitzlichtgewitter.
„Alles kommt eines Tages ans Licht, und ich wusste, wenn ich mich von ihm einschüchtern lasse und ihn decke, mache ich mich von ihm abhängig."
„Wirst du es ihm heimzahlen?"
„Und dann das mit dem Rufmord ..."
„Bei dem Kerl hatte ich immer schon ein komisches Gefühl."
„Ich hätte nicht den Mut gehabt."
Wieder hagelte es Kommentare.
„Hattest du keine Angst?"
„Du bist voll mutig!"
„*Ihr seid das Licht der Welt*", schoss es ihr in dem Moment durch den Kopf. Das hier war ihre Chance. Aber auf einmal hatte sie mehr Angst davor, diese Chance zu nutzen, als sie neulich vor der Konfrontation mit dem wütenden Christopher gehabt hatte.
„Eigentlich bin ich gar kein mutiger Mensch. Aber irgendwie wusste ich, dass Gott wollte, dass ich zur Wahrheit stehe und nicht was vertusche." Sie atmete tief ein. „Und nein, ich werde es ihm nicht heimzahlen. Jesus sagt, dass ich vergeben soll, so wie er mir auch vergibt. Und ich bete, dass Christopher erkennt, dass nur Jesus ihm das Glück geben kann, das er sucht."
Es war, als hätte sie eine Stinkbombe geworfen. Schlagartig begann sich die Traube aufzulösen. Einzig Phil blieb übrig.
„Cool, dass du wieder da bist. Große Pause bei den Mülltonnen?"
„Yep." *Jesus, ich wollte dich bezeugen, aber es war anscheinend völlig verkehrt, was ich gesagt habe. Ich habe sie nur abgeschreckt!*

Phil wies mit dem Kinn in Richtung der sich entfernenden Mitschüler. „Was du gesagt hast, ist für dich und mich ein Wohlgeruch, aber für die, die mit Jesus nichts zu tun haben wollen, ein Geruch des Todes."

Überrascht sah sie Phil an. *Das hört sich nach Bibel an.* Aber sie kam nicht auf die Stelle.

„Hab ich die Tage gelesen. Herbert hat gesagt, ich soll mal 2. Korinther lesen. Es ist normal, dass sie so reagieren. Vielleicht sind auch ein paar dabei, die darüber nachdenken, was du gesagt hast. Es war jedenfalls genau richtig."

Ich fasse es nicht: Phil *ermutigt* mich! Sie merkte, dass sich in ihr etwas dagegen sperren wollte. Doch gleich darauf schämte sie sich. Sie lächelte schwach. „Danke, Phil. Cool, dass du das sagst."

Nachmittags erzählte sie Justus davon. Hand in Hand schlenderten sie durch die Stadt.

Da vorn läuft Jonas!, bemerkte Katharina auf einmal. *Und ich glaube, es geht ihm gar nicht gut!* Seine ganze Körperhaltung drückte In-sich-gekehrt-sein aus und zum ersten Mal fiel ihr auf, dass er ziemlich abgenommen hatte. Ab und zu hatten Katharina und er in den Pausen ein bisschen zusammen rumgehangen, aber in letzter Zeit hielt er sich mehr und mehr für sich oder war gar nicht zu sehen. Claas war neben Susanna seine Hauptbezugsperson gewesen und beide fielen ja seit einer ganzen Weile raus. Er hatte auch nicht nochmal vorgeschlagen, mit Katharina zu skaten. Sie hatte ernsthaft überlegt, ob sie mal den Anstoß dazu geben sollte.

„Guck mal, da vorn ist Jonas."

„Der mit dem du immer kochst", nickte Justus und fasste ihre Hand ein bisschen fester.

„Gekocht habe. Wir haben uns seit der Abtreibung nicht mehr zum Kochen getroffen. Wir schreiben ab und zu, aber er ist völlig verbittert, und ich weiß einfach nicht, wie ich ihm antworten soll. Sein Hass auf Susanna ist abgrundtief."

Wie sehr sie damit recht hatte, zeigte die nächste Deutschstunde. Susanna rutschte nach dem Unterricht der Stuhl beim Hochstellen ab und fiel ihr auf den Fuß. Es musste ziemlich wehtun und sie konnte nur mühsam laufen.

„Das hat sie nicht besser verdient!", zischte Jonas und ging erhobenen Hauptes an ihr vorbei, ohne sie anzusehen.

„Ich kann deine Tasche tragen", bot Katharina an.

Susanna reagierte nicht. Trotzdem ging Katharina mit ihr nach unten, für alle Fälle. Sie hielt ihr die schwere Ausgangstür auf. Susanna ignorierte sie.

Am nächsten Tag kam sie mit Krücken in die Schule, und nach der nächsten Deutschstunde ging Katharina zu ihr und stellte ihren Stuhl hoch.

Susanna würdigte sie keines Blickes, humpelte auf ihren Krücken aus dem Raum und mehr schlecht als recht die Treppen runter zum Ausgang. Wieder blieb Katharina bei ihr und hielt ihr die Tür auf.

„Hör auf, so scheißfreundlich zu der zu sein!", hatte sie eine Nachricht von Jonas, als sie zu Hause war.

„Sie braucht Hilfe", schrieb Katharina zurück.

„Sie soll verrecken!"

Erschrocken sah Katharina auf seine Antwort. Sie überlegte lange, was sie darauf antworten sollte. *Wie kann er ihr vergeben, wenn er Gottes Vergebung nicht kennt? Jesus, du siehst die Mauern, die er immer mehr aufbaut. Bitte hilf ihm!* „Dein Hass hilft niemandem etwas! Du zerstörst dich damit nur selbst", schrieb sie schließlich.

„Was willst du? Soll ich ihr die Füße küssen? Nach allem, was sie getan hat? Ich werde nie mein Kind sehen!"

Vielleicht doch? Aber nicht, solange er nicht an Den glaubt, der die Auferstehung und das Leben ist. Sollte sie ihm das schreiben? *Dann macht er komplett dicht. Und dann fährt er auch nicht mit nach Berlin.* Andererseits, welche Hoffnung hatte sie denn anzubieten außer den Worten der Bibel? *Keine. Ich schreibe es ihm. Soll er damit machen, was er will. Jesus, bitte zeig mir, was ich schreiben soll.* Sie nahm ihre Bibel zur Hand und landete bei Psalm 139. *Das ist es!,* durchzuckte es sie. Sie war nervös wie vor einer schwierigen Klausur, als sie ihm zurückschrieb: „Gott ist bei deinem Kind. Es ist in seiner Hand. Für ihn ist der Tod keine Grenze." Sie tippte auf senden und drückte ihr Handy mit geschlossenen Augen an ihre Brust. *Bitte, Jesus, öffne sein Herz! Bitte!*

Abends betete sie mit ihrer Mutter für ihn, und als sie Justus davon berichtete, versprach er, ebenfalls mitzubeten. „Was hältst du davon, wenn wir generell regelmäßig zusammen beten?", schlug er vorsichtig vor.

Katharina lächelte. *Das wäre Hammer!* „Perfekt!", schrieb sie zurück. „Wann?"

„Dienstags? Ich kann um 17.00 Uhr bei dir sein."

„Passt."

Bei der nächsten Gelegenheit erfuhr sie, warum er den Dienstag vorgeschlagen hatte, statt die Gebetszeit auf Freitag oder Sonntag zu legen: „Dann habe ich einen weiteren Grund, dich zu treffen", erklärte er grinsend.

Katharina lachte glücklich. *Es ist einfach herrlich, endlich geklärte Verhältnisse zu haben.* Ihr fiel ein, dass die Einlösung des Gutscheins noch ausstand. „Was hältst du von kommendem Feiertag?", fragte sie.

„Passt."

Katharina verfasste eine entsprechende Nachricht, sendete sie an Justus und der leitete sie weiter an Victoria, mit der Bitte, Eric zu informieren.

„Vielen Dank für die Einladung", schrieb Victoria zurück. „Vielleicht ein anderes Mal."

„Unverbindlicher kann es wohl nicht sein", bemerkte Justus. Er erzählte Katharina von seiner letzten Begegnung mit ihr. „Das mit der Entscheidungsfreiheit ist ganz schön schwer auszuhalten."

„Allerdings!", sagte Katharina mit Nachdruck. „Aber man kann beten."

Justus fuhr ihr mit dem Zeigefinger über die Wange. „So wie du für mich." Einen Moment sahen sie sich an.

Plötzlich hatte Katharina eine Idee: „Was hältst du davon, trotzdem ein Nachtisch-essen zu veranstalten? Wir könnten Jonas fragen, ob er Lust hat. Und Greta, Malte und Phil."

„Jonas und ich sind ja nicht gerade die besten Freunde", sagte Justus zögernd.

„Ja, ich weiß", nickte Katharina. „Er muss ja nicht kommen, wenn er nicht will. Ehrlich gesagt, denke ich auch nicht, dass er kommt. Er weiß, dass wir anderen alle Christen sind. Aber ich will ihm einfach signalisieren, dass es Menschen gibt, an die er sich wenden kann, falls er will."

Greta und Malte wollten scheinbar lieber ihre Zweisamkeit feiern, aber Phil sagte zu und zu ihrer großen Verwunderung auch Jonas mit einem Tag Verzögerung. *Aber immer noch rechtzeitig.* Katharina fiel ein Felsbrocken vom Herzen. Dann konnte er ihr ihre Nachricht über Gott nicht zu krumm genommen haben. Er bot sogar an, etwas mitzubringen.

Antje Jöllenbeck hatte zwar am dritten Oktober frei, aber sie überließ ihrer Tochter gern die Wohnung und traf sich mit einer Freundin. „Ich bete!", flüsterte sie Katharina ins Ohr, bevor sie ging.

Jonas erschien eine halbe Stunde eher. *Wahrscheinlich hat er gehofft, mit mir allein zu reden.* Aber Justus war nach dem Gottesdienst mitgekommen, und so wurde aus einem Vieraugengespräch nichts.

Jonas hatte Weintrauben, Himbeeren und American Cookies dabei. „Perfekt", nickte Justus, und Katharina rechnete ihm sein Bemühen, nett zu sein, hoch an. Sie selbst hatte Quark und Sahne besorgt, Justus hatte weiße Schokolade mit Nüssen mitgebracht. „Aber die machen wir extra und jeder, der will, kann sich nehmen", beruhigte sie Jonas.

„Ich überlege gerade ..." Es war erstaunlich, wie er beim Zubereiten entspannte. „Habt ihr Zimt? Ein Hauch Zimt gäbe dem Ganzen jetzt den Kick."

Katharina förderte tatsächlich aus dem Backschrank ein Gewürzglas mit Zimt zutage. „Und Vanillezucker."

Jonas rieb sich die Hände. „Mmmh, das wird ein Nachtisch zum Verlieben."

Bin ich schon! Katharina fing Justus' Blick auf und sah das Grinsen darin. *Er auch.*

Sie streute die zerbröckelten Cookies auf die Quark-Kreation.
„Sieht wirklich gut aus", bestätigte Justus. Dabei sah er Katharina an. Zum Glück war Jonas mit der Quarkspeise beschäftigt.
Phil kam, als der Nachtisch fertig war. „Wow!", staunte er. „Wie habt ihr das hingekriegt?"
„Katharina und ich sind ein eingespieltes Koch-Team", sagte Jonas.
Autsch. Aber Justus war souverän genug, den Kommentar zu übergehen. Allerdings ließ er es sich nicht nehmen, Katharinas Nachtischschälchen eigenhändig großzügig mit kleingehackter weißer Nussschokolade zu garnieren und sie achtete darauf, ihm ebenso großzügig dafür zu danken.
Jonas schüttelte sich. „Wie kann man nur ..."
Phil ließ das alles relativ kalt. Er nahm sich noch eine zweite Portion und dann eine dritte. „Das hier ist einfach eine Wucht!", murmelte er immer wieder.
„So besonders ist es nun auch wieder nicht", meinte Jonas schließlich. „Oder hattest du noch nie selbstgemachten Obstquark?"
Phil ließ den Löffel sinken und sah ihn einen Moment an. „Hatte ich tatsächlich noch nie", sagte er langsam. „Woher denn?"
Betretenes Schweigen.
Phil zuckte die Schultern. „Is halt so. Alles, was ich essen will, muss ich mir selbst kochen. Jemand anderes gibt es nicht. Bis vor einem halben Jahr hat mich das auch ganz schön im Griff gehabt. Aber jetzt hat mich Jesus im Griff. Früher wachte ich morgens mit dem Gefühl auf: Es merkt eh keiner, ob ich dieses Bett verlasse oder nicht, ob ich frühstücke oder nicht, ob meine Socken Löcher haben oder nicht, ob ich mittags nach Hause komme oder nicht, ob ich mich von Chips ernähre, fünf Stunden zocke oder meine Zähne putze." Er sah sich in der Küche um. „Bei uns sieht es nicht so aus wie hier." Er fuhr mit der flachen Hand über die Mitteldecke auf dem kleinen Küchentisch. „Sieht aus wie im Hotel."
Er findet unsere kleine Wohnung toll!

„Bei uns stehen leere Bierflaschen und halb leergegessene Konservendosen auf der Arbeitsplatte. Aber das interessiert keinen. Mein Vater hat sogar meinen Namen vergessen."

Und in der Schule haben ihn ebenfalls alle ignoriert. Ich auch.

„Aber seit ein paar Monaten geht mir das nicht mehr unter die Haut." Phil nahm sein Handy heraus und las etwas davon ab: „‚Gestern. Gestern war ich allein, ich hatte niemanden. Gestern habe ich geweint und niemand hat es gesehen. Gestern habe ich gerufen und niemand hat mich gehört. Gestern wollte niemand mich.'" Er scrollte etwas nach unten und las weiter. „‚Heute. Heute bin ich nicht allein. Heute ist Jesus an meiner Seite. Heute ist er für mich. Heute hört er mein Lachen und sieht meine Tränen. Heute teilt er meine Freude und fühlt meinen Schmerz. Heute sagt er zu mir: Wir gehören zusammen, ich bleibe bei dir.'" Er sah auf. „Es macht einen riesen Unterschied, das zu wissen." Er schaute aus dem schrägen Küchenfenster. „Und ich kann es nicht erwarten, ihn zu sehen."

„Das glaubst du nicht wirklich, oder?", fragte Jonas spöttisch.

„Das *weiß* ich! Aber so was von!", gab Phil im Brustton der Überzeugung zurück.

Jesus, bitte lass das hier jetzt nicht ausarten!, betete Katharina im Stillen. Sie hatte das Gefühl, etwas sagen zu müssen. „Ich freue mich auch, ihn zu sehen, Phil", lächelte sie. *Aber bei mir klingt es nicht halb so überzeugt. Vielleicht liegt es daran, dass ich vorher noch Justus heiraten will.*

„Okay, lassen wir das", sagte Jonas abrupt. „Will noch jemand Nachtisch? Sonst kratze ich die Schüssel aus."

Phil war tatsächlich satt, und Katharina hatte mehr Hunger auf Schokolade, vor allem, wenn Justus immer zwei Stücke abbrach, sie teilte, ihr eins davon gab und eins sich selbst in den Mund schob.

„Ich darf da nicht hingucken. Sonst wird mir schlecht", bemerkte Jonas kopfschüttelnd.

Phil grinste leicht. „Ich kann froh sein, dass du dich beim Special-Friday mit der weißen Schokolade zurückgehalten hast, Katharina."

Katharina erklärte Jonas kurz, wie sie das mit Yolibri gemacht hatten. Justus zog sein Handy heraus. Er zeigte ihm die Bildergalerie und Jonas schien beeindruckt.

„Nicht schlecht, nicht schlecht", nickte er.

„Einer der Preise war ein Nachtisch-Essen bei Cats, äh, Katharina", erklärte Justus.

„Aber ihr habt das doch zu dritt gemacht, wenn ich das richtig verstanden habe und Phil war mit Katharina in einer Gruppe. Wo sind denn die beiden anderen, die das Nachtisch-Essen gewonnen haben?", wollte Jonas wissen.

Krass, dass er so nachforscht. „Eric und Victoria konnten nicht. Oder wollten nicht, keine Ahnung", sagte Katharina.

„Aber nicht Victoria Strakeljan, oder?", fragte Jonas.

„Doch!", sagte Katharina verwundert. „Woher kennst du sie denn?"

„Das willst du nicht wissen", sagte Jonas nur. „Und sie war bei euch in der Kirche?", hakte er nach. „Wie kam das denn?"

„Ich hatte sie eingeladen", sagte Justus.

„Und Eric etwa auch?"

Justus und Katharina sahen sich an. Ja, woher hatte Eric eigentlich davon gewusst? „Keine Ahnung, warum er da war", sagte Katharina. „Vielleicht hat Victoria ihn eingeladen." Doch dann fiel ihr ein, dass die beiden sich nicht gekannt hatten. Überhaupt hatte Eric niemanden gekannt, außer ihr. Wobei *gekannt* es nicht wirklich traf. Sie war ihm auf jenem Abi-Ball begegnet und als sie bei Sausalitos vergeblich auf Justus gewartet hatte. Und an dem Abend, nachdem Justus seinen Freudentanz auf offener Straße vollführt hatte. Plötzlich erstarrte sie. Hatte Eric etwa Justus' Handy gefunden?

Phil runzelte die Stirn. „Geht's dir gut, Katharina? Die Toilette ist ..." Er spähte suchend in den Flur.

„Nein, nein, mir ist nicht schlecht. Mir kommt nur gerade ein Gedanke." *Aber das werde ich ganz sicher nicht vor Phil und Jonas ausbreiten!* Sie machte eine abwehrende Handbewegung. „Nichts von allgemeinem Interesse. Lass uns noch eine Runde Uno spielen."

Mechanisch legte sie ihre Karten ab. Dabei rekonstruierte sie in Gedanken ihre diversen Treffen mit Eric. Konnte es sein, dass er es gewesen war, der sie zu Sausalitos gelockt hatte? Justus hatte nichts von der Sache gewusst. Eric war zur richtigen Zeit an Tisch 2 gewesen. Wer auch immer Justus' Handy benutzt hatte, hatte sich mit ihr freitags verabreden wollen, woraufhin sie auf den Jugendkreis verwiesen hatte. Er war nicht dagewesen, aber es konnte durchaus sein, dass er ein paar Wochen später beschlossen hatte, dem Ganzen doch mal einen Besuch abzustatten und dann gerade pünktlich zum Special-Friday erschienen war. Sie konnte es kaum erwarten, dass Jonas und Phil sich verabschiedeten, damit sie Justus ihren Verdacht mitteilen konnte.

Doch das dauerte. Die beiden hatten erstaunliches Sitzfleisch. Erst als Antje Jöllenbeck um halb acht nach Hause kam, verabschiedete sich Jonas. Aber Phil machte keinerlei Anstalten. Im Gegenteil: Als er Katharinas Mutter in der Küche hantieren hörte, sprang er auf und half ihr.

Pflichtbewusst erschienen Katharina und Justus ebenfalls, aber Antje Jöllenbeck schickte sie wieder raus. „Wir schaffen das schon, danke euch", lächelte sie. „Ich muss sowieso noch meine Brote für die Arbeit schmieren. Ich mache dir eins für morgen mit, Katie."

Katharina verstand die unausgesprochene Botschaft dahinter: *„Ich glaube, es ist ganz gut, wenn ich ein bisschen nur für ihn da bin."*

Sie musste nicht erst überredet werden. *Wenn Mama sich um Phil kümmert, umso besser.* Das gab ihr die Gelegenheit, mit Justus zu sprechen.

Aufmerksam hörte er zu. „Das könnte tatsächlich sein", nickte er. „Und das mit dem Special-Friday – wer weiß, vielleicht hat irgendjemand von den anderen mich deswegen angeschrieben, und er hat die Nachricht bekommen und gelesen. Falls er meine alte Sim-Karte so lange drin gelassen hat." Er fuhr sich durch die Haare. „Puh, ganz schön blödes Gefühl, wenn jemand anderes auf einmal alles von einem lesen kann."

„Wem sagst du das ...", murmelte Katharina. Inzwischen wusste sie zwar, wie Justus zu ihr stand, und er hatte ihr sogar ein einzelnes rotes Herz geschickt, aber sie spürte, wie sie trotzdem rot wurde.

„Hey, mach dir nichts draus", sagte Justus. Er griff über den Sofatisch und drückte ihre Hand. „Ich kann mich zwar beim besten Willen nicht erinnern, was in diesem Chat stand, aber wenigstens weiß er, dass er sich wegen dir keine Hoffnungen zu machen braucht."

„Wenn er es wirklich war, mit dem ich geschrieben habe ..."

„Dann wäre es erst recht egal. Aber ich könnte ihn tatsächlich mal darauf ansprechen. Ein iPhone ist schon eine coole Sache."

Katharina war es lieber, er würde es nicht tun. „Er weiß ja inzwischen, wer du bist. Da hätte er ja ohne Probleme das Ding zurückgeben können", wandte sie ein.

„Stimmt. Und ich vermute auch, dass es nichts bringt, ihn drauf anzusprechen. Aber ich will es wenigstens probieren. Vielleicht hilft ihm das sogar. Irgendwann ist die Hürde, ehrlich zu sein, so hoch, dass man denkt, man kommt sowieso aus den Lügen nicht raus. Es ist natürlich abartig peinlich, wenn zum Beispiel ein kleiner Bruder die Scharade aufdeckt, aber es kann hilfreich sein. Nach dem Motto: Altes muss weg, damit Neues wachsen kann."

„Wie philosophisch!"

Justus grinste. „Siegberts Gartenteich-Lehre. Er hatte einen potthässlichen alten Rhododendron. Nachdem wir den rausgemacht hatten, konnten wir Nellys Seerosenteich dort anlegen." Er fuhr mit dem Daumen über Katharinas Handrücken. „Ohne ihn wären wir immer noch nicht zusammen. Weißt du, was? Komm doch einfach mit, wenn ich sie das nächste Mal besuche."

„Einfach so? Ich glaube nicht. Nicht, wenn sie mich nicht einladen. Das sind alte Leute. Früher ist man nicht einfach irgendwo reingeschneit. Das sagt jedenfalls meine Mutter."

Prompt kam Antje Jöllenbeck mit Phil aus der Küche. Er hatte eine Tüte in der Hand und sah sehr glücklich, um nicht zu sagen selig aus.

Ich wette, sie hat ihm Essen eingepackt.

„So, ich verdünnisiere mich dann mal. Bleibt es bei Samstag mit Berlin, Justus?"

„Yep. 8.00 Uhr fährt der Zug."

Katharina brachte Phil noch zur Tür, dann kehrte sie zu Justus und ihrer Mutter ins Wohnzimmer zurück. „Hast du ihm was zu Essen eingepackt, Mama?"

„Ja, habe ich. Als ich dein Brot fertig machte, fragte mich Phil, ob er das filmen dürfe. Ich lachte und sagte, klar, wenn er das so spannend fände. Da meinte er: ‚Spannend nicht, aber kostbar.' ‚Wie das?', fragte ich ihn. Ich vermutete schon, wie er das meinte, aber ich dachte, es hilft ihm vielleicht, darüber ins Gespräch zu kommen. Und so war's auch. Jedenfalls stellte sich heraus, dass ihm anscheinend noch nie im Leben jemand ein Brot gemacht hat. ‚Gut, Phil, dann kannst du jetzt filmen', sagte ich ihm. ‚Und zwar ist dieses Brot für dich.'" Antje Jöllenbeck schmunzelte. „Und dann haben wir noch eine zweite und eine dritte Folge gedreht."

„Das ist toll, Mama!", strahlte Katharina.

„Der Nachteil ist, dass das Brot jetzt alle ist."

„Das macht nichts. Ich nehme mir Müsli mit."

Justus stand auf. „Ich mache mich auch mal auf die Socken. Vielen Dank für den Nachtisch. War echt lecker."

„Bei den vielen Köchen ...", grinste Katharina.

„Heißt das, ich bin rehabilitiert?"

Er ist einfach so süß! „Auf jeden Fall!", gab Katharina überzeugt zurück. Sie ging mit ihm zur Tür. Als sie am Spiegel im Flur vorbeikamen, blieb Justus stehen. Er drehte sie sanft zur Seite, so dass sie hineingucken konnte, und hielt seinen Kopf direkt neben ihren.

„Passt." Dabei blitzten seine Augen vergnügt.

„Passt", grinste Katharina zurück. *Es ist wirklich schön, zusammen zu sein.* Sie überlegte, ob sie ihn ein Stück begleiten sollte, aber sie wollte auch mal wieder ein bisschen Zeit mit ihrer Mutter verbringen. Es war höchste Zeit, dass sie mal ein paar Einzelheiten erfuhr. Bisher wusste sie nur, dass Katharina und Justus zusammen waren.

Antje Jöllenbeck sah auf, als Katharina ins Wohnzimmer zurückkam. Sie steuerte den Platz neben ihr auf dem Sofa an.

„Gibt es was zu berichten?", fragte sie mit lachenden Augen.

Katharina setzte sich und legte den Kopf auf ihre Schulter.

„Ach, Mama, manchmal ist das Leben echt schön ..." Sie erzählte. „Jesus hat wirklich alle meine Gebete für ihn erhört, Mama. Zwischendurch hätte ich ein paar Mal fast die Hoffnung aufgegeben. Wie gut, dass ich es nicht getan habe."

Ihre Mutter drückte sie. „Ich freue mich so für dich, meine liebe Katie!", sagte sie, als Katharina fertig war. „Wirklich! Ich habe auch jeden Tag für ihn gebetet."

Katharina setzte sich auf. „Ernsthaft? Warum das denn?"

„Ernsthaft. Ich merkte doch, wie sehr du ihn mochtest."

„Du hast das gemerkt?"

„Ja, natürlich ..."

Eigentlich nicht verwunderlich, bei ihren Antennen.

„Abgesehen davon, irgendwie lag er mir von Anfang an am Herzen. Ich kriegte natürlich mit, wie er zwischen Jesus und Welt hin und her eierte – ein bisschen über dich und auch durch die Gemeinde. Mir fiel immer sofort auf, wenn er sonntags nicht bei euch saß, und ab und zu schnappte ich auch etwas auf. Das tat mir so leid! Er könnte ein Mann Gottes sein, stattdessen dümpelt er bei den Schweinen rum, dachte ich mir ganz oft. Als er dann anfing, sich um Gerbers zu kümmern, sah ich das als riesige Chance für ihn."

„Du wusstest, dass er sich um Gerbers kümmert?", fragte Katharina überrascht.

„Ja, klar. In unserer Gemeinde bleibt doch nichts lange geheim. Ich war zwar an dem Sonntag nicht da, als er auf der Kanzel stand und zum Gebet für Siegbert aufrief, aber das hat natürlich die Runde gemacht. Auch sein Einsatz im Kigo."

„Du hast mir nichts davon geschrieben! Ich kann nicht glauben, dass meine eigene Mutter mir solche Infos vorenthalten hat!"

Antje Jöllenbeck lachte leise. „Was hättest du gedacht, wenn ich es getan hätte?"

„Vermutlich, dass du mich mit der Nase auf ihn stoßen willst", gab Katharina zu.

„Vermutlich. Und du hättest dir Hoffnungen gemacht. Ich wusste doch, wie sehr du dir gewünscht hast, er würde ganze Sache mit Jesus machen. Ich wollte dich in keiner Weise beeinflussen."

Katharina grinste. „Ich hatte trotzdem meine Informanten. Malte hat mich wunderbar auf dem Laufenden gehalten."
Ihre Mutter lächelte. „Na dann ... Was sagst du zu ihm und Greta?"
„Du bist wirklich informiert! Ich freue mich für sie. Sie wirkten immer mehr wie Freunde als wie Verliebte." Sie kicherte. „Scheint so, als hätten sie nur darauf gewartet, dass Justus und ich zusammen sind."
„Manchmal ist das tatsächlich so. Mal sehen, wer noch alles beschließt, dass Freundschaft eine gute Grundlage für mehr ist. Themawechsel: Wie geht es dir am Ende dieses Tages? Irgendwelche Kopfschmerzen oder so?" Es war die Frage, die sie ihr seit der Gehirnerschütterung fast jeden Abend stellte.
„Alles gut. Ich bin absolut gesund und kann morgen in die Schule."
„Und ich soll aufhören, dich zu fragen", schmunzelte ihre Mutter.
„Stimmt! Manchmal ist es echt praktisch, wenn man gar nicht erst etwas sagen muss."
Antje Jöllenbeck lachte. „Danke, dass du mir die ganze letzte Zeit immer brav Auskunft über deinen Zustand gegeben hast. Ich stelle dann hiermit offiziell die Befragung ein. Tut mir leid, wenn ich dich unnötig genervt habe."
„Ist okay, Mama. Eine Krankenschwester kann eben nicht aus ihrer Haut. Im Übrigen bin ich dir wirklich dankbar, dass du mich hier gepflegt hast, statt mich ins Krankenhaus zu schicken. Das wäre noch schlimmer gewesen." Die Erinnerung an ihre Immobilität diese eine Woche hielt immer noch an. „Ich hab mir früher jeden Sonntagabend gewünscht, am Montag nicht in die Schule zu müssen, aber seit ich nicht in die Schule *durfte*, ist das anders geworden."
Ihre Mutter nickte. „Manchmal muss einem erst was genommen werden, bevor man merkt, was man daran hat."
Mit Herbert war es auch so: Erst, als wir dachten, er könnte sterben, haben wir wirklich gemerkt, was er uns bedeutet. Und er auch, musste Katharina denken.

*

Malte hatte eine Gruppe „Berlinfahrt" erstellt. „Nochmal zur Erinnerung für alle: Wir treffen uns um viertel vor acht am Hauptbahnhof", schrieb er am Freitagnachmittag. Das war sehr großzügig bemessen, aber Greta meinte, dass sei voll in Ordnung so. Wer immer pünktlich komme, könne auch zehn Minuten später erscheinen, Hauptsache, alle wären um 8.02 am Gleis.
Die ganze Woche hatte Malte immer wieder Informationen in die Gruppe geschickt über die Veranstaltung am Samstag. Aus irgendeinem Grund hatte er es sich zur Aufgabe gemacht, alle darüber zu informieren, was sie erwarten würde, worauf sie achten mussten usw. Selbst Jonas, der sich sehr zurückhielt, was WhatsApp-Gruppen betraf, war ihr beigetreten. Katharina hatte keine Ahnung, wie das Ganze gelaufen war, vielleicht hatte Phil ihn angesprochen, jedenfalls war er auch in der Gruppe. Er hatte sogar ein Banner gestaltet. Auf ein halbes Betttuch hatte er „unsere Stimme für die Stummen" geschrieben. Ein Foto davon hatte er in die Gruppe geschickt mit der Frage, wer mit ihm das Banner tragen würde. Phil hatte „Geht klar" geantwortet.
Eigentlich sollte man keine eigenen Parolen zur Schau tragen, aber Katharina war sich sicher, dass das hier erlaubt sein würde. *Jonas und Phil werden zusammen ein Banner für die Ungeborenen tragen. Es geschehen wirklich noch Zeichen und Wunder!* Sie war sehr gespannt, was der Samstag bringen würde. *Hoffentlich verpennt keiner! An einem Samstagmorgen um 7.45 irgendwo auf der Matte zu stehen, ist für die meisten bestimmt eine echte Herausforderung ...*
Justus wollte sie nach der Jugend nach Hause bringen, aber sie bestand darauf, allein zu fahren. Das Risiko, dass er am nächsten Morgen verschlafen würde, war ihr einfach zu groß.
Er machte ein zweifelndes Gesicht. „Ist das wirklich der Grund, oder willst du nicht mit mir fahren?", fragte er etwas besorgt. Forschend sah er in ihre Augen, als suche er nach dem tieferen Sinn hinter ihrer Ansage.
Er denkt manchmal immer noch, ich will ihn nicht. Der Arme!

Katharina legte ihre Hände auf seine Schultern und lächelte zu ihm hoch. „Ich liebe es, mit dir Fahrrad zu fahren, Justus. So wie ich es generell liebe, mit dir zusammen zu sein. Die Vorstellung, dass du morgen nicht mitfährst, ist wesentlich schlimmer als der Verzicht auf deine Gesellschaft heute auf dem Heimweg."
„Aber warum sollte ich verschlafen?"
„Ach, ich weiß auch nicht. Es ist nur so ein Gefühl." *Vielleicht ist es der Heilige Geist, der mich warnen will.* Aber das sagte sie nicht. Stattdessen lachte sie etwas verlegen. „Wahrscheinlich ist es dumm. Aber trotzdem. Und wenn du nicht kommst, können wir alle nicht fahren. Du hast die Karte. Ich bin einfach beruhigter, wenn ich weiß, dass du rechtzeitig schlafen gehst."
„Das weißt du doch so auch nicht", grinste er. „Ich könnte noch bis um 23.00 Uhr in der Jugend bleiben und danach zu Hause bis zwei zocken."
Der Gedanke war ihr allerdings auch schon gekommen. Sie seufzte.
Bevor sie etwas darauf erwidern konnte, lenkte Justus ein: „Na gut. Wenn es dich beruhigt. Seit ich bei der Gartenbaufirma war, gehe ich so früh schlafen, wie davor meine ganze Oberstufenzeit nicht." Er grinste. „Ich wette mit dir, ich werde sogar vor dir im Bett sein."
Katharina gähnte. Sie war einfach kein Nachtmensch. Sie streckte ihm die Hand hin. „Wette gilt."
Justus ergriff sie und hielt sie einen Moment fest. Er sah sich kurz um, dann gab er ihr einen Gute-Nacht-Kuss.
Schlagartig war Katharinas Müdigkeit wie weggewischt. *Kein Wunder, dass Dornröschen von so was wach wurde,* blitzte es durch ihren Kopf und sie musste grinsen.
„Hallo, ich küsse dich und du grinst? Wir können doch nicht jedes Mal lachen oder grinsen, wenn wir uns küssen!", sagte Justus in gespielter Empörung.
Ich werde ihm nicht meine Assoziation zu der königlichen Dame in den Dornen erläutern!
„Das ist gänzlich unromantisch!", beschwerte er sich.

„Ich werde mich demnächst zusammenreißen und ernst bleiben", grinste Katharina.

„Das ist ja noch unromantischer! Weißt du, wie oft ich mir früher vorgestellt habe, dich zu küssen? Jetzt ist es endlich so weit und dann sagst du sowas ..."

Er hat sich das vorgestellt? Wie süß! „Ach, Justus", lächelte sie und nahm seine Hand. „Ich werde mich ganz bestimmt bessern."

„Du musst dich nicht bessern, Cats. Du bist genau richtig, wie du bist", sagte er aufrichtig. Er küsste sie nochmal und diesmal musste sie nicht grinsen oder lachen.

Er liebt mich so, wie ich bin. Ich muss mich nicht für ihn anstrengen oder verbiegen, ich kann einfach so sein, wie ich bin. Ich habe großes Glück, dachte sie glücklich, als sie nach Hause radelte.

Justus war wirklich vor ihr im Bett, zumindest hatte sie eine Nachricht von ihm, als sie in die Wohnung kam: „Gute Nacht. Klappe jetzt meine Augen zu." Und dann ein Kuss-Smiley.

Sie schickte eins zurück und machte ihr Handy aus. Er würde ihre Antwort zwar erst morgen sehen, aber das machte nichts.

Im Flur lag ein Zettel und eine Tafel weiße Schokolade mit Nüssen.

„Liebe Katie, ich wünsche euch eine bewahrte Reise! Ich bete für euch! Mama."

Lächelnd schrieb Katharina „Danke, Mama! Einen guten Frühdienst!" darunter und machte sich bettfertig. Dann stellte sie ihren Wecker auf 6.00 Uhr und löschte das Licht. *Im Vergleich zu sonst samstags kann ich sogar fast ausschlafen.*

Und ohne es zu wollen, tat sie am nächsten Morgen genau das. Sie hatte zwar ihren Wecker gestellt, aber sie hatte vergessen, ihn anzumachen ...

*

Wo bleibt Cats? Beunruhigt sah Justus auf seine Uhr. Es war bereits sieben vor acht und von Katharina war noch nichts zu sehen.

Malte traf ein und kurz darauf Greta, Phil und Jonas.

„Wo ist Katharina?", fragte Jonas sofort.

Justus hob die Schultern. „Keine Ahnung."

„Sie ist sonst immer pünktlich", sagte Jonas überflüssigerweise.

„Anrufen?", fragte Phil etwas verwundert, als könne er nicht verstehen, warum der Unwissenheit nicht mit ganz einfachen Mitteln entgegengewirkt wurde.

„Wenn sie auf dem Fahrrad ist, geht sie nicht an ihr Handy", gab Justus knapp zurück. Hoffentlich hatte sie keinen Platten! Oder einen Unfall ... Sofort stiegen die schlimmsten Szenarien vor seinem inneren Auge auf.

„Einen Versuch ist es trotzdem wert", meinte Malte und wählte ihre Nummer. „Geht nicht dran", erklärte er kurz darauf.

„Sag ich doch", brummte Justus.

„Verschlafen?", schlug Phil vor.

„Cats? So schnell verschläft die nicht", bemerkte Greta. „Vielleicht kommt sie auch direkt zum Gleis. Lasst uns mal reingehen."

Justus sah sich immer wieder um. Um acht rief er sie persönlich an. Nichts. „Da stimmt was nicht", murmelte er nervös.

Eine Ansage ertönte: „ICE nach Berlin, planmäßige Abfahrt 8.02 heute ca. 5 Minuten später."

Doch auch diese fünf Minuten Verlängerung brachten keine Katharina zu Gleis 2.

Am liebsten wäre Justus nicht in den Zug gestiegen. Er machte sich fürchterliche Sorgen.

„Hey, es geht ihr gut", versuchte Phil ihn zu beruhigen. „Sie hat bestimmt verschlafen. Sonst hätte sie sich doch gemeldet."

„Und wenn sie sich nicht melden kann? Vielleicht liegt sie irgendwo und niemand weiß es!"

„Auf ihrem Weg sind um diese Uhrzeit überall Leute. Sie liegt in ihrem Bett und schläft!"

Justus wollte fragen, woher er das mit den Leuten wisse, aber gerade rechtzeitig fiel ihm ein, dass Phil Katharinas tägliche „Rennstrecke" schließlich lange genug beobachtet hatte. *Trotz-*

dem. Woher will er sich so sicher sein, dass ihr nichts passiert ist?

„Vorsicht auf Gleis 2. Der Zug fährt ein", kam eine Durchsage.

„Fakt ist, dass sie nicht mitfährt", stellte Malte nüchtern fest.

Justus wäre am liebsten auch zu Hause geblieben. Er musste sich sehr überwinden, nicht kehrtzumachen und nach Belm zu fahren. Stattdessen stieg er mit den anderen in den ICE nach Berlin. Der Zug war sehr voll, und sie konnten nicht zusammen sitzen. Nur Malte und Greta ergatterten zwei Sitze nebeneinander.

Immer und immer wieder versuchte Justus, Katharina zu erreichen. Schließlich, um kurz nach neun, hatte er Erfolg. „Hey Cats, wo bist du?"

„Zu Hause. Oh Justus, ich habe verschlafen!" Sie klang, als würde sie fast weinen.

Justus fiel ein Waggon Steine vom Herzen. „Gott sei Dank!", seufzte er erleichtert. „Ich dachte schon, dir wäre was passiert."

Am anderen Ende war es einen Moment still. Er hörte nur ein Schniefen.

Die Fahrkarten wurden kontrolliert, und er musste auflegen. „Ich schreibe dir."

*

Als Katharina sah, dass sie verschlafen hatte, konnte sie es zuerst nicht glauben. Sie sprang aus dem Bett und lief in die Küche, um auf die Uhr an der Wand zu gucken. Doch auch dort war es fünf nach halb neun. Sie hastete zurück in ihr Zimmer und schaltete ihr Handy an. Acht verpasste Anrufe: *Einer von Malte und sieben von Justus. Oh nein!* Sie schloss die Augen. *Sie sind ohne mich gefahren. Weil ich verschlafen habe!* Sie warf sich auf ihr Bett. *Ich fasse es nicht!* Doch gleich darauf richtete sie sich wieder auf und nahm ihren Wecker in die Hand. Dabei stellte sie fest, dass er nicht an war.

Gab es nicht eine Möglichkeit, nachzukommen? Sie rannte im Schlafanzug die Treppen hinunter, um nachzusehen, ob ihre Mutter vielleicht aus einem unerfindlichen Grund mit dem Fahrrad zur Arbeit gefahren war. *Dann könnte ich jemanden bitten, mit mir mit dem Auto nachzukommen. Sandra vielleicht. Oder Niels. Oder alle beide.* Doch das Auto war weg. *Ich könnte bis zur Autobahnauffahrt radeln, das Fahrrad da irgendwo anschließen und es dann per Anhalter versuchen.*

Sie rannte die Treppen zurück nach oben. Hektisch suchte sie nach einem Stück Pappe, auf das sie in fetten Buchstaben „BERLIN" schrieb oder, besser gesagt, schreiben wollte. Sie war so fertig mit der Welt, dass sie das „I" vergaß. Schnell drehte sie die Pappe um für einen zweiten Anlauf. Ihr kam der Gedanke, dass es sicher sinnvoll wäre, sich im Internet anzugucken, wie sie zu dem Kundgebungsplatz gelänge. Schließlich war nicht davon auszugehen, dass ihre Mitfahrgelegenheit ebenfalls dorthin wollte. Sie stellte fest, dass sie – je nachdem, wo sie aussteigen würde – ein ganzes Stück mit der Straßenbahn zu fahren haben würde. Dafür musste sie wissen, in welche Linie sie steigen müsste. *So ganz allein in Berlin unterwegs, wo ich noch nie war …*

Zweifel beschlichen sie. *Und wenn wir unterwegs Stau haben und ich die anderen dann ganz verpasse?* Sie verdrängte das mulmige Gefühl und machte sich hastig ein Schälchen mit Müsli. Dabei verschüttete sie etwas von der Milch. Sie floss auf ihr Schild und verwischte die Buchstaben.

Katharina legte den Löffel beiseite. *Nichts klappt!* Sie schluchzte auf. *Es war definitiv* nicht *der Heilige Geist, der mich gestern gewarnt hat. Es waren einfach nur meine eigenen Sorgen. Aber er hätte mich daran erinnern können, meinen Wecker anzumachen. Sonst erinnert er mich doch auch an Sachen. Warum konnte Gott nicht dafür sorgen, dass ich rechtzeitig wach wurde?* Sie wusste, dass „konnte" das falsche Wort war, aber es war ihr egal. Fakt war, dass sie hier zu Hause saß und die anderen im Zug. *Hätte ich einen Vater, müsste Mama nicht so viel arbeiten. Oder er würde mit mir dahin fahren. Ich dachte wirklich, ich wäre Gott wichtig. Aber er sorgt noch nicht mal dafür, dass ich einen kleinen Hebel nach oben schiebe …*

„Wie man mit Enttäuschung umgeht, offenbart viel über den eigenen Charakter und über die Beziehung zu Gott", hatte ihre Mutter ihr mal gesagt. Sie wusste, das hier war die Chance, Reife und

Vertrauen zu beweisen, aber sie hatte keine Lust auf Reife und auch nicht auf Vertrauen. Zumindest nicht im Moment. „Schlag dich nicht allein damit rum", hatte ihre Mutter ihr geraten. „Sag Gott, wie es dir damit geht, wenn du enttäuscht bist." Aber im Moment wollte sie einfach nur in Verzweiflung schmoren.

Zehn Minuten lang tat sie auch genau das. Dann klingelte ihr Handy. Justus. Nur mühsam konnte sie verhindern, dass sie ins Telefon schluchzte. Sie konnten nicht lange sprechen, weil der Schaffner gerade kam, außerdem war die Verbindung ziemlich schlecht.

Seine Stimme zu hören, öffnete aus irgendeinem Grund ein Fenster, durch das Licht auf sie fiel. Vielleicht, weil er nicht sauer war, vielleicht, weil er sich Sorgen um sie gemacht hatte, vielleicht, weil es ihm wichtig war, trotz der Entfernung mit ihr in Kontakt zu sein. Jedenfalls fing sie an zu beten: *Jesus, ich wäre so gerne mitgefahren!*, schluchzte sie in ihr Kissen. *Ich vergesse einfach, den Wecker anzustellen. Was für ein blöder Grund! Wochenlang habe ich mich gefreut. Ich hab das Ganze sogar angeleiert ... und dann mache ich einfach den Wecker nicht an! Warum hast du mich nicht daran erinnert?* Ihren ganzen Frust und ihre Enttäuschung schleuderte sie Gott entgegen. Es tat gut, ihre Gefühle rauszulassen, in dem Wissen, dass er damit umgehen konnte.

Erst als sie fertig war, merkte sie, dass Justus ihr geschrieben hatte: „Alles gut, Cats. Es ist natürlich schade, dass du nicht dabei bist, aber ich bin so froh, dass du in deinem Bett liegst und nicht irgendwo in den Büschen."

Er hat sich wirklich Sorgen um mich gemacht. Das trieb ihr neue Tränen in die Augen. *Kannst du mich bitte in den Arm nehmen?* Nein, das konnte er nicht, aber sie konnte ihm zurückschreiben. „Lieb, dass du so an mich denkst! (Kuss-Smiley) Wie ist die Stimmung bei euch?" Justus berichtete von dem vollen Zug und der etwas angespannten Atmosphäre. Sie wiederum kommentierte das. Sie schrieben, bis der Zug in Berlin einfuhr.

Und wenn sie wieder hier ankommen, werde ich sie vom Bahnhof abholen. Und zwar mit Muffins. Das gab ihr wenigstens ein kleines bisschen das Gefühl, an dieser Aktion beteiligt zu sein.

Doch nach Muffins würde am Ende dieses Tages niemandem der Sinn stehen.

*

Jonas, Phil, Justus, Greta und Malte nutzten die Zeit bis zur Kundgebung, um sich ein bisschen die Stadt anzugucken. Eine Gruppe ziemlich schräg aussehender Gestalten fiel ihnen auf. Die Haare waren entweder gefärbt oder als Dreadlocks verfilzt, und wo es nur ging trugen sie Piercings. Der Kleidungsstiel war sehr hip oder alternativ. Das meiste sah selbst hergestellt aus. *Sie haben irgendwas Finsteres an sich*, fuhr es Justus durch den Kopf.
In der Mitte der Gruppe hockte jemand auf dem Boden und lud etwas in einen Rucksack. Aber es war nicht zu sehen, was, da die anderen darum herum standen. Justus schnappte „… die sind leicht auszumachen …" auf und „… von hinten …"
Aus dem Internet und von Maltes Informationen wusste er, dass es zum Marsch für das Leben wohl immer Gegendemonstrationen von Menschen gab, die sich durch die Werte, die hier verkörpert wurden, in ihrer Selbstbestimmung beschnitten sahen. *Leute wie diese Mitschülerin von Cats.*
Sie gingen an abgeriegelten Straßen und Polizeiautos vorbei.
„Schon ein komisches Gefühl, so viel Polizeipräsenz", bemerkte Greta.
„Hab ich auch gerade gedacht", stimmte Phil zu.
„Die werden wir wahrscheinlich brauchen", sagte Jonas grimmig, der sein Banner, noch zusammengerollt, fest in der Hand trug. „Wer nicht davor zurückschreckt, das Leben der Schwächsten mit Füßen zu treten, der schreckt auch vor anderen Dingen nicht zurück."
„Meinst du?", fragte Greta verunsichert. Sie sah zu Malte. „Gab es in der Vergangenheit viel Gewalt bei dieser Demo?"
„Gab es", antwortete Jonas stattdessen. „Aber das wird nicht an die große Glocke gehängt."

„Anscheinend. Hab zumindest wenig darüber gefunden", brummte Malte.

Vielleicht ist es wirklich gut, dass Cats nicht mit ist!

„Lasst uns da vorn was zu essen holen", schlug Phil vor. „Mir knurrt schon die ganze Zeit der Magen. Hab noch nicht gefrühstückt."

Cats würde jetzt ihre Brote rausnehmen. Warum haben wir uns eigentlich nicht schon zum Frühstück verabredet? Dann hätte ich unterwegs Brötchen geholt, sie aus dem Bett geklingelt, wir hätten zusammen gegessen und wären gemeinsam zum Bahnhof geradelt. Justus war bestimmt kein leidenschaftlicher Frühaufsteher, aber die richtige Motivation setzte bekanntlich ungeahnte Kräfte frei, und jetzt fragte er sich, warum er nicht auf die Idee gekommen war.

Wahrscheinlich hätte sie sowieso Nein gesagt. Vielleicht auch nicht. Diese Gedanken zeigten ihm, dass er Katharina trotz all der Jahre, die sie sich kannten, nicht sonderlich gut einschätzen konnte. *Noch schlechter als Phil, der sich von Anfang an sicher war, sie hätte verschlafen.*

Sie kauften sich zwei Döner, ein Stück Pizza und zwei Foccacia. Justus fing einen verwunderten Blick von Jonas auf, als er in seine Pizza biss.

„Was?", fragte er etwas irritiert. Hatte er sich vollgeschmiert oder so?

„Nichts."

Phil blieb kurz stehen, bevor er die Zähne in seinen Döner versenkte. „Ah, danke Gott!", sagte er zufrieden und biss zu.

Jonas blieb ebenfalls stehen. „Moment mal. Warum betet Phil vor dem Essen und ihr anderen nicht? Ich dachte, ihr glaubt alle an Gott."

Betroffen sahen die anderen ihn an. Greta hatte zuerst ihre Sprache wiedergefunden. „Ich kann an Gott glauben, ohne dass ich ihm laut für mein Essen danke."

Er denkt an die Kochgruppe mit Cats und ist verwirrt. Irgendwie hat er auch recht. Justus musste zugeben, dass er keinen Gedanken daran verschwendet hatte, das Pizzastück mit Gott in Verbindung zu bringen. Er hatte es gesehen, sein Portemonnaie gezückt und es gekauft. Fertig.

„Man kann auch im Herzen beten", pflichtete Malte Greta bei.

Justus gab sich einen Ruck. „Ja, das stimmt. Aber du hast recht, Jonas. Zumindest, was mich betrifft. Ich habe nicht gebetet. Auch nicht leise. Ich habe überhaupt nicht daran gedacht, Gott zu danken. Dabei weiß ich ganz genau, dass alles Gute von ihm kommt."

„Na, ob die Fertig-Pizza so gut ist ...", murmelte Malte.

Phil sagte nichts zu der Unterhaltung. Er aß nur langsam seinen Döner.

„Das war ehrlich, Justus", sagte Greta. „Und, hey, ich hab auch nicht dran gedacht", gab sie kleinlaut zu.

„Aber wie kann das sein?", wollte Jonas wissen. „Euch ist das mit Gott doch so wichtig. Zumindest rennt ihr immer in die Kirche. Ich glaube nicht, dass es einen Gott gibt, ihr ja anscheinend schon. Und ihr stellt euch das Ganze wie eine Art Beziehung vor, wenn ich das richtig verstanden habe." Er hob abwehrend die Hände. „Ich meine ja nur. Wenn mir jemand was schenkt, dann bedanke ich mich auch nicht nur in Gedanken."

Justus fühlte sich angeklagt, aber er hatte keine Ahnung, was er darauf erwidern sollte. Und er war sich auch nicht sicher, ob Jonas nicht gerade einfach spottete. *Gut, dass Cats das hier nicht mitkriegt*, dachte er wieder.

„Ist das eine ernst gemeinte Frage, Jonas?", ließ sich Phil vernehmen.

„Vergiss es!", sagte Jonas bissig.

Greta, die die Hintergründe nicht so gut kannte wie Justus, wollte das Thema „Beziehung zu Gott" aufgreifen, doch Jonas wiederholte sein „Vergiss es!" dermaßen scharf, dass sie schützend den Kopf einzog.

„Huijuijui ... Warum bist du überhaupt mitgekommen, wenn du so einen Hass auf Gott hast?"

Justus hätte es besser gefunden, sie hätte den Mund gehalten, aber der Satz war raus.

Jonas lief rot an. „Was bildest du dir eigentlich ein? Denkst du, ein Atheist hätte keine Moral? Das ist so was von arrogant! Ich hätte lieber gleich allein hierherfahren sollen, statt mit einem Haufen arroganter Spinner!", fauchte er.

Phil hob die Hand. „Moment. Was uns in dieser Sache hier eint, ist das Anliegen, die Stimme für die zu erheben, die es selbst nicht können. Vielleicht können wir uns darauf konzentrieren, ja?"

„Sehe ich genauso", nickte Malte erleichtert.

„Dito", fügte Justus an. Er sah zu Greta.

Die stieß die Luft aus. „Okay. Tut mir leid, dass ich dich unbeabsichtigt beleidigt habe, Jonas." Sie streckte ihm die Hand hin. „Frieden?"

Überrascht sah er erst sie dann ihre ausgestreckte Hand an. „Frieden", nickte er und ergriff sie kurz.

Über Phil kann ich mich nur wundern, dachte Justus, als sie weiterliefen. *Es ist absolut krass, was Jesus aus einem Wrack machen kann.*

Eine Gruppe Menschen mit weißen Holzkreuzen lief an ihnen vorbei.

Malte stieß ihn an. „Da sind noch ein paar mehr von uns", raunte er. *Schon erstaunlich, wie man sich auf einmal mit Wildfremden verbunden fühlt, nur, weil sie das gleiche Anliegen haben*, musste Justus denken.

Sie hatten den Platz der Kundgebung erreicht und stellten sich hinter die Menschenmenge, die bereits dort war. Justus sah mehr weiße Kreuze und etliche Banner. Es dauerte nicht lange, da befanden sie sich nicht mehr hinten, sondern in der Mitte, weil weitere Zuhörer hinzuströmten.

„Lass uns lieber an den Rand gehen", bat Greta. „Ich bin nicht so gerne eingekesselt." Sie bahnten sich einen Weg durch die Menge nach außen. Immer wieder mussten sie ihren Standort anpassen und schließlich befanden sie sich ganz am Rand.

Auf den kleinen Rasenflächen um den Kundgebungsplatz saßen Grüppchen von Gegendemonstranten. Auch sie hatten Schilder mit einschlägigen Parolen: „Jeder hat ein Recht auf Selbstbe-

stimmung!", „Wir fordern Freiheit für alle", „Schluss mit der Diskriminierung der Frauen!", „Hätt Maria abgetrieben, wär uns das erspart geblieben!", las Justus immer wieder. *Das hört sich ziemlich feindselig an.*
Eine Frau ging zum Rednerpult.
„Nimmst du das für Cats auf?", wollte Malte wissen.
„Äh, kann ich machen." Justus hatte gar nicht daran gedacht, aber es würde sie bestimmt interessieren.
Die Kundgebung begann. Es ging um das Leben im Allgemeinen und im Speziellen und dass jeder, egal welches Alter, Gesundheitszustand, Geschlecht, Glaubensrichtung, etc. ein Recht darauf hätte. Jedes Leben sei schützenswert, und es eigenmächtig zu beenden, stelle einen Verstoß gegen dieses Recht dar.
Fünf Frauen mit zum Teil grün und lila gefärbten Haaren, Springerstiefeln und Schlabberhosen ließen sich auf dem Grünstreifen hinter Justus und den anderen nieder. Plötzlich schüttelten sie irgendwelche Blechrasseln und er fuhr erschrocken zusammen.
„Hätt Maria abgetrieben, wär uns das erspart geblieben!", ertönte hinter ihm ein Sprechgesang. Die Stimmen klangen militant, hörten aber sofort auf, als sich vier Polizisten näherten.
Greta war es anscheinend auch nicht ganz entspannt zumute, denn sie versuchte, etwas Abstand zu der Gruppe hinter ihnen zu gewinnen.
Es kamen noch ein paar weitere Reden und auch der Hinweis, dass dies eine friedliche Demonstration sei und von lautem Reden oder Rufen abzusehen sei. Dann setzte sich der Zug langsam in Bewegung.
Jonas reichte Phil das eine Ende seines Banners und schob einen Nordic-Walking-Stock in die Lasche am Rand. Dann rollte er es aus und schob den zweiten ins andere Ende. „Unsere Stimme für die Stummen" war nun deutlich zu lesen.
Unterwegs auf der Straße verteilten sich die Demonstranten. Es wurde wenig bis gar nicht gesprochen, und Justus hatte das Empfinden, hinter einem Sarg herzulaufen. *Was nicht ganz abwegig ist. Schließlich demonstrieren wir für all die, die jeden Tag sterben müssen, weil andere ihr Leben für nicht lebenswert halten.*

An den Straßenecken standen immer wieder Polizisten mit Panzerwesten und Schlagstöcken und das, obwohl die Bürgersteige wie leergefegt waren. *Schon irgendwie ein mulmiges Gefühl.* Zu seiner Verwunderung gab es wenig bis keine Pressepräsenz. *Als ob die Öffentlichkeit das hier nicht interessiert. Oder interessieren soll.*

Sie bogen in eine weitere Nebenstraße ab. Etwa auf der Hälfte befanden sich auf dem Bürgersteig offenbar doch ein paar Schaulustige. Als Justus und die anderen mit ihnen auf einer Höhe waren, erkannte er, dass es sich um die handelte, denen sie beim Brandenburger Tor begegnet waren. Sie beobachteten die Demonstranten abschätzend und wachsam. Justus war froh, dass hinter ihnen an der Kreuzung und an der vor ihnen Polizei stationiert war. Sein Herz schlug schneller, als sie sich der Gruppe näherten. *Hoffentlich machen die keinen Ärger!*

Jemand von den Weiß-Kreuzlern vor ihnen fing an, leise den Namen Jesus zu singen. Sofort fielen andere ein. Der Gesang wurde von denen hinter ihnen aufgenommen. *Und Jonas mittendrin ...*

Plötzlich stürzten die Leute vom Bürgersteig in die Demonstranten, rissen ihnen die Kreuze aus den Händen und zerbrachen sie. Einer von ihnen ging mit einem Kreuz auf Justus los. Er traf ihn auf der Schulter. Steine flogen durch die Luft.

„Phil!", hörte Justus da Jonas' erschrockenen Schrei. Er wandte sich um. Phil lag auf dem Teer.

Malte beugte sich über ihn. „Phil? Phil, sag was, Mann!" Aus seinem Hinterkopf blutete es. Schnell sah Justus zur Seite. Von vorne und von hinten kamen Polizisten angerannt.

„Ein Backstein hat ihn am Hinterkopf getroffen", stammelte Jonas kreidebleich. Er hatte immer noch die eine Stange des Banners in der Hand. Die andere lag unter Phil.

Ein Mann kniete sich neben den Verletzten und drehte ihn vorsichtig auf die Seite. „Ich bin Arzt", sagte er.

Malte fasste sofort mit an. „Phil! Los, sag was!" Phils Augenlider flatterten, aber er schlug sie nicht auf. „Phil! Wach werden!"

„Ich sehe ihn!", flüsterte er staunend mit geschlossenen Augen.

„Wen siehst du, Phil?", drängte Malte.

Phil bewegte schwach seine Lippen, aber es kam kein Ton mehr heraus.

Gleichzeitig hatten zwei Polizisten den Unfallort erreicht. „Bitte gehen Sie weiter, wenn Sie keine Angehörigen sind." Die Angreifer hatten sich blitzschnell verzogen. In der Ferne erklang bereits ein Martinshorn. „Hat jemand den Hergang des Unfalls beobachtet oder sogar gefilmt?"

Der Arzt hob den Kopf. „Einer der Gegner des Marsches warf den Stein dort. Flog wie ein Geschoss durch die Luft und traf den jungen Mann am Hinterkopf. Und zwar ziemlich weit unten." Er konzentrierte sich wieder auf den Verletzten.

Der Rettungswagen kam und gleich dahinter der Notarzt. Er ging zügig zu Phil, während zwei Sanitäter eine Fahre ausluden.

„Wir müssen sofort intubieren. Könnte eine Blutung im Kleinhirn sein", sagte der Arzt in Zivil.

Der Notarzt schien ihn nicht gehört zu haben. Er fühlte Phils Puls. „Zugang legen und Nacken schienen", wies er die Rettungsassistenten an.

„Er muss sofort beatmet werden!"

Der Notarzt sah auf. „Immer mit der Ruhe", sagte er kühl.

„Ich bin Kollege. Ich kann das machen."

„Wir kriegen das schon hin", erwiderte der andere säuerlich.

Der Arzt in Zivil wandte sich an einen der Rettungsassistenten: „Der Junge atmet nicht mehr! Er muss dringend intubiert werden!"

Der Sanitäter wollte ihm gerade die Sachen reichen, da nahm der Notarzt sie ihm aus der Hand. „Erst kommt er jetzt auf diese Trage. Und dann laden wir ihn ein und fahren los." Er wartete, bis die Rettungsassistenten den Verwundeten aufgehoben hatten.

„Er wird blau", sagte der erste Arzt. „Sie müssen ihn intubieren! Jetzt sofort! Noch bevor Sie losfahren. Sonst bekommt er einen irreversiblen hypoxischen Hirnschaden. Wenn er das überhaupt überlebt!" In seiner Stimme lag Dringlichkeit.

„Wenn Sie jetzt bitte zurücktreten würden. Wir arbeiten leitliniengerecht", gab der Notarzt angepiekt zurück. „Wir nehmen ihn jetzt mit, und Sie können sicher sein, dass wir ihn bestens versorgen."

Malte hatte etwas auf einen Kassenzettel gekritzelt. „Hier, sein Name und meine Telefonnummer. Wir sind Freunde." Er reichte einem der Rettungsassistenten das Stück Papier. Während er neben der Trage herlief, legte er eine Hand auf Phils Schulter. „Wir sehen uns. Drüben."

Was redet Malte da?

Die Türen des Rettungswagens schlossen sich, und mit Blaulicht und Martinshorn entfernte sich das Fahrzeug.

Der Arzt in Zivil presste einen Moment die Lippen zusammen. Seine Nasenflügel zitterten. „Gott sei ihm gnädig!", flüsterte er. Er sah Justus, Malte und Jonas an. „Es tut mir leid. Ich hätte ihm so gerne geholfen. Wir sind hier, um uns für das Leben einzusetzen und dann verhindert Stolz genau das." Er fuhr sich über das Gesicht und atmete tief durch. „Aber wahrscheinlich macht es sowieso keinen Unterschied, seinen letzten Worten nach zu urteilen." Er zog eine Karte aus seiner Hemdtasche und reichte sie Malte. „Hier. Wenn es dir nichts ausmacht, würde ich mich sehr freuen zu hören, was mit eurem Kumpel passiert."

Malte nahm die Karte entgegen und der Arzt verabschiedete sich. „Wo ist eigentlich Greta?" Malte blickte suchend umher.

Stimmt. Justus sah sich ebenfalls um.

Malte zog sein Handy heraus, um sie anzurufen. „Wo bist du? ... Wo ist das? ... Wir kommen da hin." Er steckte sein Handy weg. „Sie sitzt in einer Bäckerei bei der nächsten Kreuzung links. Scheint ziemlich fertig zu sein."

Sie ist nicht die Einzige. Justus kriegte es gerade so hin, weiterzugehen, und Jonas schaffte es offenbar nicht, überhaupt etwas zu sagen. Er hielt immer noch das Banner umklammert.

Schweigend legten sie den Weg bis zur nächsten Kreuzung zurück. Durchs Schaufenster sahen sie Greta. „Ich hol sie." Malte lief ihnen voraus.

Da kam sie allerdings schon heraus. „Wo ist Phil?", fragte sie sofort.
„Auf dem Weg ins Krankenhaus", erwiderte Malte. „Oder vielleicht auch in den Himmel."
Entsetzt sah Greta ihn an. „Was?"
„Er wurde von einem Stein am Hinterkopf getroffen." Er legte den Arm um sie und sah ihr fest in die Augen. „Sieht nicht gut aus."
„Was heißt das?", fragte sie alarmiert.
Malte schaute in die Ferne. „Oder vielleicht doch", gab er statt einer Antwort zurück. „Hab versucht, ihn zu wecken. Er hat die Augen nicht aufgemacht. Hat nur ‚Ich sehe ihn.' gesagt." Er nahm sein Handy heraus. „Ich muss Herbert Bescheid sagen. Und dann tingeln wir Richtung Bahnhof."
Er ist der Einzige hier, der festen Boden unter den Füßen hat, fuhr es Justus durch den Kopf.
Kurz bevor sie in den Zug stiegen, klingelte Maltes Handy. Es war ein Arzt aus der Charité. Phil Hülster habe es leider nicht geschafft.

*

Katharina war froh, dass ihre Mutter nachmittags zu Hause war und dass sie Phil kennengelernt hatte.
„Er ist tot?" Schockiert sah Antje Jöllenbeck ihre Tochter an. Katharina erzählte ihr, was sie von Justus wusste.
Auch, wenn ihre Mutter ihn ja nur ein Mal getroffen hatte, traten ihr die Tränen in die Augen. „Ich bin so froh, dass ich ihm diese Brote gemacht habe", sagte sie leise. „Und über jedes Gebet, das wir für ihn vor Gott gebracht haben."
Katharina erinnerte sich daran, dass es ihr damals ziemlich schwergefallen war, in die Gebete ihrer Mutter für ihren anonymen Stalker mit einzustimmen.
„Vor einem halben Jahr hatten wir noch keine Ahnung, dass der, der uns so viel Angst eingejagt hat, noch vor uns bei Jesus sein würde", fuhr ihre Mutter nachdenklich fort. „Aber Gott wusste

es alles schon." Sie atmete tief durch. „Ich muss jetzt erst mal beten." Sie betete für Phils Vater, für die vier, die den Vorfall miterleben mussten, für den Arzt, der von seinem Kollegen so ausgebremst worden war, und dass Gott aus Phils Tod etwas machen würde zu seiner Ehre.

„Ich glaube, ich frage Jonas, ob er heute Abend Zeit hat", sagte Katharina, als sie fertig waren. „Wie Justus geschrieben hat, ist er völlig verstört. Ich meine, für ihn als Atheisten ist das doch jetzt der Oberhorror. Er hat überhaupt keinen Trost. Nichts!"

„Vielleicht hast du recht", nickte ihre Mutter. „Du kannst es ihm zumindest anbieten. Ja sagen muss er dann immer noch selbst."

Mehr Bestätigung brauchte Katharina nicht, und im Gegensatz zu sonst oft musste sie auch nicht lange überlegen, wie sie die Nachricht formulieren sollte. „Wenn du heute Abend jemanden zum Reden oder Skaten brauchst, sag Bescheid", schrieb sie. „Ich bin da."

Nachdem sie die Nachricht abgeschickt hatte, fiel ihr ein, dass es sicher gut wäre, Justus davon in Kenntnis zu setzen. Womöglich wollte er den Abend mit ihr verbringen ...

„Ja, das hatte ich tatsächlich sehr gehofft", schrieb er zurück. „Aber ich fürchte, ich muss dir recht geben. Sag Bescheid, falls Jonas dich nicht braucht." Kurz darauf hatte sie noch eine Nachricht von ihm: „Danke, dass du mich informierst."

Ein kleines Lächeln huschte über Katharinas Gesicht. Es entging ihrer Mutter nicht. „Trefft ihr euch?", fragte sie.

„Weiß ich noch nicht. Justus hat nur gerade geschrieben und sich bedankt, dass ich ihm Bescheid gesagt habe wegen des Angebotes an Jonas. Er ist nicht begeistert, wenn ich heute Abend verplant bin, aber er unterstützt das."

„Genauso ist es richtig, Katie. Ihr seid auf einem guten Weg", lächelte ihre Mutter. „Eine Beziehung braucht Exklusivität, aber wenn man den Blick für die Nöte anderer verliert, ist das nicht gesund. Am besten wäre es natürlich, Justus wäre auch dabei. Doch vielleicht geht das auch im Moment nicht für Jonas."

„Ich komme auf dem Rückweg vom Bahnhof vorbei", schrieb Jonas eine halbe Stunde später.

Das hieß, sie würde Justus heute gar nicht sehen. Eigentlich hatte Katharina sich das so vorgestellt, dass sie zum Bahnhof fahren und die anderen wenigstens kurz treffen würde und danach vielleicht mit Jonas allein reden könnte, aber wenn er sich wünschte, herzukommen, dann war es eben so.

Jonas kam tatsächlich, das Banner in der Hand, aber er sagte fast nichts. Er saß auf dem Sofa und starrte an die gegenüberliegende Wand.

Jesus, er ist wirklich völlig fertig. Bitte hilf ihm. Zeig mir, was ich tun kann. „Möchtest du etwas trinken?", fragte Katharina.

„Ja."

Katharina holte ihm ein Glas Zitronenwasser aus der Küche. Sie stellte auch ein paar von ihren Muffins dazu. Ihre Mutter hatte mit ihr vereinbart, dass sie sich in ihrem Zimmer aufhalten würde, es sei denn, Katharina würde sie dazurufen. Katharina wusste, dass sie betete.

Jonas legte das Banner aus der Hand und nahm das Glas.

„Darf ich es mir angucken?", fragte Katharina. Jonas nickte. Sie rollte es auseinander und breitete es auf dem Wohnzimmerboden aus. „Das ist super geworden!", sagte sie.

Jonas stand auf und zog es glatt. Er strich mit der flachen Hand über den Stoff. „Phil hat es mit mir getragen. Er hielt es noch in der Hand, als er zu Boden ging. Der Stein traf ihn hier." Er setzte seine Faust an seinen Hinterkopf.

Katharina wartete, dass er weitersprach. Sie wusste von Justus bereits, was passiert war, aber es war sicher gut für Jonas, das Erlebte in Worte zu fassen. „Und dann?", versuchte sie ihn zum Reden zu animieren. „Was passierte, nachdem er umfiel?"

„Malte hat versucht, ihn wachzukriegen. Aber er hat die Augen nicht mehr aufgemacht." Wieder Stille.

„Hat er noch irgendwas gesagt?", fragte Katharina vorsichtig. *Jesus, bitte mach, dass Jonas checkt, was Phils Worte bedeuten!* Jonas schwieg. Ziemlich lange. *Ich glaube, er kriegt es einfach nicht über die Lippen. Warum ist er nur so verstockt? Wie der Pharao.* Katharina saß still neben ihm und betete in ihrem Herzen.

Schließlich antwortete Jonas: „‚Ich sehe ihn‘, hat er gesagt. Aber das war alles. Malte hat noch nachgefragt, aber er konnte nicht mehr sprechen. Er hat nur noch ganz schwach seinen Mund bewegt. Vielleicht ist ihm sein Opa erschienen, oder so."

Jesus, bitte mach, dass er jetzt nicht dichtmacht! Katharina beugte sich leicht nach vorn. „Phil sagte, er hätte keinen Opa. Jedenfalls hat er ihn nicht gekannt." Katharina musste schlucken. Ihre Stimme zitterte, als sie weitersprach. „Aber er konnte es nicht erwarten, Jesus zu sehen. Das ist das, was wir Christen glauben, Jonas. Das, was uns Hoffnung gibt, selbst im Tod: Dass wir zu Jesus gehen. Und dass wir einander wiedersehen werden."

„War es das, was Malte meinte?" Entweder ging Jonas davon aus, dass Katharina trotz ihrer Fragen längst informiert war, oder er hatte vergessen, dass sie nicht dabeigewesen war.

„Ja, das hat er gemeint."

„Er war der Einzige von uns, der nicht abgedreht ist."

„Er hat auf das Ziel geguckt. Ich glaube, das hat ihm geholfen, ruhig zu bleiben." *Schon krass, wie man unter Stress merkt, was für eine Blickrichtung die Leute gerade haben.*

„Ich habe kein Ziel. Außer, ein gutes Leben zu haben. Und wenn es plötzlich vorbei ist – pfft – dann ist alles vorbei."

Oh nein, Jonas, dann steht dir noch die ganze Ewigkeit ohne Jesus bevor. Und zwar in der Hölle. Unwillkürlich erschauderte Katharina. *Wenn ich ihm jetzt damit komme, war's das. Aber muss ich es ihm nicht sagen? Wenigstens ein einziges Mal? Das hier ist eine Steilvorlage, um die Lüge, die er glaubt, aufzudecken. Wenn ich ihn jetzt nicht warne, mache ich mich dann nicht schuldig?* Sie spürte Panik in sich aufsteigen. Sollte sie ihre Mutter rufen? Sie hatte doch gesagt, sie wäre da, wenn sie Hilfe bräuchte. Aber Katharina wusste, so, wie sie es bei der Absage an John beim letzten Abend gewusst hatte, das hier war ihr Part auf dem Parkett. Ihr Regisseur wollte, dass sie diese Tanzschritte jetzt, in diesem Moment machte. Sie schickte ein Stoßgebet ab und atmete tief durch. „Jonas, es ist nicht alles vorbei. Nach dem Tod fängt es sogar eigentlich erst an. Entweder mit Jesus im Himmel oder ohne Jesus in der Hölle. Du kannst es dir aussuchen." *Da, ich habe es gesagt.* Ihre Hände waren schweißig und ihre Knie fühlten sich ganz weich an.

„Ihr glaubt das wirklich, oder? Ich meine, so richtig." Er sagte das nicht zynisch und es war auch nicht richtig eine Frage, sondern eher eine Feststellung.

„Ja, tun wir", nickte Katharina.

„Aber warum? Ich meine, da kann doch jeder kommen und behaupten, er wäre Gottes Sohn und so."

„Behaupten schon, aber nicht beweisen."

„Pah! Beweisen!", machte Jonas verächtlich. „Als ob die angeblichen Wunder irgendwas beweisen. Das ist doch genauso ausgedacht."

„Woher weißt du das? Wenn Jesus der ist, der er zu sein behauptet, dann ist es doch völlig normal, dass er auch Wunder tut."

„Ja", sagte Jonas schroff. „Ich wollte es dir eigentlich nicht erzählen, aber weißt du was? Ich habe zu *Gott* gesagt, wenn es ihn wirklich gibt, dann soll er machen, dass Susanna unter Tränen bereut, was sie getan hat und sich bei mir entschuldigt."

Er ist echt bescheiden! Katharina hatte alle Mühe, nicht zu lächeln. Sie nickte.

„Aber das wird nicht geschehen. Gestern Abend hat sie auf Facebook einen Hasskommentar zum Marsch für das Leben gepostet." Er nahm sein Handy heraus. „Hier, lies das!"

„Jede Frau hat ein Recht auf Selbstbestimmung. Wer für etwas anderes demonstriert ist absolut frauenfeindlich und sollte mundtot gemacht werden. Ich fordere das Recht auf Schwangerschaftsabbruch zu jeder Zeit und aus jedem Grund. Alles andere ist Diktatur!" Der Beitrag hatte innerhalb von 24 Stunden über zweitausend Likes bekommen.

Angewidert gab Katharina das Handy zurück. *Er ist nicht bescheiden. Es wäre wirklich ein Wunder, wenn sich ihre Einstellung ändern würde.*

Jonas stand auf. „Okay. Ich gehe dann. Danke für deine Zeit. Geht auch an Justus. Er wäre bestimmt auch gerne gekommen."

Jetzt lächelte Katharina. „Geht voll klar."

Auch wenn er bei den großen Nachrichtensendern nicht auftauchte, war am Abend der Angriff auf den Marsch für das Leben im Netz zu sehen. Er zeigte sogar noch kurz den Arzt, der sich zuerst um Phil gekümmert hatte. Irgendjemand musste den Zwischenfall gefilmt und öffentlich gemacht haben. Katharina sah ihn sich gemeinsam mit ihrer Mutter an. Danach saßen sie eine ganze Weile schweigend nebeneinander auf dem Sofa.
Heute Morgen war er noch in Berlin und jetzt ist er bei Jesus. Katharina fiel ein, wie Phil beim Nachtisch-Essen vor drei Tagen gesagt hatte: *„Ich kann es nicht erwarten, ihn zu sehen!" Ob Jonas sich auch daran erinnert? Der Stein hätte genauso gut ihn treffen können.*
Später hatte sie eine Nachricht von Justus: „Kann ich dich morgen zum Gottesdienst abholen?"
Sie wollte gerade „Das musst du nicht" schreiben, doch dann überlegte sie es sich anders. „Warum?" tippte sie stattdessen. Natürlich konnte sie sich den Grund denken, aber nach diesem langen, traurigen Tag wollte sie ihn einfach schwarz auf weiß lesen.
„Ich kann es nicht erwarten, bei dir zu sein", kam seine Antwort. Dahinter war ein rotes Herz.
„Ich auch nicht", schrieb sie zu zurück. „Ist 9.20 Uhr für dich okay?"
„Geht auch 8.30 Uhr? Dann könnten wir zusammen frühstücken, wenn du magst."
Sie schickte drei Daumen-hoch und ebenfalls ein rotes Herz. Dann machte sie ihr Handy aus. *Justus hätte genauso gut getroffen werden können!*, durchzuckte es sie auf einmal. *Dann könnte er morgen früh nicht kommen. Dann hätte ich auch jetzt nicht mit ihm schreiben können.* Die Vorstellung war so schrecklich, dass sie ihr Telefon nochmal anschaltete. „Ich bin sehr froh, dass du noch lebst!", schrieb sie.
„Ich hoffe, das ist nicht zu egoistisch, aber ich auch. Die Vorstellung, dich erst im Himmel zu sehen, gefällt mir überhaupt nicht ..."
Auf einmal griff die Angst nach Katharina. *Und wenn er morgen auf dem Weg zu mir einen Unfall hat? Wenn er auch angefahren wird, so wie Herbert? Wenn er das nicht überlebt?* Sie schüttelte

den Kopf. Was war nur mit ihr los? Solche Gedanken hatte sie doch sonst nicht! *Das ist total dumm!*, schalt sie sich selbst. Aber eine schlimme Vorstellung löste die andere ab und sie hatte das Gefühl, urplötzlich in einen Sturm geraten zu sein. Wie heftige Böen fegten Angst und Sorgen durch ihr Herz und warfen sie innerlich hin und her. Schließlich ging sie nochmal zu ihrer Mutter. Die saß noch auf dem Sofa, ihre Bibel auf dem Schoß. Als hätte sie sie bereits erwartet, sah sie auf und klopfte auf den Platz neben sich. „Tage wie heute sind schwer zu verkraften, nicht wahr?"

„Ach, Mama, wenn das Justus gewesen wäre ... Ich komme mir dumm vor, aber auf einmal mache ich mir Sorgen, dass er plötzlich stirbt!"

Ihre Mutter nickte. „Phils Unfall macht einem bewusst, wie real der Tod ist. Man merkt plötzlich, dass man nichts festhalten kann und alles nur geliehen ist." Sie blätterte in der Bibel bis zu Matthäus 6,27: „‚Wer ist unter euch, der seiner Lebensdauer eine Spanne zusetzen könnte, wie sehr er sich auch darum sorgt?'", las sie vor. „Das gilt nicht nur für das eigene Leben, sondern auch für das unserer Lieben oder sonst jemandem", lächelte sie.

Es war seltsam: Dieser eine Vers stoppte den Sturm in Katharina. *Gottes lebendiges, wirksames Wort!* Das würde sie morgen Justus erzählen. Und wenn er wieder mit Kigo dran wäre, vielleicht auch den Kindern.

Sie unterhielten sich noch eine ganze Weile über Leben und Tod, und als es Zeit war, ins Bett zu gehen, konnte Katharina im Frieden schlafen.

*

Phils Vater hatte zwar wohl einen Brief mit der Mitteilung des Todes seines Sohnes erhalten, aber offensichtlich hielt er es nicht für nötig, in dieser Angelegenheit in irgendeiner Form tätig zu werden.

Malte fand das entsetzlich. „Ich werde mich erkundigen, was man da machen kann", teilte er den anderen mit.

Am nächsten Tag hatte Katharina eine Sprachnachricht von ihm: „Kannst du an das Banner vom Marsch kommen? Ich treffe mich heute mit einem Bestatter."

Einmal mehr konnte sie nur über ihn staunen. „Besorg ich dir", schrieb sie zurück und setzte sich sofort mit Jonas in Verbindung. Der versprach, das Banner selbst Malte zu bringen. Abends schrieb Malte: „Beerdigung findet am Montag um 15.00 Uhr auf dem Altstadtfriedhof statt."

Jeden Tag in dieser Woche dachte Katharina, als sie das übliche Treiben auf dem Schulhof sah, ob es wohl einen Unterschied für ihre Mitschüler machen würde, wenn sie wüssten, dass einer von ihnen gewaltsam ums Leben gekommen war. *Für die meisten wohl eher nicht.*

Susanna flirtete mit Claas, lachte mit ihren Gespielinnen und ignorierte Katharina. Sie hatte versucht, sie anzusprechen, aber Susanna hatte Eis-Schwerter in den Augen gehabt und sich abgewandt, bevor Katharina etwas hatte sagen können. Sie hatte an Claas geschrieben, mit der Bitte, die Information an Susanna weiterzuleiten. Er hatte die Nachricht auch gelesen, das hatte sie gesehen. Aber es war keinerlei Reaktion gekommen. Weder von ihm noch von ihr. *Ob sie wirklich so kaltherzig sind?* Das wollte Katharina einfach nicht in den Kopf. *Wahrscheinlich ist Phil ihr vollkommen egal. So wie ihr Kind.*

Nach Rücksprache mit Herrn Künzel informierte sie in Deutsch am Freitag ihren Kurs. Irgendwie hatte sie das Gefühl, sie sollte das tun. Susanna war nicht da.

Abends machte Malte eine Ansage in der Jugend. Da Phil beim Special-Friday sein Zeugnis erzählt hatte, wussten alle, die an dem Abend dabei gewesen waren, um wen es sich handelte und zeigten sich mehr oder weniger betroffen.

„Ich fänd's cool, wenn so viele von euch wie möglich dabei sein könnten", sagte Greta. Nicken ringsum. Niels erklärte sich sogar bereit, eine kurze Andacht zu halten. „Das ist sehr aufmerksam von dir, Niels. Herbert macht das bereits."

„Ist er denn schon wieder so fit, dass er reisen kann?", fragte Niels verwundert.

„Siegbert Gerber fährt hin und holt ihn", erklärte Malte.

Niels nickte anerkennend. *Siegbert ist wirklich ein sehr, sehr bemerkenswerter Mensch*, stellte Katharina zum wiederholten Male fest.

„Aber du könntest helfen, den Sarg zu tragen", fuhr Malte fort.

„Geht klar", sagte Niels.

„Noch wer? Zwei brauchen wir noch." Zwei Hände meldeten sich. Katharina hatte versprochen, sich um ein paar Blumen zu kümmern. Auf dem Weg hinter der Bahn entlang wuchsen Glockenheide, Herbstastern und Silberkerzen. *Wer sagt denn, dass es gekaufte Lilien oder so sein müssen.*

„Hast du vielleicht Lust, was zu singen, Sandra?", fragte Greta. Sandra stimmte sofort zu.

Als Justus sie nach der Jugend nach Hause brachte, sagte Katharina: „Vor einem halben Jahr hatte Phil niemanden. Wenn das mit seinem Selbstmordversuch geklappt hätte, hätte die Stadt ein anonymes Begräbnis gemacht und niemand hätte sich drum geschert. Jetzt wird es eine richtige Feier mit allem, was dazu gehört. Denkst du, er kann das sehen?"

„Keine Ahnung. Kann sein, kann auch nicht sein. Vielleicht weiß Siegbert das." Er nahm sein Handy heraus. „Ich rufe an und frage ihn. Das finde ich ziemlich wichtig."

„Aber nicht während der Fahrt!"

„Hier ist doch keine Polizei."

„Trotzdem. Es ist verboten. Halt eben an. Du kannst ja dann mit Kopfhörern weiterfahren." Katharina hatte die Nase voll von unerwarteten Unfällen.

Zu ihrer Erleichterung lenkte Justus ein. Doch dann ließ er das Handy sinken. „Ich glaube, es ist zu spät, um bei Gerbers anzurufen." Er überlegte kurz. „Ich frage meinen Vater. Der ist noch wach." Er grinste. „Der wird sich wundern. Das letzte Mal habe ich mit ihm telefoniert ... keine Ahnung, wann."

Jörg Rutter war tatsächlich überrascht und im ersten Moment dachte er wohl, es handle sich um etwas Ernstes. Justus sagte: „Nein, nein, alles in bester Ordnung. Ich habe nur eine Frage ..."

Als Justus fertig war mit Telefonieren, sagte er: „Also: Es könnte wirklich sein, dass Phil uns sieht. In Hebräer 12 heißt es, dass wir von einer Wolke von Zeugen umgeben sind, die im Glauben gelebt haben. Das könnte bildlich oder wörtlich gemeint sein. Für wörtlich spricht, dass Mose und Elia auf einmal bei Jesus und den Jüngern waren auf dem Berg der Verklärung. Beide gehören zu der ‚Wolke von Zeugen', Mose wird direkt erwähnt, Elia indirekt."

„Stimmt!", sagte Katharina verblüfft. „Das könnte man tatsächlich wörtlich verstehen!"

„Und nachdem Jesus auferstanden war, sind viele andere Gläubige auf einmal lebendig geworden, in die Stadt Jerusalem hineingegangen und vielen Christen erschienen. Mein Vater sagt, dass Matthäus das berichten würde."

So leicht kann man über Stellen hinweglesen. Erst, wenn man selbst irgendwie betroffen ist, bleibt man ernsthaft dabei stehen, musste Katharina denken.

„Mein Vater meinte, es würde noch andere Stellen geben, aber das wären für ihn die eindrücklichsten. Und er sagte, selbst wenn Phil könnte, bezweifelt er, dass Phil zurückgucken würde. Bei Jesus in der Herrlichkeit zu sein, würde mit Sicherheit alles andere meilenweit in den Schatten stellen."

„Trotzdem bin ich froh, dass wir eine richtige Beerdigung feiern. Ich glaube, ich brauche das für mich selbst. Es ist komisch, montags nicht mehr mit Phil zu beten. Er ist einfach – *weg*! Ich glaube, wenn ich in Berlin dabei gewesen wäre, wäre es leichter für mich."

„Vielleicht auch nicht", bemerkte Justus. „Die ganze Woche hatte ich dieses Bild in meinem Kopf, wie er da auf der Bahre liegt und in den Wagen gekarrt wird."

„Das heißt nicht Bahre, sagt meine Mutter immer. Das heißt Trage oder Fahre. Eine Bahre ist nur für Tote."

„Egal. Kommt aufs Gleiche raus."

In diesem Fall hat er wohl recht.

„Wenn der Notarzt gemacht hätte, was der andere Arzt gesagt hat, wäre Phil jetzt wahrscheinlich noch am Leben. Das finde ich so hart."

„Meinst du? Ich habe mit meiner Mutter darüber gesprochen. Sie sagte, mit solchen Gedanken würden wir uns in Sphären begeben, in denen uns die Luft zu dünn wäre. Sie war auch entsetzt über so viel Arroganz und Ignoranz. Obwohl sie das bei sich auf der Arbeit ziemlich oft erlebt. Aber sie wäre sehr vorsichtig zu behaupten, der und der sei verantwortlich, dass einer früher oder später gestorben wäre. Tod und Leben würden in Gottes Hand stehen. Und er weiß bereits vor der Geburt einer Person, wie lange diese Person leben wird. Petrus sollte beispielsweise unter Herodes hingerichtet werden, aber ein Engel befreite ihn aus dem Gefängnis. Seine Zeit war noch nicht gekommen. Später unter Nero wurde er dann gekreuzigt. Saul schmiss seinen Speer nach David, mehrmals sogar, aber er starb erst viele Jahre später. Ahab verkleidete sich im Krieg als einfacher Soldat, damit er nicht abgeschossen wurde, aber ein aufs Geratewohl gefeuerter Pfeil verwundete ihn tödlich. Und Jesus wollten sie ja auch die Klippe runter zu Tode stürzen. Aber er ging einfach weg und starb erst später."

„Heißt das, es ist egal, wie man sich verhält, man lebt sowieso so lange, wie Gott das will?" Katharina hörte das Stirnrunzeln in seiner Frage.

„Das habe ich meine Mutter auch gefragt. Und dann sagte sie das mit der zu dünnen Luft. Und sie sagte was von der Versuchung Jesu. Da hat der Teufel ihm ja vorgeschlagen, sich vom Tempeldach zu stürzen. Und Jesus sagte: ‚Du sollst den Herrn, deinen Gott, nicht versuchen.' Also denke ich, ich soll einfach in Verantwortung vor Gott mein Leben leben und ihm den Rest überlassen."

„Herbert wird am Montag kein Blatt vor den Mund nehmen", wechselte Justus das Thema. „Und Sandra singt garantiert auch nicht ‚Alle meine Entchen'. Ich hoffe, Jonas kriegt keinen Anfall."

Katharina lächelte. Mit ihrer Mutter hatte sie bereits über diese Dinge geredet, aber für die schien das alles kein Problem zu sein. Es tat irgendwie gut, dass Justus sich über die gleichen Sachen Sorgen machte wie sie. „Darüber habe ich mir auch schon Gedanken gemacht. Fändest du es blöd, wenn wir zusammen dafür beten würden? Jetzt, auf dem Fahrrad, meine ich. Ich mache das ganz oft, wenn ich unterwegs bin."

Verblüfft sah Justus sie an. „Hab ich zwar noch nie gemacht, aber klar, warum nicht. Wir reden ja auch zusammen, während wir fahren, warum sollten wir da nicht mit Gott reden."

Obwohl Katharina es vorgeschlagen hatte, musste sie sich einen kleinen Ruck geben. Es war eine Sache, still für sich zu beten, während man unterwegs war. Aber laut, war nochmal etwas anderes. „Herr, ich mache mir echt Sorgen wegen Jonas und der Beerdigung. Ich habe Angst, dass er alles ganz ätzend findet, was Herbert sagen wird. Oder Sandras Lied. Bitte schenke, dass das nicht passiert ..."

„Ja, Herr, sie sagt es", kam es von neben ihr. „Und bitte hilf uns, dass wir uns keine Sorgen machen. Wir wollen dich einfach bitten, dass du zu Jonas durchdringst ..."

Sie kamen an die Stelle, an der Phil von der Brücke gesprungen war. „Und danke, dass er jetzt bei dir ist, Jesus. Ich komme einfach nicht damit klar, wie du das alles zum Guten geführt hast. Ich frage mich, ob ich jemals wieder hier langfahren kann, ohne daran zu denken ..."

Justus begleitete sie zum Schuppen, als sie ihr Fahrrad wegbrachte. „Danke, dass du mit mir gebetet hast", sagte Katharina. Justus lachte kurz. „War ein bisschen gewöhnungsbedürftig, so auf dem Fahrrad, aber war cool."

„Meine Freundin hatte neulich in ihrem Status: ‚Give it to God and go to bed'. Und ich glaube, ich werde jetzt auch wirklich schlafen können, wo ich weiß, dass Gott sich drum kümmert." Mitleidig sah sie ihn an. „Du dagegen musst jetzt erst noch nach Hause strampeln."

Justus grinste. „Dann kann ich runterkommen."

„Wovon?", fragte Katharina erstaunt.

„Du hast auf mich eine Wirkung wie weiße Schokolade mit Nüssen."

Grinsend lief Katharina die Stufen hoch, nachdem Justus gefahren war. *Und er auf mich wie Pfefferspray ... Ich bin froh, dass ich lebe. Und Justus auch – also, hier auf der Erde.*

*

Auf dem Weg zum Deutschklassenraum traf Katharina auf Herrn Künzel. „Du bist heute von Deutsch befreit", sagte er.
Überrascht sah sie ihn an. „Danke! Das ist sehr nett von Ihnen."
Ihr Lehrer machte eine wegwerfende Handbewegung. „Ich habe mich gewundert, dass du überhaupt heute den Nerv hattest, zur Schule zu kommen."
„Na ja, Nerv ..."
„Du bist wirklich eine sehr zuverlässige und pflichtbewusste Schülerin, Katharina." Er blickte sie einen Moment an. „Du bist eine starke junge Frau – eine echte deutsche Eiche. Menschen wie dich, die Rückgrat zeigen, braucht unsere Welt."
Katharina lief rot an. Damit hatte sie überhaupt nicht gerechnet. Gleichzeitig war ihr schlagartig bewusst, dass das hier eine Chance war, Gott die Ehre zu geben. „Ich fürchte, Sie täuschen sich in mir, Herr Künzel. Von Natur aus bin ich eher so was ... wie eine Alge. Aber ich glaube an einen starken Gott."
Ihr Lehrer blickte auf den Fußboden. „So, so", sagte er nur und ging.
Katharina war sehr froh über die Extra-Zeit. Alles andere wäre eine riesige Hetze gewesen. Aber jetzt konnte sie in Ruhe die Blumen und Kerzen zur Kapelle bringen, bevor alle anderen kamen. Als sie die Beerdigung geplant hatten, hatte Greta die Idee gehabt, am Eingang eine brennende Kerze zu platzieren, an der jeder ein Teelicht entzünden konnte, um es vor den Sarg zu stellen: „Kerzen haben was Festliches, finde ich. Und Phil feiert gerade im Himmel." Katharina hatte den Vorschlag nur unterstützen können.
Als sie in der Friedhofskapelle eintraf, saß dort bereits jemand: *Susanna! Ich fasse es nicht! Soll ich sie ansprechen?* Unsicher blieb Katharina mit ihren Wildblumen stehen. Da wandte Susanna sich um. Katharina ging nach vorn. Neben ihrer Kurskameradin blieb sie stehen. Sie sah, dass Susanna einen kleinen Strauß weißer Rosen in der Hand hielt.

„Hey", sagte Katharina leise. Sie stellte den Korb ab und setzte sich neben sie. *Gott, was ist hier passiert? Warum ist sie da? Hoffentlich ist sie weg, bis Jonas kommt! Das wird sonst der Supergau!*

„Warst du dabei, als er getroffen wurde?", fragte Susanna. Die Schwerter aus ihren Augen waren verschwunden.

„Nein. Ich war nicht mit in Berlin. Jonas war dabei."

„Hat er dir was erzählt? Weißt du, wie es war? Ob Phil noch irgendwas gesagt hat?"

„Mein Freund hat mir alles erzählt. Er war auch in der Gruppe ..." Katharina berichtete.

„Ich kann es einfach nicht glauben, dass er tot ist! Schon seit über einer Woche. Als er nicht in der Schule war, dachte ich, er wäre krank. Niemand hat mir etwas gesagt."

Ich wollte es dir sagen, aber du hast mich nicht gelassen.

„Erst am Freitagabend habe ich das Video gesehen. Ich habe Jonas angeschrieben und gefragt, was passiert ist. Aber er hat mich blockiert. Ich sagte Claas, er soll ihn fragen, aber der hat auch nichts rausgefunden."

Oder ihn nicht gefragt.

„Nur, dass heute die Beerdigung ist." Susannas Stimme zitterte, als sie weitersprach. „Phil war der Einzige, der sich um meiner selbst willen für mich interessiert hat. Alle anderen wollen nur irgendwas von mir. Phil nicht. Er wollte nicht mein Geld oder meinen Körper, er sah mich als Person. Weil irgendjemand ihn als Störfaktor empfindet, bringt er ihn um. Einfach so. Wie grausam! Er konnte sich noch nicht mal wehren."

„Du hast das Gleiche mit unserem Kind gemacht!", erklang es da schneidend von hinten.

Jonas!

Susanna starrte ihn an.

„Und wenn es vom Gesetz her zigmal erlaubt ist, du hattest kein Recht dazu! Dieses kleine Leben konnte sich genauso wenig zur Wehr setzen wie Phil!" Susanna stand auf, aber Jonas war noch nicht fertig. Er kam auf sie zu, die Fäuste geballt. Der Hass eilte seinen Worten voraus. „Weißt du was? Ich will dich auch nicht. Du bist für mich noch ein viel größerer Störfaktor! Deine Anwesenheit ist mir unerträglich!"

Susanna wich zurück.

Katharina war zu schockiert, um sich zu rühren. Jonas würde doch wohl nicht handgreiflich? Hier in der Kapelle?

„Und wenn dein Körper hundertmal dir gehört, der kleine Mensch, der sich darin befand, gehörte nicht dir." Jonas zeigte auf Susannas flachen Bauch. „Da drin sollte jetzt, in diesem Moment, mein Kind wachsen. Es wäre bereits 12 Wochen alt. Sein kleines Herz würde schon schlagen und man könnte seine Ärmchen und Beinchen sehen ..." Seine Stimme brach. Er fing an zu schluchzen. „Aber es ist tot! Ich werde es niemals zu Gesicht bekommen! Es hat noch nicht mal ein Grab. Es wurde einfach *weggeworfen*! Das war nicht ein Haufen Zellen. Das war *mein Kind!*" Er ballte die Fäuste und biss die Zähne zusammen. Schwer atmend stand er da.

Susanna blinzelte – wie jemand, der sich in einem dunklen Raum befindet, in dem auf einmal das Licht angemacht wird. Sie sah an sich hinab. Plötzlich krümmte sie sich vornüber und drückte die Hände auf ihren Unterleib. An Jonas vorbei stolperte sie aus der Kapelle.

Sie sind beide zerstört! Was soll ich machen, Jesus? Soll ich ihr folgen? Soll ich bei Jonas bleiben? Er weiß einfach nicht wohin mit seinem Schmerz! Katharina fielen die Blumen und die Kerzen ein. *Gleich kommen die anderen. Eigentlich wollte ich mich auf Phils Beerdigung konzentrieren, da taucht Susanna hier auf und es gibt den Showdown. Direkt vor Phils Sarg!* Mechanisch arrangierte sie die Blumen davor und wollte gerade mit den Kerzen zum Eingang gehen, damit jeder Trauergast ein brennendes Teelicht vor den Sarg stellen könnte, als ihr urplötzlich ein Gedanke kam. Sie zündete eins der Teelichter an. *Es gibt Hoffnung, Jonas! Könntest du sie doch sehen! Aber der Hass hat dich blind gemacht.* Sie schluckte. „Ich weiß, dass du nicht an Gott glaubst, Jonas, aber ich werde jetzt für dein Kind beten. Laut. Du kannst ja rausgehen, wenn es dich stört." Sie wandte sich um und stellte sich vorn vor die erste Reihe. Den Blick auf Phils Sarg gerichtet, sagte sie: „Jesus, Herr über Leben und Tod, auch wenn wir es nicht sehen können, für dich lebt das Kind von Jonas und Susanna. Es ist in deiner Hand geborgen. Ich befehle es dir an. Bitte spüle mit deiner Liebe den Hass und den Schmerz aus dem Herzen seines Vaters und dem seiner Mutter. Danke, dass deine Liebe stärker ist als alles, auch stärker als Schuld und Tod."

Die Kapellentür öffnete sich und Justus, Malte und Greta kamen, gefolgt von Herbert und Siegbert, der ja extra nach Frankfurt gefahren war, um ihn abzuholen. Katharina stellte die kleine brennende Kerze vorn hin und ging ihnen entgegen.

Es war das erste Mal, dass sie Herbert nach dem Besuch im Krankenhaus wiedersah. Er humpelte noch etwas und hatte ziemlich abgenommen, aber er war trotzdem unverkennbar: Die Geste, mit der er seine dicke Brille hochschob, die Topffrisur, das Sweatshirt, das schon bessere Tage gesehen hatte.

Er hat diesen schlimmen Unfall überlebt. Weil Gott hier unten noch ein bisschen was mit ihm vorhat. Was für ein Glück! „Hey Herbie, cool, dass du da bist", lächelte sie. Es tat so gut, ihn zu sehen an diesem chaotischen Tag.

„Hey Cats, danke gleichfalls", gab er leise zurück.

Katharina positionierte sich mit den Teelichtern am Eingang und jeder nahm sich eins.

„Ich halte dir einen Platz frei", raunte Justus und ging mit den anderen den Gang entlang weiter nach vorn.

Herr Künzel kam und weitere aus der Jugend, darunter auch Sandra und Niels. *Sie alle hatten heute Nachmittag bestimmt was anderes vor, aber auf einmal steht alles andere still,* musste Katharina denken.

Zum Schluss traf ihre Mutter ein. Es war fünf vor 15.00 Uhr. Katharina nahm sich selbst auch eine Kerze und wollte gerade zu Justus gehen, als ihr Jonas entgegenkam. Er hatte ein brennendes Teelicht in der Hand. Die andere hielt er schützend davor, damit es unterwegs nicht ausging. Ohne etwas zu sagen, griff er in Katharinas Korb und nahm sich noch eins. Er zündete es an dem in seiner Hand an und stellte es auf seiner Handfläche daneben.

Dann ging er zum Sarg, die andere Hand wieder schützend vor die kleinen Flammen haltend. Das Teelicht für Phil stellte er vor den Sarg, das andere behielt er in der Hand.
Das, was ich beim Beten für sein Kind hatte!
Die Glocken begannen zu läuten. Danach stand Herbert auf.
„Hallo. Für alle, die misch net kennen, isch bin Herbert, ein Freund von Phil. Isch werd net viel reden, keine Sorge. Isch wollte nur sagen, dass das da hinter mir (er zeigte mit dem Daumen nach hinten) net Phil ist. Phil hat was Besseres zu tun, als in nem Sarg zu liegen. Bei unserem letzten Chat schrieb er, dass er es net erwarten kann, Jesus zu sehen. Tja, und manschmal erfüllt Gott unsere Wünsche schneller, als wir denken. Isch bin mir ziemlisch sischer, dass das net an diesem Backstein lag, sondern dass Gott am Samstag vor 'ner Woche gesagt hat: ‚Komm, Kind, Zeit nach Hause zu kommen …'"
Nach seiner Ansprache stand Sandra auf und sang. Es war sehr schön, aber Katharina achtete nicht auf den Text. In ihrem Herzen betete sie für Jonas und Susanna. *Sie weiß nicht, wohin mit ihrer Schuld und sie hat auch keine Hoffnung. Und Jonas hat auch nur seinen Hass und seinen Schmerz. Dabei ist Hilfe da. Aber sie schlagen deine ausgestreckte Hand aus, Jesus …* Verstohlen beobachtete sie Jonas. Er saß regungslos da. Nur sein Blick wanderte zwischen dem einfachen Sarg und der kleinen, brennenden Kerze in seiner Hand hin und her. *Sein Kind lebt und Phil lebt. Könnte er das doch glauben. Und Susanna ebenfalls. Phil hat die Leere in ihr gesehen …*
Niemand von ihnen war ein routinierter Beerdigungsprofi – außer vielleicht Siegbert, aber der mischte sich in keiner Weise ein – und knapp zwanzig Minuten später waren sie alle auf dem Weg zum Grab.
Ein Wimmern klang ihnen entgegen. Als sie das Erdloch erreichten, kauerte eine Person darin: Susanna! Die Arme um ihren Leib geschlungen, wippte sie vor und zurück. Dabei wurde ihr Körper vom Weinen geschüttelt. Schockiert sahen sich die Trauergäste an. Der Bestatter schien nicht sonderlich überrascht. „So was kommt vor", sagte er leise beschwichtigend. Er trat an die Grube. „Der

Abschied ist schwer und der Schmerz ist tief", sagte er mit teilnahmsvoller Stimme. „Aber die Erinnerung bleibt und spendet uns Trost ..."
Wirklicher Trost kommt woanders her.
Der Bestatter wartete, dass Susanna herauskäme. Doch nichts dergleichen geschah.
Es ist nicht nur Phil. Es ist ihr Kind! Und dieses Gerede nützt ihr gar nichts!
Der Bestatter räusperte sich. „Wir werden jetzt den Sarg hinablassen", sagte er.
Susanna rührte sich nicht. *Und wenn sie einfach da drin hocken bleibt?* Katharina schaute zu ihrer Mutter.
Da trat Jonas vor. „Komm raus, Susanna", sagte er rau.
Susanna sah auf. „Es tut mir so leid!", schluchzte sie. „Bitte glaub mir, es tut mir so leid!"
Es ist die Bedingung, die er Gott gestellt hat!, schoss es Katharina durch den Kopf. Sie hielt den Atem an.
„Ich habe zu *Gott* gesagt, wenn es ihn wirklich gibt, dann soll er machen, dass Susanna unter Tränen bereut, was sie getan hat und sich bei mir entschuldigt.", hatte Jonas ihr nach dem Marsch für das Leben anvertraut.
Ist ihm klar, was hier passiert? Katharina hatte eine Gänsehaut. Würde Jonas vor dem Herrn über Leben und Tod kapitulieren?
Einige Augenblicke blickte er auf Susanna hinunter. Dann nickte er kaum merklich. Er streckte ihr die Hand hin, um ihr rauszuhelfen.
Katharina schossen die Tränen in die Augen. Hier, direkt vor ihr, war ein Stück Himmel zu sehen. Ganz verschwommen beobachtete sie, wie der Bestatter, wohl doch nicht so entspannt, wie er zunächst gewirkt hatte, sich beeilte, die Absenkung des Sarges zu veranlassen. Justus, Jonas, Niels und die anderen fassten die Seile und ließen das Gewicht daran hinunter. Dann traten sie zurück. Jeder der Trauergäste nahm sich eine von den Blumen, die Katharina mitgebracht hatte, und warf sie auf den Sarg. Nur Jonas stand mit den Händen auf dem Rücken da.

Susanna hielt sich etwas abseits und weinte die ganze Zeit. Von dem Mannequin mit dem Herzen aus Eis war nichts mehr übrig. *Sie bereut so sehr, was sie getan hat!* Katharina empfand tiefes Mitgefühl. Sie wusste, was es hieß, der eigenen Schuld ins Gesicht zu sehen. Sollte sie zu ihr gehen? Da sah sie, wie ihre Mutter zu ihrer Kurskameradin trat.

„Ich kann dich nach Hause bringen, wenn du möchtest", bot sie freundlich an. Katharina hätte gedacht, Susanna würde ablehnen, doch zu ihrer Verwunderung nickte sie.

Als die beiden weg waren, sagte Malte: „Ich geh schon mal in die Kapelle und gucke, dass da alles so ist, wie wir es vorgefunden haben." Greta und Herbert folgten ihm. Auch die anderen Beerdigungsgäste verließen den Friedhof.

Nur Jonas stand weiterhin regungslos da.

Unsicher sahen sich Katharina und Justus an. Sollten sie ihn allein lassen? Sie wollten sich gerade unauffällig den anderen anschließen, als Jonas an das offene Grab trat. Er nahm eine von den noch übrigen Herbstastern und warf sie hinein.

„Wir sehen uns", sagte er leise. „Drüben."

DANKE ...

... Joshi, für dein Leben als Himmelstänzer.

... Lukas, Martin und Johanna, für euer scharfsinniges Lektorat.

... Klara, Johanna, Mutti, Gesa und Nicole für jedes Gebet beim Schreiben dieses Buches.

... Dörte, für das, was du mir geschrieben hast: „Schreibst du eigentlich noch ein Buch? Das würde ich super finden. Deine Bücher gefallen mir nämlich immer am besten."
Deine Karte liegt auf meinem Schreibtisch als Motivation!
Und hier ist er nun, der zweite Band.

... Martin, für deine beispiellose Unterstützung meiner Schreiberei in jeder Hinsicht.

... Jesus, für deine unfassbare Liebe, die mich zu dir gezogen hat, mich bei dir hält und mich durchträgt. Ohne dich hätte ich dieses Buch nicht schreiben können. Dir sei alle Ehre!

Lied zum Buch – von Klara Freudenberg:
https://youtu.be/AYCByskYpHk

Literaturverzeichnis
Die Gedanken zum Thema „Für Jesus tanzen", vor allem auf den Seiten 138/139 und 149, stammen aus dem Buch
„The Divine Dance" von Shannon Kubiak Primicero

Freudenberg, Esther
Pfefferspray und Schokolade

Wenn das Leben ein Tanz wäre, dreht Justus auf einem schmalen Streifen direkt am Bühnengraben eine Pirouette nach der anderen um sich selbst, die Sorge im Nacken, es sich eines Tages doch mit Gott zu verscherzen. Bei Katharina (kurz Cats) ist das ganz anders: Sie tanzt für den König des Universums. Denkt sie zumindest. Doch plötzlich steht sie ganz allein da und egal, was sie tut, scheint es immer das Verkehrte zu sein. Mit Tanzen hat das Leben nichts mehr zu tun, eher mit einem Spießrutenlauf ...

Best.-Nr.: 644.190 | 458 S. | Pb. | 13,5 x 20,5 cm | 12,95 €

Freudenberg, Esther
Ein Lied für Amelie

1979: In vielen afrikanischen Ländern brodelt es und Waffenhändler nutzen skrupellos die Unzufriedenheit der Rebellen für ihren eigenen Vorteil. Auch Kevin, dessen Eltern in der Zentralafrikanischen Republik arbeiten, ist davon betroffen. Das kümmert Amelie zunächst herzlich wenig. Nie wäre sie auf die Idee gekommen, dass das, was im fernen Afrika passiert, sie schon bald persönlich betreffen würde. Ungewollt wird sie Teil eines bösen Plans, und plötzlich scheint alles außer Kontrolle zu geraten ...

Best.-Nr.: 644.109 | 187 S. | Pb. | 13,5 x 20,5 cm | 9,95 €

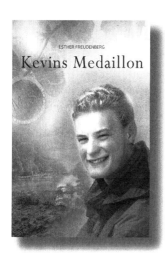

Freudenberg, Esther
Kevins Medaillon

Für Amelie hängt der Himmel voller Geigen – oder besser gesagt, voller Klaviere. Als sie in den Sommerferien ein paar Tage mit Kevin und seiner Familie in Amerika verbringt, möchte sie am liebsten die Minuten festhalten. Doch am Horizont braut sich bereits ein Sturm zusammen. Unaufhaltsam bewegt er sich auf sie zu – ein Unwetter, bei dem es um Leben und Tod geht.

Fortsetzung des Jugendromans „Ein Lied für Amelie"

Best.-Nr.: 644.120 | 234 S. | Pb. | 13,5 x 20,5 cm | 12,95 €

Freudenberg, Esther
In den Ruinen von Tikal

In Tikal, der bedeutenden Tempelanlage mitten im Urwald in Guatemala, treffen ein paar Teenager aufeinander, wie sie unterschiedlicher kaum sein können.
Während die meisten der Besucher des Nationalparks sich für das Erbe der Maya interessieren, hat der Aufenthalt der vier Jugendlichen dort allerdings andere Gründe. Doch sie können sich der Geschichte der Ruinenstadt nicht entziehen; denn ein grausames Ritual einer ausgestorbenen Hochkultur wird auf einmal wieder lebendig.

Fortsetzung des Jugendromans „Kevins Medaillon"

Best.-Nr.: 644.128 | 218 S. | Pb. | 13,5 x 20,5 cm | 12,95 €

Freudenberg, Esther
Wer aufgibt, verliert?

Für Julia und ihre Eltern gehört Rinaldo längst zur Familie. Und er selbst ist sehr, sehr glücklich in seinem neuen Zuhause. Doch während er ahnungslos einen schönen Karibik-Urlaub mit Sutherlands verbringt, baut sich in Guatemala Stadt eine andere Welle auf. Bedrohlich rollt sie auf ihn zu und plötzlich gerät Julia mitten in die Impact Zone ...

Fortsetzung des Jugendromans „In den Ruinen von Tikal"

Best.-Nr.: 644.130 | 268 S. | Pb. | 13,5 x 20,5 cm | 12,95 €

Freudenberg, Esther
(K)ein Wunder zu wenig

Zwischen Julia und Rinaldo haben sich die Dinge in letzter Minute geklärt. Was man von Laura und Max nicht gerade behaupten kann. Und ausgerechnet, als sie sich von ihm verabschieden will, kommt eine fette Spinne dazwischen! Diese Viecher versetzen Laura seit jeher in Panik. Doch ihre größte Mutprobe hat keine acht Beine.
Da nützt es auch nichts, dass sie und Max Unterstützung von Stefan bekommen. Der muss sich zum Glück über Mädchen nicht den Kopf zerbrechen. Er hat auch so genug andere Probleme. Denn im Gegensatz zu einer schönen Mathe-Gleichung geht für Stefan im Leben nicht alles auf.

Fortsetzung des Jugendromans „Wer aufgibt, verliert?"

Best.-Nr.: 644.131 | 287 S. | Pb. | 13,5 x 20,5 cm | 12,95 €

Freudenberg, Esther
Unter der Laterne

Wie weit ist Deutschland von Syrien entfernt? Weit genug, um vor Hass und Gewalt in Sicherheit zu sein?
Josua macht sich über solche Dinge keine Gedanken. Solange er mit Soraya zusammen sein kann, ist seine Welt in Ordnung.
Doch das Böse hat viele Gesichter und auch der Nahe Osten ist näher als sie ahnen ...

Best.-Nr.: 644.137 | 300 S. | Pb. | 13,5 x 20,5 cm | 9,95 €

Freudenberg, Esther
Das Vermächtnis des Professors

Mit zwei Schwestern hat frau es nicht leicht – weder was das Leben im Allgemeinen noch die Kerle im Speziellen betrifft. Dazu kommt, dass die Dinge nicht immer so sind, wie sie scheinen. Doch zum Glück (?) ist da noch Lotti, die Jüngste, die ihren beiden großen Schwestern nach bestem Wissen und Gewissen unter die Arme greift in Sachen Beziehung. Und sie ist nicht die einzige: Auch ein steinalter Professor hat Augen im Kopf und kann obendrein hervorragend kombinieren ...

Best.-Nr.: 644.140 | 494 S. | Pb. | 13,5 x 20,5 cm | 12,95 €

Freudenberg, Esther
richtig fette Beute

Um Mitternacht geht es auf der Orchesterfahrt für Mark ganz und gar nicht musikalisch zu. Jana findet einfach nicht das passende Konfi-Kleid ... Christa wünscht sich sehnlichst, an der Seite von Leo das Burgfräulein zu spielen. Eric will vor allem eins: Beliebt sein! Justin muss die letzte Woche der Sommerferien ausgerechnet bei seinem sauerkrautessenden Opa mitten im Wald verbringen. Die Probleme und Problemchen der „Helden" und „Heldinnen" in diesem Buch sind vielfältig, aber jede der 38 Geschichten macht deutlich: Über das, was Gott sagt, kann man sich freuen „wie einer, der große Beute macht." (Psalm 119,162)

Best.-Nr.: 644.143 | 308 S. | Pb. | 13,5 x 20,5 cm | 12,95 €

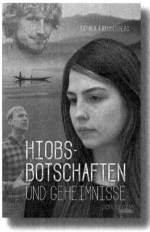

Freudenberg, Esther
Hiobsbotschaften und Geheimnisse

Während Anna und Sarah auf einem Stück Kaugummipapier ihren Freundschaftsbund fürs Leben schließen, mit Sarahs Bruder Markus als Zeugen, kennen sie die biblische Person des Hiob höchstens vom Namen. Und auch die Panzer, die in Vietnam durch den Dschungel rollen, haben keinerlei Bezug zum Leben der drei Kinder in Deutschland. Zunächst. Doch acht Jahre später bekommen die Folgen des Vietnamkriegs persönliche Züge. Was als Missionseinsatz unter den Boatpeople in Malaysia beginnt, mündet in einen Albtraum. Und plötzlich ist Hiob viel mehr als eine Figur aus grauer Vorzeit ...

Ab 16 Jahren

Best.-Nr.: 644.161 | 428 S. | Pb. | 13,5 x 20,5 cm | 12,95 €

Freudenberg, Esther
So hoch der Himmel über der Erde ist

Markus kann es nicht erwarten, die eisige Atmosphäre zu Hause wieder gegen die Brutkastenwärme am Theologischen Seminar in Rinteln einzutauschen, vor allem jetzt, wo Anna ebenfalls dort sein wird. Aber selbst in einem Brutkasten können Gefahren lauern und es gibt Versuchungen, die auch vor einem Theologischen Seminar nicht halt machen.
Einige der folgenschwersten Schlachten finden im Herzen statt ...

Fortsetzung des Jugendromans „Hiobsbotschaften und Geheimnisse"

Best.-Nr.: 644.166 | 440 S. | Pb. | 13,5 x 20,5 cm | 12,95 €